Johannes Mario Simmel

Träum den unmöglichen Traum

Johannes Mario Simmel

Träum den unmöglichen Traum

Roman

Droemer Knaur

Die Deutsche Bibliothek - CIP-Einheitsaufnahme
Simmel, Johannes Mario:
Träum den unmöglichen Traum : Roman /
Johannes Mario Simmel. – 1.–150. Tausend –
München : Droemer Knaur, 1996
ISBN 3-426-19368-X

Dieses Buch wurde auf chlor- und säurefrei gebleichtem
Papier gedruckt. Die Folie des Schutzumschlags sowie die
Einschweißfolie sind PE-Folien und biologisch abbaubar.

1.–150. Tausend

Verwendung des Titels mit freundlicher Genehmigung
der Autoren des Musicals »Der Mann von La Mancha«,
Dale Wasserman, Joe Darion und Mitch Leigh
Umschlaggestaltung: Agentur ZERO, München/Fritz Blankenhorn
Satz: Ventura Publisher im Verlag
Druck und Bindung: Graphischer Großbetrieb Pößneck
Printed in Germany
ISBN 3-426-19368-X

1 3 5 4 2

To dream the impossible dream,
To fight the unbeatable foe,
To bear with unbearable sorrow,
To run where the brave dare not go …

Aus *»Man of La Mancha«*
von Dale Wasserman, Joe Darion
und Mitch Leigh

Erster Teil

Erstes Kapitel

1

Verflucht, dachte der alte Mann, jetzt hätte ich mich doch um ein Haar erschossen, ohne die Hotelrechnung bezahlt zu haben. Das cremefarbene Kuvert mit dem wöchentlichen Computerausdruck war fast zur Gänze von einem Zeitungsberg verdeckt gewesen; der alte Mann hatte eben noch einen kleinen Teil des Umschlags entdeckt.

Hastig schrieb er nun einen Scheck auf die Schweizerische Bankgesellschaft aus. Betrag in Worten. Betrag in Ziffern. Empfänger: »Hotel du Palais«. Ort: Biarritz. Datum: 14. Mai 1994. Unterschrift. Im Augenblick, da er seinen Namen eingesetzt hatte, begann das Telefon zu läuten. Es stand neben einer dreiarmigen Lampe mit grünen Schirmen, deren Birnen brannten. Ansonsten lag der Salon in Dunkelheit.

Der alte Mann schob die Pistole vor dem Apparat beiseite, hob den Hörer ab und meldete sich: »Faber.«

Eine Männerstimme drang an sein Ohr: »Robert, hier ist Walter.«

»Guten Abend, Walter«, sagte er und richtete sich langsam vor dem Empire-Schreibtisch mit den Einlegearbeiten und vergoldeten Beschlägen auf. »Bist du jetzt noch in der Kanzlei?«

»Hör mal, heute ist Samstag!«

»Ach ja, natürlich.«

»Ganz hübsch durcheinander, was?«
»Alzheimer auf dem Vormarsch.« Ich bin wirklich durcheinander, dachte der alte Mann. Erst die Rechnung, nun der Wochentag. Muß mich zusammennehmen, dringend.
»Solange du noch weißt, wie das Ding heißt, hast du's nicht«, sagte Marks.
Seit siebenundzwanzig Jahren ist Walter Marks mein Anwalt, dachte Faber. Hat Natalie sehr gern gehabt. Sie ihn auch. Nach ihrem Tod wohnte er eine Woche bei mir. Ließ mich nicht aus den Augen. Hatte Angst, ich würde mir das Leben nehmen. Damals dachte ich daran. Heute nacht werde ich es tun. Hätte es längst tun müssen.
»Was ist los?« Nicht, daß es mich interessiert, dachte Faber. Nicht, daß mich noch irgend etwas interessiert.
»Dein Verleger hat eben angerufen. Deine Haushälterin Anna und ich sind doch die einzigen, die immer wissen, wohin du dich verkriechst, um in Ruhe schreiben zu können.«
Um in Ruhe schreiben zu können.
Die bläulichen Lippen des alten Mannes verzogen sich. Schreiben zu können. In Ruhe. Jetzt werde ich gleich Ruhe haben. Für immer.
Mit müden Augen, die in dunklen Höhlen lagen, sah er aus dem großen Fenster, vor dem er saß. Seit sechs Wochen bewohnte er eine Suite im zweiten Stock des »Hotel du Palais«. Der gewaltige rot-weiße Bau lag nur wenige hundert Meter vom Atlantik entfernt. Die Flut hatte eingesetzt, anfangs mit sanftem Gemurmel und zierlichen Wellen, dann mit größeren, nun bereits meterhohen Wogen, die gegen den Strand stürmten, langgezogen, weiße Schaumkronen auf den Kämmen und mit ungeheurem Donnern, das durch die geschlossenen Fenster der Suite drang. Gleichmäßig glitt der Scheinwerfer des Leuchtturms auf der Pointe Saint Martin über das rasende Meer und die

drei Felsen, die selbst bei voller Flut noch aus dem Wasser ragten.

Natalie war immer fasziniert gewesen von der einbrechenden Flut, dachte Faber benommen. Sein Kreislauf machte ihm zu schaffen. Der Arzt hatte ein Mittel verschrieben. Das Mittel hatte nicht geholfen. Der Arzt hatte ein anderes Medikament verschrieben, ein drittes, ein viertes. Geholfen hatte keines. Benommenheit und Schwindel überkamen ihn immer häufiger, und seine Gedanken wanderten dann ziellos, planlos, wanderten, wanderten ...

Natalie, dachte er. Zweimal sind wir in Biarritz, in dieser Suite im »Hotel du Palais« gewesen. Wie oft haben wir vor diesem Fenster gesessen und das Einsetzen der Flut beobachtet, wie oft habe ich Natalie hier vorgelesen, was ich geschrieben hatte ...

Geschrieben hatte!

»Robert!«

»Ja?« Es war, als würde er erwachen. So ging es ihm seit Natalies Tod immer wieder. Keine Sterne, dachte er. Bevor die Flut kam, habe ich so viele gesehen.

»Ich fürchtete schon, die Verbindung ist unterbrochen. Du warst plötzlich weg ...«

Bald werde ich für immer weg sein, dachte er.

»Hör mal, mein Alter, was ist los mit dir? Bist du krank?«

»Fühle mich glänzend.«

»Klingst aber gar nicht so.«

»Kannst ganz beruhigt sein, Walter.«

Das Leuchtfeuer ließ die Schaumkronen aufleuchten. Dorthin werde ich gehen, dachte er, zu der Bucht unter der Pointe Saint Martin.

»Dein Verleger bittet dich, schnellstens einen bestimmten Arzt anzurufen.«

Die Sterne werden wiederkommen, dachte er. Vielleicht sehe ich sie noch. Unten am Strand.

»Robert!«

»Hm?«
»Hörst du mir überhaupt zu?«
»Natürlich.«
»Hast du getrunken?«
»Keinen Tropfen.«
»Ich mache mir Sorgen um dich.«
»Unsinn.«
»Du in Biarritz, ich in München.«
Vorsicht, dachte Faber. Er darf keinen Argwohn schöpfen. Wer weiß, was er sonst tut, mein guter Freund Walter. Ruft den Direktor hier an. Macht ihn nervös. Er sagte laut: »Nun hör aber endlich auf! Was ist das für ein Arzt?«
»Martin Bell heißt er. Hat die Telefonnummer deines Verlegers von der Auskunft erhalten. Der Mann muß dich sprechen, sagt dein Verleger. Dringend. Darum rufe ich dich an. Und du wirst diesen Bell anrufen.«
Einen Dreck werde ich tun, dachte er.
»Bell hat gesagt, es geht um Tod oder Leben eines Menschen. Nur du kannst helfen – vielleicht.«
»Wieso ich?«
»Weil du der einzige bist, der eine Beziehung hat zu diesem Menschen, sagt Bell.«
Ich habe zu niemandem mehr eine Beziehung, dachte Faber. Vielleicht noch zu Walter, aber wie stark ist die? Der alte Mann fühlte Erbitterung in sich aufsteigen. Wenn Walter bloß eine Stunde später angerufen hätte! dachte er. So muß ich nun auch noch Theater spielen. »Gib mir die Nummer!« sagte er.
»Vorwahl Wien – null, null, vier, drei, eins – und dann ...«
Sein Anwalt nannte einen sechsstelligen Anschluß. »Hast du mitgeschrieben?«
»Natürlich«, sagte Faber. Schon, damit ich die Nummer wiederholen kann, wenn du mich fragst, dachte er.
»Bell arbeitet am Marien-Kinderspital in Wien.«
Auch noch Wien! Von allen Städten ausgerechnet je-

ne, die ... Schluß! sagte er sich. Laß das! Du rufst ja nicht an.
»Lies mir die Nummer vor, zur Sicherheit!«
Na also, dachte Faber, ich wußte es doch. Er wiederholte, was er aufgeschrieben hatte. Er mußte laut sprechen, denn das Donnern der Wogen klang nun, als würden Geschwader schwerer Bomber anfliegen. Zerfetzt flatterten die weißen Schaumkronen durch die Luft. Faber fühlte, wie der riesige Hotelbau bebte, der Tisch, der Stuhl, auf dem er saß.
»Du hörst dir an, was dieser Bell will – versprochen?«
»Versprochen.«
»Ich warte auf deinen Rückruf. Also bis nachher!«
Es wird kein Nachher geben, dachte Faber, während er den Hörer auf die Halterung des Apparates fallen ließ. Seine Hand berührte die Pistole, eine Walther PP, Kaliber 7,65. So ein Versprechen gilt nicht, dachte er. Kein Versprechen gilt mehr für mich. Ich kann keinem Menschen mehr helfen. Mir kann kein Mensch mehr helfen. Ich will jetzt sterben. Ich werde jetzt sterben. Endlich.
Plötzlich zitterte er am ganzen Körper, Schweiß brach aus, und er fühlte das Pochen seines Blutes an den Schläfen.

2

Nach Atem ringend, ging er unsicher durch das an den Salon grenzende Schlafzimmer ins Bad. Diese Anfälle kamen immer unerwartet. Auf einem Tischchen im Badezimmer stand ein nachtblaues Ledernecessaire. Er öffnete dessen Reißverschluß. Verschiedene Medikamente, die er ständig nehmen mußte, lagen darin. Gegen eine leichte Herzschwäche nahm er seit vielen Jahren morgens und abends jeweils eine Tablette Isoptin 80 und Theo-Talusin. Bei diesen Anfällen half jedoch am ehesten ein Mittel namens Nitro-Lingual in Drageeform.

Nun also zwei Dragees! Sein Blick fiel in den dreiteiligen Spiegel über dem Waschbecken. Schwere Lider lagen über den Augen mit der grünen Iris. Voller Falten war die Stirn. Das weiße Haar hatte sich sehr gelichtet; im Seitenspiegel sah Faber die kahle Stelle auf dem Hinterkopf. Er streifte den Morgenmantel ab, weil er noch immer schwitzte. Nun mußte er warten, bis das Mittel wirkte. Was für ein Witz, dachte er, auf den Wannenrand sinkend und noch immer nach Atem ringend, wenn es nicht wirkte und er einen Herzinfarkt bekam, ehe er sich erschießen konnte.

Drei Minuten später ging es ihm schon besser. Nach weiteren vier Minuten konnte er wieder sicher auf den Beinen stehen, die Schweißausbrüche hatten aufgehört. Er trat unter die Brause und duschte kalt und heiß. Danach wickelte er ein Frotteetuch um den Leib und ging auf bloßen Füßen in den Salon zurück. Ein wenig mußte er noch warten. So schaltete er alle Lichter an, den Lüster, die Stehlampen und die vergoldeten elektrischen Wandkerzen. Danach setzte er sich auf eine Récamiere und sah die hohe, weiße Eingangstür an.

Appartement 210, dachte er. An der Außenseite der Tür stand in goldenen Buchstaben der Name einer großen Schauspielerin: SARAH BERNHARDT. Die hatte oft in dieser Suite gewohnt. An den Türen anderer Appartements des »Hotel du Palais« standen die Namen anderer Gäste: LE CHANCELIER ALLEMAND OTTO VON BISMARCK. LA DUCHESSE DE WINDSOR. LE ROI EDOUARD VII. IGOR STRAVINSKY. LE ROI ALPHONSE XIII. SIR WINSTON CHURCHILL. LE ROI FAROUK I. ...

Er erinnerte sich daran, wie er zum erstenmal mit Natalie nach Biarritz gekommen und in diesem Hotel abgestiegen war. Sie hatte sich sofort für die Geschichte des Hauses interessiert. Es gab nichts, was Natalie nicht interessiert hat, dachte er, während der Druck des Blutes in den Schläfen nachließ. Er wandte den Kopf und betrachtete den großen

Salon, den Marmorboden, auf dem kostbare Teppiche lagen, die hohen Wände, die Decke. Wände und Decke waren weiß und reich mit Stuck verziert. Um alle Ornamente liefen feine Blattgoldlinien. Der Raum hatte französische Fenster. So konnte er von der Récamiere aus die Wellen sehen, die am Strand ausliefen. Das Donnern hatte nachgelassen. Nun erblickte er auch wieder Sterne, unzählige Sterne am dunkelblauen Nachthimmel. Natalie, dachte er, wie sehr hat sie dieses Hotel geliebt! Wie sehr das Meer, den Wechsel der Gezeiten. Wenn ich geschrieben habe, hat auch sie gearbeitet, wissenschaftliche Werke aus dem Französischen übersetzt.

Plötzlich war da Natalies Stimme. Das erstaunte ihn keineswegs. Er vernahm oft die Stimme seiner toten Frau. Er sprach oft mit ihr. Natürlich waren es lautlose Gespräche. Wenn er Rat brauchte, Hilfe, ihr Urteil, Trost, dann sprach er mit Natalie. Sie war noch da. Selbstverständlich war sie noch da. Schon in dem erstmals von Galilei formulierten Satz über die Erhaltung der Energie heißt es: Gilt das Weltall als abgeschlossenes System, dann ist die Gesamtenergie der Welt konstant. Nicht das kleinste Teilchen kann also dazukommen, aber auch nicht das kleinste Teilchen kann verlorengehen. Es gibt sehr viele Formen von Energie, und sie vermögen sich ineinander zu verwandeln. Das geschieht ununterbrochen. Mechanische Energie kann selbstverständlich in geistige Energie übergehen, insbesondere wenn ein Mensch stirbt. Deshalb war Natalie um ihn und in ihm, daran glaubte Faber fest. Es war das einzige, woran er noch glaubte.

Ruf an! sagte Natalie nun. Bitte, Robert, ruf diesen Arzt an!

Nein, sagte er. Ich muß zum Strand, das weißt du doch.

Für mich, sagte sie. Tu es für mich, Robert!

Nein, Natalie, sagte er lautlos. Verlange das nicht! Wenn du mich liebst, verlangst du das nicht.

Gerade weil ich dich liebe, erwiderte Natalie. Ich könnte

dich nicht lieben – nicht so sehr –, wenn du nicht anrufen würdest. Der Arzt sagte, du seist der einzige, der diesem Menschen helfen kann – vielleicht. Willst du wirklich solche Schuld auf dich nehmen?
Was für Schuld?
Schuld am Tod eines Menschen, den du vielleicht retten könntest.
Ich will niemanden retten, sagte er. Meinetwegen können alle verrecken. Es interessiert mich nicht.
Das ist nicht wahr, und so darfst du nicht reden, sagte sie. So darf kein Mensch reden. Denk an John Donne: Niemand ist eine Insel, ganz für sich allein ... Jedermanns Tod macht dich ärmer, denn du bist hineinverstrickt in die Menschenwelt. Und deshalb verlange nie zu wissen, wem die Stunde schlägt. Sie schlägt immer für dich ... Wie sehr hast du diese Worte geliebt. Hast du sie vergessen? Die Stunde, jetzt hat sie für dich geschlagen. Du *mußt* anrufen! Um dieses Menschen willen. Um deinetwillen. Um meinetwillen. Um der Menschenwelt willen.

3

»Hallo!« sagte die helle Stimme eines kleinen Mädchens. »Hier ist das Marien-Kinderspital. Bitte, warten Sie ein bißchen ...«
Faber saß am Schreibtisch und hielt den Telefonhörer ans Ohr. Bevor er die Wiener Nummer gewählt hatte, war er zu einem der französischen Fenster gegangen, um es zu öffnen. Die warme Luft der Frühlingsnacht strömte in den Salon. Die Flut flüsterte nur noch. Zwei Etagen unter ihm, zur ebenen Erde, lagen die Festsäle des Hotels. Am Samstagabend gab es stets eine Gala. Musik, Gesang, verwehte Stimmen klangen zu ihm herauf. Viele Menschen tanzten auf der Terrasse aus weißem Marmor um den großen Pool.

Eine Sängerin begann gerade mit einem Lied, das einst Edith Piaf gesungen hatte, er vernahm die Worte: *»Des yeux qui font baiser les miens, un rire qui se perd sur la bouche …«*
Und wieder die Stimme des kleinen Mädchens vom Band: »Hallo! Hier ist das Marien-Kinderspital. Bitte, warten Sie ein bißchen …«
Eine Männerstimme schaltete sich ein: »Marien-Kinderspital, guten Abend!«
»Ich rufe …« Er mußte sich räuspern. »Ich rufe aus Frankreich an, aus Biarritz, ›Hotel du Palais‹. Mein Name ist Robert Faber. Herrn Doktor Bell, bitte.«
»Einen Moment Geduld, Herr Faber.«
»… quand il me prend dans ses bras, il me parle tout bas, je vois la vie en rose …«
Es knackte in der offenen Verbindung, dann erklang eine andere Männerstimme: »Bell. Guten Abend, Herr Faber! Danke, daß Sie zurückrufen!«
»Was kann ich tun, Herr Doktor?« Faber neigte sich über den Schreibtisch und schloß das Fenster halb, um besser hören zu können. Die Frauenstimme und das Orchester wurden leise.
»Sie wissen vielleicht, daß die UNO begonnen hat, schwerkranke Kinder aus Sarajewo auszufliegen, die dort nicht behandelt werden können …«
Wieder mußte er sich räuspern. »Ich habe davon gehört.«
»Nun, vor drei Tagen kamen drei solche Patienten zu uns. Bei zwei Mädchen besteht mittlerweile keine akute Gefahr mehr, bei einem Jungen geht es tatsächlich um Leben oder Tod, wie ich Ihrem Verleger sagte. Goran Rubic heißt er. Fünfzehn Jahre alt. Die Eltern von Scharfschützen erschossen. Goran kann nicht essen, nicht trinken, nicht liegen. Sein Bauch ist so geschwollen, daß die Lungen- und Atemtätigkeit enorm behindert sind. Bilirubinwert im Blut fünfzig Milligramm pro Deziliter; normal ist ein Milligramm …«
»Jajaja, und?«

»Verzeihen Sie, Herr Faber. Ich komme eben von ihm, darum habe ich ... Goran kann in zwei, drei Tagen tot sein. Die Leber ist zerstört. Und er hat hier niemanden, verstehen Sie? Und auch wir Ärzte haben niemanden, mit dem wir uns beraten könnten ... Wir brauchen aber eine Bezugsperson für jedes Kind, eine Bezugsperson! Wir brauchen *Sie*, Herr Faber!«
»Ich kenne diesen ... diesen ...«
»Goran, Goran Rubic.«
»Ich kenne diesen Goran Rubic nicht, Herr Doktor. Ich habe den Namen noch nie gehört. Wie um alles in der Welt kommen Sie auf mich?«
»Durch Gorans Großmutter.«
»Durch *wen*?«
»Gorans Großmutter! Die wurde mit nach Wien geflogen. Ich sagte schon, daß Gorans Eltern tot sind ...«
»Das ... entschuldigen Sie, Herr Doktor, aber das wird immer verrückter. Was heißt ›durch Gorans Großmutter‹? Die kenne ich doch auch nicht!«
»O ja«, sagte der Arzt ruhig, »Sie kennen sie.«
»Herr Doktor, bitte! Was soll das? Wer ist diese Großmutter? Wie heißt sie?«
»Mira Masin.«
Fast fiel ihm der Hörer aus der Hand. Blitzschnell umklammerte er ihn mit allen zehn Fingern. Verrückt, dachte er, starr vor Entsetzen. Ich bin verrückt geworden, es ist soweit. Als ich nach dem Krieg für Willi Forst Drehbücher schrieb, erzählte der mir dauernd, er werde ganz gewiß eines Tages den Verstand verlieren. Weil ich den großen Regisseur und Schauspieler so verehrte, übernahm ich für eine Weile seine Art zu sprechen, seine Art sich zu bewegen, seine Ticks. Ich sagte, auch ich würde ganz gewiß im Wahnsinn enden. Jahrelang sagte ich das, jahrzehntelang. Nun ist es soweit. Ich bin verrückt geworden.
»Herr Faber!«

Reiß dich zusammen! dachte er. Reiß dich zusammen!
Er sagte mit fast übermenschlicher Beherrschung: »Da war etwas in der Leitung. *Wie* heißt diese Frau?«
»Mira Masin.«
Als Deserteur bin ich 1945 auf der Flucht eine drei Meter hohe senkrechte Mauer hochgelaufen, dachte er, habe oben Halt gefunden, mich überschlagen und bin auf der anderen Seite gelandet, elastisch wie eine Katze. Mir ist heute noch unbegreiflich, wie ich das fertigbrachte. Unheimlich, wozu man fähig ist, wenn es ums Leben geht. Jetzt geht es wieder um mein Leben. Nein, dachte er, um meinen Tod geht es. Also ruhig, um alles in der Welt: ganz ruhig! Denk an deinen Tod!
Es gelang ihm, völlig ruhig zu sagen: »Ich kenne keine Mira Masin.«
»O ja«, sagte dieses Ungeheuer in Wien.
»O nein«, sagte er und dachte: Nur keinen Anfall jetzt, nur keinen Anfall, *Natalie, bitte!* »Wie kommen Sie bloß darauf?«
»Weil Frau Masin es uns gesagt hat ...«
Wenn ich endlich doch noch verrückt geworden bin, soll's mir auch recht sein, dachte er. Nur meinem Tod darf sich der Wahnsinn nicht in den Weg stellen.
»Was? Was hat sie Ihnen gesagt?« Er hielt immer noch den Hörer umklammert.
»Sie haben Frau Masin geliebt. Vor langer Zeit. 1953. In Sarajewo.« Der Arzt hatte eine tiefe, wohlklingende Stimme. Faber haßte diese Stimme. Kein Irrsinn also, dachte er überwältigt. Die Wahrheit. Wenn jemand irrsinnig ist, dann ist es das Leben. Sarajewo. 1953. Unfaßbar. Aber nicht irrsinnig. Nein, nicht irrsinnig.
»Herr Faber!«
Und es geht weiter, dachte er. Ohne Erbarmen. *Natalie!*
Sei ehrlich, überlegte er, es ist pathologisch, welchen Totenkult du da entwickelt hast. Du hättest längst aufhören müssen, mit Natalie zu sprechen, sie anzurufen um Hilfe,

Rat und Beistand, wieder und wieder. Das ist nicht Liebe über den Tod hinaus, das ist ein Museum, das du errichtet hast für sie. Nein, eben nicht für sie, für dich! Natalie braucht so etwas nicht. Sie ist tot. Sie hat es gut. Du lebst, und diese Manie hast du entwickelt, weil du allein bist, so allein. Du könntest Natalie genausogut im bloßen Gedenken immer weiter lieben. Nein, dachte er, das kannst du eben nicht! Aber du bist dir klar darüber, daß dies eine schwere Obsession ist? Glasklar, dachte er. Jedoch, welch schöne Obsession. Schön für mich. Sollen andere denken, was sie wollen.

»Herr Faber!« rief Bell laut.

»Ja«, sagte er. Kein Ausweg. Keiner, Natalie.

»Sie erinnern sich, nicht wahr? Mira Masin. 1953. Da waren Sie in Sarajewo. Im Hotel ›Europa‹ wohnten Sie. Mit diesem berühmten amerikanischen Filmregisseur. Frau Masin konnte sich nicht mehr an seinen Namen erinnern.«

»Aber an meinen«, sagte der alte Mann, unendlich erbittert, unendlich kraftlos. »An meinen Namen erinnert sie sich.«

»Natürlich.«

»Wieso natürlich?«

»Weil Frau Masin ein Kind zur Welt brachte, nachdem Sie wieder abgereist waren. Eine Tochter. Nadja. Sie waren Nadjas Vater ...«

Der Arzt in Wien redete immer schneller, als habe er Angst, Faber könne die Verbindung unterbrechen. Daran hatte dieser längst gedacht, aber er tat es nicht. Zu spät. Es war zu spät, den Hörer aufzulegen. Der Kerl in Wien da wußte jetzt, wo er, Faber, war. Er selbst, dreimal gottverfluchter Idiot, hatte es dem Mann in der Vermittlung der Klinik gesagt. Ich rufe aus Frankreich an, aus Biarritz, »Hotel du Palais«, hatte er gesagt. Wenn er nun auflegte, rief Bell garantiert zurück. Sinnlos, aufzulegen. Natalie! dachte Faber. Warum hast du das bloß von mir verlangt? Warum, Natalie?

»... und diese Nadja war die Mutter Gorans, des Buben, der

jetzt bei uns liegt«, fuhr der Arzt fort. »Sie wußten nichts von Ihrer Tochter, Herr Faber. Frau Masin hat es Ihnen nie gesagt. Sie haben sie ja auch nie mehr gesehen, nie mehr gesprochen.«

Noch wehrte er sich. »Doktor! Doktor Bell! Hören Sie auf! Das ist doch alles nicht wahr!«

»Es ist wahr, Herr Faber. Warum sollte Frau Masin lügen? Was hätte sie davon?«

»Was weiß ich ... Keine Ahnung.« Da komme ich nie mehr raus. Nie mehr. O Natalie, warum? dachte er. Warum, Natalie?

»Eben«, sagte Bell. »Nichts hätte sie davon. Und deshalb lügt sie auch nicht. Herr Faber, Sie können Frau Masin doch nicht vollkommen vergessen haben! Sie waren doch so glücklich mit ihr, damals, in Sarajewo ...«

»Sagt Frau Masin.« Nein, dachte er, nein, so geht das nicht weiter. Ich muß ... Was, was, was muß ich?

»Sagt sie, ja. Fünfundsechzig Jahre alt ist sie. Wie alt sind Sie, Herr Faber? Antworten Sie nicht! Ich weiß es, Frau Masin hat es mir gesagt. 1924 wurden Sie geboren. In Wien. Seit vielen Jahren haben Sie Ihren Wohnsitz in der Schweiz, in Luzern. Als Sie in Sarajewo dieses Drehbuch für die Bosna-Film schrieben, waren Sie neunundzwanzig Jahre alt. Frau Masin war vierundzwanzig ... ein sehr schönes Mädchen, sie hat mir Fotos gezeigt. Fotos von Ihnen *beiden*, Herr Faber. Sicherlich sehen Sie heute anders aus, Frau Masin sieht auch anders aus ... Damals in Sarajewo war sie Cutterin bei der Bosna-Film und Ihre Dolmetscherin. Sie spricht fließend Deutsch und Englisch. Mein Gott, Sie *müssen* sich erinnern, Herr Faber! Sie *müssen*!«

Ja, verflucht, dachte er, ich muß mich erinnern. Dieser Arzt hat doch längst gemerkt, daß ich lüge. Ich kann nur noch versuchen, alles herunterzuspielen.

»Warten Sie!« sagte er. »Ich ...« Jetzt eine Pause! dachte er und machte eine Pause.

»Sie erinnern sich?«
»Ich erinnere mich, ja ... endlich ... Ich war in Sarajewo. Wann, weiß ich nicht mehr genau. Ich habe da ein Drehbuch geschrieben für den Regisseur Robert Siodmak ... Sie müssen mich verstehen, Herr Doktor, das ist vierzig Jahre her ... Ich habe für fast dreißig Filme die Drehbücher geschrieben ... in einem Dutzend Länder ... für so viele Gesellschaften ... und ich ... ich ...« Na was? dachte Faber. »Ich ... ich befinde mich hier in einer schwierigen Situation ... einer äußerst schwierigen. Sie müssen verzeihen, wenn ich nicht gleich ... Ja, da war ein schönes junges Mädchen ... Und wir hatten eine Affäre, auch das stimmt ... Aber ich hatte das vergessen, total vergessen, Herr Doktor Bell ... Eine Affäre, ich bitte Sie! Seither ist mehr als ein halbes Leben vergangen ... und was für ein Leben das war! Vor sechs Jahren starb meine Frau ... Ich bin ein alter Mann, nicht gesund, ich ... *Moment!*«
»Herr Faber?«
»Sie sagten, Sie brauchen unbedingt eine Bezugsperson für diesen kranken Jungen.«
»So ist es, Herr Faber, so ist es.«
»Sie haben doch eine: Mira, ich meine, Frau Masin.«
»Die hatten wir.«
»Was soll das heißen?«
»Frau Masin erlitt einen Schwächeanfall. Wir mußten sie ins AKH schaffen ...«
»Wohin?« fragte er idiotisch.
»Ins Allgemeine Krankenhaus. Fest steht, daß Frau Masin für zwei, drei Wochen ausfällt. In den nächsten drei Tagen aber entscheidet sich, ob Goran leben wird oder sterben muß. Darum bitte ich Sie, unbedingt nach Wien zu kommen.«
Nach Wien, ausgerechnet Wien! Er hätte heulen können vor Wut. »Das ist ausgeschlossen. Absolut ausgeschlossen.« Hier half nur nackte Brutalität. »Ich sagte Ihnen doch, ich

habe eine äußerst schwierige Situation zu bewältigen ...« Und ein letztes Argument: »Dieser Junge kennt mich doch überhaupt nicht.«

»Und ob er Sie kennt.«

»Unsinn!«

»Das ist kein Unsinn! Frau Masin hat ihm wieder und wieder von Ihnen erzählt. Er weiß, daß Sie sein Großvater sind. Frau Masin ist zwar nie mehr in Ihr Leben getreten, aber sie hat es aus der Ferne genau verfolgt – seit 1953. Sie hat alles gelesen, was über Sie in Zeitungen und Magazinen stand. Sie hat Sie am Radio gehört und im Fernsehen gesehen, und sie hat Ihre Bücher gelesen. Auch ihre Familie hat das getan – und eben auch Goran. Sie sind kein Fremder für ihn, Herr Faber. Weiß Gott nicht. Darum ...«

»Nein«, sagte Faber.

»Sie kommen nicht nach Wien?«

»Nein, nein, nein!« Jetzt schrie er. »Ich kann nicht kommen! Es tut mir leid ... sehr leid für den Jungen ... und für ... für ...«

»Mira Masin.«

»Und für Mira. Schrecklich leid tut es mir. Aber es ist ausgeschlossen, absolut ausgeschlossen. Ich kann hier nicht weg.«

»Unter keinen Umständen?«

»Unter keinen Umständen.«

»Ich verstehe, Sie wollen mit einem kranken Buben und einer alten Frau nichts zu tun haben.«

»So war das nicht gemeint«, sagte der alte Mann. Ich komme durch damit, dachte er. Ich komme damit durch. Jetzt weiter, milde, mit Gefühl. »Es tut mir so leid, für beide, wirklich, Herr Doktor ... Es tut mir furchtbar leid ...«

»Aber Sie kommen unter keinen Umständen nach Wien.«

»Ich *kann* nicht, Herr Doktor! Sie ... Sie ahnen nicht, in welcher Lage ich mich befinde.«

»Ich verstehe.« Nun klang die Stimme des Arztes kalt und schroff. »Dann verzeihen Sie die Belästigung. Gute Nacht!«
Die Verbindung war unterbrochen.
Faber saß reglos am Schreibtisch und sah auf den nun ruhigen Atlantik hinaus, in dessen Wasser sich nicht zu zählende Sterne spiegelten, die viele Millionen Lichtjahre entfernt waren.
Mira Masin, dachte er, und seine Hände zitterten. Mira Masin. Wie glücklich wir waren, in Sarajewo, 1953. Die Stadt, die alle Menschen glücklich macht, so hieß es damals. Und sie waren glücklich, Kroaten, Serben und Bosnier, Christen, Moslems und Juden. Viele waren arm, aber sie lebten miteinander wie *eine* Familie. Sie arbeiteten und lachten und feierten gemeinsam, damals, als ich mit dem amerikanischen Regisseur Robert Siodmak im Hotel »Europa« wohnte und das Drehbuch zu einem Film über das Attentat auf den österreichisch-ungarischen Thronfolger Franz Ferdinand und seine Frau schrieb, jenes Attentat, nach dem der Erste Weltkrieg ausbrach.
Ich hatte Mira vergessen, ich hatte unsere Liebe vergessen, den Film, das Hotel »Europa«, Robert Siodmak, alles. Aber als dieser Arzt Miras Namen erwähnte, fiel es mir wieder ein. Nicht alles. Einiges. Ich kann mich immer noch nicht daran erinnern, wie Mira aussah. Haben wir einander geliebt? Vielleicht. Mag sein. So lange her. Cutterin war sie bei der Bosna-Film, ja, und unsere Dolmetscherin. Aber deshalb kann ich doch nicht nach Wien fliegen, nicht ihretwegen, nicht wegen dieses Jungen. Ich muß sterben, jetzt und hier und gleich. Du weißt, warum, Natalie, du weißt es doch.

4

Schnell.
Nun mußte es schnell gehen. Hastig schrieb er einen zweiten Scheck aus, steckte beide in Hotelkuverts. Der zweite Scheck war über tausend Franc und für den Concierge bestimmt. Zu viel, wie immer, dachte er. Na und? Er durfte nicht mehr erreichbar sein, falls sein Anwalt noch einmal anrief, um sich zu erkundigen, was mit Wien sei. Er mußte zum Strand. Natürlich, dachte er, könnte ich mich auch hier erschießen. Wie viele Menschen waren im »Hotel du Palais« schon gestorben? Ein Herzinfarkt kommt, wann er will. Ein Schlaganfall auch. Ich weiß, die Hotelleute hassen so etwas. Das Appartement absperren. Bis zum frühen Morgen warten. Die Leiche dann in einem Schmutzwäschewagen fortschaffen. Sie hassen es, wenn sie auch einsehen, daß jene, die in ihren Zimmern sterben, es sich nicht aussuchen können. Selbstmord ist aber etwas anderes. Da gibt es besondere Widerwärtigkeiten. Unter Umständen beschmutze ich einen ganzen Raum. Die Polizei muß gerufen werden. Das Haus ist voll. Läßt sich nicht geheimhalten, so etwas. Die Presse. Der Skandal ... Nein, es muß unten am Strand sein, entschied er. Sie waren alle so freundlich zu ihm gewesen in diesen sechs Wochen, und er hatte Hotels so gerne. Es wäre mehr als undankbar.

Also ging er in das Schlafzimmer, knipste dort alle Lichter an und öffnete einen der Wandschränke. Schnell zog er sich an: Unterwäsche, eine Jogginghose, dunkelblau, ein weiches Sweatshirt, eine blaue, glänzende Windjacke mit aufstellbarem Kragen und Reißverschlußtaschen, zuletzt Socken und Schuhe aus blauem Segelleinen mit weißen Schnürsenkeln und weißen Profilsohlen. Das alles hatte er in einem Geschäft an der Avenue Edouard VII. neben der russisch-orthodoxen Kirche gekauft. Vor langer Zeit war er schon einmal mit Natalie dort gewesen, um Strandkleidung auszusuchen. Natürlich hatten seither die Verkäuferinnen gewechselt. Eine, die jetzt da arbeitete, sagte: »*Très, très chic*«, nachdem er die Sachen in einer Kabine anprobiert hatte. Er wußte, daß er lächerlich aussah, aber das war ihm gleichgültig gewesen. Auf dem Rücken der Jacke stand in großen roten und silbernen Buchstaben ROYAL NASSAU TRANSPACIFIC und USA 54. Unter einem Kreis mit einem Stern, auf dem der goldene Kopf eines Adlers und auch noch das Rund der Erde mit angedeuteten Kontinenten, Längen- und Breitengraden zu erkennen waren, standen schließlich in silberner Schrift die Worte COMPAGNIE DE CALIFORNIE. Das Ärgste, was die hübsche Verkäuferin empfohlen hatte, war eine Schirmmütze aus weißem Leinen. Über dem Schirm standen in Rot die Worte SAN DIEGO, in Schwarz das Wort CALIFORNIA und, marineblau, noch einmal COMPAGNIE DE CALIFORNIE. Immer wieder hatte die Verkäuferin beteuert, wie großartig Monsieur aussehe. Was zum Teufel, hatte er gedacht, ich bin auch ohne all dies schon ein ekelhafter alter Mann.

Er ging in den Salon zurück, steckte die Pistole in eine der Reißverschlußtaschen, nahm die beiden Kuverts und verließ die Suite, in der einmal Sarah Bernhardt gewohnt hatte. Mit einem alten, geräumigen Lift fuhr er in die Halle hinunter.

»*... it's still the same old story, a fight for love and glory, a case of do or die ... the world will always welcome lovers – as time goes by ...*«

Sie spielten die alte, schöne Melodie. Ingrid Bergman und Humphrey Bogart, dachte er, »Casablanca«. Lief damals in Sarajewo, der Film ... Nicht! dachte er sofort. Nicht daran denken! Auf keinen Fall an Sarajewo denken! Die Stimme der Sängerin und die Musik des Orchesters konnte man deutlich hören, obwohl die Halle überfüllt war. Fröhliche Menschen sah Faber, die Parfums der Frauen nahm er wahr. Ein Concierge arbeitete im Gewühl hinter einer kreisrun-

den Holztheke. Die Marmorlogen der Rezeption lagen im Dunkeln, nur aus der Telefonzentrale fiel durch eine angelehnte Tür Licht.
Es war heiß im prunkvollen Entree des »Hotel du Palais« mit seinen Säulen, Gobelins, Gemälden, Vitrinen, lebensgroßen Marmorfiguren und mit rotem Samt bezogenen alten Sesseln und Fauteuils. Dem Concierge, einem älteren Mann, stand in feinen Tröpfchen Schweiß auf der Stirn. Seine braune Uniform war bis zum Hals geschlossen. Der Nachtconcierge hieß Claude. Claude lächelte.
»Guten Abend, Monsieur Faber! Was kann ich für Sie tun?«
Er gab ihm die beiden Kuverts. »Das ist die Wochenrechnung. Und das ist für Sie, Claude.«
»Oh, ich danke sehr, Monsieur.«
»Ich danke Ihnen, Claude.«
»Monsieur gehen noch aus?« Dies, weil Faber den schweren Zimmerschlüssel auf die Theke gelegt hatte.
»Zum Strand.«
»Es ist eine wundervolle Nacht, Monsieur.«
»Ja«, sagte Faber, »nicht wahr?«
Zwischen den Blumenrabatten verborgene Scheinwerfer beleuchteten die Hotelfassade, andere die Marmorflächen um den Pool und das Wasser in dem blaugefliesten Becken. Hier wurde überall getanzt. Faber sah Männer in Smokings und Dinnerjackets, Frauen in großen Abendtoiletten. Kellner eilten mit Getränken von Tisch zu Tisch.
Er sah auch das Wahrzeichen des Hotels, ein N und ein E, verschlungen zu NE – Napoleon und Eugenie –, das aus halbmeterhohem, sehr dichtem und sorgsam beschnittenem Buchsbaum bestand. 1855, das hatte Natalie schon bei ihrem ersten Besuch recherchiert, war das »Hotel du Palais« von Napoleon III. für seine Frau erbaut worden. Sechzehn Jahre lang lebte das Paar im Sommer hier, die Aristokratie der Welt kam zu Besuch. Empfang folgte auf Empfang, Ball auf Ball, Feuerwerk auf Feuerwerk. Am Strand wur-

den Picknicks veranstaltet, so fröhlich, so sorglos war das Leben.

Ich benehme mich wie der letzte Lump, dachte Faber, aber ich bin ein alter Mann, ich kann nicht mehr, laßt mich ein Ende machen nun und sterben, und vergebt mir, wenn ihr könnt, ihr alle!

Nicht! Nicht daran denken! befahl er sich, während er die breite Auffahrt hinab zum Eingang ging. Milchglaskugeln, die sich aus dem Gras erhoben, beleuchteten zu beiden Seiten den Kiesweg. Das große Tor mit seinen kunstvollen Schmiedeeisenflügeln (auch hier das Zeichen NE) stand offen. Draußen parkten Wagen, Stoßstange an Stoßstange, alle jene, die im Innenhof des Hotels keinen Platz mehr gefunden hatten.

Und in Wien stirbt ein Junge. Was geht mich dieser Junge an? Wer bin ich ihm, wer ist er mir, daß ich um ihn soll weinen? Nicht doch, verflucht! dachte er. Denk nicht an den Jungen! Denk nicht an Mira! Denk nicht an Bell, schon gar nicht an Wien! Denk an etwas gottverflucht anderes! Denk daran, was Natalie dir über dieses Hotel erzählt hat, los, los, los, denk an das Hotel!

Nun also, 1903 brannte es ab. Wurde wieder aufgebaut zum Casino. War im Ersten Weltkrieg Lazarett. Die »Roaring Twenties«! Neue Berühmtheiten kamen ins »Hotel du Palais«. Cocteau, Chaplin, Hemingway ...

Faber ging über die Place Edouard VII. zur Grand Plage. Links gab es eine riesige Baugrube. Kräne und Bagger ragten in den Himmel. Das neue Casino entstand hier, diese Grube hat Natalie nicht mehr gesehen. Natalie wollte, daß ich in Wien anrufe. Nein, aus, Schluß! Nicht daran denken! Sagt sich leicht. Das Denken denkt von selbst ... Einmal hatten Natalie und ich ein kleines Haus in einem großen Garten in Südfrankreich, La Roquette sur Siagne hieß der winzige Ort, zwanzig Kilometer landeinwärts von Cannes. Palmen, Oliven- und Mimosenhaine. Von einem Hügel konnte man das Meer bei La Napoule sehen. Da standen wir, und Natalie sagte: »Wenn jeder Mensch auf der Welt nur einen einzigen Menschen glücklich machen würde, wäre die ganze Welt glücklich.« Und der Junge in Wien, überlegte er. Aus! Schluß! Sofort! Das Hotel. Denk an das Hotel!

Das »Hotel du Palais« erlebte 1936 den Ausbruch des Spanischen Bürgerkriegs, und Hitler traf hier bei Hendaye mit Franco zusammen, weil er 1940 in einem neuen »Blitz« quer durch Spanien Gibraltar nehmen wollte. Doch daraus wurde nichts ... Musik weht von den Terrassen herab. Festlich gekleidete Menschen tanzen da oben ... Zu den Wochenenden hatten meine Eltern oft viele Gäste, und es wurde auch getanzt in der großen Halle, um die im ersten Stock eine von Ornamenten durchbrochene Balustrade lief. Dahinter kauerte ich und sah den Erwachsenen zu, obwohl ich längst im Bett sein sollte. Mutter entdeckte mich einmal, da durfte ich dann noch allen gute Nacht sagen, und wunderschöne Damen, die süß dufteten, küßten und herzten mich und strichen über mein Haar ...

Faber wandte sich nach rechts und stapfte durch ein Stück nassen Sand, der ihn tief einsinken und sofort schwer atmen ließ.

Die wunderschönen Damen, dachte er. Ihr süßer Duft. Damals ging es uns noch gut in Wien, später dann waren wir so arm, daß wir nichts mehr zu essen hatten. Verzweifelt lief Mutter da einmal in die Winternacht hinaus ... und kehrte zurück mit einem großen Laib Brot, den sie im Schnee gefunden hatte; er war wohl von einem Lieferwagen gefallen ... Nicht! Nicht! Nicht an Wien denken, auch nicht an die Mutter! Also: 1950 gingen in Europa wieder die Lichter an, und wieder kamen die Reichen, die Schönen, die Berühmten ins »Hotel du Palais«: Gary Cooper, Jane Mansfield, Frank Sinatra ... Als ich ein kleiner Junge war, wollte ich Gärtner werden, unbedingt Gärtner ... Zweimal war ich in Auschwitz – für die Nachrichtenagentur Associated Press gleich nach dem Krieg, später für die dpa. In einem Grasstück trat ich auf etwas Hartes, grub es aus. Ein kleiner Teelöffel, schwarz verschmort. Wer hatte den in der Hoffnung worauf mit ins Lager gebracht? Was ist aus diesem Menschen geworden? Auf meinem Schreibtisch in Luzern liegt der kleine Löffel nun ... Spanischer Adel kam hierher, der fette König Faruk von Ägypten ... Mein bester Freund Fritz starb, als die Blätter fielen, und ich war verzweifelt. Und in einem anderen Jahr küßte mich ein Mädchen, als das Laub zu Boden sank, und ich war glücklich. So viele Ruinen sah ich im Herbst, so viele schwarze, reglose Klumpen, die einmal Menschen gewesen waren und nun festgefroren an der Erde klebten, zu der sie bald werden sollten ... *Gonna take a sentimental journey* ... Lukas, der im Krieg beide Hände verlor und mit dem Mund malte, wunderbare Bilder ... Beethovens Neunte Sinfonie aus einem Radio und eine Stimme, die sagt: »Hier ist Radio Hamburg, ein Sender der britischen Militärregierung. Der Krieg ist zu Ende.« ... Ein superbreites Bett mußten sie bauen, damit auch die Gespielinnen des fetten Faruk Platz hatten ... Der Sonnenuntergang über dem Atlantik, als ich zum erstenmal nach Amerika flog. Wie jung war ich da. Und jetzt. Und jetzt. Jetzt bin ich ein alter Mann ohne jede Hoffnung, der nur eines will: sterben. Na also, dachte er, da wären wir glücklich wieder! Ich kann einfach an nichts anderes denken. Und ich will auch nicht.

Er hatte den nassen Strand hinter sich gelassen, erreichte einen Weg aus Steinplatten und kam danach zu den bizarren Klippen, die, hoch über dem Atlantik, das Hotel wie ein Wall schützten. Zwischen diesen Klippen gab es einen von den Wogen der Flut in Jahrhunderten ausgehöhlten galerieähnlichen Gang, in dessen Ritzen hereingespülter nasser Sand lag. Faber ging langsamer, schon begannen Beine und Füße zu schmerzen, immer schwieriger wurde das Atmen.

Keiner Anstrengung mehr gewachsen, nicht der kleinsten, dachte er. Alt bist du, total verbraucht, zu nichts mehr nütze.

Dann war er auf der breiten Promenade Winston Churchill, Sand und Schlamm klebten an den blauen Leinenschuhen. Links unten lag die Plage Miramar, rechts stieg steil die Küste an. Zwischen uralten Häusern, die aus schweren Felsbrocken gebaut waren, führten schmale, verwinkelte Treppen, in Stein gehauen, nach oben. Sie hatten Eisengeländer. Faber sah nun alle drei Urgesteinriesen, die aus dem Wasser ragten. Roche ronde hieß der mächtigste, Roche plate und Le Frégeste hießen die beiden anderen, plötzlich war es ihm wieder eingefallen. Das Leuchtfeuer auf der Pointe Saint Martin strich jetzt auch über ihn hinweg, das gleißende Licht erschien hier seltsam grünlich und machte alles, Meer, Land, Häuser, Treppen, die ganze große Bucht, unwirklich und wesenlos. Weit hinten lagen nun die Lichter der Stadt.

Er kam an einer Reihe moderner Häuser vorbei. Die Besitzer vermieteten sie oder einzelne Wohnungen während der Saison an Touristen. Hinter großen Glasscheiben sah er zur ebenen Erde immer wieder Behandlungsräume der Thalassotherapie-Institute. Bei Spaziergängen hatte Faber hier an Vormittagen Männer und Frauen beobachtet, in weiße Mäntel gehüllt, auf Pritschen liegend, zwischen chromblitzenden Metallflaschen und anderen Geräten für die Anwendungen, bei denen man auf die heilende Wirkung des Meereswassers setzte. Faber mußte stets an Aquarien denken und daran, was wohl Fellini zu diesem Setting eingefallen wäre, aber Fellini war auch schon tot.

Die Promenade Winston Churchill endete nun vor Durchgangssperren. Schwarze, absplitternde Buchstaben auf weißem, absplitterndem Grund gaben auf französisch bekannt, daß das Weitergehen verboten, weil lebensgefährlich war. Faber hatte gesehen, wie die anstürmenden Wogen sich hier viele Meter hoch überschlugen. Unterhalb der Pointe Saint Martin hingegen war es stets ruhig, und dort wollte er hin. Also wandte er sich nach rechts und begann, die ausgetretenen Stufen einer schmalen Treppe zwischen den alten Häusern emporzusteigen. Alle Fensterläden waren geschlossen. Vielleicht wohnte hier längst niemand mehr. Die Gebäude machten einen verfallenen, unheimlichen Eindruck. Descente de l'Océan hieß diese Treppe. Sogleich begann sein Herz unter der Belastung stürmisch zu pochen, und sein Atem ging keuchend. Nicht mehr der kleinsten Anstrengung gewachsen, dachte er, nun, diese war die letzte. Die Descente de l'Océan mündete oben in die menschenleere Avenue de l'Impératrice, und von dort führte ein geschlungener Weg, die Rue d'Haizart, wieder hinab zum Wasser und zur Esplanade Elisabeth II. Faber hatte sich hier überall vorsorglich umgesehen.

Er mußte nun mit weit geöffnetem Mund atmen und verspürte scharfe Stiche in der Lunge. Ich bin wirklich ein elendes Wrack, dachte er, nicht nur gesundheitlich. Dabei habe ich es wieder und wieder versucht, dachte er anschließend. Alles habe ich versucht, tage- und nächte-, wochen-, monate-, jahrelang. Aber alles, was ich nach Natalies Tod geschrieben habe, war schlecht, war Dreck. Ich weiß Bescheid, schließlich habe ich geschrieben, seit ich 1948 aus der Gefangenschaft heimkam. Schreiben war mein Beruf. Seit 1988, dem Todesjahr Natalies, habe ich nicht eine Kurzgeschichte, nicht einen Artikel mehr schreiben können, keinen einzigen gottverfluchten guten Satz. Und ich habe um einen solchen einzigen guten gottverfluchten Satz gekämpft, dachte er, die Rue d'Haizart hinabsteigend, vorsichtig, langsam, mit hämmerndem Herzen und stechender Lunge. Ich bin ein gewesener Schriftsteller. Du weißt, Natalie, sagte er zu ihr, warum nun alles ein Ende haben muß, und das schnell, warum ich unter keinen Umständen nach Wien fliegen kann, du weißt es, Natalie.

Kein Mensch ahnt, daß ich seit sechs Jahren erledigt bin, dachte er, nicht einmal mein Freund Walter Marks, der Anwalt. Mein Verleger und mein Lektor vermuten vielleicht gewisse Schwierigkeiten, daran sind sie bei Schriftstellern gewöhnt. Je älter ich wurde, um so mehr Zeit nahm ich mir für ein neues Buch. Mußte ich mir nehmen. Das sahen alle ein im Verlag. Sie warteten geduldig. Niemals ein mahnendes Wort. Wie eine chinesische Porzellantasse behandeln sie mich. Ich habe ihnen sehr viel Geld gebracht.

Wenn er arbeitete, hatte er sich schon immer zurückgezogen. Natalie war stets mit ihm gegangen. Immer las er ihr als erstem Menschen vor, was er geschrieben hatte. Auf ihr Urteil konnte er absolut vertrauen. Als er mit Büchern noch wenig verdiente, lebten sie in kleinen Pensionen an österreichischen oder oberbayerischen Seen, später konnten sie sich dann die großen Hotels leisten, die sie beide so liebten.

Aber Natalie war tot, gestorben am 25. Mai 1988 in der Universitätsklinik Zürich nach einer Darmkrebsoperation, und als er dann begann, ein Theaterstück über ihr Leben, ihren Tod, ihre Liebe zu schreiben, gelang ihm nichts, keine Szene, kein einziger Dialog. Zuerst wartete Faber noch darauf, daß dieser Zustand vorüberging. Als sich nichts änderte, begann er zu reisen. Mit Ausnahme der Aufenthalte in Luzern, die stets nur wenige Monate dauerten, hatte er praktisch seit sechs Jahren nur noch in Hotels gelebt, die er aus den Zeiten des Glücks mit Natalie kannte. Er dachte, das würde vielleicht helfen.

So flog er zuerst nach New York und wohnte fünf Monate lang im »Carlyle«, und es half nichts. Er flog nach Madrid und wohnte im »Ritz«, und es half nichts. Und es half auch nichts im »Quisisana« auf Capri und nichts im »Atlantic« in Hamburg und nichts im »Beverly Wilshire« in Los Angeles, im »Claridge« in London, im »Continental« in Oslo, dem »Carlton« in Cannes, dem »George V.« in Paris, dem »Hass-

ler« in Rom, nichts im »Hotel de Paris« in Monte Carlo und nichts im »Mandarin« in Singapur.
Bis 1960 hatte er fünfzehn Jahre lang viel zuviel getrunken, immer nur Whisky, dann war eine Entziehungskur nötig geworden. Nach ihr trank er nichts mehr, keinen einzigen Tropfen Alkohol. Zweiunddreißig Jahre lang war er absolut trocken, bis er dann 1992 im »Carlton« in Cannes wieder Whisky trank in der Hoffnung, das würde helfen, und es half überhaupt nicht, und so ließ er es nach zwei Wochen wieder sein. Er versuchte alles – Psychotherapie, Medikamente, sogar Beten. Nichts half.
Ende 1993 hatte er sich im »American Colony« in Ost-Jerusalem einmal mehr bemüht zu schreiben, und es war schlimmer gewesen denn je. Da brauchte er schon Mittel, um ein paar Stunden Schlaf zu finden. Anfang April 1994 beschloß er dann, im »Hotel du Palais« einen letzten Versuch zu unternehmen. Nach sechs Wochen war er am Ende.
Faber erreichte die ersten hohen Stufen der Treppe, die von der Esplanade Elisabeth II. zum Leuchtturm emporführten, und setzte sich in eine flache, niedrige Nische, die man in die Felswand gebrochen hatte. Zu dieser Nische war er in den letzten Wochen wieder und wieder gekommen. Der beste Ort, hatte er stets gedacht.
Er sah das schimmernde Meer, das angestrahlte »Hotel du Palais«, die abertausend Lichter der Stadt dahinter, er sah den gewaltigen Himmel voller Sterne, und er nahm die Pistole aus der Tasche der Windjacke. Walter, mein Verleger und mein Lektor werden verstehen, daß ich es tun mußte, dachte er. Auch die wenigen Freunde, die geblieben sind, seit ich mich so sehr zurückgezogen habe. Selbst dieser Arzt in Wien wird es verstehen, wenn er von meinem Selbstmord aus der Zeitung erfährt.
Wien! dachte er, Wien, jetzt noch, vor dem Ende! Diese Stadt Wien, die er haßte für alles, was ihm und so vielen dort widerfahren war. Er dachte an seinen Vater, und er dachte

an Susanne und den tiefen Luftschutzkeller am Neuen Markt nahe der Plankengasse, in dem sie gefangen waren, damals, im März 1945, unmittelbar nachdem er von der Deutschen Wehrmacht desertiert war. Und er dachte an das Gedicht, das Susanne damals gesprochen hatte, dieses Gedicht, dessen Verfasser sie nicht kannte:

Ich bin, ich weiß nicht, wer.
Ich komme, ich weiß nicht, woher.
Ich gehe, ich weiß nicht, wohin.
Mich wundert, daß ich so fröhlich bin.

Daß ich so fröhlich bin, dachte er. Seit langem kann ich nicht mehr verstehen, daß auch nur *ein* Mensch fröhlich zu sein vermag in dieser Welt des täglichen Horrors. Also Schluß und zum Teufel und, dreimal verflucht, kein Selbstmitleid! Wenige haben es trotz allem so gut gehabt wie du, sehr wenige.

Er schob den Schlitten auf dem Lauf der Waffe zurück, wodurch eine Patrone in die Kammer sprang, danach erst entsicherte er die Walther und steckte die Mündung der Pistole in den Mund. Und da hörte er, sehr klar, die Stimme Natalies, und die Stimme sagte: Wenn du mich jemals geliebt hast, wirst du das nicht tun. Es wäre eine zu große Gemeinheit gegenüber diesem Jungen in Wien.

Nach einem Moment der Erstarrung nahm Faber den Pistolenlauf aus dem Mund, sicherte die Waffe wieder mit bebenden Fingern und stand auf. Alles drehte sich um ihn: Meer, Land, Lichter der Stadt, Himmel und Sterne. Er fand Halt an einem Felsvorsprung und übergab sich heftig.

5

»Ich weiß«, brüllte Adolf Hitler, auf dem Balkon der Wiener Hofburg stehend, »die alte Ostmark des Deutschen Reiches wird ihrer neuen Aufgabe genauso gerecht werden, wie sie die alte einst gelöst und gemeistert hat!«

Auf dem riesigen, von Menschenmassen überfüllten Heldenplatz brach irrwitziger Jubel aus.

»Sieg Heil! Sieg Heil! Sieg Heil!«

»Führer, wir danken dir! Führer, wir danken dir! Führer, wir danken dir!«

Tags zuvor hatte Faber den Vater zum Südbahnhof begleitet. Mit dem letzten Zug gelang diesem die Flucht nach Italien, von dort nach Spanien und Portugal und schließlich über Holland nach England.

Nun, am 15. März 1938, stand Faber, vierzehnjährig, mit kurzen Hosen und weißem Hemd neben der Mutter am Rande des Heldenplatzes und hatte Angst, grauenvolle Angst, denn während die Massen in einer Raserei der Freude Hitler immer wieder mit Begeisterungsschreien unterbrachen, stand Fabers Mutter gebeugt und von Weinen geschüttelt da. Er hatte alles versucht, um ihre Teilnahme an dieser Kundgebung zu verhindern, aber sie hatte sich, in ihrem Schmerz und ihrer Trauer halb von Sinnen, nicht davon abbringen lassen. Sie mußte ihn sehen, diesen Verbrecher, der ihr den Mann genommen hatte, mußte, mußte, mußte. Und Faber, mager und bleich, mit einem Gesicht voller Akne, bemühte sich vergebens, sie wegzuzerren.

»Mutter! Mutter, bitte, komm!«

Sie riß sich los und starrte den Kerl da oben auf dem Balkon an, Tränen strömten über ihr Gesicht, und Faber zitterte vor dem Augenblick, in dem ein Mann oder eine Frau fragen würde: »Warum weinen Sie an diesem herrlichen Tag?«

Immer wenn er nach Wien kam, mußte Faber an diesen Tag, mußte er an diese Szene auf dem Heldenplatz denken; niemals konnte er sie vergessen. Vor einer halben Stunde war er in Schwechat gelandet. Ein Wagen des Hotels »Imperial« brachte ihn in die Stadt. Noch von Biarritz aus hatte Faber nach der Rückkehr in das »Hotel du Palais« seinen Freund Walter Marks angerufen und ihm gesagt, wo er nun zu erreichen sei, anschließend hatte er im »Imperial« ein Zimmer bestellt und gebeten, am Flughafen abgeholt zu werden. Concierge Claude hatte die beste Flugverbindung nach Wien herausgesucht und einen Platz reservieren lassen – zunächst in einer sehr kleinen Maschine, einer E-M 2-Brasilia der Air Littoral, Abflug Biarritz-Parme elf Uhr fünfzig, Ankunft Genf dreizehn Uhr vierzig, danach mit Lauda Air weiter nach Wien. Den Flug über das frühsommerliche Land unter dem tiefblauen Himmel hatten alle Passagiere der ausgebuchten Maschine ebenso genossen wie das hervorragende Essen – alle außer Faber. Je näher sie Wien kamen, um so bedrückter wurde er. Nach der Landung wünschte eine Stewardeß über Mikrophon den Passagieren in drei Sprachen »eine besonders schöne Zeit in dieser besonders schönen Stadt«, und während das Flugzeug ausrollte, ertönte aus den Bordlautsprechern der Walzer »Wiener Blut«. Sehr passend, dachte Faber ...

Er hob die beiden großen Samsonite-Koffer vom Gepäckband und verstaute sie keuchend und am Rande seiner Kräfte mit einem Aktenkoffer, seiner Flugtasche und seiner Schreibmaschine auf einem Wägelchen. Ich bin ein alter Mann, dachte er, verbraucht und schwach, der seine Schreibmaschine mitschleppt, aber seit Jahren keinen wahren Satz mehr schreiben kann. In der Empfangshalle entdeckte er den Chauffeur des »Imperial«. Clemens Kerber hatte ihn in den vergangenen zwanzig Jahren immer wieder abgeholt oder zum Flughafen gebracht. Sie schüttelten einander die Hand, dann übernahm Kerber das schwer beladene Gefährt und ging voraus zu einem großen Cadillac.

Faber saß im Fond. Es war sehr heiß in Wien, sehr heiß für Mitte Mai. Die Klimaanlage flüsterte. Auf den Straßen herrschte starker Sonntagsverkehr. Sie kamen nur langsam voran. Kerber war ein feinfühliger Mann. Er lenkte den Wagen schweigend, während der alte Mann tiefer und tiefer in Erinnerung versank.

Hotel »Metropol«, dachte Faber im Fond des lautlos dahingleitenden Cadillacs. Hotel »Metropol« am Morzinplatz, Hauptquartier der Gestapo. Dorthin war seine Mutter dann zweimal wöchentlich befohlen worden, um verhört zu werden. Er hatte sie immer begleitet. Die Gestapobeamten wollten Einzelheiten über die österreichische und vor allem die deutsche Sozialdemokratische Partei erfahren, denn der Vater hatte in dieser eine große Rolle gespielt. Fabers Eltern waren Deutsche, beide stammten aus Hamburg. Der Vater vertrat einen englischen und einen deutschen Industriekonzern in Österreich. Faber war im Wiener Rudolfinerhaus zur Welt gekommen und hatte die ersten Lebensjahre auf Reisen und hauptsächlich in London verbracht, er sprach akzentfrei Englisch. In Wien war er dann zur Schule gegangen, und in Wien hatte man ihn zur Deutschen Wehrmacht geholt: Weil sein Vater 1938 im letzten Augenblick nach England entkommen war, bekam er von den Nazis »die Chance, sich besonders zu bewähren«.

Arme Mutter, dachte Faber, sie wußte doch überhaupt nichts. Niemals hatte Vater ihr etwas gesagt, um sie nicht zu gefährden, und zudem war die deutsche Sozialdemokratie 1938 längst völlig zerschlagen. Allein die Kommunistische Partei war dank ihrer Struktur, nach welcher ein Mann stets nur einen einzigen anderen kannte, halbwegs intakt. Auch unter der Folter konnte kein Kommunist mehr als einen Genossen verraten.

Es war, dachte Faber, während er im Fond des Cadillacs

durch die Stadt fuhr, auch bloß eine zusätzliche Qual, welche die Gestapobeamten der Mutter zugedacht hatten, denn nie wußte sie, was mit ihr im Hotel »Metropol« geschehen würde. Vor dem Gebäude, in einem kleinen Park, saß Faber in kurzen Hosen dann stets auf einer Bank und betete: »Lieber Gott, bitte, laß die Mutter wieder herauskommen. Ich tu alles, was du willst, wenn du nur meine Mutter wieder rauskommen läßt.«

Sie kam.

Und setzte sich neben ihren Sohn und weinte, als könne sie nie mehr aufhören zu weinen. Lange saßen sie da, zweimal in der Woche, denn es dauerte jedesmal lange, bis die Mutter sich halbwegs beruhigt hatte. Dann ging Faber mit ihr zum Schwedenplatz, und sie fuhren zuerst mit der Stadtbahn, anschließend mit der Straßenbahn, dem Einundvierziger, heim. In dem Haus in Neustift am Wald, wo Weinberge die Hänge unterhalb des Wienerwaldes bedeckten, wartete die Mila, der wunderbarste Mensch, dem Faber jemals begegnet war. Mila Blehova hieß sie und stammte aus einem winzigen tschechischen »Stedtl«. Eine breite Entennase hatte die Mila, und, als sie älter war, ein prächtiges falsches Gebiß. Und ganz jung und ganz alt hatte sie das gütigste Gesicht, das er in seinem Leben gesehen hatte. Wenn man die Mila anschaute, wußte man: Über die Lippen dieser Frau würde niemals eine Lüge kommen.

Mila und Mira, überlegte er. Niemals zuvor war ihm die Ähnlichkeit der beiden Namen aufgefallen, nun empfand er sie zum erstenmal als etwas Seltsames, Geheimnisvolles. Die Mila! dachte er, und größer und größer wurde seine Traurigkeit. Die Mila war schon da, als er geboren wurde, und sie blieb bei der Mutter noch zwei Jahre nach Ende des Krieges. Die Mila hatte ein Schilddrüsenleiden, und wenn sie sich aufregte, bekam sie Atembeschwerden (»Hab ich wieder mein Aufstoßen«, sagte sie dann). Damit sich die

Mila nicht noch mehr aufregte, mußte die Mutter stets versichern, daß bei der Gestapo nichts Schlimmes passiert war. Und die Mila, die natürlich trotzdem immer ihr »Aufstoßen« bekam, sagte zu Faber, den sie, seit er sich erinnern konnte, nur Butzl nannte, dann immer: »Durchhaltn müssen wir, Butzl, durchhaltn, auch der arme gnä' Herr in England. Denn krepieren werden sie am End, die blutigen Hund. Das Böse tut niemals siegen. Niemals, gnä' Frau, niemals, Butzl! Manchmal dauert es sehr lang. Aber nie tut es für immer und ewig siegen, das Böse.« (»Das Beese«, sagte sie.)

Damals ging es ihnen sehr schlecht. Nur noch zweimal vor Kriegsbeginn kam Nachricht vom Vater, danach keine mehr. Die Mutter vermietete Zimmer der Villa, und sie und die Mila kochten für fremde Menschen, servierten und machten die Zimmer sauber. Die Mila bekam schon lange kein Geld mehr für ihre Arbeit, es war einfach zu wenig da. Sie sagte: »Schlag soll mich treffen, wenn ich was nehm von gnä' Frau, wo ich doch zur Familie gehör!«

Und seine Mutter war tot, und die Mila war tot, und sein Vater war tot, und in dem Haus in Neustift am Wald lebten andere Menschen, so lange, lange schon, dachte Faber, den neben Traurigkeit stets auch Zorn erfüllte, wenn er nach Wien kam. Von Zeit zu Zeit war es unumgänglich gewesen zu kommen. Seine ersten sechs Bücher waren hier im Paul Zsolnay Verlag erschienen, dessen Büros in der Prinz-Eugen-Straße lagen. Manchmal hatten Recherchen Aufenthalte in Wien nötig gemacht. Und schließlich war er mehrmals von Neonazis und Führern der sogenannten Nationalen wegen gewisser Artikel und Fernsehkommentare verklagt worden und mußte hier vor Gericht erscheinen. Da war er dann stets mit einer Frühmaschine gekommen und mit einer Abendmaschine wieder abgereist. Bislang hatte er solche Prozesse gewonnen, wenn auch immer erst in zweiter Instanz; eine Klage gegen ihn lief noch.

Sie erreichten den Ring. Zwischen großen Reisebussen sah er zwei Fiaker, in denen Touristen saßen. Andere Touristen, vor allem fotografierende Japaner, strebten in Gruppen der Oper zu. Chauffeur Kerber fuhr über den Schwarzenbergplatz und hielt sich links – der Ring war seit Jahrzehnten eine Einbahnstraße –, bevor er mit dem großen Wagen geschickt zweimal abbog, eine Zufahrt erreichte und vor dem Portal des »Imperial« hielt. Auch hier waren viele Touristen unterwegs. Faber hörte sie reden und lachen, Kinder rannten hin und her, und alle machten einen vergnügten Eindruck. Das frische Laub der alten Bäume entlang der Ringstraße bewegte sich im Wind. Wie immer machte der Wind die Temperaturen in Wien erträglicher. Im Straßencafé des »Imperial« waren alle Plätze belegt. Ein kleiner Junge heulte, weil er sich den Inhalt eines Eisbechers auf das Hemd gekippt hatte.

Das Hotel ist renoviert worden, bemerkte Faber. Nun gab es ein enormes Dach über dem Eingang, dessen Türen weit geöffnet waren, so daß er die prächtige Halle mit ihrem gemusterten Marmorboden, die Teppiche und die edlen Hölzer der langen Empfangstheke sehen konnte, hinter welcher mehrere Portiers beschäftigt waren, dazu den gewaltigen Lüster und im Hintergrund die berühmte Treppe mit dem roten Teppich, über die so viele Große dieser Welt geschritten waren: Kaiser, Könige, Staatenlenker, Nobelpreisträger, die Garbo, Albert Einstein, Adolf Hitler. Der hatte im »Imperial« gewohnt, damals im März 1938, dachte Faber. Es war das offizielle Staatshotel.

Ein Hausdiener eilte herbei und kümmerte sich um das Gepäck. Faber gab dem Chauffeur Geld und betrat die Halle, die Flugtasche über der Schulter, Schreibmaschine in der einen und Aktenkoffer in der anderen Hand. Portier Leo Lahner kam ihm entgegengeeilt. Der schlanke Mann, der so gerne lachte, war der einzige, den Faber hier noch kannte. Lahner, ein Mann von dreiundvierzig Jahren mit

schwarzem Haar, offenem Gesicht und hellwachen Augen, begrüßte Faber herzlich und nahm ihm die Schreibmaschine ab.
»Wie schön, daß Sie endlich wieder einmal zu uns kommen! Neun Jahre waren Sie nicht mehr da.«
»Ja«, sagte Faber.
»Ich weiß, die gnädige Frau ist gestorben.« Plötzlich war Lahner ernst. »Es tut mir so leid, so furchtbar leid für Sie, Herr Faber!«
»Danke, Herr Lahner.«
»Ich habe die gnädige Frau verehrt ...«
»Ja«, sagte Faber und dachte: Nun ist es genug.
»Ich bringe Sie zu Ihrem Appartement«, sagte der Portier. »Wir haben viel renoviert«, fuhr er fort, bemüht, das Thema zu wechseln.
»Ich sehe.« Sie gingen zu den Aufzügen.
»Nicht nur hier unten.« Lahner ließ Faber in einen Lift treten und drückte einen Knopf. Der Aufzug glitt nach oben. »Im ganzen Haus ist renoviert worden. Dritter und zweiter Stock – völlig neu.« Der Lift hielt im zweiten Stock. »Sie haben 215, wie immer!«
Nun gingen sie einen Gang entlang, in dem es noch nach Farbe roch. Lahner schloß Appartement 215 auf. Die hellblaue Seidentapete war mit Lilien gemustert, wie die französischen Könige sie in ihrem Wappen hatten. Sofas und Stühle waren mit dem gleichen Stoff überzogen. Eine Schiebetür, auf beiden Seiten mit Spiegelglas besetzt, trennte den Salon vom Schlafzimmer. Wie im »Hotel du Palais« gab es auch hier vergoldete elektrische Wandkerzen, je einen Lüster im Schlafzimmer und im Salon, einen Ankleideraum und ein enorm großes Bad. Die Klimaanlage war eingeschaltet, denn durch die Fenster fiel heißes Sonnenlicht. Gegenüber sah Faber das Gebäude des Musikvereins in der stillen Bösendorferstraße. An den Wänden des Salons hingen in vergoldeten Rahmen alte Bilder von schönen Frauen und

ernsten Herren aus vergangenen Zeiten. Auf einer zierlichen weiß-goldenen Truhe stand neben einem Fernsehapparat ein Tablett mit Gläsern und Flaschen – Fruchtsäfte, Tonic Water, Bitter Lemon. Eine große Schale mit leuchtenden Blumen schmückte den niedrigen Tisch in der Mitte des Raums, und unter einer Glasglocke lag eine Auswahl von Petits fours.

»Sehr schön«, sagte Faber. »Danke!«

»Sie sind einer unser liebsten Gäste, Herr Faber«, sagte Lahner. »Wirklich! Das ist kein Gerede. Leider kommen Sie so selten nach Wien ...«

»Ich ...«

»Sie müssen nichts erklären! Die gnädige Frau hat es mir einmal angedeutet. Ich kann das nur zu gut verstehen. Und es ist auch alles andere als schön bei uns in Wien und in Österreich. Sie haben es sicher gelesen und im Fernsehen gesehen – diese Briefbomben jetzt! Gegen Verleger und Anwälte und solche, die etwas für Ausländer tun. Auch unser Bürgermeister Zilk hat so einen Brief bekommen ...«

»... und eine Hand verloren, ich weiß«, sagte Faber. »Von den Tätern keine Spur.«

»Alles kommt wieder, so schaut es aus, Herr Faber, alles kommt wieder. Nichts haben die Menschen aus dem Unglück gelernt. In Deutschland ist es nicht besser, aber soll das ein Trost sein? Jüdische Friedhöfe sind schon wieder geschändet worden bei uns. Lieber Herr Faber, wenn jemand versteht, daß Sie nicht gerne hierherkommen nach allem, was Ihnen passiert ist, dann bin das ich.«

»Ich weiß, Herr Lahner.« Faber legte ihm eine Hand auf die Schulter. »Hören wir auf damit! Sie waren eben noch so fröhlich. Das hatte doch seinen Grund.«

Lahners Gesicht hellte sich auf. »Ein ganz großes Glück, Herr Faber. Meine Frau hat noch ein Kind gekriegt! Im November zwoundneunzig. Einen Buben! Eineinhalb Jahre ist er jetzt.«

»Wunderbar!« sagte Faber. »Sie haben sich doch stets einen Buben gewünscht.«
»Ja, ein Mädchen haben wir doch schon.«
»Wie heißt der Junge?«
»Michael.«
»Schöner Name.«
Der Portier hatte seine Brieftasche herausgezogen und ihr einige Fotos entnommen.
»Das ist er, der Michael! Kann schon gehen, ohne Hilfe! Da, schauen Sie! Durchs ganze Zimmer! Was der läuft! Hier ist er im Garten ...«
»Ein großartiger Junge«, sagte Faber.
»Und reden tut er auch schon!« Lahner sah Faber an. Nun leuchtete sein Gesicht. »Meine Frau schreibt alles auf. Was er sagt und was er tut, der Michael. Ein dickes Buch wird das werden ...« Der Portier trat einen Schritt zurück. »Verzeihen Sie!«
»Was heißt denn das? Sie *müssen* mir die Bilder zeigen und alles erzählen von Michael. Wir sind doch Freunde!« Faber schüttelte Lahner die Hand, dann ging der Portier, während der Hausdiener das Gepäck in den Ankleideraum stellte. Er bekam ein wie üblich zu großes Trinkgeld und sagte: »Küß die Hand, Herr Doktor!«
So, dachte Faber, nun die Koffer auspacken, dann ein Bad und danach diesen Doktor Bell anrufen und ihm sagen, daß ich doch nach Wien gekommen bin.
Auf dem Weg zum Ankleideraum erfaßte ihn plötzlich so großer Schwindel, daß er Angst hatte, zu stürzen. Langsam und vorsichtig tastete er sich ins Schlafzimmer. Wieder einmal drehte sich alles um ihn, Möbel, Teppiche, Lüster, Spiegel. Er bekam kaum Luft, so sehr er auch um Atem rang, dann durchzuckte ein scharfer Schmerz sein Herz, und er fiel auf das Bett. Obwohl die Sonne noch in den Raum schien, wurde es plötzlich finster um Faber. So also sieht das Ende aus, dachte er. Nun kann ich nicht mehr zu

diesem Goran gehen. Nun sterbe ich doch. Ausgerechnet in Wien. Und dann begann er zu stürzen, tiefer und tiefer, in einen Brunnen aus schwarzem Samt.

6

Als er wieder zu sich kam, lag er im Dunkeln. Er überlegte angestrengt, wo er sich befand. Erst nach Minuten fiel es ihm ein. Mit dem Sterben war es also wieder nichts geworden, dachte er. Sein Kopf schmerzte zum Zerspringen. Vorsichtig setzte er sich auf. Und es hätte so gut alles vorüber sein können, dachte er erbittert. Aber nein, weiterleben.

Nach einer Weile schaltete er die Nachttischlampe an und sah auf seine Armbanduhr. Es war siebzehn Minuten nach drei. Derartiges hatte er schon einige Male erlebt. Er hielt einfach nichts mehr aus. Der Flug von Biarritz nach Wien, die Hitze, die Erinnerungen. Er kannte das: Solange Anstrengungen währten, und das konnte sehr lange sein, ertrug er sie fast so beschwerdelos wie vor dreißig, vierzig Jahren. Die totale Erschöpfung kam danach – wie eben vorhin.

Angezogen, mit hängenden Beinen, saß er auf dem weißgoldenen Bett und starrte die Fensterscheibe an, in der er sich spiegelte. Das Licht der Nachttischlampe bereitete ihm Übelkeit. Nun schmerzten auch Augen, Zähne, Zunge. Er empfand einen widerlichen Geschmack im Mund. Los, steh auf! sagte er zu sich. In Strümpfen ging er durch das Appartement, wobei er die Klimaanlage abdrehte, denn jetzt fror er. Neben den großen Samsonite-Koffern lag im Ankleidezimmer die Flugtasche. Er holte aus ihr das nachtblaue Ledernecessaire und ging damit in das Badezimmer. Dieses Necessaire, voll mit Toilettengegenständen und Medikamenten, nahm er bei Flügen stets als Handgepäck mit für den Fall – der schon eingetreten war –, daß sich nach der Landung seine Koffer nicht finden ließen, weil sie aus Versehen in eine andere Maschine verladen worden waren. Dann konnte es Tage dauern, bis er sie bekam. Faber stand seit Jahren unter einem geradezu krankhaften Zwang, seinen Körper zu pflegen. War es nicht möglich, daß er jeden Augenblick tot umfiel oder auf einer Intensivstation erwachte, und was, wenn er dann schmutzige Füße oder schwarze Ränder unter Zehen- und Fingernägeln hatte? Der Gedanke war ihm unerträglich. Er badete oft morgens *und* abends, obwohl sein Arzt ihm gesagt hatte, daß das zuviel war, und er achtete darauf, stets saubere Unterwäsche zu tragen. Zudem hatte er – erfolgreich hoffentlich – Vorsorge getroffen, bei einem definitiven Zusammenbruch nicht an Maschinen angeschlossen und künstlich am Leben erhalten zu werden. Seit zwanzig Jahren trug er eine schwarze, wasserundurchlässige Plastikhülle bei sich, mit einer Schlaufe an der Innenseite des Hosenbundes befestigt. Sie enthielt Fotokopien der wichtigen Seiten seines Passes und eine »Patientenverfügung«, die in der Schweiz offiziell galt, in anderen Ländern, wie man ihm gesagt hatte, zumindest helfen würde. Unter seinen persönlichen Daten stand da vorgedruckt, er wünsche, es werde für den Fall, daß er in einen Lebenszustand geriet, in welchem er seine Urteils- und Entscheidungsfähigkeit verloren hatte, auf Maßnahmen verzichtet, die nur noch eine Sterbens- und Leidensverlängerung bedeuteten. Sein Leben, hieß es im Vordruck, solle sich in Würde und Stille vollenden. Für jeweils auftretende Probleme – er kannte den Text mit seinem Bürokratendeutsch auswendig –, die Entscheidungen über das weitere Vorgehen bedurften, verlange er, daß die verantwortlichen Ärzte mit folgenden Personen und folgendem Arzt seines Vertrauens Rücksprache nähmen. Eingetragen waren danach die Namen, Anschriften und Telefonnummern seines Anwalts Walter Marks und seines Arztes Prof. Dr.

Ernst Iten, den er seit fünfundzwanzig Jahren kannte. Beide hatten in dafür vorgesehenen Feldern unterschrieben. Mit ihrer Signatur, hieß es danach, bestätigten diese Personen, daß sie von der Patientenverfügung Kenntnis genommen hätten und daß der oben Genannte diesen Letzten Willen in absoluter geistiger Klarheit signiert habe. Faber fühlte sich sofort unsicher, wenn er einmal vergessen hatte, die Hülle innen am Hosenbund zu befestigen. Oft war er deshalb schon in ein Haus oder ein Hotel zurückgekehrt.

Jetzt zog er sich aus und betrachtete seinen nackten Körper in dem wandhohen Spiegel neben der Wanne. Weiß war sein Körper, und die Haut keineswegs mehr fest. Unter den Achseln beispielsweise machte sie schlaffe Falten, auch zu beiden Seiten des Bauches. Er war schlank, fast mager, und unter der Haut sah man seine Rippen. Ein altes Scheusal bin ich, dachte er ergeben.

Mit Wasser spülte er eine Kopfschmerztablette hinunter. Danach drehte er die Hähne der Wanne auf und goß Schaumgel ins Wasser. Er rasierte sich sorgfältig. Was für eine Fresse! dachte er, sein Gesicht betrachtend. Und doch hat keine Dame je an ihr Anstoß genommen. Von einer schweren Akne in der Jugend, die er viele Jahre lang trotz der verschiedensten Schälkuren, ja selbst Röntgenbestrahlung nicht los wurde, bis sie von selbst verschwand, waren Narben zurückgeblieben. Jetzt, im Alter, kam der Ausschlag auf der Stirn manchmal in Form kleiner roter Flecken wieder zutage. Bei Fernschauftritten schminkte man ihn, privat mußte er diese Flecken und Pünktchen, wenn sie zu auffällig wurden, mit einer getönten Creme abdecken. Zur Zeit war der Ausschlag halbwegs geheilt, doch unter seinen Augen entwickelten sich Tränensäcke.

Lange und sorgsam putzte Faber seine Zähne. 1975, überlegte er, hat Dr. Jean-Pierre Collin, 8, Rue Latour-Maubourg in Cannes mir oben und unten Jackets verpaßt. Drei Monate lang dauerte das, jeden zweiten Tag ab sechzehn Uhr.

Vormittags habe ich an einem Roman geschrieben. Die Jacketkronen waren noch tadellos, nur das Zahnfleisch hatte sich an manchen Stellen nach oben geschoben, gelegentlich blutete es. Seit einer kleinen Ewigkeit war Faber entschlossen, einen Zahnarzt aufzusuchen. Er hatte einen Horror vor Mundgeruch und lutschte Pfefferminztabletten in großen Mengen.

Sein Kopfschmerz wich. Er spülte den Mund ausführlich mit Wasser, in welches er etwas Vademecum getan hatte, dann stieg er in das Schaumbad. Er reinigte sich lange und gründlich und lag danach gewiß zehn Minuten still. Schließlich verließ er die Wanne und trocknete sich mit einem Frotteehandtuch ab. Nun noch Bodylotion. Er hielt seinen Körper so gut in Ordnung, wie er konnte, denn wenn er in einer Intensivstation erwachte …

Jetzt erst packte Faber die beiden großen Koffer aus, legte Wäsche in Fächer, hängte Anzüge auf Bügel. Dann ging er ins Schlafzimmer zurück und löschte alle Lichter; vor den Fenstern war es schon hell geworden. Er sank auf das Bett und starrte zur Decke empor. Hellwach dachte Robert Faber an Susanne Riemenschmied und alles, was sich hier in Wien im Frühjahr 1945 und danach ereignet hatte.

7

Sie waren sieben in diesem Keller: das gottesfürchtige Fräulein Therese Reimann, das in dem Haus wohnte; der Pfarrer Reinhold Gontard, der nicht mehr an Gott glauben konnte; Anna Wagner mit ihrer sechsjährigen Tochter Evi – hochschwanger war Anna Wagner, ihr Mann Soldat an der Ostfront; der Chemiker Walter Schröder, ein fanatischer Nazi, der an einer Vernichtungswaffe arbeitete und im März 1945 noch an den »Endsieg« glaubte; die einundzwanzigjährige Schauspielerin Susanne Riemenschmied; und Robert Fa-

ber, Soldat, vor vier Tagen in Ungarn desertiert, weil er nach allen Verbrechen, deren Zeuge er geworden war, die Geiselerschießung eines Kindes nicht mehr ertragen konnte. Gerade in Wien eingetroffen, war er fast einer Wehrmachtstreife in die Arme gelaufen und hatte sich eben noch in jenen Keller retten können. Dann kam der Angriff schwerer amerikanischer Kampfflugzeuge der Basis Mittelmeer. Eine Bombe traf das Haus auf dem Neuen Markt nahe der Plankengasse gegenüber dem Hotel »Meißl und Schadn«, das die Wiener »Scheißl und Maden« nannten, und die sieben in dem dreistöckigen Keller wurden verschüttet. Das geschah am 21. März 1945 gegen die Mittagsstunde.
In der zweiten Kelleretage hatten Arbeiter einige Zeit zuvor mit dem Bau eines Verbindungsstollens zum Nebenkeller begonnen. Der Pfarrer Gontard und Faber wollten hier weitergraben, um durchzubrechen. Schröder war leidenschaftlich dagegen. Er hatte einige Kanister voll Benzin gefunden. Diese wollte er im Erdreich des halbfertigen Stollens vergraben, nachdem er es mit Benzin getränkt hatte. Durch eine Lunte gedachte er einen Brand zu entfachen, der die hölzernen Stützpfeiler zerstörte und die Temperatur so erhöhte, daß die Kanister explodierten und die Trennwand zum Nebenkeller sprengten.
Es gab eine Abstimmung. Alle hielten Schröders Plan für zu riskant, er konnte sie das Leben kosten. Zunächst hielt sich der Chemiker an das Ergebnis dieser Abstimmung. Abwechselnd mit Faber und dem Seelsorger grub er weiter. Es gab auch eine Liebe in diesem Keller – zwischen Susanne Riemenschmied und Robert Faber. Sie dauerte drei Nächte und zwei Tage, und sie wurde geboren aus Einsamkeit, Verzweiflung und Sehnsucht. Was für eine leidenschaftliche Liebe war das, dachte Robert Faber am frühen Morgen des 15. Mai 1994 auf seinem Hotelbett liegend und die Decke anstarrend, was für eine überwältigende Liebe …
Bei einem weiteren Luftangriff wurde das Haus noch ein-

mal getroffen, und der Stollen, den sie vorangetrieben hatten, stürzte ein, als sie schon die Preßluftbohrer der Männer gehört hatten, die ihnen vom Nachbarkeller her entgegengruben.

Da ging der Chemiker Walter Schröder spät nachts heimlich daran, seinen Plan durchzusetzen. Er tränkte das Erdreich mit Benzin. Er vergrub die Kanister. Er legte die Lunte. Gewiß, das bedeutete ein Risiko für alle im Keller. Aber Schröder fand, daß er, unter lauter Feiglingen, das Recht habe, zu tun, was er entgegen der Ansicht der übrigen für richtig hielt.

Faber wurde wach, als Schröder sich schon über die Lunte beugte, um sie in Brand zu setzen. Er brüllte den Chemiker an, die Sprengung abzubrechen. Der entzündete die Lunte. Da erschoß ihn Faber und trat die glimmende Zündschnur aus.

Ich habe, noch keine einundzwanzig Jahre alt, einen Menschen getötet, dachte Robert Faber jetzt auf seinem Bett im Hotel »Imperial«. Die Sonne war inzwischen aufgegangen, und es wurde immer heller im Raum. Sie sagten mir damals alle, daß ich es tun *mußte*, ich hätte sie vor dem Tod bewahrt. Sagten alle.

Sie halfen ihm, mit dem Toten die Kleider zu wechseln. Zuletzt trug Schröder Fabers Uniform, dieser Schröders Hemd, seinen Anzug, seine Strümpfe und Schuhe. Die Aktentasche mit den Plänen für die Vernichtungswaffe mußte verschwinden, niemand durfte diese Pläne mehr sehen. Das meinte der Seelsorger. Nach dem zweiten Bombentreffer war der Keller im untersten Stock überflutet worden. Der Priester warf die Aktentasche in das tiefe Wasser. Alle unterstützten Faber nach Kräften, auch das kleine Mädchen, das Evi hieß. Er müsse leben, sagten alle. Leben! Sobald man sie gefunden hatte, sollte er versuchen zu fliehen. Und wiederkommen – zu Susanne, wenn der Krieg vorbei war.

Soldaten mit Preßluftbohrern arbeiteten sich zu ihnen durch. Sogleich schafften sie Frau Wagner, die unmittelbar vor der Geburt stand, mit einer Ambulanz fort. Faber gelang die Flucht. Er ging westwärts, nur nachts. Tagsüber schlief er in Scheunen, zerbombten Gebäuden oder im Wald. Er wollte nach Bregenz. Dort lebte nun seine Mutter mit der Mila in einem Anwesen, das Verwandten des Vaters gehört hatte. Das große Haus in Neustift am Wald hatten die Nazis 1942 enteignet. Fremde wohnten darin. Die Bregenzer Verwandten hatte man in Konzentrationslager gebracht, ihnen war die Flucht aus Österreich nicht mehr gelungen.
Neben einem einsamen Gehöft fand Faber eine große Scheune. Die Bäuerin, die hier lebte, versteckte ihn. Ihr Mann und ihr Sohn waren in Rußland verschollen. In der Scheune wollte Faber das Eintreffen russischer Truppen abwarten. Er fühlte sich seit einiger Zeit sehr elend. Schon in der ersten Nacht bekam er hohes Fieber und begann zu phantasieren. Mehrere Tage fehlten danach in seinem Leben. Erst als das Fieber gesunken war und er wieder zu sich kam, erfuhr er von der Bäuerin, daß sie aus der nahen Kleinstadt einen Arzt geholt hatte, der sich um ihn kümmerte. Lungenentzündung, sagte der Arzt. Faber mußte unbedingt liegen, er durfte nicht weiter. Fast vier Wochen pflegten ihn jener Arzt und jene einsame Frau.
In der Zeit seiner Krankheit eroberten sowjetische Truppen ganz Niederösterreich. Endlich konnte Faber sich wieder auf den Weg machen. Zwei Tage später nahmen ihn sowjetische Soldaten gefangen. Sie verlangten Papiere. Er trug immer noch Schröders Anzug, hatte aber dessen Papiere fortgeworfen und wies die eigenen vor. Er sagte den Sowjets, daß er desertiert sei. Sie glaubten ihm nicht.
Ich hätte meine Geschichte auch nicht geglaubt, dachte Faber nun, während Sonnenstrahlen ein Fenster des gegenüberliegenden Musikvereinsgebäudes trafen und an der Decke Lichtkringel tanzten.

Und so war er in sowjetische Gefangenschaft gekommen, in ein Lager nahe Moskau. Dort blieb er eineinhalb Jahre. Mit anderen Kriegsgefangenen mußte er zerstörte Straßen und eine Bahnlinie wieder aufbauen. Die Arbeit war schwer, viele starben. Anfang 1947 ließen die Sowjets Faber frei. Neuerlich machte er sich auf den Weg nach Bregenz. In der amerikanischen Besatzungszone nahmen ihn oft Army-Laster mit.

»Vater ist tot«, sagte die Mutter, als er sie endlich in die Arme schließen konnte. »Schon lange. Ein englischer Captain hat mich besucht, nachdem er in Neustift unsere Adresse erfahren hatte. Er lernte Vater in London kennen, und der erzählte ihm viel von uns. Vater starb schon 1942, sagte dieser Captain. Am 4. Januar. Urämie. Noch fünf Tage vor seinem Tod arbeitete Vater für den deutschen Dienst der BBC in der Nachrichtenabteilung. Der Captain hat mir eine Fotografie seines Grabes gebracht und viele Briefe, die Vater geschrieben hatte und nicht abschicken konnte. Wir werden sein Grab ganz leicht finden, der Captain hat mir alles genau beschrieben.« Unnatürlich ruhig, mit starrem Gesicht, sagte die Mutter diese Sätze. Danach erst begann sie zu weinen.

Die Mila war noch da, die wunderbare, treue Mila, sehr alt geworden, sehr gebrechlich. Auch sie weinte, als sie ihren Butzl an sich drückte. Das »Aufstoßen«, jenes qualvolle, durch eine Schilddrüsenerkrankung verursachte Schlucken, hatte sich noch verstärkt.

Die Mila, sagte die Mutter später, habe scheu und verlegen geäußert, daß sie jetzt, da der Krieg zu Ende sei, den Rest ihres Lebens gerne daheim im winzigen »Stedtl« in der Tschechoslowakei verbringen würde. Von einer Tante war ihr dort ein Häuschen mit großem Garten als Erbschaft zugefallen. Faber sah Fotos. Er sah viele Blumen in dem Garten, Gemüsebeete, alte Bäume bei dem kleinen Haus und drei Katzen.

So brachten Faber und seine Mutter die Mila Ende 1947 zum Bregenzer Bahnhof und einem überfüllten Zug, dessen Ziel Prag war. Die alte Mila umarmte ihren Butzl und seine Mutter. Sie bekam ihr »Aufstoßen« und weinte schluchzend, als ihr Zug endlich abfuhr, und Faber und seine Mutter winkten, bis sie die Mila, die ebenfalls gewinkt hatte, nicht mehr erkennen konnten. Ein halbes Jahr später erhielten sie die Nachricht, daß die Mila gestorben war. Inmitten eines Blumenbeetes hatten Nachbarn sie eines Morgens gefunden. Herzschlag, schrieben fremde Menschen in einem Brief an Fabers Mutter.

Erst 1948 kehrten die beiden nach Wien zurück. Sogleich machte Faber sich auf die Suche nach Susanne Riemenschmied. Er besaß ihre alte Adresse. Doch in der Wohnung lebten fremde Menschen. Niemand konnte ihm sagen, wo Susanne war. Er ging zu dem Haus auf dem Neuen Markt nahe der Plankengasse, in dem Fräulein Therese Reimann gewohnt hatte. Hier lebten Flüchtlinge. Niemand von ihnen wußte, wer Fräulein Therese Reimann war. Auch der Priester Reinhold Gontard blieb spurlos verschwunden.

Faber fuhr zur Donau. Dort, in der Engerthstraße, direkt neben der Reichsbrücke, hatte Anna Wagner mit ihrer kleinen Tochter Evi gewohnt, daran erinnerte er sich. Fast die gesamte Engerthstraße lag in Trümmern. Die wenigen Häuser, die noch standen, waren schwer beschädigt.

8

»Sie sind alle tot«, sagte Anna Wagner.

Faber saß ihr in einem Zimmer gegenüber, dessen Fenster mit Brettern vernagelt waren. Anna Wagner sah elend aus – abgemagert, kraftlos, das Haar ergraut, die Augen ohne Glanz.

»Tot«, wiederholte Faber.

»Tot«, sagte Anna Wagner. Ihre Hände zitterten. »Nur ich lebe noch und Evi und die kleine Renate. Sie erinnern sich an meine Evi, Herr Faber? Damals in dem Keller war sie sechs Jahre alt, und ich war hochschwanger, nicht wahr?«

Faber nickte. »Sie brachten mich wegen der Angriffe und Kämpfe in eine Entbindungsklinik außerhalb Wiens. Dort habe ich noch am gleichen Tag meine zweite Tochter Renate geboren. Die ist jetzt drei Jahre alt. Evi besucht mit ihr gerade eine Nachbarin. Die beiden Kinder sind alles, was ich habe, Herr Faber.«

»Ihr Mann ...«

»Gefallen«, sagte Anna Wagner. »Schon Anfang letzten Jahres habe ich die Nachricht vom Roten Kreuz erhalten. Er ist gefallen. Und die im Keller waren, haben sie umgebracht.«

»Wer ... wer hat sie umgebracht?«

»Ein Standgericht hat sie zum Tod verurteilt: das alte Fräulein, den geistlichen Herrn, Ihre Susanne.«

Minutenlang war es still in dem vollgeräumten Zimmer, in welchem elektrisches Licht brannte, weil die Fenster mit Brettern vernagelt waren.

Schließlich sprach Anna Wagner weiter. »Erst im Mai bin ich damals nach Wien zurückgekommen. Da habe ich gehört, daß alle drei von der Gestapo verhaftet worden sind, gleich nachdem wir aus dem Keller befreit wurden. Die Hausbesorgerin vom Nebenhaus hat es mir erzählt. Mich haben sie wohl im Chaos der letzten Kriegstage in dem

Entbindungsheim übersehen. Dieser Chemiker, der Schröder, der hat doch eine Aktentasche gehabt? In ihr waren Pläne ... Sie erinnern sich?«
»Ich erinnere mich«, sagte Faber. Wer spricht da? dachte er. Ich?
»Pläne für furchtbare Waffen. Der Pfarrer hat diese Tasche im untersten Keller ins Wasser geworfen. Die Gestapoleute haben behauptet, wir alle miteinander haben es getan, sonst hätten wir Sie doch nicht bei Ihrer Flucht unterstützt.«
»Entsetzlich«, hörte Faber sich sagen. Ihm war, als säße er neben sich.
»Ganz entsetzlich, Herr Faber. Ich hab mich dann bei der Polizei erkundigt und beim Gericht ... Also: Hochwürden Gontard und das arme Fräulein Reimann und Ihre Susanne, die sind sofort ins Hotel ›Metropol‹ am Morzinplatz gebracht worden, ins Hauptquartier der Gestapo ...«
Dort haben sie auch meine Mutter verhört, dachte Faber, zweimal wöchentlich. Und ich habe im Park vor dem Hotel auf einer Bank gesessen und gebetet.
»Diese Verbrecher haben die drei gefoltert, weil keiner sagen wollte, wer die Dokumente vernichtet hat ... Es steht fest, Herr Faber, absolut fest, denn ich hab es vom Landesgericht, daß die Beamten dort, die sie fünf Tage und fünf Nächte lang verhört und gefoltert haben, Österreicher gewesen sind. Achtzig Prozent aller Gestapobeamten in Wien waren Österreicher, hat mir ein Richter gesagt, achtzig Prozent!«
»Achtzig Prozent«, sagte Faber, kaum hörbar.
»Und fast alle sind untergetaucht! Kaum dreißig haben sie später erwischt und vor Gericht gestellt. Das Fräulein, der Pfarrer und Ihre Susanne sind nach Sankt Pölten gebracht worden.«
»Warum nach Sankt Pölten?«
»Weil es dort noch sicherer war für die Nazis. Die meisten Senate der Standgerichte hatten sich da schon aus Wien

abgesetzt. Der vorsitzende Richter ist ein Österreicher gewesen wie die zwei Beisitzer, SS-Leute. Lauter Österreicher! Aber wir sind eine *befreite* Nation! Und wie die Wiener gebrüllt haben vor Begeisterung am Heldenplatz im März 1938! Vielleicht erinnern Sie sich daran ...«

»O ja«, sagte Faber, »ich erinnere mich genau.«

»Der junge Vorsitzende von dem Standgericht hat Doktor Siegfried Monk geheißen«, sagte Anna Wagner. »Sie haben Hochwürden und das alte Fräulein und Ihre Susanne zum Tod verurteilt, und am Nachmittag des 3. April 1945 sind die drei im Hammerpark in Sankt Pölten erschossen worden. Die Leichen haben sie auf dem Hundedressurplatz verscharrt in einer Schottergrube. Im heißen Sommer 45 haben die Leichen ausgegraben werden müssen und sind in ein Massengrab gekommen, da waren sie schon ganz verwest. Können Sie alles nachlesen in den Akten vom Landesgericht, Herr Faber. Ich hab es auch getan. Die zwei Beisitzer sind vor einem Jahr von einem Volksgerichtshof verurteilt worden – zu je fünf Jahren schwerem Kerker. Der Monk aber hat untertauchen können, genau wie die meisten Gestapobeamten. Den Monk haben sie nicht gefunden bis heute.«

»Monk ist verschwunden?«

»Der ist verschwunden«, sagte Anna Wagner. »Aber selbst wenn sie ihn finden – was wird er kriegen? Vielleicht auch fünf Jahre? Und wie viele Todesurteile hat der auf dem Gewissen?«

9

Sie haben Monk bis heute nicht gefunden, dachte Faber. Nun tanzten auch auf einer Wand des Schlafzimmers schon die Lichtkringel der reflektierenden Fensterscheiben des Musikvereinsgebäudes. Sie haben ihn gewiß auch nicht allzusehr gesucht, dachte er. Wie vielen ist es gelungen, unterzutauchen! Auch ich habe die Akten gelesen, auch ich war in Sankt Pölten, aber das Massengrab habe ich nicht mehr gefunden. Dort gab es 1948 schon einen Park mit frischem Rasen und jungen, kleinen Bäumen. Im Grunde war es natürlich vollkommen gleichgültig, wo sie lagen … Die Mörder lebten!

Faber und seine Eltern hatten deutsche Pässe besessen. Nun gab das Innenministerium ihm und der Mutter österreichische – immerhin war der Vater »politisch verfolgt« gewesen. Mutter und Sohn wohnten wieder in dem rückerstatteten Haus in Neustift am Wald. Gegenüber verlief zu Füßen einer steil ansteigenden Wiese die Nußallee mit ihren mächtigen, alten Bäumen. Als Junge hatte Faber hier mit anderen Kindern immer Nüsse gesammelt, welche von den Bäumen gefallen waren. Die große Wiese, auf der man im Winter rodeln, ja sogar Ski fahren konnte, hieß die Ottingerwiese, genannt nach einem Großbauern und Winzer, dessen Haus fast unmittelbar neben dem der Fabers stand.

Er mußte Geld verdienen. Da er fließend Englisch sprach, wurde er Dolmetscher der amerikanischen Militärpolizei in der Station Währinger Straße, Ecke Martinstraße. Seinen ersten Roman schrieb Faber, wenn er Nachtdienst hatte und es ruhig war, im Hinterzimmer dieser Station. Die Amerikaner schenkten ihm eine Schreibmaschine und Papier. Wann immer er später nach Wien kam, fuhr er zu seiner ehemaligen Arbeitsstätte. In dem Gebäude waren im Laufe der Jahre die verschiedensten Geschäfte, zuletzt eine Modeboutique, aber stets sah er die Ecke noch so, wie sie

1948 gewesen war: eine MP-Station mit grüngestrichenen Scheiben und dem Jeep vor dem Eingang.

Seine Mutter starb 1952. Sie hatte einen Wunsch gehabt: Sie wollte »auf dem Friedhof über unserem Haus« begraben werden. Es war ein sehr schöner Friedhof, alt, klein und erfüllt von unwirklichem Frieden. Inzwischen, dachte Faber, während er die leuchtenden Kringel an der mit hellblauer Seide tapezierten Wand des Schlafzimmers im Hotel »Imperial« verfolgte, ist der Friedhof da draußen gewaltig angewachsen, er erstreckt sich die ganze Sommerhaide entlang. Als Natalie noch lebte, habe ich ein paarmal mit ihr das Grab der Mutter besucht. Wie seltsam, überlegte er, das Grab des Vaters habe ich nie besucht, obwohl ich so oft in London war. Obwohl ich Vater so sehr liebte. Wie seltsam.

Zweites Kapitel

1

»Sag einmal, ist das die Frau Königin oder das Fräulein Prinzessin?« fragte die junge Ärztin. Über dem blonden Haar trug sie eine Kappe, vor dem Gesicht einen Mundschutz, der nur ihre Augen frei ließ, dazu einen Kittel, alles aus grünem Zellstoff. Von einem Regal voller Stofftiere und Puppen hatte sie eine prächtig gekleidete Marionette genommen und bewegte sie mit den Fingern einer Hand. Alle Finger steckten in gelben Handschuhen.

Faber stand auf dem Gang vor dem Krankenzimmer, die Tür war nur angelehnt, durch eine große Glasscheibe sah er und durch den Spalt hörte er, wie die Ärztin mit einem höchstens siebenjährigen Kind sprach, das auf der Kante seines Bettchens saß, sehr klein, sehr mager und völlig kahl. Faber konnte nicht erkennen, ob es sich um einen Jungen oder ein Mädchen handelte.

»Das ist die Frau Königin«, sagte das Kind leise.

Es war neun Uhr fünfundvierzig am 16. Mai 1994, einem Montag.

Um acht Uhr hatte Faber im »Imperial« gefrühstückt. Danach war er so ruhelos geworden, daß er zum Telefonhörer griff und die Nummer wählte, die er auf Geheiß seines Freundes Walter Marks in Biarritz aufgeschrieben hatte.

Er hörte wieder die Stimme des kleinen Mädchens: »Hallo!

Hier ist das Marien-Kinderspital. Bitte, warten Sie ein bißchen ...«
Es vergingen fast drei Minuten, und er vernahm immer wieder die zarte Stimme vom Band.
Dann meldete sich ein Mann: »Marien-Kinderspital.«
»Guten Morgen! Mein Name ist Faber. Kann ich Herrn Doktor Bell sprechen?«
»Einen Moment, ich werde ihn anfunken ...«
Noch einmal mußte Faber warten. Undeutlich hörte er Stimmen von Kindern und Erwachsenen.
Dann meldete sich der Arzt: »Bell!«
»Faber.«
»Herr Faber! Wo sind Sie?«
»In Wien.«
»Das ist ja großartig!« Der Arzt lachte. »Wunderbar ist das! Sie haben es sich also überlegt.«
»Es wäre eine zu große Gemeinheit gewesen, nicht zu kommen.«
»Ach, Gemeinheit ...« Bell klang verlegen. »Ich muß mich bei Ihnen entschuldigen. Aber dem armen Goran geht es so elend ... Ich wußte keinen anderen Weg mehr ... Oft bin ich zu impulsiv ...«
»Was Sie getan haben, war das einzig Richtige, Doktor Bell«, sagte Faber. »In Biarritz fühlte ich mich ... sehr verzweifelt ...« Wie spreche ich zu einem fremden Menschen? dachte er. »Aber jetzt ... jetzt bin ich wie befreit. Wann kann ich ins Spital kommen?«
»Wann Sie wollen, Herr Faber. Jederzeit!«
»Dann fahre ich in zehn Minuten los.«
»Vielleicht müssen Sie auf mich warten, hier geht es heute morgen sehr wild zu.«
»Ich warte, bis Sie Zeit für Goran und mich haben.«
Für Goran und mich, dachte Faber. Was geschieht mit mir? Wohin führt das alles? Ich fühle mich wirklich wie befreit.

»Die Adresse!« sagte Bell. »Florianigasse, Ecke Buchfeldgasse. Kennen Sie sich in Wien aus?«
»Ich nehme ein Taxi.«
»Moment noch! Ganz wichtig! Wenn Sie hier als Robert Faber auftauchen, gibt es jede Menge Neugier und Gerede bei Kindern und Eltern. Viele haben Ihre Bücher gelesen. Eine solche Unruhe können wir aber keinesfalls brauchen. Sie müssen einen anderen Namen haben. Am besten, wir stecken Sie auch in einen Ärztekittel. Ich spreche sofort mit Professor Aldermann, meinem Chef, und mit meiner Kollegin Judith Rohmer. Sie wird alle Ärzte, Pfleger und Schwestern verständigen. Ein anderer Name für Sie! Haben Sie einen Vorschlag?«
Faber sagte: »1960 machte ich in Wien eine Entziehungskur. Alkohol. Zuerst war ich kurz auf der Psychiatrie des alten Allgemeinen Krankenhauses, dann im Genesungsheim Kalksburg. Auch damals hatte ich einen anderen Namen, wegen der Journalisten. Ich nannte mich Peter Jordan.« Und so hieß die Hauptfigur in meinem Trinkerroman »Bis zur bitteren Neige«, dachte er.
»Okay, Peter Jordan«, erwiderte Bell. »Ich sage das Judith Rohmer. Bis später!«
Jetzt also Peter Jordan, dachte Faber. Er erhob sich und ging zur Tür. Dabei fiel sein Blick auf die Pistole, die er beim Auspacken der Koffer auf einen Tisch im Ankleideraum gelegt hatte. Er trug sie zu einem Nummernsafe, dessen quadratische Stahltür offenstand, legte die Waffe in das Fach, verschloß die Tür und stellte eine Codezahl ein: 7 4 24. Das waren, abgekürzt, Tag, Monat und Jahr seiner Geburt. Diese Zahl benutzte er immer, weil er sie nicht vergessen konnte.
Nach Erscheinen von Fabers letztem Roman vor sechs Jahren hatte er verstärkt Briefe mit Morddrohungen von Neonazis erhalten. Während der Frankfurter Buchmesse schickten sie ihm ein Paket ins Hotel, das angeblich Bücher, in

Wahrheit einen Sprengsatz enthielt, der explodiert wäre, wenn er die Sendung geöffnet hätte. Experten fingen das Paket ab und entschärften die Bombe. Er stand wegen der Morddrohungen unter deutschem Polizeischutz und hatte deshalb auch einen Waffenschein erhalten, durfte die Walther jedoch nur in der Bundesrepublik und etwas später dann auch in der Schweiz bei sich tragen. In Luzern wurden alle an ihn adressierten Pakete, Päckchen und verdächtigen Briefe von der Polizei untersucht und dann erst an ihn weitergeleitet. Auf Reisen nahm er die Waffe überallhin mit, so auch jetzt nach Wien, obwohl das verboten war. Wenn er flog, versteckte er die Pistole in einem Koffer. Nun also lag sie im Safe seines Appartements. Faber verließ die Suite, fuhr mit dem Lift in die Halle hinunter und gab seinen Schlüssel ab.

Ein Taxi brachte ihn zum Marien-Kinderspital. In der Florianigasse stand zwischen Buchfeldgasse und Lange Gasse ein modernes, zweistöckiges Gebäude. Die Mauern des Erdgeschosses, sah Faber, waren bunt bemalt worden, so hoch hinauf, wie Kinderarme reichten: Blumen und Bäume, Sonnen, Monde und Sterne, Autos, Motorräder und Flugzeuge, Himmel und Wolken, Tiere und Menschen. Dem Eingang gegenüber lag ein kleiner Park. Aus diesem hörte Faber eine jubelnde Kinderstimme: »Tot! Ich bin tot!«

Er ging über die Straße und ein Stück in den Park hinein. Vor einer Mauer sah er vier kleine Mädchen. Eines warf gerade einen Ball gegen die Mauer und fing ihn wieder auf.

»Verliebt!« rief das Mädchen.

Es warf den Ball neuerlich gegen die Wand, diesmal unter einem Bein hindurch.

»Verlobt!« rief es.

Die drei anderen beobachteten sie genau.

Zu einer von ihnen – sie trug eine Brille und hatte rotes Haar und das Gesicht voller Sommersprossen – sagte Faber: »Was ist denn das für ein Spiel?«

»Also, das geht so«, erklärte die Rote mit der Brille, während die andere weiter den Ball gegen die Wand warf und auffing. »Am Anfang ist es ganz einfach, wissen Sie, aber es wird immer schwerer. Zuerst muß man nur einfach den Ball an die Mauer werfen und wieder fangen. Dann sind Sie verliebt. Dann müssen Sie den Ball unter einem Bein durch werfen. Wenn Sie ihn fangen, sind Sie verlobt. Verstehen Sie?«

»Klar«, sagte Faber.

»Beim nächsten Mal müssen Sie den Ball über den Kopf heben und so werfen. Wenn es gut geht, sind Sie verheiratet. Dann müssen Sie sich einmal um sich selber drehen. Dann wieder müssen Sie zwischen Werfen und Fangen zweimal in die Hände klatschen. Immer schwerer halt. Wenn Sie den Ball fallen lassen, müssen Sie einmal aussetzen. Und so geht es weiter: Nach ›verheiratet‹ haben Sie ein Kind, dann zwei Kinder, dann leben Sie getrennt, dann sind Sie geschieden, dann krank, todkrank und tot. Wer zuerst tot ist, hat gewonnen.« Die Rote strahlte Faber an. »Kapiert?«

»Kapiert«, sagte er.

»Ein Kind!« rief das Mädchen, das gerade am Werfen war.

»Tschüs!« sagte Faber.

»Wiedersehen!« sagte die Rote.

Er verließ den Park, überquerte die Straße und betrat das Marien-Kinderspital durch den Haupteingang. Rechts sah er einen großen Schalter, über dem ANMELDUNG stand. Drei Schwestern arbeiteten hier. Vor ihnen drängten sich etwa zwanzig Frauen mit Kindern, viele trugen die Kleinen, von denen die meisten schwerkrank wirkten. Trotz des Ansturms blieben die Schwestern ruhig und freundlich. Es wurde deutsch, englisch, gebrochen tschechisch und serbokroatisch gesprochen. Manche Frauen stammten offenbar aus ländlichen Gegenden und trugen Kopftücher, einigen sah man an, daß sie von weit her gekommen waren. So viel Leid, so viel Traurigkeit, dachte Faber. Dann bemerkte er, daß die Wände der Eingangshalle mit Kinderzeichnungen bedeckt waren, desgleichen mit Fotografien von Jungen und Mädchen bei Festen, in einem Tierpark, in Karnevalskostümen. Von der Decke herab hingen an dünnen Fäden aus verschiedenen Materialien gebastelte Silberfische, goldene Sonnen, sehr bunte Vögel, Katzen, Hunde, Hufeisen, vierblättrige Kleeblätter, Mickeymäuse, Donald Ducks, Füchse und Kaninchen, alle sichtlich von Kindern gefertigt. Trotz der vielen Menschen war die Luft frisch, der Boden sauber.

Eine blonde Ärztin trat auf ihn zu. »Herr Jordan?« Sie hatte die gleiche ruhige, warme Stimme wie Bell.

Faber nickte.

»Ich freue mich sehr. Mein Name ist Judith Rohmer.« Sie führte ihn in ein Schwesternzimmer. »Hier ist Ihr Mantel«, sie gab ihm einen weißen Ärztekittel. »In diesen Spind können Sie Ihre Jacke hängen. Wir haben ihn leergeräumt.« Schnell und freundlich sprach die etwa vierzigjährige Frau. Er tauschte das Jackett gegen den Kittel und steckte den Schlüssel des Spinds ein. Die Ärztin befestigte ein kleines Schild an der Brusttasche seines weißen Mantels; DR. JORDAN stand darauf. »So«, sagte Judith Rohmer. »Mit dem Kittel erkennt Sie kaum jemand. Doktor Bell ist bei einer Untersuchung. Wenn Sie wollen, warten Sie hier! Sie können sich aber gern auch im Haus umsehen.« Ihr Rufgerät begann zu summen. »Entschuldigen Sie, ich muß mich melden.«

2

Er sah sich um.

Das Krankenhaus bestand aus vielen Abteilungen: fünf Ambulanzen, ein Trakt für Allgemeine Kindermedizin, im Keller Untersuchungsräume und Laboratorien, in den Seiten-

flügeln des ersten Stocks zwei Onkologische Stationen, im zweiten Stock Forschungseinrichtungen. Sehr viel Betrieb herrschte überall. Kinder wurden auf Bahren durch die Gänge geschoben, mit großen Aufzügen zur Untersuchung in den Keller gefahren oder auf andere Stationen gebracht. Schwestern, Ärzte und Pfleger kümmerten sich um die Kinder. Sie wechselten Infusionsflaschen, nahmen brüllenden kleinen Patienten Blut ab und stützten solche, die sich nur mit Krücken fortbewegen konnten. In den Zimmern, deren Türen im oberen Teil verglast waren, sah Faber gleichfalls bunte Zeichnungen und selbstgefertigten Raumschmuck. Vor einem Fernseher saßen drei Jungen und folgten gebannt einem Film. Faber erkannte auf dem Bildschirm die junge Romy Schneider und blieb stehen. Das ist doch »Robinson soll nicht sterben«! dachte er. Ich habe das Drehbuch geschrieben, Josef von Baky führte Regie, Horst Buchholz war Romys Partner, er spielte den Sohn von Daniel Defoe. Wann entstand der Film? Bevor Romy nach Paris zog. 1956. Vor achtunddreißig Jahren!
Er ging weiter. Manche der Kinder, die ihm begegneten, waren völlig kahl, einige trugen Verbände an Armen und Beinen, fast alle sahen elend aus. In vielen Zimmern saßen Frauen am Bett ihrer kleinen Töchter oder Söhne. Faber ging immer weiter. Niemand beachtete ihn. Das war eine gute Idee von Bell gewesen, dachte er, ein weißer Kittel und ein anderer Name.
ACHTUNG! INFEKTIONSGEFAHR! EINTRITT STRENGSTENS VERBOTEN! stand grellrot an einer Tür. Vor den Glasscheiben anderer Türen waren Rollos herabgelassen. Im Hof fuhr eine Ambulanz vor. Sanitäter hoben ein größeres Mädchen auf einer Bahre heraus. Von fern ertönte aus einem Radio Musik und Gesang: *»Don't worry, be happy ...«*

3

»Sag einmal, ist das die Frau Königin oder das Fräulein Prinzessin?« fragte Judith Rohmer mit der prächtig gekleideten Marionette an den Fingern, die in einem gelben Handschuh steckten.

Faber sah durch die große Glasscheibe in der Tür, daß die Ärztin am Bett des höchstens sieben Jahre alten Kindes stand, das sehr klein, sehr mager und völlig kahl war. Er konnte nicht erkennen, ob es sich um einen Jungen oder ein Mädchen handelte.

»Das ist die Frau Königin«, sagte das Kind leise.

Judith Rohmer bewegte die Frau Königin, die einen roten Mantel, ein blaues Kleid und eine goldene Krone aus Pappe trug, vor dem Kind hin und her. Riesengroß waren seine dunklen Augen in dem bleichen Gesicht. Faber sah an der Wand über dem Bett viele Apparaturen und Spielzeug. Von der Decke herab hingen Sterne, Sonnen, Vögel und Bären, alle aus buntem Papier.

Die Ärztin fragte die Marionette nun ehrerbietig: »Frau Königin, wollen Sie vielleicht ein bißchen spazierengehen?«

Und die Königin antwortete mit tieferer Stimme: »Ja, ich will gerne ein bißchen spazierengehen.«

Das Kind auf dem Bett verfolgte dieses Spiel ernst.

»Sehr schön«, sagte die Ärztin, wieder mit normaler Stimme. »Und du, kommst du mit uns, Christel?«

Ein Mädchen also, dachte Faber. Wieder fühlte er sich schwindlig, doch diesmal anders, weniger angsterfüllt. Hier, an diesem Ort der Krankheit, der Schmerzen und des Todes, bin ich plötzlich viel ruhiger, dachte er, wie in einer anderen Welt, einer Welt nebenan.

»Ja, ich komme.« Die kleine Christel glitt vom Bett und folgte der Ärztin mit unsicheren Schritten zur Tür. Faber war auf seiner Wanderung durch das Spital hier stehenge-

blieben, weil vor diesem Zimmer mehrere Ärzte, Schwestern und Pfleger warteten und schweigend verfolgten, was geschah.
»Nein, also schauen Sie doch, wer da alles auf Sie wartet!« sagte die Frau Königin.
Ernst trat Christel auf den Gang.
Die Versammelten redeten plötzlich durcheinander: »Ja, so etwas!« – »Das ist aber toll!« – »Die Christel! Das ist ja die Christel!« – »Guten Tag, liebe Christel!« – »Wie gut sie aussieht!« – »Schon fast ganz gesund!« – »Ja, gibt es denn so was! Und so schnell ist das gegangen!«
Jetzt stand das Kind inmitten der Erwachsenen. Ganz langsam begann es zu lächeln, mehr und mehr, zuletzt lachte es glucksend.
»Ihr seid da!« rief Christel. »Alle seid ihr da!«
»Na, aber, das ist doch selbstverständlich!« – »Wir wollen doch dabeisein, wenn du zum erstenmal aus dem Zimmer kommst!« – »Siehst du, alles ist gutgegangen!«
»Schau mal, die Blumen! Die sind für dich«, sagte eine junge Schwester und überreichte Christel einen bunten Strauß Papierblumen.
»Alle?«
»Alle für dich, Christel!«
Nun lachten die Ärzte, die Schwestern und die Pfleger. Wie glücklich sie sind, dachte Faber, immer noch schwindlig. Ich komme mir vor wie Alice im Wunderland. In welch schönem und schrecklichem, seligem und tragischem Wunderland …
Christel stand überwältigt da, die Papierblumen in den dünnen Ärmchen. Sie lachte noch immer.
»Knochenmarktransplantation«, sagte eine Männerstimme leise.
Faber sah zur Seite. Hemingway! dachte er verblüfft. Der große, schlanke Arzt mit den hellen Augen, dem kurzgeschnittenen weißen Bart und dem ungekämmt wirkenden

weißen Haar, der neben ihm stand, erinnerte ihn an seinen Lieblingsautor.

»Aldermann«, stellte sich der Arzt vor. »Alexander Aldermann.«

»Professor Aldermann, der Leiter der Klinik?«

»Ja. Und Sie sind Herr Fa... hrm! Herr Jordan. Doktor Bell hat mir von Ihnen erzählt. Sie sind der Großvater des armen Goran. Schön, daß Sie zu uns kommen. Wir brauchen Sie dringend.« Er wollte sichtlich nicht über den Jungen reden. »Eine Knochenmarktransplantation, wie gesagt«, fuhr er fort. »Leukämie. Das Knochenmark kam von der Schwester. Transplantation vor vier Wochen. Erfolgreich, wie Sie sehen, Herr Jordan.«

Faber nickte und schluckte. Unter den Versammelten fiel ihm ein mittelgroßer Mann von knapp vierzig Jahren auf, der sich über Christel beugte und leise mit ihr sprach. Der Mann hatte sehr kurz geschnittenes schwarzes, sehr dichtes Haar, ein ovales Gesicht und trug eine Brille. Nun nahm er das kleine Mädchen auf den Arm. Er macht den glücklichsten Eindruck von allen, dachte Faber. Aldermann bemerkte seinen Blick.

»Das ist Doktor Bell«, sagte er. »Der verantwortliche Arzt dieser Station. Wenn so etwas gutgeht und die Patienten das Isolierzimmer zum erstenmal verlassen dürfen, dann ist das für alle ein ganz besonderer Moment ...«

Bell setzte das Kind vorsichtig auf den Boden. Die Augen des Arztes leuchteten, Faber sah es deutlich trotz der Brille.

»Zuerst stand es ganz schlimm um die Christel«, sagte Professor Aldermann. »Sie bekam eine lebensgefährliche Infektion mit hohem Fieber. Wir hatten große Angst um sie. Aber nun scheint alles gutzugehen ... und ein solcher Augenblick ...« Aldermann verstummte. Faber sah, daß er versunken lächelte.

»Nun schau mal in das Medikamentenzimmer!« sagte Bell.

»Wir haben dir doch eine Überraschung versprochen.« Er ließ das kleine Mädchen los.
Plötzlich war es still. Alle sahen zu, wie Christel – sie trug Pantoffeln, weiße Pyjamahosen und ein weißes loses Hemd darüber – nun allein und ohne Hilfe in das mit Arzneimitteln, Infusionsständern und medizinischem Gerät vollgeräumte Zimmer trat, das dem ihren gegenüberlag. Zögernd und ängstlich zuerst, dann mutiger und sicherer setzte das Kind Fuß vor Fuß. Eine Schwester hatte ihm den Blumenstrauß abgenommen. Christel ging auf ein Tischchen zu. Eine große Puppe in weißem Spitzenkleid saß da. Stumm stand Christel lange vor ihr. Zuletzt stieß sie einen dünnen Schrei des Entzückens aus, hob die Puppe hoch und sah ihr unter die Röcke. Danach erklärte sie: »Das ist Angelina.«
»Deine Angelina«, sagte Judith Rohmer. Sie war neben dem Kind in die Knie gegangen. »Du hast doch eine Angelina haben wollen! Schau mal, die feinen Spitzen!«
»Die feinen Spitzen«, wiederholte das kahlköpfige Kind. »Und blaue Augen hat sie. Das ... das hab ich doch gar nicht verdient, etwas so Schönes.«
»Du hast die schönste Puppe der Welt verdient«, sagte Bell und strich dem Kind behutsam über den kahlen Kopf. »Ach nein, was sage ich! Eine so schöne Puppe, wie du verdient hast, gibt es überhaupt nicht.«

4

»... und sie trägt keinen Beha.«
»Schmäh!«
»Wenn ich dir sage.«
»Die Neue? Die Rote?«
»Die rote Lilly, ja, Trottel!«
Die Tür stand einen Spalt offen. Faber sah in ein Zimmer.

Drei Jungen in etwa demselben Alter unterhielten sich. Drei Jungen mit kahlen Köpfen. Einer trug ein blaues Hemd, der zweite ein gelbes, der dritte eines mit aufgedruckten Paradiesvögeln.

Der mit den Paradiesvögeln hatte eine dicke Brille. Er war kleiner als die anderen und dick. Er sagte: »Doch ein Schmäh.«

»Du wirst blöd sterben«, sagte der im blauen Hemd. »Keinen Beha hat sie und Brüste, so was von Brüsten hast du noch nie gesehen, nicht mal in den Hefteln, und wirst du nie sehen, auch wenn du nicht stirbst und hundert wirst. Der Guido hat sie gesehen. Sag dem Herbert, was die Rote für Brüste hat, Guido!«

»Es stimmt Herbert«, sagte Guido mit dem gelben Hemd. »Charlie macht keinen Schmäh. Absoluter Wahnsinn, diese Brüste!«

»Woher weißt du das?« fragte Herbert mit den Paradiesvögeln und den dicken Brillengläsern. Sein Gesicht war voller Pickel.

»Weil er sie gesehen hat, Trottel!« sagte Charlie.

»Wo? Wann? Die ist doch erst seit einer Woche hier!«

»Beim Blutdruckmessen habe ich sie gesehen. Der Charlie sieht sie dreimal am Tag.«

»Wieso dreimal am Tag?«

»Weil doch mein Blutdruck immer zu hoch ist«, sagte Charlie. »Dreimal am Tag kommt die Lilly und mißt. Ich lieg auf dem Bett, sie beugt sich über mich, ganz tief. Dabei geht ihr Kittel auf.«

Herberts Brille hatte sich beschlagen. Er wischte sie an dem Paradiesvögelhemd sauber. Blinzelnd fragte er: »Warum kommt die nie zu mir?«

»Weil dein Blutdruck okay ist. Da messen sie nur ab und zu. Die Lilly haben sie eingeteilt für solche wie mich.«

»Scheiße!« sagte Herbert und setzte die Brille wieder auf.

»Ich kann das natürlich arrangieren für dich«, sagte Charlie.
»Du kannst … wie?«
»Der Guido rennt zur Lilly und schreit: ›Charlie liegt am Boden und hat Kopfweh!‹ Dann kommt sie sofort.«
»Woher weißt du, daß sie sofort kommt?«
»Ihre Pflicht. Ich könnte ja sterben, nicht? Du stellst dich da rüber! Hinter meinen Kopf, wenn sie neben mir kniet! So von oben auf sie runter siehst du alles.«
»Ich glaub's nicht.«
»Glaub's nicht! Mir doch egal.«
»Nein, bitte, leg dich hin! Ich muß es sehen! Ich weiß doch nicht, wie lange ich noch lebe. Leg dich hin! Und du renn los, Guido!«
»Langsam, Herbert«, sagte Charlie, »langsam! Zuerst das Geld.«
»Was für Geld?«
»Na, glaubst, du kriegst das umsonst?«
»Wieviel?«
»Fünfzig.«
»Fünfzig Schilling? Das ist viel zuviel!«
»Keiner muß.«
»Ich habe nur zwanzig.«
»Nix zu machen …«
»Vielleicht fünfundzwanzig, fünf kann ich mir leihen.«
»Leih dir zehn! Für dreißig mach ich's – für dich. Weil sie bei dir nicht wissen, ob du …«
Faber ging weiter. Er wich einer Trage aus, auf der Pfleger ein frisch operiertes Kind transportierten. Es war noch tief in Narkose.
Etwas später kam er in einem anderen Trakt zur Schleuse der Intensivstation, in welcher sich Schutzkleidung und Desinfektionsmittel befanden. Plötzlich vernahm er hier durch eine Tür, deren Fensterrollo geschlossen war, die tiefe Stimme Dr. Martin Bells: »Stjepan wird jetzt sterben.«

Faber trat näher. Ich soll nicht lauschen, dachte er und lauschte.

»*Pomozite doktore, Bog će vam platiti* … helfen Stjepan, Gott wird lohnen«, sagte eine erstickte Männerstimme.

»Bitte, verstehen Sie!« sagte Bell. »Ich kann Stjepan nicht helfen. Niemand kann das. Stjepan wird nicht mehr gesund werden. Er kann nicht mehr gesund werden.« Bell sprach mit größter Eindringlichkeit. »Das ist sehr schlimm, ich weiß, aber ich muß es Ihnen sagen. Stjepan wird nie mehr gesund werden. Stjepan wird sterben.«

»*Za Boga doktore* …«, sagte die fremde Männerstimme. Ein Schluchzen folgte.

»Auch Gott kann nichts tun. Das ist furchtbar für Sie, aber ich muß es, soweit das überhaupt möglich ist, noch einmal mit Ihnen besprechen.«

»*A ja sam se tako nadao* … so sehr gehofft, *doktore* …«

»Wir haben alle gehofft. Aber es war umsonst. Stjepan wird sterben.«

»*Bože moj, o bože moj!*«

Das ist Serbokroatisch, dachte Faber.

»*Šta kaže profesor?*«

»Professor Aldermann sagt dasselbe wie ich. Glauben Sie mir! Es ist furchtbar für Sie, ich weiß, aber es gibt keine Hoffnung mehr. Das müssen Sie einsehen, bitte!« Bells Stimme klang plötzlich belegt. Er räusperte sich. »Die Art, in der Stjepan jetzt atmet, drückt aus, was sich in seinem Gehirn abspielt, verstehen Sie?«

Leises Schluchzen. Lange Stille.

»Es ist ganz schlimm für Sie, ganz schlimm. Aber es ist unbedingt nötig, daß ich so zu Ihnen spreche …«

»Ich müssen akzeptieren, ja …«

»… denn wenn er nun zu atmen aufhört, könnten Sie von mir fordern, daß wir Stjepan intubieren …«

»Nix verstehen.«

»Intubieren bedeutet, daß wir diesen Schlauch durch seine

Nase in die Luftröhre einführen, ihn an eine Beatmungsmaschine anschließen und so vielleicht noch einen halben Tag am Leben halten.«

»Verstehen ... *za Boga doktore, moj jadni sin* ... mein einziger Bub ...«

Schweigen. Schluchzen. Stille.

Endlich wieder Bell: »Stjepan wird tiefer und tiefer ins Koma gleiten ... In den letzten Stunden haben Sie schon ein paarmal miterlebt, daß er plötzlich zu atmen aufhört und dann wieder anfängt. Bald wird der Zeitpunkt kommen, wo er nicht wieder anfängt ... und wenn es soweit ist, werden wir Stjepan in Ruhe lassen. Wir werden nichts tun. Nichts.«

Schweigen. Schluchzen. Dann: »Einverstanden.«

»Danke. Es ist das Beste für ihn, glauben Sie mir! Ich komme wieder zu Ihnen.«

Schritte waren zu hören. Faber drückte sich so weit in den Schatten der Schleuse wie möglich. Die Zimmertür ging auf. Bell trat heraus. Einen Moment lang lehnte er sich gegen die Wand. Er nahm die Brille ab. Sein Gesicht zeigte einen Ausdruck absoluter Erschöpfung. Im nächsten Moment setzte er die Brille wieder auf und ging eilig weiter.

Faber wartete ein paar Sekunden, dann rief er laut: »Doktor Bell!«

Der Arzt blieb stehen und drehte sich um.

»Ja?« In sein bleiches Gesicht trat ein Lächeln. »Herr Jordan!« Er schüttelte Faber die Hand. »Bitte, entschuldigen Sie, daß ich Sie so lange warten ließ! Es ist heute viel los bei uns. Ein Kind ... Stjepan ...«, er holte Atem, »... ist sehr krank. Ich mußte gerade mit dem Vater sprechen ...« Seine Stimme versagte fast. Er hustete. »Aber wir hatten auch eine große Freude heute früh. Sie haben ja gesehen, wie die kleine Christel zum erstenmal nach einer Knochenmarktransplantation das Isolierzimmer verlassen hat.«

Schweigend ging Faber neben Bell den langen Gang hinab.

Sie kamen an einem Zimmer vorbei, in dem eine junge Frau und ein kahlköpfiges Kind Spielzeug bemalten. Beide waren vertieft in ihre Arbeit.
»In so vielen Fällen können wir helfen«, sagte Bell, »machen wir Kinder wieder ganz gesund ... Sehen Sie einmal das hier an!« Er war vor einem großen Schwarzen Brett stehengeblieben, an dem Postkarten, Fotos mit lachenden Kindern und Briefe in ungelenker Schrift befestigt waren.
Auf liniertem Papier las Faber folgende Sätze: »Ich bin vor vierzehn Jahren eines von den vielen Kindern gewesen, denen Ihr geholfen habt. Nun habe ich das Buch der Katharina K. gelesen ...«
»Dieses Buch«, sagte Bell und deutete auf die Stelle, »kann ich Ihnen geben, wir haben es drucken lassen. Katharina K. hat ein Tagebuch geschrieben. Es heißt ›Mein Jahr im Marien-Kinderspital‹. Katharina hatte Krebs. Nach einer komplizierten Operation an der Universitätsklinik kam sie zu uns. Sie mußte einen langen, schweren Weg gehen, mit vielen Chemotherapien, ein Jahr zwischen Hoffnung und tiefer Verzweiflung. Das alles beschreibt sie mit einfachen Worten, so wie es sich in ihr Gedächtnis eingegraben hat.«
Faber las den Text des Briefes weiter: »Ich habe Katharina K. in Rosendorf getroffen und eine glückliche Frau kennengelernt. Wir haben über das Spital gesprochen. Auch meine Bewunderung gilt all den Ärzten, Schwestern und Pflegern, die mit so viel Liebe und Verständnis für die Kinder da sind. Ich hatte Gott sei Dank nie einen Rückfall meiner Leukämieerkrankung und durfte am 15. Mai 1991 einem Sohn das Leben schenken. Er heißt David.«
Faber sah Bell an. Der Arzt lächelte. Was für ein Mensch! dachte Faber.
Er las weiter: »Ich möchte dem Marien-Team dafür danken und die Kinderkrebshilfe unterstützen, damit viele andere kranke Kinder so gesund werden können wie ich. Wir haben sehr, sehr viel Freude an unserem kleinen David und

sind sehr glücklich. Noch einmal dankt Euch allen von ganzem Herzen Eure Vacek Elfriede.«

»Das ist sie«, sagte Bell und zeigte auf ein Foto neben dem Brief. Faber sah eine lachende junge Frau, die ein Baby im Arm hielt. »Und wir haben viele solche Briefe und Fotos ... Warum wir alle hier das alles machen? Wissen Sie, Herr Jordan, wenn einem von uns – jedem von uns! – auf einem Gang lachend ein Kind entgegenläuft, von dem man noch vor zehn Jahren gesagt hätte, eine Therapie hat überhaupt keinen Zweck mehr, dann hat das alles hier seinen Sinn.«

Zwei Clowns mit grell geschminkten Gesichtern, der eine in einem gelb-schwarz gewürfelten Kostüm, der andere in einem rot-weiß karierten, die Füße in unförmigen Schuhen und kleine Hütchen auf der mächtigen roten und schwarzen Perücke, gingen wild gestikulierend an Bell und Faber vorbei.

»Was war das?« Faber war verblüfft.

»Unsere Clowns! Profis und Studenten. Alle Kinder mögen sie. Ich muß noch schnell zum Stützpunkt.« Bell wies auf eine lange, halbrunde Theke, hinter der Ärztinnen, Ärzte und Schwestern arbeiteten. Sie telefonierten, saßen vor Computerbildschirmen oder sprachen mit Besuchern. Der Stützpunkt war in bunten Farben gehalten und mit Kinderzeichnungen und glitzernden Mobiles geschmückt.

Bell sagte einer jungen Schwester, daß er jetzt zu Goran gehe und dort zu erreichen sei. Einige Ärzte und Schwestern sahen Faber neugierig an – und gleich wieder weg. Sie waren eingeweiht.

»Solch einen Stützpunkt gibt es in jedem Stockwerk«, sagte Bell. »Kommen Sie!« Er eilte schon den Gang entlang. Zwei junge Frauen in gelben Kitteln begegneten ihnen.

»Und wer war das?« fragte Faber.

»›Gelbe Tanten‹«, sagte Bell. »Freiwillige Helferinnen. Außer Clowns und ›gelben Tanten‹ haben wir hier auch

Psychologen und Lehrer, denn die Kinder, die ein oder zwei Jahre behandelt werden, erhalten natürlich Unterricht. Ferner haben wir Physiotherapeutinnen und Kindergärtnerinnen, sogar ein Seelsorger ist im Haus.«
Eine Frau, gekleidet wie eine Bäuerin, die in dem Gang gewartet hatte, eilte auf Bell zu. Niemals zuvor hatte Faber so viel Seligkeit in einem Gesicht gesehen.
»Herr Doktor, Herr Doktor!« Die Frau sprach Dialekt. »Ich warte schon zwei Stunden auf Sie. Das Blutbild beim Franzl ist angesprungen! Lieber Gott, das Blutbild ist angesprungen!« Tränen rannen über ihre Wangen. »Gebetet hab ich Tag und Nacht, daß es anspringt, und der liebe Gott hat mich erhört. Er hat mich erhört, aber verdanken tu ich das Ihnen, Herr Doktor, und niemals genug werd ich Ihnen danken können. Das Blutbild vom Franzl ist angesprungen!«
»Ich habe es schon gehört, Frau Wogerer.« Bell strich mit der Hand beruhigend über ihre Schulter.
»Der Franzl wird leben!« stammelte die Frau. »Sein Blutbild geht wieder ...«
Bell schob Faber am Ellbogen weiter. »Hoffentlich geht es nicht zu sehr«, sagte er leise.
»Wie meinen Sie das?«
»Hoffentlich schießt jetzt nicht alles über. Franzl hatte eine hartnäckige Leukämie. Wenn die Sache jetzt ›überschießt‹, würde das bedeuten, daß die Leukämiezellen eventuell wiederkommen.«
»Und dann?«
»Und dann müßten wir ganz von vorne anfangen – vorausgesetzt, daß er das noch aushält«, sagte Bell.
Wenn ich doch schreiben könnte! dachte Faber. Wenn ich doch bloß noch schreiben könnte!

5

Goran Rubic lag in jenem Teil der Zweiten Onkologischen Abteilung, in den auch schwerkranke Kinder, die nicht an Krebs litten, zur Aufnahme kamen. Als der Arzt und Faber eintraten, erhob sich eine Schwester von einem Hocker neben dem Bett, grüßte und verließ den Raum.
»Goran, hier ist dein Großvater«, sagte Bell laut, denn der Junge schien zu schlafen.
Goran öffnete langsam die Augen. Sie waren so gelb verfärbt wie die gesamte Haut. Er sah grauenhaft aus. Nun verzog sich sein Mund mit den aufgesprungenen Lippen zu einem Lächeln.
»Deda!« sagte er und streckte die zitternde rechte Hand aus.
»Deda ist ein Kosename für Großvater«, sagte Bell laut. »Er hat schon oft nach Ihnen gefragt. Er hat so sehr auf Sie gewartet.«
»Gewartet«, kam Gorans geflüstertes Echo. Jedes Wort strengte ihn an.
»Begrüßen Sie ihn!« sagte Bell.
Faber hatte zuvor wie der Arzt Schutzkleidung in Form einer Plastikschürze und eine Mundmaske angelegt. Er trat vor. »Guten Tag, Goran!« sagte er.
»Das ist schön ...«, Goran mußte Atem holen, er sprach wie im Traum, »... daß du kommst, Deda.« So schwach er war, hielt er dennoch Fabers Hand umklammert. »Alle sind weg ... Aber jetzt bist du da, Deda ... Du bist jetzt Papa und Mama und Bakica! Du bist meine Familie und mein einziges Land ...«
Faber fühlte, wie ihm am ganzen Körper Schweiß ausbrach. Was der Junge da gesagt hatte, entsetzte ihn über die Maßen. Mechanisch griff er mit der freien Hand in die Jackentasche und schob ein Nitrodragee in den Mund. Sein Herz hämmerte, seine Beine trugen ihn nicht mehr; er sank auf den Hocker neben dem Bett. Bell sah ihn besorgt an, Faber bemerkte es.

Soll er doch, zum Teufel! dachte er. Vater, Mutter, noch jemand, Familie und einziges Land für diesen Jungen, den ich niemals gesehen habe.

Natalie! dachte er. Du hast gesagt, ich muß hierherkommen. Wie tief bin ich schon hineingeraten in diesen Tunnel aus Krankheit und nahem Tod. Hat dieser Tunnel überhaupt einen Ausgang, oder ist das Licht, das ich vorhin in Gestalt der kleinen Christel sah, die mit der weißen Puppe strahlend und genesend vor mir stand, nur das Licht des entgegenkommenden Zuges? Natalie, als was du auch da bist, als magnetisches Feld, als elektrische Welle, hilf mir, bitte! Ich bin am Ende. Warum hast du mich nicht sterben lassen unter dem Leuchtturm von Biarritz? Gewissen! So macht Gewissen unglücklich.

»Bakica hat oft erzählt von dir«, sagte Goran.

»Bakica, das heißt Großmutter«, sagte Bell. Faber wischte sich mit einem Ärmel der Plastikschürze Schweiß von der Stirn.

»So oft«, sagte Goran, »so ... so oft.«

»Ich freue mich, bei dir zu sein«, sagte Faber und dachte, daß das eine gottverdammte Lüge war.

»Ja. Amerika«, sagte Goran. Immer noch hielt er Fabers Hand fest.

»Sie waren viele Jahre in Amerika, meint er«, sagte Bell. Goran nickte. »Hat seine Bakica ihm erzählt. Darum konnten Sie nie mehr nach Sarajewo kommen.« Laut sagte Bell zu dem Jungen: »Du hast viele Bücher von Deda gelesen. Deutsch oder übersetzt?«

»Beides.«

»Goran spricht fließend Deutsch. Wie seine Großmutter«, sagte der Arzt.

Der Junge nickte. Sein Blick war weiter voll Freude auf Faber gerichtet. Die kleine Hand zitterte nun so stark, daß Goran sie zurückzog.

»Welches Buch hat dir am besten gefallen?«

»›Weinen …‹«, sagte Goran kaum verständlich.
»Was?«
»… ›streng verboten‹«, sagte Goran.
»Ein Kinderbuch«, sagte Bell, »nicht wahr, Deda?«
Deda.
Deda. Jordan. Faber. Drei Namen, dachte Faber. Welcher ist mein richtiger?
»Kinderbuch«, sagte Goran.
»Und was noch?« Sehr laut redete Bell. Zu Faber sagte er leise: »Goran ist in einem somnambulen Zustand. Nur teilweise ansprechbar. Faßt bloß noch einen kleinen Teil von dem auf, was gesprochen wird. Ich habe Sie nicht leichten Herzens gebeten zu kommen. Er muß ab und zu halbwegs wach sein.« Und wieder sehr laut: »Goran! Was noch? Von den Erwachsenenbüchern, was hat dir da am besten gefallen? Antworte bitte, Goran!«
»›Hurra‹«, sagte der Junge undeutlich.
Verschmiert, dachte Faber, verschmiert ist die Stimme. Was für ein Wort! Aber so klingt sie.
»›Hurra‹ was?« Bell schrie beinahe.
»›Hurra, wir leben noch‹«, lallte der Junge. Neben ihm sah Faber einen Infusionsständer mit einer Plastikflasche voll goldgelber Flüssigkeit. Von der Flasche führte ein Plastikschlauch zu Goran. »›Leben noch‹«, wiederholte er. Danach schloß er die Augen, der Kopf sank seitlich.
»So geht das seit seiner Einlieferung«, erklärte Bell. »Vielleicht werden Sie sehr bald wieder abreisen können, Herr Jordan.«
Danke, Natalie! dachte Faber. Danke, Nitro-Lingual!
Bell warf trotzig den Kopf zurück. »Aber es geschehen noch Wunder. Ununterbrochen geschehen sie. Auch bei uns.«
Gorans Hand glitt zuckend über das Bett.
»Er sucht Ihre Hand«, sagte Bell. »Geben Sie sie ihm! Sie können sofort anfangen zu helfen, daß ein Wunder geschieht. Nein, nicht Ihre Hand *auf* die seine! Das tut ihm

weh. Schieben Sie Ihre Hand *unter* die seine! Ja, so ist es gut.«

Eine heiße, feuchte Hand lag auf Fabers linker. Plötzlich verspürte er heftigen Ekel. Das halte ich nicht aus, dachte er.

»Danke, Herr Jordan!«

»Wofür?«

»Daß Sie Ihre Hand unter die von Goran geschoben haben.«

Ach, Natalie.

»Natürlich kann der Junge nicht mehr gehen«, sagte Bell. »Vom Flugzeug kam er in einer Ambulanz. Sie sehen, er sitzt in einem Winkel von etwa fünfundvierzig Grad. Er kann nämlich nicht liegen, sein Bauch ist so voll Flüssigkeit, daß er im Liegen nicht atmen könnte, weil seine Lungentätigkeit dann zu eingeschränkt wäre. Ich sagte es Ihnen, als wir telefonierten. Darum spricht er auch so mühsam. Enorm abgemagert ist er, knapp fünfunddreißig Kilo wiegt er nur noch ... Nein, nein, er versteht nichts, wenn ich nicht laut rede ... Vor allem die Muskulatur ist geschwunden, weil seine Leber kein Eiweiß mehr produzieren kann und dieses aus den Muskeln abgebaut wurde. Er hat in den letzten Wochen kaum noch gegessen und getrunken, sagt Frau Masin. Die Bindehaut der Augen ist derart gelb und die Haut braun, weil das Bilirubin, der Gallenfarbstoff, ein Abbauprodukt der roten Blutkörperchen, nicht mehr ausgeschieden wird. Der Bilirubinwert ist, wie ich Ihnen am Telefon sagte, irrsinnig hoch. Am ganzen Körper hat er Blutergüsse – die Leber bildet keine Eiweißstoffe für die Blutgerinnung mehr. Sie hat auch ihre Entgiftungsfunktion verloren. Darum befindet sich viel zuviel Ammoniak im Blut. Unglaublich, was Gorans Körper aushält. Meist schläft er, im Sitzen. Muß künstlich ernährt werden. Wir haben ihm unter dem rechten Schlüsselbein einen zentralen Venenkatheter gestochen, Sie sehen es. Der Katheter führt zum rechten Vorhof des Herzens. Nur so können wir Goran künstlich hochkalorisch ernähren: Eiweiß, Zucker, Fett, Vitamine, Spurenelemente ... Die Blutbefunde sind verheerend, die Leberfunktionswerte ebenso, ganz zu schweigen von den Resultaten der Nierenfunktionen, des EKGs und der Echokardiographie des Herzens. Cholesterinspiegel: null. Er bekam natürlich sofort wieder Medikamente. Wir vermuteten ...«

»Was?«

»... ›leben noch‹«, murmelte Goran.

Faber war zusammengefahren.

»Redet im Schlaf«, sagte Bell. »Nicht! Ziehen Sie Ihre Hand nicht fort!«

Die Strophe eines Gedichts von Robert Frost fiel Faber ein ...

> Des Waldes Dunkel zieht mich an.
> Doch muß zu meinem Wort ich stehn
> Und Meilen gehn, bevor ich schlafen kann ...

Wie viele Meilen, Natalie? Wie viele Meilen?

Bell ließ sich auf ein zweites Bett fallen, das im Zimmer stand.

»Hier hat Frau Masin tagsüber gelegen. Die Bakica. Bis zu ihrem Zusammenbruch war Frau Masin von früh bis spät hier. Patienten wie Goran sind bei uns nie allein. Alle Zimmer wurden für ein Kind und einen Angehörigen eingerichtet, das sind meistens die Mütter. Sie können bei uns auch kochen, was ihre Kinder sich wünschen, sie müssen nur die Lebensmittel mitbringen.« Ich kann nicht kochen, überlegte Faber. Idiot! sagte er sich. »Natürlich sind nachts Ärzte und Schwestern oder Pfleger für die Kinder da. Wenn es ihnen besser geht und sie ambulant behandelt werden können, wohnen viele mit einem Verwandten der Klinik gegenüber im Gästehaus, damit sie immer ganz schnell zu uns kommen können.«

»Im Gästehaus?« Faber sah Bell an.
»Wir haben es von einer Fast-food-Kette zur Verfügung gestellt bekommen, zwei Etagen.«
»Zwei Etagen eines Hauses wurden Ihnen zur Verfügung gestellt?«
»Nicht nur uns«, sagte Bell. »Solche Gästehäuser finanziert diese Kette in vielen europäischen Ländern, von Amerika ganz zu schweigen. Unseres ist geradezu luxuriös. Sie werden sehen!«
Wunderland, dachte Faber wirr, sein Gemütszustand wechselte dauernd. Wunderland der Krankheit und des Todes und der Menschen, die wie dieser Bell bis zur Erschöpfung arbeiten, um Leben zu retten. Das Leben kranker Kinder. Knappe dreißig Flugminuten entfernt, dachte er, schlachten im ehemaligen Jugoslawien Nachbarn Nachbarn auf das grauenvollste ab, verrecken Hunderttausende – und hier kämpfen viele Menschen um das Leben eines einzigen Kindes. Keiner kennt diese Menschen im Dunkeln, keiner weiß etwas von ihnen. Keiner gibt ihnen jemals einen Orden wie den blutigen Menschenverführern und Menschenschlächtern. Nur von einer Fast-food-Kette bekommen sie ein Haus fast geschenkt ...
»Frau Masin hat nachts im Gästehaus geschlafen«, unterbrach Bell Fabers Überlegungen. »Die Koffer mit den Sachen von ihr und Goran sind drüben. Sie können sich vorstellen, was man mitbringt, wenn man aus einer Stadt kommt, die seit zwei Jahren eingeschlossen ist und in Trümmern liegt. Frau Masin ist im Gästehaus zusammengebrochen. Die Dame, die das Haus führt, hat sie gefunden und uns angerufen.«
»Wo ist Bakica ... wo ist Frau Masin jetzt?«
»Im AKH, dem Allgemeinen Krankenhaus. Das ist ein Riesenkomplex. Sie liegt auf der Inneren Frauenabteilung. Ich habe dort angerufen – ganz in der Nähe, das AKH –, gleich nachdem Sie sich heute früh gemeldet haben, Herr Jordan.

Ich habe gesagt, Sie kommen am Nachmittag zu ihr. In Ordnung?«

»Natürlich«, sagte Faber. *Doch muß zu meinem Wort ich stehn.* Warum eigentlich?

Der Junge stöhnte.

»Hat Schmerzen«, sagte Bell. »Sie werden immer schlimmer. Das viele Wasser drückt auf alles. Als er zu uns kam, hatten Ärzte, Schwestern und Pfleger größte Bedenken, ob es denn Sinn machte, ihn überhaupt noch den Quälereien einer Untersuchung auszusetzen.«

»Und Sie?« fragte Faber. »Hatten Sie auch größte Bedenken?«

»Natürlich. Immer noch. Aber ich verdränge sie. Ich kann die Vorstellung nicht ertragen, daß Goran stirbt. Ich kenne ihn schon so lange.«

»Sie kennen ihn schon lange?«

»Sage ich doch!«

»Wie lange kennen Sie ihn?«

»Zwölf Jahre«, sagte Bell.

Faber starrte ihn an.

»Seit 1982.«

»Aber wieso?«

»Weil wir ihm hier in Wien damals schon eine neue Leber transplantiert haben«, sagte Dr. Martin Bell.

6

»Die Leber, die jetzt versagt, ist eine transplantierte Leber?«
»Ja«, sagte Bell. »Ach, das wissen Sie ja noch nicht! Das habe ich Ihnen noch nicht erzählt. 1982, Anfang März, wurde Goran von seinen Eltern zu uns ins Marien-Kinderspital gebracht. Sein Vater war Ingenieur. Wohlhabend. Mit wohlhabenden Verwandten in Wien. Bei diesen wohnten die Rubics dann. Sie konnten die Transplantation bezahlen. Nun haben Scharfschützen sie erschossen, die Wiener Verwandten sind tot. Wir haben das Kind damals untersucht, und es stellte sich heraus, daß Goran an einer angeborenen Gallengang-Atresie litt. Das heißt, seine Gallengänge waren verschlossen beziehungsweise gar nicht ausgebildet. Damit konnten Substanzen, die eine gesunde Leber bildet, nicht transportiert werden, und die Leber zerstörte sich von selbst – ähnlich wie es bei schwerem Alkoholismus zur Zirrhose kommt.«
Goran sagte ein paar serbokroatische Wörter.
»Spricht mit Frau Masin«, sagte Bell. Sein Gesicht war grau vor Müdigkeit, die Ringe unter seinen Augen waren schwarz geworden. »Kein Arzt will ein menschliches Organ durch ein fremdes ersetzen, wenn auch nur die geringste Aussicht besteht, daß es sich wieder erholt, wenn es durch einen kleineren Eingriff kuriert werden kann oder wenn es noch so viele Funktionen erfüllt, daß der Patient ein einigermaßen normales Leben führen kann. Bei Goran fielen, als er drei Jahre alt war, alle diese Möglichkeiten weg. Er brauchte eine neue Leber, um weiterleben zu können, und das schnell.«
Bell stand auf und ging zu Goran. Er prüfte seinen Puls und seinen Herzschlag und berührte den Jungen dabei mit größter Behutsamkeit.
»Die menschliche Leber«, sagte Bell, »jede einzelne, ist das größte Laboratorium der Welt. Ja, schon eine einzige Le-

berzelle leistet mehr als die chemische Industrie unserer Erde. In Ruhepausen speichert die Leber bis zu fünfundzwanzig Prozent der gesamten Blutmenge. Bei Anstrengungen gibt sie rund einen Liter ab. Im Laufe jedes Tages erfüllt die Leber eines Menschen, vorausgesetzt, sie ist gesund, über fünftausend lebenswichtige Stoffwechselfunktionen. Sie produziert unter anderem eintausend verschiedene Enzyme, sie baut den verbrauchten roten Blutfarbstoff ab, sie entzieht dem Aminosäurestoffwechsel Ammoniak und verwandelt diesen in Harnstoff, sie absorbiert Fette und verwandelt sie in Kohlehydrate, produziert Bluteiweiße und Gerinnungsfaktoren, speichert fettlösliche Vitamine und Proteine und entgiftet das Blut ... 1982 hatten wir gerade mit Lebertransplantationen begonnen – hier in Wien und in Hannover. Die Amerikaner waren da schon viel weiter. In Jugoslawien gab's das noch nicht. Eine Lebertransplantation ist auch heute unvergleichlich riskanter und komplizierter als beispielsweise der Austausch eines Herzens.«

»Wie verhindert man die Abstoßung des neuen Organs?« fragte Faber, der wieder Schwindel verspürte. Nichts hatte er gewußt von dieser Welt nebenan. Wie viele Welten nebenan gab es, von denen er nichts wußte?

»Das war und ist noch immer das größte Problem«, sagte Bell. »Die Abstoßung bedroht den Patienten am meisten. Er muß nach der Transplantation regelmäßig Medikamente nehmen, sein Leben lang. Die Mittel auch nur einige Tage abzusetzen – das kann seinen Tod bedeuten. Ohne diese Medikamente dürfte man an eine Organverpflanzung überhaupt nicht denken. Sie sind ein großer Fortschritt, aber sie haben für den Patienten, der sie nehmen muß, quälende, manchmal bis an den Rand des Erträglichen gehende Nebenerscheinungen.«

»Ich habe gelesen, daß die Japaner ein neues Mittel entwickelt haben, das fast hundertprozentig die Abstoßungen verhindert und weniger Nebenwirkungen hat.«

»FK 506«, sagte Bell, »bei uns noch nicht zugelassen. Aber wir können es beschaffen und einsetzen. Damals freilich hatten wir nur die Möglichkeit einer optimalen Dosierung von Imurek, Prednison und dem eben entwickelten Cyclosporin A, das heute als wichtiges Mittel gegen Abstoßungen gegeben wird. Die Transplantation fand im Allgemeinen Krankenhaus statt, Chirurg war Thomas Meerwald, ein Freund aus der Studienzeit. Wir haben gemeinsam ...«

Ein Telefon begann zu läuten.

»Entschuldigen Sie!« Bell ging zu dem Apparat, der auf einem Tischchen stand, hob ab und lauschte kurz. »Ich komme sofort«, sagte er. In seinem Gesicht zuckte ein Nerv. Zu Faber sagte er: »Bitte, warten Sie auf mich, und lassen Sie Ihre Hand bei Goran. Wenn Sie das Geringste beunruhigt, drücken Sie auf diesen roten Knopf. Das ist der Stützpunkt, von dem ich gerufen wurde. Ich muß zu dem kleinen Stjepan. Leukämie. Er lag schon im Koma. Ich habe dem Vater versprochen, bei ihm zu sein, wenn Stjepan stirbt. Jetzt ist es soweit ...« Er eilte fort.

Stjepan! dachte Faber. Ich habe gehört, wie Bell mit dem Vater gesprochen hat, nachdem ich der kleinen Christel begegnet bin, die auch an Leukämie litt. Sie wird leben. Und Stjepan stirbt.

Und Goran? dachte Faber. Und Goran?

7

Er blickte auf den Jungen, der halb sitzend vor sich hin dämmerte. Unruhig ging Gorans Atem, manchmal flach, manchmal keuchend. Den weißen Pyjama hatte er ohne Zweifel vom Krankenhaus erhalten, die Jacke stand offen, Faber sah den monströs angeschwollenen Bauch und den mageren Brustkorb, über welchen sich die gelb-braun-grüne Haut so sehr spannte, daß man jede einzelne Rippe zählen konnte. Auf dem Nachttisch stand ein Farbfoto in einem Glasrahmen. Faber neigte sich vor. Das Bild zeigte Goran und eine alte Frau. Das muß Mira sein, dachte Faber. Die beiden standen in einem Garten und lachten. Sie trug ein langes, grünes Gewand, das mit phantastischen goldenen Ornamenten bestickt war, er hatte ein weißes Hemd an und kurze weiße Hosen, keine Schuhe. Die Aufnahme ist an einem heißen Sommertag gemacht worden, dachte Faber, das zeigten die leuchtenden Farben. Frieden, dachte er. Dieses Foto muß noch im Frieden aufgenommen worden sein.

Also Mira, Mira im Frieden. Mira sah auf dem Bild verbraucht und gebeugt aus. Wie alt sie wohl heute ist? Fünfundsechzig hat Bell am Telefon gesagt. Sie war immer sehr schlank, überlegte er staunend, denn bis zu diesem Moment hatte er sich vergeblich daran zu erinnern versucht, wie sie überhaupt ausgesehen hatte. Nun kam die Erinnerung zurück an Mira, an Sarajewo, an die Arbeit mit dem Regisseur Robert Siodmak und die politischen Verhältnisse unter Tito. Wenn es jemals wunderbaren Sozialismus gegeben hat, dann damals in Jugoslawien, dachte Faber. Wie gut, daß ich das Foto sehe, ich hätte Mira sonst nicht mehr erkannt. Grau und hochgekämmt waren die Haare, voll die Lippen. Mira hatte besonders schöne Zähne, auch das fiel ihm plötzlich wieder ein. An alles erinnerte er sich, wie ein Sturzbach brach die Vergangenheit über ihn herein. Was für ein schönes Mädchen Mira gewesen war, ihre Haut wie aus brauner Seide. Auch das Foto zeigte Hände und Gesicht sonnengebräunt, doch es waren die Hände einer alten Frau, und die Haut im Gesicht war ein einziges Netzwerk von kleinen und größeren Falten.

Und wie sehe ich aus, mit den Narben und Flecken der Akne, dem dünnen weißen Haar, der schlaffen Haut alter Männer? dachte Faber. Die Zeit ist ein grausamer Zeichner.

Gebeugt steht Mira da, alt, alt wie ich, dachte er. Nur ihre dunklen Augen leuchten noch so, wie sie damals leuchteten, es sind die Augen von einst. Wie lange ist das her? Im Mai 1953 bin ich nach Sarajewo gekommen, vor einundvierzig Jahren also, fast auf den Tag genau. Und plötzlich, im Zauber dieser Augen, verjüngte sich Miras Gesicht vor Faber. Ihm war, als spule sich die Zeit zurück, und er sah Mira so, wie er sie damals gesehen hatte, 1953, als alles noch einfach war und das Leben wunderbar.

8

»Mein Name ist Mira Masin«, sagte die junge Frau ernst und scheu. »Ich bin Cutterin bei der Bosna-Film, und ich werde Ihre Dolmetscherin sein.«

Im Garten hinter dem Hotel »Europa« war das, sie hatten gerade unter den alten Bäumen gefrühstückt, türkischen Kaffee aus Kupferkännchen und dazu ein Gläschen Slibowitz getrunken, wie das hier üblich war. Nun standen sie auf vor der jungen Frau.

»Was für eine Freude«, sagte der Amerikaner. »Wunderschöne Dame gibt uns die Ehre. Ich heiße Robert Siodmak.«

»Und ich Robert Faber«, sagte er. »Bitte setzen Sie sich, Fräulein Mira!«

»Danke«, sagte sie.

Ein sehr alter Kellner kam, und Faber fragte Mira, was sie zu essen und zu trinken wünsche, und sie bat um ein Glas Orangensaft, das Siodmak bestellte.

»Ein Glas Orangensaft, Herr, ist gefällig«, sagte der sehr alte Kellner, der eine schwarze, sorgfältig gebügelte Hose, ein weißes Hemd und einen schwarzen Schlips trug. Und schon eilte er fort.

»Ist gefällig«, sagte Robert Siodmak. »Die alten Leute hier sprechen fast alle Deutsch, und fast alle sagen ›ist gefällig‹. Woher kommt das, Mira?« Er sagte sofort nur Mira.

»Die alten Leute haben noch die österreichische Monarchie erlebt und die österreichischen Offiziere hier. Meine Mutter sagte auch ›ist gefällig‹. Ein Ausdruck der Höflichkeit, erklärte sie mir. Nicht nur. Dazu der Versuch, die Österreicher durch Freundlichkeit zu entwaffnen, denn sie waren doch ... Besatzungsmacht, nicht wahr?« Daraufhin errötete Mira seltsamerweise, und Fabers Herz schlug schneller, als er sah, wie diese Röte die goldbraune Samthaut ihrer Wangen überzog.

»Merk dir das, Robert!« sagte Siodmak. »›Ist gefällig‹ müssen die Leute unbedingt auch bei uns sagen.« Siodmak hatte 1929 mit Billy Wilder den legendären Film »Menschen am Sonntag« gedreht, in dem nur Laien – einfache Leute, arme Leute – spielten. 1933 mußte er nach Paris emigrieren. Er arbeitete dort, ging dann wie Wilder nach Amerika und schuf eine Reihe grandioser Filme. 1948 war er nach Europa zurückgekehrt. In Rom hatte er soeben »Der rote Korsar« mit Burt Lancaster abgedreht.

Der alte Kellner kam und brachte Mira den Orangensaft, und sie dankte ihm in seiner Sprache. Er jedoch sagte wieder »ist gefällig« und verneigte sich. Er hielt sie wohl für eine Deutsche oder eine Amerikanerin und schlurfte wieder davon.

»Sie wissen, Faber schreibt das Drehbuch für einen Film über das Attentat auf das österreichisch-ungarische Thronfolgerpaar, das den Ersten Weltkrieg auslöste.«

Mira nickte ernst. Anfangs war sie immer sehr ernst gewesen.

»Auslöste!« sagte Faber. »Das Attentat war wirklich nur der Auslöser. Der Erste Weltkrieg hatte ganz andere Ursachen.«

»O ja«, sagte Mira und sah ihn an, und ihre dunklen Augen waren sehr groß und leuchteten. Das schwarze Haar war zu einer Art Pagenfrisur geschnitten und lag am Kopf wie ein

Helm, und all ihre Bewegungen hatten unendliche Grazie, die Geschmeidigkeit eines jungen Tieres. An diesem Morgen trug Mira ein ärmelloses Kleid aus kornblumenblauem Leinen, weiße Zwirnhandschuhe, eine weiße Lederhandtasche und weiße Schuhe. Später erfuhr Faber, daß sie gerade vierundzwanzig Jahre alt geworden war. Er war neunundzwanzig, und Siodmak mit seinen dreiundfünfzig kam ihm sehr alt vor.

»Das Attentat«, sagte Mira, »geschah keine fünfzig Meter von hier entfernt am Fluß. 1914 hieß die Straße dort Appelkai, aber das ist Ihnen natürlich bekannt. Ich höre, der Kustos des Sarajewo-Museums, Herr Konjovic, wird historischer Berater bei den Filmarbeiten sein. Er ist weit über siebzig, hat den Anschlag noch erlebt und den Attentäter Gawrilo Princip gesehen und gesprochen. Er weiß alles, was Sie wissen müssen.«

»Wir sind um elf Uhr mit ihm verabredet«, sagte Siodmak, »und wir bitten Sie, mit uns zu kommen. Damit beginnt bereits Ihre Arbeit.«

»Und Herr Konjovic weiß *nicht* alles, was wir wissen müssen«, sagte Faber, der die junge Frau unentwegt ansah. »*Sie* müssen uns erzählen – alles, was Ihre Eltern Ihnen erzählt haben. Jede Menge Episoden, Erinnerungen und Anekdoten, auch ganz private, wenn möglich.«

»Erwarten Sie nicht zu viel, Herr Faber!« sagte Mira. »Meine Eltern sind im Krieg ums Leben gekommen.«

Das hat sie gesagt, dachte Faber, ein halbes Menschenleben später am Bett ihres schwerkranken Enkels. Ja, ihre Eltern waren tot. Für jemanden, der Drehbücher und Romane schreibt, sind die Eltern einer Hauptperson immer ein Problem. Sie stören. Man kann wenig mit ihnen anfangen. Darum sind Eltern in Filmen und Romanen so oft tot. Bei Mira waren sie es in Wirklichkeit. Das ist vielleicht ein Beruf, den ich habe, dachte er weiter und verbesserte sich sogleich: *hatte.* Auch wenn er nicht mehr schreiben konnte, so reagierte er doch noch immer wie ein Schriftsteller, der alles, was er sieht, hört, empfindet, erlebt, und sozusagen als *deformation professionelle* unablässig daraufhin begutachtet, ob es *good stuff*, ob es *a good story* ist, wobei er stets auch prüft, ob das, was ihm oder anderen widerfährt, späteren Lesern glaubhaft und logisch erscheinen würde. Wie viele »gute Gründe« – politische, persönliche, verkaufsorientierte, von Zuneigung und Abneigung, Intimscheu, Ruhmsucht und Eitelkeit, Feigheit, Angst oder Rache bestimmte – gibt es, Handlungen, Personen und Dialoge eines vorgeblich auf Tatsachen beruhenden Romans zu verändern? Wie wahr ist bestenfalls selbst die Wahrheit? Wie viele Wahrheiten gibt es? Was, wenn Miras Eltern damals noch gelebt hätten? Wir Fälscher! dachte Faber. Wir Fälscher ...

»Meine Eltern«, sagte Mira, nachdem sie einen Schluck Orangensaft getrunken hatte, »haben mir erzählt, daß dieses Hotel ›Europa‹, in dessen Garten wir sitzen (»In *dessen* Garten wir sitzen!« dachte Faber entzückt), das älteste Hotel Sarajewos ist. Sie finden es sicher grauenvoll ...«

»Aber nein!« rief Siodmak.

»Wir finden es großartig!« sagte Faber.

»Jajaja«, sagte Mira, »grauenvoll, ich weiß. Aber bedenken Sie bitte: Als Sarajewo noch österreichisch-ungarische Garnisonstadt war, stand das ›Europa‹ für einen Luxus, über den die ganze Stadt sprach.«

»Es *ist* ein luxuriöses Hotel«, sagte Faber. »Wirklich, Fräulein Mira. Die großen Zimmer mit den hohen Decken, die schönen Möbel ...« Es gibt sogar ein Zimmer mit Bad, dachte er, ein einziges. Natürlich hat Siodmak sich dieses Zimmer genommen. Immerhin darf ich bei ihm baden, das hat er mir gestattet, nachdem ich drohte, sonst sofort abzureisen.

Hinter dem Hotel erhob sich ein Minarett. Der Muezzin, der da oben stand, hatte einen Lautsprecher. Beim Morgengrauen weckte sein Singsang Faber täglich, aber das störte ihn nicht. Es störte niemanden, auch nicht zur Mittagsstunde, nicht nachmittags, nicht bei Sonnenuntergang und nicht nach Einbruch der Nacht. Im türkischen, also moslemischen Teil der Stadt, dessen Grenze hier als unsichtbare Linie durch den Garten und das Hotel »Europa« lief, beteten fromme Männer. Aber man hörte auch viel Glockengeläute in Sarajewo, und andere fromme Menschen sprachen in Kirchen andere Gebete und in den Synagogen wieder andere. Siodmak hatte schnell festgestellt, daß der türkische Teil seit Jahrhunderten *Bascarsija* hieß und der ehemals österreichisch-ungarische Teil der Stadt *Latinjuk.*

»Ich fühle mich *sehr* wohl im ›Europa‹«, sagte Faber lächelnd und mit Nachdruck.

Mira setzte eine große Sonnenbrille auf, weil es sie irritierte, daß Faber sie unentwegt ansah. Er lächelte weiter. Mira blieb ernst.

Faber und Siodmak hatten sich auf der Suche nach den wichtigsten Drehorten auch die Stelle, an welcher der Thronfolger ermordet wurde, angesehen. Entlang dem ehemaligen Appelkai lag das Bett des Flusses Miljacka, der ganz Sarajewo durchzog. Die beiden waren sehr enttäuscht gewesen. Die Brücke, neben der das Attentat stattgefunden hatte, war so schmal wie alle anderen Brücken über die Miljacka, die wirkten, als wären sie aus Blech und würden schon zusammenbrechen, wenn man sie nur betrat. Der Fluß war fast ausgetrocknet. Viele Kühe spazierten in braunem Schlamm umher. Man konnte sich nicht vorstellen, daß das, was einst geschah, ausgerechnet hier geschehen war. Hier Thronfolger, Generäle, Verschwörer, Agenten, Bomben, Pistolen, Gift – *»and what a fucked up setting«*, wie Siodmak sagte.

Dazu kam, daß 1953 am ehemaligen Appelkai viele hohe Neubauten standen. Der Direktor des Hotels »Europa« hatte ihnen alle gezeigt und stets stolz hinzugefügt, wie viele Millionen Dinar die einzelnen Gebäude gekostet hatten.

Bei der Brücke war eine kleine Tafel angebracht, die in der Übersetzung des Direktors verkündete, daß Gawrilo Princip an dieser Stelle eine nationale Tat vollbracht habe.
»Wieviel kostete die Tafel?« hatte Siodmak gefragt.
»Ach, die war ganz billig. Dreitausend Dinar …«
»Den Appelkai werden wir in Wien drehen«, sagte Siodmak nun zu Mira. »Das ganze Attentat. Da gibt es eine Stelle zwischen Schloß Schönbrunn und Hietzinger Brücke, die ist viel geeigneter, da haben wir als Fluß die Wien und eine Straßenbahn, die Linie achtundfünfzig. Über den Appelkai fuhr doch eine Straßenbahn, nicht wahr? Wir lassen alte Wagen entsprechend streichen, auch die Häuserfassaden. Die Minarette werden reinmontiert. Das ist heute alles ganz einfach, Sie wissen es, Mira.«
»Ich weiß es«, sagte sie ernst.
»Wir müssen ohnedies nach Wien«, sagte Siodmak. »Wegen der Hofburg und dem Heldenplatz und dem Burgtor und so weiter. Das alles drehen wir vor den Innenaufnahmen in Wien und Hollywood zuletzt. Dann sind Sie uns wieder los, Mira, und wie traurig werden wir sein!« Er sprang auf. »Moment, *darling!* Ich habe eine Kleinigkeit für Sie.« Schon lief er in die Hotelhalle.
»Ihr Freund ist nett«, sagte Mira.
»Sehr nett, ja«, sagte Faber. »Aber wir sind noch keine Freunde. Wir haben einander erst vor zwei Wochen kennengelernt. Er kam aus Rom, ich aus Wien, eigentlich aus Zagreb, mit dem Nachtzug. Am Morgen habe ich in den Bergen die Bunker gesehen, in denen deutsche Soldaten nachts Schutz suchten, denn Ihre Partisanen waren überall und kannten sich aus, die Deutschen nicht.«
»Sie waren auch Soldat, Herr Faber«, sagte sie. »Ich habe es in einer Zeitung gelesen. Sie sind desertiert und noch in russische Gefangenschaft geraten.«
»Fräulein Mira …«
»Ja?«

»Würden Sie wohl Ihre Brille abnehmen?«
»Warum?«
»Damit ich wieder Ihre Augen sehen kann.«
»Deshalb habe ich die Brille aufgesetzt. Sie haben mich dauernd angesehen – direkt in die Augen.«
»Ja«, sagte er. »Und das will ich wieder tun. Bitte!«
»Also gut«, sagte Mira. Sie nahm die Brille ab. »Ist gefällig«, sagte sie.
»Danke«, sagte er. »Wunderbare Augen.«
»Herr Faber.«
»Ganz und gar wunderbare Augen«, sagte er.
»Herr Faber!«
»Fräulein Mira! Das ist ein schöner Name, Mira«, sagte er.
»Er bedeutet ›Frieden‹«, sagte sie. »Viele Eltern nannten ihre Kinder so nach 1918. Sie tun es noch heute. Mir oder Mira.«
Robert Siodmak kam zurück, eilig und fröhlich. Damals war er immer in Eile und fast immer fröhlich. Er brachte einige Schachteln in bunten, glänzenden Verpackungen.
»Hier, *darling!*« sagte er und legte alles vor Mira auf den Tisch. Die Schachteln hatten Folienfenster, Nylonstrümpfe und Lippenstifte waren dahinter zu sehen. Siodmak war mit einem großen Koffer voll Nylons und Lippenstiften nach Sarajewo gekommen, er wußte, warum.
»Nein«, sagte Mira. »Ausgeschlossen! Sehr freundlich, Mr. Siodmak, aber das *kann* ich nicht annehmen.«
»Natürlich können Sie, *darling!*« protestierte Siodmak. »Was glauben Sie, wer das schon alles angenommen hat! Der Bürgermeister für seine Frau und seine Töchter, zwei Dutzend Herren von der Verwaltung, ganz hohe Genossen von der Partei ... Sie müssen es einfach annehmen – denken Sie daran, daß wir im Krieg gemeinsam gegen den da gekämpft haben!« Er wies mit dem Kinn auf Faber und grinste. »Als alter Waffenbruder – als junge, bezaubernde Waffenschwester, meine ich, ist es Ihre patriotische

Pflicht, mein kleines Geschenk anzunehmen. Fragen Sie doch herum, wie vielen ich damit bereits Freude gemacht habe!«
Siodmak hatte die Stadt tatsächlich mit Nylons und Lippenstiften eingedeckt. Dafür war den Filmleuten Zugang zu allen noch so sorgsam verschlossenen Erinnerungsstücken im Museum gegeben worden und das Versprechen, überall drehen zu dürfen. Siodmak erwies sich bei der Behandlung selbst der ablehnendsten Offiziellen als Genie.
»Bitte, Fräulein Mira!« sagte auch Faber, der den Kampf in ihrem Inneren beobachtet hatte. Immer wieder sah sie die Päckchen an.
»Nun gut, wenn Ihnen so viel daran liegt, will ich es annehmen«, sagte Mira. »Ich danke Ihnen sehr, Mr. Siodmak.«
»Nicht Siodmak«, sagte der Regisseur, »Robert! Und zweimal! Zu Faber und zu mir. Und wir sagen Mira zu Ihnen, okay? In Amerika ist das absolut selbstverständlich.«
»Ja, wenn es in Amerika absolut selbstverständlich ist ...« Miras Blick glitt zwischen den beiden hin und her. »Dann also Robert«, sie sah Siodmak an, »und Robert«, sie sah Faber an.
»Und Mira«, erwiderten Faber und Siodmak gleichzeitig. Danach lachten alle drei, Mira zum erstenmal, seit Faber sie kennengelernt hatte. Es ist, als geht die Sonne auf, dachte er. Viele Vögel sangen in den alten Bäumen, und friedlich unterhielten sich Juden, Christen und Moslems, Bosnier, Serben und Kroaten miteinander in dem großen Garten.

9

Der erste Mann hieß Grabez und wurde verhaftet, ehe er in Aktion treten konnte.
Der zweite Mann hieß Cabrinovic und warf eine Bombe, die den Falschen verwundete.
Der dritte Mann hieß Princip und schoß zweimal. Bereits in den Nachmittagsstunden des 28. Juni 1914, einem sehr heißen Tag, tickerten Nachrichtenagenturen die Meldung vom Mord an dem österreichisch-ungarischen Thronfolger und seiner Gemahlin bis an die Enden der Erde. Ein romantisches Städtchen namens Sarajewo war plötzlich Mittelpunkt der Welt.
Insgesamt hatte es in Sarajewo sechs junge Leute gegeben, die entschlossen waren, den Österreicher und seine Frau zu töten, aber nur drei von ihnen spielten eine herausragende Rolle ... Heiß war es auch in dem Museum, in dem Herr Konjovic, der serbische Historiker mit dem mächtigen weißen Bart viel zu erzählen und Mira viel zu übersetzen hatte, sehr heiß.
Von der Bosna-Film war Faber und Siodmak ein alter Opel zur Verfügung gestellt worden. Faber hatte Mira zuerst in ihre Wohnung gefahren, damit sie ein dünnes, rotes Kleid anziehen konnte, die Männer trugen Hemd und Hose, allen stand Schweiß auf der Stirn. Unerhört viele Fotografien aus der Zeit, Skizzen, Gemälde, Zeitungsberichte und Bücher gab es im Museum. Der Kustos war ein glühender Patriot. Entsprechend fiel sein Vortrag aus.
»Bosnien«, übersetzte Mira und mußte sich beeilen, denn der alte Herr sprach schnell und ohne Rücksicht darauf, ob sie mitkam, »das Herzstück Jugoslawiens, war 1908 von Österreich annektiert worden. Die Bewohner empfanden die österreichische Okkupation noch ärger als die türkische ...« Mira sprach fast ohne Akzent, sie war nun wieder ganz ernst. »Deshalb bildete sich bald ein Verein, der sich

›Junges Bosnien‹ nannte und für die Selbständigkeit des Landes mit den übrigen Südslawen unter Führung Serbiens eintrat … Bitte, *etwas* langsamer, lieber Herr Konjovic!« sagte Mira atemlos auf serbokroatisch.
Wie schön sie ist, dachte Faber, wie das schwarze Haar leuchtet. Er mußte sich zwingen, nicht dauernd ihren Körper anzusehen, dessen Konturen durch das dünne Kleid deutlich zu erkennen waren.
Fast zwei Stunden dauerte Herrn Konjovics Vortrag, er redete sich in wilde Erregung, und sie erfuhren von ihm aus Miras Mund wirklich alles, was sie wissen mußten. Wie das »Junge Bosnien« Verbindung zu dem Geheimbund »Schwarze Hand« in Serbien aufnahm, wie der Chef der »Schwarzen Hand«, Oberst Dragutin Dimitrijevic, genannt Apis, durch einige Verschwörer Waffen nach Sarajewo schmuggeln ließ. All die konspirativen Treffen, all die komplizierten Vorbereitungen. Die Rückschläge. Mut, Tapferkeit und Heldentum der serbischen Verschwörer – Konjovic geriet mehr und mehr außer sich, und Faber wurde es plötzlich trotz der Hitze kalt. Leise sagte er auf englisch zu Siodmak: »Alle sind glücklich in Sarajewo, heißt es. Wie lange noch? Solange Tito da ist und dieser Sozialismus. Und wenn Tito stirbt und der Sozialismus zusammenbricht?«
»Ja«, sagte Siodmak, »ich war auch einmal glücklich – in Berlin.«

10

Bei diesem Attentat ging schief, was nur schiefgehen konnte, so schien es nach den Ausführungen des Kustos.
»… Grabez fiel also gleich aus … der Schriftsetzer Nedeljko Cabrinovic warf eine Bombe in den Wagen des Thronfolgers, ein Auto der Wiener Firma Gräf und Stift. Mit einem Federbusch auf dem riesigen Tschako saß der Thronfolger

Franz Ferdinand im Fond des offenen Wagens, neben ihm Sophie, seine Gemahlin, ganz in Weiß mit einem riesigen weißen Hut. Der Adjutant des Thronfolgers wurde verletzt und sofort ins Krankenhaus gebracht ... Sehen Sie hier, Zeichnungen und Fotos von Augenzeugen am Tatort ... Blut, herabgerissene Telegrafendrähte, zerbrochene Fenster, verstörte Menschen ... Cabrinovic – bitte, *etwas* langsamer, Herr Konjovic!« Mira wischte sich mit einem kleinen Tuch über die Stirn. Unwirsch zwang der Historiker sich, weniger schnell zu sprechen. Mira übersetzte, daß dieser Cabrinovic in der Frühe des 28. Juni noch zu einem Fotografen gegangen war, weil er feststellte, daß es kein gutes Bild von ihm gab. »Hier«, sagte sie und wies auf ein Foto, das Konjovic vorzeigte. »Das wurde am Morgen des 28. Juni 1914 gemacht. Cabrinovic wäre wohl zufrieden gewesen – er hat das Foto niemals gesehen.«

»Zucker«, schwärmte Siodmak, »reiner Zucker!«

»Nachdem er die Bombe geworfen hatte, sprang er in die Miljacka. Er wollte sterben, bevor sie ihn faßten, er hatte Gift geschluckt. Neunzehn Jahre war er alt. Keiner der drei Attentäter war älter als zwanzig. Alles, was sie taten, taten sie für das Vaterland, sagt Herr Konjovic ...«

Klar, dachte Faber, plötzlich wütend. Für das Vaterland. Immer für das Vaterland. Süß und ehrenvoll ist es, für das Vaterland zu sterben. *Dulce et decorum est pro patria mori.* Lateinisch wagen Arschpauker immer noch, das ihren Schülern anzubieten, Patrioten aller Länder, solche wie dieser Konjovic. Ein paar in die Fresse ...

»... aber das Gift hatte sich zersetzt und wirkte nicht«, sagte Mira, den Worten des Historikers nachhetzend. »So holten sie ihn aus dem Fluß, schlugen ihn halb tot und warfen ihn ins Gefängnis ... Sehen Sie diese Zeichnungen und Fotos!«

Es war fast unerträglich heiß in dem alten Gebäude.

»Das alles hatte sich bereits auf dem Weg des Thronfolgers zum Empfang im Rathaus ereignet. Die österreichischen

Offiziere beschworen Franz Ferdinand, nicht mehr über den Appelkai zurückzufahren. Er bestand darauf. Er wollte zu seinem verwundeten Adjutanten ins Spital. Es war also entscheidend, ob man bei der Schillerecke – so genannt nach dem Delikatessengeschäft Schiller – vom Appelkai abbog und über die Brücke zur Residenz fuhr oder nach rechts in die Stadt, wo in der Franz-Joseph-Straße die Bevölkerung wartete – all diese Zeichnungen und Fotos, sehen Sie! –, oder geradeaus weiter, eben zum Spital …«

Der Thronfolger setzte seinen Willen durch: den Appelkai hinab zum Krankenhaus. Alles ging sehr schnell. Der Autokonvoi fuhr los. Schon war die entscheidende Ecke erreicht.

»… Da biegt – hier, die Bilder! – das erste der vorausfahrenden Autos nach rechts in Richtung Stadt ab, der Chauffeur des zweiten Autos schlägt gleichfalls rechts ein, nach der damaligen Linksfahrordnung dazu noch falsch: Er fährt die Kurve nicht aus und kommt so zu nahe an den rechten Bürgersteig heran. Dort steht Princip. Im zweiten Wagen aber sitzt der Thronfolger. General Potiorek aus seiner Begleitung brüllt den Chauffeur an, daß dies der falsche Weg ist. Hier und hier Skizzen von Augenzeugen! Der Fahrer erschrickt, hält, um zurückzusetzen. In der allgemeinen Aufregung drängt die Polizei Princip buchstäblich vor das Auto – und er schießt!«

Von dieser Szene gab es Dutzende von Zeichnungen und Gemälden im Museum. Da war Princip mit der Waffe, da waren die Offiziere auf den Vordersitzen des offenen Autos, da waren Sophie mit dem weißen Riesenhut und Franz Ferdinand neben ihr mit mächtigem Schnurrbart und mächtigem Tschako, alle absolut entsetzt, die Frau in Weiß schon getroffen, hinter Princip deutlich zu erkennen ein Mann mit Fez.

»Der Thronfolger flüsterte seiner Frau zu: ›Stirb nicht, stirb nicht, bitte, Sophie!‹, während seine Uniform sich rot färbte. Das hat später General Potiorek berichtet, aber sie war schon tot«, übersetzte Mira. »Er brach seitlich über ihr zusammen. General Potiorek flehte ihn an zu sprechen. Er sagte: ›Es ist nichts.‹ Dann war auch sein Leben zu Ende. In diesem Moment ... *bitte*, langsamer, Herr Konjovic! ... in diesem Moment fiel Princip eine Bombe aus der Tasche. Alles wich zurück. Er stand allein da mit einem Ausdruck der grenzenlosen Genugtuung und des ungeheuren Friedens im Gesicht. Gleich explodiert die Bombe, dachte er wohl, gleich bin ich tot. Aber die Bombe explodierte nicht. Sie wackelte ein wenig, rauchte schwach – und blieb auf dem Pflaster liegen.«

»*Great, just great!*« stöhnte Siodmak begeistert.

»Wie erwähnt, alle drei Helden waren noch keine zwanzig Jahre alt. Keiner durfte gehängt werden. Keiner wurde gehängt. Aber alle drei endeten im Gefängnis, zwanzig Jahre Kerker. Gawrilo Princip starb schon bald an Knochentuberkulose und Unterernährung in totaler Isolation.«

Bilder, Bilder, Bilder.

Und dann wieder Mira, die übersetzte, was der Historiker sagte, unermüdlich, mit ihrer sanften Stimme: »Das da sind Freunde von Cabrinovic. Princip war ein Einzelgänger, er hatte keine Freunde. Hier sehen Sie, wie nach dem Attentat die Geschäfte serbischer Kaufleute in Sarajewo zerstört werden und man ihren Hausrat auf die Straße wirft. Diese serbischen Männer werden von österreichischen Offizieren gehängt, sie gehören zu den Verschwörern, noch viele andere wurden gehängt ...«

»Ja, ja, ja«, sagte Siodmak. »Alles schön, alles großartig, alles dramatisch, *action, action, action* – aber wo ist das *girl?*«

Konjovic erkundigte sich bei Mira, was Siodmak gesagt hatte. Sie erklärte es ihm. Er antwortete erst nach einer Weile, halb verlegen, halb zornig.

»Was sagt er?« fragte Siodmak.

»Er wird nie zulassen, daß hier amerikanischer Kitsch gedreht wird.«

»Aber, aber, was soll denn das?« Siodmak wurde ganz sanft. »Wir haben *a hell of a good story* mit Geheimdienstlern, Generälen, einem erschossenen Thronfolger, *suspense and crime,* Attentätern – Verzeihung, ich meine natürlich Helden, aber lauter Kerlen und außer der toten Sophie keiner einzigen Frau! So geht das nicht. Wir brauchen ein Liebespaar!«

Mira übersetzte. Konjovic zeigte sich ungehalten.

»Er sagt«, meinte Mira, »hier soll ein Film über nationale Größe entstehen. Hier braucht man keine Liebe.«

Siodmak sprach sehr ernst: »Alle Menschen brauchen Liebe. Sie haben ein Recht darauf... sagen Sie ihm das bitte, Mira!«

Wieder übersetzte sie. Der Kustos sprach plötzlich auch ernst.

»Was ist los?«

»Er sagt, Princip hatte eine Liebe. Eine große Liebe.«

»There you are«, knurrte Siodmak. »Und? Und hat Herr Konjovic Angst, eine große Liebe könnte das Heldentum des Herrn Princip beschädigen?«

»Wir sollen mit ihm kommen«, sagte Mira. »Was Sie eben gesagt haben, übersetze ich nicht, Robert. Herr Konjovic zeigt uns Fotos dieses Mädchens.«

»Warum hat er das nicht gleich getan?« murrte Siodmak. *»Fuck him!«*

»Robert!« sagte Faber.

»Ja, Kleiner?«

»Shut up!«

In der Ecke eines anderen Saals hingen Fotos von Princip und einem sehr schönen Mädchen mit dunklem Haar und dunklen Augen, das Faber an Mira erinnerte.

»Herr Konjovic sagt«, übersetzte Mira, »dieses Mädchen hieß Jelena Golanc. Heute heißt sie Jelena Dobrovic, weil sie geheiratet hat. Geboren wurde sie in Sarajewo 1892 ...«

»1892 ...« Siodmak rechnete schnell. »Jetzt haben wir 1953. Also ist sie einundsechzig – ein ganz junges Ding! Wo lebt sie? Fragen Sie Herrn Konjovic, *darling!* Und er soll keine Angst haben. Wir machen ihm seinen großen Helden nicht kaputt – nein, sagen Sie das nicht! Nur die Adresse, bitte!«

Mira fragte. Der Historiker wurde verlegen. Er schwieg lange. Dann redete er stockend.

»Herr Konjovic gibt zu bedenken: Jelena ist eine sehr verschlossene Frau. Seit Jahren kommt sie nicht mehr in die Stadt. Ein Besuch könnte peinlich sein.«

»Wem?« fragte Siodmak. »Ihm? Ihr? Uns?«

»Er sagt, Ihnen und ihr. Warum lassen Sie Jelena nicht in Frieden? fragt er. Warum lassen Sie ihr nicht ihre Ruhe? Sie hat so viel mitgemacht. Warum sie nach Princip fragen und nach ihrer Liebe zu ihm? Inzwischen hat es zwei Kriege gegeben. Und Leid über Leid. Auch für Jelena. Warum sie unbedingt befragen?«

»Weil wir ihre *story* brauchen, darum.«

»Herr Konjovic sagt, es ist eine tragische *story.*«

»Alle wirklichen Liebesgeschichten sind tragisch. Was hat er denn?« Siodmak sah Faber an. »Verstehen Sie, weshalb der *son of a bitch* nicht will, daß wir zu diesem *girl* fahren?«

»Vielleicht hat er gute Gründe ...«

»Ach, Mensch, gute Gründe! Jetzt fangen Sie auch noch an!« Zu Mira sagte Siodmak: »Wir werden ganz taktvoll und behutsam sein im Gespräch mit Jelena, das verspreche ich. Aber es ist doch tausendmal authentischer, über diese große Liebe aus ihrem Mund zu erfahren als aus seinem. Die Adresse, bitte, ist gefällig.«

Konjovic wandte den Kopf. Faber sah ihn neugierig an. Was ging in diesem Mann vor? Dann sagte der Historiker etwas.

»Jelena lebt in der Nähe von Ilidza«, erklärte Mira. »Ich weiß, wo das ist.«

»Wunderbar! Fragen Sie den lieben Herrn Konjovic, ob er

uns – wir werden auch eine ordentliche Summe für das Museum spenden – ein paar Fotos leiht; ganz kurze Zeit, nur für den Besuch bei Jelena.«
Mira sprach mit dem Kustos.
»Da muß er erst den Direktor fragen.«
»Na, soll er doch!« Der Historiker verschwand.
»Die Fotos kriegen wir nie«, sagte Faber.
»Klar kriegen wir sie«, sagte Siodmak. »Dem Direktor habe ich sechs Paar Nylons und sechs Lippenstifte für seine Damen geschenkt.«

11

Die kleine dicke Frau arbeitete im Gemüsegarten vor dem Haus. In einem zweiten Garten wuchsen wild durcheinander Anemonen, die ersten roten, weißen und gelben Rosen, purpurrote Taubnesseln, Löwenzahn, Lilien, Schafgarben und Baldrian. Neben dem großen Bauernhaus sah man Ställe und dahinter eine Weide, auf der Ziegen grasten. In einem Geviert grunzten ein paar Schweine. Und bunte Hühner von erstaunlicher Größe schritten gackernd auf einem Wiesenstück auf und ab.
Sie waren mit dem alten Opel der Bosna-Film gekommen, Faber am Lenkrad, Mira neben ihm und Siodmak im Fond. Sie hatten alle Fenster geöffnet, und der heiße Wind hatte sie gestreichelt und ihr Haar verwirrt. Hier draußen gab es zwischen Wiesen und Weiden viele Gehöfte, am Horizont dunkle Wälder, und im Hintergrund erhob sich ein hoher Berg. In der Nähe muhten Kühe. Ein kleiner, struppiger Hund jagte durch den Gemüsegarten und kläffte.
Mira rief laut Jelenas Namen. Die dicke kleine Frau sah auf. Mira bat sie offensichtlich, an den Zaun zu kommen. Als Jelena sich aufrichtete, stemmte sie die Hände in die Hüften und streckte sich ächzend, das Bücken fiel ihr schwer und

tat weh. Das Gehen auch, sie humpelte. Jelena trug weder Strümpfe noch Schuhe, nur eine schmutzige Schürze über einem schwarzen Arbeitskittel und ein altes Kopftuch schief über dem grauen Haar. Ihre Gesichtshaut war ledrig, ihre Augen waren nur Schlitze, und sie hatte keinen einzigen Zahn mehr. Der kleine Hund bellte wie toll.

Jelena schrie ihn an, und er verstummte. Die kleine Frau war zum Zaun gekommen und musterte ihre Besucher mißtrauisch, dabei aber freundlich. Mira stellte sich und die Männer vor. Faber und Siodmak verneigten sich.

Jelena sagte etwas.

»Sie sagt, Gott möge uns behüten und beschützen auf allen unseren Wegen.«

»Welcher Gott?« fragte Siodmak.

»Shut up!« sagte Faber.

»Na ja, Mensch, hier beten sie zu mindestens drei verschiedenen Göttern. Schon gut, vergessen Sie's. Gott möge auch Jelena beschützen und behüten auf allen ihren Wegen. Sagen Sie's ihr, *darling.*«

Mira übersetzte es.

Die alte Frau nickte und lächelte mit ihrem zahnlosen Mund. Danach sprach sie längere Zeit mit Mira, die schließlich dies übersetzte: »Ich habe ihr gesagt, daß wir einen Film über das Attentat von Sarajewo drehen, mit Princip in der Hauptrolle. Und natürlich mit ihr, seiner großen Liebe. Und da hat sie gesagt: ›Das geht nicht.‹ Warum das nicht geht, habe ich sie gefragt. Weil es zwischen ihr und Princip nie eine große Liebe gegeben hat, hat sie gesagt. Auch keine kleine. Ich habe ihr gesagt, was Herr Konjovic erzählt hat, und sie hat gesagt, sie kennt den Herrn nicht, aber wenn er Historiker im Museum ist, dann weiß er natürlich viel mehr als sie, sie ist nur eine dumme, alte Bäuerin, die niemals Princip geliebt hat, und er hat niemals sie geliebt, sie müßte es doch wissen, sie müßte sich doch erinnern. Aber sie erinnert sich nicht.«

»An überhaupt nichts?«
»An überhaupt nichts, sagt sie.«
»Gawrilo Princip, der große Nationalheld, der edle Kämpfer für Freiheit und Recht?« sagte Siodmak. »Der wunderbare Mann, der den österreichisch-ungarischen Thronfolger und dessen verehrte Frau Gemahlin gekillt hat – an den erinnert sie sich nicht?«
»Sie sagt, natürlich erinnert sie sich an Gawrilo Princip, wer tut das nicht. Sie erinnert sich allerdings nur noch sehr schwach, es ist doch alles so lange her. Sie hat ihn auch gekannt, bevor er ein Held geworden ist, das schon. Sie haben gemeinsam Ausflüge gemacht, gewiß. Aber sie kann sich nicht einmal mehr an sein Gesicht erinnern. Es liegt alles wie hinter einem Rauch, sagt sie. So viele Jahre, sie ist eine alte Frau. ›So viel ist geschehen, was soll man sich alles merken?‹ sagt sie. ›Eine große Liebe zum Beispiel‹, habe ich gesagt.«
»Und?«
»Und sie hat gesagt, das stimmt wohl, aber sie kann sich an keine große Liebe erinnern. Das sagt sie immer wieder. An keine große Liebe zu Princip. Da ist einfach nichts, woran sie sich erinnern kann, und deshalb ist sie überzeugt, daß es so eine Liebe niemals gegeben hat und daß der Herr Konjovic sich irrt.«
»For Christ's sake«, sagte Siodmak. Klagend fügte er hinzu: »Und ich habe keine Nylons und Lippenstifte dabei!«
»Die würden auch nicht helfen«, sagte Mira.
»Helfen immer«, sagte Siodmak. »Sie haben es ja bei den Fotos gesehen. Sagen Sie ihr, sie soll sich Mühe geben, dann erinnert sie sich. Wir kommen wieder und bringen Geschenke. Und wenn sie Geld will …«
»Das übersetze ich nicht«, sagte Mira. »Damit beleidigen wir sie.«
»Dann holen Sie die Fotos, Süße!«
Mira lief zum Wagen, holte die Bilder und zeigte sie der

alten Frau. Die kratzte sich lange an einer Wade, verscheuchte die Hühner und sprach dann mit Mira.
»Sie sagt, ja, natürlich ist das Princip. Jetzt, da sie die Fotos sieht, weiß sie wieder, wie er ausgeschaut hat. Und das Mädchen, das ist sie, sagt Frau Dobrovic. Sie erkennt sich an dem kleinen Leberfleck auf dem linken Oberarm.« Die dicke Frau lächelte fast entschuldigend und hielt Siodmak ihren linken Oberarm mit der faltigen Haut entgegen. »Sie sagt: ›Sehen Sie, da ist der Leberfleck!‹«
»Fabelhaft«, sagte Siodmak. »Wir kommen weiter.«
»Wir kommen nicht weiter«, sagte Mira, die einen immer beklommeneren Eindruck machte. »Frau Dobrovic sagt, sie wäre den Herren gerne zu Diensten, aber es geht nicht. Sie kann sich einfach an nichts mehr erinnern. Ja, sie hat Princip gekannt. Kann sein, vielleicht hat sie ihm auch einmal einen Kuß gegeben. Aber was bedeutet das schon? Wie vielen Männern gibt man einen Kuß, ohne daß es etwas bedeutet? Sie kann sich aber wirklich an nichts mehr erinnern im Zusammenhang mit Princip, und ob wir nicht ins Haus kommen und kühle Milch trinken wollen bei dieser Hitze. Es wäre eine Ehre für sie.«
»Nein, keine Milch, nicht ins Haus«, sagte Siodmak. »Also vergessen, alles vergessen. Richtig, *darling?*«
»Alles vergessen«, sagte Mira. »Ja, Robert, vollkommen.«
Vollkommen vergessen, dachte Faber, und auch er war plötzlich traurig. Mira dachte wohl dasselbe wie er: Eine so große Liebe, heißt es in den Büchern, sagen sie im Museum, und diese Frau kann sich an nichts erinnern, hat alles vergessen. Wird wirklich alles vergessen nach einer Weile, der Schmerz und die Freude, der Haß und die Liebe?
Jelena sagte etwas.
Mira übersetzte: »Sie hat einen Mann gehabt, sagt sie. Djordo hat der geheißen. *Den* hat sie geliebt. Den liebt sie heute noch. Er war bei den Partisanen. Die Deutschen haben ihn getötet. An Djordo erinnert sie sich ganz genau.

Er hat mit Freunden dieses Haus gebaut und die Ställe. Und wie sie Djordo geliebt hat! Aber Princip? Nein. Es tut ihr leid für uns, sagt sie.«
Ob sie sich wohl an Princip erinnern könnte, wenn sie ihn gehaßt hätte? überlegte Faber. In unserer Zeit ist der Haß viel stärker als die Liebe. *So* müßte ich das Drehbuch schreiben, dachte er. Was für einen Film könnte man drehen, wenn man nicht nur Jelena, sondern viele befragte, die das Attentat erlebten und noch nicht gestorben sind!
»Jetzt verstehe ich, warum Herr Konjovic so lange gezögert hat, bevor er sie erwähnte«, sagte Mira auf deutsch und sehr ernst. »Er hat gesagt, sie lebt ganz zurückgezogen ... ein Besuch könnte ihr peinlich sein. Herr Konjovic weiß wohl, daß sie sich nicht mehr an Princip und diese große Liebe erinnern kann, kein kleines bißchen ...« Mira sah zu Boden. »Sie will uns nicht ärgern, sagt sie, oder Theater machen. Sie kann uns nur wirklich beim besten Willen nicht helfen.«
»Okay«, sagte Siodmak, in Eile wie stets. *»Okay. Then let's get the hell away from here. It's too goddamn' hot to stand around and talk shit.«*
Mira sprach wieder mit Jelena. Sie bat gewiß um Verzeihung für die Störung, und die dicke kleine Frau mit dem zahnlosen Mund sagte offensichtlich, das mache doch nichts. Dann lief sie ins Haus.
»Was jetzt?« fragte Faber.
»Wir sollen einen Moment warten.«
Jelena kam zurück. Sie brachte einen großen Korb voll leuchtendroter Kirschen, den sie Mira über den Holzzaun reichte.
»Das ist für mich, sagt sie. Und Gott sei mit uns auf all unseren Wegen.«
»Auf all ihren Wegen auch«, sagte Faber, und Mira übersetzte es Jelena, und sie schüttelten ihr die Hand, und der Hund bellte wieder, und die Hühner gackerten. Als sie

abfuhren, winkte die alte Frau ihnen lange nach, und sie winkten zurück, bis Faber den Opel durch eine Sandkuhle auf einen Feldweg lenkte, worauf Jelena und die Tiere und das Haus hinter einer Wolke aus Staub verschwanden wie bei einer Abblende im Film.

Eine Weile fuhren sie schweigend. Der Wind, der durch den Wagen strich, war noch heißer geworden.

»Und jetzt?« fragte Mira.

»Was, ›und jetzt‹, *sweetheart?*« fragte Siodmak.

»Was machen wir jetzt?«

»Na, was schon! Robert schreibt eine erschütternde Liebesgeschichte. Jelena und Gawrilo. Größte Liebe, die es je gab!«

»Aber Jelena sagt doch, da war niemals eine Liebe«, protestierte Mira. Sie hielt den Kirschkorb auf den Knien.

»So what'«, sagte Robert Siodmak. »Seien Sie nicht albern, Süße! Jetzt haben wir 1953, und die Olle erinnert sich nicht mehr an Princip und wie ganz ohne Maß groß ihre Liebe zu ihm war, damals, 1914, vor achtunddreißig Jahren, nein, vor neununddreißig. Unser Film spielt 1914, vergessen? Und Robert wird eine *love-story* hinlegen, daß alle ganz selig sein werden, weil sie weinen können über diese einmalige, wundervolle Liebe, die den Tod überdauerte und niemals enden wird.«

Mira und ich, wir hatten unsere Liebe 1953, vor einundvierzig Jahren, dachte Faber am Bett des todkranken Goran in Wien. Und auch ich habe wie Jelena diese Liebe vollkommen vergessen. Ich wußte nicht einmal mehr, wie Mira aussah, erst als ich das Foto hier auf dem Nachttisch sah, fiel es mir wieder ein, fiel mir so vieles wieder ein. Ich hatte ein Kind mit Mira, dachte er, und wußte es nicht einmal. Eine Tochter namens Nadja. Scharfschützen haben sie und ihren Mann getötet. Ihr Sohn Goran liegt vor mir. Wie wird das sein, wenn ich Mira nun sehe? Wie kann das nur sein?

Er schwieg, während sie nach Sarajewo zurückfuhren in der

Hitze dieses Mainachmittags. Sie brachten Mira heim, die in einem Neubau nahe dem Hotel »Europa« wohnte.
»Wann brauchen Sie mich wieder?« fragte sie, als der Wagen hielt.
»Jetzt ist es viel zu heiß«, sagte Siodmak. »Jetzt muß ein alter Mann sich ausruhen. Und ihr beiden Jungen müßt das auch. Mindestens zwei Stunden. Mira, *darling*, dürfen wir Sie bitten, so gegen sechs ins Hotel zu kommen, um mit uns Tee zu trinken und vor dem Abendessen noch auf den Korso zu gehen?«
Faber und Siodmak waren schon ein paarmal auf dem Korso gewesen, der breiten Straße, über deren Gehsteige allabendlich viele Menschen promenierten, Freunde, Liebespaare, Müßiggänger.
»Das ist sehr freundlich von Ihnen, Robert«, sagte sie leise. »Aber ich möchte gerne allein sein. Es war ... ein wenig anstrengend für den ersten Tag. Sie sind mir nicht böse, nein?«
»Unsinn, wieso denn böse?« sagte Siodmak und küßte sie in den Nacken. »Dann also morgen früh um zehn Uhr zum Frühstück! Schlafen Sie gut, *darling!*«
»Sie sind nett«, sagte Mira.
»Ich bin hinreißend«, sagte Siodmak.
Faber war ausgestiegen und half Mira. Er trug den Korb mit den Kirschen. Vor dem Hauseingang sagte er: »Bitte, Mira, kommen Sie doch!«
»Nein«, sagte sie. »Ich möchte wirklich allein sein, Robert. Mich hat dieser Besuch traurig gemacht.«
»Ich weiß«, sagte Faber. »Ich weiß, was Sie gedacht und gefühlt haben. Ich habe dasselbe gefühlt und gedacht. Gerade darum bitte ich Sie, doch zu kommen.«
»Bitte, Robert, bitten Sie mich nicht!«
»Seit ich Sie gesehen habe ...«
»Nicht!« sagte Mira. »Nicht weitersprechen! Ich weiß, Robert«, sagte sie und sah ihn an, und ihre Augen schienen

ihm riesengroß. »Ich weiß es so genau, wie Sie wissen, was ich fühle und denke … Wir sind beide traurig. Morgen ist es vorbei mit der Traurigkeit. Morgen abend gerne, Robert. Wir verstehen einander so gut. Da verstehen Sie doch auch das, nicht wahr?«

Faber blickte sie schweigend an, nickte und trat zur Seite. Er sah zu, wie sie die Haustür aufschloß, und wartete, bis diese hinter ihr ins Schloß fiel. Dann ging er zum Wagen zurück und fuhr mit Siodmak ins Hotel.

Er schlief tief und traumlos in seinem großen, kühlen Zimmer, und gegen sechs Uhr duschte er und zog sich an und ging in die Bar, deren Glastüren offenstanden. Blutrot war die sinkende Sonne. Siodmak saß in einer Ecke und winkte. Faber sah, daß er ein Glas vor sich stehen hatte.

»Das ist nicht Tee«, sagte er.

»Das ist Gin Tonic«, sagte Siodmak. »Trinken Sie auch einen! Gibt nichts Besseres nach einem so heißen Tag.«

Also trank auch Faber einen Gin Tonic, und danach tranken sie beide einen zweiten, und plötzlich sagte Siodmak: »Sie glücklicher Hund!«

»Was ist los?«

»Sehen Sie doch«, sagte Siodmak und erhob sich lächelnd.

Faber drehte sich um.

Mira war in die Bar gekommen. Nun lächelte auch sie und trat näher. Sie trug ein schimmerndes graues Kleid und graue Schuhe.

»Na also«, sagte Siodmak.

»Na also, was?« Auch Faber erhob sich.

»Haben Sie keine Augen im Kopf?«

Da erst sah Faber, daß Mira Nylonstrümpfe trug und einen von Siodmaks Lippenstiften benützt hatte. Sie trat an den Tisch, und Siodmak sagte: »Fabelhafte Dame gibt uns doch die Ehre!«

Faber sagte nichts. Er sah Mira an und fühlte sein Herz pochen. Es pochte stark und schnell.

Drittes Kapitel

1

Die Tür von Gorans Zimmer öffnete sich.
Dr. Bell trat ein. Er setzte sich auf das freie Bett, stützte den Kopf in die Hände und starrte schweigend den Fußboden an. Faber bewegte sich nicht. Nur das keuchende Atmen Gorans war zu hören.
Schließlich sah Bell auf. »Stjepan ist tot«, sagte er. »Ich habe den Vater ins Gästehaus gebracht und ihm eine Valium-Tablette gegeben. Er wird jetzt schlafen …« Bell blickte ins Leere. »Eine Katastrophe«, sagte er. »Der Tod eines Kindes ist immer eine Katastrophe. Für die Eltern, für alle, die um sein Leben gekämpft haben – Ärzte, Psychologen, Schwestern, Pfleger, den Seelsorger. Es gibt keine Routine. Immer wieder eine eigene, besondere, einmalige Katastrophe. Die totale Kapitulation. Niemand kann mehr tun, als wir getan haben. Aber wir wissen so wenig, immer noch …«
Er stand müde auf, ging zum Monitor, überprüfte Gorans Herzschlag, Blutdruck und Puls mit einigen Tastendrucken und wandte sich dann Faber zu, der ihn, noch benommen von so viel Erinnerung, ansah und erst langsam in die Gegenwart zurückkehrte. Dieser schmale, erschöpfte Arzt, dachte Faber staunend, hat mich in wenigen Stunden gelehrt, wie sehr Leben und Mitleidhaben zusammengehören.
»Unverändert«, sagte Bell. »Wir müssen warten, bis Dr.

Rohmer kommt. Sie ist noch beschäftigt. Auf dem Heimweg bringe ich Sie zu Frau Masin ins AKH ... Doch, doch, selbstverständlich, Herr Jordan!«

»Sie haben vorhin von Gorans Lebertransplantation gesprochen«, sagte Faber.

»Gorans Lebertransplantation, ja«, erwiderte Bell. »Er mußte eine neue Leber haben, dringend. Mein Freund Thomas Meerwald, der Chirurg im AKH, war derselben Ansicht. Wir riefen Eurotransplant in Leiden an, das ist die Organtransplantationszentrale für Europa ...«

»Ich habe davon gehört.«

»... gaben Gorans Daten durch und forderten eine Leber für ihn an. Eurotransplant setzte ihn ganz oben auf die Liste, weil er sehr gefährdet war. Dadurch mußten natürlich andere, die dringend eine Leber brauchten, länger warten. Dieses Warten ist furchtbar. Es kann Monate dauern, Jahre. Goran ging es schlechter und schlechter. Er lag hier zuletzt auf der Intensivstation. Schließlich rief – vier Monate nach seiner Einlieferung – Eurotransplant an. Sie hatten eine Leber für Goran. Von einem toten Mädchen in Rom. Goran wurde sofort ins AKH gebracht, und mein Freund Meerwald flog mit seinem Operationsteam nach Rom, um die Leber zu holen.«

»Ihr Freund nahm die Leber heraus?«

»Ja. Damals jedenfalls entnahm noch der Chirurg, der das Organ transplantierte, dieses auch selbst dem Spender. Beide Operationen wurden vom gleichen Team erledigt. Heute fliegt meistens nur das Entnahmeteam und bringt das Organ zum Chirurgen, der es mit seinem Team einsetzt.«

»Sie sprachen von einem toten Mädchen in Rom«, sagte Faber. »Wie ... ich meine, wann ist ein Mensch tot nach Ihren Regeln, Vorschriften oder wie man das nennen soll? Wann darf man einem Menschen Organe entnehmen?«

»Das war und ist noch immer eine der größten Streit-

fragen«, sagte Bell. »Im Tod sind alle Menschen gleich – so war es Jahrtausende lang. Seit fünfundzwanzig Jahren gilt das nicht mehr. Seit fünfundzwanzig Jahren gibt es Hirntote, Herztote, Ganzhirntote, Teilhirntote und Anenzephale. Anenzephale sind Säuglinge mit angeborener Hirnmißbildung; ihr Großhirn ist verkümmert, fehlt oft ganz. Alle diese Kategorien, die ich erwähnte, sind tot – zumindest ein bißchen. Ärzte, Theologen und Philosophen streiten sich: Wie tot muß ein Mensch sein, um auch tot genannt zu werden? Ehedem galt: Lunge, Herz und Gehirn können nur gemeinsam leben. Fällt eines dieser Organe aus, bricht das Wechselspiel der anderen fast augenblicklich zusammen. Seit Todkranke künstlich beatmet werden, kann jedes Organ einzeln sterben. Der Tod wird zerlegt in Einzeltode. Sterben kann Tage, Wochen, Monate dauern. Das alles ist gleichermaßen kompliziert wie unheimlich oder manchmal grotesk, wenn sogenannte Tote zum Beispiel noch Kinder gebären. Die Bestimmung von Leben und Tod ist zur Sache der Experten geworden. Handelt es sich um einen Spender, konstatieren diese in streng geregelten Prozeduren drei Symptome, die den Patienten zum Toten machen: Koma, Atemstillstand und Ausfall der Hirnstammreflexe. Ist es soweit, dann beschäftigt sich ein eigener Zweig der Intensivmedizin, die Spenderkonditionierung, damit, wie solche am Leben zu erhaltende Leichname zu versorgen sind: Intensivmedizin für Tote! Zur Organentnahme werden die Leichname dann von den Maschinen, die sie ›am Leben‹ hielten, getrennt, und die Chirurgen können ans Werk gehen. So war das auch bei dem Mädchen in Rom, dem Meerwald und sein Team die Leber entnahmen. Mit der Leber flogen sie zurück nach Wien ...«
Obwohl Gorans Leber praktisch nutzlos geworden war, erfüllte sie noch immer gewisse Funktionen besser als jede Maschine. Darum entfernte Meerwald sie auch nicht gleich. Er mußte erst sehen, ob die neue Leber »paßte«. Sie konnte

kleiner sein als die alte, das machte nichts. Sie würde wachsen. Aber sie durfte auf keinen Fall größer sein. Manchmal hatten Chirurgen zu große Lebern zurechtgeschnitten. Das Ergebnis war jedesmal deprimierend gewesen.
»Ich habe Meerwald assistiert«, sagte Bell. »Der wichtigste Mann seines Teams war der Anästhesist. Er trug die größte Verantwortung, trägt sie immer. Er hätte die Operation im letzten Moment absagen können, denn Goran hatte damals gerade einen fieberhaften Infekt hinter sich. Aber der Narkosearzt sagte, der Infekt sei genügend beherrscht, man könne die Transplantation riskieren. Herr und Frau Rubic, Gorans Eltern, warteten in einem der Angehörigenräume. Ich hatte ihnen gesagt, daß sie mit einer Operationszeit zwischen sechs und fünfundzwanzig Stunden rechnen müßten, je nachdem wie viele Komplikationen eintreten würden …«
Die Leber wird von einer enormen Menge Blut durchströmt. Klemmt man die Arteria hepatica communis, die der Leber sauerstoffhaltiges Blut zuführt, und die Pfortader, die sie mit Nährstoffen versorgt, auch nur für kurze Zeit ab, kommt es zu einer Störung der Blutumleitung. Dabei wird die gesamte Durchblutung des Körpers in Mitleidenschaft gezogen.
»… aus diesem Grund legte Meerwald bei Goran einen Bypass zwischen Halsvene und Oberschenkelvene. Der Bypass sollte das Blut aus den unteren Körperpartien direkt zum Herz leiten. Das allein dauerte fast zwei Stunden. Sie müssen bedenken: Damals hatten wir noch wenig Erfahrung mit Lebertransplantationen. Darum auch diese Vorsichtsmaßnahme. Inzwischen schwamm die Leber des toten Mädchens wie eine glänzende graue Auster in einer Schale aus rostfreiem Stahl. Sie hatte die richtige Größe …«
Der schwierigste Teil einer Lebertransplantation ist die Entfernung des kranken Organs. Jederzeit kann es dabei zu enormen Blutverlusten kommen.

»… heute besitzen wir ein Druckinfusionsgerät, das verlorenes Blut so schnell ersetzt, wie es verloren geht. Damals, vor zwölf Jahren, gab es dieses Gerät noch nicht. Durchschnittlich werden bei Lebertransplantationen über fünfzehn Liter Blut bei einem Patienten ersetzt. Wir hatten zwanzig Liter Blutkonserven in einem Apparat bereitgestellt, der eine ganze Ecke des Operationssaals ausfüllte. Bei Goran brauchten wir jedoch nur sieben Liter. In den neun Stunden, welche die Operation insgesamt dauerte, verließ keiner von uns seinen Platz. Goran blieb nicht eine Sekunde allein. Das war doch alles Neuland für uns! Wir hatten erst drei Lebertransplantationen gewagt. Bei der ersten war der Patient schon auf dem Operationstisch gestorben. Goran und wir hatten unglaubliches Glück. Schließlich pulsierte die neue Leber in kräftigem Rosarot wie zwölf Stunden zuvor im Körper des an Maschinen angeschlossenen Mädchens in Rom …«
Goran schrie plötzlich: »Bakica! Bakica!« Es folgten einige serbokroatische Wörter.
Bell sprang auf. »Streicheln Sie ihn, aber sanft! Und sagen Sie ihm, daß Sie bei ihm sind! Laut! Damit er Sie hört.«
Faber strich über Gorans Schulter, die Arme, die Hände. »Ich bin bei dir, Goran!« rief er. »Deda ist bei dir … dein Deda. Alles ist gut, Goran, alles ist in Ordnung.«
Der Junge ließ den Kopf auf die Brust sinken. »Deda«, murmelte er. »Deda, schön … leben noch …«
Sein Atem ging wieder ruhig. Er sank noch mehr zur Seite.
»Verstehen Sie jetzt, warum ich Sie in Biarritz anrief und zu kommen bat?« fragte Bell.
Faber nickte.
In einen Tunnel bin ich geraten, dachte er. Und es wird dunkler und dunkler darin. Komme ich jemals wieder ans Licht? Wie wird das alles enden? Enden? dachte er. Es hat doch eben erst begonnen!
»Goran blieb acht Wochen im AKH. Für damalige Verhält-

nisse verlief seine Transplantation besser als bei fünfundneunzig Prozent aller Patienten mit einer neuen Leber. Die Zeit nach dem Organaustausch ist allerdings manchmal schlimmer als das Endstadium der eigentlichen Krankheit zuvor.«

»Ist das die Zeit, in der die Abstoßung des neuen Organs durch Medikamente verhindert werden soll?« fragte Faber.

»Richtig! Cortison, Imurek, Cyclosporin A, alle Medikamente, die wir dann verabreichen müssen, haben Nebenwirkungen, zum Teil furchtbare. Rasende Glieder- und Kopfschmerzen, Hautentzündungen, Verwirrungszustände bis zu Wahnideen, Halluzinationen, Übelkeit, Dauererbrechen, Appetitlosigkeit, starkes Zittern der Finger und Hände; dazu kommen Haarwachstum im Gesicht, aber auch am ganzen Körper und Blutdruckanstieg auf Grund gestörter Nierenfunktion – bestimmte Medikamente sind extrem nierentoxisch –, so daß der Patient auch Medikamente gegen zu hohen Blutdruck nehmen muß; ferner entstehen oft Zahnfleischwucherungen sowie Brennen an Händen und Füßen. All das hatte Goran zu erleiden. Durch die Immunsuppression, also die Unterdrückung der Abwehrreaktion, wurde er auch noch extrem anfällig für die verschiedensten Infektionen. Es war die Hölle für den armen, kleinen Kerl. Monatelang lag er immer wieder stationär bei uns. Damals hatten wir noch kein Gästehaus. Die Eltern wohnten bei den Verwandten. Aber nach immer neuen Rückschlägen schaffte Goran es.« Bell sah lächelnd zu dem reglosen Jungen auf dem Bett.

»Und dann?« fragte Faber.

»Dann ging es aufwärts mit ihm, von Tag zu Tag. Wenn ein Patient einmal so weit ist wie die kleine Christel, die Sie heute gesehen haben, empfindet er das Leben euphorisch schön und ist voller Glücksgefühle und Freude.« Leise sagte Bell: »Und wir sind es auch. Gorans Eltern hatten damals genug Geld. Sie bezahlten die Operation und die ganze Behandlung – so etwas ist sehr teuer.«

»Ich kann …«

»Nicht! Nicht jetzt!« sagte Bell. »Jetzt wissen wir noch nicht einmal, ob Goran den morgigen Tag erleben wird. Falls seine erste fremde Leber nicht mehr zu retten ist, wird er …« Bell verstummte.

»Eine zweite fremde Leber brauchen?« fragte Faber.

Der Tunnel! Der Tunnel!

»Nicht!« sagte Bell noch einmal. »Lassen Sie uns jetzt nicht daran denken! Jetzt müssen alle alles tun, um Goran am Leben zu halten, auch Sie, Herr Jordan, auch Sie!«

Natalie, dachte Faber. O Natalie!

»Eineinhalb Jahre blieb Goran damals in Wien«, fuhr Bell fort. »Dann konnten wir ihn mit gutem Gewissen heimschicken. Wir hatten das Krankenhaus in Sarajewo verständigt und während der ganzen Zeit auf dem laufenden gehalten. Die Ärzte dort wußten genau, in welchem Zustand Goran sich befand. Sie wußten, welche Mittel er nehmen mußte und in welcher Dosierung. Wir schickten die Mittel regelmäßig nach Sarajewo, denn vieles hatten sie dort nicht. Alle drei Monate, später alle sechs Monate, kam der Bub mit den Eltern, oft nur mit der Mutter, zu uns. Da untersuchten wir ihn tagelang, so genau wir konnten. Es ging ihm großartig. Er trieb sogar ausgiebig Sport. Wir waren alle glücklich …« Bell senkte den Kopf, starrte wieder den Boden an und schwieg. Es war still in dem kleinen Raum, nur Gorans unregelmäßiger Atem war zu hören.

»Dann …«, sagte Bell, »dann kam dieser verfluchte Krieg, der immer weiter und weiter geht. Lange Zeit konnten wir mit dem Krankenhaus und mit Goran in Verbindung bleiben. Es ging ihm gut, sagten die Ärzte in Sarajewo. Er nahm alle Mittel, erschien zu allen Kontrollen. Doch vom Frühling 1992 an war Sarajewo ja eingeschlossen, und ab April brach jede Verbindung mit dem Krankenhaus und Goran ab. Wir sahen im Fernsehen, wie die Stadt zusammengebombt, zusammengeschossen wurde. Wie es in den Krankenhäusern zuging, die überfüllt waren mit Schwerverwundeten, Sterbenden und Kindern. Nichts kam mehr durch, kein Brief, kein Medikament, kein Anruf, kein Fax. Nur noch Amateurfunker erreichten uns mit Bitten um Hilfe. Damals habe ich die Worte von Ivo Andrič, dem einzigen jugoslawischen Nobelpreisträger, gelesen, die er einem in Sarajewo geborenen Österreicher in den Mund legt, ich kann sie auswendig: ›Wenn der Haß eine anerkannte Krankheit wäre, würden Wissenschaftler nach Bosnien kommen und ihn dort studieren.‹«

Und wieder war es still in dem kleinen Raum.

Schließlich fragte Faber: »Als Goran nun mit dem UNO-Transport zu Ihnen gebracht wurde, war er da deshalb in diesem schrecklichen Zustand, weil die Ärzte in Sarajewo ihm keine Medikamente mehr hatten geben können?«

»Sie *müssen* wenigstens die wichtigsten Medikamente gehabt haben. Außerdem hatten wir Goran nach seiner letzten Untersuchung einen Riesenvorrat mitgegeben. Nein, an Medikamentenmangel kann es nicht liegen.«

»Woran dann?«

»Das wissen wir noch nicht, Herr Jordan. Zunächst müssen wir versuchen, Goran am Leben zu halten und so weit zu bringen, daß wir eine Biopsie durchführen können. Dabei holen wir unter Lokalanästhesie mit einer Nadel einen Zylinder von ein bis zwei Zentimeter Länge aus dem Lebergewebe. Der Pathologe kann uns dann vielleicht sagen, was da passiert ist. Auch eine Virusinfektion wie Hepatitis, Zytomegalie und anderes könnten eine akute Abstoßreaktion und damit diesen schrecklichen Zustand Gorans verursacht haben.«

2

Es klopfte, und die blonde Ärztin, die Faber am Morgen in Empfang genommen und ihm den Arztkittel und das Namensschild gegeben hatte, trat ein.

»Da bin ich endlich«, sagte Judith Rohmer. »Entschuldige, Martin!« Dann begrüßte sie Faber.

»Wie geht es Kurti?« fragte Bell.

»Er hat sich beruhigt«, sagte die Ärztin. »Wegen des Vaters mußten wir doch noch die Polizei rufen. Die Mutter ist jetzt im Gästehaus.« Sie erklärte Faber: »Diese Mutter brachte den Dreijährigen zu uns. Leukämie. Sie lebt von ihrem Mann getrennt. Der ist schwerer Alkoholiker ohne Arbeit, hat Frau und Kind immer wieder geschlagen. Er fand heraus, daß Kurti von der Mutter zu uns gebracht worden war, tauchte hier auf und forderte, daß beide mit ihm kommen sollten. Total betrunken. Prügelte wieder die Mutter. Das Kind kroch unter das Bett und schrie vor Angst. Pfleger versuchten, die beiden zu schützen. Der Vater verletzte einen von ihnen. Die Station geriet in Panik. Also blieb nur die Polizei. Sie nahm den Mann mit. Er hat jetzt Hausverbot. Das Pflegschaftsgericht ist bereits eingeschaltet. Im Schnellverfahren wird der Mutter das alleinige Sorgerecht zugesprochen. Das Ganze ist sehr traurig, aber was sollen wir tun? In erster Linie müssen wir das Kind schützen, nicht wahr?«

»Natürlich«, sagte Faber. Er dachte: Wer hat das Sorgerecht für Goran? Mira? Und wenn Mira etwas zustößt? Bin dann ich an der Reihe? Der Tunnel.

»Zu allen anderen Problemen haben wir leider auch solche«, sagte Bell, während Judith Rohmer Goran untersuchte.

»Schläft tief«, sagte sie. »Zustand unverändert. Fahr endlich nach Hause, Martin! Ich bleibe hier, bis eine Schwester der Nachtschicht kommt. Ich habe dann noch mit Laborbefunden zu tun. Bis morgen also!«

Faber sagte zu Goran: »Deda ist morgen wieder da!«
Der Junge reagierte nicht.
»Sie müssen laut sprechen!«
Faber wiederholte den Satz sehr laut.
Goran lag reglos.
»Er hört jetzt nichts und niemanden«, sagte Bell. »Gute Nacht, Judith!«
»Gute Nacht, Martin! Eine gute Nacht auch Ihnen, Herr Jordan!« sagte die Ärztin.
Faber nickte. Aufschreiben, dachte er. Wenn ich nur alles aufschreiben, wenn ich doch noch schreiben könnte! Er folgte Bell. Auf den Gängen standen wie am Morgen Frauen und Besucher, die darauf warteten, daß die Ärzte ihnen Ergebnisse der letzten Untersuchung ihrer Kinder mitteilten. Die meisten standen still da, ohne sich zu bewegen. Ungeheure Trauer ging von ihnen aus. Nahe einem Fenster lehnte ein Mann, dem Tränen über die Wangen liefen. Eine Ärztin sagte gerade zu ihm: *»... of course we have to perform the transplantation, but his heart is still not okay, so we have to wait. You – and we – just have to accept this, please understand.«*

3

Menschen, Menschen, Menschen. Hastend, drängend, in Eile. Autos, so viele Autos. Überfüllte Straßenbahnen. Kreischendes Metall, pochende Motoren. Stimmengewirr. Fahrräder. Laster. Eine vorbeiheulende Funkstreife. Vorsichtig lenkte Bell seinen Wagen durch den starken Abendverkehr. Steigende Unruhe erfüllte Faber, der neben dem Arzt saß, zurückgekehrt in jene Welt, in der er seit siebzig Jahren lebte, die ihm plötzlich aber so fremd erschien, wie ihm die »Welt nebenan« hinter den Mauern des Marien-Kinderspitals im Laufe eines einzigen Tages vertraut geworden war. Bell hatte die Fenster des Wagens herabgelassen. Benzingestank und warme Luft umfluteten Faber. Er fühlte sich völlig erschöpft und fiebrig erregt zugleich. Der Wagen hielt vor Rotlichtern an Kreuzungen, bog in andere, breitere Straßen ein, und Fabers Benommenheit wich, während ihm seine Erschöpfung immer stärker bewußt wurde. Er hatte in der vergangenen Nacht kaum geschlafen, war zuvor von Biarritz nach Wien geflogen und hatte nun diesen Tag mit all seinen Erschütterungen überstanden. Er hatte nicht, wie er es gewohnt war, nach dem Mittagessen zwei Stunden geschlafen und seit dem Frühstück im Hotel »Imperial« nur ein Sandwich gegessen, allerdings verspürte er keinerlei Appetit. Die Erschöpfung wurde stärker mit jeder Minute.

Nun also ins Allgemeine Krankenhaus, zu Mira. Er hatte Angst vor diesem Wiedersehen nach einundvierzig Jahren. Ein Gefühl der Sentimentalität mischte sich mit einem weitaus stärkeren der Abwehr. *Doch muß zu meinem Wort ich stehn,* dachte er voll Selbstmitleid, *und Meilen gehn, bevor ich schlafen kann.*

Er hatte keine Ahnung, wo sie sich befanden, er kannte sich in Wien nicht mehr aus. Das mehrte sein Unbehagen.

»Wir fahren über den Inneren Währinger Gürtel«, sagte Bell. Er hatte noch geduscht und sich umgezogen und trug nun ein kurzärmeliges, offenes Hemd über Bluejeans und dazu bequeme Slipper. »Gleich kommt das AKH. Wenn Sie vom Spital zu Fuß gehen, ist der Weg noch kürzer, das AKH hat auch einen Eingang an der Lazarettgasse. Sie laufen zehn Minuten – höchstens.«

Schon bog Bell in das riesenhafte Areal ein, auf dem das Neue Allgemeine Krankenhaus stand, ein zentrales, monströses Hochhaus mit zahlreichen kleineren Gebäuden im Umkreis. Bell passierte die Pförtnerloge, und der Wagen glitt eine breite Rampe hoch, auf der Ambulanzen und, getrennt davon, viele Taxis warteten.

»Hier oben vor den Notaufnahmen dürfen nur Rettungsautos halten, da drüben nur Droschken«, sagte Bell, während sie die Abfahrt zu den unterirdischen Garagen erreichten. Sie fuhren über eine sich durch drei Stockwerke windende Bahn tiefer und tiefer. Auf der dritten Parkebene gab es freie Plätze, und Bell stellte den Wagen ab.

»Da drüben sind Aufzüge«, sagte er. »Ich bringe Sie bis zum Zimmer von Frau Masin. Das erste Mal findet sich hier kein Mensch zurecht.«

Faber blieb noch sitzen. »Einen Augenblick, bitte«, sagte er. »Ich bin total erledigt. Seien Sie nicht böse.«

»Böse? Ich bitte Sie! Wenn es Ihnen zuviel wird, fahre ich Sie lieber ins Hotel.«

»Nein, es geht gleich wieder.« Faber atmete mühsam. Alter Mann, dachte er, kaputt, völlig kaputt. Zu nichts mehr nütze. Er sah Bell an. »Wie ...«, begann er. »Nein, verzeihen Sie!«

»Was wollten Sie sagen?«

»Ich möchte nicht taktlos sein.«

»Das sind Sie gewiß nicht. Also!«

»Ich bin nun einen Tag mit Ihnen zusammengewesen«, sagte Faber. »Sie arbeiten schon fünfzehn Jahre im Marien-Kinderspital, haben Sie gesagt. Fünfzehn Jahre Streß. Fünfzehn Jahre Triumphe über den Tod, aber auch fünfzehn Jahre Niederlagen und Katastrophen. Wie kann ein Mensch das aushalten?«

Wagen fuhren an ihnen vorbei. Die riesigen Exhaustoren, die verbrauchte Luft absaugten und neue in die Garagen bliesen, summten.

»Oft ist es schwer«, sagte Bell, »zugegeben. Viele Kollegen, viele Schwestern und Pfleger haben in diesen fünfzehn Jahren aufgehört. Sie konnten nicht mehr. Sie waren ausgebrannt. *Burn-out*, das ist ein Ausdruck, der bei uns häufig fällt. So weit dürfte es eigentlich gar nicht kommen, doch läßt sich sagen, daß Menschen, die in guten Partnerschaften leben, es leichter haben.«

»Sind Sie verheiratet?«

»Ja. Sehr glücklich. Und ich habe zwei Kinder«, sagte Bell. »Eine dreijährige Tochter und einen neunjährigen Sohn. Meine Frau arbeitet im Statistischen Bundesamt. Ein Hausmädchen kümmert sich um die Kinder, bis wir heimkommen – bis meine Frau heimkommt jedenfalls. Ich weiß ja nie, wie mein Tag und meine Nacht aussehen werden.«
»Und wenn Sie nun heimkommen? Ich kann mir nicht vorstellen, daß es Ihnen dann möglich ist, völlig abzuschalten, zu vergessen, was im Krankenhaus vorging, vorgeht.«
»Nein«, sagte Bell, »das kann niemand. Die *Burn-out*-Fälle, das waren Menschen, die sich zu sehr engagierten, die niemals an etwas anderes dachten, die sich noch schlafend in der Klinik glaubten.« Ein roter Sportwagen raste auf wimmernden Reifen an ihnen vorbei. »Blöder Hund!« sagte Bell.
»Und wenn Sie also nach Hause kommen ...«, begann Faber wieder.
»Zuerst noch einmal unter die Dusche. Was anderes anziehen. Dann einen Whisky, ohne den geht es manchmal nicht. Nach einer Stunde bin ich für die Familie halbwegs genießbar. Und umgekehrt. Es ist ja auch nicht so, daß jeden Tag die Hölle tobt im Spital. Und dann sind da noch die Ferien ...«
»Und freie Wochenenden?«
»Zweimal im Monat. Meine Frau und ich haben ein sehr inniges Verhältnis zueinander. Es bleibt trotz aller beruflichen Belastung genug Zeit für uns und die Kinder. Ich liebe sie sehr.«
»Sie lieben alle Kinder«, sagte Faber.
»Ja«, sagte Bell, »das stimmt. Kinder sind ... etwas Wunderbares. Und Sie? Haben Sie auch Kinder, deren Heranwachsen Sie verfolgen konnten, Herr Jordan?«
Faber stieg aus dem Wagen. Langsam gingen sie zu den Aufzügen.
»Eine Stieftochter«, sagte Faber. »Meine Frau Natalie brach-

te sie mit aus ihrer ersten Ehe. Verena war erst vier Jahre alt, als ich sie kennenlernte. Ich war verrückt vor Liebe zu dem kleinen Mädchen ...« Er verstummte.

»Zu viel Liebe?« fragte Bell leise.

»Ich fürchte.« Faber fühlte plötzlich, wie eine Woge der Trauer über ihm zusammenschlug. »Alles, was ich für Verena empfand, alles, was ich für sie tat, war zuviel. Ich verwöhnte, ich verzog sie.« Er sagte trotzig: »Aber ich ließ ihr die beste Erziehung zukommen. Sie sollte eine Madame Curie werden, eine Pearl Buck, eine Lise Meitner, eine Golda Meir – mindestens. Sie wurde natürlich nichts davon. Meine Schuld zum großen Teil, ich weiß. Sie lebt jetzt in Los Angeles mit ihrem Mann. Seit dem Tod meiner Frau habe ich sie nicht mehr gesehen und kaum etwas von ihr gehört ... Ab und zu ein Anruf, niemals ein Brief ... Als sie klein war, wollte sie ihren Namen behalten und nicht von mir adoptiert werden, später wollte *ich* nicht mehr ... Gerede eines alten Mannes, ich höre schon auf. Aber Sie haben gefragt, nicht wahr. Und da ist doch eine große Enttäuschung.«

»Klar«, sagte Bell.

»Danach hatte ich nie mehr mit Kindern zu tun, bis ...«, Faber stockte, »... bis heute. Nicht, daß ich sie nicht gemocht hätte, aber ...«

»Sie sind schon in Ordnung, Herr Jordan«, sagte Bell, »schwer in Ordnung. Was glauben Sie, was für einen gottverfluchten, elenden Beruf ich da habe – und wissen Sie, daß meine Frau mich glühend beneidet?«

»Beneidet?« Faber keuchte. Bell ging ihm zu schnell. Er wollte das unter keinen Umständen sagen, doch er geriet mehr und mehr außer Atem. Nun schmerzte seine Brust.

»Beneidet mich.« Bell lachte. »Sie müssen sich das vorstellen: Statistisches Bundesamt! Computerausdrucke! Zahlen, Zahlen, Zahlen! Ich aber arbeite mit Menschen, sagt meine Frau. Immer will sie von meiner Arbeit hören, nie bekommt sie genug. Das ist natürlich ein idealer Zustand, daß ich alles, was mich oft fast erstickt, bei ihr abladen kann.« Sie hatten die Reihe der Lifttüren erreicht. Bell drückte auf einen Knopf. Nach einer Weile kam der Aufzug. Sie fuhren in die Haupthalle hinauf, denn Faber wollte noch Blumen kaufen. »Ich habe sehr großes Glück gehabt mit meiner Frau und meinen Kindern«, sagte Bell. Und nach einer Pause leise: »Und – eben habe ich ihn verflucht – auch mit meinem Beruf. Ich kann mir kein sinnvolleres Leben vorstellen.«

4

Kaum waren sie in der riesigen Haupthalle aus dem Lift getreten, da ertönte der *pager*, der in Bells Brusttasche steckte. Der Arzt hatte Faber erklärt, daß das, was landläufig Piepser genannt wurde, mit dem man jemanden über Funk rufen konnte, ordentlicherweise *pager* hieß.

»Gleich wieder da!« Bell eilte zu einer Telefonzelle.

In der Eingangshalle sah Faber einen Informationsstand, Schalter für Aufnahme und Entlassung von Patienten, ein Postamt, eine Bank, Friseure, einen Supermarkt, ein Reisebüro, eine Apotheke, ein Restaurant, eine Cafeteria, Zeitschriftenkioske, eine Buchhandlung und selbstverständlich auch ein Blumengeschäft. An den Wänden hingen große Informationstafeln, die einen Eindruck davon vermittelten, welche Unzahl von Stationen, Abteilungen, Operationssälen, Intensivstationen, Laboratorien, Hörsälen und sonstigen Einrichtungen auf den einzelnen Ebenen des Riesengebäudes zu finden waren.

Faber hatte noch nicht einmal ein Drittel der Wegweiser betrachtet, als Bells Stimme ertönte: »Da bin ich wieder!«

Faber drehte sich um. »Das ist ja ein Marsklinikum!«

»Nur ein Teil davon! Wenn wir meinen Freund, den Chirurgen Meerwald, besuchen, werde ich Ihnen alles zeigen. Sie wollten noch Blumen kaufen.«

Eine junge, hübsche Frau sah Faber am Blumenstand lächelnd entgegen.

»Ich möchte eine rote Nelke«, sagte er.

»Eine einzige?«

»Eine einzige. Seien Sie nicht böse, liebe Dame!«

»Ich bin überhaupt nicht böse, Herr Faber«, sagte die Verkäuferin. »Ich schenke Ihnen eine wunderschöne rote Nelke, und Sie geben mir ein Autogramm. Ich bin die Inge.«

»Aber ich bin nicht der Faber«, sagte er automatisch.

»*Fishing for compliments!* Natürlich sind Sie der Faber! Robert Faber. Habe Ihre Bücher gelesen.«

»Wenn ich Ihnen doch sage, ich bin nicht ...«

»Hören Sie auf!« sagte Bell leise. »Hier ist es egal.«

»Okay«, sagte Faber zu der Hübschen. »Okay, ich habe nur Quatsch gemacht.«

»Na also«, sagte die Verkäuferin und legte ein Autogrammbuch auf die Theke.

Als er sich eingetragen hatte, sagte Inge: »Danke, Herr Faber!« und gab ihm eine besonders schöne rote Nelke.

»Ich danke Ihnen, liebe Inge«, sagte er.

Dann lachten beide.

5

»Also«, sagte der junge Arzt, der Kaltofen hieß, »wir haben Frau Masin nun ganz genau untersucht, und alle Befunde liegen vor. Eindeutige TIA.«

»Was ist das?« fragte Faber.

»Die Abkürzung von transitorische ischämische Attacke«, sagte Dr. Kaltofen. »Vorübergehende Blutleere im Gehirn, die als Anfall kommt. TIA kann man nie sofort von einem

Schlaganfall unterscheiden. Auch im Falle von Frau Masin war das unmöglich. Hätte auch ein Herzinfarkt sein können. Sie mußte stationär aufgenommen, beobachtet und untersucht werden. TIA ist ein Symptomenkomplex von allem, was zur plötzlichen Minderung der Gehirndurchblutung führt – Diabetes, Kreislaufkollaps, Krampfadern. Mit Doppler-Sonographie haben wir uns die Karotis, die Kopfschlagader, angesehen. TIA kann aus Auslöser auch seelische Erschütterungen haben, Entbehrungen, Leid ... Frau Masin kommt aus Sarajewo, nicht wahr?«
»Ja.«
»Na, da ist TIA ja sozusagen die Krankheit der Wahl«, sagte der junge Arzt und erschrak. »Ich bitte um Entschuldigung, Herr Jordan!«
Sie standen mit Bell auf einem Gang der Abteilung Innere Medizin/Frauen im vierzehnten Stock des Roten Bettenhauses. Die Wände waren meerblau gestrichen. Bell hatte Faber gesagt, daß jede Ebene in diesem Riesenbau in einer anderen Farbe gehalten war. Über dem Wienerwald, dessen Berge man von hier oben sehen konnte, ging die Sonne unter. Ihr Licht fiel rotglühend auf die drei Männer.
»Frau Masin bekommt zur Zeit Vitamin- und Kochsalzinfusionen. Natürlich ist sie sehr geschwächt und muß vor allen Aufregungen geschützt werden.« Kaltofen hob eine Hand und ließ sie wieder fallen. »Auch so ein Idiotensatz! Ihr Enkel ist schwer krank, nicht wahr? Und dann vor Aufregungen schützen! Aber man muß sie schützen, so gut es geht, denn eine TIA kann sich jederzeit wiederholen, und dann ... Aber Sie sind ja nach Wien gekommen, um Frau Masin zu helfen, um sie abzuschirmen, Herr Jordan ...«
O Natalie! dachte Faber. Ich kann kaum noch stehen. Alles tut mir weh. Ich bin *down and out. And burnt out too,* dachte er. Ein *Burn-out*-Fall, seit ich nicht mehr schreiben kann. Und nun soll ich zu Mira!
»Ja«, sagte er. »Selbstverständlich will ich alles tun, Herr

Doktor Kaltofen.« Dabei dachte er: Ich stand schon einmal in einer Klinik des Allgemeinen Krankenhauses. In einem weißen Kittel. Mit einem Namensschild. Auch damals hieß ich Jordan. Dr. Jordan. Das war nach dem Alkoholentzug. Mein Freund, der mir das Leben rettete, wollte, daß ich einen Roman über Psychiatrie schrieb. So verbrachte ich Wochen in der neurologischen und der psychiatrischen Klinik des früheren AKH. Damals standen hier nur alte Gebäude, uralte zum Teil. Die psychiatrische Klinik war in einem gelbgestrichenen, schloßähnlichen Haus untergebracht. Ich durfte in alle Abteilungen gehen. Selbst bei der Behandlung mit Elektroschocks ließ man mich zusehen. Auch damals wohnte ich im »Imperial«. Ich gab mir solche Mühe, las Bücher, hörte Vorträge und kam doch nicht weiter. Zwischendurch fuhr ich immer wieder heim nach Starnberg. Da wohnten wir damals, Natalie und ich, Waldschmidtstraße 148, in einem großen Bungalow, der ganze Fronten aus Glas hatte. Und eines Tages flog Natalie dann nach Wien zu meinem Freund und sagte: »Bitte, verlangen Sie das nicht von ihm, Herr Professor! Sagen Sie ihm, er soll *kein* Buch über Psychiatrie schreiben. Das kann er nicht!« Großartig hat mein Freund das von Natalie gefunden, wie er mir später verriet. Es war auch großartig. Weil Natalie großartig war, dachte Faber verloren. Natalie ...

»... zu ihr gehen.«

Er war so in Gedanken gewesen, daß er nur die letzten Worte hörte, die Kaltofen gesprochen hatte.

»Bitte?« Zusammennehmen! sagte er sich. Ich muß mich zusammennehmen.

»Ist Ihnen nicht gut, Herr Jordan?«

»Alles in Ordnung. Wird es nicht eine zu große Aufregung für Frau Masin bedeuten, wenn ich sie nun besuche? So viele Jahre haben wir uns nicht gesehen ...«

»Doktor Bell und ich haben Frau Masin auf Ihren Besuch vorbereitet«, sagte Kaltofen. »Sie brauchen keine Angst zu

haben. Frau Masin erwartet Ihren Besuch mit Ungeduld und Freude. Wir werden sie noch etwa zehn Tage hierbehalten, damit sie für alles, was nun auf sie zukommen kann, bestmöglich erholt ist. Sie dürfen jederzeit kommen, Herr Jordan, auch außerhalb der Besuchszeiten. Ich habe die entsprechenden Anweisungen gegeben. Wenn Sie eine Frage haben, ich bin immer bis zum späten Nachmittag hier.«
»Danke, Herr Doktor«, sagte Faber und gab Kaltofen die Hand, ehe der den rotglühenden Korridor hinabeilte.
»Warten Sie einen Moment!« sagte Bell zu Faber. »Ich gehe hinein und melde Sie an.«
Nach wenigen Augenblicken kam er aus dem Krankenzimmer zurück. »So.« Er legte Faber eine Hand auf die Schulter. »Alles Gute! Wir sehen uns morgen im Kinderspital, nicht wahr?«
»Natürlich, Herr Doktor.« Faber mußte sich gegen ein Fenster lehnen, so schwindlig war ihm plötzlich. »Sie können sich auf mich verlassen.«
»Danke«, sagte Bell. »Und nun gehen Sie zu Frau Masin! Sie ist sehr glücklich, seien Sie ganz ohne Sorge!«
»Ich bin ganz ohne Sorge«, sagte Faber und klopfte an die Tür. O Natalie, ich wünschte, ich wäre ganz ohne Sorge!

6

Da lag sie.
Wie habe ich mich vor diesem Moment gefürchtet, dachte er. Nun ist es soweit. Der Raum war durch einen weißen Vorhang geteilt, in der anderen Zimmerhälfte lag eine Frau, die dauernd hustete.
Mira streckte einen Arm nach ihm aus und lächelte. Faber erschrak vor diesem Lächeln über alle Maßen. Das Traurigste, was ich jemals gesehen habe, dachte er. Vollkommen blutleer und nur Striche sind die Lippen dieses Mundes,

der einst so groß und wundervoll war, blutleer und abgezehrt ist das Gesicht. Die hohen Wangenknochen, die ich so liebte, stechen hervor, die einst leuchtendschwarzen Augen sind trüb geworden, das herrliche Haar, glanzlos ist es, grau und strähnig. Abgemagert der Arm, den sie mir entgegenstreckt, abgemagert die Hand und die Finger. Auf dem Foto, das ich auf Gorans Nachttisch sah, war das Gesicht sonnengebräunt, nun ist es bleich, und tief, tief sind die Falten eingegraben.

»Robert«, sagte Mira mit schwacher Stimme. »Lieber Robert.«

Ich muß zu ihr gehen, dachte er, raus kann ich hier nicht mehr. Langsam setzte er Fuß vor Fuß, jeder Schritt ein Stück in die Vergangenheit zurück. Zurück in jene Zeit, dachte er, in der wir jung und arm und glücklich waren. Ja, auch arm, denn damals erhielt ich relativ wenig Geld für meine Arbeit, noch dazu in Dinaren, die keine Bank in irgendeine andere Währung gewechselt hätte. Die Leute von der Bosna-Film bezahlten mit mächtigen Notenbündeln und nannten mir eine Adresse in Zagreb. Dort konnte ich vor meiner Rückkehr nach Österreich bei einem zwielichtigen Herrn in einer schmutzigen Wohnung für die Dinare ein paar Schmuckstücke kaufen. Natalie in Berlin bekam später so ihr erstes goldenes Armband von mir. Wahrlich, ich bin der treueste aller Liebenden, ein echter Gentleman.

Noch ein Schritt. Und noch einer. Dann war er bei Miras Bett. Er ergriff die eiskalte Hand, die sie ihm entgegenstreckte, und küßte sie. Im anderen Arm steckte die Nadel eines Infusionsschlauchs. Was bleibt mir über, dachte er, was bleibt mir über, gottverflucht! Behutsam machte er sich frei und überreichte die rote Nelke.

»Ach Robert«, sagte sie erstickt, »du erinnerst dich daran ...« Und während Faber vergebens überlegte, woran er sich ihrer Ansicht nach erinnerte, begann sie zu weinen. Das

Weinen war das Ärgste. Er neigte sich vor und umarmte den abgemagerten Körper, Mira schien kleiner geworden zu sein. Mit angehaltenem Atem (kein Pfefferminz genommen und den ganzen Tag nichts gegessen!) preßte er eine Wange gegen die ihre, mechanisch strich er über das strähnige Haar, richtete sich wieder auf, weil er Luft holen mußte, und murmelte: »Nicht ... nicht weinen! Warum weinst du denn, Mira?« Und das ist vielleicht eine Frage, dachte er.
»Damit *du* nicht weinen mußt«, flüsterte die alte Frau in dem weißen Krankenhaushemd. Und er streichelte ihre Wange und wünschte, er wäre in Biarritz oder in Ost-Jerusalem oder in Singapur. Wie schmutzig und gemein war das von ihm. Ich bin ein Stück Dreck, dachte er. Ich war immer ein Stück Dreck.
Er nahm ein Taschentuch heraus und wischte ihre Tränen fort, aber es kamen sogleich neue. Arme Mira, dachte er, aber er empfand nur starkes Unbehagen. Sie klammerte sich jetzt an ihn, und er schielte, während er sie umarmte, nach seiner Armbanduhr und haßte sich dafür, und es fielen ihm, auch das noch, Zeilen eines Gedichts ein. Von wem war es, von wem?

Golden girls and lads all must
Fall to ashes, come to dust ...

Golden girls ... Und wie sehe *ich* aus? dachte er. Alt und scheußlich. Welches Recht habe ich, Widerwillen zu empfinden gegen diese Frau, der ich so großes Unrecht angetan habe? Ich bin ein Lump. Aber, dachte er plötzlich mit seltsamem Stolz, wenigstens nicht mehr ein solcher Lump, daß ich, wie sonst, wenn ich nicht mehr aus und ein weiß, an Natalie denke, Natalie anrufe zum Zeugen meiner Not und sie um Hilfe bitte. Damit ist nun Schluß, dachte er, Schluß!

Weil ich nicht an Gott glaube, habe ich mich stets an Natalie gewandt. Und wie habe ich Natalie einst behandelt? Wieviel von diesem Glauben an sie ist nichts als schlechtes Gewissen, Verklärung einer Toten, verlogene Romantik? Nie wieder Natalie anrufen! Sie nie wieder zum Zeugen meines Tricks machen, aus Tätern Opfer werden zu lassen wie eben jetzt. Denn wer hat hier wen im Stich gelassen? Doch ich Mira, nicht sie mich!

Die Frau in der anderen Zimmerhälfte, die während der ganzen Zeit – es war noch keine Minute vergangen, wenn es ihm auch wie eine Stunde erschien – gehustet hatte, kam jetzt im Morgenrock hinter dem Vorhang hervor und ging in Pantoffeln diskret aus dem Zimmer. Und endlich hörte Mira auf zu weinen. Ihr Kopf war auf das Kissen zurückgesunken, sie hielt die Nelke über der Bettdecke in Brusthöhe, ließ ihn aber nicht aus den Augen.

»Großartig siehst du aus«, sagte Mira.

»Du auch«, sagte er und erstickte fast an den zwei Worten.

»Nein«, sagte sie, und nun sprach sie ganz ruhig, ein wenig erkannte er noch die Stimme von einst. »Sag das nicht! Ich weiß, wie ich aussehe.«

»Du siehst großartig aus«, beharrte er, »und ich bitte dich um Verzeihung, Mira. Ich habe dich im Stich gelassen. Vollkommen. Ich kann nur bitten, daß du mir verzeihst.«

»Da ist nichts zu verzeihen«, sagte sie. »Überhaupt nichts, Robert. Wir hatten eine wunderbare Zeit. Die wunderbarste Zeit in meinem Leben. Ich träume immer noch von ihr. Alles, was danach geschah, ist unwichtig. Niemand kann eine so wunderbare Zeit gehabt haben, wie wir beide sie damals in Sarajewo hatten. Mach nicht so ein Gesicht!« Sie begann mühsam zu atmen, jedes Wort strengte sie an. »Bitte, Robert! Wir hätten einander doch niemals wiedergesehen, wenn ich nicht so elend beisammen wäre, wenn ich nicht in meiner Angst und Verzweiflung – ich habe es nur aus Verzweiflung getan, Robert! – Doktor Bell erzählt hätte, daß ich dich kenne. Er hat mich doch gefragt, ob ich irgend jemanden kenne … Und darum muß ich *dich* bitten, *mir* zu verzeihen, Robert …«

In diesem Moment kam die Frau im Morgenrock zurück. Sie brachte eine Vase, und zwischen zwei Hustenanfällen sagte sie: »Für die schöne Nelke, Frau Masin.« Sie stellte die Vase auf den Nachttisch neben Miras Bett und steckte die Blume ins Wasser.

»Danke, Frau Kummer«, sagte Mira und lächelte sie an.

»Danke«, sagte auch Faber.

Frau Kummer ging schnell wieder aus dem Zimmer.

»Alle Menschen in Wien sind so freundlich zu mir«, sagte Mira.

»Was soll ich dir verzeihen, Mira?« fragte er. »Was?«

»Daß ich Doktor Bell deinen Namen genannt habe.« Sie keuchte jetzt. Das halte ich nicht aus, dachte er, das halte ich nicht aus! »So konnte er dich finden. Und bitten, nach Wien zu kommen. Ich schäme mich … aber ich bin so kaputt und schwach und am Ende …«

Und ich? dachte er erbittert. Bin ich nicht schwach und kaputt und am Ende?

»… und Goran ist alles, was ich noch habe. Dieser Zusammenbruch … ich habe mich schon im Flugzeug schlecht gefühlt … und so etwas kann wieder passieren, hat Doktor Kaltofen gesagt … Aber jetzt bist du da. Großartig war das, daß du gekommen bist.«

»Selbstverständlich war das«, sagte Faber und würgte sich an den Worten fast zu Tode.

»Gar nicht selbstverständlich! Großartig ist es, daß du dich um Goran kümmerst. Vielleicht muß er ja jetzt sterben … dann kannst du gleich wieder wegfliegen. Aber wenn er nicht stirbt, wenn es ihm besser geht, dann wirst du bei Goran bleiben, bis er außer Gefahr, bis er wieder gesund ist … Das versprichst du mir, nicht wahr?«

Der Tunnel, dachte er, der Tunnel ohne Ende. »Ja. Das verspreche ich dir«, sagte er.
O verflucht! dachte er. Aber wenigstens nicht mehr: O Natalie! *Nie* mehr Natalie!, nie in solchen Momenten!
Mira stöhnte plötzlich.
»Was ist?« fragte er alarmiert.
»Nichts, Robert ... nichts ...« Sie konnte kaum noch sprechen. »Dieses Wiedersehen ... es hat mich furchtbar aufgeregt ... Sei nicht böse, ich ... ich kann nicht mehr ... Morgen kommst du wieder, ja? Morgen ... morgen ... ist alles ganz anders, du verstehst das, nicht wahr?«
Und wie, dachte er, und wie. Ich kann auch nicht mehr. »Selbstverständlich«, sagte er heiser, während er sich hastig erhob und dabei dachte: Nicht so schnell, nicht so schnell!
»Legst du bitte noch einmal deine Wange an meine?« fragte Mira.
Er tat es und empfand Ekel.
»Danke«, sagte sie.
Faber lächelte verzerrt, berührte ihr Haar und ging mit großen Schritten zur Tür. Sich noch einmal umzudrehen überstieg seine Kraft.

7

Ihm war so schwindlig, und sein Herz schmerzte so sehr, daß er sich in dem langen Gang, in dem jetzt schon Lampen brannten, auf die nächste Bank setzen mußte. Wenn ich auch nur ein bißchen Glück habe, sterbe ich jetzt, dachte er. Nach einer Weile griff er in die Tasche, um ein Nitro-Lingual-Dragee aus der Packung zu nehmen und in den Mund zu stecken. Er wartete zehn Minuten, dann fühlte er, wie Schmerz und Schwindel wichen.
Raus! Er mußte raus aus diesem Krankenhaus! Unsicher ging er zum Lift und fuhr in die Eingangshalle hinunter.

Minuten später ließ er sich in den Fond eines wartenden Taxis fallen.
»Habe die Ehre, der Herr. Wohin soll's gehen?«
»Hotel ›Imperial‹, bitte.«
»Hotel ›Imperial‹.«
Das Autoradio lief. Es war zwanzig Uhr zehn, der Nachrichtensprecher hatte soeben die Wetteraussichten durchgegeben.
»... und nun der Kommentar zum Tage.«
Das Taxi fuhr den Gürtel hinab und bog rechts in die Währinger Straße ein.
Eine andere Männerstimme sagte: »Heute vormittag haben fünfzig prominente Österreicher in den Räumen der ›Concordia‹ die Gründung einer Plattform zum Schutz von Flüchtlingen gegen Unrecht bekanntgegeben. Es geht diesen Menschen nicht darum, Österreichs Grenzen für jedermann zu öffnen, nicht darum, jeden, der anklopft, aufzunehmen. Es geht ihnen darum, schreiendes Unrecht zu bekämpfen, das in unserem Land geschieht ...«
Das Taxi fuhr am Chemischen Institut vorbei. Hier blühten alte Kastanien: weiß, rosa, rosa-weiß.
»... Diese Menschen wollen es nicht hinnehmen, daß, mit Billigung des Innenministeriums, schwangere Frauen in die Kriegsgebiete des ehemaligen Jugoslawiens zurückgeschickt werden; daß ihnen der Flüchtlingsstatus nicht zuerkannt wird, weil sie nur im Krieg vergewaltigt wurden; daß in Österreich geborene Jugendliche, deren Eltern bei uns wohnen, aber nicht die österreichische Staatsbürgerschaft besitzen, in das ›Herkunftsland‹ abgeschoben werden, in dem sie keinen Menschen kennen. Gegen dieses ›amtliche‹ schreiende Unrecht wollen die fünfzig ankämpfen. Und wir wollen das auch.«
»I net«, sagte der Chauffeur, ein dicker Mann mit hochrotem Gesicht und durchschwitztem Polohemd, und drehte das Radio ab. Er erregte sich: »Fuffzig Großkopferte! Fuffzig

Oaschlöcha! Des hab ich schon gfressen, ›schreiendes Unrecht‹! Wos san denn des für oame Flüchtlinge? Rauschgifthändler, die wo unsere Jugend vernichten, Schwarzarbeita, die wo uns die Arbeit wegnehma, Kriminelle noch und noch, a einziga Dreckhaufen! Aussi mit eahna, sag ich, aussi, aber sofort! Und net nur i sag des, Herr, net nur i! Des sogn alle anständigen Österreicha! Die wern si wundern, die feinen Herrn in ihre Nadelstreif, die Schworzn und die Rotn bei die nächsten Wahln. Mir ham gnua! Uns reichts! Mir wähln die Nationalen, alle wähln ma die Nationalen. Des san die einzigen, die wo die Wahrheit sogn und die wo für uns Österreicha da san und die wo die Gfraßta, die dreckaten, aussihaun wern. Des san die anzigen, zu die ma noch a Vertrauen ham kann, die anzigen, wo uns noch retten könnan. Bei die übernächsten Wahlen ist der von die Nationalen Kanzla. Nacha werns schaun, die Vabrecha! Der Herr san net aus Wean?«

»Nein«, sagte Faber, weiß vor Wut im Gesicht. Wenn ich nicht so müde wäre, wenn es nicht so warm wäre und so weit zum »Imperial«, müßte ich jetzt aussteigen und zu Fuß gehen, dachte er, denn in diesem irren Verkehr finde ich kein anderes Taxi. Also was tun? Er sagte: »Bitte, reden Sie nicht weiter!«

»Warum denn net, Herr?«

»Weil ich mir das nicht anhören will.«

»Wos haast net anhörn? Der Herr san doch ausm Altreich, des hab ich sofort gmerkt. Im Altreich hams längst durchgriffa, schauns bloß Bayern an! Und Sie wollns net anhörn, wann i sag, wie der Österreicha denkt? Was eahm antan wird von dena Tschuschn? San Se vielleicht a …« Er brach ab.

»Bin ich vielleicht ein was?« fragte Faber scharf.

»Nix. Gar nix. Is schon recht, wanns es net hörn wolln, halt i die Goschn, bitte sehr, wie der Herr wünschn!«

Faber bemerkte, daß seine Hände bebten. Nicht, dachte er, nicht, Idiot! Du weißt doch, was hier los ist.

»Auf der Schwarzspanierstraße war a Unfall«, sagte der Fahrer. »Is Eahna recht, wann i an andern Weg fahr?«

»Ja«, sagte Faber.

Der Chauffeur blieb auf der Währinger Straße. Knapp vor dem Ring bog er rechts ab und passierte die Votivkirche. Er war wütend. Er redete unverständlich mit sich selbst und fuhr zu schnell. Hinter alten, hohen Bäumen sah Faber das Gebäude der Neuen Universität mit ihrem Mansardendach. Erbaut im Stil der italienischen Renaissance, dachte er. Wie schön ist Wien, diese Stadt der verlorenen Illusionen und zerbrochenen Träume. Wien, die Hauptstadt eines Landes, das im Größenvergleich zu Deutschland ein unerhörtes Maß an ärgsten Kriegsverbrechern geliefert hatte: Hitler, Eichmann, Kaltenbrunner, Globocnik (der Lubliner SS- und Polizeiführer), Nowak (bekannt als Fahrdienstleiter des Todes, der Mann, der alle Pläne für die Züge in die Konzentrationslager ausarbeitete), der KZ-Kommandant Stangl (der nicht nur in Treblinka tätig war, sondern dazu noch in Sobibor), drei Österreicher, einer nach dem anderen Kommandanten des Konzentrationslagers Theresienstadt, Seyss-Inquart (schuldig der Deportation holländischer Juden) und so viele, viele andere …

Und dieses Österreich wurde bei der Konferenz der Alliierten in Jalta zur »befreiten Nation« und zum »ersten Opfer der Hitler-Aggression« erklärt, und an der Wand einer Ausstellung in Block 17 von Auschwitz stand: »Österreich, erstes Opfer des Nationalsozialismus«. Faber war als Reporter zweimal in diesem Konzentrationslager gewesen, er hatte die Inschrift gesehen. Nach 1945, dachte er, verziehen und vergaben alle politischen Parteien sogleich den »kleinen« Parteigenossen, weil sie ihre Stimmen bei den Wahlen brauchten. Viele Prozesse gegen große Kriegsverbrecher endeten mit Freisprüchen, und seit 1971 gab es keinen einzigen solchen Prozeß mehr. Schon 1948 wurden Kommunisten aus den wichtigsten Stellen der Polizei entfernt und wieder durch »eigene Leut«, oft ehemalige Nazis, ersetzt. Jüdische Emigranten wurden nicht zurückgerufen, ihr Eigentum und ihre Arbeitsplätze behielten nach wie vor »arische Volksgenossen«. Nein, dachte Faber, dieses Land hat niemals gebüßt und niemals bereut.

Auf Umwegen entkam der wütende Chauffeur, der jetzt verbissen schwieg, dem Verkehrschaos auf der sogenannten Zweierlinie, über die schon seit einer Ewigkeit keine Straßenbahnlinie zwei mehr fuhr. Nun ließen sie die Rückseite des gewaltigen, in neugotischem Stil erbauten Rathauses hinter sich. Vor diesem Rathaus hatte Faber im März 1938 Juden gesehen, die mit Lauge das Pflaster waschen mußten, auf dem noch als Zeichen der Schuschnigg-Regierung die »Kruckenkreuze« übriggeblieben waren. Alte Juden, kranke Juden, Männer und Frauen, lagen da auf den Knien, umgeben von grinsenden Polizisten und lachenden Wienern. Und nicht nur vor dem Rathaus mußten Juden Straßen waschen, erinnerte sich Faber, nein, in ganz Wien, in ganz Österreich. Und heute, 1994, war der Antisemitismus so stark wie eh und je. Jüdische Schulen, der Kindergarten und die Synagogen standen unter Polizeischutz. Nichts hatte sich geändert, nichts, auch nicht bei dem notorischen Fremdenhaß. Faber dachte an die Haßorgien der Wiener gegen den Direktor des Burgtheaters, zur Zeit unvorstellbarerweise ein Deutscher.

Das Taxi passierte den Justizpalast und zur Rechten den weißen Bau des Volkstheaters.

Viele Nazis, die man angesichts der Reaktionen im Ausland verurteilen *mußte*, waren längst wieder in Freiheit und lebten als Ehrenmänner. Andere, schwerster Verbrechen schuldig, hatten nie vor Gericht gestanden. Wo waren die Gestapobeamten, die Susanne Riemenschmied, den Priester Gontard, das alte Fräulein Therese Reimann gefoltert hatten? dachte Faber. Wo die Männer des Standgerichts, die Susanne und die anderen in Sankt Pölten zum Tode verurteilten? Wo jene, die sie an einem Aprilnachmittag des Jahres 1945 – die Rote Armee kämpfte schon um Wien – im Hammerpark erschossen und die Leichen auf dem Hundedressurplatz verscharrt haben? Die Beisitzer des Standgerichts waren österreichische SS-Leute, der junge Vorsitzende war der österreichische Richter Dr. Siegfried Monk, dachte Faber. Lebten sie alle noch? Ging es ihnen gut? Züchteten sie Rosen?

Links glitten das Kunsthistorische und das Naturhistorische Museum vorbei, getrennt durch breite Grünanlagen mit gepflegtem Rasen, sorgsam gestutzten Bäumen und blendendweißen Kieswegen, in der Mitte das Maria-Theresia-Denkmal. Faber kannte es aus seiner Kindheit, und plötzlich erinnerte er sich daran, was sie in der Schule alles über die auf dem Denkmal verewigten Berühmtheiten hatten lernen müssen. All die Feldherren, die adligen Berater und die Kaiserin.

Gewiß, dachte Faber, aus diesem »Schoß«, der »fruchtbar noch«, kriechen auch in anderen Ländern Ungeheuer sonder Zahl, vor allem in Deutschland. Gewiß, den zunehmenden Terror von rechts und links gibt es in vielen Staaten, ich weiß. Sollen andere über ihre Schande reden, dachte er, ich rede von meiner, von der Schande Österreichs, der Schande dieser schönen Stadt Wien, in der ich geboren wurde und in der ich niemals zu Hause war.

Das würfelförmige Jugendstilgebäude der Sezession mit seiner vergoldeten Kuppel, dieses Museum der Gegenwartskunst, glitt vorbei. Faber erinnerte sich noch, was in vergoldeten Buchstaben über dem Eingang stand: DER ZEIT IHRE KUNST – DER KUNST IHRE FREIHEIT, und Mila Blehova kam ihm in den Sinn. »Durchhaltn müssen wir, Butzl, nur durchhaltn, auch der arme gnä' Herr in England. Denn krepieren werden sie am End, die blutigen Hund. Das Beese tut niemals siegen. Niemals, gnä' Frau, niemals, Butzl! Manchmal dauert es sehr lang. Aber nie tut es für immer und ewig siegen, das Beese.«

Ach Mila, dachte Faber, während der Chauffeur eine Kurve zu scharf nahm und ihn damit in die durchgesessene Polsterbank des Fonds zurückdrückte, geliebte Mila, welch großem Irrtum bist du erlegen!

Von fern sah er den Ring und die Staatsoper. Weltberühmt war die zu Recht – und wie viele Sänger, Dirigenten und Direktoren mußten vor den Nazis fliehen? Und wie viele waren Nazis? Herr von Karajan trat gleich zweimal in die NSDAP ein …

Immer wieder, überlegte Faber, hat es in dieser Stadt, in diesem Land, Zeiten gegeben, in denen mörderische Vorurteile dominierten. Das war zur Mitte des 19. Jahrhunderts so, als katholische Geistliche Antisemitismus predigten und deutschnationale Politiker Rassismus – und ihre Hetztiraden ein begeistertes Publikum fanden. Das war so nach der Jahrhundertwende, desgleichen in den zwanziger Jahren, und das erreichte seinen – vorläufigen – Höhepunkt mit dem Nationalsozialismus, der, wie der große österreichische Historiker Friedrich Heer bewiesen (ja, bewiesen) hatte, ein zutiefst österreichisches Produkt war. Und all der Unflat, all die Gemeinheit, Lüge und Verschlagenheit, die Mordlust, der Sadismus, der Neid, die Mißgunst und der Haß waren nun wiedergekommen.

Das Taxi erreichte den Schwarzenbergplatz, bog in den Ring ein, danach in eine seiner Seitenfahrbahnen und hielt vor dem »Imperial«. Faber bezahlte mit einem Schein, der den Fahrpreis weit überschritt. Blitzschnell steckte der Chauffeur die Banknote mit einer devoten Verneigung im Sitzen ein. »Küß die Hand tausendmal, der Herr«, sagte er. »Einen besonders guten Aufenthalt wünsch ich in unserem schönen Wean.«

Faber stieg wortlos aus. Was geschehen ist, kann wieder geschehen, dachte er. Mitten in diesem Jahrhundert, mitten in Europa haben sich zwei zivilisierte Völker in einen Mörderstaat und in eine Mördergesellschaft verwandelt.

Es ist geschehen, und deshalb kann es wieder geschehen.
Mit hängenden Schultern und schleppenden Schritten betrat er die Hotelhalle, deren Glastüren der milden Mainacht wegen offenstanden. Und hier, dachte Faber, muß ich nun bleiben. Ich habe es versprochen.
Der Tunnel.

8

Er lag im warmen Wasser der Badewanne.
Nachdem er in sein Appartement gekommen war, hatte er den Zimmerservice angerufen und eine Kleinigkeit zu essen bestellt. Doch so müde, so erschöpft vermochte er nicht zu sein, daß er ohne das Ritual gewisser Verrichtungen zu Bett ging. Wenn er nicht baden konnte, duschte er. Wenn er nicht duschen konnte, wusch er sich sorgsam auf andere Weise. Nun hatte er seine Fußnägel geschnitten, sich lange und sorgfältig die Zähne geputzt, den Mund gespült, die Medikamente genommen und starrte zur Decke des übergroßen Badezimmers empor. Seine Gedanken wanderten …
Damals, 1948, als ich Dolmetscher der Amerikaner war in jener Militärpolizeistation Währinger Straße, Ecke Martinstraße, hatte ich viele wunderbare Freunde, österreichische und andere: Marcel aus Besançon, George aus Liverpool, Tiny, wie wir den mehr als zwei Meter großen schwarzen Master Sergeant aus Tuscaloosa, Alabama, nannten, Sascha, daheim hinter dem Kaukasus – alle in meinem Alter, Soldaten, jung, davongekommen. Wir haben einander gestanden, wie groß unsere Angst gewesen war, wie sehr wir uns gefürchtet hatten, als Krüppel oder gar nicht zu überleben. Und nun dieses ungeheure, nicht zu beschreibende, überwältigende Glücksgefühl: Der Krieg ist aus! Es ist vorbei! Vorbei sind Hölle und Nazipest!

Einer radebrechte ärger als der andere, jeder verstand jeden trotzdem genau, und da saßen wir, so viele, viele Nächte lang und sangen und soffen und debattierten bis zum Morgen, die Russen mit den Amis, die Engländer mit den Österreichern. Eine einzige große Familie war das, Schwarze, Weiße, Juden, Christen, Atheisten, aus der Provence und aus Sibirien, aus Wales und aus Alabama und aus Wien. Die Russen brachten Wodka und Fleisch, die Amis Konserven und Zigaretten, die Engländer Whisky, die Franzosen Rotwein, und alle brachten Bücher und Schallplatten und Zeitschriften aus der ganzen Welt. Was waren das für Freundschaften, was hatten wir alle für Pläne! Eine anständige, eine gerechte, eine neue Welt wollten wir aufbauen. Cheers, Sascha! Nasdarowje, Joe! Das zerstörte Wien, die Kälte, die Ratten – und wieviel Hoffnung, oh, wie unendlich viel Hoffnung …

Mühsam stieg Faber aus der Wanne, trocknete sich ab, rieb die Haut des schlaffen Körpers mit Bodylotion ein, zog einen neuen Pyjama an und löschte die Lichter, bevor er sich ins Bett legte. Sofort war er eingeschlafen.

9

Mira sah aus wie eine andere Frau, als er am nächsten Nachmittag gegen halb sechs wieder zu ihr kam: Das Haar war ordentlich gekämmt, die Wangen waren gerötet, der Mund trug Spuren von Lippenstift. Die Augen, die tags zuvor so trostlos erloschen gewirkt hatten, zeigten neues Leben, neue Zuversicht und Freude. Mira hatte ein gelbes Bettjäckchen an, und als sie ihn umarmte, spürte er auch neue Kraft. Er küßte sie, und nun empfand er keinen Ekel mehr, nun empfand er Verbundenheit.

»Heute siehst du wirklich großartig aus«, sagte er.

»Ich fühle mich auch großartig, ganz ehrlich! Es geht mir viel, viel besser heute.«

»Goran geht es auch besser – ein wenig.« Er berichtete von seinem Tag mit dem Jungen im Kinderspital. Goran war nicht mehr so apathisch gewesen, nicht mehr so schlafsüchtig, nicht mehr ganz so schwach.
»Die Ärzte haben wieder mehr Hoffnung«, schloß er.
»Ach, Robert! Wie glücklich bin ich und wie dankbar.« Sie streichelte seine Wange.
»Dankbar?« sagte er. »Großer Gott, Mira, sag das nicht! Mich bedrückt es furchtbar, daß ich einfach fortgegangen bin damals und mich nie mehr gemeldet habe.«
»Unsinn«, sagte sie, und selbst ihre Stimme klang ganz anders als am Vortag, kräftig, mutig, fest. »Du bist doch dann in Berlin gleich Natalie begegnet.«
»Woher weißt du das?«
Mira hatte seine rote Nelke aus der Vase genommen und drückte sie an die Brust.
»Ich weiß so viel über dich«, sagte sie. »Ich habe alles gesammelt, was über dich und Natalie in den Zeitungen und Illustrierten stand. So viele Fotos von euch, auch von dem kleinen Mädchen, das Natalie aus erster Ehe mitbrachte. Was für ein süßes kleines Kind ...«
Das süße kleine Kind! dachte er. Natalie war sieben Jahre älter als er und früher Ballettänzerin gewesen. In Berlin arbeitete sie damals als Dolmetscherin für die französische Militärregierung. Sie lebten im Grunewald, Bismarckallee, an einem der vielen Berliner Seen. Die Wohnung lag in dem Haus, das einmal dem Notar Kaiser Wilhelms II. gehört hatte. 1956, im Sommer, wartete Faber darauf, daß Brecht ihn nach Ost-Berlin, in den »Demokratischen Sektor«, rief, zu dieser Zeit konnte man noch rüber. Die Franzosen wollten »Mutter Courage« verfilmen, mit Bernard Blier als Koch und Simone Signoret als Courage, Wolfgang Staudte sollte Regie führen. Aber Helene Weigel telefonierte immer wieder und sagte, Brecht sei krank, Faber müßte noch warten, und so wartete er bis zu jenem Tag, an dem das süße kleine

Kind, Natalies Tochter Verena, durch den Park gelaufen kam und eine »BZ« hochhielt, auf der stand: BRECHT TOT. Am 14. August 1956 war das, und die Kleine rief Faber, der auf dem Balkon stand, zu: »Daddy, Daddy, schau! Wer wird jetzt all die schönen Lieder schreiben?«
So war das süße kleine Kind damals, dachte er. Und was ist aus ihm geworden?
»Und dann«, fuhr Mira inzwischen fort, »die vielen Bilder von Yvonne und dir aus Cannes und Monte Carlo, die Galas, das große Penthouse im ›Sun Tower‹ ... Du hast Natalie geliebt und sie verlassen wie mich, und du hast Yvonne geliebt und verlassen.«
»Aber ich bin zu Natalie zurückgekehrt«, sagte er mit seltsamem Stolz. »Wir hatten noch zwei glückliche Jahre vor ihrem Tod.«
»... und nun bist du zu mir zurückgekehrt«, sagte Mira.
Nicht freiwillig, dachte er, nicht freiwillig.
»Ich hatte über zwanzig Schuhkartons mit Fotos von dir und Natalie und der kleinen Verena, und von dir und Yvonne, und Kritiken deiner Bücher und Filme und natürlich die Bücher selbst, in Deutsch und in Serbokroatisch.«
Der Vorhang, der das Krankenzimmer teilte, war zurückgezogen, das zweite Bett leer.
»In den ersten Jahren habe ich nichts von dir gelesen«, sagte Mira. »Da war ich zu wütend auf dich – du darfst das nicht falsch verstehen. Ich wußte, daß du mit Natalie lebtest. Schön war das nicht! Mach kein solches Gesicht, es ist doch schon so lange her! Später dann habe ich *alle* deine Bücher gelesen, immer wieder, und viele andere auch. Sei bloß nicht eifersüchtig! Mein Vater hat einmal gesagt: ›Wir lesen, um zu wissen, daß wir nicht allein sind.‹ Und ich war sehr allein – kein Vorwurf, wirklich nicht, Robert! Natürlich werden mehr Menschen sagen: ›Wir lieben, um zu wissen, daß wir nicht allein sind.‹ Für mich bedeutet das in deinem Fall dasselbe ... Mein Vater hat

auch einmal gesagt: ›Kein Mensch erträgt es, vollkommen allein zu sein – mit Ausnahme der Heiligen, und die finden es schwierig.‹«

»Mira«, sagte er, »ich fühle mich so entsetzlich schuldig …«

»Hör sofort auf!« sagte sie. »Es gibt keine Schuld, wenn man liebt. Und das alles geschah doch in der Welt von gestern. Die Schuhkartons und deine Bücher gibt es nicht mehr. Es ist alles verbrannt, als das Haus, in dem ich wohnte – du kennst es noch –, von einer Granate getroffen wurde. Das war meine erste Wohnung gewesen. Danach hatte ich zwei andere. Auch sie wurden zerstört. Zuletzt habe ich mit Goran in der Wohnung seiner Eltern an der Vase-Miskina-Straße gelebt, nachdem meine Tochter und ihr Mann von einem *snajper*, einem Scharfschützen, getötet worden waren; sie wollten Wasser holen, am Platz der Freiheit, dort, wo einmal die Wissenschaftliche Fakultät und die Kathedrale der Orthodoxen gestanden hatten … Auch dieses Haus war schon getroffen worden, in den halb zerstörten Wohnungen lebten viele Menschen. Goran und ich teilten uns ein Zimmer … Ich habe alles verloren, was mich an dich erinnerte, nur das da habe ich noch, schau!«

Mira holte unter der gelben Bettjacke ein Kettchen hervor, das um ihren Hals hing, ein armseliges Kettchen mit einem armseligen Medaillon. In einem kleinen Reif aus Kupfer lag zwischen zwei Kunststoffscheiben ein getrocknetes, gelb gewordenes vierblättriges Kleeblatt.

Faber schluckte. Nein, dachte er, nicht, bitte nicht!

»Erinnerst du dich? Damit ich immer Glück habe, hast du es mir geschenkt. Und ich habe dir auch so ein Kettchen mit Kleeblatt geschenkt, da bei der Nationalbibliothek haben wir es gekauft. Die Nationalbibliothek ist zerstört, das ganze Viertel ist zerstört, dort liegen nur Trümmer, und unter den Trümmern Tote … so viele Tote … Ein jüdischer Freund, David Pardo, der immer durch die Stadt geht, jeden Tag, auch wenn Bomben fallen und geschossen wird und

Granaten einschlagen – ihm ist es ganz gleich, ob er stirbt oder nicht, er hat alles verloren, seine Angehörigen und Freunde und seinen Besitz –, dieser David Pardo hat einmal zu mir gesagt: ›Mira, in der wahren Tragödie stirbt nicht der Held, sondern der Chor!‹ Und auch das hat David Pardo, der immer durch die Stadt geht und niemals getroffen wird, obwohl er so gerne sterben möchte, gesagt: ›Wir in Sarajewo dienen der Welt für ein wichtiges Experiment: Was geschieht mit einer modernen Stadt, der man die zivilisatorischen Grundbedingungen wie Strom, Gas, Wasser, Kommunikations- und Lebensmittel entzieht? Das Experiment soll zeigen, wie schnell unter solchen Umständen Menschen getrennt, sortiert, zu Feinden gemacht werden. Ein Experiment von großer Bedeutung für die Zukunft, die nahe Zukunft‹, hat David gesagt. Und wie man sieht, geht das alles sehr schnell: Es gibt keinen Zusammenhalt der Eingeschlossenen mehr, jeder ist jedes Feind. Das ist die Wahrheit. Wer etwas anderes sagt, lügt. Die Welt weiß das, die Welt ist ein unbestechlicher Beobachter ... Du hast mein Kleeblatt natürlich nicht mehr, Robert.«

»Nein«, sagte er. »Es ist schrecklich, Mira, ich habe es verloren in Amerika ... Ich habe es lange gesucht, aber nie mehr gefunden ...«

»Wie solltest du das Kettchen noch haben nach all der Zeit? Das ist ja unmöglich.«

Er sagte hilflos: »Die Frau, die gestern hier war ... die so hustete ... wo ist die?«

»In eine andere Abteilung verlegt. Ich bin jetzt allein.«

»Warum ...« Er verstummte.

»Warum was?«

»Warum hast du mich nie wissen lassen, daß wir eine Tochter haben?« fragte er.

»Weil ich dich nicht belasten wollte, um nichts in der Welt, niemals! Nur jetzt, wo es einfach nicht mehr anders ging, habe ich deinen Namen genannt ...«

»Aber es muß doch furchtbar schwer gewesen sein für dich, ganz allein, ohne Hilfe.«

»Schwer war es. Ja, Robert. Ein Jahr lang konnte ich nicht als Cutterin arbeiten und bekam nur einen Teil meines Gehalts von der Bosna-Film. Da habe ich Bären gemacht.«

»*Was* hast du dann gemacht?«

»Jede Menge Bären. Alle Kinder lieben Bären, nicht wahr? Freunde haben mir Stoff geschenkt, Reste von Plüsch und Strickstoff, alles, was wollig war. Ich habe schöne Bären gemacht, die aussahen wie solche, die man kaufen konnte, und ganz einfache, Handpuppen, weißt du. Dafür habe ich einen Kaftan zurechtgeschnitten, der hatte Ärmel, und in die konnten Kinder ihre Finger schieben. Ihr Bär streckte die Arme aus, tanzte und lief und sprang. Für den Zeigefinger habe ich einen Kopf mit Glasaugen drangenäht. Im Kopf war Sägemehl, Nase und Mund waren aus dicker Wolle. Alle meine Bären haben gelacht. Die Kaftanbären waren *der* Schlager! Ich bin mit der Arbeit kaum nachgekommen ... Dabei war ich wirklich verzweifelt. Du weißt, wie streng die Moral damals war bei uns ... Ein uneheliches Kind! Niemand heiratete eine Frau mit einem unehelichen Kind. Das Spießrutenlaufen, die Schande. Und wegmachen, auch wenn ich es gewollt hätte, wegmachen war ganz unmöglich. Kein Arzt hätte das gewagt. Und vor den Engelmacherinnen hatte ich Angst ... So habe ich also mein Baby bekommen, meine Nadja. Und von dem Moment, wo sie geboren war, habe ich sie natürlich geliebt, und alles, was die Leute sagten, war mir egal, so egal! Es war schon alles recht, wie es war«, sagte sie, und für Sekunden sah er die schöne, junge Mira von einst. »Und nun sind wir wieder beisammen, seltsam ist das. Es muß etwas geben, das uns immer verbunden hat von damals bis heute. Sonst hättest du dich nicht an diesen Abend erinnert und mir gestern nicht diese rote Nelke mitgebracht. Das war wunderbar, als du mit der roten Nelke hereingekommen bist, denn da habe ich sofort gewußt, daß du dich noch an diesen Abend im ›Europa‹ und an den kleinen Muezzin erinnerst und an unsere Lieder.« Und bevor er antworten konnte, fuhr sie fort: »›*These foolish things*‹, das war eines unserer Lieder, du erinnerst dich doch sicher noch!«

Die rote Nelke hatte er gestern mitgebracht, weil er keine rote Rose riskieren wollte.

»Und die Sängerin, Robert!«

»Und die Sängerin!« sagte er und erinnerte sich an nichts.

10

»... *a tinkling piano in the next apartment*«, sang die rothaarige junge Frau in dem schwarzen, glitzernden Paillettenkleid. Ein Mikrophon nahe dem Mund, stand sie vor der kleinen Kapelle. Viele Paare tanzten. Im August 1953 war das. Abends gab es immer Musik und Tanz im Hotel »Europa«. Schön waren die jungen Mädchen und Frauen, die hier tanzten. Sie gingen so aufrecht und stolz, weil ihre Mütter Lasten stets nur auf dem Kopf getragen hatten, und Mira war das schönste Mädchen von allen. Das bunte Scheinwerferlicht, das über alle hinwegstrich, wechselte von Rot zu Blau.

»... *a fairground's painted swings*«, sang die junge Frau in das Mikrophon, »*these foolish things remind me of you.*« Das blaue Licht wechselte zu Gelb.

Saxophon, Schlagzeug, Klavier. Die jungen Tänzer, manche in dunklen Anzügen, manche im Hemd, trugen keine Krawatten, kein einziger. Einen dunkelblauen Anzug hatte Faber, und sein weißes Hemd war am Kragen offen wie alle anderen Hemden. Die einzigen, die Krawatten trugen, waren die Kellner.

Mira hatte ein Kleid aus weißem Leinen, tief braungebrannt war sie, er spürte den Duft ihrer Haut, ihres Haars. Verliebt

tanzten sie, voller Zärtlichkeit und Sanftheit, und es war Sommer in Sarajewo, tiefer Sommer.
Robert Siodmak war zur Premiere des »Roten Korsaren« nach Rom geflogen. Seit fast zehn Wochen arbeitete Faber mit Mira. Und ihr Parfum hieß Fleurs de Rocaille und war von Siodmak, und der Lippenstift und die Nylonstrümpfe waren von Siodmak, jetzt trug Mira sie schon ganz selbstverständlich.
Bevor Musik und Tanz begonnen hatten, war eine Blumenfrau mit roten Nelken durch die Bar und die Hotelhalle gegangen. Hier kauften nicht die Männer den Mädchen Blumen, hier kauften die Mädchen sie den Männern. Immer nur eine. Immer eine rote Nelke. Und Mira hatte eine rote Nelke für Faber gekauft, er trug sie am Revers seiner dunkelblauen Jacke.
Eines Tages – sie arbeiteten unter den alten Bäumen des Gartens am Drehbuch – hatte Mira ihn auf einen kleinen Türken aufmerksam gemacht: »Sehen Sie mal, Robert, der mit dem Fez, das war der Muezzin von der Moschee hinter dem Hotel. Ali heißt er.«
Faber sah einen Mann beim Frühstück.
»So ein Muezzin hat kein leichtes Leben«, sagte Mira und klein, ganz klein sah Faber sich in ihren dunklen Augen. »Im Sommer geht die Sonne sehr früh auf, da mußte Ali zeitig auf dem Minarett sein.«
Auch nach zehn Wochen sagte Mira noch »Sie« zu Faber.
»Deshalb war Ali bereits nach dem Frühgebet sehr durstig. Er nahm dann hier beim Frühstück einen ersten Slibowitz zu sich. Vielleicht auch zwei oder drei Slibowitze. Zur Mittagsstunde kam er eben noch auf sein Minarett hinauf. Nach dem Essen schlief er zwei Stündchen. Danach erwachte er durstig, und nach dem Nachmittagsruf ging er wieder ins Café ›Europa‹. Bei Sonnenuntergang bereitete es ihm bereits größte Schwierigkeiten, das Minarett zu erklimmen.«

Faber sah Mira an und dachte: Wie lieb ich sie habe. »Fahren Sie fort, meine Schöne!« sagte er.
Mira begann ein wenig Theater zu spielen, denn auch sie hatte Faber sehr lieb gewonnen, und am glücklichsten war sie, wenn er lachte. Sie versuchte immer, ihn zum Lachen zu bringen.
»Ali ist ein Mann von Charakter«, sagte sie feierlich. »In ihm paarten sich tiefe Gläubigkeit mit unlöschbarem Durst. Allah, so hoffte er stets, werde ihm diesen tragischen Dualismus, diese Doktor-Jekyll-Mister-Hyde-Beschaffenheit seiner Seele verzeihen. Und Allah hatte ein Einsehen mit dem armen, gehetzten, ewig durstigen Ali. Durch Seine unendliche Güte ging alles lange Zeit gut, und niemand nahm Anstoß an Alis alkoholischem Dämonium.«
»Erzähle weiter, Scheherezade!« sagte Faber.
»Da«, sagte Mira, »geschah es eines Tages bei Sonnenuntergang, daß Ali einen kleinen Slibowitz zuviel nahm und Allah damit verstimmte. Und siehe, Allah schlug ihn mit Blindheit und ließ ihn ins Verderben stolpern, im wahrsten Sinne des Wortes. Er stolperte nämlich, als er die Moschee betrat, um vor seinen Brüdern im Geiste die Gebete zu sprechen. Trauer erfüllte sein Herz, denn er wußte, daß er ein unwürdiger Diener des Herrn im unbefleckten Tempel der Weisheit war.«
»Das nenne ich mir eine Scheherezade«, sagte Faber. »Sprich weiter zu mir, schönste aller Rosen!«
»Der arme Ali«, fuhr Mira fort, »sank auf die Knie, das Haupt gen Mekka gewandt, wie seine Religion es gebot. Und die Gemeinde tat das gleiche, denn noch bemerkte sie nichts Ungewöhnliches, und alle nahmen als gewohnte Zeremonie hin, was in Wahrheit Verzweiflung und Selbstaufgabe war. Und so, das Haupt gen Mekka und im Gebet, verharrte die Gemeinde fünf Minuten auf den Knien. Verharrte sie zehn Minuten. Verharrte sie eine Viertelstunde. Nach dieser Viertelstunde – der längsten An-

dacht, an die sich die ältesten der Alten erinnern konnten – entstand eine kleine Unruhe. Nach zwanzig Minuten verwandelte sich die kleine Unruhe in eine große. Nach fünfundzwanzig Minuten machten sich beherzte Männer daran zu ergründen, was Ali bewegte, die fromme Übung dermaßen auszudehnen.«

»Und, o Glück meiner Seele?«

»Und die beherzten Männer fanden Ali schlafend, das Gesicht in die Hände gelegt, den Kopf gen Mekka gewandt, unendlich betrunken. Noch in seinen schweren Träumen erging er sich murmelnd in entsetzlichen Selbstanklagen.«

Faber sah zu dem kleinen Mann mit dem Fez, der da beim Frühstück saß.

»Und was geschah dann, Paradiesblüte meiner Sinne?«

»Dann warfen sie ihn natürlich auf die Straße, und Ali verlor seine Stellung als Muezzin.«

»Erschütternd.«

»Wohl wahr«, sagte Mira. »Denn nun kam die Zeit der Schmach und Verdammnis, in welcher seine Seele sich ausgoß über ihn und sein Gebein des Nachts durchbohret wurde allenthalben. Die ihn jagten, legten sich nicht schlafen, durch die Macht seiner Feinde wurde er anders und anders gekleidet, und man gürtete ihn mit seiner Schmach wie mit dem Loch seines Rockes und empfahl ihn der Finsternis und der ewigen Verzweiflung.«

»Mich dünkt, Ihr bringt da zwei Heilige Schriften der Menschheit durcheinander, herrlichstes Geschöpf des Orients!«

»Gewiß, mein Herr und Gebieter. Möget Ihr geruhen, es symbolisch zu verstehen: Ali war arbeitslos. Doch sehet, es geschah ein Wunder.«

»Nämlich welches, zauberhafteste aller Genossinnen?«

»Das kann ich Euch erst offenbaren, wenn wir einander besser kennen, blutrünstige Hyäne des Wallstreet-Imperialismus«, sagte Mira, und Frieden lag über dem Land Jugoslawien und der Stadt Sarajewo.

11

»... *the smile of Garbo and the scent of roses*«, sang die Frau mit dem schwarzen Paillettenkleid, und viele Paare drehten sich im Tanz, eine schöne Welt und eine gesegnete Zukunft vor sich, so dachten alle, und unter ihnen waren Faber und Mira, deren Kopf nun an seiner Schulter lag.

»... *these foolish things remind me of you*«, schloß die Frau mit dem Flammenhaar. Das Saxophon wurde laut, als wollte es die Gefühle aller Liebenden der Welt in Wohlklang zum Ausdruck bringen. Nachdem das Lied zu Ende war, klatschten die Tanzenden. Die Sängerin verneigte sich. Alles war nun in leuchtend goldgelbes Licht getaucht.

»Kommen Sie, Robert!« sagte Mira. »Ich werde es Ihnen nun zeigen.«

»Was?«

»Das Wunder«, sagte sie und zog ihn mit sich zur Tür in der Seitenwand des Saales. Dahinter sah er eine Wendeltreppe.

»Vorwärts!« sagte Mira, und sie eilten die Treppe empor zu einer Galerie, die um das ganze Hotel lief. »Da, sehen Sie!«

In einiger Entfernung erblickte Faber Ali. Er trug den Fez und saß auf dem Holzboden hinter dem Scheinwerfer, der die Tanzfläche tief unter ihm anstrahlte. Auf einem Schemel neben Ali lagen Glasscheiben, klein und quadratisch: rote, blaue, grüne, gelbe. Eine schob Ali gerade vor den Scheinwerfer. Im Saal, wo ein neues Lied, ein neuer Tanz begonnen hatte, wurde das Licht blau. Hier oben roch es nach altem Holz und Leder, und Faber verspürte noch die Hitze des Sommertages.

»Erblicket das Wunder, Poet der lebenden Leinwand!« sagte Mira.

»Leise!« ermahnte er sie.
»Er hört uns nicht. Er ist in seinem Paradies.«
»Wie kommt er hierher?«
»Die Direktion des Hotels, dessen treuer Gast Ali gewesen ist in all den Jahren, machte ihm den Vorschlag, ihm, dem Geringsten der Gemeinde, dem Ausgestoßenen und Verachteten, der den Kindern ein Spott war und den Aussätzigen ein Märlein, hier die bunten Vorsatzgläser des Scheinwerfers zu wechseln, um so allabendlich die schwarzen Haare schöner junger Männer und die Rosenlippen schöner junger Frauen in immer anderen Farben erglänzen zu lassen.«
Der kleine Mann zog das blaue Glas aus dem Rahmen und führte ein rotes ein.
»Und sehet, er wurde ein glücklicher Mensch von Stund an«, sagte Mira. Aus der Tiefe erklangen die Melodie von *»I've got you under my skin«* und die Stimme der Sängerin. »Was Ali widerfuhr, ist für ihn und für alle seine Brüder im Geiste der Beweis für die allgegenwärtige Liebe Allahs und für die unendliche Güte, die Er Seinen Kindern schenkt. Ali ist der Frömmste der Gemeinde geworden, kein Tropfen Slibowitz benetzt seit jenem Unglückstag mehr seine Lippen, fünfmal täglich sieht man ihn auf den Knien Allah preisen, nüchtern und mit einem Herzen, das überquillt von Lobpreisung. Gnade hat er gefunden und Ruhe im Schoß eines Allmächtigen, der alles versteht und alles verzeiht.«
Ali entfernte die rote Scheibe und schob eine grüne vor den Scheinwerfer.
Mira legte die Arme um Faber. »Küssen Sie mich, Robert«, sagte sie, »ist gefällig.«
»Ich liebe dich«, sagte er.
»Und ich dich«, sagte sie. »So sehr.«
Ihre Lippen preßten sich aufeinander, und Miras Mund wurde weich und öffnete sich, und Faber dachte: Glück, so viel Glück!

»… *'cause I've got you under my skin«*, klang die Stimme der Sängerin zu ihnen herauf. Sie küßten einander immer weiter, und sie waren ein Körper und ein Herz und eine Seele, und Ali wechselte die grüne Scheibe gegen die gelbe und diese gegen die blaue und diese wieder gegen die rote.

12

»I've got you under my skin«, sagte die alte Frau in dem Krankenbett, ihre Lippen bogen sich zum Anflug eines Lächelns, und ihre Hand strich über die Hand des siebzigjährigen Faber. »Das war unser zweites Lied. Und du erinnerst dich auch daran.«

»Ja«, sagte er und log.

»Das ist schön«, sagte Mira. »Denn all das gibt es nicht mehr. Ali ist tot, die Sängerin ist tot, die meisten von denen, die damals im ›Europa‹ tanzten, sind tot, nur wir leben noch – du und ich und hoffentlich Goran. Nadja, unsere Tochter, und ihr Mann sind tot, erschossen von einem *snajper.* So viele Menschen sind ermordet worden in Sarajewo, so viele Kinder. Man hat das Land und die Städte zerstört, und die Welt hat zugesehen. Der Welt ist das gleich. Natürlich wäre es ihr nicht gleich, wenn wir Öl hätten, aber wir haben kein Öl, wir sind arm. Das Minarett Alis und seine Moschee sind zerstört, lange schon. Das Hotel ›Europa‹ wurde von Granaten getroffen und ist ausgebrannt. Niemand wird dort jemals wieder singen und tanzen. Ein Trümmerhaufen ist das Hotel ›Europa‹.«

»Ich habe es im Fernsehen gesehen«, sagte er.

»Manchmal ist es ruhiger in Sarajewo. An einem solchen ruhigeren Tag hat Ibrahim Zildo, der bekannte Fremdenführer, Reporter von CNN mit ihren Kameras zu den Trümmern des Hotels geführt und gesagt: ›Dies ist Europa!‹«

»Arme Mira«, sagte Faber und dachte: Weg! Ich muß weg von hier. Ich halte das nicht mehr aus. Ich, ein Schriftsteller, der nicht mehr schreiben kann, ein alter Mann ohne Hoffnung.
»Bald«, sagte Mira, »werden wir alle sterben und vergessen werden, wie alles vergessen wird, das Schöne und das Schreckliche, nach einer kleinen Weile. Doch nun bist du gekommen, um auf Goran zu achten, und du wirst ihn nicht verlassen, bis er entweder gestorben oder gesund geworden ist.«
Faber antwortete nicht. Nimm dich in acht vor Mitleid! dachte er und mußte plötzlich an Marlene Dietrich denken.

13

Marlene.
In jener Zeit, da er Natalie verlassen hatte und mit Yvonne in Cannes und Monte Carlo lebte, rief ihn eines Tages Marlene Dietrich aus Paris an. Sie habe ein Buch von ihm gelesen, sagte sie, und es habe ihr sehr gefallen. Sie sprachen über eine Stunde lang miteinander. Danach rief Marlene ihn mindestens an drei Abenden der Woche an, häufig erst nachts, und das über einen Zeitraum von mehr als zwei Jahren. Es wurde die seltsamste Beziehung seines Lebens.
Marlene war geistreich, weise, zärtlich. Sie las und las – Bücher, täglich ein halbes Dutzend Zeitungen –, und von früh bis spät lief ein Radio neben ihrem Bett. Sie brauchte stets die neuesten Nachrichten. Marlene Dietrich erzählte Faber ihr Leben, erforschte das seine, redete mit ihm in drei Sprachen, berichtete irrwitzige, erschütternde und komische Episoden und Anekdoten. Fast alle Schauspieler, die Faber kannte, taten das. Nach einer Weile begannen sie, ihr Repertoire zu wiederholen. Marlene wiederholte in all der Zeit keine einzige Geschichte.

Sie schrieben einander lange Briefe, jene Marlenes bewahrte Faber in einem Stahlsafe seiner Bank in Luzern auf. Marlene schickte ihm Gedichte, verfaßt zwischen drei und fünf Uhr früh in schlaflosen Nächten, alle ihre Platten sowie viele Fotografien mit Widmungen. Und diese grandiose Frau, die sich ihm derart offenbarte, hatte er niemals von Angesicht zu Angesicht erlebt, kein einziges Mal.
Avenue Montaigne 12, dort lebte sie in Paris bis zu ihrem Tod, viele Jahre im Bett, außerstande zu stehen oder zu gehen, nachdem sie von der Bühne in den Orchestergraben gestürzt war und sich ein Bein gebrochen hatte. Die langwierige Behandlung im Krankenhaus lehnte sie ab, ließ sich nach Hause bringen. Das Bein war damit für alle Zeit geschädigt, der Bruch verheilte niemals richtig. Ein Leben im Bett hatte sie geführt, während sie der Welt vormachte, sie reise zwischen Los Angeles und Oslo, zwischen Kapstadt und Tokio. Nur wenige Menschen kannten zunächst die Wahrheit, Faber gehörte zu ihnen.
Unendlich einsam und unendlich tapfer war sie, dachte er, während er an Miras Bett saß, und er erinnerte sich an das, was Marlene ihm über Orson Welles erzählt hatte in einer von hundert Nächten am Telefon: »Er war der Wunderbarste! Wenn ich ihn gesehen und mit ihm gesprochen hatte, fühlte ich mich wie eine Pflanze, die soeben Wasser bekommen hat – und das ist nicht Kitsch, das ist die Wahrheit. Jeder sah es als Ehre und Auszeichnung an, umsonst für ihn zu arbeiten; die Studios gaben ihm doch immer zu wenig Geld oder gar keines. Zuletzt ließen sie ihn nicht mehr auf das Gelände. Er drehte ›*Touch of Evil*‹, in Deutschland hieß der Film, glaube ich, ›Im Zeichen des Bösen‹. Na ja, und da rief er also an und fragte mich, ob ich eine Drei-Tage-Rolle übernehmen wolle. Natürlich wollte ich! ... ›Wir sind aber schon mitten in den Dreharbeiten, dich habe ich mir überhaupt erst gestern nacht ausgedacht.‹ – ›*So what!*‹ sagte ich. Ich hätte alles gespielt, was er sich ausdachte, egal, was. –

›Du spielst eine mexikanische Puffmutter‹, sagte Orson. ›Du mußt dunkle Haare haben, damit hast du mir in ‚*Golden Earrings*' so gut gefallen.‹ – Und ich sagte: ›*Well*, dann will ich mal rüber zur Paramount gehen, die Perücke müßte noch da sein und die Ohrringe auch, und dann zur Metro in die Kostümabteilung wegen eines Puffmutterkleids.‹ Wir drehten in Santa Monica, wo Orson einen leeren, baufälligen Bungalow gefunden und möbliert hatte, sogar mit einem Pianola – er hatte doch so wenig Geld, Liebster!«
Sie sagte immer Liebster zu mir, dachte Faber, oder Geliebter. Was für eine Beziehung war das …
»*Well*, ich ging also kostümiert zu ihm und hoffte auf seine Zustimmung, doch er wandte sich von mir ab – um sich einen Augenblick später umzudrehen. Er hatte mich nicht gleich erkannt. Nun hob er mich in die Luft und wirbelte mich herum vor Freude. Da war ich so stolz, als hätte ich einen Oscar bekommen. Und dann drehten wir, und ich glaube, daß es die beste Leistung war, die ich jemals erreichte. Orson spielte einen Kriminalbeamten, der zuletzt von seinem Freund verraten wird und ins Wasser geht, aber er hat lange zuvor seinen Beruf verraten, das Recht, meine ich. Er tötete Menschen und log und erpreßte, und dabei brach dieser Quinlan – ich erinnere mich sogar noch an den Namen des Kriminalbeamten! – einem das Herz, so wie Orson ihn spielte. Er kommt zu mir, zur Puffmutter, die handlesen kann, und er hält mir seine Hand hin und sagt: ›Die Zukunft. Sag mir meine Zukunft!‹ Und ich schaue *ihn* an, nicht seine Hand, und sage: ›Du hast keine.‹ – Und er sagt: ›Was heißt das?‹ – Und ich sage: ›Du hast keine Zukunft. Nicht mehr das kleinste Stück davon. Es ist alles verbraucht. *It's all used up.*‹ Und er schaut mich an, unförmig, fett, verschwitzt, voll Angst, ein Gejagter, schaut mich nur an und geht ohne ein Wort. *God, was he great!* Wenn ich ihn dann tot im Wasser der Bucht sehe, sage ich noch: ›Auf jeden Fall war er ein *Mensch* … Es spielt doch keine Rolle,

was man einem Menschen nachsagt!‹ – In ›*Touch of Evil*‹ schwang alles mit aus unserer Vergangenheit, verstehen Sie, mein Geliebter? Dieses grenzenlose Vertrauen! So viele Jahre waren wir zusammengewesen in seinen Radioproduktionen und auf Tourneen und in seinen großen Zaubershows. Dreimal am Tag hat er mich in Stücke gesägt. Wir sind einfach überall herumgekommen, niemals auch nur eine Minute zu spät. Kein Mensch kann wissen, *wie* gut wir einander kannten …«
Da er an Marlene dachte, hörte Faber tatsächlich ihre Stimme und die Worte: »Er lehrte mich so vieles … auch das Wichtigste über die Liebe. Denken Sie immer daran, mein Freund: Sie können einen Menschen, den Sie lieben, nicht glücklich machen, auch wenn Sie alle seine Wünsche erfüllen, solange Sie selber nicht glücklich sind.«
»Du hast keine Zukunft. Nicht mehr das kleinste Stück davon. Es ist alles verbraucht.« Das sagte Marlene als Puffmutter zu Orson Welles, dachte Faber. Und ich habe keine Gefühle mehr, nicht das kleinste Stück eines Gefühls. *It's all used up*. Kein Gefühl mehr für einen anderen Menschen. Und also auch nicht für Mira, die arme, die gute, die großartige Mira. Ich habe sie geliebt. Bestimmt war das Liebe. Und nun? Nichts.
Mit Natalie wollte ich gemeinsam alt werden. Seit sie gestorben ist, habe ich oft überlegt, ob es das wohl gibt: Liebe, eine ganz besondere Form von Liebe, zwischen einem alten Mann und einer alten Frau. Ich habe gedacht, wie wunderbar so etwas sein müßte, wenn es möglich war. Sogar an eine solche Beziehung zu Mira habe ich schon gedacht. Aber dazu bräuchte ich Gefühle. Und die habe ich nicht mehr.
Verantwortung habe ich für Mira und Goran, dachte er. Darum bin ich hier. Nein, dachte er, schlimmer! Das ist nicht Verantwortung, das ist Mitleid. Nur Mitleid empfinde ich für Mira.
»Sie können einen Menschen, den Sie lieben, nicht glück-

lich machen, auch wenn Sie alle seine Wünsche erfüllen, solange Sie selber nicht glücklich sind.«

Ich bin nicht glücklich, seit vielen Jahren nicht mehr, und ich liebe Mira schon so lange nicht mehr. Was kann ich tun? *Beware of pity!* Nimm dich in acht vor Mitleid!

Und wieder Marlene, dachte er. Sie hat mir von diesem englischen Film erzählt, in dem ihre Freundin Lilli Palmer, ganz jung noch, die Hauptrolle spielte, schon in der Emigration.

»›*Beware of pity!*‹« Wieder glaubte Faber, Marlenes Stimme zu hören. »Das war die Verfilmung des einzigen vollendeten Romans von Stefan Zweig, mein Liebster, Sie kennen ihn unter dem deutschen Titel ›Ungeduld des Herzens‹, nicht wahr? Um zweierlei Mitleid geht es bei Zweig: das echte, das entschlossen ist, geduldig und mitduldend alles durchzustehen, und das falsche, das nur Ungeduld des Herzens ist, sich möglichst schnell freimachen will von der peinlichen Ergriffenheit vor einem fremden Unglück. Verweht das alles, mein Liebster, kommt aus einer anderen Zeit. Heute sollten wir alle Mitleid füreinander haben, echtes Mitleid, aber wir haben es nicht ...«

Und es ist das falsche Mitleid, das ich für Mira empfinde, dachte er, nun wird es mir klar, nur die Ungeduld des Herzens, nicht das echte Mitleid, das Doktor Bell empfindet für seine kranken Kinder, jenes, das entschlossen ist, geduldig und mitduldend alles durchzustehen.

Gestern, überlegte Faber, als ich an Gorans Lager saß und Bell hereinkam, nachdem Stjepan gestorben war, als der Arzt zusammengebrochen dasaß, den Boden anstarrte und sagte, der Tod jedes Kindes sei eine eigene, entsetzliche Katastrophe, da habe ich gedacht: Dieser schmale, erschöpfte Arzt hat dich in wenigen Stunden gelehrt, daß Leben und Mitleidhaben zusammengehören.

Sein Leben und *sein* Mitleid! Aber was soll, was wird nun geschehen mit Mira und mir? Was?

Viertes Kapitel

1

Als er vom Allgemeinen Krankenhaus zurückkam und die Halle des »Imperial« betrat, stellte er fest, daß sein Freund Leo Lahner dienstfrei hatte. Zwei ihm unbekannte Portiers grüßten.

»Sie werden von einer Dame erwartet, Herr Faber«, sagte der eine, »von Frau Wagner.«

Er blieb erschrocken stehen. »Frau Wagner?«

»Ja, Herr Faber. Die Dame ist in der Bar.«

»Danke«, sagte er. Was soll das? dachte er. Was will die alte Frau von mir, mit der ich 1945 in jenem Keller am Neuen Markt gefangen war? Was ist geschehen?

Die kleine Bar mit ihren dunkelroten Seidentapeten und zierlichen weiß-goldenen Möbeln lag verlassen. An einem Tischchen saß eine Frau von etwa fünfzig Jahren. Sie trug ein weißes Sommerkostüm und sah Faber aus braunen Augen ernst entgegen. Auch ihr kurzgeschnittenes Haar war braun, das Gesicht oval.

»Frau Wagner ...?«

»Herr Faber!« Sie erhob sich schnell und streckte ihm einen Arm entgegen. Fest war ihr Händedruck. »Wir haben einander niemals gesehen. Meine Mutter ...«

»Anna Wagner«, sagte Faber. Die Mutter, dachte er. Die Mutter. Dies hier muß ihre zweite Tochter Renate sein.

»Meine Mutter war damals hochschwanger mit mir«, sagte

die schlanke Frau in dem weißen Sommerkostüm. »Sie hat als einzige überlebt – durch reines Glück. Die anderen in diesem Keller, der Priester Reinhold Gontard, das alte Fräulein Therese Reimann und die junge Schauspielerin Susanne Riemenschmied wurden hingerichtet. Verzeihen Sie, daß ich davon rede, aber wegen dieser Morde bin ich hier.«

»Wegen dieser Morde ... Woher wissen Sie, daß ich im ›Imperial‹ wohne?«

»Es stand in der ›Weltpresse‹. Die Zeitung hat eine Spalte ›In Wien trafen ein‹. Da habe ich heute Ihren Namen gelesen und im Hotel angerufen. Man hat mir gesagt, Sie seien zeitig am Morgen fortgegangen. So bin ich am Abend hergekommen, vor einer Stunde etwa. Ich hätte noch eine weitere Stunde gewartet und dann meine Telefonnummer hinterlassen. Ich muß Sie dringend sprechen – nicht hier in der Bar. Können wir auf Ihr Appartement gehen?«

»Natürlich, Frau Renate.«

»Nicht ›Frau‹, bitte! Nur Renate!«

»Aber ...«

»Ich bestehe darauf. Daß ich lebe, verdanke ich Ihnen.«

»Unsinn!«

»Gar kein Unsinn! Wenn Sie nicht in diesem Keller gewesen wären und den Chemiker Schröder daran gehindert hätten, den Gang zu sprengen, wären bei der Explosion alle gestorben. Auch meine Mutter. Sie hat mir immer wieder von Ihnen erzählt. Und wieder und wieder habe ich Ihren ersten Roman gelesen, in dem Sie die Ereignisse jener Nacht geschildert haben. Also Renate, unbedingt Renate!«

»Ihre Mutter, liebe Renate«, sagte Faber, »habe ich früher öfter besucht, wie geht es ihr?«

»Sie ist tot«, sagte die Frau in dem weißen Kostüm. »Vor sechzehn Jahren ist sie an Krebs gestorben. Und Evi, meine Schwester, lebt seit 1980 mit ihrem Mann in Australien.«

»Ihre Mutter ist tot ...« Faber stammelte. »Es tut mir so leid, Renate ...«
»Der Tod war barmherzig«, sagte sie. »Mutter hatte kaum Schmerzen. Alles ging sehr schnell. Seit ihrem Tod lebe ich allein. Ich war mehrere Jahre Korrespondentin in Washington für das politische Wochenmagazin, bei dem ich noch heute arbeite. »Nun bin ich wieder in Wien. Ich weiß, was Sie von dieser Stadt und ihren Menschen halten müssen, Herr Faber. Aber es sind nicht alle Lumpen, und es dürfen nicht alle fortgehen!«
Er starrte sie an.
»Kein Vorwurf!« sagte Renate, während sie die Bar verließen und durch die Halle zu den Lifts gingen. »Was bringt Sie diesmal nach Wien?«
»Ein kranker Junge«, sagte er.

2

Dann saßen sie im Salon seines Appartements 215 mit der hellblauen Seidentapete, der Spiegelglasschiebetür und den alten Bildern von schönen Damen und würdigen Herren aus vergangenen Jahrhunderten.
»Ich bin froh, daß Sie in Wien sind«, sagte Renate Wagner. »Wir hätten Sie sonst erst lange suchen müssen. In Luzern, in Ihrer Wohnung, meldete sich niemand. Wir haben gehört, daß Sie seit Jahren fast ständig auf Reisen sind.«
»Das ist richtig.«
»Unser Magazin wird sehr angefeindet. Wir müssen besonders exakt recherchieren, sonst drohen prompt einstweilige Verfügungen. Trotz aller Sorgfalt ist das schon ein paarmal geschehen. Wir haben die besten Reporter, und wir haben Verbindungen zu vertrauenswürdigen Beamten der Staatspolizei und des Innenministeriums. Also: Vor zwei Wochen wurde in Wien eine rechtsextreme Gruppe verhaftet. Bei

Hausdurchsuchungen fand man viel geheimes Material – vor allem über den Chef dieser Gruppe. Haben Sie eine Waffe?«

Faber zögerte kurz, dann nickte er.

»Hier?«

»Hier. Warum?«

»Aus dem geheimen Material geht mit absoluter Sicherheit hervor, daß der Chef dieser und einiger anderer Neonazi-Gruppen jener Richter ist, der 1945 Susanne Riemenschmied, Fräulein Reimann und den Priester Gontard zum Tode verurteilte und erschießen ließ: Doktor Siegfried Monk.«

3

»Monk lebt?«

»Er lebt. Die Staatspolizei hat absolute Beweise dafür. Wir haben sie auch. Monk lebt mit perfekt gefälschten Papieren unter mehreren Namen. Er ist einer der großen Bosse der neuen Nazis in Deutschland, Frankreich und Österreich. Ständig wechselt er den Wohnsitz. Natürlich hat er Leibwächter. Er wird, auch das haben wir als Tatsache recherchiert, von gewissen hohen Beamten der Staats- und Sicherheitspolizei in Deutschland, Frankreich und Österreich gewarnt, wenn ihm Gefahr droht. So ist es ihm gelungen, bis heute einer Verhaftung zu entgehen, auch jetzt wieder, als jene Gruppe aufflog. Zur Zeit hält er sich in Österreich auf – entweder unter dem Namen Ernst Modler oder unter dem Namen Friedrich Niemann.« Renate Wagner nahm ein Kuvert aus der weißen Ledertasche und reichte es Faber. »Ich habe Ihnen Bilder gebracht. Es sind sehr gute Kopien von Fotos, die man bei den Hausdurchsuchungen fand.«

Faber sah ein Bild nach dem anderen an. Monk war ein

untersetzter, kräftiger Mann mit rundem Kopf, Glatze und gütigen Augen. Auf allen Fotos lächelte er. 1945 hat er nicht gelächelt, dachte Faber. Und fett wird er damals auch nicht gewesen sein. Das also ist der Mann, der schuld ist am Tod von Susanne und den anderen. Siegfried Monk. Der Mörder lebt.

»Sie können die Kopien behalten«, sagte Renate.

»Ich danke Ihnen, Renate.« Monk lebt, dachte er. Monk lebt. »Wie alt ist er?«

»Neunundsiebzig«, sagte die Journalistin. »1948 wurde er in Wien verhaftet. Das wissen Sie doch, nicht wahr?«

»Ja«, sagte Faber. »Das weiß ich.«

»Gleich darauf gelang ihm mit Hilfe von Freunden die Flucht aus dem Landesgericht – das habe ich im Archiv erfahren.«

»Er hatte damals viele gute Freunde«, sagte Faber. »Wie heute.«

»Herr Faber, Sie haben ihn so viele Jahre lang mit Artikeln und Nachforschungen verfolgt. Sie bedeuten eine enorme Gefahr für ihn. Jetzt, wo diese Leute immer stärker werden, wird er sicher versuchen, Sie aus dem Weg zu räumen. Ist Ihnen das klar?«

»Sehr klar.«

»Sie können nicht vorsichtig genug sein.«

»Das weiß ich«, sagte Faber. Monk kann auch nicht vorsichtig genug sein, dachte er und gleich darauf: Was für ein Unsinn! Monk hat junge Leute, die mich töten können. Bin ich mit meinen siebzig Jahren überhaupt physisch noch in der Lage, Monk zu töten? Wenn ich an Susanne und die anderen denke, an meinen Vater, an alle verlorenen Hoffnungen, dann *werde* ich in der Lage sein, falls ich das Glück habe, Monk zu begegnen. In Wien. In einer anderen Stadt. In einem anderen Land. Ganz gleich, wo. Wenn so viel Glück kein Traum ist.

»Renate«, sagte er, »ich werde Ihnen nie genug danken

können. Auch dafür, daß Sie und Ihr Magazin sich durch nichts entmutigen lassen.«

»Ich habe Ihnen gesagt, es dürfen nicht alle fortgehen«, sagte sie. »Das wäre doch genau das, was diese Brut erreichen will mit allen Mitteln – daß es keinen Widerstand mehr gibt gegen sie, daß sie wieder an die Macht gelangen. Und ich sagte Ihnen auch, daß es weiß Gott nicht *nur* Lumpen gibt in diesem Land ...« Sie stand auf und trat näher an ihn heran. »Wegen eines kranken Jungen sind Sie hier, haben Sie gesagt. Was ist das für ein Junge? Wollen Sie darüber reden?«

»Natürlich«, sagte er und berichtete, was es mit Goran für eine Bewandtnis hatte.

»Nun, und dieser Doktor Bell«, sagte Renate, »diese Frau Doktor Rohmer, all die anderen Ärzte, die Schwestern, die Pfleger, die ›gelben Tanten‹, die Clowns, der Geistliche – sind das nicht Menschen des anderen, des guten Wien?«

Er schwieg.

»Sie sind so sehr betroffen ... Ich verstehe Ihren Haß – und auch wieder nicht.«

»Was soll das heißen?«

»Haben Sie all die guten Menschen vergessen, die Sie in dieser Stadt kannten? Ihren Freund Viktor Matejka, der sechs Jahre im Konzentrationslager saß und erster Kulturstadtrat Wiens wurde, den Mann, den Sie anläßlich seines Todes im April des vorigen Jahres ›das gute Gewissen dieses Landes‹ nannten? Haben Sie Politiker – rote und schwarze – vergessen wie Figl, Kreisky, Raab, Pittermann, Schärf, den Kommunisten Ernst Fischer, Benja, Staribacher? Ihren Verleger Paul von Zsolnay? Ihren Freund Willi Forst, für den Sie Drehbücher schrieben? Die Psychiater, die Ihnen das Leben retteten nach Ihrem alkoholischen Zusammenbruch? Einer von ihnen und seine Frau wurden Ihre guten Freunde, wie Sie immer wieder erzählten. Haben Sie Paul

Watzlawick und Professor Viktor Frankl vergessen? Ihren Freund Peter Huemer und seinen grandiosen ›Club 2‹ im Fernsehen? Den Historiker Friedrich Heer, Helmut Qualtinger und Oskar Werner? All die integren Schauspieler und Schriftsteller und Journalisten? Die anständigen Kirchenmänner?«

Faber sah sie stumm an.

»Sicher, die SPÖ ist verbraucht, die Konservativen sind es ebenso. Jede Partei, jede Koalition, die zu lange an der Macht ist, verkommt, verludert. Macht korrumpiert. Doch nun gibt es endlich eine richtige Opposition, und ich meine nicht die Nationalen, ich meine die Grünen, die immer stärker werden. Ich meine das Liberale Forum. Die Zeit der großen alten Volksparteien ist auf der ganzen Welt vorbei, Herr Faber. Nach den Wahlen wird es anders aussehen in diesem Land. Ich weiß, was Sie sagen wollen: Die Nationalen werden an Stimmen gewinnen. Ja! Aber *auch* die Grünen! Und *auch* das Liberale Forum! Wir werden wohl wenig mehr tun können, als das Schlimmste zu verhindern, doch das ist schon so viel!«

»Ich wünsche Ihnen Glück«, sagte Faber. Wien, dachte er, Tagstadt und Nachtstadt in einem. Hetzer, Lumpen und Mörder – und Menschen wie diese Journalistin. Wien ...

»Sie und Ihre Freunde haben für uns gekämpft. Wir kämpfen für die Kinder von heute, für ihre Zukunft. Haß allein hilft nicht, Herr Faber, so begreiflich er ist. Haß bringt uns nicht weiter, ›Widerstand ist alles‹, wie der Titel eines Buches Ihres Freundes Matejka sagt. Nur wenn wir unentwegt Widerstand leisten, jede Infamie, jeden Skandal, jede Gefahr aufzeigen, wenn wir die Menschen dazu bringen, die Nationalen *nicht* ans Ruder zu lassen, nur dann können wir hoffen, daß unsere Kinder nicht erleben, was Sie erleben mußten!« Renate Wagner war verlegen. »Große Worte«, sagte sie. »Aber es sind keine Phrasen, wirklich nicht. Es ist das, woran ich glaube, woran meine Freunde glauben und viele, viele Menschen in diesem Land. Widerstand – unsere einzige Chance!«

»Sie sind großartig, Renate!« sagte er.

»Ach, hören Sie auf! Ich will nur nicht, daß alles noch einmal passiert. Und ich weiß, es ist nicht fünf Minuten vor Mitternacht, es ist halb drei Uhr früh.«

Sie lächelte zum erstenmal.

»Und natürlich sind auch Sie noch immer ein Kämpfer, haben auch Sie noch immer nicht resigniert. Nein, sagen Sie nichts!« Sie kramte in ihrer weißen Handtasche. »Hier ist meine Karte. Unter einer dieser Nummern können Sie mich erreichen. Ich bin immer für Sie da – und alle Kollegen sind das auch. Rufen Sie an, wenn Sie glauben, daß wir Ihnen helfen können! Mein privater Anschluß und alle Anschlüsse in der Redaktion haben Zerhacker – so können wir nicht abgehört werden. Versprechen Sie, daß Sie anrufen werden!«

»Versprochen«, sagte Faber.

»Es war für mich ein großes Erlebnis, mit Ihnen zusammenzutreffen«, sagte Renate. »Ich muß in die Redaktion. Wenn Sie hier abreisen, lassen Sie von sich hören, damit wir Sie auf dem laufenden halten können, was Siegfried Monk angeht.«

»Das will ich tun«, sagte er. »Ich weiß, man darf nicht werden wie jene, die man haßt. Aber es ist auch unerträglich zu denken, daß sie davonkommen, daß einer wie Monk davonkommt ... Ich begleite Sie zum Lift, Renate.«

An ihrer Seite schritt er den Gang zu den Aufzügen hinunter, in dem es noch immer nach frischer Farbe roch. Er drückte auf einen Knopf. Summend hielt eine Kabine. Die Metalltüren öffneten sich.

Leise sagte Renate: »Vielleicht – eines Tages –, vielleicht wird es eines Tages doch so sein, wie Dostojewski den Fürsten Myschkin im ›Idioten‹ sagen läßt.« Sie zitierte: »›Ei-

ner wird umkehren und wieder mit der Liebe anfangen müssen.‹«
Sie trat schnell in den Lift. Die Türen schlossen sich hinter ihr.

4

»Liebling«, sagt der Oberleutnant Franz Landhoff am Abend des 27. Juni 1914 zu seiner schönen jungen Frau Sonja, »ich habe dir für morgen einen besonders guten Platz am Appelkai reservieren lassen. Da kannst du den Thronfolger und seine Frau ganz aus der Nähe sehen.«
Sonja fällt ihm um den Hals. »Danke«, ruft sie, »danke, mein Herz! Da will ich das neue Zweiteilige aus Wien anziehen, das aus grünem Moiré, und den Girardi-Hut mit dem Ripsband. Nein, was bin ich aufgeregt, was bist du süß zu deiner kleinen Frau!«
»Leider kann ich nicht mit dir kommen«, sagt er. »Ich bin den ganzen Tag abkommandiert zu der Ehrenkompanie. Bei mir wird es spät werden.«
Zeitig am nächsten Morgen beginnt sein Dienst. Sobald er aus dem Haus ist, kleidet Sonja, die Schöne, sich festlich und geht zu ihrem serbischen Freund, der außerhalb der Stadt lebt und mit dem sie ihren Mann seit zwei Jahren betrügt. Einen herrlichen Tag verbringt sie in den Armen ihres Geliebten …
Faber träumte eine Szene aus dem Sarajewo-Film, dessen Drehbuch er 1953 schrieb. Mira war diese wahre Begebenheit von einst zur Kenntnis gekommen, er hatte sie in das Script eingebaut …
Als Sonja abends heimkehrt, sitzt ihr Mann schweigend bei einem Fenster. Noch ehe er etwas sagen kann, berichtet sie jubelnd: »Süßes Herz, es war einfach wundervoll! Ich habe alles ganz genau gesehen. Franz Ferdinand, seine Frau,

dich – wirklich, es war ein unerhörter Eindruck! Hoffentlich kommt der Thronfolger bald wieder!«

Das Telefon schrillte neben dem Bett. Faber fuhr auf, wußte zunächst nicht, wo er sich befand, warf beim Versuch, den Schalter der Nachttischlampe zu finden, ein Glas Wasser um und griff nach dem Hörer, der ihm fast entglitt.

»Hallo?« Seine Stimme war belegt, sein Kopf schmerzte. Er fühlte sich elend.

»Herr Faber?« Eine Frauenstimme.

»Ja«, krächzte er. Die Zeiger seiner Armbanduhr zeigten auf fünf Minuten vor elf.

»Hier ist Judith Rohmer. Verzeihen Sie, daß ich anrufe. Es ist sehr dringend.«

»Etwas ... etwas mit Goran?« Langsam und mühevoll konnte er wieder reden, denken.

»Leider, Herr Faber – Herr Jordan!«

»Ist er tot?«

»Nein, aber es geht ihm sehr schlecht. Wir mußten ihn auf die Intensivstation legen.«

»Was ist geschehen?«

»Er begann vor einer Stunde massiv zu bluten. Aus Nase und Mund. Dazu jede Menge Blut aus dem Darm ... Er ist nur zeitweise bei Bewußtsein, aber wenn er es ist, fragt er immer nach Ihnen, nach seinem Deda. Es kann sein, daß er die nächsten Stunden nicht überlebt. Wir tun, was wir können. Kommen Sie bitte! Es hilft enorm, wenn er Sie sieht ... Bitte, Herr Jordan!«

Verflucht, dachte er. »Ich komme sofort«, sagte er.

5

Da lag Goran, halb sitzend wegen seines unförmig aufgeblähten Leibs, das Gesicht fahl, die Wangen eingefallen, das Haar schweißnaß, reglos und nicht ansprechbar. Er hatte die grauen Lippen geöffnet und atmete in kurzen Stößen, den Oberkörper entblößt. Auf der gelbbraunen Haut waren selbsthaftende Elektroden befestigt, von denen verschiedenfarbige Drähte zu Monitoren über dem Bett führten. Dort konnten an Hand von Kurven und Zahlen Herztätigkeit, Puls und Kreislauf Gorans ständig beobachtet werden. Transfusionsschläuche endeten in dem Katheter unter seinem Schlüsselbein.
Faber hatte sich vor der Intensivstation umgezogen. Er trug nun grüne Hosen und ein Hemd aus Baumwolle sowie eine Plastikschürze. Grüne Baumwollkleidung trugen auch die beiden Stationsschwestern, Bell, Judith Rohmer und der diensthabende Arzt der Intensivstation, der sich gerade über Goran beugte, als Faber eintrat.
»Danke, daß Sie so schnell gekommen sind, Herr Jordan!« sagte die Ärztin. »Martin habe ich schon früher gerufen. Ich hatte Nachtschicht, und als die Schwester mich in Gorans Zimmer rief, lag er in einer großen Blutlache. Der Zustand ist absolut lebensbedrohlich, sonst hätten wir Sie nicht gebeten zu kommen.«
Goran murmelte.
»Was sagt er?« Faber erschrak.
»Nichts ... total verwirrt.« Auf die Transfusionsständer zeigend, sagte Bell leise: »Wir versuchen das Blut zu ersetzen, das er verloren hat. Und wir geben Blutgerinnungsmittel, denn die kann er ja nicht mehr selbst produzieren.«
»Aber die Chance ...«
»Ist sehr klein.« Bells Schläfen waren eingefallen, doch die Augen hinter den Brillengläsern hellwach.
»Was kann ich tun?« fragte Faber.

»Im Moment nichts. Setzen Sie sich! Wir müssen warten, bis er wieder einmal klar ist.«
Faber sackte auf einen weißen Hocker. Er sah zu einer großen Wanduhr: dreiundzwanzig Uhr einundvierzig.
In den nächsten zwei Stunden wurden die leeren Blutkonserven und die Flaschen mit Blutgerinnungsmitteln fortlaufend durch neue ersetzt. Goran lag nach wie vor reglos. Es war kurz vor zwei Uhr, als der Junge plötzlich die Augen aufschlug und mit klarer Stimme sagte: »Deda ...«
»Jetzt!« sagte Bell.
Mit einem Gefühl absoluter Kraftlosigkeit trat Faber an Gorans Bett, der nun die gelbbraun verfärbten Augen weit geöffnet hatte und ihn ansah. Angst hat er, dachte Faber. Wahnsinnige Angst.
»Deda ...«, wiederholte Goran. Diesmal krächzte die Stimme.
»Ja«, sagte Faber. »Ja, Goran, ich bin bei dir.«
»Näherkommen ...«, sagte Goran. Faber trat an das Bett.
»Noch näher ...« Faber neigte sich vor. »Ganz nahe ... Ich muß dir etwas ins Ohr sagen ...«
Eine Hand Gorans umklammerte mit unglaublicher Kraft Fabers linken Unterarm. »Bitte, Deda ... nahe an meinen Mund ...«
Faber sah fragend zu Bell. Dieser nickte. Keiner im Raum bewegte sich mehr. Alle beobachteten Goran und Faber, der nun sein Ohr dicht an die grauen, aufgesprungenen Lippen des Jungen hielt.
»Deda ...« Fauliger Atem schlug Faber entgegen. Er würgte.
»Ja, Goran, ja. Was willst du?« Faber atmete mit offenem Mund.
Goran flüsterte, aber in dem stillen Raum konnte es jeder verstehen: »Ich glaube ...«
»Was glaubst du?«
»Nein, ich weiß es genau.«
»Was, Goran, was?« Gleich übergebe ich mich, dachte Faber.
»Die bringen mich um ...«

»Hör mal!«
»... die bringen mich um ... wie Papa und Mama ... die *snajper* ... Ich muß weg ... Hier können sie mich doch genau sehen ... Die warten nur noch so lange, bis die nächsten Granaten einschlagen ... dann bringen sie mich um ... dich auch, Deda ... Wo ist dein Wagen ...«
»Ich ...«
»Hol ihn ... ich ... ich springe rein ... und dann ... raus aus der *Snajper*-Allee ... Los, Deda! Hol den Wagen!«
Entsetzt sah Faber wieder zu Bell, zu Judith Rohmer, den Schwestern. Warum sagen sie nichts? dachte er, außer sich. Warum tun sie nichts?
»Renn!« schrie Goran plötzlich und stieß Faber abrupt vor die Brust, er taumelte zurück. Der Junge hatte sich so heftig bewegt, daß er nun halb über dem Bettrand lag. Sämtliche Drähte waren von seinem Oberkörper losgerissen und die Infusionsständer umgefallen. Ärzte und Schwestern setzten sich plötzlich grotesk schnell in Bewegung wie in einem alten Stummfilm. Sie hoben Goran wieder auf das Bett zurück. Der Infusionsschlauch des Blutbeutels hatte sich vom Katheter gelöst. Blut, so viel Blut war überall, unter Goran, an seinem Körper, an der Schutzkleidung Bells und Judith Rohmers. Eine Schwester, die fortgerannt war, kam mit neuen Konserven und Tropfflaschen zurück. Aus Gorans Mund schoß Blut, auch aus seiner Nase. Er hatte die starren Augen eines Toten. Die Schwester stolperte. Der Blutbeutel, den sie in der Hand hielt, entglitt ihr. Faber trat vor, wollte der Schwester helfen, stieß aber mit Bell zusammen.
»Raus!« schrie dieser. »Sofort raus hier!«
Faber taumelte zur Tür. Vor der Intensivstation fiel er auf eine Bank, von dieser auf den Boden. Er richtete sich auf und saß dann keuchend mit dem Rücken zur Wand.
Ein einziger Gedanke hämmerte in seinem Schädel, ein einziger Satz: Sterben soll er ... Sterben soll er ... Sterben soll er ... Endlich sterben!

6

Vögel sangen. Die Luft war kühl und klar.
Faber schlug die Augen auf. Er lag auf dem Bett eines kleinen Zimmers, dessen Fenster offenstand. Äste und Blätter einer Baumkrone sah er. Frieden, dachte er. Wann habe ich zum letztenmal solchen Frieden erlebt?
»Ausgeschlafen?« fragte eine Frauenstimme. Er wandte den Kopf. Auf einem zweiten Bett saß Judith Rohmer. Sie trug eine blaue Bluse und einen grauen Rock und hatte die Schuhe abgestreift.
»Wo … wo bin ich?«
»In einem Schwesternzimmer. Sie hatten einen Schwächeanfall. Wir haben Ihnen eine Spritze gegeben und Sie hierhergetragen. Jetzt geht es wieder halbwegs, wie? Ich lasse Ihnen Frühstück bringen. Was wollen Sie, Herr Jordan? Tee? Kaffee?«
»Wie … wie spät ist es?«
»Zehn Uhr vorbei. Sie haben acht Stunden geschlafen.«
»Acht Stunden …« Plötzlich fiel ihm alles wieder ein. Vorbei der Frieden. Guten Morgen, Hoffnungslosigkeit. »Ist Goran …«
»Sein Zustand ist unverändert, Herr Jordan«, sagte die Ärztin. »Unverändert kritisch. Aber wir haben ihn wenigstens wieder so weit gebracht wie vor dem Zwischenfall. Die massiven Blutungen haben aufgehört. Er bekommt immer weiter Konserven und Gerinnungsmittel und wird ununterbrochen beobachtet. Goran redet von Ihnen, aber jetzt ganz ruhig, er weiß, daß Sie da sind.«
»Wo … wo ist Doktor Bell?«
»Schläft in seinem Dienstzimmer. Mußte sich hinlegen.«
»Und Sie?«
»Ach, ich …« Sie lächelte. »Zugegeben, taufrisch bin ich nicht. Jetzt, wo Sie wieder okay sind, lege ich mich auch hin.

Heute habe ich frei. Am Nachmittag bekommt Petra im AKH eine neue Niere.«
»Petra?«
»Meine Tochter, Herr Jordan. Fünfzehn Jahre ist sie alt. Fast ein Jahr lang haben wir auf diese Spenderniere gewartet. Heute bekommen wir eine aus Klagenfurt. Die wird dann Petra eingesetzt.«
»Ihre Tochter ...«, begann Faber und brach ab.
»Fast ein Jahr lang mußte sie zweimal in der Woche zur Dialyse ins AKH gehen. Es war sehr schlimm, beides: die dauernde Blutwäsche und das Warten auf eine Spenderniere.«
»Aber ich hatte keine Ahnung ...«
»Natürlich nicht! Wer hätte Ihnen auch noch von meinen Sorgen erzählen sollen? Also Kaffee oder Tee?«
Er sah sie stumm an.
»Herr Jordan! Tee oder ...«
»Tee, bitte.«
Dr. Rohmer nahm einen Telefonhörer, wählte und bestellte Frühstück mit Tee für Herrn Jordan im Schwesternzimmer 5.
»Kommt gleich«, sagte sie danach.
»Wie ...«, begann Faber und mußte neu ansetzen: »Wie können Sie arbeiten, wenn Ihre Tochter ...«
»Sie sehen ja, wie ich kann! Es half mir enorm während der langen Wartezeit. Ich durfte nicht dauernd an Petra denken. Natürlich hätte *ich* ihr eine Niere spenden können, denken Sie gewiß. Das ist richtig. Im allgemeinen spenden Eltern Nieren. Bei mir war das unmöglich, unsere Blutgruppen stimmen nicht überein. Meine Niere wäre garantiert abgestoßen worden ... Ich bin geschieden. Seit zehn Jahren. Mein Exmann lebt in Düsseldorf. Er hat wieder geheiratet und jetzt einen kleinen Sohn ... Nein, wir mußten einfach auf eine passende Spenderniere warten, es ging nicht anders.«

»Jetzt wird es aber für Sie wirklich unmöglich sein zu arbeiten ...«
»Alles längst mit Professor Aldermann und den anderen Ärzten besprochen. Ich nehme drei Wochen frei, dann kommt Petra ja für lange Zeit hierher, und es beginnt der Kampf gegen die Abstoßung der neuen Niere ... Bei uns gibt es zwei Schwestern und einen Arzt, die kranke Kinder haben. Sie arbeiten auch ...«
Er wollte sie unterbrechen, doch Judith Rohmer sprach weiter.
»Noch etwas, Herr Jordan. Wir denken, es wäre gut, wenn Sie möglichst nahe beim Spital wohnten. Damit Sie wirklich immer bei Goran sein können. Das ›Imperial‹ liegt zu ungünstig. Am besten wäre unser Gästehaus. Aber da ist im Moment alles besetzt. Und auch wenn Platz wäre – wir brauchen jedes Zimmer für Angehörige, die nicht so wohlhabend sind. Das verstehen Sie, nicht wahr? Es gibt in der Lenaugasse, zwei Minuten von hier, die Pension ›Adria‹. Da wohnen oft Mütter oder Väter. Dürfen wir Sie bitten, möglichst schnell dorthin zu ziehen? Vielleicht noch heute vormittag? Es ist Ihnen doch nicht unangenehm? Sehr sauber und gut geführt, diese Pension ›Adria‹. Wir kennen die Besitzer. Und ein Zimmer ist frei; wir haben uns schon erkundigt.«
Es geht weiter! dachte Faber. »Gleich nach dem Frühstück ziehe ich um«, sagte er.
»Danke, Herr Jordan.«

7

Er fuhr ins Hotel »Imperial«.
Leo Lahner hatte diesmal Dienst. Faber winkte, und der Portier kam zu ihm in eine Ecke der Halle. Faber erzählte Lahner, weshalb er in Wien war.
»... dem Jungen geht es im Moment so elend, daß ich nahe bei ihm sein muß«, schloß er.
»Ich verstehe.« Lahner nickte. »Ganz klar, Herr Faber. Es tut mir sehr leid für Sie.«
»Goran hat nur seine Großmutter, und die liegt nach einem Totalzusammenbruch im AKH. Ich kenne sie. Seit über vierzig Jahren ...«
»Alles, was Sie tun, ist richtig«, unterbrach ihn Lahner. »Ich hoffe, daß doch noch alles gutgeht.«
»Das habe ich Ihnen im Vertrauen gesagt. Keinesfalls soll es an die Öffentlichkeit gelangen ...«
»Herr *Faber*, ich bitte Sie! Niemand erfährt etwas von mir, aber es ist gut, daß ich weiß, wo ich Sie finden kann, wenn etwas Wichtiges vorliegt. Ich rufe dann in der Pension ›Adria‹ an. Niemand sonst.«
»Fragen Sie nach Peter Jordan. Ich habe dort diesen Namen – wegen der Öffentlichkeit.«
»Peter Jordan, gewiß, Herr Faber. Nur für ganz dringende Fälle. Ich fürchte, Sie werden länger dort bleiben müssen.«
»Das fürchte ich auch.«
»Soll ich jemanden schicken, der Ihnen beim Packen hilft?«
»Das ist nicht nötig.« Faber schüttelte Lahner die Hand.
Ein anderer Portier trat heran. »Verzeihung! Vor einer Stunde kam ein Anruf für Sie, Herr Faber.« Er überreichte einen Umschlag.
»Danke.« Faber nickte ihm und Lahner zu, dann zog er die mit Maschine geschriebene Mitteilung aus dem Kuvert: »Bitte Herrn Walter Marks in München anrufen!«

In seinem Appartement wählte er die Nummer der Kanzlei. Er wurde sofort verbunden.
»Hallo, Robert!« erklang Marks' Stimme.
»Morgen, Walter!«
»Wie geht es dem Jungen?«
»Dreckig. Was ist los?«
»Fax von Mercury aus New York. Sie üben die Option aus, schreibt Deborah Branch.« Marks las vor: »›*Please let Mr. Faber know that Gary Moore is very enthusiastic about this project.*‹ Bekommst also das Remake! Den ersten Film nach deinem Buch hat ja der Regisseur versaut. Jetzt hast du die Chance, daß Gary Moore auch noch den zweiten Film versaut. Freust dich gar nicht?«
»Natürlich freue ich mich, Idiot!«
»Ja, so klingst du. Weitere Schreckensnachricht: In dem Fax steht, mit Overnight Courier ist ein Scheck unterwegs – die Hälfte der Gesamtsumme, eine Masse Geld.«
»Kann es brauchen.«
»Du bist wirklich ein dankbarer Klient. Eineinhalb Jahre mußte ich kämpfen, bevor die den Vertrag überhaupt unterschrieben haben. Deborah hätte auch faxen können, daß sie die Option *nicht* ausüben.«
»Sei nicht böse, Walter! Ich bin komplett überdreht ... habe so viele Sorgen ...«
»Weiß ich doch, mein Alter, weiß ich doch. War nur Spaß. Wo soll ich den Scheck einreichen? Hypo-Bank München?«
»Ja, bitte«, sagte Faber. »Nein, warte! Besser Schweizerische Bankgesellschaft Luzern.«
»Okay, Robert. Und alles, alles Gute!«
»Dir auch – Moment! Ich ziehe gerade in eine Pension um!«
»Solange es nichts Besseres gibt, wie?«
»Die liegt direkt beim Kinderspital, darum. Pension ›Adria‹, schreib es dir auf! Lenaugasse. Dort erreichst du mich von jetzt an.«

»Telefon?«
»Weiß ich noch nicht. Mußt die Auskunft fragen.«
»In Ordnung.«
»Und Walter ... ich danke dir sehr für alles, was du bei Mercury durchgesetzt hast.«
»War mir doch ein Vergnügen, Junge«, sagte sein Freund.

8

An diesem 18. Mai wurde es schon vormittags sehr warm. Faber rasierte sich, badete, nahm seine Medikamente. Dann legte er die beiden großen Samsonite-Koffer auf das Bett und begann zu packen. In seinem Leben hatte er schon viele tausend Male Koffer gepackt. Die Wäsche, die Hemden, die Anzüge mit den Jacken auf Bügeln, die sich einklinken ließen, die Schuhe, die Bücher. Er ging zu dem Wandsafe, stellte die Ziffern 7 4 24 ein, entnahm dem Tresor die Pistole und legte sie in den Samsonite. Das Kuvert mit den Bildern Siegfried Monks, das er abends zuvor von Renate Wagner erhalten hatte, steckte er nach kurzem Überlegen in ein Innenfach der Flugtasche, in der auch das nachtblaue Ledernecessaire lag. Bei jeder Art von körperlicher Anstrengung geriet er seit Jahren sogleich in Schweiß. Darum hatte er sich angewöhnt, nur mit einer Unterhose bekleidet zu packen. Als er fertig war, duschte er noch einmal und rieb seinen Körper mit Bodylotion ein. Er hatte einen silbergrauen Sommeranzug bereitgelegt, den wollte er tragen. Dazu ein blaues Hemd, eine helle Krawatte, schwarze Slipper.
Gegen ein Uhr fuhr er schon mit einem Taxi über den Ring Richtung Alserstraße zur Pension »Adria«. Der Chauffeur hatte alle Fenster geöffnet. Warmer Wind traf Fabers Gesicht. Seine Jacke lag über den Knien. Beim Burgtor überfiel ihn jäh Panik. Mira! Er wollte sie doch jeden Tag besuchen

und ihr berichten, wie es Goran ging. Was sollte er ihr heute sagen? Und morgen? Was, wenn Goran starb? Was wurde dann aus Mira? Würde man sie nicht ohnedies bald ausweisen und nach Sarajewo zurückschicken? Durfte er sie ihrem Schicksal überlassen?

Solange Goran nicht stirbt, dachte er, läßt man sie sicher bleiben. Dieser Zustand des Jungen zwischen Tod und Leben kann tagelang, wochenlang anhalten. Aber ich muß dann wochenlang an seinem Krankenbett sitzen und abwarten, ob es zu neuen Blutungen, zu Horrorszenen wie jener in der vergangenen Nacht kommt. Das halte ich nicht aus. Das halte ich nicht aus. Mir ist, seitdem ich gepackt habe, todübel. Natürlich auch aus Angst vor dem, was mich erwartet. Wie lange ertrage ich das? Wie lange erträgt es Mira?

Das Taxi passierte das Parlament. In der Sonne leuchtete das Gebäude weiß.

Nein! dachte Faber in jähem Entschluß. Nein, ich mache das nicht weiter mit! Ich kann nicht. Ich will nicht. Schluß! Aus! Sofort! Besser jetzt und brutal als später. *Better with a bang than a whimper.* Ich bin kein Bell. Ich bin nicht wie er, mutig, ohne jemals aufzugeben. Ich bin ein Feigling. Ich gebe auf. Das muß ein Ende haben, augenblicklich.

»Herr Chauffeur!« Er neigte sich vor.

»Bitte, Herr?« Der Fahrer, ein junger Mann, sprach mit schwerem Akzent. Dunkelhäutig war er, das Kraushaar kurz, die Hände waren schmal und langgliedrig. Er kam aus Marokko, Faber hatte ihn gefragt, und er kannte sich in Wien schlecht aus. Als er die Adresse der Pension hörte, hatte er auf dem Stadtplan nachsehen müssen.

»Mir ist etwas eingefallen ...« Faber schrie, um das Geräusch des Fahrtwinds zu übertönen. »Ich kann nicht mehr in die Pension. Ich muß sofort zum Flughafen! Sofort! Bringen Sie mich nach Schwechat, bitte!«

»Schwechat, Flughafen. Gut, Herr.« Der junge Marokkaner verließ den Ring und fuhr über die Lastenstraße in die

Richtung zurück, aus der sie gekommen waren. Sein Gesicht blieb ausdruckslos. Als sie zum Schwarzenbergplatz kamen und Faber dort zum erstenmal die Tafel FLUGHAFEN sah, fiel er keuchend im Sitz zurück. Er hatte Mühe, durchzuatmen. Sein Kopf schmerzte. Aber er fühlte eine ungeheure, unbeschreibliche Erleichterung in sich aufsteigen. Nicht, daß mir Goran und Mira gleichgültig wären, dachte er, doch ich will nur noch eines: raus aus dieser Stadt, so schnell wie möglich, so weit wie möglich, nichts mehr sehen, nichts mehr hören, nichts mehr tun müssen, gar nichts mehr.

Das Taxi fuhr über ein Stück Autobahn Richtung Schwechat. Der Wind sang. Auf einmal hatte Faber kein Kopfweh mehr. Auf einmal fühlte er sich großartig.

Als das Taxi vor der Abflughalle hielt, kam ein Mann mit einem Karren heran.

»Träger, der Herr?«

»Ja, bitte.«

Faber und der Marokkaner stiegen aus. Faber bezahlte das Taxi und gab wieder einmal ein zu hohes Trinkgeld, während der Träger die Koffer auf den Karren lud.

»Zu viel«, sagte der Dunkelhäutige, die Scheine in der Hand.

»Nein, in Ordnung.«

»Dann ich danken. Und wünschen Glück, Herr.«

»Ich Ihnen auch.« Faber schüttelte ihm die Hand. Der Chauffeur ging zu seinem Wagen, glitt hinter das Steuer und fuhr los.

Vor den meisten Schaltern in der Abflughalle sah Faber Schlangen von Wartenden. Es herrschte starker Lärm. Kinder greinten, fast ununterbrochen erklangen Lautsprecherstimmen, Frauen riefen Männern etwas zu, diese brüllten zurück.

»Wohin fliegen Sie?« fragte der Mann mit Fabers Gepäck.

Daran hatte er noch nicht gedacht.

»Einen Moment ...« Faber tat, als suche er in der Jacke, die er wieder angezogen hatte, nach dem Flugschein. Dabei sah er zu der großen Tafel, auf der Abflugzeiten und Flugziele angegeben waren. Sein Blick glitt hastig von oben nach unten.

432 AF 1430 PARIS ... 321 BA 1435 LONDON ... 647 LH 1445 BEIRUT VIA ALEPPO ...

Für alle diese Flüge war es zu spät. Eine Wanduhr zeigte vierzehn Uhr dreißig, und er hatte noch nicht einmal ein Ticket.

... 567 OS 1530 KIEW ... 648 LH 1534 STOCKHOLM ... 387 OS 1540 KAIRO VIA LARNACA ...

Das war sein Flug! Den konnte er noch erreichen. Nach Kairo also. Egal, wohin. Nur weg aus Wien!

»Herr, wohin fliegen Sie?« Der Mann mit seinem Gepäck.

»Nach Kairo. Mit Austrian Airlines.« Er gab dem Träger Geld, auch ihm zu viel. »Kommen Sie bitte mit! Ich muß noch einen Flugschein kaufen.«

Vor einem der AUA-Ticketschalter stand zufällig niemand. Das Mädchen sah ihn lächelnd an: »Guten Tag, Herr Faber!«

»Nach Kairo bitte. Fünfzehn Uhr vierzig. Ich bin in Eile.«

Das Mädchen tippte die Flugnummer in den Computer und sah auf den Bildschirm.

»Eine Person?«

»Ja, ich.«

»Das ist eine MD dreiundachtzig. Fast ausgebucht. Nur noch zwei Plätze Business.«

»Großartig.«

»Raucher und am Gang.«

»Mir ist alles recht.«

»Schön, Herr Faber!«

Das Mädchen, das ihn erkannt hatte, druckte das Ticket aus. Er bezahlte und bedankte sich.

»Guten Flug, Herr Faber!«

Durch die vielen Menschen drängte er sich zu einem Abfertigungsschalter vor. Auch hier hatte er Glück. Nur eine Frau stand da. Der Träger wuchtete die schweren Koffer auf die Waage und wünschte gleichfalls einen guten Flug. Eine Bodenhosteß gab Faber die Bordkarte. Sie lächelte.
»Terminal B, Herr Faber, Gate 35, Boarding Time fünfzehn Uhr zehn. Sie gehen am besten nach der Paßkontrolle gleich hin.«
Er lächelte, nickte, eilte fort.
Paßkontrolle, Terminal B. Menschen, Menschen, Menschen. Lautsprecherstimmen, ununterbrochen. Gedränge, Geschiebe, Gelächter, Gefluche, Kindergeschrei. Er eilte an glitzernden Geschäften vorbei, Duty-free, Kameras, Whisky, Cognac, Calvados, Radios, Sportgeräte, Parfums, Ledersachen ... Erneut brach ihm der Schweiß aus, sein Herz hämmerte, er wurde immer benommener. Nur keinen Anfall jetzt! Die Flugtasche drückte mit ihrem Gurt fest auf seine Schulter, der Aktenkoffer und die Schreibmaschine waren schwer. Er stellte beide ab, suchte in einer Hosentasche nach der Packung Nitro-Lingual und steckte ein Dragee in den Mund. Lieber gleich zwei! Nur jetzt keinen Anfall, nur jetzt nicht, bitte Natalie!
Er wurde sich gar nicht bewußt, daß er sie um Hilfe anrief, er wollte es doch nie mehr tun. Weiter! Gate 35. Sicherheitskontrolle. Die meisten Passagiere hatten sie schon passiert. Er legte Tasche, Schreibmaschine und Aktenkoffer auf das Rollband vor den schwarzen Vorhang des Durchleuchtungsgeräts. Sie verschwanden unter dem Tuch. Er passierte den Detektorrahmen.
Eine Glocke schrillte.
»Bitte, legen Sie alle Metallgegenstände in diesen Korb ...«
Ein Mann vom Sicherheitsdienst trat heran. Faber leerte seine Taschen: Münzen, Schlüssel, sein Cartier-Stift. »Und nun noch einmal durch den Rahmen, bitte.«
Diesmal schrillte keine Glocke.

Er steckte alles wieder ein, nahm Flugtasche, Schreibmaschine und Aktenkoffer und trat zu den Stuhlreihen im Warteraum. Endlich konnte er sich setzen. Weg, weg, nur weg! Sein Atem ging noch immer keuchend. Der Mann, der neben ihm saß, beobachtete ihn neugierig. Dann, wie es Faber schien, nach einer Ewigkeit, erklang der Gong.

»Meine Damen und Herren, Austrian Air Lines Flug 387 nach Kairo über Larnaka ist nun für den Einstieg bereit. Bitte, stellen Sie das Rauchen ein und weisen Sie Ihre Bordkarte vor. Wir wünschen Ihnen einen angenehmen Flug!« Das Mädchen wiederholte die Ansage auf englisch und französisch.

Die Wartenden erhoben sich. Gedränge entstand. Faber blieb sitzen. Er versuchte stets, als einer der letzten in die Maschine zu kommen. Auch diesmal betrat er erst, als der Warteraum sich geleert hatte, den langen schlauchartigen »Finger«, der zur Maschine führte. In der offenen Bordtür, an die sich der Gummistutzen des Ganges preßte, sah Faber eine dunkelhaarige Stewardeß, die jeden Gast mit einem freundlichen Grußwort empfing.

Er blieb stehen.

Von sehr fern, verweht und schwach, hatte er Natalies Stimme gehört: *Es wäre eine zu große Gemeinheit …*

Die letzten Passagiere gingen an ihm vorbei. Er bewegte sich nicht.

Eine zu große Gemeinheit, dachte er, ja, Natalie. Ich hätte niemals daran denken dürfen, wegzufliegen. Ich muß in Wien bleiben. Ich darf Mira nicht im Stich lassen. Auch nicht Goran …

Die Stewardeß sah ihn besorgt an. »Herr Faber?«

»Ja«

… auch nicht Martin Bell, auch nicht Judith Rohmer und alle Schwestern und Pfleger und die anderen Ärzte …

»Ist Ihnen nicht gut, Herr Faber?«

... nicht die »gelben Tanten« und nicht den Portier Lahner ...

»Herr Faber!«

... meine Mutter, meinen Vater und die Mila ...

»Herr Faber, antworten Sie!«

... Natalie. Susanne, die mit mir in diesem Keller war, den Priester Gontard, das Fräulein Reimann ...

»Herr Faber!« Jetzt stand ein Mann in Uniform neben der Stewardeß. Der Kabinenchef sah ihn an.

»Ich fliege nicht mit«, sagte Faber.

... Anna Wagner und ihre Tochter Evi ...

»Was soll das heißen? Ihr Gepäck ist in der Maschine, Herr Faber!«

... ihre Tochter Renate und Viktor Matejka und Bruno Kreisky ...

»Ich sage, Ihr Gepäck ist in der Maschine!« Der Kabinenchef wurde laut.

»Kann zurückgeflogen werden«, sagte Faber. »Ich hinterlasse meine Adresse an einem Ihrer Schalter«

... Viktor Frankl, Helmut Qualtinger, Oskar Werner ...

»Nein, nein, nein!« Der Kabinenchef schrie jetzt. »So geht das nicht! Wenn Sie nicht mitfliegen, muß Ihr Gepäck wieder ausgeladen werden!«

... Willi Forst. Leopold Figl. Friedrich Heer ...

Der Copilot war aus dem Cockpit aufgetaucht, das Gesicht zorngerötet. »Herr Faber! Wir haben einhundertneunundfünfzig Passagiere an Bord! Die müssen alle raus. Das ganze Gepäck muß raus. Die Passagiere müssen ihre Koffer identifizieren. Wissen Sie, was Sie damit anrichten? Unser Flugplan bricht zusammen. Wir verlieren unseren *slot,* wenn wir nicht planmäßig in Kairo eintreffen. Die lassen uns nicht runter.«

... George aus Liverpool und Sascha, der hinter dem Kaukasus zu Hause war, und Tiny aus Tuscaloosa und Marcel aus Besançon. So viele Lebende. So viele Tote. Ich darf sie nicht vergessen, nicht die Lebenden und nicht die Toten …

»Es tut mir leid«, sagte Faber. »Ich *kann* nicht mit Ihnen fliegen. Verzeihen Sie bitte! Es ist unmöglich.«

Er drehte sich um. Langsam ging er durch den »Finger« zurück. Nun schrien drei Stimmen hinter ihm her. Faber verstand nicht, was sie riefen. Er ging immer weiter.

… und Siegfried Monk, den Mörder, der noch lebt.

Zweiter Teil

Erstes Kapitel

1

In der Krone des alten Apfelbaums hingen viele kleine grüne Kugeln, die in der Sonne leuchteten.

»Er trägt Früchte, Mira«, sagte Faber. »Nach all der Zeit trägt er immer noch Früchte.«

Mira ergriff seine Hand. Reglos standen sie vor dem großen Baum. Es war elf Uhr vormittags am Donnerstag, dem 2. Juni 1994, zwei Wochen und einen Tag nachdem Faber auf dem Flughafen Schwechat erkannt hatte, daß er nicht fliehen durfte. Der Apfelbaum stand im Garten jenes Hauses, in dem Faber viele Jahre lang gewohnt hatte.

»Mira, sag doch etwas! Der Baum war schon da, als ich ein kleiner Junge war. Er muß mindestens hundert Jahre alt sein. Sag doch etwas, Mira!«

»Apfelbäume werden sehr alt, weißt du. Hundertfünfzig Jahre und älter. Und solange sie leben, tragen sie auch Früchte. Ich weiß das. Ich komme vom Land. Du bist ein Stadtmensch. Du weißt überhaupt nichts.«

»Du bist großartig, Mira. Du bist mutig.«

»Sagte Frederic Henry zu Catherine Barkley. Hemingway. ›In einem anderen Land‹.«

»Nein«, sagte Faber. »Ja, gewiß. Aber du *bist* mutig.«

»Nein«, sagte Mira. »Aber ich würde es gerne sein. Ist auch aus ›In einem anderen Land‹. Doch ich würde es wirklich gerne sein.« Ihr Haar war frisch geschnitten, gewaschen und gefönt, die dunkle Farbe von einst von grau-weißen Strähnen durchzogen. Und es ist seidig wie damals in Sarajewo, dachte Faber. Auch ihre Augen wirken nicht mehr so erloschen, sondern leuchten wieder, dachte er, die Lippen ihres schönen Mundes sind wieder durchblutet, und die vielen Falten in ihrem Gesicht gehören einfach dazu. Ganz wenig geschminkt ist sie, nur wenige Tropfen von dem Parfum hat sie genommen, das ich ihr geschenkt habe. Lange bin ich in Wien auf der Suche gewesen nach dem alten Fleurs de Rocaille, das Robert Siodmak ihr einmal aus Paris mitbrachte.

Wie in einem Traum ist das alles, dachte Faber, aber es ist kein Traum, es ist die ganz und gar unwirkliche Wirklichkeit. Vor vierundsechzig Jahren, als wir in das Haus hier einzogen, sechs Jahre war ich alt, habe ich diesen Apfelbaum zum erstenmal gesehen. Damals waren noch alle da, Vater, Mutter, die Mila, und der Apfelbaum trug Früchte. Vor vierzig Jahren, als ich Wien verließ, um nach Berlin zu gehen, sah ich ihn zum letztenmal. Da waren Vater und Mutter und Mila schon tot. Und vor neununddreißig Jahren habe ich Mira von meinem Apfelbaum erzählt in ihrer kleinen Wohnung nahe dem Hotel »Europa« in Sarajewo; wir hatten zum erstenmal miteinander geschlafen. Nun, nachdem Wochen des Wiedersehens vergangen sind, erinnere ich mich an fast alles, was damals geschah. So glücklich waren wir, so glücklich. Nackt lagen wir auf ihrem schmalen Bett, vor den Fenstern wurde es schon hell. So viele Dinge habe ich Mira in jener Nacht erzählt: von meinen Eltern, von der Mila, von unserem Haus hier in Neustift am Wald, wo die Hänge des Wienerwaldes mit Wein bepflanzt sind, von unserem Garten, von meinem Apfelbaum. Nun, einundvierzig Jahre später, stehen wir in diesem Garten, vor diesem Apfelbaum, gemeinsam.

»Da oben hattest du deine Arche?« fragte Mira.

»Ja«, sagte er. »Selber gemacht, aus Lederriemen und Holzleisten und Kaninchenfellen. Längst alles verfault. Hoch oben war das. Tagelang habe ich dort gesessen und gelesen.«

»Wie alt warst du?«

»Neun, zehn Jahre. Wir lebten nicht mehr in London, aber ich las nur englische Bücher. Penguin Books. Das waren damals schon Taschenbuchausgaben. Und diese weißen Taschenbücher, bei denen man erst die Bogen aufschneiden mußte. Tauchnitz Edition hieß die Reihe, gedruckt wurde sie – verrückt! – in Leipzig! Lauter englische Autoren. Hugh Walpole zum Beispiel mit seinen Jeremy-Geschichten: ›*Jeremy at Crale*‹, ›*Jeremy and Hamlet*‹, ›*The Dark Forest*‹. Und Evelyn Waugh: ›*Decline and Fall*‹, ›*A Handful of Dust*‹. Das waren orangefarbene Penguin-Ausgaben. Grün waren Krimis, blau waren Biographien. Natürlich auch Hilaire Belloc. Den kennt heute keiner mehr. Freund von Chesterton, ganz wunderbar: ›*The Bad Child's Book of Beasts*‹ und ›*Emmanuel Burden*‹. Dann Anatole France; den habe ich in englischer Übersetzung gelesen, Französisch konnte ich noch nicht: ›Blaubarts sieben Frauen‹, ›Die Götter dürsten‹, ›Die Schuld des Professors Bonnard‹. Ich kann sogar noch zitieren nach all den Jahren: ›Das Gesetz in seiner majestätischen Gerechtigkeit verbietet Armen wie Reichen auf Straßen zu betteln, unter Brücken zu schlafen und Brot zu stehlen.‹ Selbstverständlich Hemingway! ›*The Snows of Kilimanjaro*‹ und ›*The Sun Also Rises*‹. Das Ende davon: ›Ach Jake‹, sagte Brett, ›wir hätten so glücklich zusammen sein können.‹ – ›Ja‹, sagte ich. ›Hübsch, sich das auszumalen ...‹ Und Faulkner und Dos Passos und alles von Chesterton, nicht nur die ›*Father-Brown*‹-Geschichten, nein, auch seine anderen Bücher. ›*The Man Who Knew too Much*‹ endet so, wenn er gestorben ist: ›... und der Mann, der zuviel wußte, wußte, was wert ist, gewußt zu werden.‹«

»Du bist auch einer von denen, die so viel wissen wollen«, sagte Mira.

»Wenn ich dort sein werde, wo alle sind, die hier mit mir lebten, die Mila, meine Mutter, mein Vater, dann werde ich hoffentlich, hoffentlich von überhaupt nichts mehr wissen.«

»Tommy!« sagte Mira. »Damals in Sarajewo hast du nicht Vater gesagt, sondern Tommy.«

»Richtig«, erwiderte er, »ich habe ihn niemals Vater genannt, immer nur Tommy!« Und während seine Gedanken weit, weit hinausgewandert waren in das Sandmeer der Zeit, sagte er: »Priestley natürlich und James Hilton: ›*The Lost Horizon*‹. Und H. G. Wells und Joseph Conrad und alles von Somerset Maugham und Huxley, von Graham Greene und die Gedichte von Rudyard Kipling. Eines kann ich noch ganz, Mira: ›Und Jimmy ging zum Regenbogen, weil er schon sechs war und ein Mann. Und so fing alles an, meine Lieben, und so fing alles an ...‹ Ach, wie viel habe ich gelesen in diesem Apfelbaum!«

»Und ich wußte, er ist noch da, und er trägt noch Früchte.«

»Wie konntest du das wissen?« fragte er.

»Ich habe es fest geglaubt, weil ich es mir so sehr wünschte«, sagte sie glücklich. »Wünschen ist doch ungeheuer wichtig für Goran, nicht wahr? Und für uns ...«

2

Was soll das?

Wie darf Faber lächeln? Wie darf Mira glücklich sein? Wie sind sie in diesen Garten gekommen? Was ist geschehen?

Life in itself is unfair, sagen die Amerikaner, um sich von vornherein auf das einzustellen, was ihnen widerfährt, was allen Menschen widerfährt. Das Leben an sich ist ungerecht. Also schluck's, und sieh's ein und kein Selbstmitleid, verflucht! Das Leben ist eben ungerecht. Aber das Ungerechteste am Leben ist, daß es von Zeit zu Zeit, sozusagen beim Atemholen, bevor es wieder zuschlägt, für eine kleine Weile auf seltsame Weise barmherzig ist. Das ist die größte Infamie des Lebens.

Was also war geschehen, während das Leben wieder einmal Atem holte?

Als er zwei Wochen zuvor auf dem Flughafen Schwechat einsah, daß er nicht fliehen konnte, erlebte Faber anschließend zwei unangenehme Stunden, während das gesamte Gepäck von einhundertneunundfünfzig Passagieren der startklaren Maschine nach Kairo ausgeladen wurde, um Stück für Stück identifiziert zu werden – auch seine beiden Samsonite-Koffer. Viele Reisende beschimpften ihn, und die Männer der Flugleitung waren sehr wütend.

Zuletzt stand er allein neben seinem schweren Gepäck, kein Träger war zu sehen, und in der Nachmittagsschwüle schleppte er mit schmerzendem Herzen, nach Luft ringend und wieder einmal am Ende seiner Kräfte die Koffer, die Flugtasche, den Aktenkoffer und die Schreibmaschine zu einem Taxi. Er mußte einige Male stehenbleiben, und der Schweiß lief ihm in Strömen über den mageren Körper. Zuletzt brachte ihn ein mürrischer Chauffeur in die Stadt zurück zur Pension »Adria«, die dicht beim Marien-Kinderspital lag.

Das Haus war fünfstöckig und hatte eine Jugendstilfassade. Faber sah verschlungene blaue und goldene Linien auf der altersgrauen Mauer und ein Ornament in mindestens fünf Farben über dem Eingang. Durch einen langen und hohen Flur kam er in die Empfangshalle, die wie ein kreisförmiges Espresso-Café eingerichtet war mit Wandsofas, Stühlen und Tischchen. In Vitrinen wurden Pläne und Ansichtskarten von Wien angeboten, Bonbonnieren, Packungen mit kleinen Likörfläschchen sowie Waffelschnitten in rosaroter Verpackung.

Eine Gruppe von etwa zwanzig Jugendlichen quoll aus einer Kellertür, junge Leute, bunt gekleidet, laut und fröhlich.

Sie redeten angeregt in einer Sprache, die Faber nicht identifizieren konnte.
»Tschuschen«, sagte der mürrische Chauffeur haßerfüllt. »Wo ma hinschaut. Wie die Ratzen. Jetzt kommens schon aus die Keller.«
Faber sah den Chauffeur an.
»Wollens was?« fragte der kriegerisch.
Faber wandte ihm den Rücken zu. Hinter der ebenfalls kreisförmigen Rezeption war eine kleine, rundliche Frau aufgetaucht. Sie hatte ein mehrfaches Doppelkinn und war von äußerster Freundlichkeit. Nein, die Freude, da war der Herr Faber ja endlich. Schon angemeldet vom Spital, hoffentlich sind der Herr Faber nicht allzu verwöhnt. Hier ist es ruhig, sauber und gemütlich, aber natürlich nicht das »Sacher«, haha. Zur Zeit leider komplett, Herr Faber haben ein Einzelzimmer im zweiten Stock, Nummer 24, die Doppelzimmer sind alle besetzt. Wenn Herr Faber bitte gleich den Paß dalassen und den Meldezettel ausfüllen wollen. Keine Schikane, am Abend kommt immer die Polizei, dann müssen alle Zettel dasein, den Paß kriegen Herr Faber morgen zurück. »Inzwischen bringens dem Herrn seine Koffer bittschön nach oben, Herr Chauffeur! Da drüben is der Aufzug, zweiter Stock, links den Gang runter!«
»I derf hier net halten.«
»Aus- und einladen schon.«
»Da is a Tafel: Halteverbot.«
»Die gilt net für Taxis.«
»Und wenn die Polizei kummt, bin i der Teschek!«
Faber trat zu ihm. »Ich muß noch bezahlen. Wieviel macht es?«
»Vierhundertzwanzig.«
Faber gab ihm sechshundert Schillinge.
»Küß die Hand, Herr Baron! Alsdern, pack mas!« Der Chauffeur schleppte die Koffer, die Flugtasche, die Schreib-

maschine und den Aktenkoffer zu einem schmalen Lift und verschwand mit dem Gepäck. Faber füllte den Meldezettel aus.

»Danke, Herr Faber«, sagte die Mütterliche. »Wir san a Hotel garni. Frühstück von sieben bis elf. Sehr schöner Raum unten im Keller. Hier, der Schlüssel! Wenn Sie nach Mitternacht kommen, is zugsperrt. Bitte läuten, dann macht Ihnen der Nachtportier auf. Einen schönen Aufenthalt wünsch ich, Herr Faber. Fernsehen auf jedem Zimmer. Wir hängen am Kabel.«

»Großartig«, sagte er. Auf den Lift mußte er nicht warten, der kam gerade mit dem Chauffeur wieder herunter.

»Vielen Dank«, sagte Faber.

Der Chauffeur nickte und verschwand. Faber trat in den engen Aufzug, in dem es noch betäubend nach Schweiß roch, und fuhr in den zweiten Stock hinauf. Der außerordentlich schmale Gang mit vielen Türen war künstlich beleuchtet. In einem Zimmer kreischten Mädchen, lachten Jungen, ein Radio dröhnte. Als er die Tür von Zimmer 24 mit dem großen Schlüssel aufsperrte, den er an der Rezeption erhalten hatte, kam ihm eine schwarzgekleidete Frau entgegen, die weinte. Er drückte sich an die Wand und verneigte sich leicht, während sie vorbeiging. Sie schien ihn nicht wahrzunehmen. Mit dem Lift fuhr sie nach unten. In einem Zimmer begann ein Baby zu brüllen.

Faber öffnete die Tür. Der Raum war klein. Ein Fenster ging in einen Hinterhof mit alten Bäumen hinaus, es stand offen, warme Luft flutete in das Zimmer. Faber sah ein Bett, zwei Stühle, einen Tisch mit einer Vase voll künstlicher Blumen, einen Nachttisch, ein Tischchen mit einem kleinen Fernsehapparat und einen Schrank – alles aus hellem Lärchenholz. Eine Tür am Fußende des Bettes führte in das gekachelte Bad, das größer als das Zimmer war. Über dem Klosett befand sich eine Milchglasluke, die man mit Hilfe eines Gestänges öffnen konnte. An der Wand gegenüber

dem erstaunlich niederen Bett hing eine Tuschzeichnung des Stephansdoms.
Das Baby brüllte noch immer, eine Schmeißfliege zog brummend ihre Kreise. Der Boden des Pensionszimmers war mit einem Spannteppich ausgelegt, auf den der Chauffeur das gesamte Gepäck hatte fallen lassen. Faber öffnete den Schrank. Drei Holzbügel und drei Bügel aus Draht hingen darin. Die wenigen Fächer waren eng und schmal. Hier bekomme ich niemals meine Sachen rein, dachte er. *Bonjour tristesse!* Die Samsonites haben zwar Aufhängevorrichtungen, doch nur für unterwegs. Vielleicht lebe ich ein Jahr hier. So wird das nicht gehen.
In seine Überlegungen ertönte eine tobende Männerstimme: »Halt endlich dein Maul, blöde Sau, oda i schlag dir die Goschn ein!«
Eine Frauenstimme kreischte: »Und i *hab* euch gsehn, auf der Kellertreppen, dich und die Hur! Bei mir kriegt er keinen mehr hoch, der Herr Gemahl, aber bei der Hur mit ihrer ausgeleierten Fut, bei der steht er eahm wie a Eins. I laß mi scheiden, du Dreckshund!«
»Kusch!«
Ohrfeigen knallten. Die Frau schrie auf. Dann schrie der Mann auf, den die Frau offenbar gleichfalls geschlagen oder getreten hatte.
»Na wart, du Schlampen, jetzt wirst was erleben!«
Plötzlich hörte er zahlreiche andere Stimmen: »Gebts endlich a Ruah, ihr zwaa! Des is ja net zum Aushalten!« – »Polizei! Rufts die Polizei! Wir san a anständiges Haus!« – »Die Woprschalek is ka Hur! Des is a sehr a feine Person!« – »Was is die? A sehr a feine Person? Daß i net lach! Auf der Treppen machts die, auf der Treppen! Titten raus, Rock hoch und hoppauf!« – »Bist deppert, Mitzi? Die Kinder! Die Kinder san im Hof!« – »Die ham des aa schon gsehn!« – »Herrgott noch amal, is jetzt a Ruh oda net? Da kann ja kaa Mensch arbeiten!« – »Seit wann arbeiten denn Sie, Frau Wawra?« – »San

Sie bloß stad, Sie Funzn! Ihnere Katzn verpischn des ganze Haus! Des is ja unerträglich, der Gestank!« – »Des, was Sie jeden Tag kochn, des stinkt, dagegn san meine Katzerln reine Veigerl!« – »Mama, Mama, der Ferdl hat meiner Barbie den Bauch eintreten!« – »Ruhe! Ich verlange augenblicklich Ruhe! Wie soll man denn hier unterrichten können! Ich erstatte Anzeige beim Stadtschulrat.«
Plötzlich verstummten die keifenden Stimmen, nur jene des Mannes, der offensichtlich Nachhilfestunden erteilte, war überlaut zu hören: »*O mihi praeteritos referat si Iuppiter annos!* Wiederholen!«
Eine Knabenstimme wiederholte den klagenden Wunsch, daß, ach, die verlorenen Jahre zurück ihm Jupiter brächte. Faber stand erstarrt bei dem Gedanken, er würde nun ständig das Privatleben aller Menschen mitgenießen dürfen, deren Fenster zum Innenhof gingen.
Die Schmeißfliege brummte durch das Zimmer und landete auf der Milchglaskugellampe, die von der Decke herabhing. Faber stieg auf einen Stuhl und schlug mit einer Zeitung vom Vortag, die neben dem Bett gelegen hatte, nach dem Tier, traf natürlich nicht und resignierte. Er zog sich nackt aus, denn ein überwältigender Wunsch zu duschen hatte ihn überfallen. Er ging in das Bad und schloß den Plastikvorhang der Duschecke hinter sich. Aus der an der Wand befestigten Kippflasche mit flüssiger Seife ließ er eine Handvoll herausrinnen, drehte den Kaltwasserhahn auf und wartete, bis das heiße Wasser, das rauschend niederschoß, allmählich kälter wurde, dann seifte er sich ein. Jegliche Auflehnung hatte ihn verlassen, große Schwäche und Demut erfüllten ihn. Endlich drehte er den Hahn zu, trat auf den Kachelboden, glitt aus und fluchte sich halb tot.

3

Eine halbe Stunde später war er im Kinderspital. Er hatte versucht zu schlafen, doch in dem schwülen Zimmer mit all dem Geschrei war das unmöglich gewesen, er war in Atemnot und Angst geraten. So stand er wieder auf, zog seinen leichtesten Anzug an und verließ die Pension. Die beiden Koffer blieben geöffnet, aber unausgepackt auf dem Boden zurück.

In der Klinik holte er den weißen Kittel aus dem Spind und tauschte ihn gegen seine Jacke. Dann fragte er beim Stützpunkt nach Dr. Bell. Der sei auf der Intensivstation, sagte ihm eine Schwester. Im ganzen Haus waren Sonnensegel ausgefahren und Jalousien herabgelassen, Ventilatoren liefen, und viele Türen standen offen. Hier war es einigermaßen kühl und relativ ruhig an diesem späten Nachmittag.

Als Faber die Intensivstation betreten wollte, kam ihm Dr. Bell entgegen – bleich und erschöpft, den Kopf gesenkt, Schweißtropfen auf der Stirn. Die Schultern ließ er sinken, aber als er Faber erblickte, lächelte er sofort und warf den Kopf zurück.

»Hallo! Schon umgezogen?«

»Ja, Herr Doktor.«

»Und? Halbwegs erträglich, die Pension?«

»Absolut«, sagte Faber. Wo hast du denn geschlafen, sagte er sich, gelegen und gehockt voll Todesangst in all den Kriegen, in die sie dich geschickt haben? Wer in Sarajewo würde sein Ruinenloch nicht liebend gerne mit deinem Pensionszimmer tauschen? Hier im Spital leiden und sterben Kinder. Hier schuften Menschen sich kaputt. Reiß dich zusammen, Scheißkerl!

»Wie geht es Goran?« fragte er.

»Unverändert.« Bell ließ sich auf eine Bank fallen. »Jedenfalls nicht schlechter. Sogar ein wenig besser, den Blutproben nach. Wenn wir ihn noch zwei, drei Tage durchbringen, haben wir ihn für den Moment gerettet. Was ist mit Ihnen los, Herr Jordan?«

»Nichts.«

Der Arzt sah ihn ernst an. »Natürlich ist was los mit Ihnen.«

»Wirklich nicht.«

»Sie halten das alles kaum noch aus, geben Sie es zu!«

Einen Augenblick lang hatte Faber das überwältigende Bedürfnis, Bell zu erzählen, daß er um ein Haar geflohen wäre, doch entschied er sich dagegen. Er war nicht geflohen, und nun würde er alles ertragen, alles, das wußte er.

»Ich halte es aus«, sagte er.

»Wie man sich irren kann! Ich hätte schwören mögen ... Dann also vielen Dank!« Bell erhob sich ächzend. »Legen Sie Schutzkleidung an, und kommen Sie mit zu Goran!« Und während Faber sich schon umzog, sagte er: »Ich an Ihrer Stelle ...«

»Ja, Doktor?«

»... wäre abgehauen.«

»Das glaube ich Ihnen nicht.«

»Es ist die Wahrheit«, sagte Dr. Martin Bell. »Ich an Ihrer Stelle wäre längst über alle Berge.«

4

Da lag Goran in dem Bett, in dem er nachts zuvor gelegen hatte, verkrümmt, halb sitzend, mit geblähtem Leib. Zu beiden Seiten des Bettes hatte man nun Gitter aus Nylonschnüren eingehängt. Gorans Haut war noch immer gelb, die Lippen waren aufgesprungen, der nackte Oberkörper zeigte viele kleine blutige Punkte. Der Junge atmete mühsam. Sein Mund stand offen. In der Intensivstation gab es keine Fenster, der Schirm einer Lampe an der Wand war so verdreht, daß nur indirektes Licht auf das Bett fiel. Neben diesem stand ein großer, starker Mann mit Mundmaske und

Plastikschürze und wischte Goran behutsam den Schweiß von Stirn und Brust.
»Das ist unser Pfarrer«, sagte Bell.
»Guten Tag«, sagte der Riese. Seine Stimme war zugleich bestimmt und sanft.
»Herr Pfarrer Georg Lambert, Herr Peter Jordan«, stellte Bell vor.
»Freue mich, Sie kennenzulernen«, sagte Lambert. »Habe schon viel von Ihnen gehört! Diakon übrigens, nicht Pfarrer. Ich arbeite hier im Marienspital und an der Kinderklinik im AKH. Früher, vor dem Konzil ...«
»Dürfen wir hier reden?« fragte Faber.
»Unbesorgt«, sagte der Riese. »Der Bub schläft ganz tief ... Ja, also früher, vor dem Konzil, brauchte man, wenn man Priester werden wollte, die sogenannten höheren Weihen. Nach dem Konzil hat man dann das Diakonat – also Seelsorger ohne höhere Weihen – als ständige Einrichtung zugelassen; auch aus Gründen der Entlastung. Zu Menschen gehen, die Hilfe brauchen, das gefällt mir.« Lambert lächelte. »Meine Kirche läßt mich dabei in Ruhe. Ich bin für alle da: für Katholiken, Protestanten, Moslems und Juden, für solche, die an keinen Gott glauben, für Kinder und Erwachsene – für jeden, der mit mir reden will. Ich habe hier praktisch schon alles gemacht: Hochzeiten unter Ärzten und Schwestern; Gespräche mit Erwachsenen, die nicht mehr weiterkonnten; Begleitung von kranken Kindern, oft drei, vier Jahre lang und leider oft bis zum Tod, also Sterbebegleitung; Begräbnisfeiern ... Wir können wirklich reden«, sagte Lambert, »Goran hört uns nicht. Aber trotzdem weiß er, daß ich da bin. Er fühlt es. Er hat gebeten, daß ich komme. Das tun viele Kinder. Mit manchen spiele ich, oder wir hören Musik von Kassettenrecordern, oder sie erzählen mir von ihrer Angst. Sehr oft schweigen wir stundenlang, und ich sitze nur neben ihnen. Das ist für viele das, was sie sich am meisten wünschen.«

Bell sagte: »Ich lasse Sie jetzt allein. Ich muß zur Visite. Wir sehen uns später.« Damit verließ er die Intensivstation.
In die folgende Stille sagte Goran kaum verständlich: »Draufgeworfen ...«
Der Diakon setzte sich auf einen Hocker und machte eine Handbewegung. Faber setzte sich gleichfalls.
»Als er mich rufen ließ, war er noch halb wach«, sagte Lambert. »Seine Eltern wurden in Sarajewo von *snajpern* erschossen, nicht wahr? Er überlebte, weil seine Mutter ihn zu Boden riß und sich über ihn warf. Sie wurde von Kugeln zerfetzt, ihr Blut durchtränkte ihn förmlich. So erzählt er es den Ärzten immer wieder. Ich fürchte, das wird noch ein ganz großes Problem werden.«
»Für ihn?«
»Für uns alle«, sagte Lambert. »Wenn er überlebt.«
Der Mann beeindruckte Faber durch seine Ruhe und seinen Ernst. Er wollte diesem Mann zuhören, mehr erfahren von ihm – fast wie der Reporter, der er einmal gewesen war. Er fühlte, wie ihn allein durch die Anwesenheit dieses Mannes immer mehr Frieden überkam.
»Sie sagten, Sie seien auch bei Begräbnissen dabei?«
Lambert nickte.
»Aber wie ist das möglich ... bei Moslems zum Beispiel oder bei Juden?«
»Es ist bei allen möglich«, sagte der Diakon. »Wenn andere Religionen andere Rituale haben, dann sind natürlich entsprechende Geistliche zuständig. Aber sie und die Angehörigen des toten Kindes bitten mich meist, auch anwesend zu sein. Danach besuche ich die Hinterbliebenen, oft über lange Zeit hinweg. Ich sage ihnen immer, daß es gut und richtig ist, wenn sie lange trauern, sehr lange. Die Fähigkeit, intensiv zu trauern, ist etwas unerhört Wichtiges – und viel zu Seltenes. Denken Sie an Mitscherlich und die ›Unfähigkeit zu trauern‹ und an all das, was an Schrecklichem geschieht, wenn ein Mensch, wenn ein Volk nicht wirklich

trauert über einen Tod, über sechs Millionen Tote, über sechzig Millionen Tote …« Lambert verstummte. Er sah lange Goran an, der hinter den Gitterwänden lag und um Atem rang. Zuletzt sagte er, als wolle er sich mit Gewalt von seinen Gedanken losreißen: »Ich bin ursprünglich ausgebildeter Masseur, wissen Sie. Ich kann die Kinder massieren. Aber nach den Ereignissen, die den Erzbischof von Wien vorzeitig in Pension getrieben haben, darf ich das nur noch auf schriftliche ärztliche Anordnung und mit Einwilligung der Eltern tun. Das A und das O ist Vertrauen. Ohne Vertrauen erreichen Sie nichts – bei niemandem.«

»Kommen viele Erwachsene zu Ihnen?«

»Viele, ja. Angehörige der Kinder natürlich vor allem. Aber auch Schwestern, Pfleger, Ärzte und Ärztinnen. Immer wieder … Sie haben vielleicht schon von den *Burn-out*-Fällen gehört.«

»Ja«, sagte Faber.

»Über mich geworfen«, murmelte Goran undeutlich.

»Eine ganz schlimme Sache wird das noch werden, wenn er überlebt«, sagte der Diakon.

»Woher wissen Sie das?«

»Ich weiß es nicht. Ich fühle es, Herr Jordan. Und was ich fühle, ist meistens richtig, leider …« Wieder schwieg Lambert und sah auf seine Hände.

»Die *Burn-out*-Fälle …«, sagte Faber behutsam.

»Erschöpfte, überforderte, diesem Beruf zwischen Leben und Tod nicht mehr gewachsene Menschen. Die Leute hier tun für ein Kind alles, was möglich ist, monatelang, jahrelang – und manchmal stirbt es zuletzt doch. Es gibt Menschen, die halten das schließlich nicht mehr aus.«

»Und mit ihnen sprechen Sie dann?«

»Ja. Mich kann jeder rufen, zu sich nach Hause, in sein Dienstzimmer, in ein Caféhaus. Bin immer zu erreichen mit diesem Handy. Unter dem Dach gibt es auch eine sehr schöne Kapelle … für alle! Und da ist es dann eben wieder von größter Bedeutung, daß diese Menschen, die oft auch ganz andere Probleme haben, fühlen, sie können mir vertrauen. Vertrauen ist das Wichtigste. Und es zu gewinnen das Einfachste.«

»Das Einfachste?«

»Ja, Sie müssen bloß ... Ich meine, ich für meinen Teil versuche das so: Ich mache allen, die in ihrer Verzweiflung und mit ihren Problemen zu mir kommen, als erstes klar, daß auch ich die größte Verzweiflung kenne und enorme Probleme habe, in meinem Leben, in meiner Familie. Und daß ich deshalb alles verstehe, was man mir anvertraut. Daß ich niemanden geringschätze, wenn er keine Kraft mehr hat, weil ich so oft selbst keine mehr habe. Daß für mich alle Menschen gleich wichtig sind, damit fängt es an, verstehen Sie? Mit dem Vertrauen. Sie können sich jemandem nur wirklich anvertrauen, von dem Sie genau wissen, wer er ist. Das gilt aber auch umgekehrt: So wie ich versuche, anderen zu helfen, so helfen andere mir.«

»Feigling, nimm eines Feiglings Hand«, sagte Faber. »Das ist der Titel eines amerikanischen Theaterstücks, das ich nach dem Krieg übersetzt habe. Ich wollte nicht taktlos sein, mir fiel nur dieser Titel ein, entschuldigen Sie!«

»Nichts zu entschuldigen«, sagte Lambert, »so ist es wirklich. Schwacher, Lahmer, Blinder, Verzweifelter, Feigling, nimm eines Schwachen, Lahmen, Blinden, Verzweifelten, Feiglings Hand! Sehen Sie *mein* Leben an! Ich war Masseur und verheiratet mit einer Italienerin. Wir liebten einander sehr. Sie wurde schwanger. Wir machten Urlaub in Italien. Das Kind kam zu früh. Es starb bei der Geburt. Meine Frau auch ...« Jetzt sah der Diakon Faber an. »Ich war so verzweifelt, daß ich mich umbringen wollte. Aber da waren die italienischen Verwandten meiner Frau, und die schenkten mir so viel Liebe, so viel Mitleiden und Verständnis, und ich durfte ihnen so sehr vertrauen, daß ich über meine bodenlose Verzweiflung hinwegkam. Wir beide sehen uns heute zum erstenmal, aber die meisten hier wissen, was ich hinter mir habe, und wer es nicht weiß und zu mir kommt, dem erzähle ich es. Ich bin inzwischen wieder verheiratet und habe einen Sohn, doch damals in Italien habe ich beschlossen, Diakon zu werden, ich wollte das, was mir diese Menschen geschenkt haben, weitergeben, ich wollte versuchen, es weiterzuschenken an Menschen in diesem Land, in dem es so wenig Wärme gibt und so viel Kälte. Und das merken alle, die zu mir kommen: Daß ich genausoviel Angst habe wie sie, daß ich genauso ratlos bin, genauso feige – ja, ja, feige –, daß ich genauso zornig bin und wütend auf den bösen lieben Gott, wenn er ein Kind sterben läßt oder wenn er zuläßt, daß einer vor Aufopferung fast ausbrennt.«

»Und das hilft diesen Ärzten und Schwestern?«

»Sehr oft. Und manche werden dann besonders stark, obwohl sie geglaubt haben, zu schwach zu sein.«

»Aber die wirklichen *Burn-out*-Fälle?«

»Soweit dürfte es eigentlich gar nicht kommen.« Das hat Bell einmal gesagt, dachte Faber. Einmal? überlegte er. Vor zwei Tagen! »Aber um sie muß man sich ganz besonders kümmern.« Lambert trat zu Faber. »Oben unter dem Dach, in der Kapelle, steht ein Stuhl. Und wenn da ein Arzt, eine Schwester, vor allem aber ein Angehöriger von einem Kind kommt, das gestorben ist, ein Vater, eine Mutter, dann frage ich: ›Auf wen bist du so zornig? Wer hat dich so verzweifelt gemacht? Sag doch, wer das war! Stell dir vor, er sitzt in diesem Stuhl! Schrei ihn an, verfluche ihn, beschimpfe ihn!‹«

»Wen ›ihn‹? Den Tod?« fragte Faber. »Gott dürfen Sie ja nicht ins Spiel bringen.«

»Natürlich darf ich Gott ins Spiel bringen«, sagte der sanfte Riese. »Niemand verbietet es mir. Ich bin nur Diakon, kein Priester. Ich habe jede Freiheit. ›Also schrei Gott an, wenn du außer dir bist darüber, daß Er dir dein Kind genommen hat! Sag Ihm, was Er da für eine Gemeinheit begangen hat, was für ein Verbrechen, ja, was für ein Verbrechen!‹ Schauen Sie mich nicht so erschrocken an, Herr Jordan! Gott hält das aus, sonst hätte mich der Blitz schon hundertmal erschlagen.« Lambert hob die Stimme ein wenig. »Wenn dann ein Mensch, der sein Kind verloren hat, sagt: ›Ich kann an so einen Gott nicht mehr glauben‹, dann sage ich: ›Ja! Ja! Ja! Sag Ihm auch das! Sag es Ihm! Da sitzt Er! In dem Stuhl! Hab vor allem keine Angst, daß du dafür bestraft wirst, wenn du deinen Glauben verlierst!‹ Ich habe meinen Glauben schon öfter verloren, als ich an Fingern und Zehen abzählen kann.«

Schreiben! dachte Faber. Wenn ich doch bloß noch schreiben könnte!

»Ich will nicht an einen Gott glauben, der nur Unterwerfung fordert«, sagte Lambert. »Der, weil unfehlbar, jede Verzweiflung und jede Not an sich abgleiten läßt. Das wäre so, als würde ich neben dem Bett eines Kindes hergehen, das, außer sich vor Angst, zur Operation gefahren wird, und ich sagte zu ihm: ›Sei ohne Angst! Gott begleitet dich jetzt, Er ist bei dir.‹ Das wäre doch der letzte Unsinn! Da fragte oder dächte doch jedes Kind: ›Wo ist Er denn, der liebe Gott? Ich sehe Ihn nicht.‹ Sehen tut das Kind *mich.* Darum gehe *ich* mit. *Mich* kennt das Kind. Zu *mir* hat es Vertrauen. Von mir weiß es, daß ich ihm nur Gutes wünsche. Das hilft ihm tausendmal mehr, als wenn ich da mit Gott anfange. Und einem Kind, das stirbt, sage ich: ›*Zurecht* hast du Angst, du *mußt* ja Angst haben!‹ Der, den sie den Christus nannten, hat auch Angst gehabt, grauenhafte Angst – oder etwa nicht? ›Mein Gott, mein Gott, warum hast du mich verlassen?‹ Darum frage ich die Väter und Mütter, die da oben in meiner Kapelle Gott in dem leeren Stuhl beschimpft haben: ›Und was sagt Er zu Seiner Verteidigung? Womit rechtfertigt Er sich?‹«

Faber war plötzlich erregt. »Und?« fragte er. »Was kommen dann für Antworten?«

»Das ist ganz unglaublich«, sagte der Riese und schüttelte den Kopf in lebenslanger Verwunderung. »Nicht nur einfache Leute vom Land, nein, auch Intellektuelle erwidern dann etwa so: ›Sagen tut Er gar nichts. Er sieht mich nur so an, wie ein Vater seinen Sohn ansieht, der sehr böse auf ihn ist, mit Recht böse. Und zuletzt macht Er eine Bewegung, die bedeutet: Komm, laß dich umarmen, bitte ...‹«
Faber räusperte sich.
»Das sagen diese Menschen wirklich, Herr Jordan! Und dann sage ich zu dieser Mutter, diesem Vater: ›Jetzt setz *du* dich in den Stuhl, jetzt bist *du* Gott, den du angeschrien und verflucht hast, jetzt bist *du* Er – und was sagt Er?‹ Und immer wieder höre ich dann aus dem Mund dieser Menschen, die als Gott antworten: ›Ich verstehe dich. So gut verstehe ich dich. Du hast mich beschimpft und gefragt: Warum bestrafst du mich? Warum bestrafst du mein Kind? Was haben wir Böses getan? Du *hast* nichts Böses getan, und dein Kind *auch* nicht. Das ist doch keine Frage von Gut und Böse, von Schuld und Sühne! Du *hast* keine Schuld, auch dein Kind hat keine. Und es *war* keine Strafe. Vertraue mir! Ich werde dein Kind nie verlassen, es bleibt immer in meinem Schutz.‹ Und dann sagt so eine Mutter, so ein Vater: ›Es hat keinen Sinn, Gott zu beschimpfen. Er hat mein Kind nicht absichtlich krank werden und sterben lassen.‹ Verstehen Sie, Herr Jordan, da fällt dann das theologische Denken fort, und es gibt nur noch das emotionale, und das geht so weit, daß viele sagen: ›Es ist ja überhaupt nicht Gott, der unser Kind krank gemacht hat und sterben ließ. Das hat nichts mit Ihm zu tun. Krankheit ist keine Strafe. Was da geschah, das können wir nicht verstehen ...‹« Lambert sah Faber an. »Gefällt Ihnen nicht, wie?«
»Zunächst gefiel es mir sehr. Doch nun ...«
»Nun kommt es Ihnen nur noch vor wie ein Scheinalibi, das den Sinn hat, Menschen auch in einer solchen Situation weiter an Gott glauben zu lassen. Ist das richtig?«

»Ja, Herr Lambert.«
»Aber es tröstet die Menschen, so zu denken, so zu reagieren! Ich weiß, wovon ich spreche. Es tröstet die Verzweifelten!«
»Wirklich? Alle?«
»Alle natürlich nicht«, sagte Lambert.
»*Ich* muß doch tot sein, nicht du ...«, sagte Goran mit verschmierter, kaum zu verstehender Stimme.
»Und was sagen Sie denen, die das nicht tröstet?«
»Denen sage ich: ›Wenn Sie meine Meinung wissen wollen, ich würde die Eintrittskarte in den Himmel zurückgeben. Ich könnte nie an einen Gott glauben, der mein Kind elendiglich zugrunde gehen läßt. Mit so einem Gott möchte ich niemals etwas zu tun haben.‹«
»Das sagen Sie wirklich?«
»Natürlich sage ich das, Herr Jordan!«
»Das dürfen Sie? Ich meine, mit *Ihrem* Beruf! Empfinden Sie das nicht als Blasphemie?«
»Überhaupt nicht. Weil ich an einen Gott glaube, der selbst elend zugrunde gegangen ist«, sagte Lambert, »und für den Zugrundegehen und Tod keine Grenzen darstellen, für den Verlust, Angst, Verzweiflung und Selbstaufgabe Teile des *Ganzen* sind, die alle dazugehören. Ich bin nicht bereit, diesen Gott zu verteidigen, das tut Er schon selber. Nur darin sehe ich meine Aufgabe: Menschen in äußerster Verzweiflung und hilflosem Zorn und Haß, ja, Haß auf Ihn, das erkennen zu lassen. Und, noch einmal, ich sage allen: Laßt euch von niemandem die Trauer nehmen, so lange sie auch dauert! Denn es besteht ein ungeheures Potential an Aggression in jedem, der das Liebste verliert, und diese Aggression kann er nur *langsam* verlieren, nach einer Zeit, in der man ihn trauern läßt ... dann findet er zuletzt Frieden. Ich habe auch Jahre gebraucht, bis ich meinen fand. Ich sage nie, es *ist* so, oder so steht es in der Bibel, oder Gott *will* und Gott *wird* ... Ich sage einem Kind, das sterben wird und dies

weiß: ›Für mich ist es unvorstellbar, daß damit alles zu Ende ist. Ich bin davon überzeugt, daß nun etwas anderes kommt.‹ Ich meine die Auferstehung, nicht wahr – aber *das* sage ich natürlich nie.«
Plötzlich glaubte Faber, all das nicht länger hören zu können. »Funktioniert sicher prima«, sagte er. »Bei denen, die an Gott glauben, an irgendeinen Gott, an irgend etwas – an Sie zum Beispiel.«
»*Sie* glauben nicht an Gott!«
»Nein«, sagte Faber. »Wo war denn Ihr Gott, als die Öfen brannten? Wem hat Er in Treblinka Trost gegeben, wem in den Gaskammern? In Hiroshima? In Vietnam? In Sarajewo? Gott! Die einzige Entschuldigung für Ihn ist, daß es Ihn nicht gibt. Ich will Sie nicht verletzen, Herr Lambert, Sie sind ein guter Mensch. Sie helfen, wo Sie können, wie Sie können. Sie helfen, wem Sie können, aber er muß an so etwas wie Gott *glauben*, das ist die Voraussetzung.«
»Und Sie?« fragte Lambert. »An Gott glauben Sie nicht. Ihr gutes Recht. Woran glauben Sie dann?«
»An nichts«, sagte Faber.
»Jeder glaubt an irgend etwas«, sagte Lambert, »und sei es nur daran, daß er an nichts glaubt.«
»An meine Frau«, sagte Faber. »An sie habe ich geglaubt, und ich glaube an sie auch nach ihrem Tod – sie ist das einzige, woran ich glaube. Meine Frau Natalie.« Stimmt das denn noch? dachte er beklommen. Stimmt das denn noch?
»Der Name spielt keine Rolle. Gott hat viele Namen. Wenn Sie wollen, ist alles hier Gott – das ganze Spital mit seinen Menschen zwischen Tod und Leben, mit allem, was vorgeht. Und Er kümmert sich um jeden, keiner fällt aus seiner Hand – selbst wenn er sich die größte Mühe gibt, seiner Hand zu entkommen. Ich habe es doch an mir erlebt. Und Sie erleben es mit dem Glauben an Ihre tote Frau. Auch sie läßt Sie niemals fallen, weil sie eben für Sie das ist, was für andere Gott ist. Durch den Glauben an Ihre tote Frau sind

Sie hierhergekommen. Sie wußten, daß es *ihr* Wunsch war, *sie* wollte, daß Sie sich um Goran kümmern.«
»Woher wissen *Sie* das?« fragte Faber verstört.
»Ich habe recht, nicht wahr?« fragte der Riese. »Es hat Sie angewidert, hierherzukommen zu einem Jungen, der sehr wahrscheinlich sterben würde. Es *muß* Sie angewidert haben, es hätte jeden angewidert, ganz gewiß auch mich. Und doch sind Sie gekommen! Und Sie verändern sich, allein durch das, was in diesem Haus vorgeht, weil Gott hier heftiger zu spüren ist als anderswo.«
»Eben nicht«, sagte Faber bitter. »Eben nicht. Ich wünschte, ich würde mich verändern. Ich war einmal Schriftsteller ...«
»Sie sind noch immer Schriftsteller.«
»Schon lange nicht mehr«, sagte Faber.
»Und warum lassen Sie dann Ihren Recorder laufen und nehmen unser Gespräch auf?«
»Wovon reden Sie?«
»Von dem Tonbandgerät in Ihrer Hand. Sie haben es aus der Tasche genommen und eingeschaltet.«
Faber starrte auf seine rechte Hand, in der er einen kleinen Pearlcorder mit Mikrokassette hielt. Das rote Aufnahmelicht leuchtete, das Band lief.
»Aber wie ...«, begann er. »Aber wann ... Ich habe doch seit einer Ewigkeit nicht mehr ... Die Batterien müssen längst unbrauchbar sein.«
»Oft bleibt ein Rest Energie in ihnen«, sagte der Riese.
»Selbst wenn das so ist – ich müßte mich doch wenigstens daran erinnern, daß ich den Pearlcorder eingesteckt habe, bevor ich zu Ihnen kam.«
»Nicht unbedingt«, sagte Lambert. »Wir tun so vieles unbewußt ... oder jemand tut es für uns. Entschuldigen Sie, ich will nicht noch einmal mit all dem anfangen.«
Faber stand auf und sah immer weiter das kleine Gerät an. Er ging an Lambert vorbei ohne ein Wort des Abschieds, er warf keinen Blick mehr auf Goran. Er verließ die Intensiv-

station. Wie ein Schlafwandler ging er den Gang entlang, betrat einen Lift und fuhr ins Erdgeschoß hinab. Dort stieß er plötzlich, als er um eine Ecke bog, mit Bell zusammen, prallte zurück und sah den Arzt an, als würde er erwachen.

»Sie ...«

»Ihre Schürze«, sagte Bell. »Sie müssen sie ablegen.«

»Sie ...«, sagte Faber wieder. Er hielt noch immer den Recorder in der Hand.

»Herr Jordan?«

»Das haben Sie absichtlich getan!«

»Was?«

»Mich mit diesem Pfarrer ... mit diesem Diakon zusammengebracht!«

»Vielleicht«, sagte Bell.

5

»Was hast du?« fragte Mira.

Sie lag noch immer allein in dem Krankenzimmer und sah jetzt viel erholter aus. Von einem Kissen gestützt, saß sie im Bett, trug ein frisches weißes Nachthemd und hatte sich ein wenig geschminkt.

»Nichts«, sagte Faber. »Ich habe gar nichts. Bin nur ein bißchen zu schnell gelaufen. Das Herz. Ich habe schon meine Dragees geschluckt. Fabelhaft siehst du aus, Mira!«

»Hör bloß auf! Ich weiß schon, wie ich aussehe. Wie geht es Goran?«

»Etwas besser. Er ist fast außer Lebensgefahr«, sagte Faber. Unverändert, hat Bell gesagt, dachte er. Ein wenig besser, den Blutproben nach. Wenn wir ihn noch zwei, drei Tage durchbringen, haben wir ihn für den Moment gerettet. Aber das sage ich Mira nicht, dachte er. Sie werden ihn durchbringen. Er fühlte sich seit seinem Gespräch mit dem Diakon, als wäre er betrunken. Er war seit vierunddreißig

Jahren nicht mehr betrunken gewesen, aber so muß es wohl sein, dachte er, alles schwebend, alles leicht, alles eine Spur unwirklich, heiter und sorglos.
Auch Mira geht es besser, dachte er. Ich werde ihr nicht erzählen, daß ich wegfliegen wollte. Jedenfalls jetzt nicht. Später vielleicht. Der Tunnel, dachte er. Wo ist der Tunnel?
Er war noch immer erschüttert von der ihm weiterhin unerklärlichen Tatsache, daß er – nach Jahren – wieder den kleinen Recorder bei sich getragen und sein Gespräch mit Lambert aufgenommen hatte. Das Schwindelgefühl, das ihn gefangenhielt, war stärker als je zuvor, und es blieb bestehen, obwohl er zwei Nitro-Lingual-Dragees genommen hatte. Doch diesmal war der Schwindel nicht beängstigend oder bedrohlich, diesmal fühlte er sich dabei wohl.
In der schmalen Vase auf Miras Nachttisch steckte eine frische rote Nelke. Er hatte sie bei der hübschen Inge in der Haupthalle des AKH gekauft und die alte durch sie ersetzt.
»Ich habe dich so geliebt, Robert«, sagte Mira. »Erschrick nicht! Keine Anklage. Nichts als Erinnerung, wirklich. Weißt du, warum die Menschen wollen, daß die Liebe niemals aufhört?« Sie lachte leise. »Wenn du dich sehen könntest! Beruhige dich doch, bitte! Mir ist das nur plötzlich eingefallen. Also, warum wollen die Menschen, daß die Liebe niemals aufhört? Warum wollen sie, daß die Liebe ein Leben lang dauert?«
Er sah sie stumm an. Der Flughafen. Dieser Diakon. Der Recorder, der nach so langer Zeit noch funktionierte. Zuviel, dachte er, zuviel auf einmal.
»Sie wollen es, weil das Leben so schmerzlich ist«, sagte Mira. »Darum. Die Liebe betäubt den Schmerz. Und wer will schon während einer Operation aufwachen?« Er sah sie stumm an. »Das hast *du* geschrieben!« sagte sie.
»Nein«, sagte er.
»Ganz bestimmt. Hast du vergessen, was in deinen Büchern steht?«

»Das meiste schon«, sagte er. »Ich bin ein alter Mann.«
»Hör endlich auf, damit anzugeben!« sagte sie. »Wirklich, Robert! Außerdem: Ein alter Mann ist immer noch besser dran als eine alte Frau.«
»Du bist ...«
»Unterbrich mich nicht! Ich muß dir doch eine Geschichte erzählen. So sehr geliebt habe ich dich – und sofort, nachdem du abgeflogen warst, habe ich dich betrogen. Mit dem Zlatko Disdarevič. Seine Apotheke hatte er gegenüber dem Hotel ›Europa‹. Der mit dem Schnurrbart, erinnerst du dich?«
»Nein.«
»Na hör mal!«
»Wirklich nicht.«
»Dieser Zlatko war doch so hinter mir her. Daran erinnerst du dich auch nicht?«
»Auch nicht.«
»Vielleicht bist du wirklich ein alter Mann. Also, als du fort warst und Zlatko gesehen hat, wie traurig ich war, hat er mächtig auf dich geschimpft und gesagt, er hat mir das prophezeit von Anfang an, daß du weggehen und mich allein lassen wirst wie der letzte Lump. Dabei hat er nicht einmal gewußt, daß ich schwanger war – natürlich nicht. Und er hat mich gefragt, warum ich ihn nie angeschaut habe, ihn, der mich so liebt.« Mira lachte. »Ich war zuerst selbstverständlich auch wütend auf dich, weil du gar nichts mehr von dir hast hören lassen, und so habe ich mit diesem Apotheker geschlafen – ich meine: schwangerer konnte ich nicht werden. Ich habe mir große Mühe gegeben und den Zlatko sehr glücklich gemacht ...«
»Aus Zorn und Enttäuschung über mich.«
»Nicht deshalb, süßer Idiot.«
»Weshalb dann?«
»Na, weil ich mich doch umbringen wollte«, sagte Mira heiter. »Das war die ideale Lösung, habe ich gedacht. Kein

uneheliches Kind, keine Schande, kein Spießrutenlaufen. Kind tot, ich tot, Freude, Frieden, Eierkuchen.«

»Mira!« sagte er, »Mira, mein Gott ...« Habe ich ›Gott‹ gesagt? dachte er entsetzt.

»Reg dich nicht auf, es ist alles schiefgegangen.«

»Was heißt schiefgegangen?«

»Siehst du, als Zlatko dann mächtig in mich verliebt war – zur Frau nehmen konnte er mich nicht, er war doch verheiratet mit dieser Langen, Dünnen, Frommen ... Ach so, du kannst dich ja nicht einmal an *ihn* erinnern – also, als er mächtig in mich verliebt war, da habe ich ihm die Wahrheit gesagt und ihn um Gift gebeten.«

»Gift?«

»Eines, das schnell wirkt und nicht weh tut. Er hatte doch alles, der Zlatko! Aber nein, er hat mir kein Gift gegeben. Empört war er und gekränkt in seiner Eitelkeit. Ich hätte ihm Liebe nur vorgespielt, nur mit ihm geschlafen, damit er mir Gift gab, ich sei die größte Enttäuschung seines Lebens und so weiter und so weiter. Er hat niemals wieder ein Wort mit mir gesprochen, kein einziges Wort, stell dir das vor! Die ganze Mühe, die ich mir gegeben hatte, war umsonst. Also habe ich mein Baby bekommen, meine Nadja, und von dem Moment an, wo sie geboren war, habe ich sie geliebt, und alles, was die Leute sagten, war mir egal, so egal! An diese Geschichte muß ich dauernd denken.«

»Ausgerechnet daran?«

»Natürlich ausgerechnet daran! Verstehst du denn nicht, was das für Folgen hatte, daß der Zlatko mir das Gift nicht gab?«

»Folgen? Du hast dich vor einundvierzig Jahren nicht umbringen können, und daran mußt du jetzt dauernd denken?«

»Robert«, sagte sie, »kapier endlich, was ich meine!«

»Sag es mir, verflucht noch mal!«

»Also schön. Langsam und deutlich: Stell dir vor, Zlatko *hätte* mir damals das Gift gegeben.«
»Hat er doch nicht!«
»Du sollst dir ja nur vorstellen, er hätte! Stellst du es dir vor?«
»Alles, was du willst. Er hätte dir also das Gift gegeben.«
»Und?«
»Und was?«
»Und ich hätte es genommen. Und wäre gestorben. Und meine Tochter wäre nie geboren worden. Und Goran auch nicht. Du hättest nie nach Wien kommen müssen und hättest Goran und mich jetzt nicht am Hals. Doktor Bell und alle die anderen müßten sich nicht wegen Goran so abquälen. Alles wäre längst erledigt und vorbei, wenn der blöde Zlatko mir das bißchen Gift gegeben hätte! Welche sind, die haben einfach kein Glück.«
Danach war es etwa so lange still in dem Krankenzimmer, wie man braucht, um bis fünf zu zählen. Dann sagte Faber:
»Du hast diese Geschichte nur erzählt, um mir klarzumachen, wie gemein ich mich gegen dich benommen habe.«
»Nicht deshalb!«
»Doch deshalb!«
»Hör mal, Robert, es geht überhaupt nicht um dich oder mich! Es geht um Goran. Darum habe ich dir die Geschichte erzählt. Damit du siehst, wie sehr ich dir dafür danke, daß du nach Wien gekommen bist – warum siehst du mich so an?«
»Ich ...« Er senkte den Kopf. Dann blickte er langsam wieder auf und sprach beklommen. »Verzeih, Mira. Natürlich geht es um Goran, nur um ihn. Aber da habe auch ich dir eine Geschichte zu erzählen. Ich muß sie erzählen. In unserer Lage hilft nur absolute Ehrlichkeit. Und wenn sie noch so weh tut.«
»Weh tut?«
»Ja, weh tut!«

»Ich verstehe nicht …«
»Du wirst es gleich verstehen.« Er räusperte sich. »Ich … ich hatte dich vollkommen vergessen. Und als Bell anrief und mir von dir und Goran erzählte und sagte, ich müsse sofort nach Wien kommen, da habe ich dich gehaßt.«
»Das ist gelogen.«
»Das ist die Wahrheit.«
»Lieber Gott, aber du *bist* doch gekommen! Und du hast gesagt, daß du bei mir und Goran bleiben willst, versprochen hast du das, hier, an diesem Bett.«
»Du warst noch sehr schwach, und ich hatte ein schlechtes Gewissen und war feige. Ich bin mein Leben lang feige gewesen, und so habe ich das gesagt, was am leichtesten war. Am leichtesten ist es für einen Feigling zu lügen in Situationen wie dieser.«
»Du hast gelogen?« Sie richtete sich im Bett auf.
»Ja, Mira.«
»Du wolltest gar nicht bei Goran bleiben?«
»Nein. Einen Tag, nachdem ich es dir versprochen habe, war ich schon auf dem Weg zum Flughafen, um euch zu verlassen, so schnell es nur ging.«
»Das ist nicht wahr!«
»Es ist genauso wahr wie deine Geschichte mit dem Gift.«
»Du … du hast uns wirklich im Stich lassen wollen? Weshalb, Robert?«
»Weil ich mich übernommen hatte mit Goran. Ich wollte nicht nach Wien kommen, als Bell anrief. Ich wollte mich umbringen. Zuletzt hatte ich schon den Lauf einer Pistole im Mund da am Strand von Biarritz.«
»Du wolltest dir das Leben nehmen?«
»Ja.«
»Aber warum? Warum?«
»Weil ich genug hatte. Genug von diesem Leben. Aus vielen guten Gründen. Der beste: Seit Natalie tot ist, kann ich nicht mehr schreiben. Du weißt, was das bedeutet, denn du weißt,

daß ich mein ganzes Leben nichts anderes getan habe ... und seit sechs Jahren kann ich keine Zeile mehr schreiben, keinen einzigen wahren Satz.«

»O Gott«, sagte Mira. »O lieber Gott im Himmel! Und warum hast du nicht abgedrückt, da in Biarritz?«

»Wegen Goran«, sagte er und dachte: Verflucht will ich sein, wenn ich jetzt sage, daß damals Natalie zu mir gesprochen hat. Sagt nicht dieser Diakon, Er hat viele Namen?

»Wegen Goran?«

»Ja«, rief er, »wegen Goran! Wegen eines Jungen, den ich nicht kannte. Wegen eines Jungen, von dessen Existenz ich gerade zum erstenmal erfahren hatte. Weil es eine zu große Gemeinheit gewesen wäre, Goran nicht zu helfen. Also nahm ich den Pistolenlauf aus dem Mund, packte meine Koffer und kam nach Wien.«

»Weil es eine zu große Gemeinheit gewesen wäre, Goran nicht zu helfen?«

»Aus keinem anderen Grund. Deinetwegen schon gar nicht ... Laß mich reden, Mira, laß mich reden! Du mußt alles wissen. Ich wollte schon fortrennen, als ich Goran *sah.* Ich bin alt, ich bin feige, ich kann es nicht oft genug sagen. Ich bin mein Leben lang fortgerannt vor allem Unangenehmen und allem Schweren.«

»Und als wir von den alten Zeiten sprachen ... als du so zärtlich warst ...«

»Das war nicht Zärtlichkeit.«

»Was denn?«

»Mitleid.«

»Nein!«

»Ja! Aber nicht das echte Mitleid, nein, das falsche, billige, das, vor dem man sich hüten muß. Ich bin immer den leichtesten Weg gegangen, Mira, mein ganzes Leben lang. Den leichtesten und den feigsten. Jetzt will ich versuchen, das nicht mehr zu tun, weil ...«

»Weil?«

»Weil etwas geschehen ist ...«
»Was, Robert, was?«
»Ich will es dir ja erzählen! Ich würde es dir nicht erzählen, nie, wenn du mir nicht von dieser Giftgeschichte und deinen Überlegungen erzählt hättest. Gestern nacht bekam Goran schwere Blutungen. Er war schon fast tot ...«
»Nein!«
»Ich war dabei. Auf der Intensivstation. Es war grauenvoll ...«
»Aber warum hast du mir nichts davon gesagt?«
»Weil ich danach abgehauen bin ... Sei ruhig! Goran ist nicht gestorben, die Blutungen sind gestoppt, es geht ihm wirklich etwas besser. Ich schwöre dir, das ist die Wahrheit. Heute vormittag, Mira, heute vormittag, sollte ich aus dem ›Imperial‹ in eine Pension neben dem Kinderspital übersiedeln, um ganz nahe bei Goran zu sein, die Ärzte wünschten das ... Im Gästehaus darf ich nicht wohnen ... Ich war schon unterwegs zu dieser Pension, da bekam ich keine Luft mehr bei dem bloßen Gedanken, in Wien, bei dir, bei Goran bleiben zu müssen.« Faber sprach immer schneller. »Ich sagte dem Chauffeur, daß er zum Flughafen fahren soll. Dort buchte ich einen Flug für die nächste Maschine, die ich noch erreichen konnte. Ich war schon fast in dieser Maschine, und dann ...«
»Und dann?«
»Dann kehrte ich um und ging zurück. Sie fluchten hinter mir her, denn das ganze Gepäck mußte wieder ausgeladen werden ...«
»Warum bist du nicht weggeflogen?«
»Mir wurde plötzlich wieder bewußt, daß es eine zu große Gemeinheit gewesen wäre ...«
»Goran gegenüber?«
»Auch dir gegenüber. Und meinen Eltern gegenüber und meinen Freunden und allen Menschen, die ich geliebt und bewundert habe und die mir vertrauten und mutig waren

und nicht feige und der letzte Dreck wie ich … darum, Mira, darum. Warte, meine Geschichte ist noch nicht zu Ende!«

»Da kommt *noch* mehr?«

»Noch mehr, ja. Ich bin in die Stadt zurückgefahren und ins Spital gegangen, zu Goran. Ein Priester war bei ihm, kein richtiger, ein Diakon, der hat lange mit mir gesprochen. Zuerst hat mich alles, was er gesagt hat, ziemlich abgestoßen. Phrasen, Frömmelei, O-guter-Mensch-Gerede. Aber dann, dann hat sich das geändert, und zuletzt tat er etwas, das mich überwältigt hat.«

Mira starrte Faber an. Riesengroß waren ihre dunklen Augen.

»Er hat mir bewiesen, Mira, bewiesen, daß er recht hat mit dem, was er sagt, mit dem, was er tut. Er hat mir bewiesen, daß es nur *einen* Weg gibt, nämlich den: bei Goran zu bleiben. Denn das ist der einzige Weg, durch den ich – vielleicht – erlöst werden kann. Verzeih das pathetische Wort! Er hat mir gezeigt, was geschieht, wenn man das Richtige tut, wenn man seine Feigheit überwindet.«

»Und was geschieht da?« Miras Stimme zitterte.

»Ich habe ihm natürlich widersprochen. Immer heftiger und wütender. Aber er …«

»Aber er?«

»Er hat gesagt: ›Und warum lassen Sie dann Ihren Recorder laufen und nehmen unser Gespräch auf?‹«

»Ich verstehe kein Wort. Was für einen Recorder, Robert? Wovon sprichst du?«

Er zog den kleinen japanischen Pearlcorder aus der Tasche. »Davon!«

»Das ist ein Aufnahmegerät für Interviews …« Sie starrte ihn verständnislos an.

»Ja, ja!«

»Aber was heißt: ›Sie lassen Ihren Recorder laufen‹?«

»Mira! Ich habe unser Gespräch aufgenommen!«

»Und?«

»Ich habe dieses Ding seit Jahren nicht mehr in der Hand gehabt!« Wie oft, wenn er sehr aufgeregt war, gerieten Fabers Gedanken und Worte, gerieten Zeiten und Orte durcheinander. Das war schon so gewesen, als er Mira kennenlernte. Große Kreise zogen seine Gedanken dann, je älter er wurde, um so häufiger. Vielleicht war es schon Senilität, dachte er manchmal. Große Kreise auch jetzt, da Mira ihn anstarrte. »Heute sind diese Dinger so klein, Mikrokassetten haben sie, aber damals in Sarajewo hatte ich einen großen Koffer, zehn Kilo schwer, Uher hieß die Firma, die diese Geräte herstellte. Immer schleppte ich so einen Uher-Koffer mit mir herum. Erinnerst du dich?«
»Natürlich erinnere ich mich, aber ...«
Er hörte sie nicht. »Die meisten Typen mußte man ans Netz schließen, Akkus hielten nur kurze Zeit ...« Immer weiter irrte er ab, immer lebendiger wurden Ereignisse der fernen Vergangenheit. »Mit so einem Tonbandkoffer war ich unterwegs, als sie mich nach Amerika schickten und ich diesen Kerl traf, der im Krieg um sein Leben für und gegen vier Geheimdienste arbeitete und alle seine Feinde mit gutem Essen besiegte, mit gutem Essen, niemals mit Gewalt. Du kennst diesen Helden aus ›Es muß nicht immer Kaviar sein‹ ... und später, als sie mich zu Doktor Frey nach Buenos Aires schickten, dem berühmten Strafverteidiger in den sensationellsten Mordprozessen der zwanziger Jahre ... Sechsundneunzig Jahre war Frey damals schon alt und so krank, daß er täglich nur zwei Stunden mit mir sprechen konnte ... da nahm ich auch alles mit so einem Uher-Koffer auf. Und als ich nach München zurückkam, war auf den Bändern nichts drauf ... Kein einziges Wort! Irgend etwas hatte ich falsch gemacht bei den Aufnahmen, also schmissen sie mich raus bei der ›Quick‹ – und riefen mich wieder zurück, um mich noch mal nach Argentinien zu schicken. Und ich mußte alle Interviews aufs neue machen, und drei Stunden nach dem letzten Interview starb dieser Doktor

Frey. Herzschlag ...« Faber verstummte und sah Mira an wie ein Mann, der aus tiefem Schlaf erwacht. »Das ist ja grauenhaft mit mir! Wovon habe ich *vor* all dem gesprochen?«

»Von dem kleinen Pearlcorder, den du plötzlich in der Hand hattest.«

»In der Hand, ja.« Faber schloß kurz die Augen. »Und er lief, Mira, er lief! Ich habe keine Ahnung, wie er in meine Tasche gekommen ist ...«

»Warst du vorher in dieser Pension?«

»Ja.«

»Hast du deine Koffer ausgepackt?«

»Nein. Und ich habe auch nicht den Recorder eingesteckt ... das heißt, es muß total unbewußt geschehen sein. Und in den alten Batterien war noch Energie, ein wenig jedenfalls. Und dieser Pfaff ... dieser Diakon – Lambert heißt er –, der zeigte mir, wie ein Mensch sich verändern kann in einer besonderen Situation, in einer Welt zwischen Leben und Tod ...«

Faber ließ das Band zurücklaufen, schaltete auf Wiedergabe, und es erklang die Stimme Lamberts: »... Das ist doch keine Frage von Gut und Böse, von Schuld und Sühne! Du *hast* keine Schuld ...« Faber drückte auf Stop, ließ das Band weiterlaufen und schaltete wieder ein: »... ich würde die Eintrittskarte in den Himmel zurückgeben. Ich könnte nie an einen Gott glauben, der mein Kind elendiglich zugrunde gehen läßt ...« Und noch einmal ließ Faber das Band weiterlaufen, und wieder erklang eine Stimme, seine: »Wo war denn Ihr Gott, als die Öfen brannten? Wem hat Er in Treblinka Trost gegeben, wem in den Gaskammern? In Hiroshima? In Vietnam? In Sarajewo? Gott! Die einzige Entschuldigung für Ihn ist ...« Seine Stimme brach ab. Das rote Kontrollämpchen des Pearlcorders war erloschen. Das Band stand still.

»Was ist?« fragte Mira.

»Aus«, sagte Faber. »Schluß. Jetzt sind die Batterien total

erschöpft. Ein Wunder, daß sie so lange funktioniert haben.« Er wiederholte: »Ein Wunder ...« Plötzlich sank er völlig kraftlos auf dem Bett nach vorn, in Miras Arme. Sie strich über seinen Rücken, wieder und wieder.
»Danke«, sagte sie. »Danke, Robert.«
»Danke wofür?«
»Dafür, daß du mir alles erzählt hast. Denn jetzt ...« Sie schluckte.
»Denn jetzt?«
»Wird alles gut werden mit Goran«, sagte sie.

6

Ein Paar Frankfurter Würstchen mit Senf und Kren (so hieß der Meerrettich in Wien) aß er dann noch vor einem kleinen Kaffeehaus nahe dem Marien-Kinderspital, dazu gab es Salzstangerln, und zum Erstaunen des alten Kellners hatte er nicht Bier, sondern Eiswasser bestellt.
Es war noch immer sehr warm. Tische und Stühle des Cafés standen auf dem Gehsteig, zwischen Hecken, die in grünen Kisten wuchsen. Ein Schanigarten war das, hatte der alte Kellner – er hieß Josef Viskocil – ihm erzählt, entzückt, einen neugierigen Schüler gefunden zu haben. Als Faber zuletzt Kaffee bestellte, erlebte Herr Viskocil eine Sternstunde.
»Kaffee? Was für einen Kaffee, lieber Herr?« Da gab es ganz verschiedene Arten. Faber hatte sie alle einmal gekannt und vergessen. Nun ließ er sich, müde und wie erlöst von schwerer Last nach dem Gespräch mit Mira, die Unterschiede zwischen einer Melange, einer Kaisermelange, einem kleinen und einem großen Braunen, einem Einspänner, einem kleinen und einem großen Schwarzen, einem Obermaier, einer Schale Gold, einem Cappuccino, einem Pharisäer, einem Fiaker, einem Madragan, einem Maria Theresia,

einem Türkischen und einem Häferlkaffee nach Tante Anni erklären.

Herr Viskocil trug wie seine beiden jüngeren Kollegen der Hitze wegen nur Hemd, schwarze Hose und eine schwarze Fliege (ein Mascherl), und wie seine Kollegen war Herr Viskocil höflich und freundlich, obwohl er lange Dienststunden hinter sich hatte. Er arbeitete, erklärte er, stets von sieben Uhr früh bis elf Uhr vormittags, und abends von achtzehn bis zweiundzwanzig Uhr. Seine Frau war vor fünf Jahren gestorben, er hatte keinen Menschen mehr und war froh, der totenstillen Wohnung zu entkommen. Auch seine Frau ist tot, dachte Faber.

Er entschied sich für eine Schale Gold, und als Herr Viskocil (»Sagens Josef zu mir, bitte!«) sie auf einem Silbertablett brachte, stand ein Glas Wasser daneben. Jeder, der hier Kaffee bestellte, bekam ein Glas Wasser, und wenn das Glas leer war, ein zweites, auch ein drittes.

Nachdem Faber ausgetrunken und seine Rechnung bei dem freundlichen Herrn Josef bezahlt hatte, ging er die wenigen hundert Meter zur Pension »Adria«. Hinter dem kreisrunden Empfangstresen stand nun ein kleiner, verwachsener Mann mit sanften Augen und besorgtem Gesichtsausdruck. Er stellte sich als der Nachtportier vor.

»Entschuldigen Sie bitte, daß wir Ihnen zuerst nur ein Einzelzimmer geben konnten, Herr Faber!«

»Das ist in Ordnung. Ich werde fast den ganzen Tag über fort sein. Nur meine Sachen in den großen Koffern ...«

»So geht es natürlich nicht, Herr Faber. Wir haben uns erlaubt, Ihnen auch das Einzelzimmer daneben zu geben. Jetzt haben Sie zwei Schränke und mehr Platz. Für das zweite Zimmer berechnen wir Ihnen nur die Hälfte – wenn Ihnen das recht ist.«

»Natürlich ist es mir recht. Ich danke sehr.«

»Eine recht gute Nacht wünsche ich, Herr Faber!«

»Ich Ihnen auch eine gute Nacht!« Faber nahm den Schlüs-

sel, den der verwachsene Portier mit dem sorgenvollen Gesicht ihm reichte, und fuhr in dem kleinen ächzenden Lift zum zweiten Stock hinauf.
Was für ein Tag war das! dachte er. Was für ein Tag! Die Flucht zum Flughafen, die Umkehr, das Gespräch mit dem Diakon, der kleine Recorder, den er, einem Signal seines Unterbewußtseins folgend, seit Jahren zum erstenmal wieder benützt hatte, der Besuch bei Mira. Zu viel für einen Tag. Plötzlich todmüde, schleppte er sich den Gang hinab zu seinem Zimmer.
Sie hatten die Vase mit den künstlichen Blumen durch eine ersetzt, in der ein Strauß gelber Rosen leuchtete, ein Teller mit Obst stand da; sie hatten die Tür zum Nebenzimmer geöffnet und Schuhe, Wäsche und Anzüge aus seinen Koffern ordentlich in nunmehr zwei Schränken untergebracht; sie hatten die Tuschzeichnung des Stephansdoms entfernt und den Druck eines Bildes von Chagall an seine Stelle gehängt. Faber sah überwältigt den Fiedler an, der auf dem Dach eines schiefen, elenden Hauses spielte und tanzte, sah die fliegenden Kühe und die Liebenden in den Wolken, die Kinder und armen Leute und das Städtchen Witebsk, aus dem Chagall stammte, einen grünen Esel und eine rote Sonne und die Standuhr, die Chagall immer wieder gemalt hatte, weil sie das Kostbarste gewesen war, was die Familie besaß.
Die Fenster in beiden Zimmern waren geöffnet, vom Hof kam kühle, reine Nachtluft, nun herrschte tiefe Stille, und Faber sank auf das Bett, auf dessen Kissen ein kleines Stück Schokolade in Silberpapier lag.
Zu viel, dachte er wieder, zu viel Gutes, zum Angsthaben zu viel Gutes. Er schlief sofort ein und träumte von dem Fiedler auf dem Dach und von der Kuh und dem Esel und den Liebenden und den armen Juden. Er träumte, er sei in Witebsk, und ein Talmudschüler mit Schläfenlocken, Kaftan und großem, schwarzem Hut sagte einen Satz zu

ihm, den er vor langer Zeit einmal in Jerusalem gehört hatte: »Die Menschen waissen nicht mehr, was sich tit mit sie.«

7

»Hotel ›Imperial‹, guten Morgen!«

»Guten Morgen! Hier spricht Robert Faber. Ist Herr Lahner da?«

»Er telefoniert gerade. Einen Moment Geduld, bitte, Herr Faber.« Walzermusik vom Band erklang aus dem Telefonhörer …

Da war es neun Uhr fünf am Dienstag, dem 31. Mai 1994. Zwei Wochen waren vergangen seit jenem Tag, an dem Faber nach seinem Fluchtversuch sehr ernst und sehr aufrichtig mit Mira gesprochen hatte – und sie mit ihm. In den folgenden Tagen hatte sich Gorans Zustand weiter langsam verbessert. Es hatte auch Rückschläge gegeben, doch die Lebensgefahr war, jedenfalls fürs erste, gebannt. Wie es mit dem Jungen weitergehen sollte, wußten die Ärzte nicht zu sagen, aber allein, daß er noch lebte, bedeutete fast ein Wunder.

Für Faber hatte sich ein fester Tagesablauf eingespielt: Um acht Uhr verließ er die Pension »Adria« und ging in das nahe Café, um bei Herrn Viskocil zu frühstücken; der Gemeinschaftsraum im Keller der Pension bedrückte ihn zu sehr. Das Wetter blieb schön, er konnte stets in dem kleinen Schanigarten sitzen. Herr Josef und er hatten Sympathie füreinander entwickelt, der alte Kellner wußte, warum Faber in Wien war, und verfolgte die mühselige Besserung von Gorans Zustand mit Anteilnahme.

Nach dem Frühstück und der Lektüre mehrerer Zeitungen ging Faber in das Marien-Kinderspital und blieb bis ein Uhr mittags bei Goran. Dann kehrte er in die Pension zurück und versuchte, zwei Stunden zu schlafen, was ihm schließlich sogar trotz des babylonischen Stimmengewirrs, das im Hof tobte, gelang. Offenbar gewöhnt der Mensch sich an alles. Die fröhlichen fremdländischen Jugendlichen waren abgereist, nun wohnten hier fast nur noch Angehörige kranker Kinder, die im Gästehaus keinen Platz gefunden hatten. Diese Gäste waren meist ernst und traurig. Da sie alle die gleichen Sorgen hatten, empfanden sie sich als eine Art Gemeinschaft. Die wenigsten kannten einander namentlich, doch entstand so manche Freundschaft. Mit Faber führte niemand ein persönliches Gespräch, und darüber war er froh.

Nach der Mittagsruhe – er benötigte sie seit vielen Jahren, und wenn er sie nicht fand, war er in der zweiten Tageshälfte erschöpft – ging er wieder zu Goran. Gegen achtzehn Uhr besuchte er täglich Mira und blieb etwa zwei Stunden bei ihr. Sie hatte sich weitgehend erholt und stand vor der Entlassung.

Einmal sagte sie: »Das war großartig von dir, mir die ganze Wahrheit zu sagen. Wir müssen einander nun immer die Wahrheit sagen, immer! Sie ist wirklich unsere einzige Chance. Nicht die letzte Wahrheit, die absolute, die ewige – nein, die vergängliche, die menschliche Wahrheit.«

An diesem Dienstagmorgen also um neun Uhr fünf stand Faber an der Theke des Cafés mit dem Schanigarten. Die Bezüge der Sofas waren abgeschabt und fleckig wie die altersgrauen Platten der Tischchen aus Marmorimitation. Herr Josef eilte mit einem Tablett an Faber vorbei, er und seine Kollegen hatten viel zu tun. Neben dem Telefon lag ein Exemplar des »Kurier«. Die Schlagzeile lautete: NEUES BLUTBAD IN SARAJEWO. 68 TOTE DURCH RAKETENANGRIFF IN DER ALTSTADT.

Die Walzermusik vom Band brach ab, und die Stimme des Portiers Lahner erklang aus dem Hörer: »Guten Morgen, Herr Faber. Was kann ich für Sie tun?«

Faber räusperte sich.

»Ich habe Ihnen doch von diesem kranken Jungen erzählt und von seiner Großmutter, meiner alten Freundin, die im AKH liegt.«

»Ja, Herr Faber.«

»Es geht ihr viel besser. Dem Jungen auch. Die Dame wird nun entlassen – und sie besitzt doch nur das an Kleidung, was sie aus Sarajewo mitgebracht hat. Sie braucht dringend neue Sachen ...«

»Vollkommen klar, Herr Faber.«

»Und da wollte ich Sie bitten ... Ich kenne mich in Wien nicht mehr aus ... aber Sie wissen Bescheid, wohin ich da am besten gehe, nicht wahr?«

»Selbstverständlich.«

»Würden Sie also bitte so ein Modehaus wählen und mich bei der Direktrice anmelden? Ich könnte natürlich selber anrufen, aber wenn Sie das tun und wenn ich die Sachen dann zu Ihnen ins ›Imperial‹ schicken lassen dürfte – nichts gegen diese Pension hier, wahrhaftig nicht, sie ist erstklassig geführt, aber ...«

»Ich verstehe genau, Herr Faber. Und ich kümmere mich sofort darum. Wann wollen Sie die Sachen kaufen?«

»So bald wie möglich. Heute vormittag schon, wenn das geht.«

»Bitte, warten Sie ein paar Minuten, Herr Faber. Ich rufe zurück.«

»Moment! Ich bin in einem Café.« Faber las Lahner laut die Nummer vor, die auf dem alten Apparat stand.

Bereits nach wenigen Minuten rief der Portier an.

»Alles vorbereitet, Herr Faber! Das Modehaus heißt« – er nannte den Namen – »und liegt in der Kupferschmiedgasse, Ecke Seilergasse. Sie gehen von der Oper die Kärntner Straße hinunter, das ist eine Fußgängerzone. Die Kupferschmiedgasse zweigt links ab, Sie können sie nicht übersehen. Die Direktrice heißt Frau Vilma. Sie erwartet Sie.«

»Ich danke Ihnen, Herr Lahner.«
»War mir doch eine Freude! Rufen Sie bestimmt wieder an, wenn ich etwas für Sie tun kann!«
»Bestimmt. Danke noch einmal«, sagte Faber. Er hängte ein, verließ das Café und ging zum Marien-Kinderspital. Vor dem Eingang standen Taxis. Faber ließ sich zur Oper fahren und wanderte die Fußgängerzone der Kärntner Straße mit ihren Bäumen, Bänken und Straßencafés in Richtung Stephansplatz hinab, vorbei an vielen Geschäften. Er suchte nach einem bestimmten und fand es bald: eines für elektronische Geräte. Hier erwarb er ein Dutzend eineinhalb Volt starke Batterien und zwei Dutzend Mikrokassetten. Die freundliche Verkäuferin machte seinen Pearlcorder wieder einsatzbereit, und er sah ihr dabei zu und dachte staunend: Alles kommt in Bewegung, wird wieder, wie es einmal war, ich werde wieder Gespräche aufnehmen, wieder – sein Atem ging schneller – recherchieren, nach all der toten Zeit wieder recherchieren ... und vielleicht, vielleicht wieder schreiben können.
Benommen trat er auf die Kärntner Straße hinaus und ging sie voller Gedanken ein Stück weiter hinab.
Da war die Kupferschmiedgasse, sehr schmal, sehr kurz. Er bog in sie ein, und nach ein paar Schritten sah er sich plötzlich jenem Haus gegenüber, in dessen tiefem Keller er im März 1945 verschüttet gelegen hatte, zusammen mit Susanne Riemenschmied, dem alten Fräulein Therese Reimann, dem Priester Reinhold Gontard, der hochschwangeren Anna Wagner, ihrer kleinen Tochter Evi und dem Chemiker Walter Schröder.
Tief holte er Atem. Ganz stark waren wieder die Benommenheit und der Schwindel. Das Haus! Da stand es vor ihm auf der anderen Seite des Neuen Marktes, direkt gegenüber dem einstigen Hotel »Meißl und Schadn«.
Ein Schwächeanfall ließ Faber an einer Hauswand Halt suchen. Der Neue Markt! Vor sechsundvierzig Jahren war

er zum letztenmal hier gewesen und hatte von der Hausmeisterin des Gebäudes da drüben hören müssen, daß die Gestapo alle, die in jenem Keller gewesen waren mit Ausnahme von Anna Wagner und ihrer kleinen Tochter Evi, nach der Verurteilung durch ein Standgericht am 3. April 1945 in Sankt Pölten hatte erschießen lassen. Dr. Siegfried Monk hatte der Vorsitzende jenes Standgerichts geheißen, und Dr. Siegfried Monk lebte noch und war Chef einer verzweigten Neonazi-Organisation …

Mit größter Mühe nur vermochte Faber zu atmen, Schweiß rann ihm von der Stirn in die Augen, seine Beine zitterten. Vorbei die Leichtigkeit, die ihn eben noch erfüllt hatte, vorbei die Zuversicht, der neue Mut, vorbei.

Lahner hätte mir wahrhaftig sagen können, wohin diese Kupferschmiedgasse führt, dachte Faber. Unsinn! dachte er gleich darauf. Lahner hat doch keine Ahnung, was sich hier ereignete vor so langer Zeit, er war damals noch nicht geboren.

Faber ließ die Hauswand los. Vorsichtig setzte er Fuß vor Fuß, trat auf den Neuen Markt hinaus und sah sich um. Seit 1948 hatte er den Platz gemieden, hatte er niemals mehr hierherkommen wollen – und da war er wieder. Ein Kreis hat sich geschlossen, dachte er. Wenn man alt ist, schließen sich immer neue Kreise. Nun also Heimkehr auf den Neuen Markt. Wien, Wien und soviel Traurigkeit.

Das Hotel »Meißl und Schadn«, längst wieder aufgebaut, hieß jetzt Hotel »Europa« und zeigte viel Stahl, viel Glas und viel Chrom. In der Nachbarschaft waren luxuriöse Geschäfte, weiter oben lag das Hotel »Ambassador« gegenüber der Kapuzinergruft. Monk, dachte Faber, Mörder Monk. Wenn sie dich doch fänden und verurteilten! Sie werden dich nicht finden. Sie werden dich nicht verurteilen. Nicht in dieser Stadt. Nicht in diesem Land. Aber wenn *ich* dich fände …

Er überquerte den Platz, unwiderstehlich angezogen vom Schmiedeeisentor des gleichfalls längst wiederaufgebauten

Hauses an der Ecke Neuer Markt/Plankengasse. Das Tor war verschlossen. Über der perforierten Blende einer Gegensprechanlage standen neben den Klingelknöpfen mehrere Namen. Aufs Geratewohl drückte er den untersten Knopf. Vielleicht meldet sich der Hauswart, dachte er.
Es knackte in der Sprechanlage. Eine Frauenstimme fragte: »Ja?«
»Ich heiße Robert ... eh, Peter Jordan ... Ich möchte ... Dieses Haus hat einen sehr tiefen Keller ... Ich kenne ihn ... Ich war schon einmal hier ... Würden Sie bitte öffnen, damit ich noch einmal in den Keller gehen kann?«
»Was wollen Sie dort?«
»Ich war da verschüttet.«
»*Was* waren Sie?«
»Verschüttet.«
»Wann?«
»Vor fünfzig Jahren ...«
»Sie sind betrunken, wie?«
»Nein ... nein ... ich ... 1945 wurde dieses Haus von Bomben getroffen, und ich und einige andere waren damals in dem Keller ...«
Undeutlich hörte er eine Männerstimme.
»Keine Ahnung«, sagte die Frauenstimme. »Ein Verrückter.«
Die Männerstimme erklang jetzt laut: »Was ist los? Wie heißen Sie?«
»Peter Jordan ... Entschuldigen Sie, bitte! Ich dachte, Sie sind vielleicht der Hauswart und könnten mich kurz den Keller sehen lassen.«
»Hier gibt es keinen Hauswart. Scheren Sie sich weg!«
»Ich wollte doch nur ...«
»Wenn Sie nicht sofort verschwinden, rufe ich die Polizei!«
Faber drehte sich um und ging.

8

»Eine große Ehre und Freude für uns, Sie beraten zu dürfen, Herr Faber«, sagte die Direktrice. Frau Vilma war etwa fünfzig Jahre alt, gepflegt, tadellos frisiert, geschminkt. In ihrem grauen Kostüm war sie herbeigeeilt, sobald Faber das große Modehaus betreten hatte. Alle Verkäuferinnen lächelten wie sie. »Herr Lahner vom ›Imperial‹ hat Sie angemeldet. Viele Herrschaften vom ›Imperial‹ besuchen uns. Ich habe Ihre Romane gelesen, Herr Faber. Sie müssen sich in unser ›Goldenes Buch‹ eintragen! Kommen Sie mit, bitte! Da hinten können wir in Ruhe besprechen, was für Ihre Dame am besten ist.«

Dann saß er an einem Tischchen vor Frau Vilma, die mit ihrem erstklassig tizianrot gefärbten Haar höchst reizvoll aussah. Feinstes Porzellan stand auf dem Tischchen. Frau Vilma hatte darauf bestanden, daß Faber etwas trank. Kaffee also, mache doch keine Umstände, sei sofort da, und ein bisserl was zum Knabbern, gelt, Salzmandeln, Pralinen, Kekse, alles in Silberschalen.

»Die arme Dame! Aus Sarajewo kommt sie, höre ich. Ist das ein schrecklicher Krieg da unten! Froh wird die gnädige Frau sein, daß sie rausgekommen ist. Sicher noch sehr erschöpft ...«

»Außerordentlich. Dazu der Schock. Sie wohnt in Döbling bei einer Freundin. Ich will sie überraschen. Sie müssen mir helfen.« Heute wird Mira entlassen, dachte er.

»Dazu sind wir doch da! Eine Überraschung, ich verstehe. Wird sie sich freuen, die arme gnädige Frau. Darf ich fragen, welche Größe die Dame hat ... ungefähr?«

»Ja, also ...«

»Warten Sie, Herr Faber, warten Sie!« Die Direktrice rief: »Eva, Cornelia, Ulrike, kommt bitte her!«

Drei junge Verkäuferinnen von unterschiedlicher Gestalt traten näher.

»Sie ist sehr schlank«, sagte Faber, »etwa wie die Dame rechts.«
»Wie die Eva. Haben wir's schon! Bleiben Sie gleich da, liebe Eva!« Die beiden anderen Verkäuferinnen verschwanden. »Eva hat Größe sechsunddreißig. Wir können natürlich auch achtunddreißig nehmen. Aber wenn Sie sagen ...«
»Sechsunddreißig«, sagte Faber. Mager, wie Mira ist, dachte er. »Ja, sechsunddreißig.«
»Spielt überhaupt keine Rolle, Herr Faber, wenn es doch achtunddreißig ist, wir können alles umtauschen. Und natürlich ändern. Woran haben Sie denn gedacht?«
»Eigentlich wird sie wohl alles neu brauchen. Sie können sich nicht vorstellen ...«
»Furchtbar! Ganz furchtbar! Also, wenn die gnädige Frau jetzt noch viel ruhen und sich schonen muß, dann wird sie sicherlich Morgenmäntel benötigen, ganz leichte, jetzt im Sommer, und Pyjamas oder Nachthemden ... Verzeihen Sie, Herr Faber, aber weil Sie doch sagen, alles ...«
»Sie haben völlig recht, Frau Vilma.«
»Pyjamas, Nachthemden, Morgenmäntel, Unterwäsche, Strümpfe – das führen wir nicht. Das bekommt die Dame drüben in der Kärntner Straße bei Gazelle, erstklassiges Geschäft, ich melde die Dame an, wann immer Sie es mir sagen ... Was sind denn die Lieblingsfarben der gnädigen Frau, bei Kleidern, meine ich?«
»Blau«, sagte Faber, »aber auch Weiß ... Rot.« Jetzt war er wieder guter Laune. Er hatte immer gerne für Frauen eingekauft, am liebsten freilich, wenn sie dabei waren.
»Blau! Da haben wir etwas ganz Süßes: dunkelblau, mit weißer Kragenblende ... Holen Sie es doch einmal, Eva! Warten Sie! Und auch gleich noch ...«
Fünf Minuten später hingen um Faber herum zahllose Kleidungsstücke an Haken, andere lagen über zierliche goldene Stühlchen gebreitet.
»Die gnädige Frau ist ja nicht mehr ganz jung, habe ich

gehört, also würde ich vorschlagen: Zweiteiler. Da ist zum Beispiel dieser blaue Blazer mit dezenten goldenen Knöpfen ... kann die gnädige Frau einen dunkelblauen schmalen Rock dazu tragen oder auch einen schmalen, aber längeren mit dunkelblau-weißem Pepitamuster. Die Dame hat vielleicht gern Hosen?«

Faber nickte.

»Hab ich's doch gewußt! Also auch Hosen. Und zu den Röcken und Hosen klassische englische Waschseidenblusen. Da sind wir jetzt mutig, Herr Faber. Weiß und sonnenblumengelb und erdbeerrot ... Und Leinenjacken, Leinenjacken mit Blumenmustern, leicht und fröhlich und bunt ...«

Immer wieder starrte Faber das blaue Kostüm mit den weißen Kragenblenden an. Ein kornblumenblaues Leinenkleid trug Mira damals, als sie in Sarajewo ins Hotel kam, dachte er, ärmellos, und weiße Zwirnhandschuhe. Ich erinnere mich genau, wie schön sie aussah ... Auch sie wird sich erinnern.

»... dann vielleicht ein Sommerkostüm mit halblangen Ärmeln, wenn die gnädige Frau dazu noch farbig passende Pumps trägt ... Gleich nebenan ist ein erstklassiges Schuhgeschäft, ich melde Sie auch dort an, Herr Faber ... Die Schuhe sollten jetzt im Sommer Slingpumps sein, hinten offen, die passen leichter ... Ja, Sommerkostüme, Herr Faber, aus Popeline würde ich sagen, wir haben sie in Blau, aber auch rosenholzfarben oder tabakfarben oder olivgrün ...«

Faber bekam immer Neues zu sehen, zuletzt große Seidentücher mit maritimen und heraldischen Motiven sowie mit Blumenmustern.

Endlich besann er sich. »Moment, Moment! Liebe Frau Vilma, das alles ist ausnahmslos wunderschön, aber so ganz ohne meine Freundin kann ich es unter keinen Umständen kaufen ... Ich denke, das beste wird sein, Sie legen die Sachen zurück, ich nehme nur das blaue Kostüm mit, und in ein, zwei Tagen hat sie sich gewiß schon so weit erholt, daß sie mit mir herkommen kann ... Ich meine, sie braucht ja auch Wäsche, nicht wahr, und die Schuhe zum Beispiel, die kann unmöglich ich für sie kaufen. Sie sind doch meiner Meinung?«

»Aber selbstverständlich, Herr Faber! Wie recht Sie haben! Wir legen alles zurück, und Sie nehmen nur das blaue mit. Viel, viel besser, die gnädige Frau kommt her, auch wegen dem Anprobieren, und weil wir dann gleich wissen, was geändert werden muß. Das ›Goldene Buch‹! Bitte, Herr Faber! Cornelia hat es schon geholt.«

Und da saß er dann, ratlos und geniert wie stets vor derartigen »goldenen« Büchern, und schrieb schließlich etwas von bestem Dank und großer Freundlichkeit und allen guten Wünschen, herzlichst, und er setzte seinen Namen und das Datum darunter, und Frau Vilma, Cornelia, Ulrike und Eva waren entzückt von seinem Charme und sagten das auch. Zuletzt begleiteten ihn die vier Damen zur Tür, und als er dann auf der Straße stand, dachte er: Wie wird Mira sich freuen, wenn ich am Nachmittag zu ihr komme.

9

»Blaues Kostüm mit weißen Kragenblenden! Sommerkostüm, rosenholzfarben! Gelbes Kleid mit Gürtel! *Robert!* Entweder hast du den Verstand verloren, oder du hast dort, wo andere ein Herz haben, ein Loch! Ich könnte heulen, so elend ist mir.« Mira stand angezogen neben ihrem Krankenbett und war zornig. »Und ich soll mir andere Kleider holen und Waschseidenblusen und große Seidentücher mit heraldischen Motiven und Morgenmäntel und Pyjamas und Unterwäsche und Schuhe, Slings für den Sommer!«

»Slingpumps«, korrigierte sie Faber, bleich vor Enttäuschung.
»Slingpumps, verzeih! Ich kann ja nicht wissen, was die feinen Damen in Wien tragen. Ich bin ein altes Trümmerweib aus einer Stadt, die ihr längst aufgegeben habt.«
»Rede nicht so! Du hast kein Recht, so zu reden, Mira! Ich wollte dir eine Freude machen. Eine Freude, verflucht! Das ist ja zum Kotzen!«
»Zum Kotzen ist das, da hast du recht. Ich habe hier einen todkranken Buben, alles was von meiner Familie übriggeblieben ist. Ich hoffe und bete Tag und Nacht, daß er nicht stirbt. Und du gehst und kaufst ein Modegeschäft auf!«
»Ein *einziges* Kostüm habe ich mitgebracht!« Nun wurde er wütend. Strahlend war er ins AKH gekommen und hatte das blaue Kostüm in einer prächtigen Tragetasche aus Glanzkarton in ihr Zimmer gebracht, wo sie schon angezogen auf ihn wartete. Er hatte das wunderschöne Kleidungsstück aus der Tasche und dem Seidenpapier geholt und es auf dem Bett ausgebreitet und sie begeistert angesehen – und das war nun die Reaktion. Wirklich zum Kotzen. Er tat sich plötzlich entsetzlich leid. Da unternahm man alles, um ihr Freude zu bereiten, da war eben noch alles in Ordnung gewesen – Frieden, Freundschaft, Beginn einer neuen, ganz seltenen und kostbaren Beziehung –, und nun Hysterie, Vorwürfe, böse Worte. »Ein *einziges* Kostüm!« wiederholte er. »Von den anderen habe ich dir nur erzählt. Genauso wie von den Morgenmänteln und den Nachthemden und den Pyjamas und der Unterwäsche und den Pumpslings – verflucht! – den Slingpumps.«
»Weil du dich schämst mit mir! Weil ich aussehe wie eine Vettel, die aus dem Keller kommt. Jawohl, ich komme aus dem Keller! Aus vielen Kellern! Mit dem letzten, was ich noch habe, mit diesem braunen Strickkostüm.« Sie begann zu weinen. »Ein Bügeleisen habe ich mir von einer Schwe-

ster geliehen und das Kostüm aufgedämpft, die Schwester hat mir geholfen, ein paar Flecken zu entfernen. Aber ich schaue trotzdem aus wie der letzte Mensch, und du kannst dich mit mir so nicht sehen lassen. Deinetwegen hast du das blaue Kostüm gekauft. Deinetwegen. Nicht für mich. Und Goran liegt drüben im Spital, und keiner weiß, was mit ihm wird.«

Er sah sie fassungslos an. Nun war er nicht einmal mehr wütend. Nun dachte er: Das gibt es doch nicht! Sie kann dieses entsetzliche Strickkostüm aus dieser entsetzlichen faserigen Wolle mit dem ausgebeulten Rock und der weißen Bluse, deren durchaus nicht mehr weißer Kragen auf dem Revers liegt, doch nicht schöner finden als das blaue Kostüm. Und diese vertretenen, alten und ausgehatschten – ja, wie man in Wien sagt, ausgehatschten – schwarzen Schuhe (auch noch braun zu schwarz!) doch nicht herrlicher als die Slingpumps, die sie überhaupt nicht kennt und über die sie schimpft! Ganz abgesehen von ihrer Unterwäsche! Wie alt ist die? Wie alt muß die sein? Wieviel Gazelle-Geschäfte gibt es wohl in Sarajewo? Und Goran! Als ob ich nicht dauernd an ihn denken würde!

»Bitte, Mira, zieh dieses ... dieses braune Ding aus und wenigstens das blaue Kostüm an! Wir sollen zu Goran kommen. Doktor Bell wartet auf uns.«

»Ich bleibe, wie ich bin. Wenn du dich mit mir schämst, bleib da! Dann gehe ich allein.«

»Du bist doch noch viel zu schwach!«

»Fahre ich, meine ich.«

»Du hast keine fünf Schilling! Sei endlich vernünftig! Zieh das blaue an! Ich gehe auf den Gang raus so lange. Aber zieh das blaue an, bitte, Mira!«

»Ich brauche kein Geld. Ein Taxi bringt mich rüber. Es wartet unten. Mein Koffer ist schon drin. Der Chauffeur rechnet mit der Klinik ab.«

»Du mußt hier nicht die Frau spielen, die aus der Hölle

kommt«, rief er. »Alle wissen, daß du aus ihr kommst. Ich wollte dir doch nur ein bißchen Freude machen!«
»Das ist dir gelungen, bei Gott!« Sie packte eine schreckliche Handtasche, die auf dem Bett lag, und ging an ihm vorbei zur Tür.
»Was ist jetzt los?«
»Das Taxi wartet.«
»Du sollst das blaue ...«
Da fiel bereits die Tür hinter ihr zu. Er stand einen Moment erstarrt, dann lief er ihr nach, riß die Tür auf – und stand Zentimeter vor einer Trage, die eben vorübergeschoben wurde. Eine Frau lag darauf, reglos, zugedeckt, er sah nur das wachsbleiche Gesicht, die geschlossenen Augen.
»Na!« sagte der Pfleger, der die Trage schob.
»Mira!« schrie Faber.
Sie war schon fort bei den Lifts.
»Hier wird nicht geschrien«, sagte der Pfleger. »Wir sind hier in einem Krankenhaus. Diese Patientin kommt jetzt in den Operationssaal.«
»Es tut mir leid ... wirklich, es tut mir leid. Verzeihen Sie!« stammelte Faber. Er sah den Gang hinab. Mira war verschwunden. Ein paar Sekunden stand er reglos, dann begann er zu fluchen, ging in das Krankenzimmer zurück und stopfte das blaue Kostüm in die schöne Tragetasche aus Glanzkarton.

10

»Da sind Sie ja endlich, Herr Jordan«, sagte Dr. Bell, als Faber in dessen Arbeitszimmer im Kinderspital trat, außer Atem und neuerlich von Wut erfüllt, weil er Mira erblickte, die dasaß in ihrem braunen Strickkostüm und ihren schwarzen Schuhen. »Wir haben auf Sie gewartet.«
»Tut mir leid.«

»Was haben Sie in der großen Tasche?«
»Ach nichts«, sagte Faber. »Darf ich sie bei Ihnen stehen lassen?«
»Natürlich«, sagte Bell. »Und nun kommen Sie!«
Sie gingen über mehrere Gänge und eine Treppe hinauf zur Zweiten Onkologischen Abteilung, wobei sie Tragen und Rollstühlen auswichen, mit denen Pfleger und Schwestern vorsichtig Kinder transportierten. Ein paar Türen waren geöffnet, Stimmen und Lachen klangen aus den Zimmern. Wieder standen Frauen an die Wände gedrückt, geduldig wartend. Ein großer Clown, das Gesicht grell geschminkt, in einem blau-gelben Kostüm mit silberner Halskrause, roter Perücke, unförmigen Schuhen und Pluderhosen ging an ihnen vorbei. Er hielt den Kopf gesenkt und weinte, die Tränen zogen Streifen durch die Schminke. Mira starrte ihm angstvoll nach.
»Nicht«, sagte Dr. Bell. »Kommen Sie weiter, Frau Masin!«
Sie erreichten Gorans Zimmer. Bell klopfte an und öffnete die Tür. Professor Alexander Aldermann, der Faber so sehr an Hemingway erinnerte, sah ihnen entgegen. Er strahlte über das ganze Gesicht, wie auch die blonde Dr. Judith Rohmer, ein kräftiger Arzt mit breitem Gesicht und großen Händen, den Faber noch nicht kannte, und Diakon Lambert, der vor Gorans Bett kniete. Der Junge saß aufrecht, die mageren Beine hingen herab, und Lambert massierte sie.
Mira und Faber waren stehen geblieben. Gorans Gesicht und Augen hatten viel von ihrer gelben Färbung verloren. Ernst sah er die beiden an. Er war der einzige, der nicht strahlte.
»Goran!« Mira lief zu ihm. Der Diakon stand auf und trat zur Seite. Mira preßte den Jungen an sich und streichelte ihn. »Goran! Mein Kleiner, mein Liebling, mein Schatz! Wieviel besser geht es dir! Ein Wunder hat Gott geschehen lassen, nein, nicht Gott«, verbesserte sie sich, an die Ärzte und den Diakon gewandt. »*Sie* waren das! *Sie* haben das

Wunder vollbracht.« Mira schüttelte Lambert die Hand. »Danke«, sagte sie, »danke! Sie sind der Diakon, nicht wahr? Herr Jordan hat mir so viel von Ihnen erzählt. Danke, Herr Lambert!«

»Es war schon Gott«, sagte dieser lächelnd.

Mira schüttelte Bell die Hand und dankte auch ihm. Nun weinte sie vor Glück. Sie dankte Professor Aldermann, sie dankte Judith Rohmer, und sie dankte dem Arzt mit den großen Händen. Bell stellte ihn vor: »Das ist mein Freund Doktor Thomas Meerwald, Chirurg im AKH. Er kennt Goran so lange wie ich – er hat die Leber transplantiert.«

»Wir beide zusammen haben das getan«, sagte Meerwald. Kehlig klang seine Stimme. »Heute wollte ich natürlich sehen, wie weit Goran schon ist. Er hat es geschafft, der Bub, er ist über dem Berg, es geht ihm gut, den Umständen entsprechend. Sag doch, daß es dir gut geht, Goran!«

»Es geht mir gut, den Umständen entsprechend«, sagte Goran, immer ernst.

»Zeig doch, *wie* gut!« sagte die blonde Dr. Rohmer.

Vor zwei Wochen hat ihre Tochter eine neue Niere erhalten, dachte Faber, Goran ist über dem Berg, und wir zwei Idioten streiten um ein blaues Kostüm. Er sah Mira an, sie ihn, und ihr Blick sagte: Verzeih! Faber nickte.

»Bitte, Goran, zeig es Bakica und Deda!«

Der Junge streckte einen dünnen Arm aus. Dr. Rohmer ergriff ihn und half Goran beim Aufstehen. Sie hielt den Arm ganz leicht, nur zur Sicherheit, während Goran nun ernst und konzentriert einen Fuß vor den anderen setzte. In Nachthemd und Pantoffeln ging er durch das Krankenzimmer, einmal strauchelte er, dann schaffte er den Weg zum Bett zurück und fiel darauf, keuchend, am Ende seiner Kräfte, Schweiß auf der Stirn.

Die Ärzte und Lambert klatschten. Mira weinte hemmungslos. Faber dachte wieder an die wunderbare Welt nebenan und an alles, was Wunderbares geschah in dieser Welt, in diesem Wunderland.

»Danke«, sagte er, »auch ich danke Ihnen allen.« Er reichte Mira ein Taschentuch, und sie blies donnernd hinein, aber es kamen immer neue Tränen. Sie stand nun neben Goran vor dem Bett und streichelte sein Gesicht, seine schmalen Schultern, seine mageren Hände. Goran sah sie mit großen Augen an.

»Warum ist er so ernst?« fragte Faber den Chirurgen Meerwald.

»Etwas bedrückt ihn«, sagte dieser leise. »Wir wissen nicht, was.«

»Aber es geht ihm doch schon viel besser«, flüsterte Faber, während Mira fortfuhr, Goran zu liebkosen und in seiner Muttersprache auf ihn einzureden. Faber sah Bell und Judith Rohmer an. Sie hob unmerklich die Schultern.

»Es geht ihm ganz außerordentlich besser«, sagte sie. »Und das viel früher, als wir zu hoffen wagten.«

Leise sagte Faber: »Und Ihrer Tochter, Frau Doktor? Wie hat sie die Operation überstanden?«

Die Ärztin klopfte auf ein Holzbrett. »Die Operation – Doktor Meerwald führte sie durch – sehr gut, Herr Jordan. Auch die erste Zeit danach verlief recht positiv. Dann war plötzlich ihr Blutdruck zu hoch. Sofort holte ich sie hierher ins Spital. Noch immer nicht ganz in Ordnung, der Blutdruck. Kollege Bell hat Ihnen vielleicht gesagt, wie vorsichtig wir nach Transplantationen sind, wie sehr wir auf kleinste Unregelmäßigkeiten achten müssen. Es ist fast schon Hysterie, lebenswichtige Hysterie. Sie – natürlich auch Frau Masin und Goran – werden Petra kennenlernen. Und wir werden herausfinden, warum Goran so ernst ist. Nun können wir die Leberbiopsie durchführen. Keine Angst! Mit lokaler Anästhesie natürlich. Wir mußten auf bessere Blutgerinnungswerte warten, sonst wäre die Gefahr starker Blutungen zu groß gewesen. Jetzt sind die Faktoren fast in Ordnung. Wir entnehmen der Leber mit einer Hohlnadel ein Stück Gewebe, einen Zylinder von ein bis zwei Zentimeter Länge und vielleicht einem Millimeter Durchmesser. Der Pathologe untersucht die Probe dann unter dem Mikroskop, um zu erfahren, warum die Leber sich in einem derart katastrophalen Zustand befand, als Goran zu uns kam.«

»Gleichzeitig«, sagte der Chirurg Meerwald mit seiner kehligen Stimme (muß ein Tiroler sein, dachte Faber), »werden an einer solchen Probe Virusuntersuchungen durchgeführt, denn auch durch Viren, zum Beispiel eine durch sie verursachte Hepatitis, könnte die Leber zerstört worden sein.«

Goran sprach nun lauter mit Mira. Alle sahen zu den beiden. Mira antwortete dem Jungen auf serbokroatisch.

»Was sagt er?« fragte Bell.

»Er sagt, daß Herr Smailovic jetzt lange spielen muß, weil doch gestern in der Altstadt von Sarajewo wieder achtundsechzig Menschen getötet worden sind bei diesem Raketenangriff.«

»Woher weiß er das?« fragte Faber.

»Wer ist Herr Smailovic?« fragte Bell.

»Eine Schwester hatte heute eine Zeitung bei sich, sagt Goran. Er las die Schlagzeile«, erklärte Mira.

»Dann ist er deshalb so traurig«, sagte Faber.

»Vielleicht deshalb«, sagte der Diakon Lambert. »Vielleicht aus einem anderen Grund.«

»Aus welchem?« fragte Faber.

Lambert schüttelte den Kopf, denn Mira sprach weiter: »Herr Vedran Smailovic ist ein berühmter Cellist in Sarajewo. Im Mai 1992 – vor zwei Jahren schon – sind bei einem Granatenangriff in der Innenstadt zweiundzwanzig Menschen getötet worden und über hundert zum größten Teil schwer verletzt. Seit diesem Tag spielt Herr Smailovic jeden Tag, jeden Tag, irgendwo in der Stadt das ›Adagio‹ von

Tommaso Albinoni. Er trägt dabei seinen Frack, ein weißes Hemd, eine weiße Fliege, und auf dem Kopf hat er eine schwarze Pudelmütze. So sitzt er auf einem Stuhl vor den Ruinen oder der zerstörten Nationalbibliothek und spielt das ›Adagio‹. Er sagt, daß diese Musik wie keine andere die Stimmung der Menschen in Sarajewo ausdrückt.«
Jetzt war es ganz still geworden im Zimmer.
Tommaso Albinoni, dachte Faber, sein über zweihundert Jahre altes ›Adagio‹, jeden Tag seit 1992. Seit zwei Jahren die wehmütige, nein, die tragische Komposition dieses Mannes.
»Ja«, hörte er Mira auf deutsch sagen, »ja, Goran, Herr Smailovic wird nun ganz gewiß lange spielen.«
»Für die vielen Toten«, sagte Goran, gleichfalls auf deutsch.
»Für die Toten und die Lebenden«, sagte Mira.
»Aber besonders für die Toten«, sagte Goran.

11

Bell räusperte sich, und sie verließen den Raum. Zurück blieben Mira und der Diakon, die tröstend auf Goran einredeten. In Bells Zimmer sagte Professor Aldermann: »Sie müssen sich jetzt auch um Frau Masin kümmern, Herr Jordan. Sie hat sich im AKH bestens erholt und braucht dringend Ablenkung.«
Faber dachte an den Streit um die neuen Kleider und nickte. »Ist denn immer jemand bei Goran?« fragte er.
»Selbstverständlich! Gerade in dieser kritischen Zeit, bis das Ergebnis der Biopsie vorliegt«, sagte der bärtige Klinikchef mit dem wie unfrisiert wirkenden weißen Haar. »Wir haben auch sonst alle Vorsichtsmaßnahmen ergriffen. Sie werden bemerkt haben, daß Goran nicht mehr ständig am Tropf hängt und daß der Venenkatheter entfernt wurde.«
»Ja, das ist mir aufgefallen.« Faber trug nun immer den

kleinen Recorder bei sich und nahm jedes wichtige Gespräch auf.
»Mit dem Venenkatheter ging das nicht mehr. Wir haben nun einen Port-A-Cath gesetzt. Ich erkläre es Ihnen, Herr Jordan«, sagte Aldermann. »Schauen Sie, hier haben wir ein Farbbild der Pharmacia, einer schwedischen Firma, die medizinisch-technisches Gerät herstellt. Port-A-Cath ist ein vollständig unter die Haut implantierbares Kathetersystem, das speziell für Patienten entwickelt wurde, die häufige Venenpunktionen brauchen. Es gestattet immer neue Injektionen, Infusionen von Medikamenten, Blutprodukten, Ernährungsflüssigkeiten und ermöglicht jederzeitige Blutabnahme. Die stationäre und ambulante Behandlung des Patienten werden erleichtert und seine normalen Lebensgewohnheiten weniger beeinträchtigt.«
»Das heißt, wenn es Goran besser geht und er drüben im Gästehaus leben kann, wird er auch einen solchen Port-A-Cath tragen«, sagte Dr. Rohmer.
Aldermann wies mit einem Bleistift auf den farbigen Druck eines »offenen« menschlichen Oberkörpers. »Sehen Sie, hier haben wir den Hals. Auf der rechten Seite liegt die große Hohlvene. Da macht der Chirurg einen ersten Schnitt und führt einen Schlauch durch die Vene bis in den rechten Vorhof des Herzens – dort ist viel Platz. Danach leitet er den Schlauch etwa in Höhe der rechten Brust und mit einem zweiten Schnitt wieder nach außen. Beim Port-A-Cath bleibt das Ende unter der Haut und wird mit einem Spezialverschluß gesichert, der eine Membran hat. Das Schlauchende muß auf *jeden* Fall verschlossen sein, denn wenn da Luft reinkommt, kann der Patient sterben.«
»Gorans Betragen«, sagte Dr. Meerwald, »ist nicht normal, das sahen Sie ja eben, Herr Jordan. Wir dürfen nicht riskieren, daß er sich den Schlauch herausreißt. Mit diesem Port-A-Cath könnte er das gar nicht, denn der Verschluß, noch einmal, liegt unter der Haut.«

»Durch die Membran können wir so oft stechen, wie wir müssen«, fuhr Aldermann fort. »Das kleine Loch in ihr schließt sich von selbst hundertprozentig dicht, sobald wir die Nadel herausgezogen haben.«

Die Tür ging auf, und Mira kam herein. »Der Herr Diakon ist bei Goran«, sagte sie. »Bestimmt ist es bloß dieses Massaker, das ihm so zusetzt.«

»Bestimmt«, sagte Bell.

Die blonde Ärztin legte Mira eine Hand auf den Arm. »Goran geht es doch viel besser, Frau Masin. In diesem Stadium schwanken Stimmungen enorm. Das kennen wir. Es geht vorbei. Sie haben sich jetzt Erholung verdient, auch Herr Jordan.«

»Richtig«, sagte Bell. »Schauen Sie sich Wien an! Das ist doch Ihre Stadt, Herr Jordan!« Er erinnerte sich. »Ich meine: war einmal Ihre Stadt.«

Plötzlich schienen die vier Ärzte nur um die Ablenkung Miras und Fabers besorgt zu sein.

»Gehen Sie schön essen!« – »Mieten Sie einen Wagen, Herr Jordan!« – »Wenn es mit Goran weiter so bergauf geht, wird er bald ins Gästehaus übersiedeln, und Sie können zu dritt Ausflüge machen.«

Mira lachte kurz mit zittriger Stimme. »Sie meinen wirklich, es geht aufwärts mit ihm?«

»Na, aber das haben Sie doch selber gesehen, Frau Masin!«

»Übrigens, da Sie sich so für das Gebiet Transplantationen interessieren, Herr Jordan: Übermorgen gibt es in ORF auf dem zweiten Fernsehkanal einen ›Club zwei‹ zu diesem Thema. Meerwald wird an der Diskussion teilnehmen«, sagte Judith Rohmer.

»Die haben keinen Besseren gekriegt«, sagte der Chirurg.

»Ist er nicht rührend bescheiden?« fragte Professor Aldermann. »Sie sollten ihn einmal bei einem Vortrag erleben! Unter den Dias hat er dann stets solche, die seine Patienten zeigen – vor und nach der Transplantation. Vorher können

sie sich kaum mehr rühren, nachher präsentiert Meerwald Dias von ihnen, die sie mit einem neuen Herzen auf der Aschenbahn zeigen oder mit einer neuen Leber am Seil in einer Tiroler Steilwand.«
»Sie *sind* also aus Tirol!« sagte Faber.
»Aus Innsbruck«, Meerwald grinste. »Aber man merkt es überhaupt nicht, oder?«
Faber sah, daß Mira zu Dr. Rohmer getreten war und mit ihr flüsterte. Die Ärztin nickte und flüsterte gleichfalls.
»Also, richtig ausruhen jetzt!« sagte Aldermann zu Faber. »Und nicht vergessen: Übermorgen, zweiundzwanzig Uhr dreißig, ›Club zwei‹, ORF zwei. Da werden Sie unseren Tiroler Helden erleben.«
»Sie können ihn in Frau Masins Appartement im Gästehaus am Fernseher bewundern in seiner ganzen Herrlichkeit«, sagte Judith Rohmer.
»Ist da Herrenbesuch erlaubt?« fragte Faber. »Ich bin erst siebzig.«
Darüber lachten alle – zu laut, dachte Faber, zu laut –, und dann brachten die Ärzte Mira und ihn zum Ausgang und verabschiedeten sich herzlich.
»Erholen Sie sich schön!«
»Bald haben wir die Resultate der Biopsie.«
Zuletzt stand Faber mit Mira allein vor der von Kindern bunt bemalten Hauswand.
»Was habt ihr zu flüstern gehabt, Doktor Rohmer und du?« fragte er.
»Es tut mir leid, Robert«, sagte sie und streichelte seine Wange. »Es tut mir furchtbar leid, daß ich vorhin im AKH so widerlich gewesen bin.«
Er trug die große Tasche aus Glanzkarton, die er aus Bells Zimmer mitgenommen hatte, in der linken Hand.
»Widerlich? Bezaubernd warst du!«
»Ach, hör auf! Aber ich hatte doch solche Angst vor dem Wiedersehen mit Goran. Verzeih mir, bitte.«

»Lenk nicht ab! Was habt ihr zu flüstern gehabt, du und die Ärztin?«
Sie sah ihn verlegen an, dann lachte sie. »Wir wollen doch essen gehen, heute abend, nicht wahr?«
»Und wie!«
»Siehst du! Und ich will das wunderbare blaue Kostüm anziehen und mich so schön machen, wie es nur geht.«
»Na herrlich, und?«
»Und ich habe doch nur diese scheußlichen schwarzen Schuhe. Die passen nicht zu dem wunderbaren Kostüm. Und da habe ich Frau Rohmer gefragt, ob es hier in der Nähe ein Schuhgeschäft gibt, und, stell dir vor, es gibt eines, nur ein paar hundert Meter die Alserstraße hinunter. Ich weiß nicht, wo die Alserstraße ist. Du mußt mich bitte gleich hinbringen, damit ich mir Schuhe kaufen kann – ich meine, damit du mir Schuhe kaufen kannst, ich habe doch kein Geld! Ist das nicht schamlos? Ich lasse mich von dir beschenken wie eine Mätresse.«
»Schamlose Mätresse«, sagte er, »treib es nur weiter so! Morgen gehen wir zu Frau Vilma und zu Gazelle, und für Goran brauchen wir auch neue, schicke Sachen. Richte mich zugrunde, richte mich völlig zugrunde, du Luder!«
»Das werde ich tun«, sagte Mira. »Du wirst dich noch wundern! Wie heißen diese modernen Sommerschuhe?«
»Was für moderne Sommerschuhe?«
»Wage es, dich jetzt zu drücken! Du weißt es genau. Du hast von ihnen gesprochen im AKH. Die bequemen, die hinten offen sind.«
»Slingpumps!«
»Das ist es, Slingpumps«, sagte Mira.

12

An diesem Abend aßen sie im Hotel »Regina« in der Nähe der Votivkirche. Mira trug das blaue Kostüm und ein weißes Seidentüchlein in der Brusttasche, dazu weiße Slingpumps, und sie hatte sich (sehr dezent) geschminkt und sorgsam ihr Haar gekämmt und die Fingernägel (perlmutt) lackiert, und sie duftete nach englischer Seife und dem Parfum Fleurs de Rocaille. Die Kosmetika hatten sie gemeinsam besorgt.

Im Hotel »Regina« wurde Faber erkannt und an einen besonders schönen Tisch geleitet, zu dem er mit Mira hinter einem besonders freundlichen Ober herging. Es kamen noch andere Ober und Kellner, aber der erste blieb ihr Behüter und Beschützer. Er schlug vor, die Komposition des Abendessens dem Chefkoch zu überlassen, also ein Menu surprise zu wählen. »Keine Angst um die Linie, gnädige Frau, lauter erlesene Gerichte in kleinen Portionen!« Und Mira und Faber erklärten sich einverstanden. Der Sommelier kam mit der Weinkarte und offerierte Köstlichkeiten, nahm mit Bedauern und gleichzeitiger Hochachtung zur Kenntnis, daß Faber keinen Alkohol trank, und beriet Mira. Hier, so erfuhren sie, konnte man auch »ein Glas Wein« bestellen, es kam aus Sieben-Zehntel-Liter-Bouteillen, und der Sommelier schlug ein Glas Grünen Veltliner zu den Horsd'œuvres vor, zum Fisch ein Glas Riesling, zum Hauptgang ein Glas Blauburgunder und zum Dessert ein Glas Kracher Beerenauslese. Mira war überwältigt und mit allem einverstanden, und Faber bekam »gespritzten« Apfelsaft und dachte an ferne Zeiten in fernen Ländern, in denen das Bestellen von Weinen und Speisen eine Wissenschaft gewesen war und Ewigkeiten in Anspruch genommen hatte.

Das Essen war hervorragend, die Kellner vollführten von Zeit zu Zeit ein kleines Ballett um den Tisch, und Mira bekam einen Schwips und streichelte Fabers Hand, sooft sie eine freihatte. Es gab einen Pianisten, der die schönen, alten Melodien spielte, und Faber entschuldigte sich einmal bei Mira, ging zu ihm, legte zweihundert Schilling auf den Flügel, redete kurz mit dem Mann und kehrte zu Mira zurück. Nach einer Weile des Anstands begann der Pianist mit *»These Foolish Things«*, zu dessen Klängen Mira und Faber vor mehr als vierzig Jahren in Sarajewo im Hotel »Europa« getanzt hatten, während eine rothaarige junge Frau in schwarzem Paillettenkleid den Text sang und ein ehemaliger Muezzin namens Ali hoch über dem Saal hinter einem Scheinwerfer saß und bunte Glasscheiben vor denselben schob, so daß die Farbe des Lichts dauernd wechselte. Es folgte *»I've Got You Under my Skin«*, das Lied, das erklungen war, als sie einander zum erstenmal küßten, und da mußte Mira wieder weinen, aber nur vor Rührung, und sie drückte Fabers Hand ganz fest und sah ihn aus schwimmenden Augen an, und der Pianist blickte lächelnd zu ihnen herüber, und manche Gäste taten das auch. Was für ein liebenswertes Paar, dachten sie wohl, miteinander alt geworden, Philemon und Baucis, *the smile of Garbo and the scent of roses.*

Zuletzt schaffte Mira noch zwei Portionen Dessert, und als sie schließlich an der von Scheinwerfern angestrahlten Votivkirche vorbei die Alserstraße hinaufgingen, das kurze Stück Weg bis zum Gästehaus des Spitals, da hängte sie sich ganz fest in Fabers Arm ein – aus Gründen großer Verbundenheit sowie der Sicherheit, denn es war doch etwas zu viel Wein gewesen.

Vor dem Gästehaus küßte sie ihn scheu auf den Mund, streichelte sein Gesicht und küßte ihn dann immer wieder und wieder, als gelte es, Abschied für immer zu nehmen. Und er streichelte ihr Gesicht und küßte sie gleichfalls, und als Mira zuletzt im Eingang des Gebäudes verschwunden war, ging er langsam zu seiner Pension. Der Mond schien.

Häuser, Bäume und parkende Autos hatten in seinem Licht klare, scharfe Umrisse, und Faber dachte an das »Adagio« von Tommaso Albinoni.

13

Am nächsten Tag fuhren sie mit einem Taxi bis zur Staatsoper, und in dem großen Modehaus Ecke Kupferschmied- und Seilergasse probierte Mira dann fröhlich, aufgeregt und lange alles, was Faber für sie ausgesucht hatte. Immer wieder verschwand sie mit Frau Vilma in einer Kabine und präsentierte sich danach. Faber war entzückt, und Mira lachte und hatte nun gar nichts mehr dagegen, schöne Kleider zu tragen. Anschließend gingen sie in das Schuhgeschäft und kauften vier Paar Schuhe für Mira. (»Es ist immer dasselbe mit dir, du warst schon vor vierzig Jahren so: total verrückt und immer viel zuviel von allem. Einfach schrecklich ist das!« sagte Mira und verwirrte damit den jungen Chef.) Und dann kauften sie in einem Geschäft in der Kärntner Straße für Goran ein, und da war es dann Mira, die sich ein wenig maßlos zeigte. Bald würde Goran aufstehen können, und so erwarben sie zwei Levis-Jeans (die Größen kannte Mira genau), einige T-Shirts und Sweatshirts mit diversen Aufdrucken und »für später« einen Lederlumber – Leder mit fünfzehn Jahren, was für ein Luxus! –, ferner einen Jogginganzug und gleichfalls »für später« Sportsocken und »den Traum aller Buben«, wie der Verkäufer versicherte, Basketballschuhe.
Alles, was sie kauften, ließ Faber ins »Imperial« schicken, dort konnte er es später abholen, und zuletzt ging Mira – allein natürlich – zu Gazelle, um Morgenröcke und Nachthemden und Pyjamas und Unterwäsche auszusuchen. Faber setzte sich inzwischen an das Tischchen eines Straßencafés und bestellte Orangensaft (genügend Geld hatte er Mira

mitgegeben), und während viele Menschen lachend und plaudernd an ihm vorübergingen, mußte er wieder an Marlene Dietrich denken.

»Sie können einen Menschen, den Sie lieben, nicht glücklich machen, auch wenn Sie alle seine Wünsche erfüllen, solange Sie selber nicht glücklich sind.« Das hatte sie ihm einst am Telefon gesagt. Und als mexikanische Bordellmutter in dem Film *»Touch of Evil«* hatte sie Orson Welles, der ihr die Hand hinhielt und sie aufforderte, ihm etwas über seine Zukunft zu sagen, erwidert: »Du hast keine ... Nicht mehr das kleinste Stück davon. Es ist alles verbraucht. *It's all used up.*«

It's all used up.

Vor zwei Wochen hatte er, abgestoßen von Mira, überlegt, daß er keine Gefühle mehr besaß, für niemanden, also auch nicht für sie, die er gewiß geliebt hatte damals in Sarajewo. Keine Gefühle für irgendeinen Menschen: *It's all used up.* Nicht ertragen hatte er die bloße Vorstellung, bei einer alten Frau, bei einem sterbenden Jungen zu bleiben. Geflohen war er – und zurückgekehrt. Und hatte den Diakon Lambert kennengelernt und wußte noch immer nicht, wie es gekommen war, hielt da plötzlich nach Jahren wieder den kleinen japanischen Recorder in der Hand und nahm das Gespräch mit dem Seelsorger auf. Und neue Kleider hatte er nun für Mira gekauft und einen wunderbaren Abend im Hotel »Regina« mit ihr verbracht. Und Goran schien es besser zu gehen, vielleicht schien es nur so, und er mußte doch sterben, vielleicht starb er indessen auch nicht und wurde gesund. Egal, dachte Faber, alles, was Mira und mich so verändert hat, ist von Goran ausgegangen, einem Jungen mit zerstörter Leber, taumelnd zwischen Tod und Leben. Welch ungeheuren Einfluß hat ein solches Wesen, welch unheimliche Kraft, auch noch – oder gerade – in seiner äußersten Schwäche.

Zweites Kapitel

1

Das also geschieht, während das Leben Atem holt, weshalb es immer wieder für eine kleine Weile seltsam barmherzig erscheint, um danach erneut zuzuschlagen.
Aus diesem Grund können am Donnerstag, dem 2. Juni 1994, um elf Uhr vormittags Mira und Faber vor dem Apfelbaum im Garten des Hauses stehen, in dem Faber seine Jugend verbracht hat.
Aus diesem Grund darf Faber lächeln.
Aus diesem Grund darf Mira glücklich sein, weil der Baum über und über bedeckt ist mit winzigen grünen Früchten. Denn sie glaubt fest daran: Wenn dieser über hundert Jahre alte Baum noch Früchte trägt, wird Goran gesund werden.
Tags zuvor hatte Faber einen Wagen gemietet, einen Opel Omega. Vom Gästehaus waren sie über die Währinger Straße, später hieß sie Pötzleinsdorfer Straße, westwärts gefahren. Die Trambahnlinie einundvierzig gab es hier, und Faber erinnerte sich an die Zeit, in welcher er als Vierzehnjähriger mit seiner Mutter nach jedem Verhör im Gestapohauptquartier am Morzinplatz mit dem Einundvierziger gefahren war und wie sehr die Mutter, die zuvor so geweint hatte, sich während der Fahrt um Fassung bemühte, damit die Mila, die daheim wartete, sich nicht noch mehr aufregte und ihr »Aufstoßen« bekam.
Er zeigte Mira diese schöne Straße, die von alten Bäumen

gesäumt war, und er erzählte ihr von seinem Vater, den er stets nur Tommy genannt hatte und der zu jener Zeit nach England geflohen war. Hinter der Endstation des Einundvierziger (in Wien waren Straßenbahnlinien männlich) wurde die Straße sehr schmal, und da bog er nach rechts ein und fuhr eine steil ansteigende Straße mit prächtigen Villen empor. An ihrem Ende ging es links noch höher zum Friedhof, auf dem seine Mutter lag. Talwärts führte die Straße nach Neustift am Wald.

Vor ihnen lagen nun die riesigen Weinberge auf den westlichen Hängen des Wienerwaldes. Faber sah die Promenade mit den vielen Bäumen, die Nußallee seiner Jugend, und die große Ottingerwiese, auf der er Schlitten gefahren war. Nichts hat sich hier verändert, dachte er, nicht das geringste. Da war das Haus mit dem kleinen Parkplatz davor, auf dem er den Opel abstellte, da war der hohe Eisenzaun mit dem Eingangstor. Als er ein kleiner Junge gewesen war, hatte es einen versteckten Mechanismus gegeben, mit dem das Tor sich öffnen ließ, das erzählte er Mira nun, und an den breiten Streben des Zauns hatte seine Mutter manchmal ein weißes Stück Karton mit einem großen roten Punkt befestigt. »Nach Tommys Flucht waren wir so arm, daß Mutter Zimmer vermieten mußte, und sie und die Mila kochten dann für fremde Leute und räumten auf. Die Mieter wechselten, und wenn gerade ein Zimmer frei war, kam der weiße Karton mit dem roten Punkt ans Tor. Mutter hatte auf ihn geschrieben, daß hier ein schönes Zimmer mit Vollpension zu vermieten war.«

»Warum hat sie den großen roten Punkt gemalt?« fragte Mira, während er schon auf den Klingelknopf drückte.

»Sie hat damals auch Plakate und Modefotografie gemacht«, sagte Faber, »zum Beispiel für Strümpfe. Zwei Freundinnen waren ihre Modelle, und ich wurde bei den Aufnahmen immer in den Garten geschickt. Mutter hatte eine große Kamera aus edlem Holz, noch mit Glasplatten statt Filmen. Ich habe diese Platten natürlich gesucht und gefunden. Die schönen Beine in den Seidenstrümpfen mit den Nähten, die hochhackigen Schuhe, die schwarzen Höschen und die Streifen Fleisch zwischen ihnen und den Strumpfenden, alles schwarz-weiß-negativ, starrte ich dann überwältigt an und onanierte dazu; das war meine erste sexuelle Ausschweifung. Kein einziges Plakat hat Mutter je verkauft, und mit den Strumpffotos hatte sie auch nur wenig Erfolg, aber sie gab nie auf, nein, niemals gab meine Mutter auf. Und sie hat der Mila und mir erklärt, daß so ein großer roter Punkt Menschen, die – auch in weiterer Entfernung – vorübergehen, neugierig machen wird, so daß sie an den Zaun treten und den Text lesen. Mutter brauchte doch jede Mark – mit Tommy in England.«

Nachdem Licht über einer Fernsehkamera am Klingelblech aufgeflammt war, ertönte eine helle Frauenstimme: »Ja, bitte?«

Faber blickte in das Objektiv, nannte seinen Namen und sagte, er habe lange in dieser Villa gelebt und würde der Dame in seiner Begleitung gern den Garten zeigen und ihn auch selbst wiedersehen wollen nach all der Zeit.

Die Frau mit der hellen Stimme war sehr freundlich. Sie bat um einen Augenblick Geduld, dann kam sie, schlank, dunkelhaarig, mit langen Hosen und losem Hemd, und öffnete das Tor. Sie führte Mira und Faber an der Villa vorbei Steinstufen hinab zum Eingang des Gartens, unterhielt sich kurz mit ihnen und ließ sie dann allein.

Über eine weitere Treppe ging Faber mit Mira in den Garten hinein. Es waren noch dieselben Steine, grau und verwittert, aber nicht zerfallen, und er dachte, daß er sie zum letztenmal gesehen hatte, ehe er nach Berlin zog, vor vierzig Jahren also.

Wie im Traum bewegte er sich, und Mira ging schweigend an seiner Seite über eine Wiese mit frisch geschnittenem Gras unter vielen alten Bäumen hindurch. Alles war noch so wie vor vierzig Jahren, nur einzelne Bäume fehlten, darunter einer, der Aprikosen getragen und den man abgesägt hatte. Die Mila hatte die Früchte in großen Töpfen eingekocht und die Marillenmarmelade noch kochend heiß in Einweckgläser gegossen, die sie mit Zellophan und Gummiringen verschloß und auf dem Dachboden für den Winter aufbewahrte. Das erzählte er Mira, während sie durch den Garten seiner Kindheit gingen, und auch, daß die Mila desgleichen Pflaumen eingekocht hatte und dazu noch schwarzen Holunder, von dem es damals drei große Sträucher gab. Aber die waren mittlerweile auch verschwunden.

Zuletzt standen sie vor dem Apfelbaum, in dem Faber seine Arche gehabt und tagelang gelesen hatte, und er erinnerte sich noch an all die Autoren und Bücher und nannte sie Mira und sagte schließlich: »Und Thornton Wilder und ›Die Brücke von San Luis Rey‹!«

»Das ist eines der schönsten Bücher der Welt«, sagte Mira. »Was für ein grandioses Gleichnis! Eine Brücke in Peru bricht zusammen, und fünf Menschen mit grundverschiedenen Schicksalen stürzen in den Tod. Ein Mönch geht diesen Schicksalen nach. Warum ausgerechnet diese fünf gerade in diesem Moment? Entweder leben wir durch Zufall und sterben durch Zufall, oder wir leben nach einem Plan und sterben nach einem Plan.« Mira sah Faber lächelnd an. »Auch ich kann zitieren«, sagte sie. »›Manche sagen, es gebe kein Wissen für uns und wir seien den Göttern nichts anderes als Mücken, wie die Knaben sie haschen und töten an einem Sommertag; und manche wieder sagen, kein Sperling verliere ein Federchen, das ihm nicht hinweggestreift wurde von der Hand Gottes …‹ Du glaubst doch auch nicht an den Zufall, wie?«

»Auf keinen Fall«, sagte er. »Alles ist vorherbestimmt, alles, und wenn du dir die Mühe nimmst, lange Kausalketten aufzudröseln, kannst du das beweisen, auch daß wir beide

ausgerechnet heute gerade vor diesem alten Apfelbaum stehen müssen.«
»Das hast du fabelhaft erklärt.«
»Fabelhaft, ja?«
»Mmmm«, machte Mira, und es klang wie das Schnurren einer zufriedenen Katze. Sie sah ihn an, und kleine goldene Pünktchen blitzten in ihren dunklen Augen, und es war Sommer, wunderbarer, leuchtender Sommer.
Er neigte sich zu ihr und küßte sie auf den Mund, und sie schlang ihre Arme um ihn, und so standen sie lange.
Als sie sich voneinander lösten, sagte Mira leise: »Und Goran wird gesund werden, nicht wahr?«
»Ganz bestimmt«, sagte er.
»Das war eine Idiotenfrage«, sagte sie. »Und ich bin ein Idiotenweib. Was hättest du denn sonst antworten sollen, mein Armer?« Sie sah zu der Villa empor. »Hat das damals alles genauso ausgesehen?«
»Ja«, sagte er. »Oder nein, warte! Als wir arm waren, während des Krieges schon, bevor man uns das Haus wegnahm und ich zur Wehrmacht mußte, da hat die Mila oben bei der Treppe Gemüsebeete angelegt für grüne Bohnen, Fisolen heißen die in Österreich, und Tomaten, Paradeiser, und Karotten, gelbe Rüben, sowie Kohlrabi, Salat, Erdbeeren und rote Johannisbeeren – Ribiseln heißen die hier ...«
»Wie heißen die hier?« Mira lachte.
»Ribiseln«, sagte Faber. »Komisch?«
»Nicht komisch, hübsch, es klingt hübsch«, sagte Mira. »Ribiseln also.«
»Ja«, sagte Faber, »das alles hat sie gepflanzt und geerntet, so mußte Mutter weniger kaufen für uns und unsere Mieter. Als ich 1948 zurückkam, wuchs über die Beete schon Gras, und die Mila war tot und Tommy auch ... ›Türme bei Waterloo die Leichen hoch ...‹ Kennst du das?«
»Nein.«
»Ein Gedicht von Carl Sandburg. Habe ich auch im Apfel-

baum gelesen. Großer amerikanischer Dichter, dieser Sandburg. ›Türme bei Waterloo die Leichen hoch‹«, zitierte er, »›und türm' sie hoch bei Ypern und Verdun – ich bin das Gras, ich schaff' es doch ...‹«

»Schön«, sagte Mira.

»Sehr schön.«

»Aber auch sehr traurig.«

»Ja«, sagte er, »auch sehr traurig.«

2

Nachdem ihm im März 1945 zunächst die Flucht aus dem tiefen Keller des Hauses am Neuen Markt bei der Plankengasse gelungen war, saß Robert Faber Stunden später in einem Gasthof am Rande der Stadt, der umgeben war von schier endlosen Weinbergen. Sie glitten sanft in die Niederungen hinunter, auf denen schon Schatten der Dämmerung lagen.

Und so endete »Mich wundert, daß ich so fröhlich bin«, sein erster Roman: *Er war allein in der Schankstube. Vor ihm stand ein Glas Wein. Faber sah aus dem Fenster hinaus auf das Häusermeer zu seinen Füßen. Die Nacht kam. Er mußte weiter.*

Weiter? Wohin?

Er konnte nicht mehr denken. Eine unendliche Müdigkeit befiel ihn, während er so in dem langen, dunkler werdenden Raum saß. Wohin? Er wußte es nicht. Für ihn hatte sich nichts geändert. Er wurde weiter gejagt. Seine Flucht war noch nicht zu Ende. Würde sie je zu Ende sein? Die Zeilen fielen ihm ein, die Susanne gesprochen hatte, als sie gemeinsam gefangen lagen:

Ich bin, ich weiß nicht, wer.
Ich komme, ich weiß nicht, woher.
Ich gehe, ich weiß nicht, wohin.
Mich wundert, daß ich so fröhlich bin.

Susanne ... ob sie ihn jetzt erwartete? Würde er sie jemals wiedersehen? ... Der Wirt kam herein und fragte, ob er Licht machen sollte.
»Nein«, sagte Faber, »danke.«
Der andere drehte einen großen schwarzen Radioapparat an, wartete, bis die ersten Takte eines langsamen Walzers hörbar wurden, und ging wieder hinaus. Faber legte den Kopf auf die verschränkten Arme. Als er erwachte, war es neun Uhr, und ihn fror. Der Wirt stand vor ihm und sah ihn nachdenklich an. Die Stube war noch immer leer.
»Wohin fahren Sie?« fragte der Wirt. Er war ein großer, untersetzter Mann mit rotem Gesicht und schwermütigen Augen. Sein wollenes Hemd war über der Brust geöffnet.
»Nach Hause«, sagte Faber.
»Brauchen Sie Geld?«
»Nein.«
»Vielleicht doch.«
»Wirklich nicht!«
»Hier«, meinte der andere, griff in die Tasche und legte eine Reihe von Scheinen auf den Tisch. »Sie werden es brauchen. Jetzt müssen Sie gehen. Am besten durch den Wald. Vermeiden Sie die großen Ausfallstraßen. Dort gibt es überall Kontrollen.«
Faber stand auf. »Was soll das heißen?«
»Ich habe Sie beobachtet, als Sie schliefen«, sagte der Wirt und schob das Geld über den Tisch.
»Habe ich im Schlaf gesprochen?«
Der andere nickte. Faber lauschte kurz der Musik, die aus dem Lautsprecher kam. Eine dunkle Frauenstimme sang die Worte eines zu jener Zeit sehr bekannten Liedes, das von der Liebe und vom Tod, aber vor allem von diesem sprach. Dann steckte er das Geld ein.
»Der Wein ist bezahlt«, sagte der Wirt.
Faber fühlte, daß seine Beine schwer waren wie Blei.
»Warum haben Sie das für mich getan?« fragte er müde. Ihre Blicke begegneten sich für eine Sekunde.
»Weil Sie mir leid tun«, erwiderte der Wirt. Er sah Faber nach, bis

dessen Gestalt sich in der Dunkelheit und den aufsteigenden Bodennebeln verlor. Dann schloß er die Tür und blieb in der Mitte des Raumes stehen. Er rührte sich nicht. Draußen auf der Straße jaulte ein Hund. Das Lied des Radios wurde leiser, schließlich setzte die Melodie ganz aus. Die unpersönliche Stimme des Ansagers brachte eine Luftlagemeldung.

»Kampfverband im Anflug auf Westdeutschland.«

Kampfverband im Anflug auf Westdeutschland. Es war einundzwanzig Uhr sieben. Die Melodie kam wieder und wurde laut. Ein Saxophonsolo unterbrach den gleichmäßigen Rhythmus des Liedes. Dann sang die weiche Frauenstimme den Refrain zu Ende.

3

Da stand der Gasthof.

Faber war zur Rathstraße hinuntergefahren, diese ein kleines Stück stadteinwärts, dann war er zweimal links abgebogen, und nun befanden sie sich mitten in den riesigen Weinbergen.

Neben dem alten Gasthof gab es einen Parkplatz. Faber stellte den Opel ab, und sie gingen Hand in Hand durch den heißen Sonnenschein auf eine Frau von etwa fünfundvierzig Jahren zu, die neben dem Hauseingang unter einem großen Schirm an einem Tisch saß und grüne Bohnen putzte. Sie trug ein Kopftuch. Ihr Gesicht, die bloßen Arme und die kräftigen Beine waren tief gebräunt. Über der Tür hing an einer Stange ein Buschen grünes Reisig.

Faber wies mit dem Kinn. »Das heißt hier ›ausg'steckt‹ ist und bedeutet, daß es den neuen Wein gibt. Solche Lokale heißen auch Heurigen.«

»Heurigen«, sagte Mira, als übe sie das Wort ein.

Die Frau mit den Bohnen hob den Kopf und lächelte.

»Grüß Gott«, sagte sie.

Auch Mira und Faber grüßten.

»Wir haben erst ab sechs Uhr abends geöffnet«, sagte die Frau mit dem dunklen Haar unter dem Kopftuch und den seltsam verschleierten Augen. »Aber wenn Sie etwas trinken wollen oder eine Kleinigkeit essen – das geht schon.«
»Vielen Dank«, sagte Mira. »Eigentlich wollten wir nur die Gaststube ansehen, wenn das möglich ist.«
»Natürlich ist das möglich.« Die Frau war etwas verwirrt. »Welche Stube wollen Sie sehen? Es gibt drei.«
»Die große, langgestreckte«, sagte Mira. »Die, in der die drei Fenster zur Stadt hinausgehen. Die mit dem schönen Kachelofen, der oben eine Betttruhe hat, eine alte Truhe mit Schnitzereien, bunt bemalt. GOTT SCHÜTZE DIESES HAUS steht darauf und die Jahreszahl 1789. Die Kacheln sind dunkelgrün. Diesen Raum wollen wir gerne sehen. Neben dem Ofen hängen vier Hinterglasmalereien.«
»Wann waren Sie denn hier?« fragte die Frau.
»Noch nie«, sagte Mira.
»Noch nie? Aber wieso wissen Sie dann so gut Bescheid?«
»Ein Freund hat mir alles erzählt«, sagte Mira.
Die Frau sah jetzt erschrocken aus. Sie sagte hastig: »Mein Mann kommt gleich wieder. Er ist nur kurz in die Stadt gefahren. Sie sind nicht aus Wien.«
»Nein«, sagte Mira.
»Ihre Aussprache«, sagte die Frau mit dem Kopftuch. »Sie kommen von weit her?«
»Von weit her«, sagte Mira. »Wir wußten nicht, ob es dieses Gasthaus noch gibt und wenn ja, ob nicht alles umgebaut und verändert worden ist.«
»Hier ist nie etwas geändert worden«, sagte die Frau. »Das Haus steht unter Denkmalschutz. Wann war Ihr Freund hier?«
»Vor fünfzig Jahren«, sagte Mira. »Nein, vor neunundvierzig. Im März 1945.«
Die Frau hob das kleine, scharfe Messer, mit dem sie die Bohnen geputzt hatte, stand auf und wich zurück.

»Wer sind Sie?« Nun stand nackte Angst in ihrem Gesicht. Der Blick ihrer Augen war starr auf Mira gerichtet. »Was wollen Sie wirklich?«
»Nicht«, sagte Mira. »Haben Sie bitte keine Angst vor uns! Wir wollen wirklich nur die Gaststube sehen.«
»Was ist das für ein Freund?« Die Brust der Frau hob und senkte sich hastig. »Und was heißt, er war im März 1945 hier? Da war doch noch Krieg! Was hat er hier gemacht?«
»Er war auf der Flucht«, sagte Faber. »Hier hat er sich ein paar Stunden ausgeruht. Es war nur der Wirt da an diesem Abend. Ein großer, untersetzter Mann mit gerötetem Gesicht und schwermütigen Augen.«
»Das wird mein Vater gewesen sein«, sagte die Frau. »Ja, bestimmt war das mein Vater, er ist 1971 gestorben.«
»Ihr Vater war sehr freundlich«, sagte Mira. »Er hat dem Mann auf der Flucht Geld gegeben und für den Wein nichts genommen, und er hat ihm erklärt, wie er nach Westen gehen soll – durch den Wald, auf keinen Fall über die großen Ausfallstraßen, denn dort gab es überall Kontrollen. Ihr Vater hat diesem Mann sehr geholfen. Ich habe gehofft, eine Verwandte oder ein Verwandter von ihm würde hier sein, damit ich mich bei ihr oder ihm bedanken kann für das, was Ihr Vater damals für diesen Mann getan hat.«
»Ich heiße Czerny«, sagte die Frau. »Helga Czerny. Aber das ist der Name meines Mannes; mein Vater hat Krailing geheißen, Herbert Krailing. Bitte, gehen Sie in die vordere Stube.« Sie lächelte, erlöst von ihrer Angst, setzte sich wieder und fuhr fort, grüne Bohnen zu putzen.
Mira und Faber traten in das alte Haus mit den weißgetünchten Wänden und den Holzbalken an den Decken. Da war der grüne Kachelofen, da war die Betttruhe auf ihm, da der Spruch, da die Jahreszahl.
»Die Hinterglasbilder!« sagte Mira.
Sie hingen eng beisammen in einem Viereck neben dem Ofen, jedes etwa so groß wie ein Buch und mit schwarzen

Leisten gerahmt, und sie zeigten junge Frauen in einem Garten voller Märzenbecher, Männer und Frauen, die Früchte von einem Baum ernteten, zwei junge Männer, die durch den Wald gingen, dessen Laub rot und gold und braun war, und zwei alte Männer, die im Schnee neben einem schwarzen kahlen Baum mit verkrüppelten Ästen standen. Unter den Bildern standen in verschnörkelten Buchstaben die Worte DER FRÜHLING, DER SOMMER, DER HERBST und DER WINTER. Die vier Bilder waren sehr alt, ihre Farben unter den Glasscheiben verblichen.

Langsam ging Faber durch den langgestreckten Raum.

»Hier«, sagte er zuletzt und berührte eine Stuhllehne, »hier habe ich gesessen ... Alles noch ganz genauso wie 1945.«

Dann standen sie nebeneinander und sahen aus einem der drei Fenster. Unter ihnen lag die riesige Stadt am Strom, und in der Sonne leuchteten Millionen Fenster, und das Wasser der Donau glänzte wie geschmolzenes Gold. Lange sahen sie hinab, und Faber dachte an so vieles, so vieles.

Schließlich traten sie wieder ins Freie.

»Wir danken Ihnen sehr, Frau Czerny«, sagte Mira.

»Nichts zu danken! Es freut mich, Sie kennengelernt zu haben, und ich bin glücklich zu hören, daß mein Vater zu Ihrem Freund gut gewesen ist. Er war ein wunderbarer Mensch.«

»Ja«, sagte Faber, »das war er. Ich werde ihn nie vergessen.«

»Sie?« fragte die Frau. »Dann waren *Sie* der Mann auf der Flucht?«

»Ja«, sagte Faber und nannte seinen Namen.

Die Frau stand wieder auf, und sie gaben ihr beide die Hand.

»Meine Frau Mira«, sagte Faber.

»Sie sind zu Besuch in Wien?«

»Zu Besuch, ja«, sagte Faber. »Mira ist zum erstenmal hier. Ich zeige ihr die Stadt. Alles Gute, Frau Czerny, auch für Ihren Mann!«

»Und Gott soll nicht nur dieses Haus beschützen, sondern auch Sie beide!« sagte Mira.

»Und Sie ebenfalls«, sagte die Frau. »Ihr Wagen steht da drüben auf dem Parkplatz, nicht wahr?«

»Ja.«

»Ich habe ihn kommen gehört … Verzeihen Sie, wenn ich Sie nicht begleite. Ich kann mich gut bewegen direkt vor dem Haus und in ihm sowieso. Da lebe ich seit meiner Geburt und weiß genau, wo alles steht und wo die Türen und Treppen sind. Ich helfe meinem Mann beim Servieren und in der Küche, wenn viel zu tun ist. So gut es eben geht.«

»Wie meinen Sie das, ›so gut es eben geht‹?« fragte Mira.

»Alles, was Sie eben gesehen haben, habe ich nie gesehen. Ich habe nie irgend etwas gesehen. Haben Sie es wirklich nicht bemerkt?«

»Bemerkt, was?« fragte Mira.

»Daß ich blind bin«, sagte Helga Czerny. »Seit der Geburt.«

4

Bei der Weiterfahrt dachte Faber ständig an die Blinde und daran, wie sehr er sein Leben lang in der Angst lebte, das Augenlicht zu verlieren, weshalb er, sobald ein Blindenverein an ihn herantrat, große Spenden überwies. Wieder einmal nahm er jenes Phänomen wahr, das seit Natalies Tod und mit den Jahren immer öfter auftrat: eine ausufernde Kette von Gedankenassoziationen, die ihn, wenn er sich ihrer bewußt wurde, an Glenn Millers *»String of Pearls«* denken ließ. Im Gespräch oder beim Denken begann er mit einer Geschichte, einem Thema, einem Ereignis, und daran reihten sich immer weitere Geschichten, Themen und Ereignisse, eben wie eine Perle an die andere auf eine Schnur, und wenn er lange genug dachte oder wenn man ihm lange genug zuhörte und nicht ungeduldig wurde – und jene, die

ihn kannten, hörten zu und wurden nicht ungeduldig –, gelang es Faber fast immer, zum Ausgangspunkt zurückzukehren, somit also einen – manchmal sehr großen – Kreis zu schließen.
Die meisten Menschen verfolgten dieses Phänomen mit Amüsement, insbesondere weil sie neugierig waren, ob er es fertigbrachte, den Kreis wirklich zu vollenden. Es war wie eine Reizüberflutung. Er konnte nichts dagegen tun, daß beim geringsten Anstoß eine Erinnerung in eine andere floß. Eine seiner besten Freundinnen, eine Architektin, die in Amerika arbeitete und jedes Jahr vier Wochen nach Wien kam, um hier ihren Urlaub zu verbringen – sie hieß Irene Kalbeck –, hatte einmal gesagt: »Etwas Ähnliches hattest du immer schon. Du warst stets ein ehrlicher Lügner. Deine Stories haben nie jenen entsprochen, die du wirklich erlebt hast, du hast sie immer aufs neue verändert präsentiert – und wenn man dich darauf ansprach, war deine Ausrede, das Leben sei ein miserabler Geschichtenerzähler und du wärst als Autor verpflichtet, besser, pointierter zu berichten. Das hängt gewiß mit deinem Beruf zusammen, ich würde sagen, es handelt sich um eine *déformation professionelle.* Wie oft habe ich dich ein und dieselbe Geschichte x-mal in x völlig verschiedenen Versionen erzählen hören!«
Nach Natalies Tod war er beim Sprechen und Denken immer häufiger diesen Erinnerungsketten erlegen. Er hatte daran gedacht, daß bei vielen Menschen, wie oft behauptet wurde (was er aber nicht glaubte und für lächerlich und pathetisch hielt), in den Sekunden vor dem Tod ihr gesamtes Leben im Gedächtnis ablief wie ein rasend schneller Film. Vielleicht, hatte er häufig überlegt, waren seine *strings of pearls* eine Alterserscheinung, es gab so viel, so viel Erinnerung, ja, zuletzt bestand das Leben fast nur noch aus ihr, und er hatte ein Buch mit dem Titel »Das Schiff Erinnerung« schreiben wollen, doch daraus war nichts mehr geworden.

Seine Freundin Irene Kalbeck hatte sich lächelnd zu einer weiteren Erklärung bereitgefunden: »Es hat auch mit Einsamkeit zu tun. Einsame Menschen reden zuviel, denken zuviel an die Vergangenheit. Wenn es dir Spaß macht, geben wir deinem Tick einen bedeutenden Namen. Nennen wir ihn Assoziativdenken Typus Faber.«

Als er an jenem strahlenden Tag Anfang Juni nun über die Keylwerthstraße talwärts zur Höhenstraße fuhr und daran dachte, daß er sein Leben lang Angst gehabt hatte, blind zu werden, setzte eine derartige *string of pearls* ein, und er dachte weiter daran, daß ein Freund des großen Schriftstellers Graham Greene die gleiche Angst gehabt hatte. Greene lebte damals, als Faber nach Monte Carlo gekommen war, ganz in der Nähe in Antibes und hatte mit ihm einen Report schreiben wollen über den Mafiaskandal an der Côte d'Azur, diesen Skandal, in den auch höchste Beamte der Stadtverwaltung von Nizza verwickelt waren. Das Buch sollte *»J'accuse«* heißen wie das berühmte Werk von Zola über die Affäre Dreyfus. Greene verfaßte es dann allein, denn Faber war plötzlich mit der Verfilmung eines Romans beschäftigt, den er über geistig behinderte Kinder geschrieben hatte, »Niemand ist eine Insel« hieß der. In Amerika widerspricht es heute der *Political Correctness*, noch von »geistig behindert« zu sprechen, es heißt nun *»differently abled«*, also »auf andere Weise begabt«, dachte er, während seine Gedanken weiterwanderten und er die Höhenstraße emporfuhr, zu deren Seiten alte, dicht belaubte Bäume standen. In diesen Zeiten der Hungersnöte, der »neuen Rechten«, des angeblichen Todes des Sozialismus, der von Reagan proklamierten »neuen Weltordnung« und ihrer katastrophalen Folgen spricht man von *Political Correctness*! »Niemand ist eine Insel« spielt zu einem großen Teil in Monte Carlo, und Fürstin Gracia von Monaco, eine der bewundernswertesten Frauen denen ich je begegnet bin, Aushängeschild ihres Landes – Perlenkette, Perlenkette –, liebte das Buch, und sie war

Vizepräsidentin der Twentieth Century Fox. Oft saß ich bei ihr im Palais, und wir sprachen darüber, wie man das Buch verfilmen könnte. Gracia Patricia gewann Vittorio de Sica als Regisseur, die männliche Hauptrolle wollte Marcello Mastroianni spielen, nun brauchten wir nur noch eine Schauspielerin für die weibliche Hauptrolle, und Fürstin Gracia wollte nach Los Angeles fliegen, um die Verfilmung vorzubereiten. Ich war sehr glücklich und flog nach München, um mit meinem Lektor über einen neuen Roman zu sprechen. Im Hotel »Vier Jahreszeiten« weckte mich dann am 15. September 1982 um sechs Uhr früh der Anruf eines Freundes aus der Redaktion des »Stern«. Sie würden mir von ihrem Münchner Büro sofort Material aus dem Archiv schicken, ich müsse in drei Stunden einen Nachruf schreiben. Auf dem Weg vom hochgelegenen Sommersitz der Familie hinab in die Stadt war die Fürstin unterhalb von La Turbie auf einer der gefährlichsten Straßen Europas in einer Haarnadelkurve mit dem Wagen vierzig Meter in die Tiefe gestürzt. Ihre Tochter Stephanie, die mitfuhr, erlitt einen Schock und Halswirbelverletzungen, die Fürstin wurde in lebensgefährlichem Zustand in das monegassische Hôpital Princesse Grace gebracht und starb vier Tage später, eben in jenen Morgenstunden des 15. September.

»Denkst du auch an die blinde Frau?« fragte Mira.

Interruptus, dachte er. Kreis nicht zur Schließung gekommen. Er sagte: »Ja.«

»Ist das nicht schrecklich?«

»Schrecklich«, sagte Faber. Kreis doch geschlossen, dachte er. Jedenfalls indirekt.

Das Laub der alten Bäume wurde nun so dicht, und die Kronen der Bäume wuchsen derart ineinander, daß sie durch eine Art von grüner Schlucht fuhren.

Das Pflaster war an vielen Stellen holprig. Die Höhenstraße, die an Waldrändern entlang um den Westen Wiens führt

und in den dreißiger Jahren als Teil eines Arbeitsbeschaffungsprogramms erbaut worden war, stieg weiter an.
»Jetzt kommen wir zum Cobenzl und dann zum Kahlenberg«, sagte Faber, während Mira seine rechte Hand streichelte, die auf dem Steuer lag.
Immer wieder durchbrachen Sonnenstrahlen das Blätterdach über ihnen, und in den Gräben zu beiden Seiten der Straße blühten wilde Blumen. De Sica ist tot, dachte Faber, und Yvonne, die Frau, deretwegen ich nach fünfundzwanzig glücklichen Jahren Natalie verlassen habe, ist tot, und nie mehr, nie mehr will ich Monte Carlo sehen. Jedenfalls, überlegte er, bin ich noch rechtzeitig von Yvonne fortgegangen und zu Natalie zurückgekehrt, und wir hatten unsere zwei glücklichsten Jahre, bevor sie am 25. Mai 1988 in der Züricher Universitätsklinik nach einer Darmkrebsoperation starb. Fast alle, die ich liebte und verehrte, bewunderte und haßte, sind tot, dachte er. Seltsam, daß ich noch lebe. Und daß Mira neben mir sitzt. Wir sind doch auch längst fällig. Sehr seltsam. Aber kein Zufall, nein, kein Zufall.
»Auf dem Kahlenberg gibt es eine Schwarze Madonna von Tschenstochau! Das weiß ich von meiner Tochter«, sagte Mira.
»O ja«, sagte er. »Die Mila ist ein paarmal mit mir zu ihr gegangen, und wir haben für den Tommy gebetet und auch für uns, daß wir gut durch die Nazizeit kommen und einander alle wiedersehen, wenn das Gute gesiegt hat, denn ›das Beese tut niemals siegen‹, das hat sie doch immer gesagt, die Mila.«
»Und ihr seid zur Madonna zu Fuß gegangen?« fragte Mira. »Der Kahlenberg liegt so weit weg von euerem Haus in Neustift am Wald.«
»Die Mila war zwar nicht gesund und nicht mehr jung, aber sie kam vom Land wie du, und sie konnte weite Strecken laufen. Bis zur Madonna waren es gute zwei Stunden.«
»Und zwei Stunden zurück?«

»Nein, da gingen wir bloß runter nach Grinzing, dort gab es zuerst eine Straßenbahn und dann einen Bus über die Krottenbachstraße. Als wir überhaupt kein Geld hatten, wurden Bus und Straßenbahn allerdings ein Riesenproblem. Da hat die Mila ihre Rücklagen für Notfälle angreifen müssen. Wie beim Kino. Ab und zu durfte ich da hin. Döblinger Hauptstraße. Roxy-Kino. Gibt es längst nicht mehr. Der billigste Sitz im Roxy, erste bis dritte Reihe, kostete fünfzig Groschen. Ganz weit mußte ich da den Kopf zurücklegen, denn die Leinwand war hoch über mir. Ich erinnere mich noch daran, wie erschüttert ich heimging, nachdem ich ›Madame Curie‹ gesehen hatte. Da wollte ich unbedingt Chemiker oder Physiker werden. Ich glaube, ich bin ein wenig von der Schwarzen Mutter Gottes abgekommen.«

»So ist das doch immer bei dir«, sagte Mira. »Erzähl mal, was du über die Schwarze Mutter Gottes weißt!«

»Sie hilft gegen Krankheit und jede Art von Unglück, hat die Mila gesagt.«

»Und was noch?«

»Was, was noch?«

»Was weißt du noch über die Schwarze Madonna von Tschenstochau?«

»Na ja ...«

»Das habe ich mir so vorgestellt«, sagte Mira. »Hör mir also zu voll Beschämung und Demut! Tschenstochau liegt nördlich von Kattowitz an der Warthe. Bereits im Jahr 1382 – ich habe gesagt, bereits im Jahr 1382 ...«

»Hab's gehört«, sagte Faber.

»... wurde auf dem ›Klaren Berg‹ unweit der Stadt ein Paulinerkloster gegründet, und aus Byzanz bekamen die Mönche ein Marienbild als Ikone, die zum religiösen Nationalheiligtum der Polen wurde. Die Schwarze Mutter Gottes gibt es seither in vielen Kopien an anderen Orten, aber zu jener in Tschenstochau kommen jetzt, wo es wieder möglich ist, jedes Jahr eineinhalb Millionen Menschen aus vielen Ländern mit ihren Krankheiten und ihren Sorgen und ihrem Kummer und bitten sie, daß sie ihnen hilft. Vielleicht tut sie das wirklich manchmal.«

Er sah sie von der Seite an.

»Schau mich nicht so an! Nicht immer natürlich, manchmal, habe ich gesagt. Und warum nicht? Kannst du mir sagen, warum nicht? Glaubst du wirklich, es gibt nur das bißchen, das wir kennen, von der Welt, nicht mehr? Das wäre vielleicht eine armselige Schöpfung!«

»Ich habe nie gewußt, daß du an Gott glaubst!« sagte er.

»Tu ich auch nicht«, sagte sie. »Ich glaube nicht an Gott. Aber in einem solchen Notfall wie Gorans Erkrankung muß man jede mögliche Hilfsquelle nehmen!«

»Reg dich nicht auf!« sagte er. »Ich hoffe ja, daß die Madonna hilft. Die Mila, die *war* fromm. Fromm *und* rot! Aber wie! Noch radikaler als mein Vater. Damals habe ich oft gebetet, heimlich, im Bett vor dem Einschlafen, mit der Mila auf dem Kahlenberg, zweimal wöchentlich vor dem Gestapohauptquartier – laß Mutter wieder rauskommen, bitte, lieber Gott! –, sehr oft als Soldat, wenn ich große Angst hatte, dann war Schluß damit. Nur einmal noch: Da saß ich in einem Flugzeug, zehntausend Meter über dem Ozean, und eine halbe Stunde nach dem Start in Tokio fiel der automatische Pilot aus, und die Maschine stürzte mindestens achttausend Meter in die Tiefe, bevor der Captain sie abfangen konnte – da hatte ich einen Rückfall. Damals beteten aber sicherlich zweihundert Menschen in der Kabine zu drei oder vier verschiedenen Göttern.«

»Ich«, sagte Mira, »will zur Schwarzen Madonna von Tschenstochau beten, weil meine Tochter Nadja es getan hat, damals, 1982, nachdem sie Goran in Wien die Leber transplantiert hatten. Da ist sie hier raufgefahren und hat die Schwarze Mutter Gottes gebeten, daß Goran am Leben bleibt und gesund wird. Und es hat funktioniert – jedenfalls zwölf Jahre lang. Als ich von der UNO mit Goran aus Sarajewo ausgeflogen worden bin nach Wien, habe ich mir vorgenommen, auch auf den Kahlenberg zu fahren und zur Schwarzen Madonna zu beten.«

Sie hatten den Cobenzl erreicht. Links, von der Straße zurückgesetzt, war das große Restaurant und weiter vorne, in einer Kurve, die gläserne Bar, die Faber schon seit langer Zeit kannte.

Wenn ich nach Wien kam, weil ich hier arbeiten mußte, und es in der Stadt nicht aushielt, erinnerte er sich, dann fuhr ich immer hier herauf und schrieb in dieser Bar, und jedes Jahr waren es mehr Tote, an die ich denken mußte, denn ich war sehr jung, als ich mit dem Schreiben begann, und viele meiner Freunde – Verleger, Journalisten, Regisseure, Schauspieler – waren wesentlich älter als ich. Damals habe ich von hier Telefongespräche angemeldet nach fernen Städten, um einer Frau zu sagen, daß ich sie liebe, obwohl ich glaubte, daß ich sie nie wiedersehen würde. Und ich habe Schillinge in die Musikbox geworfen und immer dieselbe Platte gewählt, unser Lied *»Stormy weather«*. Und diese Frau in der Ferne hat die Musik gehört und die Stimme von Lena Horne. Und dann *habe* ich sie wiedergesehen in Monte Carlo. Es war Yvonne, und alles endete in einer Katastrophe. Als ich endlich zu Natalie zurückkam, hatte ich bei der Scheidung fast mein ganzes Geld verloren, aber dank der Bücher, die ich dann schrieb, kam ich wieder zu Geld. Ich habe mein ganzes Leben lang Glück gehabt, dachte er. Nein, nicht mein ganzes Leben, dachte er. Lange Zeit, immerhin.

Er sah nach rechts und erblickte das Rebenmeer der Weinberge, die hier bis an die Höhenstraße heranreichten, und in der Tiefe lagen die große Stadt und der mächtige Strom. Die Sonne war nun so hoch gestiegen, und ihr Licht war so stark, daß Faber dachte, man könne meinen, die Stadt stehe in Flammen.

»Und du weißt natürlich auch nicht, warum die Schwarze Mutter Gottes schwarz ist«, sagte Mira.

»O doch!«

»Du weißt es?« fragte sie.

»Die Mila hat es mir erzählt. So viele Menschen kamen und baten die Madonna um Hilfe. Und alle zündeten vor ihrem Bild Kerzen an.« Sie waren ein kurzes Stück talwärts gefahren, nun stieg die Höhenstraße wieder an und verzweigte sich. Faber schlug die Richtung zum Kahlenberg ein. »Und die Kerzen rauchten, wenn sie brannten. Jahrhundertelang rauchten sie vor der Ikone, und darum wurde die Mutter Gottes von Tschenstochau schwarz. Und alle Maler, die sie kopierten, malten sie ebenfalls schwarz.«

Sie erreichten einen großen Platz, auf dem viele Busse parkten. In Andenkenbuden gab es Postkarten, Pläne von Wien, Bilder der Madonna und sehr viel Kitsch zu kaufen, und Reiseführer erklärten Touristen in verschiedenen Sprachen die Geschichte der Kahlenberg-Kirche.

»Die sogenannte Sobieski-Kapelle«, sagte gerade ein deutscher Fremdenführer, »soll an jene historische Messe erinnern, die der päpstliche Legat Marco d'Aviano 1683« – gebannt, mit leicht geöffnetem Mund lauschte Mira seinen Worten, Faber sah es mit einem Gefühl großer Rührung – »am Morgen vor der Schlacht gegen die Türken für das polnische Entsatzheer unter Jan dem Dritten Sobieski, König von Polen, und seine Soldaten las, jene Soldaten, die dann maßgeblich am Sieg Kaiser Leopolds des Ersten beteiligt waren. Eine Kopie der Schwarzen Madonna von Tschenstochau erinnert an die Betreuung der Kirche durch polnische Priester.«

Die Touristen wurden in Gruppen in das Gebäude geschleust. Es ging langsam angesichts der vielen Menschen, aber Faber und Mira hatten Glück, einer der Reiseführer winkte ihnen zu und nahm sie im nächsten Schub mit. Nach der Hitze draußen empfand Faber, der schon seit einiger

Zeit Kopfschmerzen und Schwindelgefühle hatte, die Kühle in der Kirche sehr angenehm. Die Touristen kauften dicke, kurze rote Kerzen, zündeten sie an und stellten sie auf ein langes Brett vor den Hochaltar.

Seitlich in der Sobieski-Kapelle hing die Schwarze Mutter Gottes von Tschenstochau vor einem karminroten Hintergrund. Der goldene Rahmen trug oben zwei kleine graue Adler, die sich wütend anblickten und kleine Kronen hatten und auf der Brust je ein Wappen, vermutlich jenes des Polenkönigs.

Hier war ich zum letztenmal vor mehr als fünfzig Jahren, dachte Faber. Schon gespenstisch. Soweit ich sehen kann, hat sich nichts verändert. Doch! Damals gab es hier nicht so viele Kerzen. Die Mila brachte immer zwei mit, sie waren schon im zweiten Kriegsjahr knapp, dann wurden sie rationiert, als bei den Luftangriffen dauernd der Strom ausfiel. Spätestens 1942 kann ich zum letztenmal hier gewesen sein, denn in diesem Jahr nahmen sie uns das Haus in Neustift weg, und Mutter und Mila mußten nach Bregenz übersiedeln, und ich »durfte« zur Deutschen Wehrmacht, um mich als Sohn eines Verbrechers, der vor den Nazis ins Ausland geflüchtet war, zu »bewähren«.

Mira bewegte lautlos die Lippen. Sie wird wohl zu der Schwarzen Madonna sprechen, dachte Faber. In wie vielen Sprachen in den vielen hundert Jahren ist schon zu dieser Madonna gebetet worden? Wie viele Bitten, wieviel Flehen hat es gegeben? Nicht nur von Gläubigen, sondern von allen, die in großer Not und hilf- und schutzlos waren – wie die Mila zum Beispiel, die eine gute Katholikin und dazu eine gute Rote war.

Plötzlich zitterte Faber am ganzen Körper. Schweiß brach aus, und er fühlte das Pochen seines Blutes an den Schläfen.

5

Nicht in der Kapelle sterben!
Taumelnd drängte er sich durch die Touristen, Schweiß lief ihm in die Augen, er rang nach Atem. Jetzt war er im Freien, wankte ein paar Schritte weiter, fiel auf eine grüne Bank und holte das Nitro-Lingual aus der Tasche. Beim Öffnen des Röhrchens fielen einige Dragees zu Boden und rollten davon. Seine Hände zitterten sehr stark, aber er brachte es fertig, zwei Dragees in den Mund zu bekommen und hinunterzuschlucken. »Pillenschmeißer« hatte ihn jener Freund genannt, der ihn vom Alkohol entwöhnte und merkte, daß er daraufhin für kurze Zeit prompt medikamentensüchtig geworden war.
Die Bank stand im Schatten eines alten Baumes. Niemand von den vielen Menschen beachtete ihn, und darüber war er froh, denn er schämte sich sehr, daß es nun in der Öffentlichkeit zu Ende ging mit ihm, und sein einziger Trost war, zu denken, daß er am Morgen frische Unterwäsche angezogen und frisch geschnittene Zehennägel hatte. Zwei Kartons mit Pornovideos liegen auf dem Estrich meines Hauses in Luzern, dachte er. Seit einer Ewigkeit habe ich sie loswerden wollen. Jetzt ist es zu spät. Wenn man sie findet – ach, scheiß drauf!
Das Nitro-Präparat wirkt nicht, dachte er, sonst müßte ich längst Kopfschmerzen haben. Dann also nicht, dachte er, hau den Hut drauf! Er atmete mühselig, und sein Atem ging rasselnd, aber keinem, der vorüberging, fiel auf, in welchem Zustand er sich befand. Ich bin doch ein glücklicher Hund, dachte er. Und dann dachte er an den so lange zurückliegenden Wintertag in Scharmoin.
Sein alter Freund Walter Marks war auch Rechtsberater von Fabers Verlag. Nächstes Jahr, am 21. Juni, wird Walter siebzig Jahre alt, dachte er. Meinen Siebzigsten haben wir vor einiger Zeit in Venedig gefeiert, im Hotel »Cipriani« ... Zu

jener Winterszeit also hatte ich in Paris gearbeitet für Romy, die wunderbare Romy Schneider. Wie sehr habe ich dich bewundert und verehrt und geliebt, Romy, gleich allen, die dich kannten. Ein Drehbuch schrieb ich um, weil du damals noch nicht akzentfrei französisch sprachst, sie aber unbedingt deine Stimme haben wollten und keine Synchronstimme. Deshalb haben sie in deinen ersten Filmen immer eine Deutsche aus dir gemacht, die vor den Nazis geflüchtet oder durch ihren Beruf nach Frankreich gekommen war, einmal auch eine junge Frau aus Straßburg. Und ich machte damals eine deutsche Jüdin aus dir, der es gelang, mit ihrem kleinen Sohn nach Paris zu fliehen. *String of pearls.* Vor Weihnachten war ich mit der Arbeit fertig, und da rief Walter in Paris an – na also, hurra, Kreis geschlossen! – und schlug vor, daß wir Weihnachten und das Jahresende gemeinsam in der Schweiz und im Schnee verbringen sollten, im »Posthotel« Valbella bei Lenzerheide. Er kenne das Hotel, es sei ausgezeichnet.
So sehr laut ist es, warum machen Menschen soviel Lärm? Das ganze Leben ist viel zu laut. Abends saßen Walter und ich dann in diesem Hotel vor dem Kamin und redeten über viele Dinge, aber wir schwiegen auch oft und sahen nur den Flammen zu. Jeden Vormittag machten wir weite Wanderungen auf den ausgeschaufelten Wegen durch den Wald und die tief verschneite Ebene. Kette, Kette, Kette. Assoziativdenken Typus Faber, nicht wahr, Irene? Und da waren die riesigen Berge um uns, und über ihnen wölbte sich ein winterblauer Himmel, und wir waren glücklich, so glücklich. Eines Tages fuhren wir von Lenzerheide aus mit einem Pferdeschlitten sehr hoch hinauf zu einem Ort, der hieß Scharmoin. Die Luft wurde dünner, und die Pferde gingen langsamer, ihre Leiber dampften. Wir hatten eine Kutscherin, eine ältere Frau, die hüllte uns in dicke Decken, und wir waren zuletzt wieder einmal still und sahen einander nicht an. Nun, so viele Jahre danach auf einer grünen Bank

unter einem alten Baum vor der Kahlenberg-Kirche in der Hitze des Sommers, erinnere ich mich an alle Farben, die ich damals sah, einfach phantastisch waren die, nicht mehr von dieser Welt, und je überwältigter ich wurde, desto klarer wurde mir, daß man Menschen, die an Gott glauben, wenigstens verstehen muß.

In Scharmoin bestellten wir in einem uralten Steinhaus heiße Erbsensuppe mit Speck, und die Kutscherin aß mit uns; sie hatte den Pferden schwere Decken übergeworfen und Futtersäcke umgehängt. Und dann fotografierte die Kutscherin uns, als wir wieder im Schlitten saßen und aus der Höhe ins Tal glitten, nachdem wir dem Himmel so nahe gewesen waren. Diesen Tag wollte ich nie vergessen, und ich habe ihn auch nicht vergessen, dachte Faber, den nun starker Kopfschmerz aus seiner Erinnerung riß.

Das Nitro-Lingual wirkte doch. Er hatte vermutlich nur eine Minute auf der Bank gesessen und fühlte sich schon viel besser, und mit dem Sterben war es also auch diesmal nichts. Er blickte über den Platz mit seinen Buden und Aussichtsfernrohren und den Bussen und vielen Menschen, und dann sah er den schwarzen Mercedes, der ihm gegenüber vor einem geschlossenen Restaurant parkte. Hinter dem Wagen stand ein junger Mann mit Sonnenbrille. Faber konnte seine Schultern und Hände sehen, aber wenig von seinem Gesicht, die Sonnenbrille war sehr groß. Der junge Mann hatte eine Videokamera auf das Wagendach gestellt und filmte ihn.

Er tut das gewiß schon eine Weile, dachte Faber. Leicht schwankend erhob er sich. Der junge Mann nahm schnell die Kamera vom Dach, stieg in den Mercedes, an dessen Steuer ein anderer junger Mann saß, die Tür flog zu, dann schoß der Wagen davon. Faber hatte gerade noch die Zulassungsnummer lesen können und notierte sie auf einem Zettel. Na also, dachte er mit freudloser Genugtuung, es geht los. Hat ohnedies schon zu lange gedauert.

»Robert!«
Er drehte sich um, als er Miras Stimme hörte. Sie stand beim Eingang zur Kapelle, und er ging zu ihr.
»Was hast du?« Sie sah ihn besorgt an.
»Nichts, warum?«
»Du bist ganz blaß.«
»Unsinn.«
»Nein, wirklich.«
»Na ja, vielleicht«, sagte er. »Das war ein langer Ausflug. Ich denke, wir fahren zurück, dann kann ich mich hinlegen. Das tue ich immer am Nachmittag, so zwei Stunden vielleicht, wenn es geht. Würde dir auch nicht schaden.«
»Du bist bestimmt in Ordnung?«
»Bestimmt«, sagte er. »Ich habe es nur in der Kapelle nicht mehr ausgehalten. Kirchen sind so eine Sache bei mir.«
»Hoffentlich hilft die Schwarze Mutter Gottes Goran«, sagte sie.
»Ja«, sagte er, »hoffentlich.« Die Pornovideos müssen schnellstens weg, dachte er. Ich werde einen Freund in Luzern anrufen.

6

Er fuhr sehr vorsichtig und aufmerksam die kurvenreiche Höhenstraße nach Grinzing hinab und brachte Mira anschließend in das Gästehaus. Vor der Pension »Adria« stieg er dann aus und verschloß den Wagen.
Abends wollten sie den »Club zwei« über Transplantationsmedizin sehen, von dem Bell gesprochen hatte. Mira hatte gesagt, sie würde belegte Brote machen.
Faber ging auf seine Zimmer, deren Jalousien herabgelassen waren, zog sich aus, trat unter die Dusche und blieb lange unter dem strömenden Wasser stehen, das er einmal auf »heiß« und einmal auf »kalt« stellte. Dann trocknete er

sich ab, setzte sich im Pyjama auf den Bettrand und rief Renate Wagner in der Redaktion an. Er wurde gleich mit ihr verbunden und erkannte ihre Stimme.
»Hier ist Faber. Können wir reden?«
»Moment«, sagte sie, »ich stelle nur den Verzerrer ein. So, jetzt. Was gibt es, Herr Faber?«
Seine neue Adresse hatte er ihr gleich nach dem Umzug in die Pension bekanntgegeben. Nun erzählte er von dem Mann mit der großen Sonnenbrille, der ihn auf dem Kahlenberg gefilmt hatte und sofort mit seinem Kollegen in dem schwarzen Mercedes fortgefahren war, als er bemerkt wurde …
»… er machte das so, daß ich es sehen *mußte.* Ich soll offenbar Angst bekommen.«
»Haben Sie die Zulassungsnummer?«
Er nannte sie.
»Gut«, sagte sie. »Wird natürlich falsch sein. Was für ein Mercedes war das?«
»Ein Zweihundertdreißiger.«
»Und der Typ, der filmte? Können Sie den beschreiben?«
»Kaum. Ich habe nur Kopf und Arme gesehen. Riesige Sonnenbrille. Helle Stirnhaut. Blondes Haar. Bürstenschnitt. Das ist alles. Tut mir leid.«
»Danke, daß Sie sofort anrufen. Ich alarmiere gleich unsere Leute.«
»Was für Leute?«
»Rechercheure. Die kümmern sich um diesen Wagen … Sie sagten mir, Sie hätten eine …«
»Ja«, sagte er.
»Aber wie tragen Sie die jetzt bei der Hitze?«
»Ich habe eine kleine Ledertasche für Geld, Dokumente, Autoschlüssel. Da geht die Pistole rein.« Und der Pearlcorder auch, dachte er.
»Wir machen übrigens Fortschritte«, sagte Renate Wagner.

»Wir sind nahe an Monk herangekommen. Vielleicht haben wir Glück.«
»Ja«, sagte er, »das wäre schön.«
»Ihren Wagen müssen Sie unbedingt in eine Garage stellen, wenn Sie ihn nicht brauchen. Es gibt ein paar Parkhäuser in Ihrer Nähe. Ich gebe die Adressen durch. Und Vorsicht beim Briefeöffnen! Rufen Sie unbedingt an, wenn sich auch nur das geringste ereignet! Sie wissen, wie wichtig das sein kann – für Sie. Und für mich. Ich verdanke Ihnen das Leben.«
»Unsinn.«
»Das ist kein Unsinn. Wir tun alles, wirklich alles, um Monk und seine Freunde zu kriegen.«
»Das weiß ich«, sagte er. »Bleiben Sie gesund und stark – so sagen sie in Israel.«
»*Sie*«, sagte Renate. »Bleiben *Sie* gesund und stark! Schalom!«
»Schalom!« sagte er und legte sich auf das Bett. Gleich danach war er eingeschlafen.

7

»Sehr geehrter Gemeinschuldner!
Ihre Anschrift habe ich dem Bundesanzeiger entnommen beziehungsweise den Kammermitteilungen, wo öffentlich bekanntgemacht wird, daß Sie pleite sind, daß man mit Ihnen keine Geschäfte machen und Ihnen keinen Kredit gewähren darf, daß die Kriminalpolizei wahrscheinlich gegen Sie wegen Verdachts des Betruges ermittelt, daß man Sie anzeigen soll, sofern man sich durch Sie geschädigt glaubt, und daß jeder, der dennoch mit Ihnen Geschäfte macht, selbst in Verdacht gerät. In dieser bedrängten Lage werden sich nun die letzten Aasgeier an Sie heranpirschen und Ihnen Wucherkredite zur Verfügung stellen wollen.

Ganz anders unsere Organspendevereinigung auf Gegenseitigkeit. Wir bieten, falls Ihnen der Mut zu Selbstmord, Einbruch oder Banküberfall fehlt, eine Lösung auf Basis der Vernunft an: Sie spenden eine Niere und erhalten für diese je nach Qualität der Ware zwischen sechzig- und achtzigtausend Mark. Damit sind Sie aus dem Gröbsten heraus ...«
Die Moderatorin der Talk-Show »Club zwei« des Österreichischen Fernsehens ließ das Schreiben, dessen Text sie zum Teil vorgelesen hatte, sinken und sah den Mann an, der rechts von ihr in einem hellbraunen Lederfauteuil saß.
»Ist das bislang der exakte Wortlaut des Briefes, den Sie zu versenden pflegen, Herr Sardon?« fragte sie.
»Das ist bislang der exakte Wortlaut, liebe gnädige Frau«, antwortete der nach englischer Art gekleidete Mann mit dem feingeschnittenen Gesicht, den hellwachen Augen und dem dichten, dunklen Haar. Er verneigte sich leicht im Sitzen.
Drei bewegliche Kameras arbeiteten im Studio. Im nahen Technikraum kontrollierte der Regisseur der Sendung auf einer Monitorwand ständig die Bilder, welche die drei Kameras lieferten. Er saß vor einem mächtigen Schaltpult neben einer Bildmeisterin. Bevor der elegante Herr Sardon zu sprechen begann, hatte der Regisseur »eins« gesagt, worauf die Bildmeisterin durch Knopfdruck veranlaßte, daß jene Großaufnahme von Sardon ausgestrahlt wurde, die Kamera I aufnahm.
Im Appartement des Gästehauses liefen der Fernsehapparat und ein Videorecorder. Faber und Mira, die einen neuen Morgenmantel trug, saßen auf einer dunkelblauen Couch (das ganze Appartement war in Blautönen gehalten) und verfolgten die Sendung, die den Titel »Ein Herz für Nieren« trug. Es war zweiundzwanzig Uhr einundvierzig am 2. Juni 1994. Der »Club« lief seit elf Minuten, er hatte pünktlich begonnen.

Die Moderatorin hieß, wie am unteren Bildrand eingeblendet worden war, Dr. Geraldine Pratt. Die Ärztin war Leiterin der Hauptabteilung Wissenschaft beim ORF und eine erfahrene und bei den Zuschauern beliebte Gesprächsleiterin. Sie trug das dunkle Haar kurzgeschnitten und seitlich gescheitelt, Gesicht und Hände waren – wie bei ihren Gästen – von Maskenbildern leicht geschminkt worden. Eine schwarz gerahmte Brille und ein schwarzes Kostüm trug die junge Frau, die bei weiblichen wie männlichen Zuschauern gleichermaßen Sympathie weckte wie Bewunderung für ihr Talent, auch schwierigste Themen stets verständlich zu präsentieren.

Zu diesem »Club« hatte sie sechs Personen geladen und alle am Beginn der Sendung vorgestellt: eine hagere, etwa fünfzigjährige Dame, Frau Clara Kienholz, Steuerberaterin aus Lübeck; einen jungen Mann mit kupferrotem Bürstenhaarschnitt, der Dr. Karl Tammer hieß und in Wien als Transplantationskoordinator tätig war; eine junge Frau mit dunkler Brille, Katharina Scholl, Bibliothekarin aus Seefeld; eine ältere, sehr ernste Frau neben ihr, die im rechten Ohr ein kleines Empfangsgerät für Simultanübersetzung trug, Dr. Mildred Hutton, ehemalige Anästhesistin aus London; den Juristen Georg Sardon von der Organspendevereinigung Essen; den sechsten Gast kannten Faber und Mira: Es war Dr. Thomas Meerwald vom AKH Wien.

Dr. Geraldine Pratt wandte sich zunächst an die Bibliothekarin Katharina Scholl, die mit leiser Stimme berichtete, daß sie seit ihrem zwölften Lebensjahr an Diabetes litt, seit acht Jahren blind war und seit zwei Jahren dreimal wöchentlich zur Dialyse, also zur Blutwäsche, in die Universitätsklinik Innsbruck mußte.

»Wie lange warten Sie schon auf eine passende Niere?« fragte Dr. Pratt.

(»Ferdl, geh groß ran an die Scholl!« sagte der Regisseur im Technikraum ins Mikrophon, und der Mann hinter

Kamera III, den die Stimme über Kopfhörer erreichte, nahm das Gesicht der Frau mit der dunklen Brille in Großaufnahme.)

»Knapp zwei Jahre«, sagte die Scholl mit fast modulationsloser Stimme. »Ich brauche nämlich«, fuhr sie fort, »auch eine neue Bauchspeicheldrüse, und wenn man beide Organe in einer einzigen Operation transplantiert, bestehen für den Patienten viel größere Chancen. In Innsbruck hätte es vor einem Jahr die Möglichkeit zu einer solchen Doppeloperation gegeben, sie mußte aber aus Platzmangel abgesagt werden.«

»Aus Platzmangel?« fragte die Moderatorin. »Was heißt aus Platzmangel?«

(»Bleib auf der Scholl, Ferdl!« vernahm der Mann hinter Kamera III die Stimme des Regisseurs in seinen Kopfhörern.)

»Ich hätte bei einer Lebertransplantationspatientin liegen müssen«, antwortete die Blinde, »mit allen Apparaturen, ihren und meinen. Dafür sind die Zweibettzimmer in der Innsbrucker Uniklinik zu klein.«

»So etwas passiert an einer großen Klinik leider zwanzig- bis dreißigmal jährlich«, sagte Dr. Meerwald mit seiner kehligen, tiefen Stimme. Der Tiroler war nun im Bild. »Es gibt Patienten, die warten drei, vier, fünf Jahre, dann gibt es endlich die gewünschten Organe, und man muß – nicht nur in Innsbruck – aus Platzmangel auf die Operation verzichten.« Er sprach ruhig und absolut sachlich.

»Ich bewundere seine Ehrlichkeit«, sagte Faber.

»Ja«, sagte Mira, »ich auch. Aber …«

»Hätten Sie im AKH genügend Platz gehabt, Doktor Meerwald?« fragte die Pratt.

»Hätten wir, ja«, sagte der Tiroler.

»Warum wurde Frau Scholl dann nicht in Wien operiert?«

»Man bleibt mit Patient und Organ möglichst am Ort«,

sagte Meerwald. »Dazu kommt: Wir haben in Wien große Erfahrungen mit Nierentransplantationen, mit Bauchspeicheldrüsen geringere. Da liegt Innsbruck vorn.«
Die Moderatorin sagte: »Frau Kienholz wäre bereit, eine Niere zu spenden. Wie ist das Verhältnis von Lebendspenden zu denen von Verstorbenen?«
Der Koordinator Dr. Tammer antwortete: »In Wien hatten wir im letzten Jahr fünfundzwanzig Lebendspenden, von Verstorbenen dagegen knapp zweihundert. Die Gründe: Es muß eine absolute Übereinstimmung der Gewebe, der Blutgruppen und so weiter geben. Die Lebendspenden kommen daher ausschließlich von nahen Verwandten der Patienten. Das ist der eine Grund. Der andere besteht in der Rechtslage: Lebendspenden zwischen Nichtverwandten sind nach österreichischer Rechtslage verboten.«
»Sie sprechen von der Rechtslage«, sagte die Pratt. »Wie sieht die denn in Österreich aus?«
»Bei uns ist sie sehr präzise festgelegt«, sagte Dr. Tammer. Er nahm ein Gesetzblatt aus seiner Mappe und las vor. »Paragraph 62 a, 1 sagt: ›Es ist zulässig, Verstorbenen einzelne Organe oder Organteile zu entnehmen, um durch deren Transplantation das Leben eines anderen Menschen zu retten oder dessen Gesundheit wiederherzustellen. Die Entnahme ist unzulässig, wenn den Ärzten eine Erklärung vorliegt, mit welcher der Verstorbene oder, vor dessen Tod, sein gesetzlicher Vertreter eine Organspende ausdrücklich abgelehnt hat. Die Entnahme darf nicht zu einer die Pietät verletzenden Verunstaltung der Leiche führen‹ …«
»Hrrr-rrrrm«, machte Meerwald.
»Sie meinen?« fragte ihn die Pratt.
»Na ja«, sagte Thomas Meerwald, »ich meine, das ist eine sehr schöne Formulierung. In der Praxis …«
»In der Praxis?«
»… sieht das anders aus. Es ist ja nicht so, daß man dem Spender immer nur *ein* Organ entnimmt, nicht wahr?«

»Sie meinen die sogenannte Organernte«, sagte die Moderatorin.
Meerwald nickte.
»Dann will ich Ihnen die Peinlichkeit ersparen, das zu erklären: Es ist durchaus üblich, beispielsweise Verkehrstote, Tote nach Sport- oder Arbeitsunfällen ›abzuernten‹, so heißt das. Ein noch härterer Ausdruck lautet ›ausweiden‹. In Wien spricht man von ›ausbandeln‹, also an Organen alles zu entnehmen, was intakt ist. In amerikanischen Medizinerkreisen werden Motorräder mittlerweile nicht mehr *motorcycles,* sondern *donorcycles* genannt, also ›Spenderräder‹, weil bei toten Motorradfahrern meistens eine sehr große ›Ernte‹ möglich ist.«
»Wenn Sie so deutlich werden«, sagte Meerwald, »dann werd' ich es auch: Am liebsten hat man Selbstmörder, die sich aufhängen. Das ist der Traum eines Transplantateurs … Ich bitte um Verzeihung.«
»Mehr und mehr gefällt mir dieser Meerwald«, sagte Mira, und Faber erinnerte sich an alles, was Bell ihm über die drei Symptome, die einen Toten erst zum Toten machen, erzählt hatte, als er zum erstenmal bei Goran gewesen war: Koma, Atemstillstand und Ausfall der Hirnstammreflexe. Während Dr. Tammer die juristischen Aspekte des Hirntodes erläuterte, sah Faber sich in dem modern eingerichteten Appartement um und entdeckte, daß auf dem Spiegeltischchen neben Miras Bett verschiedene Kosmetika standen, was ihn mit einem jähen Glücksgefühl erfüllte.
Koordinator Tammer dozierte inzwischen weiter über rechtmäßige Organentnahme und schloß mit dem Ende des Paragraphen 62 A, 4: »›Organe und Organteile Verstorbener dürfen nicht‹ – ich wiederhole: nicht – ›Gegenstand von Rechtsgeschäften sein, die auf Gewinn gerichtet sind.‹«
»So lauten«, schaltete sich die Moderatorin ein, »die gesetz-

lichen Bestimmungen in Österreich. Frau Kienholz«, fuhr sie, zu der hageren Dame aus Lübeck gewandt, fort, »Sie wollen eine Niere spenden. Was veranlaßt Sie dazu?«

(»An die Dürre ran, eins!« sagte der Regisseur.)

»Ich möchte etwas Gutes tun«, sagte die Steuerberaterin, »und meine, daß das auch finanzielle Anerkennung verdient.«

»Mit anderen Worten, Sie wollen eine Niere *verkaufen*!« Meerwald neigte den Kopf und die massigen Schultern vor.

»Ja«, sagte Clara Kienholz.

»Zu welchem Preis?« fragte der Tiroler. Er hatte jetzt etwas von einer Bulldogge an sich.

»Was halt so üblich ist.«

»Sie werden doch sicher eine Vorstellung haben«, sagte der Koordinator. »Das ist ein Geschäft!«

»Nein!« rief die Hagere. »Ein Geschäft ist das nicht!«

»Was denn dann? Eine Ehrengabe gegen Honorar?« knurrte Meerwald.

Clara Kienholz zeigte sich gereizt. »Gegen Honorar, jawohl!« rief sie. »Aber es ist immerhin *auch* eine Spende, nicht wahr?«

»Wie sind Sie denn auf die Idee gekommen, Frau Kienholz?« Meerwald starrte sie an.

»Ich habe einen Brief von Herrn Sardon bekommen«, sagte die Steuerberaterin, jetzt trotzig. »Ich wollte das sowieso machen, und da dachte ich, na, da kann ich mich endlich sanieren ...«

(»Bleib auf der Dürren, Schorsch!« sagte der Regisseur.)

»Was heißt sanieren?« fragte Meerwald, sehr kehlig. »Mit einem Teil Ihres gesunden Körpers?«

»Natürlich meines gesunden Körpers!«

»Sie sehen kein medizinisches Problem?«

»Überhaupt keines!«

»Auch kein ethisches?«

»Was für ein ethisches?«

»Na«, sagte Meerwald, »immerhin handeln Sie mit Gewebe, mit einem Organ.«
»Handeln tu ich gar nicht!« rief die Kienholz. »Ich bekomme mein Honorar dafür. So, wie es in dem Brief steht, den Herr Sardon mir geschickt hat.«
»Und damit«, sagte Dr. Geraldine Pratt, »gehen wir in medias res.«
(»Ran an die Geraldine, Ferdl!« sagte der Regisseur. Kamera III war nun auf die Moderatorin gerichtet.)
»Ich lese Ihnen diesen Brief, von dem Frau Kienholz spricht, am besten vor. Herr Sardon hat ihn an zahlreiche Menschen in der Bundesrepublik verschickt ...«
Noch während sie den ersten Teil des Schreibens, mit dem dieses Kapitel begann, vorlas, hatte es empörte Zwischenrufe des Koordinators Tammer gegeben. Als sie nun Sardon fragte, ob dies der exakte Wortlaut des Briefes gewesen sei, sprachen alle durcheinander.
»Bitte, meine Herrschaften, bitte!« rief die Pratt. »Lassen Sie uns über alles in *Ruhe* sprechen! Jeder hat Gelegenheit, seine Meinung zu sagen. Ich möchte gerne den Brief des Herrn Sardon zu Ende lesen. Wenn Sie sich also noch einen Moment gedulden ...« Es wurde still im Studio. »Danke«, sagte die Pratt. »Zitat also wieder: ›Nieren sind begehrt. Durchschnittlich dreißig Monate muß man warten, wenn man auf eine Nierentransplantation angewiesen ist ...‹«
In Zwischenschnitten zeigte der Bildschirm die Gesichter der blinden Katharina Scholl, Meerwalds, Tammers, der so ernsten Engländerin Mildred Hutton und endlich das amüsierte Lächeln Sardons, ehe wieder die vorlesende Moderatorin erschien. »... ›Sehr häufig dauert dieses Warten bis zu fünf Jahren, bevor der Computer der Eurotransplant-Zentrale im niederländischen Leiden eine passende Spenderniere gefunden hat. Warum sollte nicht, wer es sich erlauben kann, seine Leidenszeit verkürzen und eine Niere kaufen?‹« (Zwischenrufe.) »›Hier geht es ganz sachlich

um eine Geldtransfusion für Ihr Weiterleben und eine Nierentransplantation für das Weiterleben eines begüterten Menschen.‹« (Erneute Rufe, sehr laut.) »›Dieser – natürlich diskrete – Handel zwischen zwei Unbekannten, die derart zu Kameraden im Kampf gegen ihren physischen und sozialen Tod werden, wird von unserem Staat‹« – Dr. Pratt sah auf –, »gemeint ist die Bundesrepublik Deutschland, ›als moralisch bedenklich verpönt, rettet jedoch zwei Menschenleben oder jedenfalls das Ihre. Denn auch wenn der Nierenempfänger nicht überlebt, Sie überleben, medizinisch sowieso und wirtschaftlich nun auch.‹ Zitat Ende. Das war weiterhin Ihr Brieftext, Herr Sardon?«

»Weiterhin, liebe gnädige Frau«, sagte der Angesprochene und verneigte sich wiederum im Sitzen.

Dr. Karl Tammer brüllte los: »Das ist wohl das Ungeheuerlichste, was ich je zu hören bekam! Ich bin in einer Weise von Ihnen abgestoßen, Herr Sardon, daß ich ... daß ich keine Worte für Ihr Verhalten finde. Sie sind ... nein, Sie sind nicht unmoralisch, Sie sind amoralisch! Sie wissen nicht, was das ist, Moral!«

Im Gesicht des Juristen stand weiter ein mokantes Lächeln.

»Sie wenden sich«, rief der Koordinator, »an Menschen, die sich in einer wirtschaftlich verzweifelten Lage befinden! An Menschen, die sagen müssen: Ich besitze nur noch das, was ich am, was ich im Leibe habe. Sie schlagen gesunden Menschen vor, sich ein Organ entfernen zu lassen, um Geld zu bekommen. In Österreich fällt bereits *das* unter den Tatbestand der schweren Körperverletzung.«

Mira sah Faber an. »Phantastisch!« sagte sie. »Phantastisch, wie diese Moderatorin ihren ›Club‹ zusammengesetzt hat! Die arme Blinde, der supermoralische Koordinator, mein Liebling Meerwald und dieser Sardon, der ist doch absolut *the man you love to hate!*«

»Weiß der Himmel«, sagte Faber. »Hut ab!«

»In Österreich kämen Sie mit Ihrem Vorhaben keinen Schritt weit«, sagte die Tiroler Bulldogge. »Doktor Tammer hat uns ja die Rechtslage hier erklärt. Sie schließt Unternehmen wie das Ihre prinzipiell aus: ›nicht Gegenstand von Rechtsgeschäften, die auf Gewinn gerichtet sind‹.«

»Ich habe niemals beabsichtigt, mein Vorhaben in Österreich zu starten«, sagte Sardon lächelnd.

»In der Bundesrepublik ist Organhandel genauso verboten wie bei uns.«

»In der Bundesrepublik«, sagte Sardon sanft wie ein Lehrer zu kleinen Kindern, »gibt es nur jahrzehntelangen Streit, aber überhaupt noch kein bindendes Gesetz.«

»Trotzdem«, rief Tammer, »werden Sie auch in der Bundesrepublik keine Klinik finden, die sich an einem solchen Handel, wie Sie ihn propagieren, beteiligt! Und Sie werden keinen Chirurgen finden, der einem lebenden Menschen ein Organ entnimmt und es einem anderen einpflanzt.«

»Sie dürfen mich wirklich nicht für schwachsinnig halten, meine Herren!« Jetzt klang Sardons Stimme leicht rügend. Er lächelte noch immer. »Selbstverständlich werden alle operativen Eingriffe in einem Land durchgeführt, in dem es derlei Verbote nicht gibt – aber sehr wohl erstklassige Kliniken und erstklassige Chirurgen.«

»Da müssen Sie dann schon nach Afrika gehen oder in den Fernen Osten!« schrie Tammer.

Die Blinde saß reglos.

»Wohin ich gehe, lassen Sie meine Sorge sein, Herr Doktor!«

»Sie haben«, rief die hagere Kienholz aus Lübeck erregt und bedachte den Rothaarigen mit einem empörten Blick, »vorhin gesagt, daß Herr Sardon sich an Menschen wendet, die in einer wirtschaftlich verzweifelten Lage sind!«

»Genauso ist es!«

»So ist es eben *nicht!*« rief die Dame aus Lübeck.

(»Die Dürre, Schorsch, geh an die Dürre ran!«)
»Ich zum Beispiel, ich bin in keiner wirtschaftlich verzweifelten Lage. Ich habe durch einen betrügerischen Anlageberater einen großen Teil meines Vermögens verloren, aber ich besitze noch immer genug zum Leben. Und ich bin bereit, eine meiner Nieren in größter Freiheit und keineswegs verzweifelt herzugeben.«
»Aber nicht umsonst!« Meerwald sah die Dame ironisch an.
»Natürlich nicht umsonst. Natürlich will ich Geld für meine Niere. Ich bin absolut der Ansicht von Herrn Sardon. Warum soll ich nicht Geld für meine Niere bekommen, die einem anderen Menschen das Leben rettet? Ich bin, noch einmal, in keiner wirtschaftlich verzweifelten Lage. Überhaupt nicht. Ich möchte nur etwas von dem Vermögen zurückbekommen, um das dieser Anlageberater mich geprellt hat, und da sehe ich keinen anderen Weg.«
»Frau Kienholz!« rief Tammer. »Ist Ihnen denn nicht klar, daß Sie durch Ihre Bereitschaft, ein Organ zu verkaufen, gleich zwei negative Entwicklungen fördern? Erstens: Wenn sich herumspricht, daß Sie Geld verlangen und erhalten, dann wird die Zahl der *freiwilligen* Spender alarmierend sinken. Und zweitens: Sie stürzen alle jene Patienten in tiefste Depression, die keine Niere oder was immer für Unsummen kaufen können und unter schlimmen Umständen auf ein neues Organ warten müssen.«
»Sie müssen ja nicht«, sagte die Kienholz wütend. »Jedenfalls nicht alle. Alle Menschen sind gleich, nicht wahr, Herr Doktor. Aber manche Menschen sind gleicher als die andern.«
»Was wollen Sie damit sagen?«
»Das wissen Sie ganz genau. Wenn Sie ein Großer sind, ein berühmter Filmstar, ein Politiker, dann müssen Sie eben *nicht* jahrelang warten, dann bekommen Sie Ihr Organ in kürzester Zeit.«
»Das ist nicht wahr!«

»Und ob das wahr ist! Bleiben wir in Ihrem Land! Hat der Bundeskanzler Kreisky in Hannover nicht sofort eine neue Niere bekommen, als er sie brauchte? Hat die Frau des jetzigen Bundeskanzlers dort nicht auch eine bekommen – sofort?«

»Da ist was dran«, brummte Meerwald.

»Sie fallen mir in den Rücken?« Der Koordinator sah ihn fassungslos an.

»Ein bissel. In diesem Punkt. Wenn Sie gestatten«, sagte der Tiroler. »Es stimmt schon, lieber Herr Kollege, daß es höchste Zeit wäre, das ganze System zu ändern. Wenn es nämlich funktionieren würde, brauchte niemand drei oder vier Jahre auf eine Niere zu warten.«

»Kommen Sie mir bloß nicht damit, daß die Armen sich das nicht leisten können!« sagte die Kienholz. »Das soziale Netz in Österreich und Deutschland ist dicht genug, so dicht, daß jede Transplantation von den Kassen bezahlt wird.«

»Not each and every one!« sagte die ehemalige englische Anästhesistin Dr. Mildred Hutton, die sich zum erstenmal ins Gespräch einschaltete. Sofort setzte die Stimme einer Simultandolmetscherin ein: »Nicht jede Transplantation wird von den Kassen bezahlt. Wenn Sie zum Beispiel als Ausländer kommen und keine Krankenversicherung haben, dann bezahlt hier kein Mensch auch nur einen Penny, falls Sie eine Transplantation, ach was, falls Sie ärztliche Betreuung brauchen. Das ist doch alles zutiefst verlogen! Ich weiß Bescheid. Ich war lange genug in diesem schmutzigen Geschäft. Jeder Staat sorgt – widerwillig genug – nur für die eigenen Bürger. In Amerika müssen Sie sogar Geld auf den Tisch legen, bevor ein Arzt Sie auch nur ansieht! Ich finde diesen Mister Sardon und das, was er tut, zutiefst abstoßend. Aber er könnte es nicht tun, wenn es in der Medizin faire Verhältnisse gäbe und nicht alles – wie überall – von Geld und Beziehungen abhinge.«

»Ich küsse Ihre Hand, Madame«, sagte Sardon.

»Mit Ihnen rede ich nicht. Und Sie reden nicht mit mir! Ich verbitte mir das«, übersetzte die Dolmetscherin die Worte der zornigen Mildred Hutton.
»Also küsse ich Ihre Hand nicht, Madame«, sagte Sardon. »Frau Doktor Pratt, darf ich jetzt endlich erklären, was mich zu meinen Aktivitäten veranlaßt hat, nachdem von der charmanten englischen Dame eben so eindringlich über unfaire Verhältnisse und das schmutzige Geschäft der Medizin gesprochen wurde? Vielleicht brüllen Sie *einmal* nicht, Herr Doktor Tammer. Habe ich das Wort, liebe gnädige Frau?«
»Bitte.«
»Danke.« Sardon sprach mit samtweicher Stimme. »Alles, was Miss Hutton sagte, stimmt. Oder etwa nicht, Doktor Meerwald? Behandeln Sie kranke Menschen, mit denen österreichische Kassen kein Abkommen haben? Behandeln Sie Flüchtlinge aus der dritten Welt oder aus Kriegsgebieten für Gottes Lohn? Zahlen da die österreichischen Kassen, oder zahlen sie da nicht?«
»Jedenfalls sehr selten. Wir finden trotzdem fast immer eine Möglichkeit. Aber im Prinzip muß ich Ihnen recht geben«, knurrte die menschliche Bulldogge.
»Also, ich habe recht. Soeben war von der Stärke unseres sozialen Netzes – für Inländer! – die Rede. Es ist wirklich außerordentlich stark, besonders auf dem medizinischen Sektor. Wenn Sie – bleiben wir bei Nieren – zum Beispiel eine Dialysebehandlung brauchen, bezahlt das die Krankenkasse, inklusive der Taxifahrten. Sie sollen mich reden lassen, Doktor Tammer! Jetzt bin ich dran. Ein Nierenkranker, der dreimal wöchentlich zur Blutwäsche gehen muß ...«
(»Auf die Blinde, Ferdl«, sagte der Regisseur.)
Katharina Scholl hatte nur kurz am Anfang gesprochen. Die wirklich Betroffene verfolgte die Debatte stumm. Man sah ihr tragisches Gesicht, während Sardon weiterredete.

»… dann kostet das den Staat oder die Versicherung, Dialyse-Apparatur, alle anderen nötigen Einrichtungen und ärztliche Betreuung zusammengerechnet, bis zu einhundertsechzigtausend Mark jährlich. Jährlich! Und der Patient …«

(Kamera III nahm noch immer die Blinde auf.)

»… macht zudem ein Martyrium durch, das unbeschreiblich ist.«

(»Jetzt wieder den Sardon, Schorsch!«)

»Ich«, sagte der Jurist, »bin in der Lage, einem Kranken eine gesunde Niere zu vermitteln für sechzig- bis achtzigtausend Mark! Das ist halb so teuer wie eine Dialyse-Behandlung pro Jahr. Der Staat würde dem Steuerzahler für einen einzigen Dialysepatienten also Steuern in Höhe von achtzigtausend Mark ersparen können. Daß das nicht geschieht, ist ein ungeheurer Skandal, für den ich die Bundesrepublik anklage. Und nicht nur der Steuerzahler – auch die Krankenhäuser und Versicherungen wären entlastet. Aber mein Vorgehen nennt man unmoralisch, mich nennt man amoralisch! Bloß, weil ich hier einspringe. Es *muß* jemand einspringen, sonst wird die Lage katastrophal. Sie ist es bereits. Denken Sie an den verbrecherischen Handel mit Organen in Afrika, Indien, Südamerika! Dort werden Straßenkinder zu Tausenden getötet und ausgeweidet …«

»Das ist unerträglich!« schrie Tammer.

Das Gesicht der Blinden blieb maskenhaft.

»Lassen Sie Herrn Sardon ausreden!« sagte die Moderatorin laut.

»Danke, liebe gnädige Frau … Ausgeweidet, sage ich, Doktor Tammer. Dort und in vielen anderen Ländern drücken kriminelle Händler bei den Ärmsten der Armen den Preis für Organe unfaßbar tief, denn ein arbeitsloser Inder *muß* seine Niere verkaufen, wenn er Frau und Kinder ernähren will und sich selbst.«

»Sie sind …«, begann Tammer wieder.

»Halten Sie den Mund, jetzt spreche ich!« sagte Sardon brutal.
(»Allerhand!« sagte der Regisseur. »Geh groß an den Sardon ran, Schorsch, bleib auf ihm! Der ist pures Gold.«)
»Denken Sie daran«, fuhr Sardon fort, »wie weit dieser kriminelle Handel bereits gediehen ist! Der menschliche Körper ist längst nicht mehr heilig, wie das heißt. Längst nicht mehr! Ich *handle* nicht mit Organen, ich kann das nicht oft genug sagen, ich *vermittle* Organe auf die sauberste und moralischste, die moralischste Art, die möglich ist, Herr Doktor Tammer.«
»Und verdienen damit«, raunzte Meerwald. Er schien grimmig amüsiert.
»Natürlich nehme ich Provision für meine Dienste. Ich habe enorme Auslagen. Aber ich erfülle eine große Aufgabe, die ich als Mission empfinde ...«
Die Pratt unterbrach ihn: »Dies ist eine Diskussionsrunde, Herr Sardon. Sie dürfen keine Vorträge halten!«
»Nur noch zwei Minuten, liebe, verehrte gnädige Frau. Nur noch zwei Minuten! Es ist *zu* wichtig, was ich zu sagen habe. Hunderttausende sehen uns zu. Ich muß das Recht haben, ihnen klarzumachen, daß ich kein Lump bin, sondern ein Helfer der Menschheit.«
Karl Tammer lachte.
»Lachen Sie ruhig!«
»Zwei Minuten, Herr Sardon, höchstens!«
»Danke, liebe gnädige Frau.« Der Jurist geriet in Fahrt. »Gewisse Träumer, meine Damen und Herren, denken noch immer in Begriffen wie Völker, Nationen, Ideologien, Götter, Freiheit von Furcht und Not, Freiheit der Rede und des Glaubens, Demokratie und Gerechtigkeit.«
(Kamera I nahm ihn groß auf.)
»Es gibt aber, meine Damen und Herren, keine Nationen, Völker und Ideologien mehr. Es gibt keine Freiheit, keine

Demokratie, keinen Osten, keinen Westen und keine Götter mehr. Es gibt *Höheres.*«

(»Schnell mal die Gesichter der anderen dazwischen!« sagte der Regisseur zur Bildmeisterin.)

»Nämlich nur noch ein einziges System der Systeme«, fuhr Sardon fort, »ein riesiges, ungeheuer mächtiges, auf das komplizierteste verflochtenes, multivariables und multinationales Dominion von Konzernen: IBM und Siemens, MBB und Thyssen, Airbus Industries, Dupont und BASF, AT and T und Dow, Union Carbide, Bayer, Exxon und U. S. Steel. *Sie* sind es, die die Globalität auf diesem Planeten bestimmen! Und was sie tun, unterliegt den unwandelbaren Gesetzen der Wirtschaft. Die Welt, meine Damen und Herren, ist ein Kaufhaus! Die Welt, meine Damen und Herren, ist ein Geschäft!«

»Phantastisch!« sagte Mira zu Faber. Der nickte.

»Herr Sardon ...«

»Das war erst *eine* Minute, Frau Doktor Pratt! Nur noch eine einzige mehr! Die Welt ist ein Geschäft, sage ich. Und darum empört es mich zutiefst, wenn ich, in diesem System lebend, zur Kenntnis nehmen muß, daß Menschen ein Organ spenden, ohne dafür den finanziellen Marktwert dieses Organs zu erhalten, ja, daß man Verstorbene – beispielsweise bei Ihnen in Österreich – buchstäblich ausweiden darf, ohne daß die unglücklichen Hinterbliebenen, die oft den Ernährer verloren haben, einen einzigen Groschen Entschädigung erhalten. Und das in der – gelobt, gepriesen und gebenedeit sei sie – freien Marktwirtschaft! Dummköpfe faseln, nicht alles auf dieser Welt sei käuflich, Gerechtigkeit zum Beispiel, Freiheit, Sicherheit. Was für ein Hohn! Wieviel bezahlen Sie, damit Sie hoffen können, von einem Gericht Gerechtigkeit zu erhalten? Wieviel bezahlen Sie für Ihre Sicherheit? Wie viele Abermilliarden verdient die internationale Rüstungsindustrie, die uns einredet, daß Freiheit allein mit ihren Waffen zu haben ist? Wieviel bezahlen

Sie für Ihre Gesundheit? Oder, zum Beispiel: Ein Mann raucht vierzig Jahre lang mehrere Päckchen Zigaretten täglich. Die muß er natürlich bezahlen. Vom Preis erhält der Staat fünfzig Prozent Tabaksteuer. Dann stirbt der Mann an Lungenkrebs – und der Staat erspart sich zwanzig Jahre seine Rente. Sehr moralisch, wie? Oder Prostitution. Verpönt, ein Sumpf, jajaja – aber der Staat nimmt von den Prostituierten Steuern. Das wär's. Jetzt können Sie mich schlachten, meine Damen und Herren«, sagte Georg Sardon und lehnte sich in seinem Fauteuil zurück.
(Im Regieraum wischte die Bildmeisterin mit einem Taschentuch Schweiß von der Stirn. »Puh, das ist ja vielleicht ein Schatzi!« sagte sie. – »Immerhin was los heute abend«, sagte der Regisseur.)

8

»Ich denke«, sagte Dr. Geraldine Pratt, als nach den letzten Worten Sardons seltsamerweise kein neuer Aufruhr, sondern nur längeres Schweigen gefolgt war, »wir haben hier ein brillantes Stück Demagogie zu hören bekommen, auf das Sie offenbar nicht weiter eingehen wollen. Sie alle verabscheuen wohl jedes Wort, das Herr Sardon gesagt hat.«
»Verabscheuen ist gar kein Ausdruck dafür«, sagte der rothaarige Dr. Tammer.
»Verabscheuen ist *schon* ein Ausdruck dafür«, sagte Meerwald langsam. »Aber mit dem Verabscheuen allein wird niemandem geholfen. Herrn Sardons Philosophie ist radikal abzulehnen, und es muß alles getan werden, um zu verhindern, daß er sie weiter als ›Helfer der Menschheit‹ in die Tat umsetzt. Doch einiges von dem, was er erwähnt hat, ist leider wahr.«
»Was ist wahr?« Tammer starrte den Tiroler an.

»Zum Beispiel alles, was er über den kriminellen Organhandel, was er über die Zustände in der dritten Welt gesagt hat. Die sogenannte freie Marktwirtschaft hat große schmutzige Flecken, das möchte ich einmal festhalten. Wagen Sie bloß nicht, mir Beifall zu klatschen, Herr Sardon! Was Sie tun, ist hassenswert. Aber Sie tun es, weil das kapitalistische System eine Situation geschaffen hat – auch in der Medizin –, die Leute wie Sie munter macht. Wenn ein Mann in Indien vom Verkauf einer Niere seine Familie jahrelang ernähren und dazu vielleicht auch noch seine kleine kranke Tochter behandeln lassen kann, dann lassen sich schon Gesichtspunkte zugunsten des Organhandels anführen, dann könnte man sogar Sympathie für die Händler empfinden.«
Die ehemalige Anästhesistin Hutton sagte: *»I am at the point to puke«*, und die Dolmetscherin übersetzte: »Ich bin knapp davor, mich zu übergeben. Hier wird das Pro und Contra des Organhandels diskutiert, und in einem Großteil der Welt ist nicht einmal die Basisversorgung gewährleistet. Täglich sterben allein in der dritten Welt fünfundzwanzigtausend Kinder an Hunger oder nicht behandelten Krankheiten, und die reichen Industrienationen Mitteleuropas haben sich ein derart kostspieliges Gesundheitswesen geleistet, daß niemand es mehr bezahlen kann. Was die Transplantationsmedizin angeht – schließlich habe ich auf diesem Gebiet lange genug gearbeitet und weiß sehr wohl, warum ich das *nicht* mehr tue. In den USA, im Staate Oregon etwa, hat man sich – wegen der Kostenexplosion – vor zwei Jahren entschieden, keine Herz- und keine Nierentransplantationen mehr durchzuführen ...«
(»Zeig mal wieder die Blinde, Ferdl!« sagte der Regisseur.)
Die Bibliothekarin Scholl, die in dieser Sendung keine hundert Worte gesprochen hatte, saß immer noch starr, immer noch mit ausdruckslosem Gesicht.
»Was Miss Hutton sagt, ist absolut richtig«, sagte Meerwald »Ich habe schon darauf hingewiesen, daß das System grund

legend geändert werden muß, und zwar ohne Qualitätsverlust der Medizin. In Amerika sagen viele, wir können uns diese Spitzenmedizin auf Dauer nicht leisten. Das ist nun aber doch eine Frage an die Gesellschaft, was sie lieber finanziert: die moderne Medizin oder einen Flugzeugträger für soundsoviel Milliarden Dollar. Man könnte sämtliche Nierenpatienten der Welt auf Jahre hinaus versorgen, wenn man die Flugzeugträger nicht baute.«
»Sie werden aber gebaut«, sagte die Pratt.
»Ja, weil wir eben *nicht* in der besten aller Welten leben«, erwiderte Meerwald. »Deshalb müssen wir diese Maximalmedizin unter Einbeziehung des Kostenpunktes entwickeln, mit dem ständigen Blick darauf, was sinnvoll noch machbar ist. Wir haben uns da auf etwas Ungeheuerliches eingelassen mit dieser Medizin, die alles kann seit vierzig, fünfzig Jahren.«
Das war ein Stichwort für die Moderatorin. »Wie war es denn vor vierzig, fünfzig Jahren, Herr Doktor Tammer?«
Der schluckte, dann begann er betont sachlich zu sprechen: »Damals wurde die Verpflanzung von Körperteilen eines Menschen auf einen anderen Menschen von prominenten Medizinern noch als exzentrische Grille und Kuriosität abgetan. Heute sind Organ- und Gewebetransplantationen an den großen Kliniken Europas und Nordamerikas bereits Routine. Schon 1987, also vor sieben Jahren – ich sehe das hier aus einer Statistik –, verpflanzten Chirurgen allein in Amerika annähernd fünfzehntausend große Organe ...«
»Fünfzehntausend Organe«, wiederholte die Pratt. »Und in Österreich mußte Frau Scholl, seit acht Jahren blind, seit zwei Jahren an der Dialyse, fast zwei Jahre darauf warten, bis es eine passende Niere und eine passende Bauchspeicheldrüse für sie gab, und dann wurde die Doppeloperation abgesagt – aus Platzmangel! Aus Platzmangel! Wenn wir heute abend von so vielen Skandalen sprechen, was sagen Sie zu diesem, Doktor Meerwald?«

»Ich habe immer wieder erklärt, daß wir auch hier möglichst schnell alles grundsätzlich ändern müssen. Was mit Frau Scholl geschah und geschieht, ist ein Verbrechen, aber wir sind dabei, das System zu ändern.«

»Das ist auch dringend nötig«, sagte die Moderatorin. »Denn trotz allem, was Doktor Tammer eben über Amerika und die Entwicklung der Transplant-Medizin erzählte – sie steckt noch in den Kinderschuhen.«

Tammer sagte: »Sie steht ungefähr dort, wo Henry Ford stand, als er mit der Massenproduktion seines Modells T begann – an jenem Punkt in der Geschichte einer neuen Entwicklung also, an dem Forschung und Entwicklung so weit gediehen sind, daß man an sichere Serienherstellung denken kann. In den nächsten fünf Jahren wird die Transplantationsmedizin sich weiterentwickeln wie in den letzten dreißig Jahren ...« Tammer hatte, fasziniert von seinem Beruf, den Kampf mit Sardon vergessen. Seine Augen funkelten. »Die noch junge Kunst, die so schnell vom Experiment zu einer Spezialrichtung innerhalb der Chirurgie avancierte, wird sich zur medizinischen Industrie auswachsen und Bedeutung erlangen nicht nur für die Behandlung einzelner kranker Organe, sondern auch für den Umgang mit vielen Krankheiten.«

Mildred Hutton unterbrach ihn sehr laut: *»I will not listen to all this any longer! Now you have got to let me speak, Miss Pratt, you just have to!«*

(»Die Engländerin, Kamera zwei! Herzliebstes Jesulein, das ist vielleicht ein munterer Club!«)

Aus dem Lautsprecher kam die Stimme der Simultandolmetscherin: »Ich will mir all das nicht länger anhören! Nun müssen Sie mich sprechen lassen, Frau Pratt, Sie müssen einfach!«

»Selbstverständlich, Sie haben das Wort.«

Dr. Hutton sprach sehr erregt und schnell, die Dolmetscherin hatte Mühe, mitzukommen.

»Sie und Ihresgleichen, Mister Tammer, sehen nur die grandiose Entwicklung, die nobelpreiswürdigen Leistungen der Chirurgie, die rasenden Fortschritte der Transplant-Chirurgie. Doktor Meerwald, ein weltbekannter Praktiker, hat vorhin angedeutet, was ihn bedrückt – für meinen Geschmack längst nicht deutlich genug. Wie sieht es denn heute aus in der Medizin und in anderen Wissenschaften? Alles, was gemacht werden kann, muß einfach gemacht werden – ganz besonders auf Ihrem Gebiet. Man darf die Forschung nicht gängeln, nicht einschränken, nicht verbieten, hören wir immer und immer wieder, denn damit gefährden wir den Fortschritt.«
Die Simultandolmetscherin hetzte Mildred Huttons Worten nach, sie geriet außer Atem.
»Was Sie nicht sehen – oder nicht sehen wollen –, sind die ethischen Probleme, ist das unvermeidliche Konfliktpotential, das sich täglich aufs neue aus großer Nachfrage und kleinem Angebot zusammenbraut. Nein, nein, Mister Sardon, *Ihren* Beifall verbitte ich mir. Ich frage: Wer also darf leben? Wer also muß sterben? Ich frage: Sind – in Sichtweite des Operationssaals – wirklich alle Menschen auf den Wartelisten gleich?«
(»Auf die Blinde, Ferdl!«)
»Frau Scholl muß in ihrem furchtbaren Zustand Jahre warten und warten und dann auch noch erleben, daß durch Schlamperei, durch Inkompetenz ihre Operation abgesagt wurde. Ich frage: Dürfen bei der Empfängerwahl Reputation, Herkunft oder Vermögen eine Rolle spielen?« Die Hutton schwieg einen Moment, danach sprach sie langsamer: »Die Dolmetscherin sagte mir eben, daß sie nicht mehr mitkommt. Ich bitte die Dame um Verzeihung. Ich bin einfach außer mir. Von nun an werde ich mich bemühen, langsamer zu sprechen ...« Sie tat es im folgenden. »Über kurz oder lang, so hat der deutsche Medizinnobelpreisträger Werner Forßmann schon nach der ersten spektakulären

Herztransplantation durch Christiaan Barnard gesagt, werde es keine Sicherheit mehr geben vor ›Ehrgeiz, Willkür, Charakterschwäche und Ruhmsucht‹. Und er fügte wörtlich hinzu (den folgenden Satz zitierte Dr. Hutton in schwer akzentbehaftetem Deutsch): ›Wenn der Diabolus die sittlichen Begriffe durcheinanderwirft, ist der Preis für den Fortschritt zu hoch!‹ Nein«, rief sie, nun wieder auf englisch, »ich bin noch nicht fertig, lassen Sie mich sprechen, Mister Tammer! Durch all diese Triumphe der Medizin werden die Menschen älter und älter. Dafür ist unser soziales System nicht eingerichtet – und wird auch niemals darauf einzurichten sein. Sie sehen ja, es funktioniert längst nicht mehr. Mit Hilfe von kleinen Mengen Hirngewebe abgetriebener Föten, die in gewisse Gehirnzentren eingepflanzt werden, will man Parkinson, Schlaganfall, Querschnittlähmung, Epilepsie, Alzheimer, Multiple Sklerose, Schizophrenie und drei Dutzend andere Krankheiten heilen. Was die medizinische Forschung in letzter Zeit erreicht hat, ist unfaßbar – und die Menschen sind kränker denn je zuvor! Die dritte Welt lassen wir – Ihre Absichtserklärungen, Mister Meerwald, in Ehren – vor unseren Augen zugrunde gehen. Zwei Drittel der Menschheit sterben vor unseren Augen an Hunger und Krankheit. Die Hälfte aller Kinder dieser Welt ist noch nicht einmal gegen Polio geimpft. Im Jahr 2030 wird es zwölf Milliarden Menschen auf der Erde geben. Wer wird sie ernähren? Wie wird das enden, wenn die Transplantationsmedizin weiter von Triumph zu Triumph stürmt, wenn weiterhin alles gemacht wird, was gemacht werden kann? Ich will Ihnen sagen, wie das enden wird, enden muß: Die Bürger werden eines Tages einen Brief bekommen, und in diesem Brief wird stehen: ›Sehr geehrte Dame, sehr geehrter Herr! Nach Paragraph 3 der einschlägigen Verordnung haben Sie das gesetzlich festgelegte Höchstalter erreicht. Sie werden ersucht, am kommenden Montag um neun Uhr früh, gewaschen und in

sauberer Kleidung in dem für Sie zuständigen Zentrum zu erscheinen, um entsorgt zu werden.‹«
Ganz langsam kippte Mira auf der Couch zur Seite.
Faber erschrak. »Mira!«
Sie gab keine Antwort.
»Mira!« Er kniete vor ihr nieder. »Mira, was hast du?«
Dann sah er, daß sie eingeschlafen war. Ihr Gesicht zeigte den Ausdruck von großem Frieden.
Faber schaltete das Fernsehbild ab, ließ jedoch den Videorecorder laufen. Er trat wieder vor Mira, die jetzt zusammengerollt wie eine Katze auf der Couch lag. Ich kann sie hier nicht liegen lassen, überlegte er. Sie muß ins Bett. Aber wie bringe ich sie dorthin? Tragen kann ich sie nicht. Er redete zärtlich auf sie ein.
»Mmmmm«, machte Mira.
»Komm!« sagte er, legte ihren rechten Arm um seine Schulter und zog sie hoch. Vorsichtig, Schritt vor Schritt, führte er die schlaftrunkene Frau in das Schlafzimmer.
»Was ...«, murmelte sie. »Warum ...«
»Ja, meine Gute«, sagte er, »gleich sind wir da, meine Schöne.«
»Goran«, sagte sie, kaum verständlich. »Goran ... wenn er nur ...«
»Bestimmt«, sagte Faber.
Dann waren sie im Schlafzimmer. Er schaltete das Licht an und ließ Mira behutsam auf das Bett gleiten. Sofort kippte sie wieder zur Seite. Er richtete sie auf.
»Warte!« sagte er. »Nur noch einen Moment ...« Er versuchte, ihr den Morgenmantel auszuziehen. Das war schwierig, denn nun schlief sie im Sitzen. Endlich hatte er es geschafft. Er ließ sie los. Als er ihren Kopf auf die Kissen bettete und die Füße hochhob, öffnete sich die Jacke ihres Pyjamas, und ihre linke Brust wurde sichtbar. So war sie damals, dachte er. Genauso. Mira hatte kleine, feste Brüste, keine großen.

Er empfand – seit vielen Jahren zum erstenmal – ein Gefühl der Begierde in sich aufsteigen, und gleichzeitig schämte er sich, weil er eine Schlafende betrachtete. Er neigte sich über sie, küßte ihre Lippen und roch den Duft ihres Haars. So viel Vergangenheit, dachte er, so viel Vergangenheit …

»Robert«, murmelte Mira. »Lieber, lieber Robert …«

Der Duft ihres Haars.

9

»Wir haben nun alle Ergebnisse der Biopsie«, sagte Dr. Bell am nächsten Vormittag. Neben Professor Aldermann saß er in dessen Arbeitszimmer hinter einem mit Papieren überladenen Schreibtisch. Mira und Faber saßen den beiden gegenüber. »Und wir standen zunächst vor einem Rätsel«, fuhr Bell fort. Er sah müde und sorgenvoll aus.

»Was für einem Rätsel?« fragte Faber.

»Doktor Meerwald machte den Eingriff«, sagte Aldermann. »Normalerweise tue ich das, aber in diesem Fall nahmen wir Meerwald wegen seiner alten Verbundenheit zu Goran. Sie haben Meerwald gestern abend im ›Club zwei‹ gesehen?«

»Ja«, sagte Mira. »Wir fanden ihn großartig und haben größtes Vertrauen zu ihm, weil er so ehrlich gesprochen hat, ohne Phrasen, ohne etwas zu beschönigen.«

»Darum arbeite ich so gern mit ihm zusammen«, sagte Bell. »Thomas sagt immer die Wahrheit – den Kollegen, den Patienten und ihren Angehörigen. Und er ist einer der besten Chirurgen, die es gibt. Er hat also vor zwei Tagen die Leberbiopsie durchgeführt, und danach ist die Gewebeprobe von Pathologen untersucht worden. Auch auf eventuelle Virusschädigungen, wieder und wieder, weil die Pathologen nämlich ebenfalls ratlos waren.« Bell fuhr sich mit den Fingern durch das kurzgeschnittene schwarze Haar. »Total ratlos. Die Befunde zeigen, daß Gorans Leber schwer geschädigt ist. So schwer, daß wir nicht wissen, ob sie sich noch einmal erholen wird.«

»O Gott!« sagte Mira. »O lieber Gott im Himmel!«

»Auch ich muß Ihnen die Wahrheit sagen.« Der weißhaarige Klinikchef stand auf. »Wir werden alles tun, um Gorans Leber zu erhalten, liebe Frau Masin. Und es ist durchaus möglich, daß wir Erfolg haben, wir brauchen jetzt Zeit und Glück. Das Rätsel, vor dem wir standen, war, wie Gorans Leber in einen solchen Zustand geraten konnte. Nun wissen wir: Es handelt sich um eine Abstoßungsreaktion. Die Leber arbeitet zwar noch, ist aber im Begriff, abgestoßen zu werden. Und die Pathologen fanden keine Erklärung dafür. Jahrelang hat diese transplantierte Leber hervorragend funktioniert. Dann verschlechterte sich ihr Zustand ja schon in Sarajewo dramatisch, nicht wahr, Frau Masin? Wann haben Sie es bemerkt?«

»Nachdem die *snajper* seine Eltern erschossen hatten, fing das an«, sagte Mira, um Fassung kämpfend. »Zuerst habe ich gedacht, er steht unter Schock. In dieser Stadt stehen jeden Tag Menschen, die gerade noch davongekommen sind, unter Schock. Die psychiatrischen Ambulanzen sind überlaufen. Tausende bleiben dauernd gestört, viele sind tatsächlich und buchstäblich verrückt geworden. Die normale Art, in Sarajewo zu leben, ist zu sterben. Ich war nach dem Tod meiner Tochter und meines Schwiegersohns tagelang nicht ansprechbar, und natürlich habe ich gedacht, daß es Goran ebenso geht: Vater und Mutter tot! Damals hat er begonnen, elend auszusehen ... damals, ja ...« Ihre Stimme versagte. Sehr fest hielt Faber ihre zuckende Schulter. Mira weinte. »Entschuldigen Sie!« sagte sie. »Verzeihen Sie ... es war schrecklich ... zu schrecklich ...«

Aldermann reichte ihr ein Papiertaschentuch. »Furchtbar, gewiß«, sagte er, »aber es erklärt nicht den Zustand von Gorans Leber. Psychische Schäden wären damit zu erklären, sie wären fast selbstverständlich, schwere psychische

Schäden – aber physische?« Aldermann neigte sich vor. »Wir haben lange darüber gesprochen, die Pathologen, Bell, Meerwald und ich, und wir sind zu der Ansicht gekommen, daß es für dieses Rätsel nur *eine* Lösung geben kann, nämlich die, daß Goran die Medikamente, die er nehmen mußte, nicht mehr genommen hat.«

»Erinnern Sie sich, Herr Jordan?« fragte Martin Bell. »Ich habe Ihnen bei unserer ersten Begegnung an Gorans Bett gesagt, wir würden etwas in dieser Richtung vermuten, weil wir festgestellt hatten, daß Gorans Cyclosporin-Spiegel bei Null lag.«

»Ich erinnere mich. Und das ist die einzige Erklärung?«

»Die einzige, Herr Jordan«, sagte Professor Aldermann.

»Haben Sie schon mit Goran darüber gesprochen?«

»Natürlich! Bell, Meerwald, Frau Rohmer, der Diakon und unser Psychologe Doktor Ansbach. Wir alle haben mit ihm gesprochen. Stundenlang. Behutsam zuerst, ganz direkt zuletzt. Wir haben ihm auf den Kopf zugesagt, daß er die Medikamente nicht mehr genommen hat.«

»Und?«

»Nichts. Entweder er hat überhaupt nicht geantwortet oder läppisch herumgeredet. Zuletzt ist er aggressiv geworden und hat behauptet, er habe die Medikamente selbstverständlich genommen. Das ist aber ausgeschlossen. Wenn er das sagt, lügt er.«

»Und was geschieht nun mit ihm?« fragte Mira.

»Seine Leber arbeitet, Frau Masin«, Aldermann hob eine Hand und ließ sie wieder fallen. »Ganz bestimmt noch längere Zeit. Natürlich erhält er durch den Port-A-Cath weiter alle Medikamente, auch Cyclosporin A. Aber um entscheiden zu können, wie wir am besten vorzugehen haben, müssen wir wissen, *warum* er die Medikamente in Sarajewo nicht mehr genommen hat. Und vielleicht – das ist unsere Hoffnung – sagt er es Ihnen.«

10

Samstag, 4. Juni 1994.
Goran saß auf dem Bett, als Mira und Faber in sein Zimmer kamen. Beide trugen große Einkaufstüten aus Glanzkarton. Nachdem sie Goran umarmt und geküßt hatten, was er stumpf über sich ergehen ließ, legte Mira den Inhalt der Tüten auf das Bett: die zwei Levis-Jeans, die T-Shirts und Sweatshirts, den Lederlumber, den Jogginganzug, die Sportsocken und die Basketballschuhe, die, wie der Verkäufer versichert hatte, »der Traum aller Buben« waren.
»Das sind vielleicht Schuhe, was?« sagte Faber.
»Mhm«, machte Goran.
»Und der Lederlumber, ist der nichts?«
»Wunderbar ist er«, sagte Goran.
»Das alles wirst du jetzt brauchen. Zuerst den Jogginganzug, dann die Jeans und die Shirts und, wenn du hier rauskommst, die Schuhe.«
»Danke«, sagte Goran. »Danke, Bakica, danke, Deda.«
»Wir sind so froh, daß es dir schon wieder besser geht«, sagte Mira.
Goran antwortete nicht.
»Was ist? Bist *du* nicht froh darüber?«
Schweigen.
»Goran!«
»Ja?«
»Bist du nicht glücklich, daß es dir soviel besser geht?«
Schweigen.
»Goran!« sagte Mira. »Ich habe dich gefragt, ob du froh darüber bist, daß ...«
»Seid nicht böse«, unterbrach sie der Junge, »ich muß mich hinlegen. Mir ist schwindlig. Bitte, geht jetzt! Geht!« schrie er plötzlich.

Sonntag, 5. Juni 1994.
»Hör mal, Goran, die Ärzte sagen, sie haben deine Leber ganz genau untersucht.«
»Hat sehr weh getan.«
»Kann nicht so weh getan haben. Du hast eine lokale Betäubung bekommen.«
»Nicht beim Reinstechen. Nachher.«
»Die Ärzte sagen, es gibt für deinen Zusammenbruch in Sarajewo nur eine einzige Erklärung: Du hast die Medikamente nicht mehr genommen.«
»Das ist nicht wahr! Ich habe sie genommen!«
»Wirklich? Das kannst du beschwören?«
»So etwas beschwöre ich nicht. Du mußt es mir schon glauben, Bakica. Habe ich dich je belogen?«
»Nein, Goran, nie. Du warst immer ein guter Junge, und tapfer. Ich ... ich habe dich sehr lieb, Goran. Sehr lieb.«
»Ich dich auch, Bakica. Und dich, Deda.«
»Aber es gibt keine andere Erklärung, sagen die Ärzte. Und die haben doch wirklich alles für dich getan. Sie können nun aber nichts mehr tun, wenn du nicht mitarbeitest. Du mußt ihnen helfen! Das verstehst du doch, wie?«

Mittwoch, 8. Juni 1994.
»Goran, wir sind verzweifelt. Jetzt fragen wir dich seit Tagen, ob du die Medikamente genommen hast. Du sagst, du hast sie genommen. Die Ärzte sagen, du *kannst* sie nicht genommen haben. Die Ärzte wissen, wovon sie reden. Sie können dir nur helfen, wenn du sagst, was in Sarajewo geschehen ist. Bitte, Goran, sag es mir und Deda, bitte!«
»Wenn ihr es unbedingt wissen wollt: Ich habe die Medikamente nicht genommen.«
»Seit wann?«
»Seit die *snajper* Mami und Papa erschossen haben.«
»Und da hast du dann keine Medikamente mehr genommen?«

»Nicht gleich. Erst später.«

»Aber warum nicht, Goran, warum nicht?«

»Weil ich sterben will. Damals habe ich sterben wollen, und heute will ich sterben. Die Ärzte sollen mich in Ruhe lassen. Ich will nicht mehr leben! Ich will sterben!«

Drittes Kapitel

1

»Guten Abend, meine Damen und Herren! Zur ›Zeit im Bild‹ um neunzehn Uhr dreißig begrüßen Sie …«

»Ursula Limmer …«

»… und Peter Krug …«

Der Nachrichtensprecher und seine Kollegin saßen nebeneinander. Links oben in dem Fernsehbild war das Datum eingeblendet: 8. Juni 1994.

Peter Krug hatte weitergesprochen: »… wie gemeldet, wurde gestern um elf Uhr zwanzig vor einer deutsch-slowenischen Zweisprachen-Volksschule in Klagenfurt eine Rohrbombe entdeckt und von einem Sonderkommando zum Klagenfurter Flughafen gebracht.«

Ursula Limmer übernahm: »Bei der Untersuchung in einem Hangar explodierte die Bombe und verletzte den Polizisten Alfred Holzer so schwer, daß ihm heute nachmittag beide Unterarme amputiert werden mußten. Wir erwarten noch für diese Sendung eine Erklärung des Sprechers der Staatspolizei …«

Renate Wagner hatte den Tonregler des Fernsehers zurückgedreht. Sie war, nach telefonischer Anmeldung, zu Faber in dessen heiße Zimmer in der Pension »Adria« gekommen. Die etwa fünfzigjährige Journalistin mit dem kurzgeschnittenen braunen Haar, dem ovalen Gesicht und den braunen Augen sah erschöpft aus. Sie sagte: »Was da jetzt gezeigt und berichtet wird, habe ich Ihnen schon erzählt. Den Sprecher der Staatspolizei können wir uns schenken. Außer Phrasen kommt nichts von dem – nie.« Sie schlug wütend mit einer Faust auf ein Knie. »Nun haben sich unsere Historiker über diese rechtsradikalen Mörder hergemacht. ›Das sind keine Neonazis‹, so lautet die neueste Version, ›Austrofaschisten‹ sind es, mit Symbolik und Mystik. Das rassereine, edle Volk der Ostmark soll auferstehen. Darum die vielen Hinweise auf Helden der Vergangenheit in den Bekennerbriefen: Herzog Odilo, den Christianisierer der Karantaner, Friedrich den Streitbaren, den letzten Babenberger, oder Matthäus Lang, jenen in Augsburg geborenen Primas Germaniae, dessen ihm 1529 verliehener Titel für zwei Bekennerschreiben verwendet wurde und der seinerzeit einen Aufstand der Pongauer und Pinzgauer Bauern, ja selbst der Salzburger Bürgerschaft provozierte. ›Das Deutsche Reich ist siebzig Jahre von Berlin aus regiert worden, aber dreihundert Jahre von Wien aus‹, so dozierte ein Rechtsextremer schon 1987 im Wiener Juridicum auf einer Veranstaltung des Rings Freiheitlicher Studenten ...«

Die Jalousien waren herabgelassen, ein Ventilator bewegte die stickige Luft, durch die geschlossenen Fenster ertönten die täglichen Pöbeleien aus dem Innenhof.

»Mit dieser Rohrbombe«, fuhr Renate Wagner fort, »hat eine zweite Terrorwelle begonnen. Gegenüber der Briefbombenserie bedeutet sie eine gewaltige Eskalation. Stellen Sie sich vor, was geschehen wäre, wenn die Rohrbombe vor der Schule explodiert wäre – zu Unterrichtszeiten befinden sich über siebzig Kinder in ihr, dazu mehr als zwei Dutzend Erwachsene. Unter Politikern und hohen Beamten des Innenministeriums wird offen darüber geredet, daß die Polizei bei all den Attentaten nicht einen einzigen Schritt weiterkommt, weil Sympathisanten innerhalb des Apparats das verhindern. Einer dieser hohen Beamten sagte mir: ›Man müßte dringend drei Viertel des Personals der Staatspolizei feuern.‹ In der Staatspolizei gab es – das wissen alle – einen Abteilungsleiter, der öffentlich Nazireden hielt und zu Hause ein Hitlerbild und Nazidevotionalien hütete. Dieser Mann, der selbst für österreichische Verhältnisse untragbar war, wurde …«

»Vor Gericht gestellt?«

»Nicht doch! Unter Fortzahlung seiner Bezüge in den Ruhestand versetzt! … Es hat nicht einmal eines Menschen Zeit gedauert, und Sie erleben die Wiederkehr der braunen Verbrecher, bei uns und anderswo. Das muß entsetzlich sein für Sie, nach allem, was Ihnen widerfahren ist.«

»Es wäre genauso entsetzlich, wenn mir, meiner Familie und den Menschen aus dem Keller des Hauses am Neuen Markt nicht das geringste geschehen wäre. Mein Leben lang habe ich gegen die Nazis gekämpft, und nun sehe ich, daß alles, was ich tat, absolut umsonst und sinnlos war.«

»Aber jetzt, nachdem Sie dieser Frau und diesem kranken Jungen begegnet sind, hat Ihr Leben neuen Sinn.«

»Das ist noch nicht sicher.«

»Was soll das heißen?«

Er erzählte der Tochter jener Anna Wagner, mit der er 1945 in dem tiefen Keller des Hauses am Neuen Markt verschüttet gewesen war, daß Goran an seinem verheerenden gesundheitlichen Zustand selbst schuld war, weil er in dem festen Entschluß zu sterben, längere Zeit keine Medikamente genommen hatte.

»Herr Faber«, sagte Renate Wagner, »so schwer es mir fällt, Ihnen das gerade in einem solchen Moment zu sagen: Sie müssen fort aus Wien!«

»Ich muß was?«

»Raus aus dieser Stadt, raus aus diesem Land, schnellstens, und weit, weit weg!«

»Das sagen Sie, ausgerechnet Sie?«

»Ich. Und alle Kollegen in der Redaktion sagen es auch.«

»Dabei haben Sie mich bei unserer ersten Begegnung so

eindringlich davon zu überzeugen versucht, daß man nicht einfach alles aufgeben und diesen Lumpen das Feld überlassen darf, daß ich mich mit dieser Stadt, mit diesem Land versöhnen muß im Gedenken an alle toten und lebenden Freunde.«

»Ich habe meine Meinung geändert. Die ganze Redaktion hat das getan.«

»Bloß weil ich auf dem Kahlenberg gefilmt worden bin?«

»Nicht deshalb. Oder besser: nicht allein deshalb. Unsere Leute sind übrigens der Zulassungsnummer nachgegangen, die Sie mir am Telefon gegeben haben. Es war natürlich eine gefälschte Nummer. Das sind keine Idioten. Hören Sie, Herr Faber: Unser Magazin hat heute einen Bekennerbrief erhalten. Absender ist der Kampftrupp Bayerische Befreiungsarmee Rüdiger von Starhemberg. Dieser ›Kampftrupp‹ bekennt sich zu den Briefbombenattentaten. Auf einer Liste werden die Namen von vierzehn Personen genannt, die nun ermordet werden sollen. Sie, Herr Faber, sind eine dieser Personen. Ihr Name steht auf der Liste.«

»In Deutschland habe ich schon zweimal auf solchen Listen gestanden.«

»Da hatten Sie effizienten Polizeischutz. Auch in der Schweiz. Hier haben Sie keinen. Offiziell wird man Sie nicht warnen. Man hat auch die meisten bisher Bedrohten offiziell nicht gewarnt. Schutzlos, absolut schutzlos sind Sie in Wien. Und darum müssen Sie weg!«

Auf dem Bildschirm des Fernsehapparats, der ohne Ton lief, war neben den beiden Sprechern ein Mann erschienen. Während er redete, blickte er direkt in die Kamera. Renate Wagner bemerkte, daß Faber ihn sah.

»Das ist er, der Sprecher der Staatspolizei«, sagte sie. »Wollen Sie sich sein Gewäsch anhören?« Sie drehte am Tonregler. Die Stimme des Mannes wurde laut.

Tatsächlich nur Gewäsch, dachte Faber nach ein paar Sekunden. Dem Mann quoll eine Phrase nach der anderen über die Lippen. Von »tiefster Erschütterung«, »ungeheurer Empörung« und »größter Berührtheit« war die Rede. Genau wie in Deutschland, dachte Faber. Was sind die hohen Herren dort stets, wenn Rechtsradikale wieder ein paar Türken oder »Vietschies geklatscht« haben, wie das in schönem Neudeutsch heißt? Betroffen sind sie, unendlich betroffen.

»Genug?« fragte Renate Wagner.

Faber nickte.

Sie drehte den Tonregler langsam zurück und blieb neben dem Fernseher stehen.

»Natürlich noch keine Spur. Aber auch bei den zehn Briefbombenanschlägen gibt es bis heute nicht die Spur einer Spur. Und *Sie* sind hier ohne jeden Schutz. Sie müssen raus hier, raus!«

»Und die dreizehn anderen auf der Liste?« fragte er. »Gehen die weg?«

»Sie wurden gewarnt – von uns. Alle baten wir dabei eindringlich, uns nicht zu verraten.«

»Ich habe gefragt, ob sie weggehen. Gehen sie weg? Mit ihren Angehörigen? Geben sie alles auf hier, Beruf, familiäre Bindungen, Wohnungen, Häuser?«

»Sie können es nicht. Sie müssen eben ungeheuer vorsichtig sein, wenn sie bleiben. Aber Sie, Herr Faber, Sie können weggehen.«

»Nein, das kann ich nicht.«

»Sie meinen, wegen dieser Frau und wegen des kranken Jungen?«

»Ja.«

Renate Wagner stand reglos neben dem Fernseher und sah ihn schweigend an, lange.

Endlich sagte sie: »Ohne Sie wäre ich nie geboren worden. Ich liebe Sie. Nicht nur dafür, daß Sie Mutter und Evi beschützt, nein, für alles, was Sie in Ihrem Leben getan, was Sie geschrieben und gesagt haben. Ich liebe Sie.«

»Hören Sie auf, Renate! Das ist doch Wahnsinn!«
Sie sprach ganz ruhig und sah ihm unentwegt in die Augen: »Das ist kein Wahnsinn. Wenn ich Sie liebe, was geht es Sie an? Nichts. Sie sollen es nur wissen. Sie werden fliehen, ja?«
»Nein«, sagte Faber. »Ich werde nicht fliehen. Das wollte ich einmal; fast hätte ich es getan. Nun werde ich nie mehr fliehen. Nie mehr.«
»Idiot«, sagte sie, »verfluchter Idiot. Man wird Sie töten.«
»Verstehen Sie doch, Renate«, sagte Faber, »bitte, verstehen Sie doch! Ich *kann* nicht fort.«
Neben ihr auf dem Bildschirm sah er den Sprecher der Staatspolizei, der noch immer redete, tonlos.

2

»Warum bin ich nicht tot?« fragte Goran.
Er trug Nachthemd, Morgenmantel und Pantoffeln des Kinderspitals. Die schönen Sachen, die Faber und Mira für ihn gekauft hatten, lagen in einer Ecke des Zimmers auf dem Boden. Goran ging im Raum hin und her, während er sprach.
»Wasser holen haben wir wollen, Mami, Papa und ich. Kanister haben wir getragen. Dann haben die *snajper* geschossen, und Papa hat mich hinter einen ausgebrannten Bus zerren wollen. Dabei ist er getroffen worden. Und Mami hat sich über mich geworfen und geschrien: ›Rühr dich nicht!‹ Dann habe ich gespürt, wie die Kugeln die Mami getroffen haben … jetzt und jetzt und jetzt … Geschrien hat sie … furchtbar geschrien … und das Blut ist an ihr runtergelaufen … und auf mich … Dann war sie still, und ich habe gewußt, sie ist tot. Und immer mehr Blut ist über mich gelaufen, in immer mehr Blut von Mami habe ich gelegen mindestens eine halbe Stunde lang, bis ein Radpanzer von der UNO gekommen ist. Da muß einer gemerkt haben, daß

ich noch lebe. Sie haben den Panzer so gestellt, daß die *snajper* mich nicht haben sehen können, und sie haben mich unter der Mami rausgeholt und in den Panzer gelegt … Mein Hemd und meine Hosen waren durchweicht von Mamis Blut, und ich war voll damit, Kopf, Körper, alles, und weil sie gedacht haben, ich bin schwer verletzt, haben sie mich ins Krankenhaus gebracht. Dort habe ich wieder eine halbe Stunde auf der Erde gelegen, weil die Ärzte so wahnsinnig viel zu tun hatten an diesem Tag, und dann ist einer gekommen und hat mich angeschaut und gesehen, daß ich nicht getroffen war, nur unter Schock. Er hat mir eine Spritze gegeben, und dann war ich ein paar Stunden lang weg, und wie ich wieder zu mir gekommen bin, hat man mir das Blut von Mami abgewaschen gehabt und dich geholt, Bakica, du weißt es … Ich bin schuld, daß Mami tot ist, denn sie hat sich über mich geworfen und ist nicht weggerannt. Sie hätte gut wegrennen können und noch leben, viele sind weggerannt und am Leben. Schüttle nicht den Kopf, Bakica! Ich hab es doch gesehen. Und wenn er nicht versucht hätte, mich in Sicherheit zu bringen hinter diesem ausgebrannten Bus, hätte dieser *snajper* auch Papa nicht erwischt, und auch der würde noch leben. Ich bin schuld, daß Mami und Papa tot sind. Sie sind tot, und ich lebe. Wie kann ich leben? Wie kann ich leben mit so einer Schuld?«

»Du bist nicht schuld daran, daß Mami und Papa tot sind«, sagte Mira. »Das ist einfach nicht wahr, Goran! Du könntest genauso tot sein.«

»Eben nicht!« Goran blieb vor ihr stehen. »Wie könnte ich tot sein, wenn Mami sich über mich geworfen und mich geschützt hat? Ich habe Mami so lieb gehabt. Ich bin schuld, daß sie tot ist.«

»Das bist du nicht!« sagte Faber.

»Was weißt denn du? Warst du dabei? Was weißt du überhaupt von Sarajewo? Wann warst du zum letztenmal dort?

Vor vierzig Jahren! Im Frieden! Nie im Krieg! Du hast keine Ahnung, wie das dort ist! Weiter und weiter geht es mit dem Sterben, jeden Tag, jede Nacht, so viele sind tot, so viele ... Und ich lebe, weil ich Mami für mich habe sterben lassen. Und das soll kein Grund sein zum Schuldigfühlen? Da würdest du dich nicht schuldig fühlen an meiner Stelle, Deda? Da würdest du dir nicht den Tod wünschen – bei so viel Schuld? Du weißt genau, daß ich recht habe. Ich lebe, und das ist die größte Schuld, die es geben kann.«

Lambert, dachte Faber. Diakon Georg Lambert. Hat er nicht gesagt, daß das noch ein ganz großes Problem werden würde? Juden habe ich so reden gehört, dachte er, in Deutschland, Frankreich und besonders in Israel. Alte Leute sind das gewesen, die von ihrer Schuld gesprochen haben, ihrer ungeheuer großen Schuld, nicht umgekommen zu sein wie alle, die sie liebten.

Er hatte den kleinen Recorder aus der Handtasche genommen, die er nun immer mit sich trug. Aus ursprünglich hellbraunem, nun dunkel gewordenem Leder war diese Tasche, und seine Pistole, die Walther PP, Kaliber 7,65, lag in ihr. Rot leuchtete die Kontrollampe des Pearlcorders. Faber nahm das Gespräch mit Goran auf.

Wie viele haben sich das Leben genommen wegen dieser Schuld, dachte Faber. Wie viele Überlebende der Konzentrationslager gibt es heute noch in psychiatrischen Kliniken mit schwersten seelischen Störungen. Was hat mir in den USA Dr. Bruno Bettelheim darüber erzählt, als ich mein Buch über die geistig behinderten Kinder schrieb, was Professor Viktor Frankl in Wien, was Freunde in Jerusalem! Wenn man berücksichtigt, wie klein das Land ist, haben sie gesagt, dann ist Israel das Land mit den meisten psychiatrischen Anstalten. Manchmal werden diese Schuldgefühle noch nach Jahrzehnten so unerträglich, daß man die Menschen in Anstalten bringen muß, dachte Faber. Bei Goran haben solche Empfindungen gleich eingesetzt.

»Ich will auch tot sein!« sagte der Junge, während er hin und her ging, hin und her. »Wenn ich tot bin, sind wir wieder zusammen. Ich habe daran gedacht, einfach auf die Straße zu rennen, wenn die *snajper* schießen, aber ich habe zuviel Angst gehabt. Dann ist mir eingefallen, wie ich mich ganz leicht umbringen kann trotz meiner Feigheit. Es genügt schon, habe ich überlegt, wenn ich die Medikamente nicht nehme. Dann bin ich sicher bald tot und bei Mami und Papa. Und es ist mir ja auch fast gelungen. Ich kann nicht leben, wenn Mami und Papa tot sind. Ich will sterben.«
Na also, dachte Faber, und er empfand es wie eine makabre Erlösung, da ist er wieder, der Tunnel.
Der Tunnel.

3

Mira lag auf dem Bett eines Untersuchungszimmers. Tränen liefen über das bleiche Gesicht, während sie ein Glas leertrank, das Judith Rohmer ihr an die Lippen hielt.
»Gleich werden Sie sich besser fühlen«, sagte die blonde Ärztin. »Gleich werden Sie schlafen, Frau Masin.«
Mira war in Gorans Zimmer ohnmächtig zusammengebrochen. Faber hatte in Panik den roten Knopf für Notfälle gedrückt, worauf sehr schnell Dr. Rohmer gekommen war. Nachdem Mira das Glas ausgetrunken hatte, weinte sie nicht mehr, und bald darauf schlief sie ein.
»Verzeihen Sie!« sagte Faber.
»Was gibt es zu verzeihen? Es ist vollkommen normal, daß Frau Masin zusammenbrach. Es ist auch vollkommen normal, daß Sie die Nerven verlieren. Was glauben Sie, wie oft ich in der langen Zeit, die ich hier arbeite, die Nerven verloren habe! Einmal bin ich weinend fortgelaufen, weil ich nach vier Jahren Kampf den Tod eines Kindes nicht verhindern konnte.«

Und diese Frau, dachte Faber, hat eine kleine Tochter, die nach einer Nierentransplantation hier liegt. Sie weiß nicht, ob die Niere abgestoßen werden wird, sie weiß nicht, ob Petra genesen oder eine weitere Niere brauchen, ob es dann rechtzeitig eine neue Niere geben wird, ob eine neue Operation nicht zuviel für Petra sein wird. Und diese Frau arbeitet ruhig und sicher, sie läßt sich von dem, was gewiß in ihrem Inneren vorgeht, nichts anmerken und tröstet Mira und mich, tröstet so viele.

»Sie sind großartig«, sagte er.

»Hören Sie auf!« sagte Dr. Rohmer. »Und gehen Sie in Ihre Pension! Legen Sie sich ein wenig hin! Sie sehen sehr mitgenommen aus.«

Er ging in die Pension »Adria« und war zehn Minuten später auf dem schmalen Bett eingeschlafen.

Er träumte von New York.

Die Society of Writers bei den Vereinten Nationen hatte ihm 1986 den Award of Excellence verliehen. Der Festakt fand im Dag-Hammarskjöld-Auditorium im Gebäude der Vereinten Nationen am East River statt. Vertreter vieler Nationen waren gekommen, um die Laudatio auf ihn und seine Rede *»The Writer and Politics«* zu hören, und in seinem Traum sah er wieder den großen Raum mit den steil ansteigenden Sitzreihen, den getäfelten Wänden und den Menschen aller Hautfarben in zum Teil phantastischen Gewändern und Kopfbedeckungen. Es war einer der großen Momente seines Lebens gewesen, auch wenn Natalie schon zu krank und schwach war, um ihn zu begleiten. Sein Verleger hatte ihn begleitet. Er saß in der ersten Reihe und stand dann mit den Vertretern der Vereinten Nationen, der Society of Writers und verschiedenen Botschaftern auf der Bühne, als ihm der Präsident der Society das blaue Band mit der Medaille über den Kopf streifte. Und in seinem Traum entdeckte er unter den vielen Menschen, die aufgestanden waren und Beifall klatschten, plötzlich Mira und Goran in der zweiten Reihe. Mira trug das alte Strickkostüm aus der entsetzlich faserigen braunen Wolle mit dem ausgebeulten Rock, in dem er sie im Wiener Allgemeinen Krankenhaus gesehen hatte. Goran, sehr bleich und mit unmäßig geblähtem Leib, war in einem weißen Klinikhemd. Plötzlich glitt Mira ohnmächtig zu Boden. Goran schrie gellend auf, viele Menschen drängten sich um die beiden und versuchten, Mira zu helfen. Niemand beachtete mehr Faber, der verlassen auf der Bühne stand, unfähig, eine einzige Bewegung zu machen, so als wäre er zu Stein geworden, und das alles träumte er mit größter Genauigkeit.

Dann saß er an einer langen Tafel bei einem Essen, das ihm zu Ehren gegeben wurde. Nach dem Essen fuhr er mit einem Taxi zum Times Square und über den Broadway in eine Gegend, die immer trister wurde. Er war mit Gloria Jenkins verabredet, der Leiterin des New Yorker PEN-Büros. Sie hatte ihn gebeten, sie nach der Preisverleihung aufzusuchen, er wußte nicht, weshalb.

In seinem Traum stieg er an der Ninth Avenue aus und bog zwischen zwei Häuserblocks in eine verkommene Straße ein. Die Ninth Avenue markierte den Beginn des ehemals berüchtigten Viertels Hell's Kitchen, das freundlicherweise in Clinton umbenannt worden war. Hier tobten einst Bandenkriege, und in den Schlachthäusern und Fabriken der Slums schufteten die Armen.

Einiges hatte sich seit jenen Tagen gebessert, aber Clinton war nach wie vor erstaunlich resistent gegen alle Sanierungsbestrebungen geblieben, und Faber sah trostlose, verfallene Häuser, Abfall, der sich auf der Straße türmte, und zerlumpte Kinder, die hier spielten. In seinem Traum erstaunte es ihn nicht – und es hatte ihn seltsamerweise auch in Wirklichkeit nicht erstaunt –, daß der PEN eine solche Gegend für sein New Yorker Büro gewählt hatte.

Im Eingang des Hauses, in dem sich das Büro befand, gab

es eine Reihe zerbeulter Briefkästen, von denen die meisten aufgebrochen waren, eine Hinweistafel, deren Beschriftung durch Alter, Schmutz und Schmierereien unlesbar geworden war, und einen hölzernen Lift; drei Worte auf einem Pappschild gaben bekannt, daß er sich außer Betrieb befand. Das Tor zur Straße stand offen, ein Teil fehlte überhaupt, und im Inneren roch es stechend nach Urin. Von der Decke herab hingen an Drähten zwei nackte Glühbirnen, die schwaches Licht verbreiteten.

Gloria Jenkins hatte ihm den Weg zu ihrem Büro im fünften Stock beschrieben, und so begann er eine schmale Treppe aus knarrendem Holz emporzusteigen, die sich in jeder Etage um ihre Achse drehte. Im fünften Stock fand Faber die Buchstaben PEN an einer überaus schmutzigen, mit Obszönitäten beschmierten Wand und daneben einen Pfeil, der die Richtung wies. Er ging einen schmalen Korridor entlang, in dem es nun nicht mehr nach Urin, sondern nach Moder, Verwesung und vergilbten Akten roch. Aus Holz waren auch hier der Boden und die mannshohe Wandverkleidung. In kurzen Abständen kam er an Türen vorbei, hinter denen sich, Schildern zufolge, Immobilienbüros, Varietéagenturen, Import- und Exportfirmen oder Prothesenhersteller befanden sowie Spirituosen- und Fruchtsaftvertriebe, Devotionaliengroßhändler, Ungeziefervernichter und anderes.

Der Korridor war plötzlich zu Ende und teilte sich in einen rechten und linken Gang. Ein weiterer Pfeil neben den Buchstaben PEN wies in den linken. Das Licht der nackten Birnen war hier so schwach, daß Faber bloß wenige Meter weit sehen konnte. In diesem Gang gab es nicht eine einzige Tür, und an seinem Ende wies der PEN-Pfeil nach rechts zu drei Stufen, die Faber emporsteigen mußte. Ihr Holz knarrte besonders laut, und jetzt roch es stark nach Mottenpulver. Wieder kam er an Türen vorbei, doch nun gaben keine Schilder bekannt, wer sich hinter ihnen befand.

Nach einer neuerlichen Gabelung zeigte der Pfeil in die linke Richtung, und Faber betrat einen Korridor, in welchem die Türen allesamt mit gekreuzten Latten vernagelt waren. Seit er dieses Labyrinth betreten hatte, war er keinem einzigen Menschen begegnet, hatte er nicht mehr das geringste Geräusch vernommen nach dem Geschrei und dem rasenden Verkehrslärm auf der Ninth Avenue.
Immer wieder, so träumte er, teilten die Gänge sich, gab es neue Treppen zum Hinab- oder Hinaufsteigen, und immer wieder kamen der Pfeil und die drei Buchstaben, die als Abkürzung für *poets, essayists, novelists* standen. Endlich sah Faber eine schmutzige Tür, auf welcher PEN stand. Über einen seitlich angebrachten Klingelknopf hatte jemand OUT OF ORDER geschrieben. Also drückte er gleich die Klinke herab. Die Tür ging auf, und er befand sich in einem enorm großen Raum, in dem es nur drei Schreibtische, einige Aktenschränke und Stühle, jedoch kein einziges Fenster, sondern nur schwache künstliche Beleuchtung gab.
Hinter einem der Schreibtische saß eine blasse junge Frau. Sie tippte auf einer alten Maschine. Ihr Haar reichte weit über die Schultern hinab, ihr Gesicht wirkte unnatürlich aufgedunsen, und sie hatte eine Brille mit sehr starken Gläsern, mindestens neun Dioptrien, dachte Faber in seinem Traum, erschöpft von der langen Wanderung durch das Labyrinth. Die junge Frau trug ein graues, häßliches Herrenhemd, das sie, wie Faber im Näherkommen bemerkte, frei über verwaschene Jeans hängen ließ, und vor ihren nackten Füßen standen billige, ausgetretene Schuhe.
»Hallo!« sagte er.
Die Frau hämmerte weiter auf die Tasten.
»Hallo!« sagte er sehr laut.
Die Frau sah lähmend langsam zu ihm auf.
»Mein Name ist Robert Faber.«
Sie antwortete nicht. Ihr Blick war leer.
»Ich bin Robert Faber aus der Schweiz.«

»Ich bin Jeanette Kowalski.«
»Freut mich. Ich habe eine Verabredung mit Miss Gloria Jenkins.«
Jeanette ruderte mit den nackten Füßen, fand die Schuhe, schlüpfte hinein und zog einen Bogen aus der uralten Remington.
»Gloria mußte weggehen. Sie waren um drei Uhr verabredet. Jetzt ist es fast halb vier. Tut Gloria sehr leid. Konnte nicht länger warten. Viele Grüße, und Sie sollen am Montag anrufen. Übers Wochenende ist Gloria nicht in der Stadt. In zehn Minuten wäre ich auch nicht mehr hiergewesen. Mach nur noch die Post fertig.«
»Hören Sie, ich hatte große Mühe, Ihr Büro zu finden. Ich komme zu spät, zugegeben, aber Miss Jenkins wußte, daß ich heute diesen Preis erhielt.«
»Was fürn Preis?«
»Sie wissen nichts davon?«
»Keine Ahnung.«
»Aber Miss Jenkins wollte doch ins Dag-Hammarskjöld-Auditorium kommen!«
»Ins Dag was?«
»Zu den Vereinten Nationen. Zu der Preisverleihung. Jedenfalls hat sie gesagt, sie wolle unbedingt kommen.«
»Hat wohl keine Zeit gehabt«, sagte Jeanette und hustete verschleimt. »Wenn das alles ist, Mister Kramer, würde ich gern den letzten Brief schreiben. Ich hab auch 'ne Verabredung.«
»Ja, also, das ist allerdings ein wenig ... unfreundlich ...«
»Wieso bin ich unfreundlich, Mister Warner?«
»Faber. Und ich meine nicht Sie, Miss Kowalski, sondern Miss Jenkins. Ich ... ich komme immerhin aus Europa und bin nur noch bis Montag in New York. Dann muß ich nach Boston.«
»Dann müssen Sie eben nach Boston, was kann ich tun?«
»Sie können überhaupt nichts ...« Er wurde plötzlich wü-

tend. »Besonders liebenswürdig sind Sie auch nicht, Miss Kowalski.«
»Warum sollte ich? Kenn Sie nicht. Hab Sie nie gesehen.«
»Sie könnten trotzdem ein wenig kooperativer sein.«
»Hören Sie mal, Mister Palmer ...«
»Faber.«
»Was?«
»Faber, nicht Palmer. Ich heiße Faber.«
»Meinetwegen. Ich bin so kooperativ, wie ich sein kann. Wären Sie pünktlich gewesen ...«
»Ich habe Ihnen schon gesagt ...« Zur Hölle! dachte er. Sinnlos, jedes Wort. »Vergessen Sie es! Und Miss Jenkins können Sie sagen, Sie kann ... *Okay, okay*, ich gehe schon. Vielen Dank für Ihre Freundlichkeit! Sie waren einfach hinreißend! Haben Sie ein schönes Wochenende!«
Sie bearbeitete schon wieder ihre Schreibmaschine und gab keine Antwort. Er ging zur Tür. Der Raum war so groß wie die Halle eines Fitneßcenters. Als er die Tür öffnete und den schmutzigen Korridor sah, überfiel ihn zum erstenmal Beklemmung.
»Moment bitte!« sagte er. Jeanette tippte weiter. »Moment, bitte!« Sie tippte weiter. »Miss Kowalski!«
Wieder hob sie den Blick unendlich langsam von der Maschine.
»Was denn *noch*?«
»Wie komme ich am schnellsten aus dem Gebäude?«
»So, wie Sie reingekommen sind.«
»Es gibt keinen kürzeren Weg?«
»Nein.«
»Vielen, vielen Dank!«
»Nichts zu danken. Einfach die Tür loslassen, wenn Sie draußen sind.« Wieder tippte sie.
Er trat auf den Gang und ließ die Tür los. Sie schloß sich von selbst. Er ging den Korridor entlang. Und nun begann die Nachtmahr.

4

Nach langer Zeit irrte er noch immer durch die Gänge, und er rief immer wieder laut Gorans Namen, denn als er das PEN-Büro verließ, war ihm voll Entsetzen eingefallen, daß Mira ja zusammengebrochen und der Junge allein war. In seinem Traum hielt ihn die Überzeugung gefangen, Goran befinde sich hier, in diesem schrecklichen Gebäude, und suche ihn. Eine Ewigkeit später irrte er noch immer durch die Gänge. Er rief nach Goran, er schrie nach Goran. Vergebens. Immer neue Korridore eilte er entlang, immer neue Treppen stieg er hinauf oder hinab. Panik überfiel ihn. Er fand nicht den Weg zurück und geriet immer tiefer hinein in diesen monströsen Irrgarten. Nichts, was er sah, kein Flur, keine Tür, erinnerte ihn an das, was er auf dem Herweg gesehen hatte. Er befand sich nun in einem Teil des Gebäudes, in dem es sehr wenige Türen gab und kein einziges Schild. Die Korridore wurden kürzer und kreuzten sich häufiger. Er bemerkte, daß er sich, obwohl er wiederholt Treppen hinauf- und hinuntergestiegen war, noch immer im fünften Stock befand.

Goran! Goran! Goran!

Nichts. Keine Antwort.

Nun kam er wieder an Türen vorbei, auf denen S & M, LIVE DRUMMING, TRANCE DANCE und YOGA stand, und es roch wieder nach Moder, Verwesung und vergilbten Akten. Er kam zu einer hölzernen Lifttür und schöpfte neuen Mut. Selig drückte er einen Knopf, der aufleuchtete. Eine Schrift gab bekannt: COMING.

Er wartete und wartete, doch keine Kabine kam, kein Geräusch ließ hoffen, daß sich eine Kabine auch nur in Bewegung gesetzt hatte. Er drückte immer wieder den Knopf. Die Leuchtschrift verschwand nicht mehr. Aber es kam keine Kabine.

Goran!

Nichts. Nichts und nichts und nichts.
Seine Panik wich einem Gefühl der Verzweiflung. Er ging weiter, langsamer jetzt, die Beine schmerzten, die Füße brannten. Schwindel überfiel ihn. Die Gänge erschienen ihm nun wie Tunnel, endlose, ausweglose Tunnel. Im Gehen drückte er systematisch die Klinke jeder Tür herab. Die Türen waren alle verschlossen.
Er verspürte den heftigen Drang zu urinieren. Er unterdrückte ihn, solange er konnte. Als die Blase unerträglich schmerzte, erleichterte er sich an einer schmutzigen Holzwand. Zu seinen Füßen bildete sich eine große Pfütze.
Er schleppte sich weiter. EXIT las er endlich, EXIT TO NINTH AVENUE. Da gab es eine Treppe, die abwärts führte. Sein Herz hämmerte, als er die Stufen betrat. Es war aber lediglich eine kurze Treppe, die ihr Ende in einem anderen Tunnel fand. Eine Fortsetzung nach unten gab es nicht. Nur neue Abzweigungen, neue Korridore, neue Tunnel.
Völlig kraftlos sackte er schließlich auf dem schmutzigen Boden zusammen. Den Rücken an die Wand gelehnt, bemühte er sich, tief durchzuatmen. Es gelang ihm nicht. Das Atmen wurde zum Hecheln. Die Panik kehrte wieder. Er griff in eine Tasche seiner Jacke, holte die drei Pillenröhrchen hervor, die sich dort befanden und öffnete sie. Von jedem der Medikamente warf er einige Dragees in den Mund. Da dieser ausgetrocknet war, konnte er die Pillen nicht schlucken. Er mußte warten, bis sie zu Brei gelöst waren, dann ließen sie sich hinunterwürgen.
Später schlief er auf dem Boden ein und träumte, daß er schlief und im Schlaf einen Traum hatte. Aus diesem Traum erwachte er und stellte fest, daß er geträumt hatte. Er schlief wieder ein, um neuerlich zu träumen, daß er schlief und einen Traum hatte.
Kreischen, verbunden mit lautem Sausen, ließ ihn hochfahren. Etwas in dem Tunnel war durch die Luft geflogen, ein

Vogel offenbar. Er hörte das Kreischen noch in der Ferne. Dann kam ein zweiter Vogel; er schien sehr groß zu sein. Mit einem grausigen Würgeächzen schoß das Tier über ihn hinweg, und vor Entsetzen übergab er sich. Er erbrach reine Galle und stand schwankend auf, um seinen Anzug und seine Schuhe nicht zu beschmutzen, trat ein paar Schritte zur Seite und stand dann, an die dreckige Mauer gelehnt, reglos und schweißüberströmt da, in grauenvoller Angst vor einem weiteren Vogel. Es kam keiner mehr.

Wieder machte er sich auf den Weg. Nun taumelte er nur noch durch all die Tunnel und weinte schluchzend. An den Türen waren abermals Schilder: ASIA-LANGUAGE-ACADEMY, HALF-DEAD – AIDS-AUXILIARY-SERVICE, CHINESE LANTERN DEPOT, LITERATIM – ART OF WRITING, TAXIDERMIST, THE LORD LOVES YOU, INC.

Dann schlief er auf dem Boden ein und träumte, daß er schlief und einen Traum hatte, in dem er schlief und träumte, daß – da läutete ein Telefon.

Er fuhr hoch.

Das Telefon läutete weiter.

Langsam fand er in die Realität zurück. Er saß auf dem schmalen Bett in seinem Zimmer in der Pension »Adria«, neben dem Bett läutete der Apparat.

Keuchend hob er ab. »Ja?«

»Herr Jordan?«

»Ja.«

»Hier ist Judith Rohmer. Frau Masin hat sich erholt. Wir warten in der Kapelle von Diakon Lambert auf Sie.«

»Ich komme sofort«, sagte Faber.

5

Er versuchte aufzustehen, doch Schwindel warf ihn zurück. Wieder fühlte er das Herz hämmern wie in seinem Alptraum, wieder war da dieses Vernichtungsgefühl des Alptraums. Warten! dachte er. Ich muß ein paar Minuten warten. Der Tunnel. Der Tunnel. Niemals mehr komme ich aus ihm heraus.

Die Sonne schien in das kleine Zimmer, er hatte Wäsche und Anzug durchschwitzt, bemerkte er, sogar das Bettzeug. Widerlich.

Er sah auf seine Armbanduhr. Mehr als drei Stunden hatte er geschlafen. Und den exakt passenden Traum gehabt, dachte er, mit den entsprechenden Tagesresten, wie Psychologen das nennen.

Er duschte, putzte sich die Zähne und zog neue Kleidung an. Dann nahm er die alte Handtasche mit dem Pearlcorder, der Pistole und seinen Medikamenten, und als er das kleine Zimmer verließ, steckte er ein Pfefferminzbonbon in den Mund. Auf schwachen Beinen ging er zum Kinderspital zurück. Vorsicht, dachte er, Vorsicht, ich bin alt und kaputt und am Ende! Halt bloß das Maul! sagte er gleich danach zu sich. Das fehlt noch, daß du dir leid tust. Hör auf damit, sofort!

Der Pförtner sagte ihm, er werde in der Kapelle erwartet, sie befinde sich im ausgebauten Dachstuhl des linken Klinikflügels. Faber fuhr mit einem Lift hinauf, und nachdem er eingetreten war, sahen ihn alle schweigend an: Mira, Bell, Judith Rohmer, Lambert und ein schlanker Mann mit schmalem Gesicht und fröhlichen, Vertrauen weckenden Augen. Als er, immer noch unter dem Eindruck seines Alptraums, schon dachte, er stehe als Angeklagter vor einem seltsamen Tribunal, das über ihn zu richten hatte, erhob sich Bell und stellte den unbekannten Mann im weißen Kittel vor: »Das ist Doktor Paul Ansbach, einer

unserer Psychologen ... Setzen Sie sich, Herr Jordan! Geht es Ihnen halbwegs?«
»Ausgezeichnet«, sagte Faber, plötzlich voll grundloser Wut auf alle und alles.
»Ja, das sehe ich«, erwiderte Bell. »Hier, trinken Sie das!«
»Ich will nicht.«
»Los, kommen Sie schon!«
»Was ist das?«
»Trinken Sie!« Bell hielt ihm ein großes Glas voll gelber Flüssigkeit hin. »Sie werden sich gleich besserfühlen. Frau Masin hat auch ein Glas getrunken.«
»Danke«, sagte Faber. Ich muß endlich zu mir kommen, dachte er. Die gelbe Flüssigkeit war eiskalt und schmeckte gut. Er setzte sich und sah Mira an. Sie lächelte schwach, ihre Hände zitterten. Auch Faber lächelte.
Die Kapelle war groß, und obwohl sie unter dem Dach lag, war es kühl hier oben. Ein Fenster stand offen. Vor ihm sah Faber die Spitze der Krone eines Baumes. Die Wände entlang standen Bänke, die vielen Stühle konnte man bei einem Gottesdienst wohl in Reihen stellen. Auf einem Pult an der Fensterseite lag eine große Bibel aufgeschlagen, dahinter sah Faber einen Altar mit Kreuz, Tabernakel und Kerzen in alten Leuchtern.
Der Psychologe mit dem heiteren, aufmunternden Blick sagte, an Faber gewandt: »Ich erklärte Frau Masin gerade, daß wir Entwicklungen, wie Goran sie nun durchmacht, gewohnt sind. Für Sie beide war sein Ausbruch zutiefst erschreckend, das ist begreiflich, doch diese Phase wird er überwinden in dem Maße, in dem er sich besserfühlt. Er bekommt ja Medikamente, die ihn stärker und gesünder machen und seine Psyche aufhellen.«
»Wie denn?« fragte Mira. »Wie denn, wenn er sich weigert, Medikamente zu nehmen?«
»Er weiß gar nicht, daß er sie bekommt«, sagte Bell. »Er hat

doch diesen Port-A-Cath. Durch ihn können wir ihm geben, was er braucht. Er wird ja auch noch immer künstlich ernährt. Im Grunde könnten wir ihm schon normales Essen servieren, aber wir zögern das hinaus, bis diese Phase vorüber ist. Er muß einen idealen Cyclosporin-A-Spiegel im Blut gegen die Abstoßung der Leber haben – nicht darunter, nicht darüber. Wir kontrollieren diesen Spiegel dauernd, Frau Masin. In einem fließenden Übergang wird Goran später nur noch teilweise künstlich ernährt werden, zuletzt ausschließlich natürlich. Dann muß er die Medikamente oral nehmen.«

»Und wenn er sie nicht nimmt?«

»Er wird sie nehmen. Haben Sie Vertrauen!« sagte der Diakon.

»Und er wird auch richtig essen«, sagte die blonde Ärztin. »*Sie* werden für ihn kochen, Frau Masin, hier bei uns. Wenn alles so gut weitergeht, anschließend im Gästehaus. Dann wohnen Sie mit ihm drüben, und er kommt nur zur Kontrolle und eventuellen kurzen ambulanten Behandlung hierher.«

»Wenn er sich vorher nicht umbringt«, sagte Mira.

»Wir alle – mit Ihnen und Herrn Jordan – helfen ihm über die gegenwärtige Phase hinweg, ganz gewiß«, sagte der Diakon Lambert. »Seit er, halb bewußtlos, von seiner Mutter sprach, waren wir auf solche Schuldgefühle vorbereitet. Sehr oft haben Eltern Schuldgefühle, wenn man ihnen sagen muß, daß ihr Kind eine lebensbedrohende Krankheit hat. Da schaltet bei vielen die Vernunft aus, sie wollen die Diagnose nicht wahrhaben oder suchen bei sich nach der Schuld. Goran sucht nicht – er fühlt sich tatsächlich schuldig.«

»Und wenn er deshalb doch ...«, begann Mira und verstummte.

»Er *kann* es nicht, Frau Masin«, sagte Bell. »Auch wenn er es will. Er kommt an den Schlauch unter der Haut nicht heran.«

»Wir wissen jetzt genau Bescheid über das, was ihn quält«, sagte der sympathische Psychologe. »Jetzt soll er reden, erzählen, und wir müssen ihm zuhören, geduldig – auch Sie, Frau Masin, auch Sie, Herr Jordan. Es ist ganz wichtig, daß Sie jetzt mit uns zusammenarbeiten!«

»Aber wie soll das geschehen? Was wollen Sie ihm antworten auf das, was er sagt?« fragte Mira.

»Wir wollen nicht antworten«, sagte Ansbach, »wir wollen ihn reden lassen. Über sich, über die Vergangenheit. Die Vergangenheit ist nicht vergangen für ihn. Also muß er reden von ihr, vom Tod seiner Mutter, die sich über ihn warf, um ihn zu retten, anstatt sich in Sicherheit zu bringen. Ein Junge, der in dieser Hölle lebt, sehnt sich nach der Mutter, nach Geborgenheit, nach der Liebe, die sie ihm gab. Wenn sie nun tot ist, will auch er tot sein, denn dann, so glaubt er, ist er bei ihr. Das ist normal, völlig verständlich. Eben deshalb muß er darüber sprechen. Um Goran seine Vergangenheit anders sehen zu lassen, soll er sich erinnern, an alles. Es gab doch mehr als nur Grauenvolles. Und wenn er sich an alles erinnert, wenn wir ihm zuhören, dann wird er finden, daß vieles auch schön war. Er wird einen Sinn finden – sogar im Schrecklichen ... Wir hatten vor einem Jahr einen kleinen Jungen – Fall von schwerer aplastischer Anämie –, der war mit seinen Eltern aus Mostar nach Österreich geflüchtet. Ich unterhielt mich viele Stunden mit ihm. Das Schlüsselerlebnis hatte dieser Junge an dem Tag, an dem er zum Fluß ging, um zu fischen. Das tat er am liebsten. Er war immer sehr glücklich am Fluß. An diesem Tag schwamm plötzlich eine Leiche vorbei. Und noch eine. Und noch eine. Und dann kamen viele Leichen. Weiter oben im Norden hatten schwere Kämpfe stattgefunden, und der Junge war an die Detonation von Granaten gewöhnt, sie dauerten schon so lange. Aber er hatte noch nie einen toten Menschen gesehen. Und nun sah er so viele. Ich habe ihn das nicht nur erzählen, sondern auch zeichnen lassen. Das heißt, *er* wollte es zeichnen, damit ich mir ganz genau vorstellen konnte, wie es ausgesehen hatte, da am Fluß. Viele Zeichnungen hat er gemacht, mit Buntstiften. Der Diakon hat dann mit ihm über diese Zeichnungen gesprochen und auch Doktor Bell und Doktor Rohmer. So lange, bis der Junge sich sozusagen leergezeichnet, leergeredet hatte. Und dann fing er an, uns von schönen Erlebnissen in Mostar zu erzählen. Und die zeichnete er auch. Das alles dauerte Wochen. Heute besucht er eine Wiener Schule, er kann wieder lachen und fröhlich sein, obwohl er noch immer die Erinnerung an die vorbeischwimmenden Leichen hat, aber er hat eben auch die Erinnerung an so vieles Schöne. Er ist ins Leben zurückgekehrt, und so wird es sehr wahrscheinlich auch bei Goran funktionieren.«

»Sehr *wahrscheinlich?*« fragte Mira.

»Ja«, sagte der Psychologe, »*sehr* wahrscheinlich.«

»Und wenn es nicht funktioniert?« fragte Mira. »Sie werden doch auch Fälle gehabt haben, bei denen es *nicht* funktioniert hat.«

»Frau Masin«, sagte jetzt Judith Rohmer, »ein ähnliches Gespräch habe ich vor ein paar Stunden mit Herrn Jordan geführt. Dies ist ein Krankenhaus. Hier werden Kinder gesund, und hier sterben Kinder. Wir tun, was möglich ist, um die Kinder gesund werden zu lassen, aber wir können den Angehörigen nicht versprechen, daß es uns gelingen wird. Hier werden keine Autos hergestellt. Wir können keine Garantien geben. Bitte, liebe Frau Masin, verstehen Sie das doch!«

»Ich verstehe es ja«, sagte Mira. »Und ich hoffe und bete, daß Sie Erfolg haben werden – Sie und wir.«

6

Aber sie hatten keinen Erfolg.
Tag um Tag saßen sie bei Goran, der Diakon, der Psychologe, die Ärzte, Faber und Mira. Viele Stunden lang hörten sie ihm zu, wenn er von seiner Schuld, seiner furchtbaren Schuld, sprach.
Von seiner Schuld und von seinem Haß.
Zu Mira und Faber sagte er: »Nein! Ich will nicht leben in dieser Deckswelt, in der die Menschen einander nur quälen und umbringen und vernichten! Menschen! Die größten Verbrecher! Nicht nur Karadzic, Mladic, Milosevic, Izetbegovic oder Tudjman, der gesagt hat, er dankt Gott, daß seine Frau keine Serbin ist und keine Jüdin, nicht nur die *snajper* und die Generäle! Wer hat allen Waffen geliefert und tut es immer weiter und verdient sich blöd dabei? Deutsche sind das und Österreicher und Amerikaner und Russen und Engländer und Schweden und Türken und Iraner und und und! Schwedische und französische und türkische und russische Blauhelmsoldaten haben sie geschickt, damit die uns beschützen. Tun sie das? Tut die wunderbare UNO etwas, der Herr Generalsekretär Boutros Ghali? Die NATO, die EU, die KSZE? Einen Scheißdreck tun sie alle miteinander! Verrecken lassen sie uns – aber nicht zu schnell, nein, schön langsam, damit sie noch viele herrliche Waffen schicken können. Menschen! Das Letzte sind sie! Massenmörder sind sie! Und die anderen? Sind die besser? Genauso mies sind die. Jubeln den Mördern zu, kriechen in ihren Arsch, denn jeder will einmal ran an den großen Wurstkessel. Die Macht! Die Geschäfte!«
»Goran«, sagte Mira, »lieber, lieber Goran, bitte, sprich nicht so! Es ist nicht wahr, daß alle Menschen Verbrecher sind.«
»Doch, es ist wahr, Bakica, doch! Ich bin kein Kind mehr. Ich weiß, was ich sage. Alle sind Verbrecher, alle!«

»Wir auch?«
»Du nicht, Bakica! Bei Deda bin ich mir nicht so sicher. Der ist damals abgehauen und hat dich im Stich gelassen. Wie schwer hast du arbeiten müssen, allein mit meiner Mami. Nie mehr hat er von sich hören lassen.«
»Aber jetzt ist er doch da!«
»Wie lange? Der ist schon alt. Bald wird er tot sein. Und du auch.«
Da ist was dran, überlegte Faber. Er sah auf den kleinen Pearlcorder, den er in der Hand hielt. Das rote Aufnahmelämpchen leuchtete. Goran hat recht, dachte er. Bald werden Mira und ich tot sein. Und was geschieht dann mit ihm?
Zu dem Optimismus verbreitenden Psychologen Dr. Paul Ansbach sagte Goran: »Ihre Tricks kenne ich. Kinder haben mich besucht und mir von Ihnen erzählt. Sie lassen uns reden und reden und reden. Und geben uns Buntstifte und lassen uns zeichnen, wie das war, was wir erlebt haben. Und warten darauf, daß wir Ihnen etwas Gutes erzählen, das uns passiert ist, etwas Schönes, etwas Lustiges. Darauf reiten Sie dann herum und erklären, daß das Leben nicht *nur* Scheiße ist. Bei mir können Sie sich die Mühe sparen! Ich erzähle Ihnen nichts. Und ich zeichne nichts für Sie. Sie haben nur diese Tricks. Sie müssen mit ihnen arbeiten, das ist Ihr Beruf. Ich verstehe schon. Nicht böse sein! Aber bitte, bitte, lassen Sie mich allein!«
Zu dem Diakon Georg Lambert sagte Goran: »Sie meinen es gut, sicherlich. Sie haben alle lieb, Kinder und Erwachsene. Ist ja auch toll, wie Sie sich Ihren Job zurechtgelegt haben. Nein, wirklich, das meine ich ernst! Vielen hier helfen Sie, ganz bestimmt. Allein schon dadurch, daß Sie so ganz anders sind als Pfarrer sonst. Ich weiß, wie Sie arbeiten, Herr Lambert, ich bin lange genug da, ich habe mit vielen Kindern gesprochen, ich kenne den Laden hier, ich kenne Sie. Sie sind großartig, wirklich! Nur bei mir funktioniert das nicht. Ich werde Sie nie rufen, und ich möchte auch

nicht, daß Sie zu mir kommen und sich um mich kümmern. Nicht mit mir reden, nicht mit mir Musik hören, nicht mit mir schweigen. Bei mir wird das niemals wirken. Früher einmal hätte es vielleicht gewirkt, als ich noch an den lieben Gott glaubte. Aber an den glaube ich schon lange nicht mehr. Ihr lieber Gott *kann* entweder nicht verhindern, was in Sarajewo, in Bosnien, in der ganzen Welt geschieht, oder er *will* es nicht. In dem einen Fall ist er nur ein armer, hilfloser Idiot, und in dem anderen Fall ist er ein Verbrecher. Wenn Sie können, verzeihen Sie mir, was ich gerade gesagt habe, Herr Lambert – und *gehen* Sie bitte!«

Zu Dr. Martin Bell sagte Goran: »Ich weiß, ich müßte Ihnen und Frau Doktor Rohmer und all den anderen Ärzten, Schwestern und Pflegern dankbar sein dafür, daß Sie mein Leben gerettet haben. Ich bin es nicht! Und Sie wissen auch, warum ich es nicht bin. Ich wollte sterben, ich war schon fast tot, aber Sie haben mich ins Leben zurückgeholt. Sie haben mich so gesund gemacht, daß ich wieder Hunger habe. Das Essen geben Sie mir durch diesen Port-A-Cath, ich bin ganz sicher, auch das Cyclosporin und alle anderen Medikamente. Und je mehr ich esse, um so gesünder werde ich. Das ist *Ihr* Trick. Alle habt Ihr hier Tricks. Die einen versuchen es mit Redenlassen und Zeichnen, andere mit dem lieben Gott, Sie mit dem Port-A-Cath. Ich habe oft daran gedacht, Ihnen zu verbieten, mich so zu ernähren. Einen Hungerstreik wollte ich beginnen. Aber jedesmal habe ich dann gemerkt, daß ich das nicht schaffe, weil der Hunger zu groß wird. Ihnen und Frau Doktor Rohmer und den anderen Ärzten entkomme ich nicht. Und das ist die allergrößte Gemeinheit.«

7

So vergingen Tage, so vergingen fast zwei Wochen.
Die letzte Juniwoche kam und noch größere Hitze. Im Marien-Spital wurden Kinder als gesund entlassen. Im Marien-Spital starben Kinder und wurden begraben. Goran wollte nicht leben und konnte nicht sterben. Oft dachte Faber in diesen Tagen an eine Zeile aus dem Lied *»Ol' Man River«*, das der große Paul Robson mitten im kalten Krieg in Moskau sang. Faber hatte ihn damals gehört, er war Korrespondent für dpa in Moskau gewesen, und diese Worte des Liedes fielen ihm immer wieder ein, wenn er an Goran dachte: *»Ah 'm tired of livin' an' scared of dyin' ...«* Ich hab' genug vom Leben und Angst vor dem Tod ...
Und weiter ging der Kampf aller um Gorans Leben, und weiter blieb er dabei: Er wollte sterben.
In diesen Wochen verbrachte Faber die Nächte oft bei Mira in ihrem Appartement im Gästehaus. Keiner von beiden ertrug diesen Kampf ohne den anderen. Nachts waren Ungewißheit und Bangen am schlimmsten. Auf der anderen Seite fühlten sie sich durch diese Bedrängnis körperlich erregt, wie das Menschen in Gefahr, im Krieg, in großer Angst oft sind.
Hinterher lagen sie nebeneinander, hielten sich an den Händen und schwiegen. Zuletzt schlief Mira dann in Fabers Armen. In einer dieser Nächte schlief sie nicht. Stundenlang lagen beide wach, totenstill war es im Haus, bis Faber endlich sagte: »Wir müssen jetzt alles in Ordnung bringen: mein Testament, die Vormundschaft, die Aufenthaltsbewilligung für euch. Schnellstens, Mira. Jeden Tag kann es mit mir zu Ende gehen. Ich bin alt. Ich bin nicht gesund.«
»Ich bin auch alt und nicht gesund. Mit mir kann es genauso jeden Tag zu Ende sein.«
»Du verstehst sehr wohl, was ich meine«, sagte er. »Wenn ich sterbe, ohne daß alles geregelt ist, seid ihr verloren. Ich

muß alles erledigen, solange ich das noch kann. Mein Testament zum Beispiel – nach dem Tod Natalies habe ich, was ich besitze, zu gleichen Teilen Amnesty International und Writers in Prison vermacht. Das muß nun unbedingt geändert werden. Dazu brauchen wir meine Anwälte in München und in der Schweiz. Wir müssen nach Luzern fahren, sobald wir Goran zwei Tage allein lassen können.«

»Das willst du wirklich tun ...« Ihr Kopf lag auf seiner Brust, sie waren beide nackt, und er fühlte, daß Mira weinte.

»Das wenigste, was ich tun kann. Es ist auch eine Art Lebensversicherung für uns alle, verstehst du. Ein bißchen Beschwörung. Gott soll Goran gesund werden lassen. Auch deshalb will ich es gerade jetzt tun.«

»Gott?« sagte sie und streichelte seine tränennasse Brust. »Du glaubst doch nicht an Gott, mein armes Heidenkind!«

»Wenn ich Ihn brauche, schon«, sagte er. »Muß nicht Gott sein. Irgend etwas wird es ja wohl sonst noch geben. Und wenn es nichts gibt, dann ist es eine Beschwörung des Nichts. Das Nichts ist sehr mächtig, weißt du.«

»Ich liebe dich, Robert. Ich habe dich immer geliebt und werde dich immer lieben.«

»Und ich liebe dich, Mira«, sagte er und wunderte sich, wo das Gedenken an Natalie blieb. Seltsam, dachte er, ich habe geglaubt, ich würde immer an Natalie denken, bis zu meinem Tod. Und ich lebe doch noch. Ich muß Natalie nicht bitten, mir zu verzeihen. Sie verzieh mir längst, das weiß ich. »Ich liebe dich, Mira. Und wir werden zusammenbleiben, solange wir leben, du, Goran und ich. Das sage ich gerade jetzt, wo kein Mensch weiß, was morgen sein wird. Gerade jetzt. Ich schwöre es.« Und er legte eine Hand zwischen ihre Beine, weil er bei etwas schwören wollte, woran er glaubte.

8

Schon am nächsten Vormittag ging Faber mit Mira zum Bezirksgericht für den achten Bezirk, die Josefstadt. Es befand sich in der Florianigasse, einen Steinwurf vom Marien-Kinderspital entfernt. Darin sahen sie beide ein günstiges Omen.

Eine ungemein freundliche Familienrichterin erklärte die Lage: »Grundsätzlich haben Sie, Frau Masin, mit allen Papieren für sich und den Buben die Entscheidungsgewalt darüber, ob er behandelt wird oder nicht. Sie waren schon in Sarajewo einverstanden. Das Leben Gorans hätten die Ärzte auch ohne Ihre Zustimmung retten müssen und dürfen. Es gibt schwierige Ausnahmen, zum Beispiel bei den Zeugen Jehovas, die jede Bluttransfusion ablehnen. Nun weiter: Herr Faber, Sie erklären, daß Sie der Großvater Gorans sind und Frau Masin seit über vierzig Jahren kennen. Das braucht nicht näher untersucht zu werden, wenn Frau Masin es bestätigt und wünscht, daß Sie die Vormundschaft für den Buben erhalten. Sie wünschen das, Frau Masin?«

»Ja«, sagte Mira.

»Sie sind finanziell in der Lage, für Goran und Frau Masin zu sorgen?«

»Ja«, sagte Faber.

»Und Sie haben Vorkehrungen der Art getroffen, daß Ihr Enkel und Frau Masin auch nach Ihrem Tod versorgt sind? Verzeihen Sie, aber ich muß das fragen. Sie sind immerhin siebzig Jahre alt, Herr Faber.«

»Eben«, sagte er. »In den nächsten Tagen fliege ich in die Schweiz und ändere mein Testament.«

»Dann spricht wohl nichts dagegen, daß wir Sie als Vormund einsetzen – vorausgesetzt, das Jugendamt ist einverstanden. Ich gebe Ihnen hier einen Fragebogen. Füllen Sie den genau aus, und kommen Sie mit Ihren Personalpapieren wieder zu mir! Bei all diesen Entscheidungen geht es immer zuerst um das Wohl des Kindes. Ich schicke den Fragebogen dann mit meiner Empfehlung an das Jugendamt für den achten Bezirk. Dort wird alles noch einmal geprüft, dann kommt der Antrag zu mir zurück, und Sie erhalten die Vormundschaft. Erst wenn Sie diese haben, können Sie beim Innenministerium für Frau Masin und Goran eine ständige Aufenthaltsbewilligung beantragen. Da Ihr Enkel von der UNO nach Österreich gebracht wurde, brauchen Sie keine Angst zu haben, daß er abgeschoben wird. Er steht unter dem Schutz der UNO.«

»Und Frau Masin?«

»Vermutlich auch. Aber da weiß ich nicht genau Bescheid. Um wirklich Sicherheit für Frau Masin und Goran zu haben, müssen Sie in beiden Fällen eine ständige Aufenthaltsbewilligung beantragen. Niemand weiß, was die Zukunft bringt. Ich kann Ihnen da leider nicht helfen, das liegt nicht in meinem Entscheidungsbereich.«

»Und wenn wir die Aufenthaltsbewilligung nicht bekommen?« fragte Mira nervös.

»Aller Wahrscheinlichkeit nach bekommen Sie sie. Herr Faber ist Österreicher, er sorgt für Sie beide – testamentarisch über seinen Tod hinaus. Es ist – verzeihen Sie – genügend Geld vorhanden. Das spielt natürlich eine große Rolle.«

»Natürlich«, sagte Faber und verzog den Mund.

»Sie müssen auch das Ministerium verstehen, Herr Faber. Wenn Sie nicht für Frau Masin und Goran sorgen könnten, wäre alles viel schwieriger. Die beiden würden dann dem Staat zur Last fallen, den Steuerzahlern …«

»Es hängt also vom Geld ab«, sagte Faber.

»Natürlich«, sagte die freundliche Richterin. »Leider hängt fast alles vom Geld ab. Das ist doch wohl keine neue Erfahrung für Sie?«

»Nein«, sagte Faber. »Wahrhaftig nicht.«

»Wenn wir schon dabei sind: Sie *müssen* die Behandlung Gorans nicht bezahlen. Es wird jedoch Ihren Antrag beim Innenministerium sehr günstig beeinflussen, wenn Sie es tun, sobald Sie die Vormundschaft haben.«

»Wie lange kann das dauern?«

»Höchstens zwei Monate – in einem so klaren Fall.«

»Und die Aufenthaltsbewilligung?«

»Schwer zu sagen. Wahrscheinlich länger«, sagte die Familienrichterin.

Im Stiegenhaus umarmte Mira dann Faber.

»Danke, Robert! Danke, daß du es gerade jetzt tust!«

»Hoffentlich hilft es«, sagte er.

Als er abends in der Pension »Adria« den Fragebogen ausfüllte, kam er schließlich zu jener Stelle, an der er eidesstattlich erklären sollte, alle Angaben wahrheitsgetreu und nach bestem Wissen und Gewissen gemacht zu haben.

Faber benützte seinen vergoldeten Cartier-Kugelschreiber, den ihm Natalie einmal geschenkt hatte. Der Stift erinnerte ihn kurz, aber folgenlos an sie. Er schrieb: »Ich ...« und hielt entsetzt inne.

Er wußte nicht mehr, wie man das folgende Wort schrieb. Er war im Begriff gewesen, »erklere« zu schreiben, hatte indessen das Gefühl, daß dies falsch war. So schrieb er das Wort auf ein Stück Papier: »erklere«.

Er starrte es an. So schrieb man das nicht. Unter keinen Umständen.

Aber wie dann?

Panik kroch in ihm hoch, heiß und klebrig. War es soweit? War er schon dermaßen verkalkt?

»erklere«, schrieb er krakelig ein zweites Mal.

Nein, nein, nein! Das war falsch!

Schweiß trat auf seine Stirn. Das war falsch, aber wie war es richtig? Er schrieb: »erkläre«, sah das neue Wort an und hatte keine, nicht die geringste Ahnung, ob das nun richtig war.

Für einen Menschen, der sein Leben mit Schreiben verbracht hat, ist so etwas absolut grauenvoll. Es wäre, dachte er angstgeschüttelt, für jeden Menschen grauenvoll. Ein so einfaches Wort! Und er saß vor den beiden Schreibweisen und wußte, daß eine falsch war. Aber welche war richtig?
Dreimal schrieb er »erkläre«.
Danach war er noch immer nicht sicher.
Er fühlte sich wie gelähmt und absolut leer im Kopf. Plötzlich und ohne jede Vorwarnung verfügte er nur noch über die Rechtschreibkenntnisse eines Sechsjährigen. Er schwitzte und fror zugleich. Immer wieder schrieb er das Wort »erkläre«.
Und war und war sich nicht sicher.
»erklere« war auf alle Fälle falsch, aber war »erkläre« auf alle Fälle richtig?
Er wußte es nicht.
Faber saß still und starrte das vollgeschmierte Stück Papier an, und um ihn drehte sich plötzlich alles in widerlicher Weise: Papier, Tisch, Bett, Schrank, das ganze Zimmer. Entsetzlich. Das war entsetzlich. Vor allem, weil ihm ähnliches schon einmal widerfahren war – in der Swiss-Air-Lounge des Ben-Gurion-Flughafens in Tel Aviv. Er hatte von Ende 1993 bis Anfang 1994 im »American Colony«-Hotel im Ostteil Jerusalems gewohnt, um nach vergeblichen Versuchen in vielen anderen Hotels der Welt dort zu versuchen, wieder zu schreiben, und auch in Ost-Jerusalem war es ihm nicht gelungen. Und so hatte er beschlossen, den letzten Versuch im »Hotel du Palais« in Biarritz zu unternehmen, bevor er Schluß machte – mit den Versuchen zu schreiben und mit sich.
Die Swiss-Air-Maschine, die ihn nach Genf bringen sollte, flog erst in eineinhalb Stunden. Er war viel zu früh gekommen, und so hatte er zunächst Zeitungen gelesen und dann die letzte Wochenrechnung des »American Colony« angesehen. Auf seinen Wunsch hin wurden bei derartigen Rech-

nungen seit langem Zimmerpreis, Room-Service, Restaurant und Telefongebühren en bloc angegeben – er brauchte keine Einzelbelege, in der Schweiz hatten ihm die Finanzbehörden eine Ausgabenpauschale bewilligt.
In der fast zu kühlen Lounge – außer ihm war nur noch eine Bodenhosteß anwesend, kein einziger anderer Passagier – sah er sich also die letzte Wochenrechnung des »Colony« an. Der Betrag für Zimmer oder Appartement, der auf deutschen Hotelrechnungen als »Logis« angegeben wurde, war auf englisch als *Lodging* ausgewiesen.
Er las: »*Lodging* … 1530.«
Das waren US-Dollars und die Totale für sechs Tage. Mal sehen, dachte er in der so kühlen Lounge (draußen hatte es zweiundvierzig Grad Celsius im Schatten), ob die mir den alten Freundschaftspreis berechnet haben. Dieser betrug 255 Dollar täglich für ein Appartement, während sich der volle Preis auf 525 Dollar belief. Also im Kopf: 1530 geteilt durch 6 ist …
Nichts.
Es ging nicht. Es war ihm unmöglich, das im Kopf auszurechnen.
Ruhig! sagte er sich. Ganz ruhig! Noch mal: 1530 geteilt durch 6.
Also zunächst die 15. In 15 ist 6 dreimal enthalten. Unsinn: 3 mal 6 ist 18!
Also nur zweimal. Hätten wir die 2, fein!
2 mal 6 ist 12. Bleibt drei. Jetzt die 3 von 1530 herunter: macht 33.
33 durch 5 ist 6. Stimmt nicht. Müßte doch eine 5 kommen. 5 mal 6 *ist* aber 30!
Da kommt also eine 6. *Statt einer 5.*
Faber lehnte sich zurück und schloß die Augen. Er konnte eine vierstellige Zahl im Kopf nicht mehr durch eine einstellige dividieren. Er versuchte es wieder. Und wieder. Zuletzt überkam ihn solche Angst, den Verstand verloren

zu haben, daß er schriftlich zu rechnen begann, mit dem Cartier-Stift auf einer Ausgabe der *»Jerusalem Post«*.

Jetzt machen wir es umgekehrt: Der alte Freundschaftspreis für die Suite im »American Colony« war 255 Dollar pro Nacht. Wieviel ist 255 mal 6? 6 mal 5 ist 30. Also 0 und 3 im Kopf. 6 mal 5 ist wieder 30, und die 3 im Kopf ergibt 33, also 3 und wieder 3 im Kopf ...

Aus.

Da war es wieder aus. Das erschütterte ihn derart, daß er ein Glas Bitter Lemon umstieß, welches vor ihm stand. Die Bodenhosteß eilte herbei.

»Don't worry, Sir. I'll fix this in a minute ...«

Ja, sie brachte das in Windeseile in Ordnung, die junge, hübsche Frau in ihrer schicken Uniform. Doch er – er saß danach noch eine gute halbe Stunde da, vergebens bemüht, 1530 durch 6 zu teilen. Zuletzt zwang er sich, total entnervt, damit aufzuhören. Später, in zehntausend Metern Höhe über dem Mittelmeer in der Business-Class einer MD 84, gelang es ihm dann ohne Mühe auf Anhieb und im Kopf. Aber der Schreck hatte ihn noch Tage gefangengehalten.

Und nun, ein halbes Jahr später, »erklere«.

Er war so außer sich, daß er beten wollte, aber es fiel ihm nicht ein, zu wem, seltsamerweise nicht, denn bislang hatte er sich in solchen Fällen stets an Natalie gewandt: Natalie, bitte mach! Natalie, bitte hilf! Jetzt kam ihm nicht einmal ihr Name in den Sinn. Also gab er den Versuch zu beten auf und begann zu fluchen. Das half auch nicht. Er wußte, daß er sich lächerlich machte, als er daraufhin Hemd und Hose anzog (im Zimmer war es glühend heiß), mit dem alten Lift in die kleine kreisförmige Halle hinabfuhr und die rundliche Concierge fragte, ob sie einen »Duden« habe.

»Einen was?«

So etwas gab es hier natürlich nicht.

Er fuhr wieder hinauf in seine Zimmer und fiel absolut kraftlos auf das Bett.

Nicht! Bitte, bitte nicht! Ich flehe dich an, egal, wer du bist, und sei es das Nichts. Ich flehe dich an, Nichts, laß mich nicht verblöden, noch nicht! Bitte, bitte! Amen.

9

Am nächsten Tag, dem 23. Juni, brachte er der freundlichen Familienrichterin das ausgefüllte Formular, in dem »erkläre« korrekt geschrieben war. Sie ließ von allen wichtigen Personaldokumenten Fotokopien machen und versicherte ihm, sie würde sich darum kümmern, daß er die Vormundschaft für Goran so schnell wie möglich erhielt.
Als er ins Marien-Kinderspital kam, saß Mira bei dem Jungen. Man hatte einen Fernseher und einen Videorecorder in seinem Zimmer installiert, und die beiden sahen Billy Wilders »Manche mögen's heiß«. Weder Goran noch Mira lachten ein einziges Mal.
Nach einer Weile hielt Faber das nicht mehr aus und verließ den Raum. Auf dem Gang traf er Dr. Rohmer.
Sie sprach gerade mit einer Schwester. Neben ihr stand ein Mädchen mit blondem Haar und hellen Augen. Das Mädchen trug weiße Hosen und ein rotes, darüberhängendes Hemd. Sein Gesicht war schmal, die Augen waren sehr groß, und es lachte Faber entgegen. Ein Kind, das lacht, dachte er. Und es war wie eine Erlösung nach der Trauer in Gorans Zimmer.
Die Ärztin sah ihn. »Herr Jordan!«
»Hallo«, sagte er verlegen. Er kam sich vor, als sei er zu ihr geflüchtet.
»Das ist meine Tochter Petra«, sagte Judith Rohmer.
»Guten Tag, Petra«, sagte er und gab dem Mädchen die Hand.
»Das ist Herr Jordan«, sagte seine Mutter.
»Tag, Herr Jordan.«

Viele Kinder gingen vorüber, in Pyjamas, Kitteln, bunten Hosen und Hemden. Eine Menge waren durch Chemotherapie völlig kahl und trugen deshalb bunte Baseballmützen mit eingestickten Namen von amerikanischen Firmen. Wie immer herrschte auch am Stützpunkt viel Betrieb. Ärzte telefonierten. Apparate schrillten, Computerschirme zeigten Kurven und Laborresultate.

»Sie sind also Herr Jordan«, sagte Petra zu Faber. »Wirklich?«

»Ruhig!« sagte ihre Mutter.

»Ich habe gehört, wie Mami mit Doktor Bell über Sie gesprochen hat.«

»Komm!« sagte Dr. Rohmer. »Herr Jordan muß seinen Kittel anziehen.«

Sie gingen zu dritt in den Raum mit den Spinden, und Faber zog den weißen Ärztemantel über sein Hemd.

»Also hier ist keiner«, sagte Petra. »Ich habe Herrn Faber doch im Fernsehen gesehen! Und ein paar Bücher von ihm gelesen, da war auf dem Umschlag sein Foto. Hier, wo es niemand hört, darf ich doch sagen, daß ich weiß, er ist nicht der Herr Jordan, oder?«

»Du hast es ja schon gesagt«, sagte Judith Rohmer.

»Freut mich sehr«, sagte Petra und schüttelte Faber noch einmal die Hand. »Klar, daß Sie bei uns anders heißen müssen. Ich werde auch Schriftstellerin.«

»Überleg dir das lieber!« sagte Faber.

»Steht fest«, sagte Petra. »Ich kenne so viele Geschichten, viele sehr gute. Da Sie mal hier gelandet sind ... Ist das alles wahr, was Sie schreiben, oder ist alles erfunden?«

»Das meiste ist wahr.«

»Dann haben Sie ja einen Haufen erlebt.«

»Es reicht«, sagte Faber.

»Mir hat ›Es muß nicht immer Kaviar sein‹ am besten gefallen«, sagte Petra. »Das sagt Ihnen wohl jeder, wie?«

»Ja«, sagte Faber. »Leider.«

»Das Buch über die geistig behinderten Kinder ist viel wichtiger, sicherlich«, sagte Petra. »Aber wenn Sie eine Mutter haben, die in diesem Laden hier arbeitet, mit lauter kranken Kindern, dann gefällt Ihnen natürlich was Lustiges besser.«

»Sicherlich, Petra.«

»Ihre Kinderbücher sind auch prima. Bei ›Weinen streng verboten‹ haben Sie Erich Kästner bestohlen.«

»Petra!« sagte die Mutter.

»Stimmt's oder stimmt's nicht?« fragte Petra Faber.

»Nicht ganz«, sagte Faber.

»Da, wo die dicke Steffi Telefondienst macht, lassen Sie sie ›Emil und die Detektive‹ lesen und ganz toll finden. In ›Emil und die Detektive‹ macht der kleine Dienstag Telefondienst, und alle rufen ihn an und sagen, wo sie sind, und er sorgt dafür, daß die Verfolgung von dem Dieb, dem Grundeis, richtig funktioniert – so wie bei Ihnen die dicke Steffi die Jagd auf diesen Katzenbeißer organisiert. Sehr schlau, daß Sie sie gerade ›Emil und die Detektive‹ lesen lassen!«

»Ich habe nicht gestohlen, Petra. Ich habe Erich Kästner um Erlaubnis gefragt, und er war einverstanden mit der Art, in der ich das mit der dicken Steffi geschrieben habe.«

»Sie haben Erich Kästner gekannt?« fragte Petra, plötzlich gar nicht mehr keß, sondern voll Ehrfurcht.

»Sehr gut«, sagte Faber.

»Toll!« Petra war begeistert. »Er hat Erich Kästner gekannt, Mami! Wie findest du denn das?«

»Ich finde es auch toll«, sagte die Mutter. »Und es zeigt dir wieder mal, daß du nicht gleich so wüst drauflosreden darfst, sondern zuerst nachdenken und dich erkundigen sollst.«

Petra nickte ernst. »Ich entschuldige mich, Herr Faber. Oder Herr Jordan? Was nun?«

»Jordan, wenn's recht ist«, sagte Faber. »Faber nur, wenn

wir allein sind.« Petra lachte, als würde sie gekitzelt. »Dir geht es ja schon wieder prima!« stellte Faber fest.

»Der Blutdruck ist noch immer zu hoch«, sagte das Mädchen, wieder ernst. »Darum bleibe ich noch im Spital. Man kann nicht vorsichtig genug sein.«

Faber nickte.

»Aber ich wette, Sie wissen nicht, was Mami am tollsten findet von allem, was Sie geschrieben haben!«

»Petra!« sagte ihre Mutter, und Faber sah verblüfft, daß sie errötete.

»Warum soll ich das nicht sagen, Mami?«

»Wirklich, Petra ...«

»Es wird Herrn Faber freuen. Bestimmt. Und er hat doch Sorgen genug. Warum soll er sich nicht mal über etwas freuen?«

»Weil ...«, begann Dr. Rohmer, dann hob sie die Schultern. »Meinetwegen. Fair war das nicht von dir, Petra.«

»Wenn ich jetzt vielleicht erfahren dürfte, wovon die Damen sprechen«, sagte Faber.

»Da müssen Sie mitkommen«, sagte Petra. »Du auch, Mami!«

Mami, dachte Faber. Petra hat eine. Goran hat keine.

Petra ging voran. Faber und Dr. Rohmer folgten ihr durch das Gedränge von Erwachsenen und Kindern auf dem Flur.

»Wohin gehen wir?«

»In Mamis Zimmer«, erklärte Petra. Lässig grüßte sie erstaunte Kinder, die ihnen nachsahen. Sie marschierten durch immer neue Gänge. Vor einem Untersuchungszimmer saß eine kleine Frau auf einer Bank und hielt die Hände gefaltet.

»Im OP werden ihrer älteren Tochter gerade Knochenmarkzellen für ihre Schwester entnommen«, flüsterte Petra.

Sie kamen in das Dienstzimmer von Dr. Rohmer. Petras Blick flackerte. »Darf ich? Bitte, Mami!«

Dr. Rohmer nickte.

Petra öffnete die Tür eines weißen Schranks. An seiner Innenseite sah Faber unter Klarsichtfolie einen vergilbten Zeitungsartikel befestigt. Er trat näher und las seinen Namen unter der Überschrift »Mir war zum Heulen«. Am oberen Rand sah er, daß dies ein Artikel aus der Wochenendbeilage der »Rheinischen Post« vom 5./6. Juli 1980 war.
»Erinnern Sie sich daran?« fragte Petra.
»Nein«, sagte er. »Keine Ahnung. Ich habe in meinem Leben so viele Artikel geschrieben, weißt du ... Hunderte ...«
»Lesen Sie den da!« sagte Petra. »Mami und ich lassen Sie allein. Ich muß mit ihr zur Untersuchung. Sie kommt zurück.« Die Tür fiel hinter Mutter und Kind zu.
Faber trat an die Schranktür und begann mit zunehmender Benommenheit einzelne Abschnitte zu lesen:

Liebe Kinder, Eure Eltern haben mich eingeladen, Euch aus meinen Kinderbüchern vorzulesen. Das habe ich getan. Ich bin mit vielen Büchern und mit Schallplatten, auf denen der Inhalt der Bücher von Schauspielern noch spannender gespielt wird, zu Euch gekommen. Ihr habt Euch sehr gefreut und mächtig geklatscht. Aber ich habe kaum lesen können, mir ist zu sehr zum Heulen gewesen. Und so mußten wir dann, als ich nicht mehr lesen konnte, den Plattenspieler laufen lassen. Eure Väter sind Ärzte, Maurer, Lastkraftwagenfahrer, Rechtsanwälte – Männer aus fast allen Berufen. Doch es ist die gleiche Krankheit, die Ihr alle habt. Diese Krankheit heißt Krebs ...
Etwa zweihundertfünfzig seid Ihr, die da in der Kinderklinik KC II der Universität Düsseldorf behandelt werden – fünfzehn immer stationär, der Rest ambulant. Manche von Euch müssen täglich zur Behandlung, andere alle vierzehn Tage, wieder andere alle drei Monate. Dreiunddreißig Prozent haben Leukämie, vier bis fünf Prozent Lymphdrüsenkrebs, zwanzig Prozent Hirntumor, sieben Prozent Neuroblastom, der Rest verteilt sich auf verschiedene Krebsarten.

Ihr seid Babies, wenige Monate alt, und Ihr seid junge Damen und Herren, siebzehn, achtzehn Jahre alt. Die Großen unter Euch wissen, was mit ihnen los ist. Die ganz Kleinen wissen es noch nicht. Chemotherapie und Chirurgie stellen die Hauptbehandlungsformen dar. Ihr bekommt Zellteilungsgifte, in die Venen gespritzt oder in Tablettenform. Diese Medikamente setzen die Abwehrkräfte Eurer Körper sehr herab, und so haben viele von Euch ständig eine oder mehrere Krankheiten. Es kommt auch häufig vor, daß Euch alle Haare ausfallen. Oder daß Eure kleinen Beine plötzlich geschwächt sind. Es gibt ganz, ganz arme unter Euch, die können nicht mehr sehen und nicht mehr sprechen und dürfen überhaupt nicht angefaßt werden, weil schon leichteste Druckstellen sogleich zu bluten beginnen ...

Ihr habt sehr, sehr gute Ärzte – vier sind es. Und fünf Schwestern. Die sind prima. Auch die Eltern sind es. Jedoch: Wie Ihr untergebracht seid, wie Ihr leben müßt, wie Eure Eltern, die Ärzte und Schwestern leben müssen, was Ihr zu essen bekommt, das ist einer der größten Skandale, die ich kenne – und ich kenne einen Haufen. Was mit Euch geschieht, ist ein grauenvoller, nicht zu fassender, den Atem verschlagender Skandal ...

Eure armen Eltern haben einen mächtigen Politiker gebeten, zu Euch in die Kinderkrebsklinik zu kommen, um sich selbst ein Bild von dem Skandal zu machen. Der mächtige Politiker ist nicht *gekommen. Ich habe den Brief gelesen, den er an Eure Eltern schrieb. Er habe deren Sorgen und Nöte nicht vergessen, schrieb der Herr, und dann wörtlich: »... Ich habe es vielmehr für richtiger gehalten, mich persönlich darum zu kümmern, daß die Unterbringung krebskranker Kinder und ihrer Eltern relativ rasch verbessert werden kann.«*

Relativ rasch!

Daß etwas verbessert wurde, haben weder die Kinder noch die Eltern noch die Ärzte noch die Schwestern bemerkt. Alle Ärzte arbeiten nach wie vor in einem einzigen Zimmer, das so groß – besser gesagt: so klein – ist wie ein Badezimmer. Hier sitzen sie am Mikroskop, schreiben Berichte, telefonieren. Einen großen Dreck haben alle von einer Besserung bemerkt!

Nach dem Bauplan des Ministeriums soll eine neue Kinderklinik überhaupt erst 1995 bezugsfertig sein. Neunzehnhundertfünfundneunzig! *In fünfzehn Jahren also! Fünfzehn weitere Jahre sollen, wenn die Behörde siegt, Kinder, Betreuer und Eltern in menschenunwürdigen Verhältnissen leben …*
Fünfzehn Jahre noch sollen frischoperierte Kinder aus der Chirurgie am gleichen Tag wieder in diese Hölle zurückgeschickt werden. Fünfzehn Jahre noch sollen Kinder aus dem Raum Düsseldorf weiter hier hausen müssen, weil die nächste ähnliche Klinik in Münster liegt (und auch nicht besser ist). Bis 1995 muß der Skandal weitergehen.
Muß das wirklich *so sein? …*
Eure Eltern, liebe arme Kinder, sind ruhige Menschen mit einer Geduld, die unfaßbar ist. Sie versuchen sich selbst zu helfen mit einer »Eltern-Initiative«, sie veranstalten Basare, sie hoffen und beten, daß alles anders wird. Aber eines Tages – und das bald, denn es eilt! – muß das Hoffen und das Beten aufhören, und, verflucht noch mal, in der schönen Stadt Düsseldorf, in der so viele reiche Leute und so viele kluge und geistreiche Politiker leben, muß etwas geschehen, muß, muß, muß!

10

Faber trat von der vergilbten Zeitungsseite an der Innenseite des weißen Schranks zurück und setzte sich hinter Judith Rohmers Schreibtisch.
Die Düsseldorfer Krebsklinik, dachte er. Jetzt ist mir alles wieder eingefallen. 1980 lebte ich noch mit Yvonne in Monte Carlo. Diese »Eltern-Initiative« hatte geschrieben und mich gebeten, nach Düsseldorf zu kommen, um mir das Elend dort anzusehen. Nach dem Erscheinen von »Niemand ist eine Insel« erhielt ich viele Briefe verzweifelter Eltern. Damals war ich dauernd unterwegs. Wenn man ein solches Buch geschrieben hat, muß man den Hilferufen

folgen. Ich war auch froh, aus Monte Carlo fortzukommen, denn ich bereitete Yvonne schon die Hölle, und sie bereitete sie mir. Fast bis zum physischen und psychischen Ende ertrug ich das noch. Immer wieder fragten Freunde, warum ich nicht früher gegangen war. Ich konnte ihnen keine Antwort geben. Damals nicht, heute nicht. Sollte das ein Fall von Hörigkeit gewesen sein, dann zählt Hörigkeit ganz gewiß zum Schlimmsten, was einem passieren kann.
Ich flog damals zu Natalie nach Hamburg, wann immer ich konnte. Ich telefonierte täglich mit ihr von Monte Carlo aus. Ich schickte ihr die Manuskripte meiner Romane, denn sie war immer meine erste und beste Lektorin gewesen. Fünfzigseitenweise schickte ich ihr die Manuskripte, hundertseitenweise, und rief sie an aus der Hauptpost im Palais de la Scala. Meine Kopie des Manuskripts lag vor mir auf dem kleinen Bord in der heißen Zelle, ihre Kopie lag auf ihrem Schreibtisch in Hamburg (zweimal auf ihren Knien in Krankenhäusern), und sie sagte mir dann, was ihr gefiel und was sie gräßlich fand, was zu lang, zu melodramatisch, zu überkonstruiert, zu primitiv, eben schlecht war, und ich strich meine Kopie nach ihrem Urteil zusammen und schrieb das Manuskript um. Wir waren einander über eintausendsechshundert Kilometer hinweg geistig so ungeheuer verbunden wie zu der Zeit, da wir zusammenlebten – und nach meiner Rückkehr zu der so viel älteren, kranken Frau wurde diese Verbundenheit noch stärker, wurden wir ein Mensch, ein Wesen. Und dennoch war ich damals noch bei Yvonne geblieben, war ich immer und immer wieder zu ihr zurückgekehrt bis zum bitteren Ende, das mich zwang, mit zweiundsechzig Jahren finanziell praktisch noch einmal bei Null zu beginnen. Yvonne hatte mir bei der Scheidung alles genommen, aber auch das Glück meines Lebens beschert, ein Glück, das zwei Jahre lang währte, bis Natalie starb, an Krebs.
An Krebs!

Das ist mir noch nie aufgefallen, seit ich dieses Kinderspital kenne. Auch in dem Zeitungsartikel geht es um Krebs, und auch ihn hatte ich völlig vergessen. Was kann dran sein an einem Menschen, der alles vergißt, Böses und Gutes? Ich beginne sogar schon, Natalie und unsere Liebe zu vergessen, jeden Tag mehr. Vor vierzig Jahren hatte ich eine andere Liebe, Mira, und die vergaß ich total, nicht die geringste Erinnerung hatte ich mehr an sie.

Und nun? Nun, dachte er, liebe ich wiederum Mira. Ich habe es ihr gesagt. Ich glaube es. Ich habe es immer geglaubt, wenn ich es sagte. Ist Liebe nur ein Wort? Ist sie mehr im Alter, mehr als ein Wort? Ach, wenn sie doch mehr wäre, dachte er. Es wäre meine letzte Liebe. Nach ihr kommt keine mehr ...

Die Tür ging auf und Dr. Judith Rohmer trat ein. Er erhob sich schnell.

»Bleiben Sie sitzen!«

»Nicht doch. Das ist Ihr Sessel!« Er machte Platz. Sie kam so nahe an ihm vorbei, daß er das Desinfektionsmittel roch, mit dem sie ihre Hände gewaschen hatte, und die Seife, die sie benützte, und ihren reinen Atem. Sie sah den vergilbten Artikel an der Innenseite des Schranks an und danach ihn.

»Sie erinnern sich?«

»Ja«, sagte er.

Sie machte eine Bewegung, und beide setzten sich, Judith Rohmer hinter ihren Schreibtisch.

»Vor ein paar Tagen habe ich Petra von Ihrem Artikel erzählt. Natürlich wollte sie sich wichtig machen. Ihr ›Offener Brief‹ an die Düsseldorfer Krebskinder war einmal wirklich eine ungeheure Hilfe für mich. Petra hat es nicht böse gemeint.«

»Sie haben eine hinreißende Tochter«, sagte er. »Was hat die Untersuchung ergeben?«

Judith Rohmer senkte den Kopf. »Die Werte sind wesentlich

besser ... aber noch immer nicht ganz okay.« Sie hob den Kopf und lächelte. »Ich sagte Ihnen ja, daß wir bei unseren Kindern bereits bei der geringsten Abweichung von der Norm total ausrasten ... Es geht nicht anders ... Wir müssen dann sofort zu korrigieren versuchen ... So leben wir unter dauernder Hochspannung ... Und wenn es auch noch die eigene Tochter ist ...« Sie warf ihr blondes Haar zurück. »Alles kommt wieder in Ordnung bei Petra, bestimmt!«

»Ganz bestimmt«, sagte er und wechselte, um ihr zu helfen, das Thema: »Dieser Artikel ... damals sah ich das Elend in der Klinik und ging ins Hotel und schrieb. Das war immer alles, was ich tun konnte – wenn ich zu helfen versuchte –, *schreiben.*« Und jetzt kann ich seit sechs Jahren nicht einmal mehr das, dachte er. »Es war wirklich der größte Skandal, den ich je erlebt hatte, und ich hatte viele erlebt als Reporter in vielen Ländern. Als der Artikel fertig war, wollte ich ihn zuerst den ›Düsseldorfer Nachrichten‹ geben. Das war eine SPD-Zeitung. Die hatte aber eine sehr kleine Auflage, verglichen mit der ›Rheinischen Post‹. Das war ein CDU-Blatt. Der Ministerpräsident war ein Sozi. Wahlen standen vor der Tür. Ich rief den Ministerpräsidenten an und sagte ihm, was ich vorhatte, nämlich mit diesem Skandal an die größte für mich erreichbare Öffentlichkeit zu gehen. Denn was war wichtiger: das Leben kranker Kinder oder eine politische Wahl? Er verhielt sich hervorragend. Natürlich solle ich meinen Artikel der ›Rheinischen Post‹ geben, sagte er, und fuhr gleich nach meinem Anruf zur Klinik und sorgte dafür, daß die Kinder wenigstens in ein ordentliches Gebäude übersiedeln konnten, und er forderte auch, sofort mit dem Bau einer neuen Klinik zu beginnen ... Der Artikel erschien, und die Redaktion erhielt Tausende von empörten Briefen, und ich glaube, die Wahl ging für die Sozialdemokraten entweder verloren, oder sie gewannen nur ganz knapp, aber danach wurde mit dem Neubau der Klinik angefangen ... wie im Märchen, nicht wahr?«

»Nicht ganz«, sagte Judith Rohmer.
»Was meinen Sie? Wurde etwa nicht begonnen?« Er erschrak.
»Nicht gleich«, sagte sie. »Und dann auch nur sehr langsam. In neue Räume kamen die Kinder sofort, das haben Sie richtig in Erinnerung, Herr Jordan. Und sie hatten es viel, viel besser. Das war schon fast ein Märchen.«
»Ich habe mich danach nicht mehr genug um die Sache gekümmert«, sagte er beschämt. Ich habe mich um viele Dinge in meinem Leben nicht genug gekümmert, dachte er. »Und warum haben Sie diesen Artikel aufgehoben? Verzeihen Sie, das war taktlos.«
»Es war nicht taktlos, Herr Jordan«, sagte die schlanke Ärztin ernst. »Natürlich wollen Sie den Grund wissen. Ich bin dreiundvierzig Jahre alt, geboren wurde ich 1951 in Düsseldorf. Nach dem Abitur studierte ich Medizin, von 1969 bis 1975. Danach entschied ich mich für Kinderheilkunde und später für Onkologie. 1978 heiratete ich, 1979 wurde Petra geboren, ein Jahr war sie alt, als Sie in diese Kinderkrebsklinik kamen. Damals stand ich in dem Spielzimmer, während Sie aus Ihren Büchern lasen.«
»Sie waren …« Er sah sie überwältigt an.
»Eine kleine Assistenzärztin, Herr Jordan. Ich hatte noch nicht einmal die Facharztzulassung. Der Raum quoll über von Menschen. Ich stand ganz hinten in einer Ecke, aber ich erinnere mich noch so genau daran, als wäre es gestern gewesen, wie Sie lasen und dann nicht mehr weiterlesen konnten und nur noch die Platten mit den Hörspielen auflegten … Ich hatte zuerst gedacht, Sie würden gar nicht kommen … gebeten von Unbekannten, zu armen, kranken Kindern … aus Ihrer prunkvollen Riesenwohnung im feinsten Hochhaus von Monte Carlo …«
»Oh«, sagte Faber, »*here we go again.* Hat mir lange Zeit niemand mehr unter die Nase gerieben.«
»Na ja, Sie hatten damals einen Ruf wie Donnerhall … Was

da alles in den Illustrierten stand ... über Ihre Frau und Sie ... und all die Galas und den Schmuck von Van Cleef und Arpels und Ihren Cadillac und die zwei Mercedes ...«

»... und die wilden Parties und die Playgirls und Playboys bei uns ...« Er nickte. »Eine Zeitlang war es äußerst schick, so über mich zu berichten, die ganze Regenbogenpresse lebte von mir! ›Salonkommunist in Monte Carlo‹. Es stimmte ja auch – zu einem Teil. Ich hatte mich sehr weit verirrt ...«

»Weiß ich doch«, sagte sie. »Jetzt ist alles schon so lange vorbei! Ich habe es nicht böse gemeint ... Damals war ich einfach neugierig, ich wollte sehen, wie Sie sich verhalten, ob es ein PR-Auftritt würde für Presse und Fernsehen oder ob es Ihnen wirklich um die kranken Kinder ging.«

»Und was hatten Sie für einen Eindruck?«

»Daß Sie sich da unten in Monte Carlo sehr elend fühlten ... Sie wirkten so traurig auf mich, mutlos und am Ende ...«

»Das war ich auch«, sagte er. »Am Ende, mutlos und traurig ... Mir ging es sehr dreckig damals ... privat.«

Judith Rohmer sagte leise: »Wie mir.«

»Bitte?«

»Mir ging es auch sehr dreckig ... privat.« Sie sah ihn fest an. »Ich wußte, daß mein Mann mich betrog – seit einem halben Jahr schon ... auch noch mit meiner besten Freundin. Alle in Düsseldorf wußten es, ich kam als letzte drauf. Ihr Artikel gab mir damals soviel Kraft und Mut, Herr Jordan. Vielleicht freut es Sie, das zu hören ... und weiter zu hören, daß ich Ihren Artikel immer bei mir trug in den folgenden zwei Jahren, in denen ich mit meinem Mann eine Aufregung nach der anderen erlebte. Er wollte sich nicht scheiden lassen. Er sagte, er würde mich und Petra viel zu sehr lieben – die andere Frau, das sei eine Affäre, die vorübergehen würde. Ich bin aber ausgezogen, habe die Scheidung eingereicht und mußte mit Petra in einer winzigen Wohnung leben. So viel geschah in diesen zwei Jahren dann für die kranken Kinder auf Ihren Artikel hin! Und auch das gab mir Kraft. Ich wurde geschieden und bekam das Sorgerecht für Petra. Nun wollte ich nur noch weg. Weg aus Düsseldorf! Das Marien-Kinderspital suchte damals gerade eine Ärztin auf dem Gebiet Onkologie, und das war nun ja zum Glück mein Gebiet. Ich hatte mit einem Kollegen schon zwei Arbeiten veröffentlicht. In beiden ging es um die Immunsuppression bei Transplantationen, damals war das alles noch Neuland. Die ersten Mittel wie beispielsweise Cyclosporin A wurden gerade in Gebrauch genommen. Also bewarb ich mich um die Position. Fünf Frauen bewarben sich insgesamt und zwei Männer! Aber mich hat Professor Aldermann genommen. So zog ich mit meiner Tochter nach Wien und lernte Doktor Bell kennen und Doktor Meerwald, die hatten ein paar Jahre früher begonnen … Ihren Artikel klebte ich damals in diesen Schrank, weil er mir so geholfen hatte. Inzwischen bin ich längst in Wien daheim, zur Ruhe gekommen, glücklich mit Petra und meinem Beruf … Und Ihr Artikel ist … eine Art Talisman … Sie verstehen, nicht wahr?«

Er nickte.

»Nachdem Frau Masin zusammengebrochen war, sagte ich Ihnen, daß ich einmal weinend fortgelaufen bin, weil ich nach jahrelangem Kampf den Tod eines Kindes nicht verhindern konnte.«

»Ich erinnere mich.«

»Am nächsten Tag öffnete ich den Schrank und sah Ihren Artikel und arbeitete weiter … Schon seltsam, daß Sie hier gelandet sind – nach all der Zeit, Herr Jordan.«

»Ja«, sagte Faber. »Sehr seltsam.«

11

Später an diesem Tag traf er Bell und den Psychologen Ansbach. Die beiden standen im sonnigen Innenhof des Spitals.
»Wir müssen etwas mit Ihnen besprechen, Herr Jordan«, sagte Dr. Ansbach.
»Ja, bitte?«
»Jetzt kommt der Juli. Das ist für uns immer die schwierigste Zeit, denn da gehen die meisten Leute hier in Urlaub. Sie gehen auch im August und September, wir haben einen Plan, aber im Juli wird es trotzdem jedes Jahr eng. Professor Aldermann ist auf einer Dienstreise in Japan, Doktor Bell muß übermorgen zu einem internationalen Kongreß nach Los Angeles – er wird zehn Tage nicht hier sein …«
»Keine Angst, Kollegin Rohmer wird mich glänzend vertreten«, sagte Bell. »Es fehlt im Juli nur wirklich jede Menge Personal. Goran ist noch nicht aus seiner Krise heraus. Würden Sie und Frau Masin sich eine Weile verstärkt um den Jungen kümmern – insbesondere nachts?«
»Selbstverständlich.«
»Das wäre eine große Hilfe«, sagte der Psychologe.
Faber redete mit Mira. Auch sie war sofort bereit. Weil er so sehr von seinem Schlaf am Nachmittag abhängig geworden war, vereinbarten sie, daß Mira tagsüber bei Goran blieb und Faber nachts.
Als Bell sich am nächsten Tag vor seinem Abflug verabschiedete, sagte er zu Mira: »Goran ist jetzt – zu seiner Empörung – glücklicherweise enorm hungrig geworden. Wir werden langsam von künstlicher Ernährung zu natürlicher übergehen. Wenn Sie wollen, können Sie bei uns kochen, Frau Masin – auch für sich und Herrn Jordan.«
So begann Mira, in Absprache mit anderen Frauen, die Stationsküche zu benützen. Sie ging einkaufen und kochte für ihre Männer, natürlich Gorans Lieblingsgerichte: Pasta asciutta, Fischstäbchen, Putenschnitzel; dazu gab es Salat,

nicht zu vergessen Pommes frites, Pudding und natürlich Eis. Am liebsten hatte Goran Himbeer-Zitrone-Eis. Er aß zur Freude Miras, Fabers und Dr. Rohmers viel und regelmäßig, fast schon in erbitterter Schlemmerei.

Wenn Faber am Nachmittag aufwachte, duschte er und ging danach gegen achtzehn Uhr in das kleine Café nahe dem Spital, denn in seinem Zimmer war es um diese Zeit zu heiß. Er setzte sich in den schattigen Schanigarten, um sich Notizen über Ereignisse und Vorfälle zu machen, die ihn besonders bewegt hatten. Dazu hörte er die Mikrokassetten des Pearlcorders ab, den er seit seinem ersten Gespräch mit dem Diakon Lambert ständig bei sich trug, um ihm wichtig erscheinende Gespräche aufzuzeichnen. Er tat das, was er noch vor jedem Buch getan hatte: Er sammelte Material und recherchierte, diesmal auf besondere Art. Seltsamerweise war ihm nicht bewußt, daß er sich auf ein neues Buch vorbereitete.

Herr Viskocil, der alte Kellner, brachte ihm stets eine Schale Gold oder einen Pharisäer, einen Obermaier oder Eiskaffee. Wie Faber war er wegen der Hitze in Hemd und Hose, trug jedoch immer tapfer das schwarze Mascherl am Kragen. Zwischen den beiden Männern entstand eine Art Freundschaft, obwohl sie nur selten und wenig miteinander sprachen. Der Kellner strahlte, wenn Faber um achtzehn Uhr erschien, sie schüttelten einander die Hand, Herr Josef fragte nach dem Befinden des Buben, diskret, aber mit echter Anteilnahme, und Faber erzählte dann von der schwierigen Zeit, die Goran gerade durchmachte.

»Ich bete für den Buben«, eröffnete ihm Herr Josef eines Tages. »Seien S' nicht böse, Herr Faber, schon lang bete ich für ihn, alles wird gut werden, nur Geduld müssen S' haben, viel Geduld.«

»Danke, Herr Josef«, sagte Faber. »Danke für alles.«

»Danke für gar nix«, sagte Herr Josef, verschwand und kehrte mit einem frischen Glas Wasser zurück.

Als Faber am nächsten Sonntag gegen zwanzig Uhr in das Kinderspital kam, sagte ihm der Mann in der Pförtnerloge, Frau Dr. Rohmer habe gebeten, sie von seinem Eintreffen zu verständigen. Der Mann telefonierte, und gleich darauf kamen die Ärztin und der Psychologe Dr. Ansbach die Treppe herunter.

»Ich muß Ihnen und Frau Masin etwas erzählen«, sagte sie. »Wir haben Nachtdienst und gerade Zeit. Kommen Sie, gehen wir zu Goran!«

Über den Fernsehschirm lief, als sie in sein Zimmer kamen, als Videokassette der Schwarzweißfilm »Fahrraddiebe«. Goran war tief in das Geschehen versunken. Faber winkte Mira, und sie traten zu dritt wieder auf den Gang.

»Setzen wir uns!« sagte Judith Rohmer. Auf dem Gang standen Stühle. »Petra hat sich mit Goran unterhalten.«

»Wann?« Mira war verblüfft. »Ich bin doch den ganzen Tag bei ihm!« (Das Aufnahmelämpchen des Pearlcorders leuchtete.)

»Nicht, wenn Sie in der Küche sind, Frau Masin! Da hat sie ihn besucht. Sie hat mich mit Kollegen über Goran sprechen hören. Petra ist ein ungeheuer aufgewecktes Mädchen, manchmal zu aufgeweckt. Aber sie erzählt mir stets alles. So hat sie im Detail, wirklich im Detail, von ihrer Unterhaltung mit Goran berichtet ...«

12

Petra klopfte an Gorans Tür.

»Herein«, rief er.

Sie betrat sein Zimmer.

»Hi!« sagte sie. »Ich heiße Petra Rohmer, meine Mami ist Ärztin hier, du kennst sie. Mir haben sie eine neue Niere transplantiert, und ich muß hier sein, weil mein Blutdruck zu hoch ist und meine ganzen Werte nicht stimmen ... sie

stimmen fast, aber eben nicht genau, und nach einer Transplantation kann man nicht vorsichtig genug sein«, sagte Petra und setzte sich auf den Stuhl neben Gorans Bett. Ihr Blick wanderte durch den Raum. »Mensch!« sagte sie begeistert. »Hast du vielleicht feine Sachen! Die Jeans und die Shirts und die Schuhe, ich werde verrückt! Warum liegt das alles auf der Erde? Warum liegst du auf dem Bett? Warum ziehst du nicht die feinen Sachen an und gehst raus aus dem Loch? Schau mich an! Ich bin hier den ganzen Tag unterwegs, seit mein Blutdruck fast wieder okay ist. Ach so«, sagte Petra und strich das blonde Haar zurück, »natürlich, hab' ich ganz vergessen, du fühlst dich ja so mies. Darum komme ich doch überhaupt zu dir.«
»Warum?« fragte Goran überrumpelt. Er sah das Mädchen an, das Tennisschuhe, kurze weiße Hosen und ein blaues Hemd trug.
»Na, weil ich gehört habe, daß du dich so mies fühlst.«
»Von wem hast du das gehört?«
»Von ... ich weiß nicht mehr, von wem. Hier redet doch jeder dauernd über alle anderen. Das wirst du schon merken, wenn du aus deinem Bau kommst.«
»Was hast du noch über mich gehört?«
»Also«, sagte Petra, »du bist mit deiner Oma aus Sarajewo ausgeflogen worden, und zuerst ist es dir wirklich dreckig gegangen mit deiner Leber. Sie haben dich wieder hingekriegt, aber dir ist so mies, weil du dauernd daran denken mußt, daß deine Mami und dein Papa erschossen worden sind. Darum willst du nicht mehr leben, habe ich gehört, ich weiß wirklich nicht mehr, von wem. Das ist ein so verquatschtes Haus, du machst dir keine Vorstellung! Natürlich ist das furchtbar mit deinen Eltern, kann ich gut verstehen, ich war zuerst auch sehr traurig, als mein Papa weg war ...«
»Wieso?« fragte Goran. »Haben sie den auch erschossen?«
»Nein, nein, das nicht. Meine Eltern haben sich scheiden

lassen, vor zehn Jahren schon, und seit zehn Jahren habe ich Papa nicht mehr gesehen ... In Köln lebt der ... hat eine andere geheiratet und ein anderes Kind mit ihr ... hab' ich auch nie gesehen, meine Halbschwester. Dabei hätte ich so gern Geschwister ... Also damals, als Mami und ich aus Düsseldorf weggegangen sind, nachdem wir geschieden waren, da hab' ich sehr oft geheult, weil ich so traurig war, daß es Papa nicht mehr gab ... Ich kann dich gut verstehen.«

»Glaube ich nicht«, sagte Goran. »Dein Papa lebt ja noch. Und außerdem hast du deine Mami.«

»Das stimmt, und wir halten eisern zusammen, Mami und ich. Aber mein Papa, also der ist so gut wie tot für mich, und das hat lange, lange gedauert, bis ich nicht mehr geheult habe deswegen ... Ich meine: Was dir passiert ist, ist natürlich viel, viel schlimmer, man kann's nicht vergleichen, aber ich glaube trotzdem, daß ich dich gut verstehen kann wegen dem, was ich hinter mir habe. Das schlimme ist, daß wir Kinder nichts zu sagen haben. Der Grönemeyer singt: ›Kinder an die Macht!‹ Stell dir bloß mal vor, wir Kinder kämen an die Macht! Mensch, Goran, wenn wir an die Macht kämen, dann würde es anders aussehen auf der Welt! ... Und deine Mami und dein Papa wären noch am Leben ...«

Goran betrachtete Petra mit steigendem Interesse. »Das ist es ja, was mich noch umbringt«, sagte er. »Nicht nur, daß Mami und Papa tot sind und daß auch ich tot wäre, wenn Mami sich nicht über mich geworfen hätte, nicht nur das, verstehst du? Nein, mich bringt noch um, wenn ich überhaupt an Menschen denke. Killen, wen sie killen können. Zerstören, was sie zerstören können – nicht nur in Sarajewo, nicht nur in meinem Land, überall, auf der ganzen Welt. Schau, wohin du willst, überall dasselbe! Killen, vernichten, zerstören ... Ab und zu gibt es dann eine kleine Pause, da pflegen sie die, die noch nicht tot sind, damit die wieder gesund werden, auch wenn die das gar nicht wollen, und sie bauen alles wieder auf, was sie zerstört haben, bloß damit sie dann von vorne anfangen können mit dem Zerstören und Töten. Und alle, alle wissen das. Und alle, alle machen mit dabei. Heute und vor fünfhundert Jahren und vor fünftausend Jahren – solange du zurückdenken kannst ...« Goran war in Fahrt gekommen. Eine halbe Stunde zuvor hatte er Petra noch nicht gekannt, doch er empfand sogleich Sympathie für sie, mit ihr konnte er leicht und ohne Hemmung über das sprechen, was ihn bedrückte – so sehr er sich vor den Erwachsenen verschlossen hatte. »Und in so einer Welt soll man leben? Ich frage dich! Mit all diesen Menschen-Bestien?«

»Na«, sagte Petra.

»Was, na?«

»Na, also *alle* sind keine Bestien. Meine Mami ist keine, und die Ärzte hier sind keine, und ich kenne noch einen Haufen anderer Leute, und wir Kinder sind auch keine. Wir werden es einmal besser machen, wenn wir groß sind. Ich verstehe dich gut, im Moment willst du nicht mehr leben. Aber wenn's drauf ankommt, wie gern lebst du da! Schau mich an! Ein Jahr an der Dialyse – das war vielleicht eine Kacke! Hab' ich da oft gedacht, mir reicht's! Und nun, mit der neuen Niere, also jetzt hab' ich nur einen Wunsch: daß alles gutgeht mit der und daß ich normal leben kann. Eine Schande ist das, was du mit den feinen Sachen machst! Wenn du sie schon nicht willst – würdest du mir eines von diesen irren T-Shirts leihen? Nur leihen, Goran! Kriegst es zurück! Das weiße, wo drauf steht ENJOY LIFE! Darf ich das haben? Und wenn ich's zurückbringe, dann vielleicht das, wo drauf steht I AM THE BEST?«

13

»... Goran hat ihr das T-Shirt geschenkt«, sagte Dr. Rohmer. »Geschenkt! Das, wo drauf steht ENJOY LIFE! Petra rennt damit herum. Ganz begeistert ist sie von Goran, sagte sie mir. Das Shirt mit I AM THE BEST hat er ihr geliehen, und wenn sie es zurückbringt, kann sie ein anderes haben. Na?«

»Großartig«, sagte Faber.

»Nur nicht verschreien«, sagte Mira und klopfte auf die hölzerne Armlehne ihres Stuhls. »Wenn das klappen würde ...«

»Kinder an die Macht!« sagte der Psychologe Ansbach, und seine fröhlichen Augen blitzten. »Wir alle haben es nicht geschafft. Nun soll Petra zeigen, was sie kann!«

Etwas später trat Faber in Gorans Zimmer. Die »Fahrraddiebe« liefen noch immer.

»Hallo, Goran!« sagte Faber.

»Hallo, Deda!« sagte Goran. »Warte, ich schalte ab.«

»Auf keinen Fall!« sagte Faber. »Das ist ein prima Film. Ich kenne ihn. Ich schau' mir mit dir den Rest an.«

Als die Videokassette zu Ende war, wusch Goran sich und putzte seine Zähne.

Leicht geniert putzte Faber anschließend die seinen. Geduscht hatte er schon in der Pension.

»Gute Nacht, Deda«, sagte Goran. »Schlaf gut!«

»Du auch«, sagte Faber.

In der Tat schlief Goran sehr bald danach tief und fest.

Faber lag noch lange wach auf dem zweiten Bett. Er hatte einen Pyjama angezogen, die Hände unter dem Kopf verschränkt und dachte an Petra und ihre Mutter.

Von nun an machte er es sich zur Angewohnheit, nach Dr. Rohmer zu fragen, wenn er gegen zwanzig Uhr seinen »Nachtdienst« antrat. Fast immer war die Ärztin noch da. Weil Mira stets länger blieb, konnte Faber, ohne den Jungen allein zu lassen, Dr. Rohmer besuchen, nachdem er seinen Ärztekittel angezogen hatte.

Einmal sagte ihm der Pförtner, der sie mit dem Pager in die Ambulanz gerufen hatte, er solle in ihrem Zimmer warten, es dauere nicht mehr lange.
Faber dankte, aber er wartete vor dem Zimmer der Ärztin. Sie kam, der Kittel stand offen, sie war sehr müde. »Warum sind Sie nicht reingegangen, Herr Jordan? Ein Kind mit Schnupfen.« Sie öffnete die Tür, trat ein, er folgte ihr, beide setzten sich. »Mit Schnupfen!« wiederholte Judith Rohmer. »Vorher war ich bei einem Kind, das sterben wird. Natürlich habe ich gedacht: Mein Gott, da kommt diese Mutter und schreit, und ihr Kind hat Schnupfen, und ich war gerade bei einem Kind, das höchstens noch ein paar Tage zu leben hat. Muß diese Mutter wirklich ein Baby mit Schnupfen in die Klinik bringen? Wenn man lange nicht auf der Ambulanz war, nimmt eine solche Ungerechtigkeit im Denken zu. Darum mache ich gerne auch dort Dienst. Es ist eine Wohltat, einmal ein Kind untersuchen zu dürfen, das nur Durchfall hat, oder einem anderen eine wunderschöne Angina zu diagnostizieren, von der ich weiß, daß sie nach sieben Tagen abgeheilt sein wird. Natürlich empfinde ich in der Onkologie und Transplantation unvergleichlich mehr Glücksgefühle, wenn es bei einem Kind gutgeht, aber das geschieht viel seltener ...«
Ihr Pager summte.
»Verzeihen Sie.« Dr. Rohmer wählte die Stützpunktnummer und lauschte kurz. »Sofort«, sagte sie dann und zu Faber: »Neueinlieferung. Kind mit schweren Atembeschwerden. Kommen Sie mit, wenn Sie wollen.«
Sie eilten zum Lift und fuhren zum ersten Tiefgeschoß. In der Notaufnahme warteten eine weinende Mutter und zwei Sanitäter. Auf einem Untersuchungstisch lag ein winziges Kind, das um Luft rang. Faber hielt sich im Hintergrund und sah zu, wie Judith Rohmer es untersuchte – lange und gewissenhaft. Zuletzt blickte sie die Mutter an.
»Es ist gut, daß Sie gekommen sind. Das Baby muß in

Spitalspflege. Wir haben aber kein Bett frei. Ich beschaffe Ihnen eines in einem anderen Krankenhaus.«
Sie telefonierte, dann sprach sie leise mit den Sanitätern. Diese hoben die Mutter, die ihr Kind an sich gepreßt hielt, auf eine fahrbare Trage und stellten das Rückenteil hoch. So konnte die Frau mit dem Kind im Schoß sitzen, und die Männer rollten die Trage in den Hof zum Krankenwagen, mit dem sie gekommen waren. Dr. Rohmer begleitete sie und ließ die Hand der Mutter erst los, als die Trage in den Rettungswagen gehoben wurde. Faber, der beim Ausgang zum Hof stehengeblieben war, hörte sie sagen: »Alles wird gut, bestimmt. Die Ärzte warten dort schon auf Sie und Ihr kleines Mädchen.«
»Danke, Frau Doktor«, sagte die Mutter, »danke.«
Die Tür flog zu, der Krankenwagen fuhr an.
»Lungenentzündung«, sagte Dr. Rohmer, als sie zurückkam. »Sehr bedrohlich.«
»Sie haben das Kind so ruhig und sanft untersucht und es mit der Mutter auf die Trage setzen lassen.«
»Man darf einem Kind nicht zusätzlich Angst bereiten – und der Mutter auch nicht.«
Sie fuhren nicht mit dem Lift zurück, sondern gingen einen weiten Weg an Krankenzimmern und den Glasscheiben erleuchteter Schwestern- und Pflegerzimmer vorüber.
»Der Dienst geht rund um die Uhr«, sagte Judith Rohmer. »Er endet nie ... Sehen Sie, der Pfleger hier bereitet Nahrung für die kleine Bianca vor. Ihre Therapie ist schon weiter fortgeschritten. Sie hat Schmerzen, kann nicht schlucken, erbricht Blut. Muß wieder künstlich ernährt werden ...«
Hinter einer der Glasscheiben ertönte eine Frauenstimme. Der Pfleger antwortete.
»Damit man schnell reagieren kann, sind alle vier Sterileinheiten dieser Station mit Gegensprechanlagen verbunden. Natürlich ist die ganze Nacht und den ganzen Tag über jemand bei Bianca. In diesem Fall hat eine Schwe-

ster den Pfleger gerufen und um flüssige Nahrung gebeten ...«

»Ich habe kein Wort verstanden«, sagte Faber.

»Gewöhnungssache! Zuletzt können Sie sogar von den Lippen lesen ... Die kleine Bianca ... wenn alles gut geht, werden in ihrem Blut in zwei, drei Wochen die ersten neuen Blutzellen zu finden sein – sie hatte Leukämie ...«

In anderen Räumen, an denen sie vorüberkamen, saßen Ärzte über Mikroskope geneigt oder standen vor Apparaturen. Schwestern eilten an Judith Rohmer und Faber mit Infusionsflaschen und Injektionsspritzen vorbei.

»Die Nachtschicht hat um neunzehn Uhr begonnen und dauert bis sieben«, sagte die Ärztin. »Sie sehen – Infusionsflaschen müssen gewechselt, Kinder getröstet, Eltern beruhigt werden. Gegen Morgen, wenn die Schwestern todmüde sind, überprüfen sie die Apotheke, schreiben Kurven, ordnen ihren Arbeitsplatz.«

Sie erreichten wieder das Dienstzimmer von Dr. Rohmer, die sich in ihren Sessel fallen ließ und tief Atem holte.

»Heute gab es keine Situation, die mich aus der Bahn geworfen hätte«, sagte sie, »auch keine, in der ich nicht wußte, wie ich weiterarbeiten soll. Aber in eine solche Lage gerät man natürlich dauernd, gerade auf der Transplantationsstation. Wenn zum Beispiel ein Patient stirbt, ist das immer wieder eine Kapitulation für alle, die bis zum Umfallen um das Leben des Kindes gekämpft haben. Es ist ein sehr schmerzhafter Prozeß, denn es läßt einen jedesmal aufs neue ganz klar die eigenen Grenzen erkennen ... erkennen, daß wir alles getan haben, daß wir jedoch nicht genug tun können, daß wir so wenig wissen, immer noch so wenig ...« Sie verstummte und sah auf ihre Hände, die auf der Schreibtischplatte lagen, und mit ihren Gedanken war sie plötzlich weit weg im dunklen Reich des Todes.

Faber erhob sich und ging leise aus dem Raum.

Als er in Gorans Zimmer kam, schlief dieser bereits.

Mira, an seinem Bett, blickte auf. »Wo warst du?«
»Bei Frau Doktor Rohmer.«
»Jetzt noch? Es ist fast elf.«
»Wir waren im Haus unterwegs. Sie hat mir viel gezeigt und erzählt. Verzeih!«
»Natürlich.« Sie küßte ihn flüchtig auf die Stirn. »Bis morgen also.« Und sie verließ ihn schnell, die Tür hinter ihr schloß sich leise.

14

An einem der folgenden Abende war Faber wieder auf dem Weg zu Judith Rohmer. Als er in den Gang einbog, an dem ihr Zimmer lag, sah er sie mit einem Mann und einer Frau. Er setzte sich auf einen der Stühle, die in dem Flur standen, um auf die Ärztin zu warten.
»... wir sagen den Angehörigen immer die Wahrheit, anders geht es nicht«, sagte Judith Rohmer. »Die Untersuchungen der kleinen Babs haben unsere Befürchtungen bestätigt. Es *ist* Leukämie ...«
Laut schluchzte die Frau auf.
»Wir glauben, daß Babs sehr gute Chancen hat, wieder ganz gesund zu werden, liebe Frau Kern. Nach den Untersuchungen wissen wir, um welchen Typ von Leukämie es sich handelt. Dieser Typ läßt sich sehr gut behandeln. In den letzten zehn Jahren haben wir Hunderte von Kindern mit dieser Art Leukämie gesund machen können.«
Frau Kern weinte stoßweise wie in einem Krampf.
»Rosa«, sagte ihr Mann, »Rosa ...«
Judith Rohmer sprach sehr eindringlich: »Wir haben Kinder behandelt, die so gesund wurden, daß sie selbst schon Kinder haben; siebzig Prozent aller Kinder werden wieder ganz gesund! Siebzig Prozent! Und nach dem, was wir jetzt über Babs wissen, ist die Wahrscheinlichkeit sehr groß, daß

sie zu diesen siebzig Prozent gehören wird, daß sie wieder ganz gesund wird ... Wir werden noch ein ausführliches Gespräch haben. Für heute sind Sie einverstanden mit der Behandlung?«
Die Frau sagte nichts, sie weinte und nickte.
»Ich danke Ihnen. Wir sehen uns morgen früh.«
Die beiden verabschiedeten sich und kamen auf Faber zu. Sie sahen aus wie Menschen vom Land, dachte Faber. Er grüßte durch ein Neigen des Kopfes. Die beiden bemerkten es nicht. Sie gingen an ihm vorüber, gefangen in ihrem großen Unglück.
Sekunden später sagte Judith Rohmer zu Faber: »Sie haben das mit angehört?«
»Ja.«
Sie betraten ihr Zimmer.
»Man ist immer wieder in dieser schizophrenen Situation: Einerseits muß man den Eltern sagen, wie krank ihr Kind ist, andererseits muß man ihnen« – sie stockte – »Hoffnung geben, Mut machen und beteuern, daß eine solche Therapie erfolgreich sein wird. Hier der Zusammenbruch, da die Notwendigkeit, die Eltern so weit zu bringen, daß sie einer Therapie zustimmen ...« Sie warf den Kopf zurück. »Sie wollen natürlich wissen, ob Petra wieder bei Goran war. Sie ist fast täglich bei ihm. Petra hat Goran liebgewonnen und erzählt mir von ihren Zusammenkünften. Erst heute vormittag berichtete sie mir über ein Gespräch mit ihm ...«

15

»Schau mal, Goran, du hast deine Mami und deinen Papa verloren. Ich, ich habe nur meine Mami, sonst niemand. Wenn die stirbt, bin ich total verratzt. Du hast noch deinen Opa und deine Oma. Wenn einer von denen stirbt, bist du noch immer nicht allein. Denk doch einmal daran!«

»Bakica und Deda sind aber nicht Mami und Papa«, sagte Goran.
»Zugegeben«, sagte Petra, »deine Leute sind viel älter als meine Mami. Vermutlich werden sie früher sterben. Aber sicher ist das nicht. Es kann ganz leicht umgekehrt sein. Und wie stehe ich dann da?«
»Wie stehst du dann da?«
»Darüber denke ich dauernd nach, seit ich dich kenne und weiß, was dir passiert ist. Wie stehe ich dann da? Kann sein, vielleicht, daß ich auch nicht mehr leben und sterben will wie du ... Aber ich bin noch so jung, eigentlich will ich noch lange leben. Ich meine, Goran, wir sind doch Freunde, nicht?«
»Ja«, sagte er begeistert.
»Darum rede ich mit dir über das alles ... Meine Mami kann ich ja nicht gut fragen, was ich tun soll, wenn sie stirbt. Wie war das denn bei dir? Hat deine Mami nie mit dir darüber gesprochen? Immerhin – in Sarajewo, da sterben doch so viele Menschen. Da denken doch sicher alle über den Tod nach und was geschieht, wenn es sie erwischt, und ein Kind bleibt übrig, oder nicht?«
»Doch, natürlich. Du mußt dir das vorstellen: In Sarajewo kannst du jede Sekunde tot sein – wenn eine Granate einschlägt oder wenn ein *snajper* dich trifft ... Mami *hat* mit mir darüber geredet, oft ...« Goran senkte den Kopf und schwieg.
»Und was hat sie gesagt?«
Nun sah er Petra an. »Sie hat gesagt: ›Goran, wenn mir was passiert und Papa auch, und du bleibst am Leben, dann mußt du dich um Bakica kümmern, die ist alt! Du wirst sehr traurig sein, sicherlich, aber du mußt weiterleben‹, hat die Mami gesagt. ›Wer kümmert sich sonst um Bakica? Das ist *meine* Mutter, Goran. Ich will sicher sein, daß du dich um meine Mutter kümmerst, wenn mir und Papa was passiert. Du bist tapfer‹, hat sie gesagt. ›Ich

weiß, du wirst dich gut um sie kümmern. Einmal wird der Krieg zu Ende sein, und ihr werdet Frieden haben … und es wird wieder schön sein. Du willst doch Biologe werden …‹«

»Willst du das wirklich?« unterbrach ihn Petra ehrfurchtsvoll.

»Ich hab's gewollt«, sagte Goran. »Weißt du, jetzt, mit dieser rekombinierten DNS …«

»Mit was?«

»Na, mit den Arbeiten an den Genen … was man da alles erreichen kann. Krankheiten zum Verschwinden bringen, wenn man schadhafte Gene ersetzt. Mehr und bessere Nahrung. So viele großartige Sachen …« Er hatte sich in Begeisterung geredet, nun wurde er wieder traurig. »Das wollte ich einmal, ja, Biologe werden, Mikrobiologe. Und immer wieder hat Mami gesagt, daß ich mit diesem Beruf überall arbeiten kann, an den besten Universitäten. ›Einmal wird Bakica natürlich sterben‹, hat sie gesagt, aber ich soll ihr versprechen, daß ich sie heil durch den Krieg bringe und so lange für sie da bin, wie sie lebt.«

»Und das hast du deiner Mami versprochen?«

»Ja«, sagte Goran. Sein Blick flackerte.

»Wenn meine Mami stirbt, habe ich niemanden, für den ich dasein kann«, sagte Petra. »Ich weiß dann überhaupt nicht, was ich tun soll. Mami weiter liebhaben, natürlich, auch wenn sie tot ist, das schon. Aber sonst?«

»Meine Mami hat gesagt, sie wird mich immer liebhaben, auch im Tod. Wie Papa. Leute, die tot sind, haben weiter die lieb, die sie im Leben liebgehabt haben, hat sie gesagt. Da brauche ich gar keine Angst haben. Bei deiner Mami ist das ebenso, wenn sie stirbt.«

»Schon«, sagte Petra. »Aber ich kann dann nicht Biologin werden und so interessante Sachen machen wie du.«

»Natürlich kannst du.«

»Kann ich nicht! Ich habe doch überhaupt noch keine

Ahnung, was ich mal werden will ... Hast du eine Freundin gehabt in Sarajewo?«
»Ja«, sagte Goran.
»Und? Ist die dort zurückgeblieben?«
»Nein.«
»Ist sie hier?«
»Bei einem Artilleriebeschuß haben Granaten ihre Wohnung getroffen ... Es ist so schnell gegangen, daß sie nicht mehr in den Keller konnte ...«
»Ist sie tot?« fragte Petra leise.
»Ja«, sagte Goran ebenso leise. »Alle sind tot, die ganze Familie.«
»Na, jetzt bin ich doch deine Freundin, oder?«
»Ja«, sagte Goran. »Und ich bin dein Freund. Das ... das ...«
»Was?«
»Das geht so schnell, du ...«
»Überhaupt nicht schnell! Wir sind ja noch keine uralten Freunde. Wir haben uns gerade mal kennengelernt. Warte ab!« Petra stand energisch auf. »Also jetzt haben wir wirklich genug über diese Sache geredet!«
»Du hast damit angefangen.«
»Ich weiß. Weil ich halt dauernd daran denke, seit ich dich kenne ...« Sie ging zu den Kleidungsstücken, die Mira und Faber für Goran gekauft hatten und die noch immer in einer Ecke des Zimmers auf dem Boden lagen. »Jetzt räume ich hier auf. Das ist ja nicht zum Ansehen, wie du die schönen Sachen behandelst!« Sie öffnete den Schrank und verstaute langsam alles in ihm wie eine erstklassige Hausfrau. Er sah ihr ernst zu. Als sie die Basketballschuhe in die Hand nahm, runzelte sie die Stirn.
»Ist was?«
»Nein, nein.«
»Doch ist was! Sag es mir, Petra!« Goran war plötzlich aufgeregt.

»Also, ich will deinen Opa und deine Oma wirklich nicht verletzen ...«

»Aber?« Goran neigte sich vor.

»... aber bei den Schuhen haben sie sich bescheißen lassen, da gibt es andere.«

Gorans Erregung stieg. »Andere, meinst du?«

»Andere, ja. Das sind gute Schuhe, sicherlich. Aber wo leuchten sie?«

Goran blinzelte verständnislos. »Was heißt ›wo leuchten sie‹? Die Schuhe sollen leuchten?«

»Nicht die ganzen«, erklärte Petra und trat näher. »Nur hier, schau, an den Sohlen, also da ist bei denen, die ich meine, hinten ein roter Plastikstreifen, der geht um den Absatz rum wie ein Hufeisen, und an den Seiten gibt es noch runde rote Plastikaugen. In den Absätzen sind Batterien und hinter den Hufeisen und Augen kleine Lampen, verstehst du? Die Batterien kannst du auswechseln, wenn sie leer sind, aber bis dahin leuchten die Lampen, hinten und an den Seiten. Bei jedem Schritt. Rot leuchten sie. *Das* sind Basketballschuhe!«

Goran lachte heiser. »Für kleine Kinder vielleicht«, sagte er verächtlich. »Für ganz kleine.«

»Wieso? Mir hat man gesagt ...«

»Wer dir das auch gesagt hat, er hat keine Ahnung!«

»Aber du, du hast eine Ahnung!«

Jetzt kam Goran in Fahrt. »Jawohl, ich hab' eine Ahnung! Bei Basketball kenne ich mich aus. Und wie! In Sarajewo war ich im besten Club für Jugendliche.«

»Das habe ich nicht gewußt.«

»Eben. Und du weißt auch nicht, daß Jugoslawien immer für seine Basketballspieler berühmt war.«

»Nein ...«

Petra sah ihn unschuldig an. Mit Entzücken verfolgte sie seine immer größere Aufgeregtheit. Jetzt lebte er endlich auf – und wie!

»Wir waren Europameister! Wir waren Vizeweltmeister! Unter den Superstars der NBA ...«

»Was ist NBA?«

»Du weißt aber auch gar nichts! Die NBA ist die amerikanische National Basketball Association, die amerikanische Profiliga. Und in der NBA spielen auch Jugoslawen. Jugoslawen unter den besten Spielern der Welt! Vlade Divac zum Beispiel, der ist Serbe, zwei Meter fünfzehn, 1968 geboren in Priepolje! Spielt bei den Los Angeles Lakers. Der Kroate Drazen Petrovic, zwei Meter, geboren 1964 in Sibenik, war dabei.«

»Was heißt ›war‹?«

»Umgekommen. 1993 bei einem Autounfall ...« Goran wurde kurzatmig. »... Toni Kukoc. Kroate. Über zwei Meter. Geboren 1968 in Split. ›*The Spider of Split*‹ nennen sie ihn, die ›Spinne von Split‹! Spielt jetzt in Chicago bei den Bulls. Solche Burschen sind das, Petra! Solche Asse haben wir! Weltberühmt! Und unsere Politiker und Militärs, diese Arschlöcher, machen Krieg – Serben gegen Kroaten! Bosnier gegen Serben! Es ist bloß noch zum Heulen ...«

»Und was ist also mit den besten Schuhen?« Petra versuchte, Gorans Begeisterung zu halten. Es gelang ihr mehr, als sie erwartet hatte, es war geradezu beängstigend, wie er reagierte.

»Die besten!« rief er. »Natürlich die Air Jordan!«

»Die Air Jordan?«

»Die Air-Jordan-Schuhe! Ich sage dir, Petra, wegen einem Paar Air Jordan bringen die Kinder in den amerikanischen Slums sich um. Air Jordan heißen sie nach dem besten Spieler aller Zeiten, nach Michael Air Jordan.«

»Jordan?« fragte Petra.

»Jordan, ja, Jordan. So wie sich mein Großvater hier nennt, du weißt schon, warum.« Gorans gelbverfärbte Augen glühten, seine Worte überstürzten sich. »Michael Jordan. Geboren 1963 in Brooklyn, New York. Ein Meter achtundneunzig. Aufgewachsen in North Carolina. War *der* Star bei den Chicago Bulls von 1984 bis 1993.«

»Warum bloß bis 1993?«

»Da haben zwei Verbrecher seinen Vater erschossen. Seit einem Jahr spielt er nicht mehr Basketball. Baseball statt dessen. Sieger bei den Olympischen Spielen 1984 in Los Angeles und 1992 in Barcelona. In sieben Spielzeiten bester Werfer der NBA. Durchschnittliche Trefferquote zweiunddreißig Komma zwei Punkte pro Spiel. Play-off-Rekord mit dreiundsechzig Punkten in *einem* Spiel – 1986 gegen die Boston Celtics ...« Jetzt bekam Goran keine Luft mehr und mußte eine Pause einlegen.

»Michael Jordan«, sagte Petra voller Bewunderung (und voller Freude darüber, daß Goran endlich richtig erwacht war). »Michael Air Jordan! Warum Air?«

»Weil er durch die Luft fliegt! Wirklich und wahrhaftig, Petra, das mußt du sehen, sonst glaubst du es nicht. Er fliegt! Es ist unfaßbar, was für Sprünge der macht. So was kommt nie wieder!«

»Und für Air-Jordan-Schuhe bringen die Kids in den Slums sich um?«

»Ja, Petra, ja! Denn das sind die Schuhe, von denen jeder träumt. Hergestellt von der Firma Nike. Jedes Jahr ein neues Modell. Allein für Werbung kriegt Air Jordan vierzig Millionen Dollar im Jahr. Air Jordan – der Größte der Größten!« Goran schwieg keuchend.

»Und die Schuhe? Wie sehen Air-Jordan-Schuhe aus?«

»Jedes Jahr anders. Einmal weiß, einmal schwarz. Immer absolut windschnittig, Kunststoff und Leder, und immer steht die Zahl 23 drauf ...«

»Warum?«

»Warum was?«

»Warum steht die Zahl 23 drauf?«

»Das ist Jordans Nummer bei den Chicago Bulls gewesen. Immer 23. *Das* sind Basketballschuhe, Petra!«

»Aber die kosten ein Vermögen, was?«
»Ein Vermögen, auch in den USA«, sagte Goran. »Wer kann sich so was leisten?«
»Ja«, sagte Petra. »Wer kann sich schon so was leisten?« Sie stellte die Schuhe, die sie in der Hand hielt, in den Schrank. »Aber diese hier sind auch sehr schön, wirklich, Goran. Sag um Gottes willen nicht, daß sie dir nicht gefallen, weil es keine Air-Jordan-Schuhe sind! Du würdest deinen Opa und deine Oma kränken.«
»Kein Wort sage ich, Petra. Ehrenwort!«

16

»Ist das alles rührend«, sagte Mira am nächsten Abend in ihrem Appartement im Gästehaus. Sie und Faber hatten sich frei genommen. »Wie Petra um Goran besorgt ist. Wie sie ihm von den viel feineren Basketballschuhen erzählt, die leuchten. Wie sie ihm das Versprechen abnimmt, uns nichts von den Air-Jordan-Schuhen zu erzählen. Wie er sich daran hält. Wie deine Frau Doktor Rohmer sich nicht daran hält ... ergreifend, wirklich.«
»Was ist denn los mit dir, Mira? Was heißt ›*deine* Frau Doktor Rohmer‹?«
»Na, das ist sie doch! Jeden Abend hockst du stundenlang bei ihr, und ich kann bei Goran warten, bis du endlich kommst. So viel habt ihr euch zu erzählen. So viel verbindet euch. Man kann es ja verstehen. Allein dieser Artikel über die Düsseldorfer Krebsklinik ...«
»Mira!« Er sah sie fassungslos an. »Du ... du ...«
»Ich ... ich was?«
»Du ... du bist doch nicht etwa eifersüchtig auf diese Ärztin?«
»Eifersüchtig? Daß ich nicht lache!« Mira lachte. Dann wurde sie ernst. »Natürlich bin ich eifersüchtig!«

»Aber das ist doch nicht möglich! Mira! Das ist eine schwer arbeitende Frau, die unglaublich viel leistet ...«
»Was dir unglaublich imponiert!«
»Was mir unglaublich imponiert.« Er hob die Stimme. »Und was ihre Tochter bei Goran erreicht, das haben du und ich und der Psychologe und der Diakon nicht und auch kein Arzt erreicht.«
»Ich rede nicht von der Tochter. Ich rede davon, daß du mich jeden Abend stundenlang warten läßt ...«
»Nicht *jeden* Abend!«
»Nein, nicht jeden. Nur, wenn die Rohmer im Haus ist. Glaubst du, das freut mich besonders? Was glaubst du überhaupt? Bist du tatsächlich noch so arg wie früher?«
»Was soll denn *das* heißen?«
»Das weißt du genau!«
»Mira! Frau Doktor Rohmer ist zweiundvierzig, ich bin siebzig! Mach dich nicht lächerlich!«
»*Drei*undvierzig ist sie. Nicht ich mache mich lächerlich, mein Lieber, *du* machst mich lächerlich! In der Klinik reden sie schon über euch. Immerhin, die Rohmer hat keinen Mann ... was spielt da der Altersunterschied für eine Rolle, wenn der Partner Robert Faber heißt und Geld hat?«
»Hör auf, Mira! Hör sofort auf! So etwas meinst du nicht wirklich!«
»Und ob ich es wirklich meine! Hast du noch nicht davon gehört, daß Eifersucht bei alten Menschen viel heftiger ist als bei jungen – besonders, wenn gute Gründe vorliegen? Ich lasse mich nicht lächerlich machen von dir! Du hast mir schon genug angetan in meinem Leben. Noch einmal lasse ich mir das nicht gefallen ... Rühr mich nicht an! Was fällt dir ein! Laß mich los! Sofort! ... Robert! Robert! Ich schreie ...«
Aber sie schrie nicht.
Später lagen sie erschöpft nebeneinander und schwiegen lange. Endlich sagte Mira: »Ich bin ein blödes altes Weib,

und die Frau Doktor Rohmer ist eine ganz großartige Person. Es tut mir leid, Robert, es tut mir so leid. Das passiert nie wieder. Aber eben weil ich doch alt und häßlich bin ...«

»Du bist nicht häßlich! Und ich bin viel älter als du!«

»... alt und häßlich bin, habe ich natürlich jede Menge Komplexe ...«

»Die mußt du nicht haben! Die darfst du nicht haben!«

»... natürlich jede Menge Komplexe, gerade bei einer so wunderbaren Frau wie der Rohmer ... und Angst, Robert, so große Angst, daß ich dich noch einmal verliere, daß du mich noch einmal verläßt.«

»Ich werde dich nie verlassen«, sagte er.

Als sie geduscht hatten und sich wieder anzogen, fiel aus Miras Kleid etwas zu Boden.

Er hob es auf.

An einer dünnen Silberkette hing ein kleines Medaillon. Zwischen Plastikscheiben in einem Kupferreif lag ein vierblättriges Kleeblatt auf weißem Papier. Faber drehte das Medaillon um. Die andere Seite zeigte die zurechtgeschnittene Schwarzweißfotografie eines kleinen Mädchens, das ihm entgegenlachte. Das kleine Mädchen hatte eine große Zahnlücke und eine Schleife im Haar.

»Das ist ...« Faber konnte nicht weitersprechen. Er fühlte sich zugleich beschämt, hilflos und ungehörig überfordert.

»Das ist deine Tochter Nadja«, sagte Mira, zu ihm tretend. »An ihrem sechsten Geburtstag. Ich habe immer darauf gewartet, daß du mich fragst, ob ich nicht ein Bild von ihr habe. Hat sie nicht deine Stirnpartie?«

»Absolut«, sagte er. Was soll ich noch sagen? dachte er. Was erwartet Mira von mir? Meine Tochter also. Nie gesehen. Nie gesprochen. Vor sechs Wochen noch nicht gewußt, daß es sie gibt. Nein, gab. Sie ist ja tot. Was müßte ich jetzt empfinden? Und was empfinde ich? Ein kleines Kind. Sehr niedlich, ja. Und? Und nichts. Nicht das kleinste Gefühl. Er dachte benommen: *It's all used up* ... Wer hat diese Worte gesagt? Wann? Er konnte sich nicht erinnern. *It's all used up* ... Aber Mira, dachte er. Sie hat dieses Kind geboren. Und aufgezogen unter größten Mühen. Und verloren. Ihr Kind. Ihre Tochter. Meine Tochter. Ich *muß* etwas sagen! Er sagte: »Die Stirnpartie und die Augen, nicht wahr? Ja, auch die Augen! Leider nur ein Schwarzweißfoto. Welche Farbe hatten Nadjas Augen?«

»Deine«, sagte Mira.

»Siehst du, ich dachte gleich ...«

»Schon gut«, sagte Mira, die weise Mira. »Schon gut, Robert.« Und schnell: »Und das Medaillon mit dem Kleeblatt, das ich dir 1953 geschenkt habe, hast du natürlich gleich danach verloren. So habe ich es hier in Wien nachmachen lassen, was glaubst du, wie lange ich gebraucht habe, bis ich in dem Park da drüben ein vierblättriges Kleeblatt gefunden habe! ... Laß mich das machen, du kriegst das Schloß nie auf. Dreh dich, so ...« Sie hatte ihm das Kettchen um den Hals gehängt.

»Danke«, sagte Faber.

»Gott, wie ich dich hasse«, sagte Mira.

»Nicht so sehr wie ich dich«, sagte Faber. »Lange nicht so sehr wie ich dich.«

»Dann ist ja alles gut«, sagte sie. »Bloß weiter so, Robert, bloß immer weiter so!«

17

Am nächsten Tag bat Goran Faber, ihm einen Rasierapparat, Rasierschaum und After-shave zu besorgen.

»Du willst dich *rasieren?*«

»Was tust denn *du?*«

»Aber du hast dich doch noch nie rasiert!«

»Hätte es längst tun müssen. Sieh mich an! Ich schau aus wie das letzte Schwein ... Warte! Wenn du schon so lieb bist, alles

zu besorgen, bring bitte auch noch ein Stück Seife, einen Kamm, eine Haarbürste und irgendein Eau de toilette mit!«
Am folgenden Tag, einem Sonntag, bat Goran, der sich bei seiner ersten Rasur nicht ein einziges Mal geschnitten hatte, Mira, ihm seine langen Haare zu waschen.
Am Montagvormittag kam Petra zu Goran. Er lag, angetan mit frischer Unterwäsche, einem Paar Levis-Jeans und einem T-Shirt (Inschrift: MY GIRL CAME FROM LONDON AND ALL SHE BROUGHT ME IS THIS LOUSY T-SHIRT), zum drittenmal frisch rasiert, gekämmt und heftig nach Xeryus duftend, auf dem Bett.
Petra registrierte all das mit einem Lächeln, das sie ungemein hübsch erscheinen ließ, und sagte: »Hi!«
»Hi!« sagte Goran.
Sie küßte ihn leicht auf die Stirn. »Du riechst ja so gut, wo wohnst du denn?« fragte sie und überreichte ein Päckchen. »Hab' dir was mitgebracht.«
»Ein Geschenk?« Er hob den Kopf.
»Mach's auf!«
Einigermaßen kurzatmig riß Goran das Papier ab. Dann hielt er ein weißes T-Shirt in der Hand. Es trug in Brusthöhe die Reproduktion von zwei stark vergrößerten Augen. Der Aufdruck war so perfekt, daß man sofort erkannte, wessen Augen das waren: jene Petras. Unter diesen lachenden Augen, die großartig Petras Gesicht ersetzten, standen die Worte: IS WATCHING YOU!
»Mensch, Petra!« sagte Goran. »Das ist ja Wahnsinn!«
»Gefällt es dir ein wenig?« fragte Petra in koketter Bescheidenheit.
»Gefällt es mir? Begeistert bin ich!«
»Hurra!« rief sie und küßte ihn schnell auf die Wange.
Er wurde verlegen. Dann küßte er auch sie ganz schnell.
»Wie … wie hast du das bloß gemacht?«
»Ja-ha!« sagte Petra stolz. »Das war vielleicht eine Arbeit,

kann ich dir sagen! Also zuerst habe ich die Mami gebeten, daß sie ein Foto von mir raussucht. Eines, auf dem ich lache. Dann ist sie für mich in ein Geschäft gegangen, um das Foto ›aufblasen‹ zu lassen, damit meine Augen so groß waren, wie sie jetzt auf dem Shirt sind. Dann habe ich ganz vorsichtig die Augen aus der Vergrößerung geschnitten und auf ein Stück weißen Pappendeckel geklebt, der die Form des Shirts hatte. Mami ist mit dem Pappendeckel für mich – ich darf doch erst morgen zum erstenmal raus hier, weil alles endlich wieder okay ist mit dem Blutdruck und den Werten – in so einen Shop gegangen, wo man solche Sachen auf Hemden, Kappen und andere Klamotten kopiert, weißt schon, und die haben meine Augen auf dieses T-Shirt gedruckt und den Spruch darunter. Gefällt es dir wirklich?«

»Petra, ich … ich … ich kann überhaupt nicht sagen, wie sehr es mir gefällt.«

»Und man kapiert sofort, was es heißen soll? Meine Augen und der Spruch? Also: *Petra is watching you!* Das versteht man sofort?«

»Jeder Mensch! Auf den ersten Blick!«

»Dann zieh es an!«

»Jetzt gleich?«

»Natürlich jetzt gleich. Los, los, los! Brich dir nichts ab, ich hab' schon mal einen nackten Mann gesehen.«

Also zog er, wiederum verlegen, sein T-Shirt aus und Petras T-Shirt an.

»Sitzt wie angegossen«, sagte Petra. »Ich muß ja sagen, ich bin schon gut!«

»Großartig bist du! Und danke, danke, danke!«

Sie strahlten einander an.

»Jetzt komm!« sagte Petra.

»Wohin?«

»Raus hier! Damit alle sehen: *Petra is watching you!*« Sie zog ihn energisch zur Tür. Er folgte ihr auf Strümpfen und blieb erschrocken stehen.

Der Gang war voller Kinder, Schwestern, Pfleger, Ärzte und Ärztinnen. Er sah Bakica und Deda, Dr. Bell und Dr. Rohmer, Professor Aldermann, den Diakon Lambert, den Psychologen Ansbach.

Als die Versammelten Gorans ansichtig wurden, klatschten sie und riefen durcheinander: »Da ist er endlich!« – »Goran! Hallo, Goran!« – »Sieht das T-Shirt prima aus!« – »Das sind doch die Augen von der Petra!« – *»Petra is watching you!«*

»Das haben wir schon lange gemerkt! Glaubt bloß nicht, daß wir das nicht gemerkt haben!« rief die kleine Christel, die Faber an seinem ersten Tag in der Kinderklinik gesehen hatte, als sie sehr bleich und völlig kahl ihr Krankenzimmer verließ und von Ärzten, Schwestern und Pflegern lachend und klatschend empfangen wurde, weil sie nach ihrer schweren Leukämieerkrankung und einer langen Behandlung endlich auf dem Weg zur Genesung war. Eine Puppe hatte sie bekommen, eine Puppe namens Angelina. Mittlerweile wuchs Christels Haar bereits nach.

Goran war zurückgewichen. Petra hielt seine Hand ganz fest und zog ihn auf den Gang. Sie rief: »Mami! Mami! Das Shirt paßt!«

Judith Rohmer winkte ihr und Goran zu.

»Mußt du morgen anziehen, Goran!« rief Dr. Ansbach.

»Morgen?«

»Morgen fahren wir doch in den Safaripark!« sagte Dr. Bell. Er war erst in der vergangenen Nacht aus Los Angeles zurückgekehrt.

»Safaripark?« wiederholte Goran. »Was ist denn das?«

»Warte es ab! Etwas ganz Tolles!« sagte Dr. Ansbach.

»Natürlich kannst du nicht in Strümpfen hinfahren«, sagte Professor Aldermann. »Du mußt schon Schuhe anziehen. Da stehen welche.«

Gegenüber seiner Zimmertür entdeckte Goran erst jetzt ein Tischchen, auf dem eine komplette Air-Jordan-Ausrüstung lag: die rote Hose, weiß eingefaßt, das rote Hemd mit der schwarzen, weiß umrandeten Zahl 23 und dem Wort BULLS, ein rotes Schweißband für das Handgelenk, eine rote Kappe mit dem Logo des springenden Spielers in Schwarz, und vor dem Tischchen, auf dem Fußboden, standen ein Paar weiße Schuhe mit weißer Zunge, rot-schwarzer Sohle und der Zahl 23 seitlich.

Totenstill war es geworden. Alle sahen Goran an.

Der würgte, der schluckte, der bekam kein einziges Wort heraus.

Die Stille hielt an.

»Goran«, sagte Petra zuletzt.

»Da ... da ... da ...«, stotterte Goran und brach ab.

»Na!« sagte Petra.

»Das, das ist für mich? A ... a ... alles für mich?«

»Für wen sonst?« rief Petra.

»Da ... das richtige Air-Jordan-Outfit!« Goran konnte nur mit größter Mühe reden. »A ... a ... alles ... Hose, Hemd, Schuhe, Kappe, Schweißband ... Wahnsinn, purer Wahnsinn!« Er strich ehrfürchtig über das Hemd, die Hose. »Air Jordan ... Original Air Jordan ... Aber wer ... Ich habe doch niemandem ...« Sein Blick irrte zu Faber und Mira. »*Ihr*«, sagte er, »ihr wart das! Ihr habt das alles gekauft!«

»Aber ich habe ihnen alles erklärt!« rief Petra.

»Da ... das hat doch ein Vermögen gekostet! Allein die Schuhe, und dann noch alles andere! Ihr seid verrückt, total verrückt seid ihr! Das kann ich nicht annehmen! Unmöglich kann ich das annehmen!«

»Ein bissel wird's schon gehen«, sagte Petra. »Gib dir Mühe! Reiß dich zusammen! Keine Tränen jetzt, sei ein Mann!«

»Ihr dürft doch nicht soviel Geld für mich ausgeben!« Goran sah Mira und Faber an. »Wo ich euch ohnehin schon so viel koste.« Er versuchte, ein sorgenvolles Gesicht zu

machen. Der Versuch mißlang. *»Danke! Danke! Danke!* Ich danke euch!«
Er küßte Mira, er küßte Faber. Er sah wieder auf all den Glanz und all die Herrlichkeit.
»Ich fasse es nicht!« sagte Goran. »Kein Mensch kann das fassen!«
»Anziehen!« rief ein Kind.
»Ich kann nicht ...«
»Die Schuhe! Wenigstens die Schuhe!« rief Petra.
Und Ärzte und Pfleger und Schwestern und Kinder riefen: »Anziehen! Anziehen! Anziehen!«
Goran setzte sich auf den Boden und zog einen Air-Jordan-Schuh an, danach den anderen. Alle sahen ihm gespannt zu. Es kamen immer neue Kinder. Goran stand auf.
»Und die Kappe!« rief die kleine Christel. »Unbedingt auch die Kappe, Goran!«
Goran setzte die Air-Jordan-Kappe auf.
»Jetzt geh!« sagte Petra.
Alle wichen zurück, es entstand eine schmale Gasse. Durch sie ging Goran, langsam zunächst, dann immer schneller. Er verdrehte dabei den Kopf, um die Schuhe besser sehen zu können, die Zahl 23 an den Seiten.
Beifall und Jubel: »Diese Schuhe! Diese Schuhe!«
Goran kam die Gasse wieder zurück, hin und her ging er, und Faber mußte daran denken, wie der Junge in seinem Zimmer hin und her gegangen war, als er seinen Schmerz und seine Trauer im Gefühl der Schuld, der großen Schuld am Tod seiner Mutter herausgeschrien hatte. *But only yesterday,* dachte Faber. *But only yesterday ...*
Goran umarmte Mira und Faber, und dann umarmte er Petra, und da johlten und klatschten all die Kinder in ihren Pyjamas und Mäntelchen, viele haarlos und mit bleichen Gesichtern und mageren Körpern, manche mit und andere ohne Baseballkappe wie die kleine Christel, und Goran verneigte sich vor ihnen.

18

Schon um acht Uhr wartete der große Bus, und aus dem Marien-Kinderspital kamen immer mehr Kinder: große, kleinere, ganz kleine. Sie trugen bunte Sommerkleidung, und Schwestern und Pfleger schleppten zusammengeklappte Rollstühle für jene, die nicht laufen konnten. In Körben brachten sie vorsorglich Nierenschalen, falls jemandem schlecht wurde, und riesige Papierküchenrollen für weitere Notfälle. Dr. Bell und Dr. Meerwald, den man auch eingeladen hatte, schleppten Erste-Hilfe-Kästen und halfen, die ganz Kleinen in den Bus zu heben. Natürlich trug Goran das wunderbare, das phantastische, das absolut ungeheuerliche gesamte Air-Jordan-Outfit, und alle Kinder bewunderten ihn. Es waren auch Angehörige der Patienten gekommen, die durften im Bus mitfahren. Faber und Mira wollten aus Platzgründen den Opel Omega nehmen. Manche Mütter trugen ihre Kinder im Arm, und alle, Erwachsene und Kinder, waren sehr aufgeregt. Der Psychologe Ansbach stand vor der Klinik und half Kindern mit Krücken und anderen, die sehr schwach waren, aber vor Glück strahlten, und er machte mit allen seine Witze. Es war ein wunderschöner Sommermorgen, und es würde gewiß sehr heiß werden, aber draußen im Safaripark gebe es viele Bäume, da sei es kühl, sagte Dr. Ansbach.

Endlich, gegen halb neun Uhr, waren alle im Bus, und sie fuhren los, und Faber und Mira folgten ihnen in dem Mietwagen, im Fond des Opels ein Elternpaar, das keinen Platz im Bus gefunden hatte. Faber trug eine weiße Leinenhose, eine weiße Leinenjacke und ein schwarzes Hemd. Weil er seine schlechte Haut nicht der Sonne aussetzen durfte, hatte auch er eine Schirmmütze auf dem Kopf – jene aus Biarritz, von der die hübsche Verkäuferin in dem Geschäft an der Avenue Edouard VII. neben der russisch-orthodoxen Kirche gesagt hatte, sie sei *»très, très chic«*, obwohl er genau wußte, daß er mit dieser Mütze grotesk aussah, ein grotesker alter Mann. Doch heute war ihm das egal, heute fühlte er sich froh und leicht, und er legte immer wieder die rechte Hand auf den Oberschenkel Miras, die neben ihm saß und eine gelbe Hose und ein rotes Hemd trug. Faber zeigte ihr einmal die Kette mit dem Kleeblatt und dem Bild seiner Tochter Nadja, die er niemals gesehen hatte. Sein Gesicht war mit einem französischen Sonnenschutz, Wirkungsfaktor dreißig, eingerieben. Diese Creme gehörte zu seiner Privatapotheke, seit man ihm in Zürich einmal ein Basaliom, ein kleines gutartiges Geschwür, an der Nasenspitze wegoperieren hatte müssen. Er war danach wochenlang mit einem Verband herumgelaufen, und jetzt war die Nasenspitze seit langer Zeit weiß; er wollte eine solche Operation nicht noch einmal riskieren.

Die Kinder, die hinten in dem großen Bus saßen, winkten Mira und ihm zu, und die beiden winkten zurück.

Der Bus fuhr zunächst stadteinwärts, dann zum Praterstern und zur Reichsbrücke, und da sahen sie die gar nicht blaue Donau. Stromabwärts lag die Lobau, ein großes Gebiet mit Sandboden, knorrigen Bäumen, schmalen Wegen und vielen Häuschen, in denen Pensionisten wohnten. Aber auch reiche Leute aus der Stadt hatten hier ihre Villen, und als Faber an die Lobau dachte, begannen seine Gedanken wieder einmal zu wandern: Eine *string of pearls* nahm ihren Anfang, und er erinnerte sich an die heiße Nacht zum 11. August 1948, als der Sprecher der Alliierten Funkzentrale im Auerspergpalais gegen dreiundzwanzig Uhr dreißig meldete, der von den österreichischen Behörden gesuchte Kriegsverbrecher Siegfried Monk – wiederhole Siegfried Monk –, Vorsitzender zahlreicher Standgerichte und verantwortlich für die Hinrichtung von mindestens tausend Soldaten und Zivilisten, sei von Nachbarn im Haus seiner Großmutter in der Lobau gesehen worden.

Der Sprecher gab eine genaue Beschreibung Monks und

die Adresse bekannt. Faber erinnerte sich noch genau an sie, Fuchshäufelweg 314 am Mühlwasser, und dann nannte der Sprecher die Funkzeichen von drei International Patrols und forderte sie auf, sofort in die Lobau zu fahren und Siegfried Monk festzunehmen. Vorsicht, er ist bewaffnet und äußerst brutal, nur in Notwehr schießen, wir brauchen ihn lebend – und die Lobau lag weit, weit im Sowjetischen Sektor, wenn nicht gar schon in der Sowjetischen Zone. Nur die dreiviertel Tonnen schweren *weapon carriers* der International Patrol durften dorthin fahren, die normalen Jeeps der Military Police hatten allein für Ordnung im Amerikanischen Sektor zu sorgen, aber Mojshe Faynberg, ein bleicher, magerer Junge, Sohn eines Flickschusters aus der New Yorker Bronx, und sein Freund Tiny, der mehr als zwei Meter große schwarze Master Sergeant aus Tuscaloosa, Alabama, die beiden brüllten auf mich ein, daß das *mein* Monk sei, *mein* Monk, schuldig am Tod der Menschen in dem tiefen Keller des Hauses am Neuen Markt, von denen ich ihnen erzählt hatte. »*Fuck them all, we'll get this bastard, Robert, let's go!* Die Internationals haben keinen Dolmetsch und kennen sich in Wien nicht aus. Der Kerl in der Zentrale hat gesagt, die Lobau liegt auf der anderen Seite der Donau, da finden die nie hin, Robert. Du weißt, wo die Lobau liegt, weißt du es, ja? *Okay!*« Und ich begann zu schwitzen. Wir waren vier in der Station: Tiny, der Fahrer, Mojshe, der Assistant Desk Sergeant, First Lieutenant Charlie Thompson, der Desk Sergeant, und ich. Und auch Charlie schrie, wie müßten los, er würde sagen, wir seien auf *area patrol*, wenn sie uns suchten. »*Go ahead, Robert, get your nazi killer or he'll be gone before the Internationals arrive. This is your chance, Robert!* Fahr los, hol ihn dir! Soviel Glück hast du nie wieder. Wenn ihr nicht fahrt, haut er ab.« Und wir rannten auf die Straße und sprangen in den Jeep, und Tiny raste los, und Mojshe und ich hielten uns auf den hinteren Sitzen fest, und mein Herz klopfte im Hals. Monk, Monk, Monk, wir kriegen ihn, den Kriegsverbrecher, der schuld ist am Tod von mindestens tausend Soldaten und Zivilisten, darunter meine Susanne und das alte Fräulein Therese Reimann und der Pfarrer Reinhold Gontard. Tiny und Mojshe hatten recht, in den International Patrols saßen stets ein Amerikaner, ein Russe, ein Franzose und ein Engländer, aber kein Dolmetsch. Die vier kannten sich kaum aus in Wien und hatten nur das Wort »Kriegsverbrecher« verstanden, sie wußten nichts von diesem Siegfried Monk. Wir drei wußten, wer das war, ich mußte wirklich hin, ich *mußte*, guter Freund Tiny, guter Freund Mojshe ... Und ich schrie Tiny zu, wie er fahren sollte, über die Reichsbrücke, die 1945 nicht gesprengt worden war durch SS und Wehrmacht (dank deutscher und österreichischer Soldaten und solcher der Roten Armee, die SS hängte ein paar Deutsche und Österreicher noch auf deshalb), und jetzt, Perlenkette, Perlenkette, fuhr ich, fast fünfzig Jahre später, wieder über diese Reichsbrücke. Damals rasten wir durch ausgebombtes Industriegebiet, die Zentrale rief uns dauernd über Funk, aber wir antworteten nicht, und ich hatte eine Karte auf den Knien und eine Taschenlampe in der Hand, konnte und konnte aber den elenden Fuchshäufelweg am Mühlwasser nicht finden. Tiny fluchte sich halb tot, und zuletzt fand ich den Weg endlich doch. Wir rasten über Sandboden und Schlaglöcher, ich hatte nicht einmal ein Taschenmesser, aber Mojshe und Tiny hatten 9-Millimeter-Automatics, wir waren vollkommen verrückt und außer uns und wollten Monk, Monk, Monk! Mit kreischenden Bremsen hielt unser Jeep, und Tiny trat die Tür des Hauses ein, und drinnen ging das elektrische Licht an, eine alte Frau mit weißem Haar stand im Nachthemd vor uns und bekam vor Schreck kein Wort heraus. Ich brüllte immer wieder: »Monk, Siegfried Monk! Wo ist er, wo ist er, wo ist Siegfried Monk?«, und Tiny brüllte: *»Where is he, tell us or I'll shoot you.«* Und dann fanden wir ihn unter dem Bett der Großmutter und zogen ihn an den Füßen hervor. Er sah aus wie eine Ratte aus dem Gully und zitterte dermaßen vor Angst, daß er nicht stehen konnte, und er schluchzte und wimmerte und stammelte, daß er unschuldig war, total unschuldig, ein armes Landserschwein, das bloß seine Pflicht getan hatte, alles war ein Irrtum. Monk, ein häufiger Name, er war nicht der Monk, den wir suchten. *String of pearls.* Und als wir ihn endlich auf dem Sand des Fuchshäufelwegs hatten, erschien die erste der drei International Patrols, ihre Scheinwerfer tauchten alles in grelles Licht, und sie nahmen uns Monk weg und schlugen Handschellen um seine Gelenke, und da betete er dann, Gegrüßet seist du, Maria ... Und die zweite Patrol kam und nach ihr die dritte, und immer mehr Soldaten aus vier Nationen sprangen heraus und schrien uns an, was wir hier zu suchen hätten, und warfen Monk in einen der *weapon carriers* und riefen die Zentrale und meldeten, daß sie Monk, aber auch uns hier, tief im Sowjetischen Sektor, gefunden hätten.

Wir mußten mit ihnen ins Auerspergpalais, wo sie Tiny, Mojshe und mich ebenso einsperrten wie Monk, und am nächsten Morgen holten Jungs von der CIC Monk und brachten ihn ins Große Landesgericht. Tiny und Mojshe brachten sie in die *stockade,* das Straflager auf dem Schafberg, wo die beiden dann zwei Monate saßen, mich brachten sie ins Landesgericht am Neubaugürtel, wo ich zwei Wochen saß. Tiny degradierten sie, Mojshe konnten sie nicht degradieren, der hatte keinen Rang, und zu meinen Gunsten sagte später bei der Verhandlung General Mark Clark, Oberbefehlshaber der US-Truppen in Österreich, daß ich Monk und ein paar seiner Opfer kannte und wußte, was er getan hatte. Es tue ihm leid, sagte General Clark, mir mitteilen zu müssen, daß durch eine üble Affäre, in die österreichische Beamte verwickelt waren, Monk, während ich noch in meiner Zelle saß, die Flucht aus dem »Grauen Haus«, dem Großen Landesgericht, gelungen sei, es gebe keine einzige Spur – und sie fanden ihn auch nie wieder. Mojshe hängte sich zwei Jahre später über dem Laden seines Vaters in der New Yorker Bronx auf, und Tiny verlor 1952 im Korea-Krieg beim Kampf um einen Hügel, den sie *Heartbreak Ridge* nannten, das Leben …

»Robert!«

Im Bruchteil einer Sekunde war diese *string of pearls* gerissen und Faber in die Gegenwart zurückgekehrt.

»Was … was ist?«

»Wie fährst du denn? Du warst fast schon auf dem Gehsteig! Ist dir schlecht?«

»Nein … Ich bin … ich habe nur …«

»Ich weiß schon«, sagte Mira. Und zu den erschrockenen Gästen im Fond: »Kommt nicht mehr vor, keine Angst!«

Nun fuhr Faber besonders achtsam, und die Kinder im Heck des Busses vor ihnen winkten wieder, und Mira und Faber winkten zurück. Eine weitere Brücke führte über die vielen Flußarme der Alten Donau. Sand und Wald gab es da, weit wurde das Land, die Stadt blieb zurück. Freie Felder kamen, immer mehr, immer größer, und auf ihnen arbeiteten Bauern, die Frauen trugen Kopftücher. Ein Ortsschild glitt vorüber: GÄNSERNDORF.

Bald danach bog der Bus ab. Faber folgte ihm. Nun befanden sie sich plötzlich in dichtem Wald. Am Straßenrand sahen sie eine Tafel und auf ihr einen lustigen Elefanten in gelben Hosen, der seinen Rüssel steil nach oben streckte. Um den Rüssel standen in roter Schrift die Worte: SAFARI- UND ABENTEUERPARK. HERZLICH WILLKOMMEN!

Das rechte Rücklicht des Busses begann zu blinken. Da war schon die Einfahrt, ein großes Tor an hölzernen Pfeilern mit einem hölzernen Dach darüber. Auf einem der vielen Parkplätze hielt Faber. Die vier aus dem Opel Omega stiegen in den Bus, während Dr. Bell bei einer Kasse den Eintritt zahlte. Die Männer zogen ihre Jacken aus und hängten sie auf die Bügel eines gesonderten Garderobenraums in dem großen Wagen. Dann fuhren sie los, in das Parkgelände hinein.

Der Psychologe Ansbach stand neben dem Fahrer und erzählte über ein Mikrophon, daß es den Safari- und Abenteuerpark Gänserndorf seit 1972 gab und er sozusagen die Umkehrung eines normalen Zoos sei: Die Tiere waren frei, und die Menschen bewegten sich in »rollenden Käfigen«, Bussen oder Autos, durch den Park.

Faber und Mira saßen hinter Goran und Petra. Mira stieß ihn an und wies mit dem Kinn: Die beiden hielten sich an den Händen.

»Der Park ist sechshundertachtzigtausend Quadratmeter groß«, erklärte Ansbach am Mikrophon. »Hier könnt ihr mehr als siebenhundertfünfzig Tiere aus der ganzen Welt sehen, ihr könnt sie fotografieren und streicheln, und manche könnt ihr sogar füttern. Ich habe genug Pakete für alle gekauft – gepreßtes Grünfutter. Die Tiere werden euch aus den Händen fressen, obwohl sie wahrhaftig schon genug kriegen. Viele Tierbabies werden hier geboren. So steht in den Personalpapieren von manchen Löwen, Tigern, Zebras, Kamelen, Antilopen, Pavianen und Mähnenschafen unter der Rubrik Geburtsort: ›Gänserndorf‹.«

Darüber lachten alle im Bus, auch die ganz Kleinen, die getragen werden mußten.

Der Bus fuhr langsam. Bald erschien eine erste Tafel, auf der Zebras angekündigt wurden, und nun begann die große Aufregung. Unter Bäumen graste friedlich ein Rudel von wunderschön schwarzweiß gestreiften Tieren. Viele Kinder standen auf und fotografierten, auch Petra. Anschließend kamen sie zu Blauen Gnus auf sonnigen Wiesen. Einige näherten sich dem Bus, und der Fahrer hielt, bis alle genug gesehen und fotografiert hatten.

Gleich darauf gab es Geschrei, denn sie waren bei den Breitmaulnashörnern eingetroffen, grauen, unheimlich großen Tieren, auf deren Nasenbein ein Horn von wenigstens einem Meter Länge saß, dahinter ein weiteres, mindestens einen halben Meter lang. Aus den paradiesischen Savannen Südafrikas kamen sie, sagte Dr. Ansbach in das Mikrophon, und die Wisente, welche sofort danach auftauchten – die Straße beschrieb weite Schleifen und Kreise, tiefer und tiefer kamen sie in dieses Märchenland hinein –, galten mit ihrem braunen Fell und den kleinen Hörnern als die engsten Verwandten der nordamerikanischen Bisons.

Auch die Dromedare und Kamele liefen frei herum, sogar über die Straße. Eben stolzierte eine Gruppe Dromedare majestätisch knapp vor dem Bus, der sofort anhielt. Zwischen den braunen und schwarzen Tieren ging ein Junges, das war grau und so groß wie ein Schaf. Alle Kinder liebten sofort dieses rührende Kleine, und ein kleines Kind machte vor Aufregung in die Hosen; wie gut war es doch, daß die Schwestern so viele Rollen Papierküchentücher mitgenommen hatten!

Viele Kinder standen an den geöffneten Busfenstern, und die Riesentiere fraßen ihnen ganz zutraulich aus der Hand. Das kitzelte, und man mußte lachen.

Goran sah Mira und Faber mit leuchtenden Augen an. »Wahnsinn, nicht?« meinte er. »Vierzig Kilometer, sagt Doktor Ansbach, läuft so ein Kamel mit dreihundert Kilo Last! Reiner Wahnsinn!«

»Aus«, sagte Petra neben ihm.

»Was ist aus?«

»Der erste Film. Legst du mir bitte einen neuen ein? Ich kann das nie.«

Worauf Goran sehr beschäftigt und gerade fertig war, als die Strauße erschienen, die über weite Wiesen spazierten. »Ein Ei vom Strauß ist soviel wie fünfundzwanzig Hühnereier«, sagte der Psychologe mit den lustigen Augen. »Strauße leben in Gruppen. Bei Gefahr fliehen sie mit einer Geschwindigkeit bis zu fünfzig Stundenkilometern ...«

»Uuuuuhhhh!« machten ein paar Spaßvögel.
»… und jeder Schritt ist dann mehr als drei Meter weit.«
»Uuuuuhhhh!«
Ja, und dann kamen die Löwen.
LEBENSGEFAHR! stand auf einem großen Schild, und es wurde gebeten, Türen und Fenster unbedingt geschlossen zu halten. Die drei größten Löwen lagen nebeneinander zwischen zwei Bäumen und betrachteten die Kinder im Bus. Da gruselten sich alle, die Großen und die Kleinen.
Andere Löwen dösten faul in der Sonne und ließen ihr ockerfarbenes Fell bescheinen, eine Gruppe saß auf gefällten Baumstämmen, und drei besonders edle Könige der Tiere lagen doch tatsächlich mitten auf der Straße!
»Bis zu dreihundert Kilo schwer wird ein Löwe«, sagte Dr. Ansbach. »Am Tag frißt so ein Kerl rund sieben Kilo Fleisch. Es wurde schon beobachtet, daß ein Löwe im Lauf einer Nacht über dreißig Kilo Fleisch verschlang. Dafür können die Herrschaften, wenn es sein muß, auch bis zu zehn Tagen ohne Nahrung auskommen.«
»Mensch, was der Ansbach alles weiß«, sagte Goran.
»Quatsch«, erwiderte Petra, die Kamera vor dem Gesicht. »Der hat den Prospekt vom Safaripark, da schaut er immer wieder mal rein. Nein, jetzt siehst du's nicht, Goran. Er macht das sehr geschickt und hält den Prospekt auf dem Rücken.« Petra knipste, als würde sie dafür bezahlt.
Und die Elefanten! Da standen die Riesen. Über sechstausend Kilo schwer war so ein Bulle, sagte Dr. Ansbach. Das Areal der Elefanten war von einem Drahtzaun umgeben. Der Bus hielt wieder, und drei ganz besonders große Tiere kamen an den Zaun, hoben ihre Rüssel über ihn und steckten sie doch wahrhaftig durch die Fenster!
Die Kinder legten Preßfutter auf die Hand, und die drei Elefanten nahmen die Stücke vorsichtig und zart, schwangen die Rüssel hoch und steckten sich die Bissen in das Maul. Ein Kind nach dem anderen kam an die Reihe. Als

ein Elefant gerade Goran ein Stück aus der Hand nahm, fotografierte ihn Petra.
Sie kamen noch zu den Giraffen mit ihren unheimlich langen Beinen und Hälsen, und sie sahen die schottischen Hochlandrinder und die Mähnenschafe, die Nilgauantilopen und Elenantilopen, die Mantelpaviane und viele andere Affen, die sich ihren eigenen Zirkus machten und die Kinder vor Lachen zum Brüllen brachten. Und Lamas kamen heran und nahmen auch Futter, wobei eines plötzlich den Dr. Bell anspuckte, was neue Heiterkeitsstürme auslöste. Hatte ganz schön zu tun, der Dr. Bell, um sich zu säubern.
«Junge, Junge!« sagte Petra träumerisch. »Wenn ich *so* spucken könnte, hätte mancher bei uns nichts zu lachen.«
Zuletzt machten sie bei den Bengalentigern Station. Manche lagen in der Sonne, einer gähnte und riß dabei sein riesiges Maul auf, und einer kam auf den Bus zugesprungen. Da verstummten alle, und es wurde totenstill, als das riesige Tier seinen Blick über die Kinder an den Fenstern schweifen ließ. Das war der aufregendste Moment – und gerade da ging Petra wieder der Film aus.

19

Nach fast drei Stunden landeten sie im Abenteuerpark. Der Bus hielt, und alle Kinder verließen ihn, manche in den Armen ihrer Mütter, andere in den nun aufgeklappten Rollstühlen, ein paar humpelten an Krücken. Die Männer zogen wieder ihre Jacken an, denn unter den Bäumen war es kühl.
In einem Waldrestaurant gab es Limonade und Säfte, dazu Schinkensemmeln und Semmeln mit Liptauer, das war ein besonders pikanter Käse. Die Kinder saßen selig zwischen

den Erwachsenen und futterten und redeten über das, was sie gesehen hatten. Und allen ging es herrlich, auch den Erwachsenen. Immer wieder strich Mira über Gorans Haar, und Judith Rohmer kam und setzte sich zu ihnen und gab Petra einen Kuß. Alt und jung waren glücklich, und Faber dachte, wie leicht es doch war, Menschen glücklich zu machen, und daß die weisen Politiker und tapferen Generäle, die Verbreiter der edelsten Religionen und heiligsten Lehren, all die Großen und Mächtigen, die seit vielen Jahrtausenden unermüdlich um das Glück aller Menschen kämpften und damit nur ein Unglück nach dem anderen, ein Unheil nach dem anderen und eine Katastrophe nach der anderen hervorriefen, das nie zustande gebracht hatten, was von den Tieren soeben kranken Kindern und ihren Eltern und Betreuern geschenkt worden war.

Und dann begann die Show im Abenteuerpark: eine Papageienrevue mit genialen Papageien, die radfahren und rechnen und Rollschuh laufen konnten; die Wasserschlachten der Seehunde, bei denen das Wasser spritzte und alle aufschrien, als ein Zuschauer sich plötzlich in das Bassin stürzte und mit den Seehunden zu kämpfen begann – die schlaue Petra merkte als erste, daß das ein als Zuschauer getarnter Akrobat war; die Schlangenparade im Dschungelpavillon; die Raubtierschau, bei der viele Kinder Angst hatten, aber eine besondere Art Angst, schrecklich und erregend und süß auf einmal; und endlich der Aquazirkus mit seinen tollkühnen Springern und Springerinnen und den Clowns sowie dem Todessprung: Von einer fünfundzwanzig Meter hohen Leiter sprang ein Herr aus Brasilien brennend in ein Becken, dessen Wasser nur zweieinhalb Meter tief war. Da hielten alle den Atem an, sogar die Erwachsenen. Zur Beruhigung kam dann ein Pfau, der spazierte seelenruhig durch die Zuschauer und schlug für die Kinder ein phantastisches Rad.

Das war der Moment, in dem Faber jäh und plötzlich unter

der Schirmmütze Schweiß in dicken Tropfen auf die Stirn trat und ihn grauenvolle Angst und ein absolutes Vernichtungsgefühl packten.
Er war erstaunt, daß er gar nicht erstaunt war. Na also, dachte er, endlich ist es soweit! Ohnehin unfaßbar, daß ich so lange durchgehalten habe. Das Kinderlachen in seinen Ohren wich immer lauter werdender Musik und einer Männerstimme, welche sang: *»Goodbye, happiness! Hello, loneliness! I think I'm gonna die!«*
Während ihm der kalte Schweiß von der Stirn in die Augen rann und er sich am Tisch festhielt, um nicht von der Bank zu fallen, dachte er: Aus *»All that Jazz«* ist das, aus diesem wunderbaren Film. Roy Schneider spielt darin den Regisseur und Choreographen, der sich wie besessen totarbeitet und zerstört wird von all dem Irrsinn hinter dem Rampenlicht – das war der deutsche Titel des Films »Hinter dem Rampenlicht« –, der einen Herzinfarkt bekommt und selbst seinen Tod noch zur Revue gestaltet, der perfektesten, die es je gab, in der Chirurgen, Operationsschwestern und Anästhesisten rund um den OP-Tisch, auf dem er liegt, steppen, tanzen und singen. Der sterbende Regisseur als Star einer glorios-makabren Show, *goodbye, happiness, hello, loneliness* ... Schöner Film, doch nun ist es vorbei mit *all that jazz,* tut mir leid, Goran, tut mir leid, Mira, *no more jazz* ...
Rasend schnell verschlechterte sich Fabers Zustand. Der Anzug war durchnäßt vom Schweiß, der nun über seinen ganzen Körper rann. Er konnte nicht mehr richtig sehen, nicht mehr richtig hören, heftige Übelkeit erfaßte ihn, sein Magen hob sich, Musik und jene Männerstimme dröhnten in seinen Ohren: *I think I'm gonna die* ...
Mit größter Mühe erhob er sich. Nicht hier, dachte er, nicht vor Goran, nicht vor Mira, nicht vor all den Kindern! Ich muß hier weg, weg, weg! Mit schweren Gleichgewichtsstörungen taumelte er vom Tisch fort. *Hello, loneliness!* Ein Pfeil, da war ein Pfeil zu den Toiletten. Weiter, weiter! Seltsam,

daß ihn niemand bemerkte. Was für ein Glück! *I think I'm gonna die.* Nun war er, Schwanken, Schwanken, schon hinter einer großen, dichten Hecke, herrlich starken Hecke, lieben Hecke, *hello, hello,* und übergab sich. Und machte zwei Schritte, *I think,* und übergab sich, *I'm gonna,* und übergab sich, *die,* und stürzte steif nach vorn auf das Gesicht. Schwarz wurde es um ihn, die Schirmmütze war ihm vom Kopf gefallen, und er rührte sich nicht mehr.

Jenseits der Hecke lachten die Kinder sehr laut.

Zum Abschluß der Show war noch einmal der Star der Seehunde erschienen. Es war ein sehr komischer Seehund mit drei Bällen, der zeigte, wie komisch ein Seehund mit drei Bällen sein kann. Während er das an diesem heißen Julinachmittag tat und jenseits der Hecke bei den Toiletten Robert Faber reglos auf dem Gesicht lag, explodierten siebenhundertsechsundsiebzig Millionen Kilometer über dem Safaripark die ersten Splitter von heranrasenden Trümmern des Kometen Shoemaker-Levy auf dem Planeten Jupiter.

Dritter Teil

Erstes Kapitel

1

Die Metallsegmente der Gepäckausgabe 3 des Flughafens Kloten/Zürich begannen zu rotieren. Erste Koffer der vor kurzem gelandeten Swissair-Maschine aus Wien erschienen aus einem Schacht und fielen auf das laufende Band, an das sich die Passagiere drängten. Die MD 80 war ausgebucht gewesen. Faber sah seinen Samsonite auftauchen. Die Flugtasche trug er über einer Schulter, der Aktenkoffer und die Schreibmaschine lagen im Drahtkäfig eines Wägelchens.
Als er am 5. Juli im Safaripark Gänserndorf wieder das Bewußtsein erlangt hatte, stand bereits eine Ambulanz hinter der Hecke. Dr. Bell, der Faber nach seinem Zusammenbruch fand, hatte sie gerufen und ihm sofort Effortil-Tropfen eingeflößt, eine Menge Effortil-Tropfen aus der Reiseapotheke für die Kinder. Der Notarzt hatte Faber dann ein Corticoid-Präparat intravenös gespritzt und darauf bestanden, daß er in eine Klinik gebracht wurde. Zwei Tage untersuchten sie ihn dort genauestens. Grund für seine Ohnmacht war eine sogenannte essentielle Hypotonie und Kreislaufschwäche gewesen. Sein Blutdruck war durchgesackt. Er müsse sich unbedingt schonen, hatten die Ärzte in der Klinik gesagt, unbedingt, da sei ja auch noch die Coronarinsuffizienz.
Der Samsonite kam von der rechten Seite. Viele Menschen schoben sich ans Band, und jemand stieß gegen Fabers

Rücken. Er fuhr herum und sah einen jungen Mann mit großer schwarzer Brille, kurzgeschnittenem Haar und schmalen Lippen, der Bluejeans und ein darüberhängendes gelbes Lacoste-Hemd trug. In der rechten Hand hielt der Mann ein Stilett, so nahe, daß es offenbar nur Faber sehen konnte. Instinktiv riß dieser das linke Knie hoch und traf den Mann hart zwischen den Beinen. Während der Angreifer zurücktaumelte, verlor Faber das Gleichgewicht und stürzte auf die Einfassung des Transportbands. Einige Umstehende schrien entsetzt. Faber fiel vollends zu Boden. Steh auf, dachte er, sofort! Er tat es. Der junge Mann war verschwunden, der Koffer inzwischen bei Faber gelandet. Er hob ihn auf den Wagen. Viele Stimmen klangen nun durcheinander: »Was war das?« – »Der alte Herr ist gestürzt.« – »Nein, da war ein junger Kerl!« – »Wo?« – »Hinter ihm! Hat ihn gestoßen!« – »Unsinn, der Herr ist umgefallen!« – »Gestoßen hat ihn der Junge!« – »Wo ist er? Wo?« – »Weiß ich nicht. Weg!« – »Der war nie da!« – »Ich habe ihn doch gesehen!« – »Polizei! Beim Zoll ist Polizei. Ich renne hin. Vielleicht erwischen sie ihn noch!«
»Blödsinn, sage ich! War da ein junger Mann, Herr?«
Sinnlos, dachte Faber. Der ist längst weg. Ich muß auch weg hier, raus aus dem Gedränge.
»Ich bin wirklich gestürzt«, sagte er.
»Kein junger Mann?«
Faber schüttelte den Kopf. Raus! Raus!
»Haben Sie sich verletzt?«
»Nein.«
»Bestimmt nicht?«
»Bestimmt nicht. Danke! Alles in Ordnung. Lassen Sie mich bitte durch! Noch einmal vielen Dank!«
Die Menschen machten Platz. Fabers Herz hämmerte, während er Schritt vor Schritt setzte und viele ihm nachstarrten. So einfach kann das gehen, dachte er. So schnell. Und meine Pistole liegt im Koffer. Wenn sie dich unbedingt

kriegen wollen, kriegen sie dich. Weg hier! Weg! Noch einmal Glück gehabt. Gute Reflexe. Habe richtig seine Garnitur erwischt. Allerhand für mein Alter. Kann mir gratulieren.

Er schob den Gepäckwagen in die Empfangshalle hinaus, in der Männer, Frauen und Kinder auf Freunde oder Verwandte warteten. Mehr Glück als Verstand, dachte er. Unendlich mehr Glück. Nie mehr in eine solche Menschenmasse! Nie mehr, Idiot! Seine Knie zitterten.

Vergnügt lachend kam Luigi auf ihn zu. Luigi lachte meistens vergnügt.

»*Signor Faber! Buon giorno!*«

»*Buon giorno, Luigi*«, sagte Faber.

Der fünfundvierzigjährige Luigi Fontanelli aus Verona, der seit seinem zwanzigsten Lebensjahr in Luzern lebte, hatte Faber 1985 vom Hauptbahnhof in die Bellerivestraße gefahren, die dieser damals noch nicht kannte. Seither bestellte Faber immer Luigi, wenn er ein Taxi brauchte. Der Italiener besaß ein Funktelefon im Auto. Noch von Wien aus hatte Faber ihn angerufen und gebeten, in Kloten abgeholt zu werden.

Luigi war klein und sehr kräftig. »*Come va?*« fragte er, den Wagen hurtig zu einem der Hallenausgänge schiebend.

Faber hatte Mühe, mit ihm Schritt zu halten. Er trug wieder die Schirmmütze, die er in Biarritz gekauft hatte. »*Tutto bene.*«

»Schön, Sie wiederzusehen. Lange nicht hiergewesen, *Signore.*«

»Lange nicht. Nein.«

Fünf Minuten später fuhren sie bereits auf der Autobahn nach Zürich. Wenige Kilometer vor der Stadtgrenze bog Luigi wie immer in eine Umgehungsstraße Richtung Luzern ab. Leise summte die Klimaanlage. An diesem 11. Juli 1994, einem Montag, war es sehr heiß, der Himmel wolkenlos und tiefblau. Sie fuhren durch Wiesen und Wälder und winzige Dörfer, in deren Gärten viele Blumen blühten. Von Zeit zu Zeit kamen Weiden, auf denen braungefleckte Kühe standen, Weiher und Seen glitten vorüber, wieder kam Wald, und nach dem Wald kamen wieder die kleinen Dörfer und die Bauernhäuser mit den leuchtenden Blumenbeeten. Eine Oase der Ruhe und des Friedens, dachte Faber, und zwei Flugstunden entfernt tobt seit Jahren ein grauenvoller Krieg. Felder voll blühendem Mohn kamen nun, riesengroß, zu beiden Seiten der Straße. Normalerweise wäre ich tot, dachte Faber. Natürlich werden sie es wieder versuchen. Höchste Zeit, alles in Ordnung zu bringen. Zeilen eines Gedichtes fielen ihm ein:

> Der Ring wird enger; mit dem Spürsinn der Hunde
> Nahen Jäger und Tod von Stunde zu Stunde.

Wer hat das geschrieben? Wenn ich einmal schon 1530 nicht durch 6 dividieren konnte, um herauszufinden, wieviel das Appartement im »American Colony«-Hotel in Ost-Jerusalem kostete, überlegte Faber, wenn ich schon nicht mehr weiß, um wieviel Uhr wir heute in Wien abgeflogen sind – mein Langzeitgedächtnis ist noch in Ordnung. Man muß für alles dankbar sein. John Dryden hat dieses Gedicht geschrieben. Na bitte! Auf Anhieb! John Dryden leitete in England das Zeitalter der Vernunft ein. Bedeutendster britischer Autor seiner Epoche. Geboren? Weiß ich nicht. Aber gestorben, das ist leicht: 1. Mai 1700. Hut ab vor mir! Liegt in der Westminster Abbey begraben. Immer noch Mohnblumen. Jäger und Tod. Von Stunde zu Stunde. Wird der Ring enger.

Muß alles schnell geschehen jetzt, schnell.

Weiden, Wiesen, Wald und Hügel wichen zurück, vor ihnen lag Zug, die kleine Stadt, die in den letzten Jahren so gewachsen war, Zug mit den wunderbaren alten Häusern der Innenstadt und den modernen Industrieanlagen, dem glitzernden See, den weißen Schiffen, der Kette der riesigen Berge, dem Rigi, dem Pilatus, der Jungfrau, dem Mönch, dem Gotthard. Auf manchen Gipfeln lag Schnee, fern waren sie und schienen doch zum Greifen nah. Das macht der starke Föhn, dachte Faber, und Luigi ließ die Ausfahrt nach Zug unbeachtet und blieb auf der Autobahn in Richtung Luzern. Der kleine Italiener ging mit dem Tempo hinauf, und wieder flogen blühende Wiesen und Felder vorüber.

Der Ring. Die Jäger. Der Tod. Die Stunde.

Luigi – die Autobahn führte direkt nach Luzern hinein – war bereits in dichten Verkehr geraten. Sie mußten vor einer Ampel halten, überquerten dann die breite Seebrücke, und Faber sah den großen Vierwaldstätter See und viele fröhliche Menschen auf den Alleen und Quais.

Luigi besaß ein Motorboot und verbrachte jede freie Stunde auf dem Wasser. Er besaß auch noch einen zweiten Wagen, einen großen Rover, mit dem er Kisten oder Möbel transportieren konnte.

Schon fuhren sie durch die Haldenstraße, vorbei an den mächtigen Hotels, und beim Casino-Kursaal bat Faber Luigi zu halten.

»Den Berg hinauf gehe ich zu Fuß. Fahren Sie voraus, und geben Sie das Gepäck Frau Anna! Sie weiß, daß ich komme.«

»*Va bene, Signore*«, sagte Luigi und lachte. Faber bezahlte und sah dem Taxi nach, das nach links einbog und über die Geleise der Eisenbahn glitt.

Faber folgte dem Wagen. Die Schranken waren geöffnet. Jenseits der Schienen stand ein kleines Backsteinhaus, das ovale Blechschild an seiner Vorderseite trug die Aufschrift BELLERIVESTRASSE und die Ziffer 1.

Im Oktober 1993 bin ich zum letztenmal hier gewesen, dachte Faber, bevor ich nach Israel flog, um zu sehen, ob ich nach all der Qual vielleicht im »American Colony« wieder schreiben könnte. Und ich konnte keinen Satz

schreiben, es blieb weiter alles so wie seit Natalies Tod – vergebens.
Da er an Natalie dachte, erinnerte er sich in der Mittagshitze dieses Julitages in großer Benommenheit daran, daß er diese Straße zum erstenmal mit ihr emporgestiegen war, nachdem er Monte Carlo und Yvonne verlassen hatte, kaum noch Geld besaß und einen Ort suchte, an dem er sich niederlassen konnte, um zu arbeiten. Denn das mußte er dringend, nur mit einem neuen Buch war wieder Ordnung in seine Finanzen zu bringen.
Einem Freund gehörte in der Bellerivestraße das Haus Nummer 96. Er war Informatiker und mußte für zwei Jahre nach Amerika. Und so bot er uns sein Haus an, erinnerte sich Faber, wir konnten umsonst darin wohnen, mein Freund verlangte keinen Rappen, wir sollten nur das Haus hüten. Welch ein Glück war das doch, dachte er weiter, langsam im Schatten alter Bäume bergauf wandernd, denn erst zwei, drei Jahre später sollte ich, wenn alles gutging, wieder Geld bekommen. Einmal hatte Natalie gesagt: »Es hat nur drei große Lieben in meinem Leben gegeben – Armand, Franzl und dich –, und euch allen habe ich Glück gebracht.«
Und wie recht sie hatte, dachte Faber, dem plötzlich schien, als gehe Mira an seiner Seite und er erzähle ihr von einst, während er wieder Natalies Stimme hörte: »In diesem Backsteinhaus – ich habe den kleinen italienischen Taxichauffeur gefragt – wohnte einmal der Pförtner der Liegenschaft Bellerive. Damals gab es da ein großes schmiedeeisernes Eingangstor, das dient nun schon lange oben als Eingang zum Bellerivepark. Wie findest du denn das? Vielleicht eine vornehme Gegend! Sogar ein Park heißt nach ihr ...«
Ja, dachte der alte Mann, und leicht fiel ihm das Gehen, obwohl es ihm sonst meist so schwerfiel und obwohl es gewiß über dreißig Grad Celsius hatte und die Straße steil anstieg (mit Mira, die er an seiner Seite wähnte, war das

Gehen keine Mühe), ja, wie glücklich waren wir damals, im Sommer 1985, als wir endlich wieder zusammenlebten, Natalie und ich, und als wir zum erstenmal hierherkamen, um das neue Haus zu sehen. Luigi fuhr uns vom Bahnhof bis zu den Schranken der Eisenbahn. Er war der erste Mensch, den wir in Luzern kennenlernten, und bei den Schranken haben wir ihn gebeten zu halten und sind zu Fuß gegangen – so wie ich es heute tue, viele Jahre danach, mit dir, Mira.

»... Luigi hat gesagt, diese Liegenschaft Bellerive ist einmal ein landwirtschaftliches Gut am Rand von Luzern gewesen«, hörte der alte Mann Natalies Stimme. »Zuerst hieß es Am Lehn, später Lützelmatt, das war so um 1700 herum, sagt Luigi. Fast einhundertfünfzig Jahre später erst hat eine Gräfin Sophie d'Harnancourt das Gelände erworben und ihm den Namen Bellerive gegeben ... Was ich alles weiß, Robert! Ich will doch immer alles wissen, damit ich es dir erzählen kann, du brauchst doch immer neue Geschichten. Von mir bekommst du sie, Liebling, immer ...«

»Ist sie nicht fabelhaft, Mira?« sagte er, und eine junge Frau, welche die Bellerivestraße herabkam, sah den siebzigjährigen Mann, der laut mit sich selber sprach, erstaunt an. Doch dann lächelte sie, weil sie bedachte, daß viele Menschen und ganz besonders alte und einsame häufig mit sich selber sprechen. »Ganz und gar fabelhaft«, sagte Faber und lächelte Mira an, die nicht da war, und sah die junge Frau nicht, die da war.

»Ein späterer Besitzer gab den Auftrag, eine prächtige Villa im Stil der italienischen Renaissance zu bauen«, sagte Natalies Stimme. »Wir müssen sie unbedingt besichtigen, Liebling, sie liegt ganz nahe beim Haus deines Freundes. Das Gut war einmal zweihundertfünfundzwanzigtausend Quadratmeter groß, stell dir das vor! Es reichte vom Seeufer bis hinauf zu einem Berg, der Dietschi heißt. Lach nicht, er heißt so, sagt Luigi! Damals gab es neben der Villa Stallun-

gen und Gewächshäuser und eine Turn- und Wandelhalle – wie das klingt, phantastisch, was?«
»Phantastisch«, sagte Faber, und in der Stille des hohen Mittags sah ihn ein kleiner Hund in einem alten Garten neugierig an.
»Und Ökonomiegebäude und Badehütten und Schiffshütten gab es und einen Verwalter und Obergärtner, der auf erlesenen Baumbestand achtete – *erlesenen*, so fein drückte Luigi sich aus. Und in einer so erlesenen Gegend werden wir nun wohnen!« hörte Faber Natalies Stimme. Er zog seine Jacke aus, weil ihm plötzlich heiß geworden war, lehnte sich an einen Baum und rang nach Luft.
»Bißchen stehenbleiben«, sagte die Stimme Miras, die er an seiner Seite glaubte. »Mir geht auch die Puste aus ... Schau doch, wie hoch wir sind! So tief unter uns der See und die Stadt! Ist das schön! Und da vorne ist schon der Eingang zum Bellerivepark! Das große Schmiedeeisentor, siehst du es, Liebling? Es steht offen. Laß uns in den Park sehen, nur einen Moment, ja?«
»Natürlich, Mira«, sagte Faber laut.
Und allein trat er durch das hohe Tor, das einst unten, am Anfang der Bellerivestraße beim Pförtnerhaus, gestanden hatte, und er sah hinter einem großen runden Teich eine dreifache Terrassenanlage mit Doppeltreppe, über der die gewaltige Villa thronte. Dorische Säulen stützten das Gebälk im Erdgeschoß, die durchbrochene, luftige Fassade der Loggien im Hauptgeschoß wurde von ionischen Säulen getragen. Fensterbekrönungen in Giebelform zeichneten die Beletage aus. Dazu kam üppiges Zierwerk: Malereien an den Seitenwänden, das kunstvoll geschmiedete Eisengeländer der Mittelpartie, Konsolen, Ballustraden, Schluß- und Ecksteine im Erdgeschoß.
Wie träumend schritt Faber unter uralten Bäumen auf bemoosten Wegen. Hier war es kühl, er konnte wieder frei atmen, und das Glücksgefühl überkam ihn neuerlich.

»Ein Märchenpark, hat Luigi gesagt«, hörte er Miras Stimme, wahrhaftig die Miras, nicht mehr jene Natalies. »Diese Fontänen und Brunnen wurden einst von eigenen Brunnenstuben gespeist ... Nun liegt längst alles still ... Schau doch, Liebster, die Becken und Grotten! Man weiß nicht einmal mehr, ob es Becken und Grotten waren, sagt Luigi, so überwachsen sind sie, aber das macht nichts, im Gegenteil, wie?«
»Im Gegenteil«, sagte Faber, allein in dem verlassenen Park.
»Ich finde, es ist viel schöner, wenn man alles nur noch erahnen und nicht mehr sehen kann«, sagte Miras Stimme. »Hier werden wir oft herkommen, ja?«
»Ja«, sagte der alte Mann und wanderte zum Eingang zurück.
»Erst 1938 hat man das Areal hier oben zur Bebauung freigegeben, erst da sind die ersten Villen entstanden ...«
Faber stand nun auf der Straße.
»... und jetzt die ganz große Überraschung!« sagte Miras Stimme. »Schau dieses Tor an! Was siehst du da, Liebling? Sag, was du siehst!«
»Ginkgo-Blätter«, sagte Faber in jener Mittagsstunde des 11. Juli 1994, allein vor dem Tor. »Jede Menge Ginkgo-Blätter.«
Wieso spricht nun Mira zu mir? dachte Faber. Wieso sprach vor ihr Natalie? Sie sind doch beide nicht da. Bin ich gestorben? Hat dieser Mensch mich erstochen am Flughafen bei der Gepäckausgabe? Bin ich verrückt geworden? Nein, dachte er sogleich, Zeit und Raum fließen eben, alles fließt, morgen ist heute, heute ist gestern.
So viele Ginkgo-Blätter aus Eisen!
»›Und Jimmy ging zum Regenbogen‹.« Nun war da wieder Natalies Stimme. »Das hast du in Starnberg geschrieben. 1968 war das Buch fertig, Jahre bevor du mich verlassen hast und zu Yvonne nach Monte Carlo gegangen bist. 1968,

Robert, weißt du noch, als wir so arm und jung und glücklich waren …«

»Ja«, sagte er. »Und Fritz ist tot. So lange schon.« Fritz, dachte er, mein Lektor fast zwanzig Jahre lang. Wunderbarer Freund. Großer Lehrer. Fünf oder sechs meiner Manuskripte hat er bearbeitet. Und bei »Und Jimmy ging zum Regenbogen« erzählte er mir vom *Ginkgo-biloba* -Blatt. Es wurde ein wichtiger Teil des Buches in seiner symbolischen Bedeutung …

Alles, was nun in mir denkt, ist nicht das, was meine Architektenfreundin Irene Kalbeck Assoziativdenken Typus Faber genannt hat, dachte er. Es fehlen die Ketten. Es gibt keine *strings of pearls.* Nur Erinnerung. Nichts als Erinnerung.

Das *Ginkgo-biloba* -Blatt, grün, im Herbst goldgelb, ist dreieckig oder fächerförmig und tief gelappt, der mittlere Einschnitt ist am tiefsten, er spaltet das Blatt fast in zwei Hälften. So kam das seltsame Gewächs, das Heilkräfte besitzt, zu seiner Bezeichnung *biloba,* das bedeutet zweilappig, sagte Fritz.

Und er hörte wieder Natalies Stimme, diesmal skandierend: »… Ist es *ein* lebendig Wesen, / Das sich in sich selbst getrennt? / Sind es zwei, die sich erlesen, / Daß man sie als eines kennt? / Solche Frage zu erwidern / Fand ich wohl den rechten Sinn: / Fühlst du nicht an meinen Liedern, / Daß ich eins und doppelt bin?«

Goethes Gedicht »Ginkgo biloba« aus dem »West-östlichen Divan«, dachte Faber. Ein Liebesgedicht ist das, aber es drückt auch aus, was Goethe immer wieder beschrieb: die Polarität des Universums, allen Lebens, aller Formen des Existierenden.

Der alte Mann ging die Straße empor, tief, tief versunken in Vergangenheit.

Die Polarität, hat Fritz gesagt, nicht der Dualismus! Der Dualismus trennt, zersetzt, Polarität hingegen ist die äußerste Verschiedenheit eines dennoch nicht zu Trennenden, eines eben *dadurch* nicht zu Trennenden. Ohne die beiden Pole gäbe es niemals die Einheit. Solche Polaritäten, dachte Faber: Einatmen – Ausatmen, Gesundheit – Krankheit, Unglück – Glück, Systole – Diastole, Ebbe – Flut, Tag – Nacht, Mann – Frau, Erde – Himmel, Leben – Tod, Dunkel – Licht, negativ – positiv, gut – böse ... Oder auf die Elektrizität angewendet: Wenn es da nicht ein Positives und ein Negatives gibt, dann gibt es keine Spannung, keinen Strom. Beide müssen dasein, das Plus und das Minus, damit das Ganze sein kann ...

Der alte Mann blieb stehen.

Hier war sein Haus! Erbaut im Stil der dreißiger Jahre, zweistöckig, dicht mit Efeu bewachsen, umgeben von gewaltigen Baumriesen – einer Kastanie, drei Eichen, zwei hohen Zypressen und zwei Ginkgo-Bäumen –, dazwischen die breite Einfahrt zu einer tiefer liegenden Garage. In einem Meer von Blüten stand das Haus, und vom Garagendach aus konnte man an der Rückseite die breite Terrasse erreichen.

Auf ihr stand Faber jetzt. Unsicher und schwindlig hielt er sich an einem Baumstamm fest. Die ebenerdigen Räume mit ihren französischen Fenstern gingen zu dieser Terrasse hinaus. Tief unter sich erblickte Faber das Häusermeer von Luzern, den mittleren Teil des Vierwaldstätter Sees, sah Kirchen, Museen, den Hauptbahnhof, die Kuppeln, welche alle in der Sonne gleißten, sah Brücken über den See, die Dächer der Altstadt, große und kleine Schiffe auf dem Wasser, das glänzte wie geschmolzenes Blei, und dachte an Kiplings Lied vom Schiffsjungen, der hoch oben im Mastkorb sang: »Ich seh Jerusalem und Madagaskar und Nord- und Südamerikaaa!«

Und wiederum vernahm er Natalies Stimme: »Hier werden wir immer glücklich sein. Nein«, verbesserte ihre Stimme sich schnell, »nicht *immer* natürlich! Denn wenn wir immer

glücklich wären, wären wir es nie. Gewiß wird es auch Unglück geben – nur so gibt es Glück!«
Das hat sie gesagt, dachte Faber, und wir *waren* glücklich, zwei Jahre lang unendlich glücklich, dann ist sie gestorben. Und jäh erschrak er, denn es schien ihm, als hätten seine Gedanken, die Zeit und Raum ignorierten, ihn in das unheimliche Labyrinth des Gehirns geführt, aus dem er niemals wieder herausfinden würde.
War es so, wenn man starb? War es so, wenn Jäger und Tod den Ring schlossen mit dem Spürsinn der Hunde?
Plötzlich kraftlos, sank er auf einen weißen Terrassenstuhl, während schon eine helle Frauenstimme ertönte.
»Herr Faber! Willkommen daheim!«
Mühsam hob er den Kopf. Aus einem der französischen Fenster war Anna Fehr getreten, braunhaarig, braunäugig, schlank, lachend und fröhlich wie immer. Meine Haushälterin, dachte er, unsere Haushälterin, denn sie war schon hier, als Mira noch lebte, nein, Natalie natürlich, war schon damals hiergewesen, die treue Anna Fehr.
Erschrocken eilte sie zu ihm. »Herr Faber! Was haben Sie?«
»Nichts«, sagte er. Die Reaktion auf das mißlungene Attentat, dachte er, endlich. »Nur ein wenig müde ... Ich wollte gehen ...«
»Ja, das hat Luigi gesagt. Warum tun Sie so etwas, Herr Faber? Die steile Straße! Die Hitze!«
Es gelang ihm aufzustehen.
»Alles ist gut. Ich möchte mich nur ein wenig ausruhen ...«
Er ging in das Haus und hinauf in den ersten Stock, wo er sich auf sein Bett legte.
Gleich danach war er eingeschlafen.

2

Heute, am Donnerstag, dem 14. Juli 1994, ist im Büro des unterzeichneten Notars und Rechtsanwalts lic. iur. Urs Fallegger, Gesegnetmattstraße 54 a, 6006 Luzern, Herr Robert Faber, Schriftsteller, geb. 7. April 1924, österreichischer Staatsbürger, wohnhaft in 6006 Luzern, Bellerivestraße 96, erschienen mit dem Ersuchen, das nachstehende Testament als seinen Letzten Willen beurkunden zu lassen.
Der Letzte Wille des Testators lautet:
I,1. Ich bestimme, daß Frau Mira Masin, geb. 28. Mai 1929, bosnische Staatsbürgerin, zur Zeit wohnhaft im Gästehaus des Marien-Kinderspitals, A-1090 Wien, Florianigasse, meine Alleinerbin wird. Sollte Frau Mira Masin vor mir sterben, setze ich ihren und meinen Enkel Goran Rubic, geb. 15. März 1979, bosnischer Staatsbürger, zur Zeit wohnhaft im Marien-Kinderspital, A-1090 Wien, Florianigasse, zum Alleinerben ein.
So begann der Entwurf des Testaments, über das Faber tags zuvor mit seinem Schweizer Anwalt Fallegger gesprochen hatte. Anschließend war er in Luigis Taxi zum Flughafen nach Kloten gefahren, wo Walter Marks, Fabers Freund und seit siebenundzwanzig Jahren sein deutscher Anwalt, mit einer Abendmaschine aus München eintraf. Die Nacht hatte Marks im Hotel »National« verbracht. Nun, am Vormittag des 15. Juli, saßen die Freunde im großen Wohnzimmer des Hauses an der Bellerivestraße. Fallegger hatte den Entwurf durch einen Boten in zwei Ausfertigungen geschickt und um Prüfung gebeten. Am Nachmittag erwartete er Faber und Marks zur Unterzeichnung. Zwei Angestellte der Kanzlei als Zeugen und Fallegger als Notar mußten mehrere Kopien des Testaments ebenfalls mit ihren Namen versehen.
Das Wohnzimmer hatte hohe Wände, an denen Bilder von Georges Braque, Marc Chagall, George Grosz, Käthe Kollwitz und Paul A. Weber hingen sowie zwei Gemälde des

Polen Duda-Gracz. Natalie hatte sich immer einen Raum voller Bilder gewünscht, so gegensätzlich wie möglich und fernab jeder musealen Anordnung. Einige Werke hatte es schon in Natalies Wohnung gegeben, andere konnten sie dann von der Schweiz aus nur wenig mehr als ein Jahr vor ihrem Tod gemeinsam erwerben.

Fabers Freund wiederum, der ihnen das Haus überlassen hatte, war ein halbes Jahr nach ihrem Einzug in New York gestorben. Seine Söhne, die mit ihren Familien in Amerika lebten, hatten die Villa an Faber vermietet, und dieser und Natalie hatten sie nach ihrem Geschmack neu eingerichtet. Es war genügend Geld dagewesen, nachdem Faber einen seiner Romane für einen Fernseh-Dreiteiler an die ARD verkaufen konnte. (»Ich habe dir ja gesagt, ich bringe Glück! Kaum bist du wieder bei mir, geht es wieder los ...«)

Das Wohnzimmer hatte Natalie sich »hell« gewünscht. So gab es hier nun eine sehr große L-förmige, mit weißem Leder überzogene Couch, vor ihr einen mächtigen Glastisch, des weiteren einen langen Speisetisch aus weißem Marmor, blaue moderne Stühle, einen eigens für den Raum gewebten weiß-blauen Teppich und einen Kamin, gleichfalls aus weißem Marmor. Die hohen französischen Fenster standen zur Terrasse hin offen. So heiß es draußen war, so kühl blieb es in dem großen Wohnzimmer.

Walter Marks las langsam und mit größter Aufmerksamkeit. In dem bisherigen Testament hatte Faber nach Natalies Tod als Erben zu gleichen Teilen Amnesty International und Writers in Prison eingesetzt – hier gab es die Hauptänderung. Eine wichtige weitere war auf Seite 10 der Urkunde unter Ziffer VIII, 1. bis 3. niedergelegt worden. Danach bestimmte Faber Marks und Fallegger zu gemeinsamen Testamentsvollstreckern. Marks sollte den literarischen Nachlaß verwalten und Mira oder Goran als ständiger Berater zur Verfügung stehen, Fallegger war ermächtigt, den nichtliterarischen Nachlaß abzuwickeln. Den beiden Vollstreckern wurde ein Substitutionsrecht eingeräumt, wobei Marks verpflichtet war, als Ersatz für sich einen in Urheberfragen erfahrenen Anwalt zu bestimmen.

Alle übrigen Passagen des alten Testaments waren gleich geblieben, das Vermächtnis für Anna Fehr ebenso wie der wichtige Absatz V, in welchem Faber sein Testament dem Schweizer Recht unterstellte, denn nach diesem hatte Mira oder Goran höchstens drei Prozent vom Gesamtwert der Erbschaft an Steuern abzuführen, während dies beispielsweise in Österreich ein Vielfaches gewesen wäre. Schweizer Recht durfte Faber für sich beanspruchen, weil er seit 1985 seinen Hauptwohnsitz, juristisch also den »Mittelpunkt des Lebens«, in Luzern hatte.

Noch lag die große weiße Terrasse im Schatten der mächtigen Bäume. Aus der Tiefe trug ein Windstoß manchmal flüsternd den Lärm der Stadt empor.

Marks war ein Jahr jünger als Faber, groß und schlank. Er hatte ein längliches Gesicht mit grünen Augen, volle Lippen und dichtes, so starkes graues Haar, daß man an Draht erinnert wurde. Bei dem Versuch, dem Besitzer eines Autos auf dem Pannenstreifen einer vereisten Autobahn zu helfen, hatte der betrunkene Lenker eines dritten Wagens Marks im Winter 1976 derart schwer verletzt, daß dessen rechtes Bein bis zum Knie amputiert werden mußte. Seitdem trug er eine Prothese. Mittlerweile vermochte er mit ihr gut zu leben, in seinem Wagen waren Gaspedal und Bremse von rechts nach links gewandert.

Fabers Freund hatte die letzte Seite des Entwurfs gelesen. Er legte die Blätter auf den Glastisch und erhob sich. Wenn es möglich war, stand oder wanderte er, seit er die Prothese trug, lieber umher, als zu sitzen.

»Das ist alles okay«, sagte Marks, zum Kamin gehend. »Und der einfache Teil der Angelegenheit.«

»Was ist der komplizierte?«

»Der komplizierte«, sagte Marks, »ist deine finanzielle Lage. Als dein Vermögensverwalter kenne ich sie – leider. Du hast in deinem Leben nie mit Geld umgehen können. Wenn ich daran denke, wie oft du beinahe pleite warst trotz all dem Wahnsinnsgeld, das du verdient hast, empfinde ich jedesmal das überwältigende Bedürfnis, dich windelweich zu prügeln.«

»Was soll denn das heißen? Seit Monte Carlo ist doch wirklich alles in Ordnung!«

»Wirklich alles in Ordnung!«

Marks streichelte einen Bronzeelefanten, der auf dem Kaminsims stand. Faber hatte ihn einmal aus Thailand mitgebracht. Er sammelte Elefanten. In seinem Arbeitszimmer gab es auf mehreren Etagen Hunderte von ihnen aus Stein, Metall, Holz und Stoff, große und kleine, gefunden in der halben Welt. Sie brachten Glück, daran glaubte Faber fest, natürlich nur, wenn sie den Rüssel nach oben trugen. Die Skulptur auf dem Kaminsims zeigte in höchst kunstvoller Weise drei dieser Tiere, deren Hinterleiber zusammengewachsen waren und auf drei Hinterbeinpaaren ruhten. Eine weibliche Gottheit mit hohem Kopfschmuck und gefalteten Händen saß auf dieser Glücksbringer-Dreieinheit. Marks tippte auf die Bronzerüssel.

»Daß ich nicht vor fröhlichem Gelächter ersticke. Mach noch ein paar Monate so weiter wie in den letzten Jahren, und wir sind wieder mal soweit.«

»Was habe ich denn getan?«

»Sechs Jahre in ersten Hotels gewohnt hast du, in der Welt bist du rumgeflogen, Geld hast du rausgeschmissen noch und noch für Blumen, Geschenke, Unterstützungen für Juden, Christen, Blinde, Lahme, Kinder, Alte, alle Minderheiten, Tiere, helft den armen Vögeln! Nur geschrieben hast du keine einzige Zeile, deine Einnahmen sind kleiner und kleiner geworden – und jetzt spielst du auch noch den Guten Menschen von Wien!«

»Moment mal!« Faber wurde laut. »Wer hat mich denn in Biarritz angerufen und gesagt, ich muß unbedingt mit diesem Doktor Bell sprechen? Wer hat mich denn nach Wien gejagt? Wenn es nach mir gegangen wäre, hätte ich mich an diesem Abend umgebracht und keine Sorgen mehr und du auch nicht! Sei bloß still!« Faber holte Atem. »Außerdem bin ich *froh* darüber, daß ich damals nach Wien geflogen bin. Ich *will* den beiden helfen! Ich *muß* ihnen helfen! Sie sind die einzigen Menschen, die ich noch habe! Ich liebe sie.«

»Und gehst zugrunde dabei!«

»Halt den Mund! Alle Menschen brauchen Liebe, wollen Liebe! *They want to be loved! They have to be loved! The whole world – everybody – has to be loved!*«

»Was ist das für ein Quatsch?«

»Das ist überhaupt kein Quatsch! Das ist die Wahrheit. Gena Rowlands sagte diese Worte. Ich konnte sie nie vergessen. Nicht die Worte. Nicht die Rowlands. Auch jemanden, den ich liebe.«

»Wer ist Gena Rowlands?«

»Die Schauspielerin, zum Teufel! Frau von dem wunderbaren John Cassavetes. Was für Genies waren die beiden! Alle Menschen wollen geliebt werden! Alle Menschen müssen geliebt werden! Die ganze Welt – jedermann – muß geliebt werden! Die ersten Worte der Rowlands in ›*Opening Night*‹. Oh, all diese grandiosen Filme von Cassavetes mit ihr! ... Natürlich du auch!«

»Ich was?«

»Willst geliebt werden! Und lieben!«

Marks wandte jäh den Kopf zur Seite. Es war sekundenlang völlig still im Raum. Dann sagte Marks bewußt brutal: »Es geht nicht um mich, es geht um dich. Du willst also mit siebzig unbedingt von der Wohlfahrt leben.«

»Na, na, na!«

»Nichts ›na, na, na!‹ Hast du gerade die Achteinhalb-Prozent-Obligation der Bayerischen Vereinsbank, die ablief, neu angelegt? Nein, du hast das Geld auf deinem Konto gelassen!«

»Ich werde es doch brauchen! Sobald ich die Vormundschaft für Goran bekomme, will ich alle Kosten für die Behandlung ersetzen. Das wird in zwei Monaten sein.«

»Für Goran mußt du erst zahlen, wenn du alles hast: Vormundschaft und Aufenthaltserlaubnis für die beiden.«

»Das ist nicht wahr! Eine Familienrichterin hat mir gesagt, für die Erteilung der Aufenthaltserlaubnis ist es von größter Bedeutung, daß die Beamten im Ministerium sehen, ich sorge bereits finanziell für Goran – und für Mira.«

»Okay, okay, ich habe mich geirrt. Fest steht, daß du die beiden jetzt am Hals hast. Du brauchst dauernd Geld für sie und bald schon Riesenbeträge für Gorans Behandlung, und wer weiß, wie lange? Allein wärst du vielleicht noch durchgekommen – ohne Fünf-Sterne-Hotels und First-Class-Flüge und Geschenke und Benevolenzexzesse! Aber so? So rodelst du direkt in die Katastrophe! Mit siebzig! Stolz darauf, wie gesund du dich fühlst, wie munter, wie taufrisch, keinen Tag älter als neunundsechzig!«

»Ich fühle mich nicht taufrisch und munter! Ich fühle mich beschissen. Nicht immer, aber immer öfter. Wie in der Bierreklame, wo einer immer öfter Clausthaler trinkt. Mal halte ich so viel aus, daß ich staune, dann wieder geht es mir richtig dreckig.« Plötzlich fühlte Faber Angst in sich aufsteigen, kalt und klebrig. »Und mit dem Schreiben ...«

»Was mit dem Schreiben? Geht doch noch immer nicht!«

»Nein ... Obwohl ...«

»Obwohl was?«

»Obwohl ich Hoffnung habe, daß es vielleicht wieder gehen wird. Wirklich, Walter! Ich mach' dir nichts vor. Was hätte das für einen Sinn? Seit ich in Wien bin ... seit ich mich um die beiden kümmere ... Eine ganz neue Welt habe ich kennengelernt, Milieus und Menschen, wie ich sie noch nie erlebt habe ... Etwas ist in Bewegung geraten, wirklich ... Ich mache Recherchen, Notizen, Pläne ...«

»Aber du weißt nicht, ob du es niederschreiben kannst – und wenn, wann.«

»Nein«, sagte Faber leise, »das weiß ich nicht.«

»Eben! Nehmen wir den besten Fall an: Es geht wieder mit dem Schreiben. Erhebt sich die Frage, ob es gut geht. Nehmen wir an, es geht gut. Wie lange brauchst du dann für ein neues Buch?«

»Zweieinhalb, drei Jahre.«

»Drei Jahre.« Marks Stimme klang hart. »Dann bist du dreiundsiebzig! Nehmen wir weiter an, das Buch gefällt deinen Leuten. Wieviel Vorschuß hast du für das nächste Buch schon genommen?«

»Ich weiß es nicht genau ...«

»Aber ich! Einen Riesenbetrag!«

»Ich bin seit fünfunddreißig Jahren in diesem Verlag, Walter! Manchmal nehme ich überhaupt keinen Vorschuß, nicht eine Mark, und lasse mir erst was geben, wenn Tantiemen da sind. Das weißt du auch! Und manchmal fragen sie mich eben, ob ich was brauche. Und wenn ich was brauche, kriege ich es auch. Das wird ganz locker gehandhabt nach all der Zeit – und nach all dem Geld, das die Brüder mit mir verdient haben.«

»Wirst dich wundern, wie locker die Brüder das handhaben, wenn sie *noch* drei Jahre auf was Neues warten müssen! Kannst froh sein, daß sie bisher nichts zurückverlangt haben.«

»Lächerlich! Kommt doch bei jeder Abrechnung Geld zusammen!«

»Geld zusammen! Wieviel? Wofür? Taschenbücher. Sonderausgaben. Bißchen Ausland. Jedesmal weniger – liest nicht mal mehr deine Abrechnungen, wie?«

»Doch ... Natürlich ...«

»Seit sechs Jahren nichts Neues! Aber gelebt wie Kashoggi hoch drei!«

»Du weißt doch, wie verrückt das ist bei mir«, sagte Faber, der plötzlich fror. »Immer wenn ich ganz bescheiden zu leben versuche, habe ich Pech. Wenn ich so lebe, wie du es haßt, strömt das Geld!«
»Das war stets dein Idiotenalibi. Jetzt hast du sechs Jahre so gelebt, wie es dir gefällt – und was strömt? Wenn ich nur an dich *denke*, bin ich um den Schlaf gebracht! Solange Natalie gelebt hat, hatte wenigstens *sie* ein bißchen Einfluß auf dich – ein bißchen, habe ich gesagt.«
»Hör mit Natalie auf!«
»Schrei nicht! Bei deinem Vorschuß werden sie dir nur noch einen Bruchteil a conto zahlen, wenn sie von deinem Manuskript *hingerissen* sind. Höchstens dann, falls sie dich nicht bereits total abgeschrieben haben.«
»Nie im Leben haben sie das!«
»Nachdem du sechs Jahre nichts geliefert hast? Wie naiv bist du? In dieser Branche schreiben sie einen schon ab, wenn man *einen* großen Flop liefert! Was sie an dir verdient haben, zählt nicht. Das einzige, was zählt, ist, daß sie seit einer Ewigkeit nichts mehr an dir verdient haben. Was glaubst du, wie die über dich reden! Ausgebrannt. Erledigt. Alt. Kaputt. Um Gottes willen die Finger von ihm lassen! Kriegt doch nie wieder einen hoch, der alte Sack! So reden sie über dich! Und du weißt es. Du weißt, wie sie über so viele andere Autoren reden und immer geredet haben. Das ist doch ein verfluchter Hurenjob, den du da hast! Immer nur so gut wie der letzte Erfolg! Erfolg vor ein paar Jahren? Darauf scheißen sie!«
»Du hast heute wirklich deinen Fürchtet-euch-nicht-Tag!«
»Glaubst du, es bereitet mir Spaß, dir angst zu machen?«
»Natürlich nicht ...« Faber biß sich auf die Unterlippe. »Und du hast ja vollkommen recht. Selbst *wenn* ich ein neues Buch schaffe – verflucht, was weiß denn ich, vielleicht schaffe ich nie mehr eine einzige Zeile! –, aber selbst wenn, und wenn es ihnen gefällt und wenn es Erfolg hat, dann

kriege ich mein nächstes großes Geld frühestens in vier Jahren.«

»Jetzt kommen wir der Sache schon näher«, sagte Walter Marks grimmig.

Faber richtete sich auf. »Vergiß die Nazis nicht! Ich habe dir von dem Kerl am Flughafen erzählt. Fairerweise wäre ich tot, und was noch da ist, würde für Mira und Goran reichen.«

»Du lebst aber!«

»Sie werden es wieder versuchen.« Ein irrer Ton des Frohlockens lag in Fabers Stimme. »Ich bin doch eine Gefahr für diesen Monk! Ich kannte Menschen, die er auf dem Gewissen hat. Ich bleibe eine Gefahr. Vergiß das nicht! Garantiert versuchen sie es wieder. Und schlauer.«

Keiner der Freunde bemerkte, daß dieses Gespräch nun absurd wurde. Sie waren zu aufgeregt, selbst Marks, der kühle Anwalt.

»Auf derart unsichere Hoffnungen darfst du dich nicht verlassen!« sagte er.

»Na schön, dann nicht. Aber ich kann sterben. Das kann ich doch wirklich. Jeden Moment. Jetzt gleich, mitten im nächsten Satz.«

»Das kann ich auch. Das kann jeder.«

»Eben! Und dann ist auch noch genug da für die beiden!«

»Und wenn du nicht stirbst? Wenn es der Teufel will, und du wirst neunzig?«

Marks war bei seinen Wanderungen vor einer Maria-Theresien-Kommode mit Einlegearbeiten, dem einzigen antiken Möbelstück im Raum, stehengeblieben und betrachtete an der Wand vier große Lithographien Chagalls aus der »Biblischen Botschaft«, die goldgerahmt in einem Rechteck nahe beieinander hingen.

»Wunderbar«, sagte er mit völlig anderer Stimme.

»Das Schönste, was ich habe.«

»Und das Teuerste, wie?«

»Ja. Für die vier Bilder allein hat die Versicherung ein

elektronisches Sicherheitssystem im ganzen Haus verlangt«, sagte Faber. Und ohne Übergang: »Okay, also ich sterbe nicht, und mit den Nazis wird's auch nichts. Kann ich immer noch schwer krank werden!«
»Dämlicher Hund!«
»Überhaupt nicht dämlich! Ich habe die beste und teuerste Krankenversicherung, die es gibt. Habe sie, seit ich Reporter war. Damals zwangen sie mich praktisch dazu. Ich war doch dauernd in der ganzen Welt unterwegs! Also mußte ich eine Versicherung haben, die in der ganzen Welt bezahlte. Tat sie. Wird sie tun. Die besten Kliniken. Erstklassige Spezialisten ... Kostet mich keinen Groschen. Auch eine Möglichkeit!«
Der Irrwitz begann von neuem.
»Und was für eine! Schönes, langes Siechtum! Drei Jahre! Fünf Jahre! Immer erstklassige Pflege. Herrlich! Brauchst gar nicht mehr zu versuchen, ein neues Buch zu schreiben – für dich ist gesorgt! Und Mira und Goran leben von dem, was noch da ist. Können ja das ganze Kunstzeug hier verkaufen, vielleicht zuerst die ›Biblische Botschaft‹ ...«
»Natürlich will ich nicht jahrelang so als Menschengemüse rumliegen!«
»Wirklich nicht?«
»Laß das! Wenn ich nicht mehr sagen kann, daß sie Schluß machen und mich sterben lassen sollen, habe ich immer noch dich und Professor Iten. In meiner Patientenverfügung steht ihr beide drin. Ihr habt euch verpflichtet, dafür zu sorgen, daß man mein Sterben nicht verlängert, daß man mich nicht an Maschinen hängt.«
»Hör sofort auf!« schrie Marks. Er war nun zornig. »Du machst sogar mich meschugge!«
»Wieso? Du hast mir doch diese Verfügung empfohlen!«
»Wenn du vielleicht einen Moment – nur einen kleinen Moment, ein winziges Momentchen – an Mira und Goran denken wolltest!«

»Was ist mit denen?«
»Die sind *nicht* versichert. Was ist, wenn nicht du, sondern Mira so schwer erkrankt, daß sie jahrelang behandelt werden muß? Oder wenn Goran ein Pflegefall wird? Oder beide? Das mußt dann alles du bezahlen! Sollst du ja auch! Ist deine Pflicht. Nur, wo nimmst du dann das Geld her, verflucht, wo nimmst du dann das Geld her?«
»Ich stecke also in einer hübschen *Rue de cac*«, sagte Faber.
»In *was* für einer«, sagte Marks.
Es klopfte.
»Herein!« rief Faber. Er mußte zweimal rufen, das erste Mal bekam er das Wort nur heiser und leise heraus.
Anna Fehr trat in das Zimmer. »Verzeihen Sie bitte die Störung!« Die schlanke Haushälterin mit den fröhlichen braunen Augen sprach reines Deutsch. Natürlich sprach sie auch tiefstes Schwyzerdütsch, doch sie wußte, daß Faber sie dann auch nach all der Zeit nur schlecht verstand. »Ich wollte fragen, ob dieser Herr Kallina und seine Frau mit Ihnen zu Mittag essen. Sie haben doch gestern mit ihm im ›National‹ telefoniert, Herr Faber. Heute, halb elf Uhr haben Sie vereinbart. Jetzt ist es knapp zehn.«
»Ich habe dir von diesem Ehepaar erzählt, Walter«, sagte Faber.
Der nickte.
»Ich meine, anhören sollten wir uns das schon, oder?«
»Auf alle Fälle.«
»Also, werden die Herrschaften hier zu Mittag essen?« fragte Anna Fehr, die einen schwarzen Rock und eine weiße Bluse trug.
»Nein«, sagte Faber. »Ich habe sie zwar eingeladen, aber Frau Kallina ist offenbar auf Diät gesetzt. Machen Sie unser Essen vorsichtshalber erst für halb zwei, dann sind die beiden sicher wieder weg.«
»In Ordnung, Herr Faber.«
»Was gibt's denn, Frau Anna?« fragte Marks.

»Gefüllte Rindsrouladen, Blaukraut und Bratkartoffeln – aber ich kann auch etwas anderes machen, wenn Sie es wünschen. Fisch. Vielleicht haben Sie Fisch lieber?«
»Rouladen und Blaukraut sind prima«, sagte Faber. »Was, Walter?«
»Hervorragend, Frau Anna«, sagte der.
»Also, um halb zwei!«
»Um halb zwei, Frau Anna!«
»Soll ich auf der Terrasse decken?«
»Bitte.«
»Ich mache auch noch einen Aprikosenkuchen.«
»Wunderbar!« Marks trat zu ihr. »Lange haben wir zwei uns nicht gesehen!«
»Seit dem Begräbnis von Frau Natalie nicht, Herr Marks. Sechs Jahre.«
Sechsundvierzig Jahre alt war Anna Fehr, doch sie sah viel jünger aus. Zwei erwachsene Kinder hatte sie, einen Sohn, eine Tochter, beide berufstätig. Die Tochter lebte in Zug, der Sohn bei ihr in einem Bauernhaus des Ortes Ebikon, etwa zehn Autominuten entfernt. 1985, als Anna Fehr zu uns gekommen ist, hatte sie große Ähnlichkeiten mit der Schauspielerin Shirley MacLaine, dachte Faber. Wir haben sie allen anderen Frauen, die sich bewarben, vorgezogen, weil sie so oft lachte. Wie konnte Anna lachen damals, zusammen mit Natalie!
»Geht's gut?« fragte Marks.
»Ja, Herr Marks.«
»Den Kindern auch?«
»Ja.«
»Fühlen Sie sich noch immer wohl hier? Ich meine, in den letzten Jahren war Herr Faber doch kaum daheim. Haben Sie sich nie einsam gefühlt?«
»Nie, Herr Marks. Nach der langen Zeit, die ich Herrn Faber kenne ... und dieses Haus ... Ich habe hier immer tun können, was ich für richtig gehalten habe, auch als Frau

Natalie noch lebte. Die hat mich gebeten darum. So ist es mein zweiter eigener Haushalt geworden. Ich bin hier fast schon mehr daheim als bei mir. Die Kinder sind groß geworden, sie gehen eigene Wege ... Natürlich ist es schöner, wenn Herr Faber da ist. Aber er ruft mich regelmäßig an, von wo auch immer, ich schicke ihm die Post, bei wichtigen Sachen rufe ich ihn an. Wir sind so lange zusammen, daß ich mich genau mit allem auskenne und weiß, wer wichtig ist für ihn und wer nicht. Ich ...« Sie stockte und errötete. »Ich *gehöre* zum Herrn Faber, nach allem, was wir zusammen erlebt haben. Die glücklichen Jahre mit Frau Natalie, ihre Krankheit, ihren Tod, die schwere Zeit danach ... Ich habe Frau Natalie sehr lieb gehabt.«

»Natalie Sie auch, Frau Anna«, sagte Marks.

»Ja«, sagte die Haushälterin. »So gern und so viel hat sie gegessen, was ich gekocht habe. Immer eine zweite Portion. Herr Faber und ich waren jedesmal lange vor ihr fertig. Sie hat es richtig genossen, das Essen, nicht wahr, Herr Faber? Darum haben wir ja nicht ahnen können, wie krank sie schon war ... Und wenn der Herr Faber sich nach dem Essen hingelegt hat, haben wir zwei zusammengesessen und Kaffee getrunken, eine Zigarette geraucht und geplaudert. So viel hat mir Frau Natalie anvertraut! Und ich ihr ... Beim Begräbnis sind wir nebeneinander gesessen, ganz vorne, der Herr Faber und ich, wissen Sie noch? Sie wollte ja nur uns beide in der Aussegnungshalle haben – und Sie natürlich, Herr Marks. Keinen Pfarrer, aber das hat nicht funktioniert ...«

»Ich erinnere mich«, sagte Marks. »Der evangelische, den Herr Faber dann nehmen mußte, der war doch prima!«

»Großartig war der, Herr Marks! So einen habe ich nie wieder erlebt. Sie haben ihn auch prompt gleich nachher in ein Dorf in Glarus versetzt zur Strafe.«

Ja, dachte Faber, Anna hat recht, zur Strafe. Christoph Martin hieß dieser Pfarrer. Sie schickten mich zu ihm, denn

ohne Pfarrer ging das hier einfach nicht. Ich war wütend, als ich ihn traf, er war großartig. Fragte nach Natalies Lieblingsschriftsteller und ihrem bevorzugten Maler und ihrem liebsten Musikstück. Und kam dann in diese kalte Betonhalle mit zwei Büchern und einem tragbaren Plattenspieler. Und außer Walter, Anna und mir waren noch Luigi gekommen und der Anwalt Fallegger mit seiner Frau und George, der Chefportier vom Hotel »National«, sowie zwei Kellnerinnen aus unserem Lieblingslokal. Eine sagte: »Wir haben Ihre Frau sehr verehrt. Sie war so freundlich. Immer hat sie uns zuerst die Hand gegeben und dann ein Trinkgeld ...«
Und Pfarrer Martin las einen der wunderbarsten Abschnitte aus Hemingways »Der alte Mann und das Meer«, und danach las er ein Stück aus einer Biographie Chagalls, das mich sehr bewegte. Martin hatte sich die Bilder hier angesehen, auch das letzte, das Chagall gemalt hatte. Es heißt »Dem anderen Licht entgegen« und zeigt ihn, den Maler, vor der Staffelei, und von oben aus den Wolken erscheint, wie um ihn zu holen, Bella, die Frau, die Chagall ein Leben lang geliebt hat. Er besaß nicht mehr genug Kraft, die in Blautönen gehaltene Lithographie zu signieren, darum erhielten die fünfhundert Exemplare, die angefertigt wurden, einen Prägestempel der Chagall-Gesellschaft mit der faksimilierten Unterschrift. Pfarrer Martin las diese Zeilen aus der Biographie: »... nachdem er ›Dem anderen Licht entgegen‹ vollendet hatte, ging Chagall in sein Schlafzimmer. Er starb, in einem Lehnstuhl sitzend, siebenundneunzig Jahre alt, am 28. März 1985. Freunde fanden in seiner Hand einen Zettel, auf den er geschrieben hatte: ›Mein Gott, die Nacht ist da. Du wirst meine Augen schließen, bevor es Tag wird. Und ich werde von neuem malen – Bilder für Dich – von der Erde und vom Himmel!«
Und dann legte dieser unglaubliche Pfarrer eine Schallplatte auf den kleinen Apparat und setzte die Nadel auf, und es

erklang der zweite Satz des Klavierkonzerts Nr. 2 von Rachmaninow.
Und neben meinem Rosenstrauß und den Blumen der anderen Anwesenden stand eine Vase, in der steckte eine große Orchideenrispe, und auf einem roten Band war in goldfarbenen Buchstaben zu lesen: In Liebe – Anna Fehr. Orchideen waren Natalies Lieblingsblumen gewesen. All das werde ich nie vergessen. Seither geht Anna regelmäßig zu dem kleinen Friedhof hier oben, pflanzt Blumen auf das Urnengrab und sorgt dafür, daß es immer gepflegt ist …
»… nein, nein, ich gehöre schon lang zum Herrn Faber dazu«, vernahm Faber ihre Stimme, die in seine Versunkenheit drang. Er sah sie an. »Er wird ja nicht *immer* fortbleiben. Er wird wieder heimkommen. Und dann bringt er diese Frau Masin mit und den Buben, und der ist wieder ganz gesund. Daran glaube ich fest …« Ihre Stimme vibrierte. »Also Rouladen«, fügte Anna Fehr schnell hinzu. »Um halb zwei. Auf der Terrasse.« Sie verließ das Zimmer.
»Da hast du etwas Großartiges«, sagte Marks.
»Ja«, sagte Faber.
Danach war es lange still im Raum.
Schließlich sagte Marks: »Die Lage ist katastrophal, aber nicht ernst. Du mußt dir nur klar über sie sein. Ich mache dir einen genauen Plan. Was du dir erlauben darfst, was verboten ist. Die Miete für dieses Haus ist hoch. Aber du mußt es behalten! Anna hat recht! Wenn alles gutgeht, kannst du mit Mira und Goran hier leben. Damit wird dann alles billiger. Soweit sind wir aber noch nicht. Natürlich mußt du auch Anna behalten und alles bezahlen, was die Behandlung Gorans kostet und was ihr in Wien braucht. Aber ab sofort keine Zuwendungen und Spenden und Donationen mehr, an wen immer! Damit ist Schluß, ebenso wie mit Geschenken und Blumen und Unterstützungen – egal für wen. Die sollen dich alle am Arsch lecken, diese Blutsauger!« Marks sprach plötzlich leise: »Und wenn es

irgendwie geht – entschuldige, Robert! –, versuche wieder zu schreiben. Vielleicht klappt es doch.«

»Ja«, sagte Faber. »Vielleicht. Ich werde es wieder versuchen.«

»Das ist deine einzige Chance, zu Geld zu kommen. Behalte oder erneuere unbedingt deine Wertpapiere! So hast du weiter Zinserträge. Nie mehr – hörst du, nie mehr – darfst du eine Obligation verkaufen! Wenn du einmal damit anfängst, hast du bald nichts mehr. Die Zinsen müssen bleiben. Dazu hast du Gott sei Dank deine Rente! Du mußt deiner Freundin, der Geschäftsführerin Maria Hellmann, heute noch auf den Knien dafür danken, daß sie dich so gedrängt hat, Teile deiner Honorare in den Jahren, in denen du am meisten verdient hast, bei dieser Versicherung einzuzahlen. So bekommst du inzwischen jeden Monat dein Rentengeld.«

»Nicht zu vergessen Mercury«, sagte Faber.

»Und Mercury, du Masselmolch! Ich habe inzwischen die Hälfte der Kaufsumme für die Remake-Verfilmung von ›Affäre Nina B.‹ angelegt. Siebeneinhalb Prozent Zinsen. Immerhin. Ach ja, und Deborah Branch hat geschrieben, daß schon ein Drehbuchautor am Script sitzt. In etwa zwei Monaten kommt er nach Europa, um es mit dir fertigzustellen. Bitte, Robert, sei nun einmal im Leben vernünftig und lebe so bescheiden wie möglich! Sonst brauchen wir das geänderte Testament gar nicht zu unterschreiben. Du hast nun einmal die Verantwortung für die beiden. Und zwar über den Tod hinaus.«

»Ja«, sagte Faber. »Ich weiß. Und ich danke dir, Walter.« Er stand schnell auf und trat auf die Terrasse hinaus.

»Was gibt's?«

»Ein Blatt ist vom Ginkgo-Baum gefallen«, sagte Faber und hob es auf.

3

Am Mittwoch, dem 20. Juli, um dreizehn Uhr fünf kehrte er mit der Swissair nach Wien zurück. Er hatte ursprünglich schon am Samstag zuvor kommen wollen, doch es war in Luzern noch viel zu erledigen gewesen. Mira hatte er angerufen.

Als er an der Seite eines Trägers in die Vorhalle des Flughafens trat, hörte er Gorans Aufschrei: »Deda!«

Durch die Menge der Menschen, die hier warteten, kämpfte der Junge sich mühselig zu ihm vor, kurzatmig und unsicher auf den Beinen. Goran sah erschreckend aus, abgemagert, in höchstem Maße schwach. Immer noch gelb verfärbt waren die Augen, graubraun das Gesicht, die gesamte Haut. Er lachte mit zitternden Lippen, einem Totenkopf ähnlich, dachte Faber schwer beklommen.

Sie trafen zusammen.

»Deda!« rief Goran und umarmte ihn mit dünnen Armen, keuchend und am Ende seiner Kräfte.

»Mein Kleiner«, sagte Faber und sah, daß im Gesicht des Jungen an vielen Stellen Haare wuchsen, »mein Großer.«

»Da bist du endlich!«

»Wo ist Mira?«

»Beim Ausgang. Sie hat gesagt, ich soll dich zuerst allein begrüßen.« Goran strahlte Faber an. Seine Augen leuchten, dachte dieser überwältigt. Ganz gleich, wie schwach er noch ist, wie mager, vor zwei Monaten waren diese Augen glasig verschwommen, beinahe aufgelöst. Und nun …

Er neigte sich vor und küßte Goran, und dieser küßte ihn, sehr feucht, auf die Wange.

Der Junge trug Levis-Jeans, ein weißes T-Shirt mit der blauen Aufschrift WENN DAS LEBEN NUR EIN TRAUM IST, WAS PASSIERT, WENN ICH AUFWACHE? sowie die fast unbenützten Air-Jordan-Schuhe.

»Das T-Shirt …«, begann Faber.

»Hat mir Petra geschenkt!« Immer noch strahlte Goran ihn an. Ein Wunder, dachte Faber, ein Wunder. In der »Heiligen Johanna« von Bernard Shaw heißt es: »Ein Wunder ist ein Ereignis, das Glauben schafft.« Glauben, dachte Faber, Glauben! Wo bin ich gelandet!

Sie drängten sich zum Ausgang durch, bei dem Mira stand und winkte. Der Gepäckträger folgte ihnen. Lautsprecherstimmen gaben unablässig Auskunft über Starts und Landungen. Vier Passagiere nach Chicago wurden dringend zum Abflug aufgerufen. Stimmen, so viele Stimmen, junge und alte, an diesem Sommertag.

Nun hatten sie Mira erreicht. Sie trug das blaue Kostüm mit den weißen Kragenblenden, das er besonders liebte, ihr Haar war frisch gewaschen und gefönt. Er umarmte und küßte auch sie, und im Zauber ihrer Augen hatte er für Sekunden wieder das Gefühl, als spule sich die Zeit zurück und er halte die junge Mira von 1953 umschlungen, in der Stadt Sarajewo, als die Dinge noch einfach waren und das Leben wunderbar.

»Danke«, sagte er und roch ihr Parfum und den Duft ihres Haars. »Danke.«

»Wofür?«

»Daß ihr mich abholt.«

»Na hör mal, das ist doch selbstverständlich!«

»Ich bin sehr lange Zeit nicht mehr abgeholt worden«, sagte Faber und strich über Miras Wange.

Die vier Passagiere nach Chicago wurden wieder zum Abflug aufgerufen.

»Alsdern, wohin der Herr?« Der Gepäckträger machte sich bemerkbar.

»Entschuldigen Sie!« Faber sagte zu Mira: »Ich werde den Wagen holen. Wartet hier!« Und zu dem Träger: »Sie auch, bitte.«

Als er von den angrenzenden Parkhäusern mit dem Leihwagen zurückkam, wurde sein Gepäck verstaut und der Träger

entlohnt. Goran durfte vorne sitzen. Er war sehr aufgeregt. Faber half Mira in den Fond, schloß den Schlag und setzte sich hinter das Steuer.
Die vier Passagiere nach Chicago wurden noch immer gesucht.

4

»Rasierst du dich nicht?« fragte Faber. Er fuhr über die Autobahn zum Stadtzentrum.
»Natürlich rasiere ich mich.« Goran klang plötzlich bedrückt. »Aber mit diesen Haaren werde ich einfach nicht mehr fertig! Doktor Bell sagt, das hängt mit den Medikamenten zusammen. Ich habe auf einmal Haare am ganzen Körper. Meine Finger und Hände zittern. Und die Füße brennen. Hoffentlich wird es nicht noch schlimmer. Ich weiß, daß ich die Medikamente nehmen muß. Ich nehme sie auch, keine Angst, Deda! Aber noch einmal mache ich so was nicht! Es ist auch peinlich – wegen Petra, das kannst du dir vorstellen, nicht?«
»Die muß doch selber Medikamente nehmen, die versteht es.«
»Ja, das sagt sie auch.«
»Goran ist nicht mehr im Spital«, erklärte Mira. »Er wohnt bei mir im Gästehaus und muß nur zu Kontrollen in die Klinik.«
»Prima«, sagte Faber.
»Nicht jetzt schon«, sagte Goran, »aber wenn es mir wirklich besser geht, darf ich dann vielleicht Basketball spielen – was meinst du?«
»Müssen wir Doktor Bell fragen.«
Faber hatte den Ring erreicht, fuhr ihn ein Stück entlang und danach die Währinger Straße stadtauswärts.
»Wohin fährst du, Deda?«

»Überraschung«, sagte Faber.
»Au fein!« sagte Goran.
»Was heißt Überraschung, Robert?« fragte Mira. »Wir müssen ins Gästehaus.«
»Müssen wir nicht!«
Goran lachte.
Faber erreichte einen kleinen Park und folgte den Straßenbahngleisen von der Währinger Straße in die Gentzgasse.
»Bitte, hol meinen Stadtplan aus dem Handschuhfach«, sagte er zu Goran. »Such den Bezirk Währing! Hast du ihn?«
»Ja!«
»Kommt jetzt bald eine Eisenbahnüberführung?«
»Stimmt.« Goran lachte wieder. »Da vorn ist sie schon!«
»Nun geht es links rüber in die ...« Faber sah auf einen Zettel, den er aus der Tasche genommen hatte. »... Herbeckstraße. Hast du die auch?«
»Hab' ich, ja.«
Faber fuhr langsamer. Sie hatten eine stille Villengegend erreicht.
»Paß auf! Jetzt muß bald die Alseggerstraße kommen.«
»Alseggerstraße?« Goran hatte den Kopf tief über die geöffnete Karte geneigt.
»Alseggerstraße! Geht von der Herbeck ab!«
»Ich hab sie! Die zweite links, nein, schon die nächste!«
»Danke, Goran«, sagte Faber.
»Robert!« rief Mira. »Was soll das? Was willst du hier?«
»Einbrechen.«
»Was?«
»Einbrechen.«
»Wo willst du einbrechen?«
»In der Alseggerstraße.«
»O Gott, du hast getrunken!«
»Keinen Tropfen.«
»Dann bist du verrückt geworden!«
»Normal wie immer, Liebste.«

»Was heißt, du willst einbrechen?«
»Ich will einbrechen heißt, daß ich einbrechen will. Ist doch eigentlich klar ausgedrückt, oder, Goran?«
Der quiekte vor Entzücken. »Vollkommen klar, Deda!«
»Robert!«
»Geliebte Mira?«
»Du ... du ... du ... du ...«
»Na!«
»Du ... du willst doch nicht im Ernst ...«
»Natürlich nicht im Ernst. Zum Spaß. Das ist jetzt die Alsegger, was, Goran?«
»Das ist sie, ja, Deda. Mach den Blinker an!«
»Schon an! Da wären wir also. Ging tadellos. Danke, Goran. Kannst die Karte wieder zusammenlegen!«
Faber war in die Alseggerstraße eingebogen. Auf beiden Seiten standen alte Bäume, hinter denen in großen Gärten Villen zu sehen waren. Der Weg führte steil bergauf, nur wenige Menschen schienen unterwegs zu sein. Der Wagen passierte eine schmale Querstraße, in welcher Kinder »Himmel und Hölle« spielten.
»Rechts sind die geraden Zahlen, links die ungeraden. Ich möchte in ein Haus mit ungerader Nummer einbrechen. Was hältst du davon?«
»Bleib sofort stehen, und laß mich raus!«
»Ich habe eigentlich Goran gefragt, Liebste. Unmöglich, dich hier rauszulassen. Du findest nie zurück. Denk an die Gefahren der Großstadt, Mira!«
Goran verschluckte sich vor Lachen. Faber klopfte ihm auf den Rücken.
»Wieder okay, Kumpel?«
»O ... o ... okay, Deda!«
»Willst du auch in ein Haus mit ungerader Nummer einbrechen?«
»Bitte, Deda, bitte!«
»Nicht lieber in eins mit einer geraden?«

»Nein, nein, nein! Mit einer ungeraden!«
»Schau nach links! Da hätten wir ein paar prächtige Häuser. Welches nehmen wir? Das rote? Nein, bißchen weitersuchen. Das mit dem großen Hund lassen wir in Ruhe. Ich habe Angst vor Hunden. Das kaisergelbe? Nein, zu klein ... Da! Die sandfarbene Villa mit den Balkonen und dem großen Garten, die gefällt mir am besten. Was sagst du, Goran?«
»Mir ... mir ...« Der Junge konnte vor Begeisterung kaum reden. »Mir auch!«
»Dann wollen wir mal.« Faber lenkte den Wagen auf die linke Fahrbahn und hielt zwischen zwei Bäumen am Straßenrand. »Los! Die Uhr läuft. In drei Minuten müssen wir drin sein!«
Um das Grundstück lief ein hoher Zaun aus schwarzen Eisenstäben, die oben mit Spitzen bewehrt waren. Faber ging schon auf das Eingangstor neben einer Garage zu. Goran kam ihm nach. Sein Atem kam schnell, fast keuchend.
»Robert!« schrie Mira. »Bleibst du wohl stehen, du Wahnsinniger!«
»Psscht!« machte Faber. »Bei solchem Krach kann kein Mensch einbrechen.«
Goran stöhnte vor Wonne. Armes, geliebtes Kind, dachte Faber.
»Wie kommen wir rein?«
»Ich habe natürlich einen Dietrich!« Faber nahm hochdramatisch einen Schlüsselbund aus der Tasche. »Mehrere Dietriche, siehst du? Jeder anständige Einbrecher besitzt mehrere.« Er steckte einen der Schlüssel ins Schloß des Tors. »Der paßt nicht.« Er probierte weiter. »Der auch nicht ... der da paßt!« Er drückte den Flügel des Tores auf. »Noch zwei Minuten, dann geht die Alarmanlage los!«
Sie hasteten über einen weißen Kiesweg durch den Garten

zur Villa, vorbei an blühenden Blumenbeeten und baumhohen Büschen. Da war die Eingangstür aus schwerem Holz.
Schon der erste Sicherheitsschlüssel, den Faber ins Schloß steckte, paßte. Die Haustür ging auf.
Goran kicherte, gluckste, verschluckte sich, rang nach Luft. Mira kam ihnen nachgeeilt, ihr Gesicht war vor Aufregung dunkelrot. »Ihr Wahnsinnigen! Warum hat Gott mich so geschlagen?«
»Gar nicht hinhören!« sagte Faber zu Goran. »Noch eine Minute. Wo ist die Alarmzentrale?«
»Neben dir an der Wand auf dem Kasten steht ›Vorsicht, elektronisch gesichert‹.«
»Brav«, sagte Faber. Mit einem kleinen Schlüssel vom Ring öffnete er die Stahltür des Kastens, hinter der in einer Reihe zahlreiche rote Lämpchen leuchteten. Ein größeres befand sich neben einem Schalter. Faber drehte den Schlüssel in diesem Schalter. Alle roten Lichter erloschen. Dafür leuchtete nun ein grünes.
»Hurra!« schrie Goran. »Du bist ein As, Deda!«
»Reine Übungssache. Wenn man so oft einbricht wie ich …« Mira kam in die Villa getaumelt. »Da bist du ja, Liebste. Nun wollen wir uns mal in Ruhe umsehen! Kommt mit mir, ihr beiden!«
»Robert! Robert! Wir landen alle im Gefängnis!« jammerte Mira. Ihr war nun klar, daß Faber Theater spielte, um Goran eine Freude zu machen, und sie spielte nach besten Kräften mit.
»Niemand landet im Gefängnis!«
»Wir alle! Gleich! Die Nachbarn … Warum tust du das?«
»Ich hatte auf einmal solche Lust darauf.«
»Was hattest du?«
»Lust. Weißt du nicht, was Lust ist, meine Bezaubernde?«
»Du … du hattest Lust, in ein fremdes Haus einzubrechen?«

Mira tat als Laiendarstellerin, was sie konnte. Viel zuviel. Goran merkte es nicht.

»Schon als ich in Zürich abflog. Ich hatte zwar auch Lust auf den Langusten-Cocktail, den sie servierten. Aber mehr noch auf einen Einbruch. Den ganzen Flug über. Immer mehr. Ich kenne die Alseggerstraße. Hatte hier einmal einen Mord.« Das stimmte sogar.

»Einen was?« fragte Goran.

»Einen Mord. Eifersüchtiger junger Mann erschoß bildschöne junge Frau. Ganz nackt war sie – entschuldige, Goran – und ganz tot, als ich sie sah. Eine Rothaarige ... so etwas Schönes ... Nicht direkt in diesem Haus, aber in der Nähe ...«

»Wann war das?«

»1948?« Goran sah Faber an. Sie waren durch eine große, holzgetäfelte Halle gegangen, in der eine breite Treppe zu einer Balustrade emporlief und an deren Wänden Bilder hingen, und in einen mit antiken Möbeln eingerichteten Salon getreten, dessen Panoramafenster zum Garten hinausgingen. »1948 ... vor fünfundvierzig ... Jahren?«

»Nicht doch! Vor sechsundvierzig!«

»Da lag hier eine schöne, nackte Rothaarige, eine erschossene?« Goran blieb der Mund offenstehen.

»Es heißt: Eine erschossene Rothaarige, Goran. Du mußt auf dein Deutsch achten! Sie lag nicht in diesem Salon, sondern auf dem Boden eines Salons in einem Nachbarhaus. Der Mann, der sie erschossen hatte, lag übrigens auch da. Auch tot. Hatte sich auch erschossen. Zuerst sie, dann sich. Umgekehrt wäre es ja nur schwer möglich gewesen. Sehr viel Blut, der ganze schöne Teppich voll. Eine Riesenschweinerei, kann ich dir sagen.«

»Wie ... wie bist du zu so was gekommen?«

»Nachbarn haben uns angerufen, sie hörten die Schüsse.«

»Wer ist ›uns‹?«

»Amerikanische Militärpolizei. Ich war damals doch Dolmetscher, hat Mira dir sicher erzählt.«

»Natürlich!« Goran war nun sehr aufgeregt. »Und da seid ihr von eurer Station losgefahren?«
»Wie die Teufel, Goran. Wie die Teufel. Aber wir kamen zu spät. Schlimm, schlimm. Hüte dich vor Eifersucht, Goran! Eifersucht ist verderblich. Na ja, damals habe ich mir die Gegend hier angesehen, während die Kriminalbeamten und der Polizeiarzt arbeiteten. Und ich beschloß, einmal in der Alseggerstraße zu leben. Und als mich in Zürich diese wilde Lust überkam, habe ich gedacht, es müßte wunderbar sein, mit euch beiden hier zu leben. Ich meine: Solange du nicht ganz gesund bist, müssen wir doch in Wien bleiben, nicht? Und ihr beide könnt nicht immer weiter im Gästehaus des Kinderspitals wohnen und ich nicht ewig in dieser Pension. Wir brauchen eine Bleibe. In Zürich auf dem Flughafen ist mir die tote Rote eingefallen und diese schöne Gegend, und da dachte ich, schauen wir uns gleich nach meiner Landung einmal hier um! Wenn wir eine Villa finden, die uns zusagt, nehmen wir sie.«
»Robert!« schrie Mira, die Hände ringend.
»Ja, süßes Herz?« Prima macht sie das, dachte Faber. Für eine Kindervorstellung. Einfach fabelhaft!
»Ich höre mir das nicht eine Sekunde länger an!«
»Und das ist wohl das Speisezimmer«, sagte Faber im Weitergehen. »Wirklich wunderbare Möbel. Und die Tapeten! So etwas von Eleganz! Das mußt du doch wenigstens zugeben, Mira, daß dies ein unerhört geschmackvoll eingerichtetes Haus ist ... Hm, hm, der Wintergarten, auch sehr schön ... Wollen wir mal nach oben gehen in die Schlaf- und Gästezimmer?«
»Robert! Robert!« assistierte Mira schluchzend.
»Komm mit, Mira, du mußt alles sehen und gut finden, sonst bleiben wir nicht. Ich kann das unmöglich allein entscheiden ... Ihr müßt beide eure Meinung sagen!«
Er begann die Treppe in den ersten Stock emporzusteigen,

Goran humpelte an seiner Seite. Mira versuchte, Faber an der Jacke festzuhalten. »Robert, ich flehe dich an …«
»Laß bitte meine Jacke los, Liebling! … Du willst nicht? Dann muß ich dich wohl mit mir ziehen. Obwohl das natürlich nicht sehr ladylike aussieht in einem so vornehmen Haus … Jesus, ist das vielleicht ein Schlafzimmer! Nein, also die blanke Wonne! Das breite Bett, das große Bad daneben … eine Verbindungstür zum zweiten Schlafzimmer … noch ein Bad. Und hier ein drittes Schlafzimmer … für Gäste … jetzt für dich, Goran, ist gefällig …«
»Verrückt! Schreiend verrückt bist du!« keuchte Mira in dem Bemühen, hilfreich zu sein, und dachte: Bin neugierig, was er wirklich angestellt hat.
»Natürlich, Liebste, natürlich. Das weißt du aber doch seit vierzig Jahren … Ah, und hier, auf der anderen Seite das Arbeitszimmer, die Bibliothek. Donnerwetter, ist das eine Pracht! Die großen Glastüren! Mach sie auf, Goran, mach sie auf! … Nein, dieser Balkon! Von diesem Balkon kann man ganz Wien sehen, die Donau, die Berge in der Ferne, das sind die Kleinen Karpaten, wie alle Gebildeten wissen … Stellt euch vor, wir stehen hier in der Nacht … mit diesem Lichtermeer unter uns … und einem Samthimmel voller Sterne über uns … Ich denke, wir nehmen das Haus, wie?«
»Ja!« rief Goran.
»Mira?«
Die war in einen Korbsessel gesunken und bewegte, anscheinend völlig am Ende, höchst sinnlos die Beine hin und her.
»In der Bibliothek habe ich eine Bar gesehen, Goran. Du kennst doch französischen Cognac. Hol bitte eine Flasche und ein Gläschen für Bakica … Die Freude … du siehst ja, die Freude war zu viel für sie …«
In dem großen Raum mit den Bücherwänden läutete das Telefon. Faber ging zum Apparat und hob den Hörer ab. Eine Männerstimme erklang: »Wie umsichtig von Ihnen,

daß Sie Ihr Testament gemacht haben, Herr Faber. Sie werden nun bald verrecken.« Klick. Die Verbindung war unterbrochen.
Faber stand reglos.
Natürlich sind sie nicht verschwunden oder haben aufgegeben, dachte er. Im Gegenteil. Der Ring wird enger. Mit dem Spürsinn der Hunde nahen Jäger und Tod von Stunde zu Stunde. Ich muß sehr vorsichtig sein. Ich werde sehr vorsichtig sein.
Das Telefon läutete wieder.
Er riß den Hörer ans Ohr und sagte atemlos vor Wut: »Wird sich herausstellen, wer verreckt, du Nazischwein!«
»Scusi tanto!« sagte eine Männerstimme erschrocken. »Wieso bin ich ein Nazischwein?«
»Luigi!« rief Faber, der die Stimme seines Luzerner Taxichauffeurs erkannte. »Verzeihen Sie! Ein Irrtum! Ich wurde nämlich gerade ... Spielt keine Rolle ... Wie geht es, Luigi? Was gibt es?«
Luigi, der so gern lachte, lachte. »Heute früh habe ich die Pornovideos geholt«, sagte er dann. »In zwei Kartons, Dame und Herr Kallina waren noch im Hotel ›National‹ und Frau Anna noch nicht da. Ich habe doch den Schlüssel, nicht?«
»Ja, Luigi.«
»Ich bin Ihr alter Freund, haben Sie gesagt, mit mir können Sie darüber reden, von Mann zu Mann, *Signor Faber.*«
»Guter, alter Luigi. Und?«
»Also, ich nehme die Kartons mit den Videos und trage sie in meinen Rover. Meinen schönen, großen Rover. Vierradantrieb, fünf Gänge, Klimaanlage und verstellbare Scheinwerfer und ...«
»Ja, Luigi, ja. Und?«
»Und mache noch Ordnung auf dem Dachboden und schließe alles gut ab, und wie ich auf die Straße komme, ist der Rover weg.«
»Was heißt weg?«

»Heißt gestohlen, *Signore.* Die Diebe müssen mich beobachtet haben. Ich habe den Zündschlüssel stecken lassen, hinten an der Ladetür, ich Idiot.«

»Tut mir wahnsinnig leid, Luigi.«

»*Sie* sind doch nicht schuld! Ich bin schuld, ich *imbecille!* Lasse den Schlüssel stecken ... Jeder kennt Luigi Fontanelli in Luzern, jeder kennt meinen Rover. Und meine Frau ist *molto* katholisch, *aiaiai!«*

»Was haben Sie getan?«

»Was kann ich tun? Bin zur Polizei gegangen, habe gemeldet, daß der Rover gestohlen ist. *La polizìa* nimmt Protokoll auf. Wann? Wo? Adresse? Was war im Rover? Kann ich sagen zwei Kartons mit Pornovideos?«

»Was haben Sie gesagt?«

»Nichts. War nichts im Rover, habe ich gesagt. Vor einer halben Stunde rufen sie mich an, im Taxi, über Autotelefon. Die Polizei hat den Rover schon wieder gefunden.«

»Wo?«

»Auf einem Parkplatz an der Gotthard-Autobahn. Ich sofort hin. Alles okay. Der Rover ganz in Ordnung. Aber die Pornos weg.« Luigi lachte. »Nur die Pornos. Die leeren Kartons haben die Diebe auf dem Parkplatz gelassen. Stehen mein Name, meine Adresse und meine Telefonnummern drauf. Haben doch Sie draufgeschrieben, als Sie die Kartons auf dem Dachboden für mich bereitstellten. Wirklich *molto* katholisch, meine Isabella. Und ganz Luzern kennt Luigi Fontanelli.«

»Ich rufe sofort die Polizei an und sage, daß das *meine* Videos waren!«

»Dio mio, nicht anrufen, *Signore!* Ich habe der *polizìa* nicht gesagt, was in den Kartons war. Die Diebe sind auf und davon, und *polizìa* wird nie erfahren, was in den Kartons war.«

»Und wenn doch?«

»Dann gibt's nur eines, *Signore,* für Sie und für mich: lügen,

lügen, lügen! Darum habe ich gleich angerufen. Jetzt können wir beide nur zur Madonna beten, daß die Diebe nie erwischt werden. Gute Diebe! Brave Diebe! Tüchtige Diebe – hoffentlich!« Luigi erlitt einen neuen Lachanfall.
»Buona notte, Signore!«
»Buona notte, Luigi!« sagte Faber, legte auf und ging wieder auf den Balkon hinaus.
»Wer war das?« fragte Mira.
»Alter Freund aus Luzern«, sagte er. »Hat im Haus noch Ordnung gemacht.«

»Was gibt's?« fragte fünf Tage zuvor der Anwalt Walter Marks im großen Wohnzimmer des Hauses an der Bellerivestraße über Luzern, weil Faber schnell auf die Terrasse hinausgetreten war.
»Ein Blatt ist vom Ginkgo-Baum gefallen«, sagte dieser und hob es auf.
Die Hausglocke schrillte.
Gleich darauf kam Anna Fehr in den Raum. »Herr und Frau Kallina sind jetzt da, Herr Faber.«
»Führen Sie sie bitte herein!«
Die beiden Freunde hörten Stimmen. Dann kam Anna Fehr mit den Besuchern ins Zimmer. Der Mann war etwa so alt wie Faber, groß, kräftig und braungebrannt. Er trug eine starke Brille und war völlig kahl. Im Vergleich zu ihm wirkte die Frau klein, zierlich und jugendlich, obwohl sie gewiß über sechzig war. Sie trug ein silbernschimmerndes Sommerkleid, er einen weißen Leinenanzug. Die zierliche Frau war sehr blaß.
Nachdem sie sich gegenseitig bekanntgemacht hatten, sagte Otto Kallina: »Danke, daß Sie uns so schnell empfangen, Herr Faber. Sie waren lange fort. Zum Glück wußte Ihre Haushälterin, wann Sie kommen würden.«
»Nehmen Sie Platz! Wie sind Sie heraufgekommen?«
»Mit einem Taxi.«

»Es ist heiß. Was möchten Sie trinken?«
»Oh, machen Sie sich keine Mühe ...«
»Das ist keine Mühe! Tee? Kaffee? Orangensaft?«
Schließlich bat die zierliche Frau um Orangensaft, ihr Mann wünschte Perrier.
Anna Fehr eilte fort.
Nun war es still, während die Besucher den Raum musterten und die Terrasse mit ihrem Blick auf die Stadt in der Tiefe. Zuletzt sahen sie einander an und lächelten.
»Genau so haben wir es uns vorgestellt«, sagte Otto Kallina mit Wiener Akzent. »Sie leben im Paradies.«
»Das ist wahr«, sagte Faber. »Dabei bin ich so selten hier ... seit dem Tod meiner Frau.«
»Wir haben es gehört«, sagte Helga Kallina behutsam. »Seither sind Sie fast nur auf Reisen. Sechs Jahre schon.«
Anna Fehr kam mit einem silbernen Tablett und servierte die Getränke auf dem großen Glastisch.
»Danke, Frau Anna«, sagte Faber.
Sie nickte und verschwand.
»Ich muß Ihnen unsere Situation erklären«, sagte Kallina. »Wir wohnen in Wien. Da haben wir ein Haus im Westend. Ich bin Bankier. Meine Privatbank habe ich schon vor zehn Jahren verkauft. Vor acht Monaten mußte meine Frau sich einer schweren Operation unterziehen. Helga ist Schweizerin. Die Operation fand im Kantonsspital Sankt Gallen statt. Helga stammt aus Sankt Gallen. Sie kennt die Chirurgen dort. Natürlich gibt es in Wien auch hervorragende Ärzte, aber ...«
»Sie brauchen nicht weiterzusprechen«, sagte Faber. »Wir verstehen das sehr gut, gnädige Frau.«
Die zierliche Dame lächelte ihn an.
»Nach der Operation war Helga sehr schwach. Die Ärzte empfahlen eine Rehabilitationsklinik ganz in der Nähe, weiter den Berg hinauf, ›Sonnmatt‹ heißt sie. Hervorragend.«

»Ich weiß«, sagte Faber. Natalie hat sich auch das »Sonnmatt« gewünscht zur Erholung nach ihrer Operation, dachte er.
»Ich war sehr glücklich da oben«, sagte Helga Kallina leise. »Und ich habe mich auch gut erholt. Noch nicht ganz. Die Ärzte in Sankt Gallen möchten, daß ich mindestens ein halbes Jahr, besser ein ganzes hierbleibe – in ihrer Nähe.«
»So sind wir ins ›National‹ gezogen«, sagte Otto Kallina. »Wir kennen inzwischen die Gegend. Am schönsten ist es hier oben, und am allerschönsten hier oben ist Ihr Haus. Immer wieder haben wir davor gestanden, wie gesagt, wir hatten gehört, daß Sie meistens verreist sind. Es dauerte lange, bis wir einmal zu läuten wagten. Natürlich sagte Ihre Haushälterin mit größter Freundlichkeit, daß sie uns Ihren Aufenthaltsort nicht nennen dürfe. Und natürlich meinte sie, es sei in Ihrer Abwesenheit unmöglich, das Haus zu besichtigen. Sie sagte, Sie würden uns anrufen, wenn Sie einmal heimkommen. Das haben Sie getan. Wir danken Ihnen noch einmal dafür, daß Sie uns empfangen.«
Seine Frau war aufgestanden und auf die Terrasse getreten. Nun kam sie mit kleinen, vorsichtigen Schritten zurück. »So schön«, sagte sie, »so wunderschön ...« Sie setzte sich neben ihren Mann, und er strich voll Liebe über ihren Rücken. »Vielleicht haben wir Glück, Otto.«
»Ja, Helga«, sagte er. »Ich hoffe es sehr.« Kallina wandte sich an Faber. »Es wäre das größte Glück für meine Frau, das Jahr, das sie noch in der Nähe ihrer Ärzte bleiben soll, hier verleben zu dürfen, in Ihrem Haus.«
»In meinem Haus? Aber Sie kennen es doch gar nicht! Sie haben es noch nie von innen gesehen!«
»Wir haben es wieder und wieder von außen gesehen. Und nun kennen wir zumindest einen Teil von innen. Ich kann Sie nur bitten, unseren Vorschlag nicht als Unverschämtheit aufzufassen, Herr Faber.«

»Ich kenne Ihren Vorschlag doch noch gar nicht!«
»George, der Concierge vom ›National‹ sagte uns, er habe gehört, Sie lebten seit einiger Zeit in Wien.«
»Woher weiß er das?«
»Er hat es gehört. Von einem Gast. George meinte, Sie würden in Wien vielleicht ein neues Buch schreiben. Sie wären immer auf Reisen, wenn Sie schreiben, sagte er. Bitte, seien Sie ihm nicht böse, Herr Faber! Er hat es ganz gewiß gut gemeint.«
»Ich bin ihm nicht böse. Es stimmt, ich lebe in Wien. Mit Verwandten. Vermutlich noch längere Zeit.«
»Mein Gott«, sagte Helga Kallina. »Wenn es klappen würde ...«
»Wenn was klappen würde?«
»Als wir hörten, daß Sie sich in Wien aufhalten«, sagte Otto Kallina, »kamen wir auf die Idee, Sie zu fragen, ob wir unsere Häuser nicht tauschen könnten. Nicht für immer natürlich, nur für ein halbes Jahr oder ein Jahr ... Solange meine Frau noch ärztliche Betreuung braucht ... solange Sie an Ihrem Buch schreiben ... Darüber könnten wir uns gewiß einigen ... Natürlich müßten Sie sich unsere Villa erst ansehen und entscheiden, ob sie Ihnen zusagt. Ich bin sicher, sie tut es. Und es wäre sehr freundlich von Ihnen, uns Ihr Haus hier zu zeigen ... obwohl wir ganz sicher sind, das schönste gefunden zu haben, das es gibt ... Unsere Villa ist vollkommen eingerichtet, wir haben seit vielen Jahren eine liebe Haushälterin. Sie würde auch für Sie arbeiten, wir haben sie gefragt. Und wenn Frau Fehr uns hier zur Verfügung stünde, müßten wir bloß persönliche Dinge aus Wien holen, Kleider, Anzüge, Wäsche. Und Sie müßten nur Ihre persönlichen Dinge nach Wien schicken ... Wäre das nicht eine Lösung? Wir können wirklich nicht immer weiter im Hotel wohnen! Wir wissen nicht, wo Sie in Wien leben, aber gewiß würden Sie in unserem Haus besser arbeiten ... Ich rede zuviel«, sagte der braungebrannte Ex-

bankier, »ich weiß – aber es ist doch der größte Wunsch meiner Frau ...«

Eine Stille folgte.

Dann sagte Faber: »Das Ganze erscheint mir sehr vernünftig. Dir vermutlich auch, Walter. Besonders nach dem Gespräch, das wir beide gerade geführt haben.«

»Ich fände die Lösung gut«, sagte Walter Marks. »Eine kurze schriftliche Vereinbarung würde genügen.«

»Natürlich müssen wir Frau Fehr fragen«, sagte Faber, »und Sie müssen sich mein Haus ansehen und ich mir das ihre ...«

»... sie haben sich und ich habe mir alles angesehen«, erzählte Faber, fünf Tage später auf dem Balkon der Villa in der Alseggerstraße, von der man über die ganze Stadt hinwegblicken konnte bis zu den Bergen in der Ferne, die in blauem Dunst schwammen. Sie saßen nun in Korbstühlen unter einem Sonnenschirm, Faber, Mira und Goran. Die beiden hatten seiner Erzählung überwältigt zugehört.

»Wann hast du dir das hier angesehen?« fragte Mira.

»Noch am Tag, an dem die Kallinas mich in Luzern besuchten. Ich zeigte ihnen mein Haus. Frau Anna sagte, sie wolle auch für das Ehepaar arbeiten. Daraufhin flog ich mit dem Exbankier am frühen Abend nach Wien. Ich war von seinem Haus so begeistert wie er von meinem. Kallinas Haushälterin, die wir noch von Luzern aus verständigt hatten, half ihm am nächsten Vormittag alles zusammenzutragen, was er und seine Frau in der Schweiz benötigen würden. Die Sachen wurden von einer Speditionsfirma als Expreßgut abgeholt. Ich flog mit Kallina nach Zürich zurück und packte mit Frau Annas Hilfe, was in Wien notwendig war. Die Sachen sind unterwegs und müssen vermutlich noch den Zoll passieren. Morgen oder übermorgen werden sie hier sein. Die Abmachung wurde gestern bei Fallegger unterzeichnet. Ich war überzeugt davon, daß

euch dieses Haus gefallen würde. Es gefällt euch doch, wie?«
»Großartig«, sagte Goran.
»Mir bleibt der Atem weg«, sagte Mira. »Soviel Schönheit!«
»Dann habe ich richtig gehandelt, als ich dem Tausch zustimmte?«
»Vollkommen«, sagte Mira. »Ach, Robert ... wir danken dir!«
»Wofür? Es ist eine Übergangslösung! Wenn Goran ganz gesund ist – und auch Frau Kallina –, kommt sie mit ihrem Mann nach Wien zurück, und wir ziehen nach Luzern. Verzeiht, daß ich euch nicht gefragt habe! Es sollte eine Überraschung sein.«
»Eine wunderbare Überraschung, nicht wahr, Bakica?«
»Ja, Goran, eine wunderbare.«
»Ich habe mein Zimmer in der Pension ›Adria‹ aufgegeben. Was dort war, ist schon da. Wir müssen nur noch eure Sachen im Gästehaus holen, dann können wir schon heute nacht hier schlafen.«
»Deda!« sagte Goran. »Du bist eins-a-prima!«
»Ich weiß«, sagte Faber.
Mira stand auf, beugte sich über ihn und küßte seine Stirn.
»Na«, sagte Faber, »ist das vielleicht nicht eine schöne, rührende Familienszene?«
Aus dem Erdgeschoß ertönte eine Frauenstimme: »Hallo! Hallo, Herr Faber! Wo sind Sie?«
»Auf dem Balkon, Frau Ludmilla!« rief er und sagte: »Das ist die Haushälterin. Ich habe sie gebeten, noch heute nachmittag zu kommen.«
Kurz darauf erschien eine kleine, rundliche Person von etwa fünfundfünfzig Jahren mit freundlichem Gesicht, die eine prallgefüllte Einkaufstasche trug.
»Grüß Gott, alle miteinander!« sagte sie.
»Frau Ludmilla«, sagte Faber, sich erhebend, »hier wären

wir nun. Das ist Frau Mira Masin, das ist mein Enkel Goran Rubic.«
Die kleine Frau stellte die Tasche ab, ging von einem zum andern und schüttelte jedem die Hand. Sie sprach mit Akzent.
»Guten Tag, Frau Masin, guten Tag, Herr Goran ...«
»Nicht Herr, bitte, nur Goran, Frau Ludmilla!«
»Aber dann bitte auch nur Ludmilla!« Sie sah Mira an. »Aus Sarajewo kommen Sie beide, hat der Herr Faber mir erzählt.«
»Aus Sarajewo, ja«, sagte Mira.
Ludmilla lachte sie an.
»No, ja sam Ludmilla. Iz Srbie. Iz Beograda. Ja sam obde vec trideset godina. Iako je dole rat, mir cemo ziveti ovde zajedno u miru i razumevanju!«
»Wie schön, daß es gleich zu einer Verbrüderung kommt«, sagte Faber, »aber ich möchte auch wissen, was gesprochen wird.«
»Hab ich gesagt, ich bin die Ludmilla. Aus Serbien. Aus Belgrad. Schon seit dreißig Jahren leb ich in Wien. Und wenn die da unten auch Krieg machen – wir hier werden in Frieden miteinander leben und uns gut verstehen!«
»Ganz bestimmt werden wir das«, sagte Mira bewegt.
»Hab ich mir gedacht, ich mach für Abend was Feines, das alle gern essen, Serben und Bosnier, Kroaten und Moslems. Will ich machen Djuvec, Frau Masin, kennen S', gelt? Schneid ich Rindfleisch in Würfel, Zwiebel dazu, a bissel Knoblauch, rote und grüne Paprika, Tomaten, Reis, Petersilie, Pfeffer, Salz, Brühe, gut würzen alles, dann schön dünsten. Und Weißbrot! Hab ich auch mitgebracht.«

5

Faber und Mira fuhren noch einmal in die Stadt, um Miras und Gorans Besitz in Koffer zu packen. Faber hatte, nachdem er sich mit dem Ehepaar Kallina geeinigt und die kurze Abmachung unterschrieben hatte, die Marks aufsetzte, Bell angerufen und diesem gesagt, daß er eine Wohnung gefunden habe. Der Arzt war sehr froh darüber gewesen, auch weil die Alseggerstraße relativ nahe bei der Klinik lag.

Als sie in das Haus zurückkehrten, hatte Ludmilla bereits das Djuvec vorbereitet und war gegangen. Goran, immer noch aufgeregt, erzählte, Ludmilla habe gesagt, sie werde morgen um neun Uhr wiederkommen. Sie hatte auf dem Balkon gedeckt, und hier saßen die drei dann unter einem Himmel, dessen Farben sich von Sekunde zu Sekunde änderten, von Dunkelblau in Hellblau, von zartem in flammendes Rot, in Grau und schließlich in samtenes Blau, auf dem erste Sterne erschienen.

Goran schlief am Tisch ein, der Tag war sehr anstrengend für ihn gewesen. Er erwachte jedoch, als Mira ihn berührte, und er half, seine Sachen auszupacken und in einem Schrank jenes Zimmers zu verstauen, das nun das seine werden sollte. In *seinem* Badezimmer stellte er ein ganzes Bord voll mit den Gläsern und Packungen jener Medikamente, die er morgens und abends nehmen mußte, alles oral, denn obwohl er immer noch den Port-A-Cath trug, schluckte er tapfer Pillen und Tabletten. Er badete und legte sich in das frisch bezogene Bett. Die Air-Jordan-Schuhe hatte er auf einen Stuhl gestellt und den Stuhl neben das Bett. Mira und Faber umarmten ihn.

»Das ist deine erste Nacht in diesem Haus«, sagte Mira. »Da darfst du dir etwas wünschen.«

»Hab' ich schon«, sagte Goran ernst. »Ihr dürft euch auch etwas wünschen.«

»Das werden wir bestimmt tun«, sagte Mira. »Und es ist dasselbe wie das, was du dir wünscht.«
Unten im Salon sagte sie dann zu Faber: »Welches Schlafzimmer willst du?«
»Und du?«
»Nein, ich habe zuerst gefragt.«
Er war verlegen. »Eigentlich hatte ich immer zwei Zimmer. Wir blieben aber stets in *einem* Bett, nur zuletzt ging einer in das andere Zimmer. Manchmal war nämlich der andere noch nicht müde und wollte noch lesen, oder ich wachte in der Nacht auf und konnte nicht mehr einschlafen. Oder sie machte Licht. Oder ich mußte raus. Auf diese Weise hätten wir einander nur gestört, nicht wahr?«
»Natürlich.«
»Außerdem schnarche ich oft.«
»Ich weiß.«
»Du weißt?«
»Hast du immer getan. Schon in Sarajewo. Erinnerst du dich noch daran, wie das war in Sarajewo?«
Er sah sie lächelnd an.
»Nicht lächeln! Antworten! Wie war das in Sarajewo?«
»Also schön, wie war es?«
»In meiner kleinen Wohnung gab es doch nur *ein* Bett, ein schmales. Für uns war es trotzdem breit genug. Wir haben in einem Bett geschlafen, solange du da warst. Wenn der eine sich umdrehte, mußte auch der andere sich umdrehen. Ganz eng lagen wir aneinander – wie zwei Löffel in einer Lade. Natürlich waren wir noch sehr jung damals.«
»Sehr jung.«
»Und sehr verliebt.«
»Sehr«, sagte er.
»Geschnarcht hast du schon damals. Es hat mich nie gestört. Ich habe auch dein Schnarchen geliebt.«
»Schon ein seltsames Leben, das wir beide hatten.«
»Sehr seltsam«, sagte sie. »Nun sind wir alt. Nun können wir

sterben, jede Stunde, jede Minute ... Aber noch leben wir! Und zum erstenmal sind wir zusammen, Goran, du und ich, in einem Haus, unter einem Dach. Danke, liebes Leben!«
»Ja«, sagte er. »Danke!«
»Wollen wir es so versuchen, wie du es immer gehalten hast? In *einem* Bett, bis knapp vor dem Einschlafen – und dann geht einer ins Bett nebenan?«
»Ja, Mira«, sagte er.
»Sehr schön«, sagte sie. »Darf ich zuerst ins Badezimmer?«
Als schließlich er aus dem Bad kam, lag sie schon im Bett des ersten Schlafzimmers und sah ihm lächelnd entgegen, hob die Decke, und er glitt neben sie. »Eine Premiere«, sagte Mira. »Für uns beide. Wie viele Jahre haben wir allein geschlafen – du und ich!«
Sie schmiegte sich an ihn. Nur eine Nachttischlampe brannte. Aus dem Garten ertönte lauter werdendes Rauschen.
»Der Wind in den Bäumen«, sagte sie. »Du kannst den Wind auch sehen, weißt du das, Robert?«
»Nein«, sagte er.
»Du weißt aber auch gar nichts«, sagte sie. »Eine Schande!«
»Wie sieht man den Wind?« fragte er.
»Zum Beispiel, indem du Gras ansiehst.«
»Gras?«
»Gras«, sagte sie und küßte seine Wange. »Hast du das noch nie getan? Früher habe ich mich oft in eine Wiese gelegt. Jetzt sitze oder stehe ich vor ihr. Und ich sehe den Wind, wie er durch die Gräser streicht, wie er sie bewegt. Natürlich kannst du auch Bäume ansehen. Am schönsten finde ich Wind und Meer ... Wir werden es zusammen sehen, ja?«
»Ja, Mira«, sagte er.
»Wir werden noch so vieles zusammen tun, hoffentlich! Wenn Goran nur gesund wird. Dann können wir reisen. Du hast die ganze Welt gesehen. Goran und ich kennen nur Jugoslawien. Stell dir das vor! Einmal waren wir im Sommer am Schwarzen Meer, Nadja, mein Schwiegersohn, Goran

und ich. Drei Wochen lang. Nicht einmal Jugoslawien habe ich gut gekannt, und jetzt gibt es Jugoslawien nicht mehr. Was haben wir alles nachzuholen, Robert! Vierzig Jahre Leben! ... Sieh mich nicht so traurig an, ich weiß, das geht nicht, wir haben nur noch wenig Zeit. Das wichtigste ist, daß wir wieder zusammen sind – und daß Goran gesund wird, richtig gesund. Dann seid ihr beide die ganze Welt für mich, und wir beide sind sie für Goran. Dann sind wir Sieger über die Zeit. Sieger! David Pardo – ich habe dir von ihm erzählt –, mein jüdischer Freund in Sarajewo, der gesagt hat, daß in der wahren Tragödie nicht der Held stirbt, sondern der Chor und daß wir in Sarajewo einem wichtigen Experiment dienen, das zeigen soll, was mit einer modernen Stadt geschieht, der alle zivilisatorischen Grundbedingungen genommen sind, dieser David Pardo hat auch gesagt: ›Wahre Siege werden im Herzen errungen, nicht in diesem oder jenem Land.‹ Wenn Goran gesund wird, dann haben wir alles, was wichtig ist, zu wissen, zu kennen und zu lieben, in unseren Herzen und werden in Frieden leben ...«

Er schwieg.

»Woran denkst du, Liebster?«

»In Frieden leben«, sagte er und fühlte, wie sein Körper schwerer und schwerer wurde vor Müdigkeit. »Davon hat auch Ludmilla gesprochen ... in Frieden leben. Und so hat auch ein italienischer Film geheißen, der gleich nach dem Krieg gedreht wurde, *›Vivere in pace‹*. Luigi Zampa führte Regie, der großartige Suso Cechi d'Amico und drei andere Autoren schrieben das Drehbuch, und der wunderbare Aldo Fabrizi spielte die Hauptrolle. Es hat viele Jahre gedauert, bis dieser Film einen deutschen Verleih fand. Für mich war es die erste Synchronarbeit ... *Vivere in pace*«, wiederholte Faber, immer langsamer sprechend, immer mehr von Schlaf umfangen. »... Die Geschichte spielt knapp vor Kriegsende in Italien ... Zwei amerikanische Kriegsgefangene, die aus einem Lager geflohen sind, kommen zu einem

Bauern und bitten ihn, sie zu verstecken ... Der Bauer hat große Angst, er ist ein guter, einfacher Mann, er will nur eines: in Frieden leben. Doch so groß seine Angst auch ist, er versteckt die Amerikaner ... Es ist nur noch ein einziger deutscher Soldat im Dorf, der entdeckt die beiden ... Der Bauer redet auf ihn ein und überzeugt ihn vom Wahnsinn des Krieges und von der Süße des Friedens und bringt es so weit, daß der Deutsche desertiert ... Dann hören sie, daß der Krieg zu Ende ist, und alle sind außer sich vor Glück, denn nun können sie in Frieden leben, und sie tanzen und singen und besaufen sich, der Deutsche und die Amis und die Italiener, Schwarze und Weiße, so sehr glücklich sind sie ... so sehr glücklich. Und dann kommen noch die Soldaten einer deutschen Patrouille vorbei, sie sind auf dem Rückzug. Aber als sie diese Verbrüderung sehen, dieses Glück, da nehmen sie ihre Maschinenpistolen und erschießen die Amis und den Bauern und den Deutschen und die Dorfbewohner, alle, alle, die nur in Frieden leben wollten ...«

Fabers Stimme war leiser und undeutlicher geworden, jetzt verstummte sie. Er war eingeschlafen wie Mira. Ihr Kopf lag an seiner Brust, sein linker Arm um ihre Schulter. Nun war doch keiner von ihnen in das andere Bett gegangen, und so ruhten sie zusammen, von der Dunkelheit beschützt, in Frieden.

6

»Bakica! Deda! Bakica!«

Faber fuhr aus tiefem Schlaf empor. »Was ist?«

Vor dem Bett stand Goran. Sein Pyjama war durchschwitzt, er zitterte am ganzen Körper.

Auch Mira wurde wach. Sie sah den Jungen entsetzt an. »Goran! Was hast du, Goran?«

Sonnenschein fiel schräg in den Raum.
»Mir ist so schlecht ... Ich hab' gebrochen, dreimal ... und ich friere so ...«
Mira war schon aus dem Bett. Sie legte eine Hand auf Gorans Stirn. »Du glühst ja! Du hast Fieber! Und Schüttelfrost! O Gott, was ist geschehen?«
»Ich weiß nicht, Bakica ... Ich weiß es nicht ... Muß ich jetzt sterben?«
»Natürlich nicht!« Faber stand auf. Er führte den Jungen, der kaum noch gehen konnte, in sein Zimmer und half ihm keuchend in das Bett. »Nur einen Moment«, sagte er, schwindlig vor Anstrengung, »nur einen Moment, Goran ... Wir wollen dein Fieber messen. Ich rufe sofort das Spital an ... Hab keine Angst! ... Bitte, hab keine Angst! ...«
Mira war ihnen mit einem Thermometer nachgeeilt.
Als Faber die Nummer des Kinderspitals wählte, hörte er, wieder einmal, die Kinderstimme, die er so gut kannte: »Hallo! Hier ist das Marien-Kinderspital. Bitte, warten Sie ein bißchen ... Hallo! Hier ist das Marien-Kinderspital. Bitte, warten Sie ein bißchen ...«
»Mach schon!« murmelte er. »Mach schon!« Er sah auf seine Armbanduhr. Zehn Minuten nach neun. Sie hatten alle verschlafen.
»Hallo! Hier ist das Marien-Kinderspital. Bitte, warten Sie ein ...« Die Kinderstimme vom Band brach ab.
Eine Männerstimme meldete sich: »Marien-Kinderspital! Guten Morgen!«
Faber sprach in fliegender Hast: »Guten Morgen! Bitte Herrn Doktor Bell, es ist sehr dringend!«
»Herr Doktor Bell ist im Moment nicht zu erreichen ... Wollen Sie mit Frau Doktor Rohmer sprechen?«
»Ja, bitte!«
Es rauschte und knackte in der offenen Verbindung.
»Komm schon! Komm schon!« sagte Faber.

Die Männerstimme: »Tut mir leid. Ich muß sie auspiepen lassen.«
Wieder das Rauschen, das Knacken, endlos, schien es Faber. Dann, und es war wie eine ungeheure Erlösung, erklang die vertraute Stimme: »Rohmer.«
»Frau Doktor, hier ist Faber ... eh, Jordan. Goran geht es sehr schlecht ... Er hat gebrochen ... er schwitzt ... er friert ... er hat Schüttelfrost ...«
Mira kam mit dem Thermometer und zeigte es Faber.
»... er hat Fieber ... neununddreißig zwei ...«
»Bringen Sie ihn sofort her! Und seien Sie nicht so aufgeregt! Wir haben Ihnen doch gesagt, daß solche Phänomene auftreten können durch die Medikamente, die Goran nehmen muß, vor allem durch das Cyclosporin A.«
»Wir kommen sofort, Frau Doktor«, sagte Faber.
Minuten später fuhr er schon die Währinger Straße entlang stadteinwärts. Auf dem Sitz des Fonds lag Goran, in einen dicken Morgenmantel gehüllt. Mira war zurückgeblieben. Vor Panik vermochte sie sich nicht einmal anzuziehen. Der Morgenverkehr war sehr stark. Faber kam mühsam weiter.
Ein einziger Gedanke hämmerte in seinem Kopf: Leben ... er soll leben ... er soll leben ... er soll leben ... Faber biß sich auf die Lippe, denn ihm war eingefallen, wie er einmal vor der Tür einer Intensivstation gesessen und nur einen einzigen Gedanken gehabt hatte: Sterben soll er ... sterben soll er ... sterben soll er ...
Metall krachte auf Metall.
Faber hatte nicht bemerkt, daß das Auto vor ihm wegen eines Rotlichts bremste, und war gegen dessen Kofferraum geprallt.
Der Fahrer sprang heraus, lief auf ihn zu und überschüttete ihn mit Flüchen.
»Es tut mir leid ... Schreiben Sie meine Nummer auf ... Ich habe einen kranken Jungen im Wagen, er muß sofort ins

Spital … Entschuldigen Sie, bitte, entschuldigen Sie … Natürlich war es meine Schuld … Zeigen Sie mich an … Meine Versicherung zahlt … oder ich … nur jetzt … die Ampel ist grün! Fahren Sie, bitte, fahren Sie weiter!«

Der Mann hatte einen Blick in den Fond geworfen. Nun rannte er zu seinem Wagen zurück und fuhr los. Er hatte nicht einmal Fabers Autonummer notiert. Dieser fuhr gleichfalls an. Vorsicht jetzt, dachte er, Vorsicht!

»Ist dir etwas passiert, Goran?«

»Nein, Deda, nein …«, stammelte der Junge. Gleich darauf übergab er sich würgend auf den Wagenboden.

Verflucht, dachte Faber, o verflucht!

Er erreichte den Eingang des Krankenhauses für Ambulanzen. Der Pförtner schien informiert, eine rot-weiße Schranke hob sich, Faber fuhr in den Hof. Hier standen zwei Pfleger mit einer Trage auf Rädern. Ohne ein Wort hoben sie Goran geschickt aus dem Fond und eilten in das Gebäude. Faber stellte den Motor ab und lief hinter ihnen her.

Vorraum.

Rote Leuchtschrift: INFEKTIONSGEFAHR! EINTRITT STRENGSTENS VERBOTEN!

Die Pfleger hielten mit der fahrbaren Trage so jäh, daß Faber in einen von ihnen hineinrannte.

»Was ist los? Warum bleiben Sie stehen?«

»Sehen Sie doch!« Der Pfleger wies mit dem Kinn.

Kinder und Erwachsene versperrten den Weg. Vor dem Untersuchungszimmer suchte Dr. Bell gemeinsam mit Pflegern und Schwestern eine junge Frau daran zu hindern, einen kleinen Jungen in Richtung Haupteingang zu zerren. Faber hörte Bells Stimme: »Seien Sie doch vernünftig, Frau Sigrist! Gehen Sie nicht! Ich verstehe Ihren Schock. Das hätte nicht passieren dürfen, niemals, zugegeben. Trotzdem: Sie haben doch mit Professor Aldermann, Doktor Rohmer und mir gesprochen! Vier Tage lang haben wir

Ihnen alles erklärt ... Bleiben Sie! Bitte, bleiben Sie! Hören Sie mir noch einmal zu!«
»Ich habe Ihnen lange genug zugehört! Lassen Sie mich los! Machen Sie Platz, sofort, Sie alle! Wagen Sie nicht, mich aufzuhalten! Ich lasse meinen Sohn nicht mit Chemotherapie vergiften!«
Damit stürzte die junge Frau, den kleinen Jungen hinter sich herziehend, zum Ausgang und auf die Straße.
Der Pfleger, in den Faber hineingerannt war, hatte genug.
»Aus dem Weg!« schrie er.
Kinder und Erwachsene wichen zur Seite. Die Männer schoben die Trage in die Station. Dr. Rohmer war ihnen entgegengeeilt.
»Ich kümmere mich sofort um Goran, Herr Jordan. Bitte, setzen Sie sich in den Warteraum!« Sie lief den Pflegern nach.
Schwestern und Ärzte, selbst erschrocken, baten verstörte Kinder, wieder in ihre Zimmer zu gehen. Plötzlich lag der Gang verlassen. Dr. Bell war gleichfalls verschwunden, so schnell, daß Faber nicht hatte sehen können, wohin. Er betrat den großen Warteraum und setzte sich auf eine Bank.
Eine Frau in grünem Kleid saß ihm gegenüber. Er grüßte.
Sie begann sofort zu sprechen: »Ihr Bub – was hat er?«
»Hohes Fieber.«
»Meine Tochter auch. Immer wieder. Muß sie immer wieder herbringen.« Und unvermittelt: »Was sagen Sie zu dieser Sigrist?«
»Zu wem?«
»Der Sigrist ... der Frau, die den Wirbel gemacht hat und weggerannt ist mit ihrem Sohn.«
»Ich weiß nicht, was da geschehen ist. Ich habe die Dame noch nie gesehen.«
Eine zweite Frau kam in den Warteraum. Sie trug einen Hosenanzug und nahm sogleich an dem Gespräch teil.
»Frau Loder, was war mit der Sigrist los?«

»Haben Sie noch immer nicht die neuen Befunde von Ihrer Teresa?«
»Muß warten. Das dauert und dauert. Also, was war mit der Sigrist? Mit mir hat sie ja nie geredet, aber mit Ihnen!«
Faber sah nervös auf die Uhr. Fünf Minuten vor zehn. Warten. Auch er mußte warten. Auf dem Gang liefen zwei lachende Kinder vorbei.
Die Frau im grünen Kleid, die Loder hieß, sagte: »Ja, mit mir hat die Sigrist geredet, von Anfang an. Vor vier Tagen ist sie mit ihrem Robin gekommen. Sie waren nicht da, Frau Swoboda.«
»Nein. Robin heißt der Kleine?«
»Ihr Sohn, ja.«
»Verheiratet?« fragte die Frau im Hosenanzug, deren Name offensichtlich Swoboda war.
»Witwe. Der Mann ist vor einem Jahr auf Montage in der ehemaligen DDR vom Gerüst gefallen. Arme Frau. Vor vier Tagen hat der Bub Bauchschmerzen gehabt. Starke. Sie hat geglaubt, Blinddarmentzündung. Haben sie ihn untersucht. Keine Blinddarmentzündung. Lebertumor, Krebs.«
»Jessasmariaundjosef, der auch?«
»Der auch, ja. Ganz genau haben sie ihn untersucht. Vier Tage lang, hat die Sigrist gesagt – ich habe sie ja täglich gesehen. Krebs im linken Leberlappen.«
Faber sah auf die Uhr. Vier Minuten vor zehn. Leben ... Er muß leben ...
»Wie alt ist der Robin?«
»Fünf.«
»Wo wohnt die Sigrist?«
»In Weidling bei Klosterneuburg.«
»Weidling?«
»Ganz kleiner Ort. Von Klosterneuburg hat sie mit der Bahn fahren müssen. Krebs, ja! Viele Stunden haben sie mit ihr geredet, der Professor, alle Ärzte und der Psychologe.«
Ich muß hier weg, dachte Faber. Raus auf den Gang.

Schweiß rann ihm vom Nacken in den Kragen. Er fühlte sich so schwach, daß er nicht aufstehen konnte. Wie lange halte ich das aus? Wie lange noch? Ich kann nicht mehr. Ich muß können. Was macht Mira ohne mich? Was macht Goran ohne mich?

»Läßt sich sehr gut behandeln, dieser Lebertumor, haben sie der Sigrist gesagt, hat sie mir erzählt. Heute schon haben sie mit der Behandlung anfangen wollen.«

»Mit der Chemo?«

»Natürlich mit der Chemo! Das haben sie der Sigrist auch erklärt: zuerst die Chemo. Durch die Chemo schrumpft der Tumor, klar.«

»Klar.«

Zwei Spezialistinnen, dachte Faber.

»Nach ein paar Wochen ist er so klein, daß man operieren kann. Wie bei Ihrer Teresa. Aber nachher eben auch noch Chemo und Bestrahlungen. Damit kein Tumor übrigbleibt. Dauert lang und ist schlimm mit diesen Behandlungen. Wem sag ich das!«

»Schrecklich ist es! Ganz schrecklich. Meine arme Teresa. Nie hat sie was Böses getan. Immer war sie ein braves Kind. Was ist das für ein Gott, der ein unschuldiges Kind so bestraft?«

Es gibt ihn nicht, dachte Faber. Das ist seine einzige Entschuldigung. Dann traf ihn blitzartig neuer Schrecken: Und wenn man Gorans Leber nicht retten kann? Wenn sie nun doch abgestoßen wird? Wenn er eine neue Leber braucht, eine zweite Transplantation mit all dem, was Medikamente anrichten? Faber neigte sich vor. Nun lauschte er gespannt, schweißfeucht die Hände.

»Ja, und die Sigrist hat alles eingesehen. Sie haben's ja auch einsehen müssen und können nur hoffen, daß sie wieder ganz gesund wird, Ihre Teresa.«

»Beten tu' ich dafür Tag und Nacht.«

»Das einzige, was einem bleibt, ist Beten. Alles war fest

abgemacht. Heute ist die Sigrist gekommen mit ihrem Buben, und reingegangen sind sie in die Onkologische Abteilung.«

»Und dann?«

»Was dann passiert ist, weiß ich nicht. Auf einmal ist die Tür aufgeflogen, und die Sigrist ist mit dem Robin herausgestürzt und hat geschrien: ›Nein, nein, nein, das lass' ich bei meinem Robin nicht zu! Das lass' ich ihn nicht durchleiden! Nie! Nicht so was! Raus, weg, komm, Robin, wir müssen weg hier!‹ Und so wollte sie zum Ausgang rennen mit dem Buben. Der Doktor Bell hat versucht, sie aufzuhalten, hat ihr gut zugeredet, nichts zu machen, sie ist mit dem Robin davon.«

»Aber warum, Frau Loder, warum? Sie war doch mit allem einverstanden, die Sigrist! Warum ist sie plötzlich weggerannt? Was ist da passiert?«

»Weiß ich nicht. Hab' alle Frauen gefragt. Keine weiß es. Schock. Muß einen furchtbaren Schock gekriegt haben, die Sigrist.«

»Weshalb?«

»Keine Ahnung ...«

»Die Ärzte ...«

»Sagen nichts.«

»Ja, aber Jesusmariaundjosef, wodurch kann sie so einen Schock gekriegt haben, daß sie fortrennt?«

»Ich sage ja, ich weiß es nicht. Ein Rätsel. Ich meine, es gibt doch keine andere Rettung für den Robin. Ich wollte ihr das auch sagen, aber weg war sie.«

»Warum bloß, warum bloß?«

»Warum bloß, ja. Was will sie denn jetzt machen? Wenn der Bub nicht die Chemo kriegt und operiert wird, stirbt er. Ein Wahnsinn, was sie getan hat, die Sigrist, ein Wahnsinn ...«

Faber sah wieder auf die Uhr.

Da war es fünf Minuten nach zehn Uhr am 21. Juli 1994,

und niemand ahnte zu diesem Zeitpunkt, daß eine verzweifelte Mutter und ihr fünfjähriger Sohn zuletzt über Tod und Leben Gorans entscheiden sollten.

7

»Eine Magen-Darm-Entzündung«, sagte Judith Rohmer. In ihrem Dienstzimmer saß sie Faber gegenüber. Die Ärztin sah bleich und erschöpft aus an diesem Morgen. Sie wird Nachtdienst gehabt haben, dachte Faber. »Nichts Schlimmes, Herr Faber. Wirklich nicht. In ein paar Tagen können Sie Goran wieder mit heimnehmen.«

»Er muß hierbleiben?«

»Selbstverständlich! Wir dürfen kein Risiko eingehen bei ihm, nicht das geringste – das wissen Sie doch.«

»Hat ...« Faber mußte noch einmal beginnen. »Hat sich der Zustand seiner Leber verschlechtert? Besteht die Gefahr einer ...« Er konnte das Wort nicht aussprechen.

»Einer Abstoßung? Goran hat eine chronische Abstoßungsreaktion. Sehen Sie seine Hautfarbe an! Bilirubin zwanzig bis dreißig ... Zuerst mußten wir doch verhindern, daß die Leber *sofort* abgestoßen wird, vergessen Sie das nicht! Die Gefahr besteht weiter, es wäre unverantwortlich, Ihnen das nicht zu sagen. Aber nach allem, was wir bisher feststellen konnten – es sind noch weitere Untersuchungen nötig –, hat sich der Zustand der Leber nicht verschlechtert. Nein, Herr Faber, aller Wahrscheinlichkeit nach ist Gorans derzeitige Erkrankung auf die Medikamente zurückzuführen, die er unter allen Umständen nehmen muß – ich sagte Ihnen das schon am Telefon. Gorans Immunsystem ist zu mächtig und will diese Leber nicht mehr. Durch Cyclosporin A und Imurek mußten wir es schwächen, um die Abstoßungsreaktion zu verhindern, das wissen Sie. Aber in diesem Zustand schnappt er eben jedes Virus auf. Bei der geringsten Unregelmäßigkeit müssen Sie Goran sofort zu uns bringen! Das ist eine schwere Zeit für ihn ... für Sie ... für uns alle ... Es geht nicht anders, Herr Faber, nur so können wir hoffen, daß er seine Leber behält, daß sie wieder ihre normale Funktion übernimmt ... Es wird Goran nicht immer schlechtgehen. Er wird auch Phasen größter Fröhlichkeit und besten Wohlbefindens erleben. Das ist nun ein einziges Auf und Ab ...«

»Darf ich zu ihm?«

»Jederzeit. Jetzt schläft er. Es ist wirklich nichts Gefährliches, Herr Faber ...«

»Diese Frau Sigrist, die vorhin mit Ihrem Sohn fortlief ...«, begann Faber. »Entschuldigen Sie, bitte! Sie wollen nicht über sie sprechen.«

»Ich darf es nicht«, sagte Dr. Rohmer. Ihr Blick ging plötzlich an Faber vorbei in weite Fernen, das Gesicht wirkte eingefallen und wie eine tragische Maske. Sie sieht Unglück, dachte Faber, großes Unglück. Totenstill war es im Raum.

Dann erklang aus der Ferne das fröhliche Lachen eines Kindes.

8

Nach einer Woche, am 29. Juli, wurde Goran aus dem Spital entlassen. Gemeinsam holten Mira und Faber ihn ab. Einen Tag später kam Petra zu Besuch in das Haus an der Alseggerstraße.

Goran hatte seine Haare gewaschen, gebadet, sich zweimal rasiert und eine große Menge von Eau de toilette verbraucht. Er trug das T-Shirt, das Petra ihm geschenkt hatte, das mit ihren Augen und den Worten: IS WATCHING YOU!, dazu weiße Jeans und weiße Slipper, die er von Mira und Faber bekommen hatte.

»*Wow!*« sagte Petra. »Bist du heute fesch!«
»Und du … du erst«, sagte Goran, der vor Aufregung leicht stotterte.
Petra hatte Mira einen Strauß gelber Rosen mitgebracht und überreichte sie nun.
»Ich danke dir«, sagte Mira, »gelbe Rosen sind meine Lieblingsblumen.«
»Ich weiß«, sagte Petra. »Ich habe Goran gefragt.«
Wunderschön sieht sie aus mit ihrem hochgekämmten blonden Haar, den hellen Augen und der samtenen Haut, dachte Faber. Ein rotes langes Kleid mit Bändern über die Schultern, die sich am Rücken kreuzten, trug Petra. Wie fraulich sie schon wirkt, dachte Faber, trotz der überstandenen Krankheit, wie erwachsen. Die langen Beine, die schmalen Hüften, die breiten Schultern, die kleinen Brüste, die sich unter dem Stoff abzeichneten – und erst fünfzehn Jahre! Nicht zu fassen. Alles ist nicht zu fassen, dachte er, dieses ganze kurze Zwischenspiel voll Glück und Leid, Gesundheit und Tod, Hoffnung und Verzweiflung, immer beidem, *Ginkgo biloba.*
Ein Berliner Coupletsänger aus einer Welt, die längst versunken war, fiel Faber ein, Otto Reutter hatte der Mann geheißen, auf einer alten Schellackplatte hatte Faber das Lied gehört, über dem Rauschen und Kratzen die Musik und Reutters Stimme, wie er sich beklagte, daß es im Leben so verkehrt eingerichtet war, denn richtig wäre doch sicherlich »erst sterben, dann hätte man's hinter sich – und dann leben!«
Und das denke ich! dachte er danach, ausgerechnet ich, der sich vor noch nicht drei Monaten den Lauf einer Pistole in den Mund steckte …
Petra hatte Goran ein Geschenk übergeben, in Goldpapier gepackt und mit rotem Band verschnürt. Ganz vorsichtig öffnete er es nun, immer noch waren seine Haut und seine Augen gelb-braun-grünlich verfärbt, immer noch zitterten

die Hände. Jetzt hielten sie eine Videokassette im Schuber, und Gorans Augen leuchteten, als er die Hülle sah.
In Petras Schrift standen darauf die Worte: NEW YORK KNICKS – CHICAGO BULLS. EASTERN CONFERENCE SEMIFINALS. GAME 7, 1994.
»Ich werde verrückt!« stotterte Goran. »Da … das gibt es nicht!«
»Das gibt es schon«, sagte Petra. »Freust du dich?«
»Freue ich mich!« Er erwachte aus seiner Erstarrung und legte die Arme um sie. »Das ist das wunderbarste Geschenk, das du mir hast machen können, Petra. Das Entscheidungsspiel für die Eastern Conference im Madison Square Garden! Air Jordan hat da nicht mitgespielt, aber Toni Kukoc, ›*The Spider of Split*‹!« Seine Stimme klang plötzlich erschüttert, während er stotterte: »Ha … hat doch mindestens vierhundert Schilling gekostet! Mindestens, Petra! Ein Vermögen!«
Der Junge wäre nach dem Geschmack Walter Marks', dachte Faber. Sie standen im Garten unter den baumhohen Büschen und zwischen den Beeten mit den vielen leuchtendbunten Blumen, es war heiß, aber Wind bewegte Gras, Blumen, Laub, Miras »sichtbarer« Wind.
»Reg dich ab, Goran!« sagte Petra. »Das habe ich nicht gekauft.« Und stolz: »Das habe ich für dich aufgenommen.«
»Au … aufgenommen? Wo denn? Wie denn? Wann denn?«
»Na, als es ausgestrahlt wurde.«
»Ausgestrahlt? Von wem?«
»Von Eurosport.«
»Was ist das?«
»Ein Sportkanal. Wir hängen doch am Kabel! Wir kriegen sechsundzwanzig Sender. Natürlich auch Eurosport. Ich habe mich bei Alfi erkundigt, einem Buben aus der Klinik mit Leukämie, der Basketball gespielt hat, und der hat mir gesagt, wann sie dieses Match ausstrahlen. Die Leerkassette hat mir Mami geschenkt. Keinen Groschen hat mich das

gekostet. Ach so, ja, total vergessen, die besten Grüße an alle soll ich ausrichten.«

»Du ...«, begann Goran, »du bist ... Was hast du vorhin gesagt, wie ich aussehe?«

»Fesch.«

»Du bist fesch, Petra«, sagte Goran und betrachtete sie wie ein menschgewordenes Wunder.

»Hör schon auf!« sagte Petra. »Du hast mir doch gesagt, es gibt bei euch einen Recorder.«

»In der Bibliothek, ja. Da schauen wir uns das Spiel an.«

»Klar«, sagte Petra. »Aber du hast auch gesagt, es gibt eine Jause mit besonders feinem Kuchen.«

»Und die gibt es«, sagte Mira. »Kommt mit!«

Da saßen sie dann auf dem großen Balkon, und unter ihnen lag die Stadt im Sonnenschein. Der Wind war stärker hier oben und brachte mehr Kühlung, und Ludmilla, die kleine, rundliche Serbin aus Belgrad servierte Kaffee und die angekündigten Süßigkeiten.

»Baklava heißt das«, erklärte Ludmilla. »Frau Masin kennt es, gelt?«

»Und ob!« sagte Mira. »Das ist etwas besonders Gutes.«

»Baklava!« rief Goran begeistert.

»Das kennst du auch, natürlich«, sagte Ludmilla. Und auf serbokroatisch zu Mira: »Hab ich den Strudelteig ganz fein gemacht, damit er dem Buben nicht zu schwer ist, aber viel Nußfüllung, die kann ihm doch nicht schaden – oder?«

»Bestimmt nicht«, sagte Mira lachend. »Sie werden mit uns jausnen, Ludmilla, nicht wahr?«

»No freilich«, sagte diese und setzte sich. Mira schnitt das Baklava an, und als dann alle aßen und tranken, wurde es feierlich still, nur der Wind sang in den Kronen der Bäume mit vielen Vögeln um die Wette, und endlich sagte Goran träumerisch mit vollem Mund (obwohl er wußte, daß man mit vollem Mund nicht spricht): »Ja, so schmeckt das eben.«

»So schmeckt das uns allen«, sagte Ludmilla. »Serben, Bosniern und Kroaten, Christen und Moslems. Essen alle Baklava und schießen sich tot.«

9

»Da! Siehst du, das ist Toni Kukoc! Der mit der Nummer sieben! Der Zweitbeste! Und da ist Scottie Pippen, der Beste! Jetzt wirft er ... wirft er ... daneben!«
Die aufgeregte Stimme Gorans drang durch das große Fenster der Bibliothek ebenso auf den Balkon wie das in Abständen anschwellende Gebrüll einer riesigen Zuschauermenge und gelegentlich der unverständliche Kommentar eines Sprechers. Wieder und wieder verwehte der Wind das alles, und nur das Blätterrauschen war dann zu hören. Faber und Mira saßen nun in Korbstühlen, der Jausentisch war abgeräumt, und die Dächer von Kirchen, Museen und aberhunderttausend Häusern leuchteten wie der gewaltige Strom in goldenem Licht.
»Die beiden«, sagte Mira. »Bin ich froh, daß sie sich so gut verstehen. Petra ist großartig. So klug, so freundlich, so liebevoll, so schön ...«
»Das alles bist du auch«, sagte Faber. »Und wirst es immer bleiben.«
»Hör bloß auf!« sagte sie.
»Du wirst niemals alt werden«, sagte Faber.
»Aufhören sollst du!«
»So ist es wirklich.«
»Was hast du denn heute, Trouble Man?«
»Nicht nur heute denke ich daran – daß wir einander wiedergefunden haben«, sagte er. »Es gibt Frauen, die bleiben immer jung und schön, ganz gleich, wie alt sie sind. Du bist eine von dieser Sorte.« Er streichelte ihren Arm. »Was hast du da gesagt? Trouble Man?«
»Ja«, sagte Mira. »Mein Trouble Man.«

»Ich bin dein Trouble Man«, sagte er beklommen. »Natürlich. Ich bin weggegangen und habe dich im Stich gelassen.«
»Es wäre niemals so schön geworden mit uns, wenn du nicht weggegangen wärst, Trouble Man«, sagte Mira, ergriff seine Hand und hielt sie fest. »Wärst du geblieben, hätte das Glück vielleicht ein paar Jahre gedauert, dann wäre alles Gewohnheit geworden und schal und trist – eben wie es fast immer wird. Nun haben wir uns nach so vielen Jahren getroffen, und alles ist neu und aufregend und wunderbar.« Sie neigte sich zu ihm und küßte ihn auf die Wange, lange und zärtlich.
»Trouble Man«, sagte Faber. »Hast du dir das eigens für mich ausgedacht?«
»Ich habe mir gar nichts ausgedacht. Ich habe es gehört.«
»Gehört?«
»Ja, Liebster, in Belgrad, 1960.«
»Das verstehe ich nicht.«
»Du kennst doch Maxwell Anderson?«
»Natürlich. Was hat der mit Trouble Man zu tun?«
»Geboren 1888, gestorben 1959. Schrieb viele sozialkritische Gesellschaftsdramen und Antikriegsstücke ...«, leierte Mira.
»Was soll denn das?«
»... Komödien und Verstragödien über das Leben – unter anderem – von Sokrates, Jesus Christus ...«
»Mira!«
»... und der heiligen Johanna. Dazu schrieb Anderson Libretti für viele berühmte Musicals, auch das Libretto zu ›*Lost in the Stars*‹, Musik Kurt Weill, Premiere 1949 ...«
»Mira!« schrie Faber. »Hast du den Verstand verloren?«
»Gott sei Dank nicht, jedenfalls noch nicht.«
»Was war das eben jetzt mit Maxwell Anderson?«
»Mache ich ab und zu. *Muß* ich machen ab und zu. Wenn

ich schon nicht mehr weiß, wie lange du in Luzern warst und wann deine Maschine damals gelandet ist, dann ist es eine kleine, eine klitzekleine Beruhigung, daß ich noch über Maxwell Anderson Bescheid weiß. Langzeitgedächtnis gut, kann man nicht prunken und protzen damit, aber immerhin, wenigstens das funktioniert noch. In unserem Alter muß man für alles dankbar sein. Wage bloß zu sagen, du machst solche Tests nicht!«

Also Mira auch, dachte er, hin- und hergerissen zwischen Kummer und Freude, *Ginkgo biloba,* also sie auch. »Natürlich«, sagte er, »natürlich mach' ich so was auch. Neulich mit John Dryden.«

»Na, bitte! *Shake hands, brother!* Und jetzt beachte den absolut atemberaubend glatten Übergang: 1960 kam eine amerikanische Tourneetruppe nach Belgrad. Da habe ich ›*Lost in the Stars*‹ gesehen. Am 7. September 1960 – das weiß ich auch noch, was sagst du nun? Alzheimer *go home!* Unsere Tochter Nadja war damals sechs Jahre alt ... Ich habe nur an dich denken können. Darum hat mir dieses Lied solchen Eindruck gemacht.«

»Welches Lied?«

»In ›*Lost in the Stars*‹, ›Trouble Man‹ heißt es, Irina singt es ...«

»Moment!« sagte Faber. »Eine amerikanische Tourneetruppe hat 1960 in Belgrad gastiert?«

»Da haben oft amerikanische Truppen gastiert! Mit anderen Musicals! ›*Man of La Mancha*‹ zum Beispiel, hab' ich auch gesehen. Und ›*My Fair Lady*‹.«

»Amerikanische Musicals in einem kommunistischen Land? Mitten im kalten Krieg?«

»Das war doch ein ganz besonderes kommunistisches Land, Liebling! Titos Land. Titos Kommunismus. Tito, der so klug jonglierte zwischen West und Ost. Tito, eigentlich Josip Broz, geboren am 25. Mai 1892 ...«

»Hör auf!«

»... Tito und seine Frau kamen zur jugoslawischen Premiere von *›Lost in the Stars‹* ...«
Faber sah sie an, während sie weitersprach und dabei tiefer und tiefer in ihre Vergangenheit glitt.
»Trouble Man ... natürlich kenne ich nicht mehr den ganzen Text ... nur Teile ... aber den Inhalt des Liedes kenne ich ... und werde ihn nie vergessen ... Diese Irina liebt einen Mann über alles, aber er bringt ihr ebenso großes Glück wie großes Unglück, dieser Trouble Man, dieser Unglücksmann ... ›In seinem Kommen liegt Glück, und Unglück liegt darin, daß er geht, und noch größeres Unglück danach‹, singt Irina. Keinem Mann ist sie jemals so nah gewesen, sein Lachen liebt sie, selbst das Unglück, und das Weinen allein ...«
Mira sah jetzt hinab auf die Stadt, und aus der Bibliothek hörten sie die Stimme des Reporters, die Gorans und das Toben der Zuschauer dieses so wichtigen Basketballspiels, und der Wind sang in den Bäumen, auch hier konnte man ihn sehen ...
»Trouble Man«, sagte Mira, und nun war sie mit ihren Gedanken weit, weit hinausgewandert in das Sandmeer der Zeit, *»Trouble Man, walking out there, maybe in a strange town, God knows where* ... Als er gegangen ist, bringt Irina es fertig, irgendwie weiterzuleben ... Keiner sieht ihr am Tage das Unglück an, das sie erfüllt, aber, o Gott, wenn die Nacht kommt, das ist etwas anderes ... Trouble Man, Unglücksmann, singt sie, hör auf das Blut in meinen Händen und Füßen, das dich aufspürt in einer fernen, fremden Straße, das deinen Fußspuren folgt, das dich findet zuletzt und fragt: Kommst du nicht heim, Unglücksmann? *Aren't you coming home, Trouble Man?*« Ganz langsam kehrte Miras Blick aus vierzig Jahren Vergangenheit zurück, lächelnd sah sie Faber an, lächelnd sagte sie: »Und du *bist* heimgekommen, Trouble Man!«

10

»... *B. J. Armstrong, coming out of the corner, starting to hit ...*«
»Na los, B. J., los! ... Wieder nichts! ... Zum Heulen ...«
»... *John Starks stops the ball with his body ...*«
»Und Kukoc tut nichts! Nichts! Tu endlich was, Toni! So sieht das aus, wenn Michael Jordan nicht da ist!«
»... *with two and a half minutes to go in the fourth quarter, Chicago: seventy-four, New York: eighty-two ...*«
Toben der Zuschauer, der Sprecher war kaum zu verstehen, dafür um so lauter Goran.
»... acht Punkte sind die Knicks voraus! Das geht schief für die Bulls, schief geht das!«
»Zweieinhalb Minuten?« Petras Stimme. »Nur noch zweieinhalb Minuten?«
»Zu *spielen!* Reine Spielzeit! Du siehst doch, wie oft es *Time-out* gibt! Da läuft die Spielzeit natürlich nicht! Jetzt zum Beispiel, bitte, da hast du's, *Time-out.*«
»Sofort Reklame!«
»Natürlich! Jede Minute Werbung bringt ein Vermögen.«
Mira und Faber waren an die Balkontür der Bibliothek getreten, er hatte sie ein wenig weiter geöffnet. Die Vorhänge waren zugezogen. Goran und Petra sahen Faber und Mira nicht, doch diese konnten hören, was im Zimmer vorging.
»*Time-out?* Was ist das, Goran?«
»Kurze Pause. Der Coach und die Spieler beraten, überlegen die Taktik ... Jesus im Himmel, acht Punkte zurück! Die Bulls sind raus aus der Eastern Conference, raus sind die! Weil Michael Jordan nicht mitspielt. Der allein war immer genug für die Knicks! Aber nein, der sitzt als Dreißigjähriger zu Hause auf dem Sofa und schaut sich das an im TV ...«
Mira und Faber lächelten. Eng aneinandergeschmiegt standen sie auf der Terrasse, sein Arm lag um ihre Schulter.
»Was ist denn jetzt, Goran? Das ist doch keine Reklame!«

»Das sind Höhepunkte aus anderen Spielen! Da! Da! Da! Das ist Air Jordan! Jetzt kannst du sehen, wie er fliegt. Fliegt er nicht wirklich? Hast du so was schon mal erlebt? Petra! Schau doch, Zeitlupe! Jordan fliegt!«
»Ist der groß! Ist der stark! Die Schultern! Die Arme! Das ist Air Jordan?«
»Sechs Fuß und sechs Inches, einen Meter achtundneunzig, hundertneunzig Pfund – das ist Air Jordan! Und noch einmal! Und noch einmal!«
»Jetzt geht es weiter, nicht?«
»Ja ... Nummer dreiunddreißig, das ist Patrick Ewing ... für ein Jahr bei den Knicks kriegt er sieben Millionen Dollar ... Verdient sie, verdient jeden Cent davon, schau ihn dir an, schau ihn dir an ...«
»... *yeah, Ewing got the ball allright, but Horace Grant knocked him down* ...«
»Foul!« schrie Goran. »Foul! Foul!«
Die Zuschauer rasten.
»Das geht so irre schnell, Goran, man kommt kaum mit den Augen mit ...«
»Schrittfehler! Schrittfehler!« schrie Goran Sekunden später.
»Was ist ein Schrittfehler?«
»Hast du doch gesehen! Oakley hat den Ball getragen ...«
»Ja, und?«
»Das darf er nicht. Er darf nur dribbeln mit dem Ball, nur dribbeln darf er ... Das ist jetzt wieder Scottie Pippen, siehst du ... Los, Scottie, los! ... Armstrong hat den Ball ... Grant ... Myers ... Ja, ja, ja – und aus! John Starks von den Knicks dazwischen! Es geht einfach nicht ohne Jordan, die sind raus, die Bulls, die sind raus ...«
»Du sagst immer Knicks? Wer ist Knicks?«
»Lieber Gott, das Kind fragt vielleicht was! Knicks! Knicks! Die Abkürzung von Knickerbockers!«
»Ach so!«

»Wieder *Time-out.* Petra, Petra! Drei Jahre lang haben die Bulls das Endspiel gewonnen! Und nun schaffen sie nicht mal die Entscheidung für die Eastern Conference! So eine Scheiße! Noch eine Minute und dreizehn Sekunden ... zwölf ... elf ... zehn ... foulen! So foult doch, ihr Säcke! Los Cartwright, foul die Krücke! Der trifft nie! Warum foulst du nicht, Bill?«

»... *he bangs his knee* ...«

»Das auch noch!«

»... *a huge rebound by Ewing* ...«

»... der da ist der Coach von den Bulls, Phil Jackson ... und der da Pat Riley, Coach der Knicks ... *Double dribbling! Double dribbling!*«

»Was? Was? Was?«

»Er hat gedribbelt, dann den Ball aufgenommen, dann wieder gedribbelt ... Fehler! Fehler!«

»... *Kukoc looking for someone free in the corner* ...«

»Laß dir ruhig Zeit, Kukoc, du Flasche! Na bravo, weg ist der Ball! Warum foult ihr nicht? Warum foult ihr nicht?«

»... *Davis on a rebound ... Davis slips ... Bad luck again for the Bulls ... Horace Grant unable to get the ball ... gets overpowered by Charles Oakley* ...«

Goran stöhnte laut.

Faber und Mira küßten einander.

»I love you, Trouble Man«, flüsterte Mira.

»And I love you«, flüsterte Faber.

»... *fifty-two seconds to go in the fourth quarter ... Chicago: seventy-seven, New York: eighty-seven* ...«

»Zehn Punkte zurück, und sie haben nicht gefoult, die Idioten ... Harper ... Oakley ... Ewing ... Starks ... das wird nichts mehr, das wird nichts mehr ... Verloren, sie haben verloren, mit zehn Punkten haben die Bulls verloren!«

Alle Hoffnung und Sehnsucht der Welt lagen in Gorans Stimme, als er sagte: »Air Jordan kommt zurück! Ich fühle es, ich weiß es, er kommt zurück! Er wird wieder spielen. Er muß wieder spielen, das weiß er selber, das ist seine Bestimmung. Und ich sage dir, er wird noch einmal Weltmeister. Zum viertenmal. Das hat es noch nie gegeben. Daß einer ein Comeback macht und noch einmal NBA-Champion wird. Und das will ich erleben, Petra, daß Jordan zurückkommt und sein Comeback macht. *Dafür* soll meine Leber halten! Allein dafür!«

»Amen«, sagte Petra. Und nach einer Pause: »Aber warum hast du dauernd geschrien, daß die Bulls foulen sollen? Man darf doch nicht foulen ...«

»Manchmal muß man, Petra! Sie hätten gemußt!«

»Warum?«

»Ich erkläre es dir, ich erkläre es dir: Wenn die Zeit ausläuft, und man hat nur noch zwei Minuten und ist im Rückstand – und das waren die Bulls doch, also hätten sie den schwächsten Spieler von den Knicks foulen müssen. Wieder und wieder. Damit stoppt man die Uhr und gewinnt Zeit, und dann wirft der Spieler mit der schlechtesten Freiwurfquote, und wenn man Glück hat, trifft er nicht in den Korb ... Aber sogar wenn er trifft, bleibt den Bulls noch Zeit, selber Punkte zu machen. So einfach ist das. Hast du es jetzt verstanden?«

Sie antwortete nicht.

»Petra, ob du verstanden hast?«

Schweigen.

»Petra!«

Ihre zarte Stimme ertönte: »Ich hab' dich sehr lieb, Goran.«

»Also nicht«, sagte er.

11

Gegen neun Uhr abends brachten sie dann Petra heim. Faber am Steuer des Wagens, Mira neben ihm, die beiden Verliebten im Fond. Soviel alle gesprochen hatten an diesem Nachmittag, so still waren sie nun und voll Frieden. *Vivere in pace*, dachte Faber. Wie leicht ist es, Menschen *un*glücklich zu machen, Millionen von ihnen, ein Kinderspiel ist das, die einfachste Sache der Welt. Menschen *glücklich* zu machen, auch nur für eine kleine Weile, ist das Schwerste auf der Welt. Heute haben es ein paar Menschen geschafft.
Petra wohnte in Döbling, vergleichsweise nahe. Faber hielt vor ihrem Haus, und Petra bedankte und verabschiedete sich. Dann begleitete Goran sie zum Eingang. Die beiden verschwanden hinter den Sträuchern und Bäumen eines Gartens, und Mira und Faber warteten geduldig und taktvoll in dem geliehenen Opel Omega.
Schließlich tauchte Goran wieder auf und setzte sich wortlos in den Fond. Faber fuhr los. Niemand sprach. Erst als sie den Gürtel erreichten, sagte Goran überwältigt: »Sie hat mich geküßt, Bakica, Deda, richtig geküßt! Ihr wißt, wie das ist!«
»Ja, Goran«, sagte Mira, während sie sich umdrehte und über sein Haar strich, »wir wissen es.«
Es dämmerte nun schon stark. Faber hatte die Scheinwerfer auf Abblendlicht geschaltet. Immer noch waren viele Wagen unterwegs, erst in Gersthof wurde es ruhiger. Faber fuhr die Herbeckstraße empor und bog links in die Alseggerstraße ein. Goran gähnte laut.
In dem Haus des Bankiers Kallina hatten Mira und Goran es dann eilig, ins Bett zu kommen. Auch Faber legte sich nieder, diesmal gleich im zweiten Schlafzimmer. Er hielt die Hände unter dem Kopf verschränkt und sah zur Decke empor, auf welcher im Licht einer Straßenlampe bizarre

Laubschatten spielten. Etwa eine Stunde später erhob er sich und ging im Pyjama nachsehen, ob Goran und Mira schliefen. Beide atmeten tief.
Faber betrat die Bibliothek. Dort stand seine Schreibmaschine. Er knipste das Licht einer grünbeschirmten Stehlampe an und die Deckenbeleuchtung aus. Nur rund um den Schreibtisch war es nun hell. Heute abend, das hatte Faber sich am Nachmittag vorgenommen, wollte er versuchen zu schreiben, wieder einmal.
Er spannte ein Blatt Papier ein und tippte: ERSTER TEIL.
Wiederum ein neues Blatt. Er schrieb: ERSTES KAPITEL.
Und ich kenne auch den ersten Satz, dachte er. Lange schon, lange …
Er schrieb:

1

Verflucht, dachte der alte Mann, jetzt hätte ich mich doch um ein Haar erschossen, ohne die Hotelrechnung bezahlt zu haben.

Das war der Satz, den er schon so lange kannte.
Er überlegte nur kurz, dann tippte er weiter. Er mußte stets sofort in die Maschine schreiben, denn er war Linkshänder und konnte seine eigene Schrift kaum lesen; für andere war sie unlesbar. In die Maschine also stets, sofort. Und danach weggeworfen, neu geschrieben, wieder weggeworfen, wieder neu geschrieben, umgeschrieben, auseinandergeschnitten, zusammengeklebt, wieder weggeworfen, wieder neu begonnen. Das alles hatte er sein Leben lang getan, das alles *war* sein Leben.
Er schrieb mehr als drei Stunden.
Sofort war ihm heiß geworden, und er hatte die Pyjamajacke ausgezogen. Trotzdem lief bald Schweiß über sein Gesicht

und seinen Körper, und sein Herz klopfte stürmisch. Er bemerkte es kaum.
Er schrieb und schrieb.
Schließlich lagen acht Seiten vor ihm, und er war so erschöpft, daß er aufhören mußte. Sein Herz raste jetzt, der Schweiß an seinen Händen näßte die Tasten der Maschine. Ihm war schwindlig. Fast taumelnd ging er in sein Schlafzimmer und holte das Röhrchen mit dem Nitro-Lingual. Er ging ins Badezimmer und schluckte zwei Dragees mit Wasser. Dann kehrte er in die Bibliothek zurück und setzte sich wieder hinter die Schreibmaschine. Als sein Kopf stechend zu schmerzen begann, das Mittel also wirkte, nahm er die acht Seiten und las sie langsam. Danach zerriß er sie und warf die Stücke in einen Papierkorb.
Schlecht.
Das war nicht nur schlecht, das war unbrauchbar.
Nicht, daß ihn das erschütterte. Er war es gewohnt, Romananfänge immer wieder zu schreiben. Bei dem Buch »Alle Menschen werden Brüder« hatte er in vier Wochen zweiundzwanzig Anfänge geschrieben, keinen unter zehn Seiten lang. Und hatte alle verworfen, weil sie schlecht waren. Der dreiundzwanzigste war dann gut gewesen.
Faber lächelte. Er fühlte sich erlöst von sechs Jahren Qual. Er konnte wieder schreiben, das wußte er nun genau. Der Bann war gebrochen.
Was er in dieser Nacht geschrieben hatte, war schlecht gewesen bis auf den ersten Satz. Heute, dachte er, denn es war fast halb drei Uhr früh, heute werde ich wieder schreiben. Und es wird wieder schlecht sein. Und morgen auch. Und übermorgen. Aber beim fünften oder beim zehnten oder beim zwölften Mal wird es gut sein.
Wird es gut sein. Wird es gut sein.
Sein Kopf schmerzte zum Zerspringen. Seine Augen brannten. Sein Herz hämmerte immer noch. In seinem ganzen Leben war Faber niemals so glücklich gewesen.

Zweites Kapitel

1

Der siebente Anfang gelang.
Faber wußte, daß dieser Anfang gut war. Nach so vielen Jahren besaß er dafür ein absolut sicheres Gefühl. Natürlich mußten die neun Seiten, die nun am 8. August vorlagen, wieder und wieder umgeschrieben, sachlich und stilistisch verändert werden, er tippte ja direkt in die Maschine. Aber grundsätzlich war der Anfang, war der erste Schritt geglückt.
Er zeigte Mira nichts davon, er war zu abergläubisch. Später, wenn einmal an die siebzig gelungene Seiten vorlagen, wollte er sie ihr geben. Jetzt konnte immer noch alles schiefgehen.
Faber verlegte seinen Arbeitsplatz in einen kleineren Raum, der dem Bankier Kallina als Büro gedient hatte. Hier ordnete er alle Tonbandkassetten, Notizen, Stadtpläne sowie medizinische Artikel und Fachliteratur, die Bell ihm zur Lektüre gegeben hatte. Er fuhr zu einem Geschäft in der Gentzgasse und kaufte zweitausend Blatt Papier, eine Schere, Klebstoff in Tuben, Buntstifte in verschiedenen Farben, Klammern, Farbbänder und Mappen.
Er mußte von nun an mit größter Konzentration und Regelmäßigkeit arbeiten, das wußte er. Am besten hatte er stets morgens und am Vormittag geschrieben. So wählte er diesmal die Zeit von sieben Uhr früh bis zwölf Uhr mittags. Mit

zunehmendem Alter brauchte er weniger Schlaf, im Sommer war es um sechs Uhr längst hell, und das Aufstehen bereitete ihm keine Mühe. Es war zu dieser Zeit ganz still im Haus. Faber duschte kalt und heiß, kochte Tee und füllte diesen in eine große Thermoskanne. Er trank Unmengen Tee, wenn er schrieb. Kallinas Schreibtischstuhl stand so, daß man in den blühenden Garten hinaussah. Faber drehte Schreibtisch und Stuhl um. Er wollte keine schöne Aussicht, sie lenkte ihn ab.

Von Zeit zu Zeit würde er nicht arbeiten können, wenn er mit Goran zu den regelmäßigen Untersuchungen ins Marien-Kinderspital fahren mußte. In solchen Fällen wollte er die Stunden nachts wieder hereinholen, es durfte nun keine Pausen, keine Unterbrechungen geben. In dem Archiv seiner Werke in der University of Boston lagen fünf unvollendete Romane, keiner davon unter vierhundert Seiten. Er hatte sie nicht vollendet, weil er sich jedesmal durch die Arbeit an etwas anderem – einem Fernsehspiel, einer Novelle – leichtfertig hatte abbringen lassen. Niemals war er danach wieder in den jeweiligen Roman »hineingekommen«. Es war ihm klar, daß er nun stetig zwei bis zweieinhalb Jahre zu schreiben hatte, Tag für Tag, Sommer und Winter. Niemand, am wenigsten er selber, konnte sagen, ob er dazu in der Lage sein, ob er so lange überhaupt noch leben würde. Faber wußte nicht, wie weit seine Niederschrift gedeihen sollte. Er wußte nur, daß er nun, da er wieder schreiben konnte, schreiben mußte, gleich, was auf ihn zukam, gleich, ob er es bis zum Ende schaffte oder nicht.

Ohne viel darüber zu sprechen, richteten sich Mira und der Junge nach ihm. Um ein Uhr sorgte Ludmilla für das Mittagessen. Danach legte Faber sich eine Stunde zur Ruhe. Die Kraft, wie früher vor- und nachmittags zu arbeiten, besaß er nicht mehr. Damit war es vorbei. Alles war unendlich schwieriger geworden. So mußte er Gedanken, Einfälle und Verbesserungen sofort in seinen Pearlcorder sprechen, denn nun vergaß er sehr oft, was er sich vorgenommen hatte, bereits nach Minuten, ja Sekunden. Ohne das kleine Diktiergerät, das nachts auf dem Tischchen neben seinem Bett lag, hätte er überhaupt nicht arbeiten können. Wieder und wieder hörte er die Kassetten ab, tippte, was er darauf gesprochen hatte, auf gelbe Seiten und hütete diese besonders.

Ein alter Trick half ihm jetzt, nach sechs Jahren, auch wieder. Nichts war so lähmend, wie vor einem leeren Blatt Papier zu sitzen. Schon früher hatte Faber diese schaudervolle Situation dadurch vermieden, daß er die tägliche Niederschrift nicht nur mitten in einer Szene, deren weiterer Verlauf ihm klar war, abbrach, sondern auch noch mitten in einem Satz, ja mitten in einem Wort. Dann ließ er das Blatt in der Maschine stecken. So konnte er am nächsten Morgen das Wort, das er kannte, den Satz, den er kannte, die Szene, die er kannte, vollenden und kam auf diese Art leichter in die Arbeit hinein.

Am Vormittag des 9. August begleitete er Goran wieder einmal zur Untersuchung in das Kinderspital. Der Junge war immer noch sehr mager und kurzatmig, seine Haut und seine Augen waren nach wie vor grünbraun verfärbt.

Im Spital herrschten Nervosität und Gereiztheit, stellte Faber fest. Er fragte, was geschehen sei und bekam keine Antwort, auch Bell, der aus einer der beiden Onkologischen Abteilungen kam, wich der Frage aus.

»Großes Medieninteresse auf einmal. Ein Fernseh-Team ist bei Professor Aldermann … Wie geht's, Goran?«

»Gut, Herr Doktor.«

»Na, dann wollen wir mal sehen.« Bell legte einen Arm um Gorans Schulter und verschwand mit ihm in einem Untersuchungsraum.

Faber wanderte umher. Bei dem Stützpunkt zur ebenen Erde saßen zwei Schwestern, die in fast ununterbrochener Folge eintreffende Anrufe beantworteten.

»Stern-TV Hamburg? Nein, so geht das nicht! Wir sind ein Krankenhaus! Da können Sie nicht einfach ... Bitte zuerst eine schriftliche Anfrage an den Verwaltungsdirektor ... Doktor Hans Körber ... ja, auch per Fax ...«
»*Was* haben Sie? Die Pflicht zur Information der Öffentlichkeit? ... Aha! ... RTL plus ... Daran kann ich Sie nicht hindern ... aber nur nach schriftlicher Erlaubnis durch den Verwaltungsdirektor ... Einen besonders schönen Morgen auch Ihnen!«
»›Bild‹? ... einen Kommentar von *mir?* Am Telefon? Ganz bestimmt nicht! ... Nein, auch von keinem Arzt! ... Schriftlich, nur schriftlich an den Verwaltungsdirektor ... Wir haben sehr kranke Kinder hier, wir können keine Sensationsmeldungen brauchen ... Ach ja, bitte, beschweren Sie sich über mich! ... Professor Alexander Aldermann heißt der Klinikchef ... Ihnen auch!«
»Nein, nein, nein! Hier kommt kein Reporter der ›Kronenzeitung‹ rein! ... Überhaupt nichts gegen Sie, *kein* Reporter kommt hier rein ohne schriftliche Erlaubnis des Verwaltungsdirektors ... Vertuschen? Wir haben nichts zu vertuschen, was erlauben Sie sich?« Die Schwester, die eben gesprochen hatte, war wütend. »Wie die Aasgeier«, sagte sie. »Wie die Aasgeier.« Sie erkannte Faber. »Morgen, Herr Jordan!«
»Morgen, Schwester Eva! Was ist wirklich los bei euch?«
»Es geht um einen Patienten, der nicht mehr bei uns ist.« Wieder hob sie den Hörer ans Ohr. »Guten Tag ... Nein, keine Auskunft am Telefon ... auch nicht dem Spiegel-TV. Sie müssen sich an den Verwaltungsdirektor wenden und um eine schriftliche Erlaubnis ansu ... Was heißt, Ihr Team ist schon unterwegs? Wollen Sie mit einem Panzer hier reinfahren? ... Unverschämt, ich? ... Beschweren? Aber selbstverständlich! ... Eva Keller ist mein Name ... Jesus, da zittere ich ja schon!«
»Irgend etwas ist doch los bei euch«, sagte Faber zu ihr.

»Ein Patient, Herr Jordan ... ein kleiner Bub ... nicht mehr hier ... Und jetzt im August ... Sauregurkenzeit ... da machen die aus jeder Mücke einen Elefanten ...« Auf dem Schaltbrett vor ihr leuchtete ein Lämpchen auf. »Marien-Kinderspital, Station zwei, Schwester Eva ... Südfunk Stuttgart? ... Bedaure, keine Auskunft am Telefon! ... Nein. Ganz bestimmt nicht! ... Daran kann ich Sie nicht hindern ... Wann werden in diesem Laden endlich die Telefonnummern geändert?«
Faber verließ den Stützpunkt.
Leute, die in den Gängen warteten, waren offensichtlich unruhig. Sie wußten nicht, was vorging, nur, daß etwas vorging.
»Entschuldigen Sie ... haben Sie eine Ahnung, was hier los ist?« wurde Faber gefragt.
»Nicht die geringste. Tut mir leid.«
Zwanzig Minuten später traf er mit Bell, Goran und Petra zusammen, die ein blaues Kleid, ein blaues Band im Haar und blaue Schuhe trug.
»Petra! Was machst du hier?«
»Muß doch auch immer wieder zur Untersuchung, Herr Jordan.«
»Ganz zufällig zur gleichen Zeit wie Goran?«
Petra lachte, Goran lachte.
»Ganz zufällig, Herr Jordan, ja!«
»Ihr habt euch verabredet.«
»Natürlich«, sagte Bell.
»Herr Doktor, im Ernst: Was geschieht bei Ihnen?«
»Ich darf nicht darüber reden, bitte verstehen Sie das! Sie werden es sehr schnell erfahren.«
Erbittert blickte Bell einem jungen Mann entgegen, der auf sie zukam, Handy am Ohr. Der junge Mann trug Jeans, auf sein Hemd war vorne und hinten das Logo des Österreichischen Fernsehens gedruckt.
»... in einer Stunde haben wir alles im Kasten«, sagte der

junge Mann in den Apparat. »... Ja, die Gaby habe ich dabei. Die zeigen wir ihm gerade ... *Mit* der Schwester *und* der Heilerin *und* dem Forster! ... Die Gaby fängt am Nachmittag an, und wir gehen am Abend groß rein ... Klar ist das der Aufmacher! ... Was? ... Ach, leck mich doch am Arsch mit Sarajewo!« Der junge Mann war weitergegangen.
»Herr Doktor ...«, begann Faber und verstummte, als er sah, daß Bells Lippen sich vor Abscheu verzogen hatten. »Schon gut, ich frage nicht weiter.«
»Mami sagt mir auch kein Wort«, erklärte Petra.
»Die Werte von Goran sind weitgehend unverändert«, sagte Bell. »Ich habe vorsichtshalber die Dosierung von Cyclosporin A erhöht, der Serumspiegel war zu niedrig. Hier ist die neue Medikation.« Er gab Faber einen Zettel. »Auch mehr Imurek. Goran ist natürlich nicht eben glücklich darüber. Wenn er Air Jordan zum viertenmal als NBA-Champion fliegen sehen will, müssen wir ein bißchen mehr für seine Leber tun. Nicht schön, aber der einzige Weg. Wir alle wissen, daß die Nebenwirkungen scheußlich sind.«
»Scheußlich ist kein Ausdruck.« In Gorans Gesicht zuckte es. »Wenn ich jetzt *noch* größere Mengen von dem Zeug nehmen muß, dann habe ich aber eine Belohnung gut!«
Ärzte und Schwestern eilten an ihnen vorüber.
»Welche?« fragte Bell.
»Gegenüber ist doch ein Park, nicht?«
»Ja, und?«
»Und in dem Park spielen Buben Basketball, ich habe sie ein paarmal gesehen, als ich im Gästehaus war. Streetball.«
»Was?«
»Streetball. Spielen sie in Amerika für Geld auf der Straße. Ich habe sie gesehen im Park, junge Burschen, drei gegen drei. Natürlich nicht für Geld. Darf ich bitte ... erlauben Sie mir ... haben Sie etwas dagegen, wenn ich ...« Goran kam ins Stottern. »Darf ich rübergehen und mitspielen?«
»Du meinst richtig mitspielen – mit Rennen und allem?«

»Ja, Herr Doktor. Bitte! Ich will es doch Petra zeigen ...«
Bell schüttelte den Kopf. »Richtig spielen auf keinen Fall! Dazu bist du noch zu schwach. Das siehst du doch ein, wie?«
Goran nickte ergeben.
»Aber werfen!« rief Petra. »Natürlich nicht rennen, nur werfen, Doktor Bell! Er hat sich so darauf gefreut! Wozu hat er sonst all die schönen Air-Jordan-Sachen bekommen, wenn er nicht einmal werfen darf?«
»Die Sachen hat er gar nicht dabei«, sagte Faber.
»Doch«, sagte Goran.
»Du hast ...« Faber sah ihn verblüfft an.
»Ja, Deda, alle!«
»Wo?«
»Ich habe sie in den Kofferraum vom Omega gelegt. Sei nicht böse! Meinetwegen auch nur werfen. Bitte, lassen Sie mich rüber in den Park, Herr Doktor!«
»Okay«, sagte Bell. »Höchstens zwanzig Minuten. Petra, du bist mir verantwortlich für den Kerl!«
»Zwanzig Minuten, großes Ehrenwort«, sagte Petra. Und zu Goran: »Hol alles, und zieh dich um!«
»Hier? Wo?« fragte Bell.
»Haben Sie noch Ihren Spind, Herr ... hrm ... Jordan?« fragte Petra.
»Ja ...«
»Dann zieh dich um auf einem Klo, und gib die Jeans und das Hemd und die Schuhe in den Spind, Goran! Sie gestatten doch, Herr Jordan? Und können wir bitte die Wagenschlüssel haben? Für den Kofferraum.«

2

Ein paar Minuten später betraten sie zu dritt den kleinen Park gegenüber dem Marien-Kinderspital. Hier bin ich schon gewesen, dachte Faber. An jenem Morgen, bevor ich

zum erstenmal in dieses Krankenhaus kam. Vier kleine Mädchen waren damals in ein seltsames Ballspiel vertieft gewesen: Verliebt, verlobt, verheiratet ... Wer den Ball so warf, daß er als erster tot war, hatte gewonnen. Rote Haare und eine Brille hatte das Mädchen, das mir dieses Spiel erklärte.
»Da hinten«, sagte Goran. Er ging sehr langsam und war doch schon fast außer Atem. »Siehst du, Deda?«
Am anderen Ende des armseligen Parks, der zwischen hohe Häuser eingepreßt lag, tobten sechs Jungen mit einem Ball herum. Sie waren etwa so alt wie Goran, doch im Gegensatz zu diesem kräftig, strahlend vor Gesundheit und von wildem Kampfgeist beseelt.
»Hierher, Blaader, hierher!«
»Jetzt dribbel!«
»Wirf! Wirf endlich!«
»Shit!«
»Zu spät, blödes Arschloch, zu spät! *Fuck you!*«
Der dies geschrien hatte, war der erste, der die seltsamen Besucher erblickte. Er riß Augen und Mund weit auf. Er war sprachlos.
»Was isn, Kevin?« fragte sein Freund. Dann sah er, was Kevin sah. »Na servas«, sagte er erschüttert. »Zwick mi!«
Ich wäre auch erschüttert, dachte Faber, man muß die Burschen verstehen.
Nun starrten sie alle herüber. Schon wild, was da auf sie zukam: ein hübsches junges Mädchen, ein alter Mann mit weißem Haar und ein Junge, dessen magerer Körper so grün und braun verfärbt war wie seine Augen, ein Junge, der nur schleppend Fuß vor Fuß setzen konnte, das elende Wrack eines Jungen – in der Ausrüstung Air Jordans, des besten Basketballspielers aller Zeiten: rot die kurzen Hosen, weiß eingefaßt, weiß die berühmten Air-Jordan-Schuhe mit rot-schwarzer Sohle und der Zahl 23 seitlich, rot das Hemd mit der schwarzen, weiß umrandeten Nummer

23 und dem Wort BULLS, rot das Schweißband am linken Handgelenk, rot die Kappe mit dem schwarzen Logo eines springenden Spielers. Das leuchtete vielleicht im Sonnenschein!

Stumm sahen die sechs Jungen Goran entgegen.

»Hallo!« sagte Goran und lächelte sie werbend an.

Keiner antwortete.

Nicht gerade besonders angenehm, dachte Faber.

»Was ist denn los mit euch?« fragte Petra betont unbekümmert. »Noch nie ein Air-Jordan-Outfit gesehen?«

»I scheiß mi an«, sagte einer der sechs. »Die hat vielleicht an Gschmack! Mit so was kannst doch net amal in der Nacht rumlaufen bei Nebel und Neumond, Klaane!«

»A Komposti und a Zombie!« – »Der reine Horrorfilm!« – »Wo hams denn euch zwa auslassn?« – »Vielleicht ist des Görl die Mamma von die zwa!« – »Oda die Tochta!«

Jetzt wurden die jungen Herren lebendig.

»Schleicht's euch von hier, los, hauts ab! Wir wolln weiterspieln.«

»Net alle, Karli! Die Katz derf bleiben.«

»Geh, bitte, hört auf!« sagte Petra. »Der da heißt Goran und war sehr krank. Ganz gesund ist er noch immer nicht. Der Mann heißt Faber und ist Schriftsteller. Und ich heiße Petra und bin die Freundin vom Goran.«

»Moment«, sagte der Knabe, der Karli hieß. »Faber? Robert Faber?«

»Ja«, sagte dieser.

»›Es muß nicht immer Kaviar sein‹!« rief Karli. »Das ham Sie gschrieben?«

»Ja.«

»Schmäh ohne?«

»Ohne Schmäh.«

»Des hat mei Großmutter glesen. Dreimal. Prima Buch, hats gsagt. Tag, Herr Faber.«

»Tag allerseits«, sagte Faber.

»Was fehlt denn dem Goran?« fragte der Kleinste der sechs leise. Er schien Angst zu haben. »Doch net am End …«
»Idiot!« sagte Petra. »Seine Leber war kaputt. Hat lang da drüben im Spital gelegen. Jetzt geht es ihm schon viel besser.«
»Tut mir wirklich leid«, sagte der Kleinste. »Ma denkt automatisch an Aids.« Höflich fügte er hinzu: »I bin der Edi.«
»Wo hast du des Gwand her, des leiwande?« fragte der größte Junge. »I bin der Kevin.«
»Von meinem Opa und meiner Oma. Haben sie mir geschenkt.«
»So an Opa möcht i a ham und so a Oma«, sagte Edi. »Heast, des hat ja a Vamögn kost hat des!«
»Klar«, sagte Goran. »Viel zuviel ausgegeben haben die für mich.«
Kevin trat zu ihm. »Derf i amal des Hemd angreifen?« fragte er ehrfürchtig. »Nur ganz kurz. Bist eh net ansteckend – oder?«
»Nein«, sagte Goran. »Bitte.«
Kevin nahm den roten Stoff zwischen zwei Finger. »Air Jordan«, sagte er erstickt. »Von so was träumt unserans nur!«
»Ich habe auch nur davon geträumt«, sagte Goran.
»Du bist aber net von hier«, sagte der große Kevin.
»Nein.«
»A Tschusch, was?« fragte ein Dicker unbedacht und erschrak heftig. »I hab des net sagn wollen! Ma redt halt aso. A Schand is dös. Entschuldige!«
»Ja, ein Ausländer«, sagte Petra laut. »Aus dem Osten. Aber das ist ein Schimpfwort, ein gemeines.«
»I hab ja gsagt, entschuldige«, sagte der Dicke. »Matz haaß i. Matz Kratochwil. I bin genauso a Tschusch wie du, wannst wüllst. Wie haaßtn du? Goran und wie noch?«
»Rubic«, sagte Goran.
»Und von wo?«

»Sarajewo.«
Danach schwiegen die sechs. Vögel sangen in den Bäumen, Autos hupten, eine Straßenbahn klingelte. Die sechs starrten Goran an.
»Du oame Sau«, sagte zuletzt der »Tschusch« Kratochwil. »Auch noch aus Sarajewo. Hinnige Leber allaa ist net gnua.«
»Geht eahm ja scho bessa, hat die Petra gsagt.«
»Trotzdem. Schaut imma noch aus wie – naa!« verbesserte der dicke Matz sich heftig und laut, »Blödsinn, prima schaut er scho wieda aus. Wirklich, prima. Und so schlank! I kann machn, was i will, gar nix fressen, immer bleib i blaad!«
»Möchst a bissel zuschaun?« fragte Kevin.
Goran schluckte krampfhaft.
»Möchst?«
Wieder half Petra: »Er möchte gern ein bißchen mitspielen.«
»Mitspielen?« Kevin bekam das Wort kaum heraus. Nun starrten alle wieder Goran an. »Aber des is doch … i … unseretwegen selbstverständlich, natürlich … aber geht denn des? Net bös sein, Goran!«
»Es geht *nicht*«, sagte Goran. »Ich kann noch nicht laufen. Aber wenn ihr mich ein paarmal werfen laßt …«
»Klar kannst werfen! Komm zur Zone!«
»Wohin?« flüsterte Faber Petra zu.
»Keine Ahnung«, sagte die.
»Da vorn, die Grundlinie«, erläuterte Matz höflich. Er wies auf einen mit weißer Farbe gezogenen Strich unterhalb des Korbes.
»Da hast du den Ball«, sagte Edi und überreichte diesen Goran feierlich. Es war nicht gerade ein Prachtstück.
»Danke«, sagte Goran. Langsam ging er auf die kürzere Freiwurflinie zu.
Nun war es wieder ganz still.
»Goran!« rief Petra.

Er drehte sich zu ihr um. Sie hielt beide Hände, zu Fäusten um die Daumen geballt, hoch.
Er lächelte. Dann konzentrierte er sich. Sehr ernst war er nun, der Spieler vom besten Jugendclub in Sarajewo, und er dachte an Air Jordan, er dachte an seine Leber und daß sie so lange funktionieren sollte, bis Air Jordan wieder spielte und, wenn alles gutging, zum viertenmal NBA-Champion wurde – dann warf er.
Und der Ball flog zu kurz.
Und er warf wieder.
Und diesmal traf er ins Netz.
Er warf in der Folge zehnmal nacheinander und achtmal ins Netz. Trefferquote: achtzig Prozent.
Anschließend umringten ihn alle und schrien begeistert durcheinander und klopften ihm auf die Schulter und gratulierten, und als Petra ihn auf die Wange küßte, pfiffen und johlten die sechs und wären liebend gerne an Gorans Stelle gewesen. Schweiß rann über sein bleiches, mit so viel Haaren bedecktes Gesicht, er keuchte und lachte gleichzeitig, verlegen und stolz.
»Heast«, sagte der kleine Edi, »wann i so weafn kunnt! Des is ja net zum glaubn! Du bist reif für die NBA.«
»Hör bloß auf!« sagte Goran.
»Na, er hat recht!« schrie Kevin. »A einziga Jamma, daß du krank bist, Goran ... I mein, daß du no net wieda ganz gsund bist! Weil, sonst könntest safurt in ana Wiena Mannschaft spieln – die Staatsbürgerschaft würdens dir nachschmeißen! Wer *so* werfen kann – in ana Wochen hat der die Staatsbürgerschaft.«
»Ich hoffe, ich kriege sie auch so«, sagte Goran leise und sah Faber an.
»Ganz bestimmt«, sagte der, ebenso leise, danach laut: »Und jetzt, Herrschaften, seid ihr alle eingeladen zu Würsteln und Coca Cola!«

3

Und da saßen dann alle im Schanigarten des kleinen Cafés nahe dem Marien-Kinderspital, und Fabers Freund, der alte Kellner Josef Viskocil, bei dem er so oft Kaffee getrunken hatte, als er noch in der Pension »Adria« wohnte, war ganz aufgeregt vor Freude über dieses Wiedersehen. Zum Glück hatte er noch Dienst, und zum Glück waren sie die einzigen Gäste, denn die Streetball-Gang machte gewaltigen Krach und betrug sich in höchstem Maße ungezwungen. Die Unmengen Frankfurter Würstchen mit Senf und Kren aßen sie mit den Fingern, bei den Salzstangerln gelang es ihnen, große Mengen Krümel auf Tische, Stühle und den Boden fallen zu lassen, das Coke tranken sie grundsätzlich aus der Flasche, was eine äußerst klebrige Angelegenheit mit Pfützen und Ringen auf dem falschen Marmor der Tischchen wurde, sie redeten sehr laut und durcheinander, schrien, lachten, und ihre Konversation war alles andere als stubenrein. Doch Herr Viskocil (»So sagen S' doch bitte wieder Josef zu mir, Herr Faber!«) hatte ein großes Herz und wurde immer vergnügter, je länger diese Freßorgie dauerte und je mehr der Schanigarten versaut wurde.

»Endlich einmal Jugend, Herr Faber«, sagte er, »nicht immer die alten Leut'! Wenn ich denk', daß wir auch einmal so waren ... so jung, meine ich, so fröhlich ... Als ob es gestern gewesen wär ... Und jetzt sind wir fast schon am Ende ... ja, so schnell geht das ... Soll ich noch Wursteln und Coca bringen, die Herrschaften?«

Jubel. Bravorufe. Die Herrschaften ließen Josef und Faber hochleben.

»Kannst kommen und spielen, wann'st willst, Goran!«

»*Anytime!*«

»Sie sind auch eingeladen, Herr Faber!«

»Und Sie ganz besonders, Fräulein Petra!« Das brachte der dicke Matz errötend hervor. Er war aufgestanden und ver-

neigte sich, halt wie ein echter Tschentelmann, meinten seine Freunde.
Und Herr Viskocil, der Hitze wegen in Hemd mit schwarzer Hose und schwarzem Mascherl, eilte beschwingt hin und her, während er für Nachschub sorgte. Er wirkt, dachte Faber, dreißig Jahre jünger.
Dann war es vorübergehend still, weil alle den Mund voll hatten, und Goran in seinem prächtigen Outfit und seiner scheußlich verfärbten Haut saß strahlend neben einer strahlenden Petra, die unter dem Tisch immer wieder seine Hand drückte. Er sah aus, als hätte er soeben das so wichtige Play-off-Spiel der New York Knicks gegen die Chicago Bulls im Madison Square Garden durch eine heroische Anstrengung in der letzten Minute des vierten Viertels doch noch für die Bulls gewonnen.
»Haben S' viel Sorgen mit dem Buben, Herr Faber?« fragte Josef leise.
Dieser nickte.
»So ein lieber Kerl. Daß es nur gut geht mit ihm!«
»Ja«, sagte Faber. »Daß es nur gut geht mit ihm!«
»Aber wenigstens hat die Kleine ihn lieb und er sie, so was hilft«, sagte Herr Viskocil.
Und Faber nickte und überlegte, daß Herr Viskocil nun gewiß seiner seit Jahren toten Frau gedachte, deren Liebe ihm, wie er gern erzählte, auch immer geholfen hatte, wenn es Kummer und Leid zu tragen galt, und daß sein Anwalt Walter Marks ihm die Geldverschwendung für diese Party wohl verzeihen würde und daß im Marien-Kinderspital gewiß etwas Arges geschehen war, sonst hätte Bell sich anders verhalten. Und schließlich dachte er an das Buch, das er zu schreiben begonnen hatte, und daran, wie in einem gut konstruierten Roman Personen, einmal eingeführt, nicht einfach verschwanden, sondern wieder auftauchten, und daß ihm bei all seinen Überlegungen über den Aufbau der Handlung noch keine Möglichkeit für ein Comeback des

alten Kellners eingefallen war, überhaupt keine, und nun stand Josef Viskocil völlig einfach und logisch wieder in dem Buch.

Das Leben, *unfair in itself*, hatte dieses Problem gelöst, wenn auch besagte Stelle noch in weiter Ferne lag, denn er hatte eben erst zu schreiben begonnen, und niemand konnte sagen, ob er bei der chronologischen Schilderung seiner Erlebnisse bis zu diesem 9. August, den Jungen im Park, Gorans Werferkünsten und der Würstel-Cola-Orgie kommen würde. Vielleicht kam er nie soweit. Vielleicht war er schon lange vorher tot. Trotzdem, dachte Faber, eine Person, die vorn im Buch auftaucht, taucht nun weit hinten wieder auf, und das habe nicht ich geschafft, sondern dieses mörderische Leben. Es ist ein verrücktes Gewerbe, das ich betreibe!

Er erhob sich und ging auf die Toilette. Dort nahm er den Pearlcorder aus der Ledertasche und schaltete ihn ein. Er hatte die Telefonate der Schwestern im Spital dokumentiert und die Dialoge in dem kleinen Park und im Schanigarten. Nun sprach er seine Überlegungen über die gute und schlechte Konstruktion eines Romans auf Band.

Derartige Gedanken mußte er stets schnellstens registrieren, denn nach ein paar Minuten schon waren sie sonst vergessen. In den letzten Wochen hatte Faber solcherart viele Dutzende Kassetten aufgenommen. Bandaufnahmen bildeten schon immer einen großen Teil seiner Recherchen. Das sofortige Festhalten von Gedanken und Einfällen bei Tag und bei Nacht kam als Neuheit hinzu. Nicht schön, dachte Faber auf der Toilette des kleinen Kaffeehauses, gar nicht schön. Aber solange ich wenigstens überhaupt wieder arbeiten kann …

4

»Meine Damen und Herren, ich begrüße Sie sehr herzlich zu ›SOS‹, der Sendung, in der wir versuchen, Menschen in verzweifelten Situationen mit Rat und Tat beizustehen …«, sagte die junge, brünette Moderatorin. Sie trug ein sandfarbenes Kostüm und war dezent geschminkt. Ihre braunen Augen blickten voll geradezu unendlicher Hilfsbereitschaft in die Kamera. Auf dem unteren Bildrand erschien ihr Name, sie hieß Gaby Hauenstein.

Vor dem Fernseher in der Bibliothek saßen Mira, Goran, die Haushälterin Ludmilla und Faber. Rot leuchtete ein Lämpchen des Videorecorders unter dem Apparat. Faber schnitt die Sendung mit. Hingewiesen auf sie hatte ihn Ludmilla, als er mit Goran gegen dreizehn Uhr heimgekehrt war und zu Tisch saß. (Goran konnte nichts mehr zu Mittag essen – er war nach dem Besuch des kleinen Cafés mehr als satt.)

»Also um fünf ist wieder ›SOS‹ im Fernsehen«, hatte Ludmilla gesagt. »Jeden Dienstag um fünf ist ›SOS‹. Heute müssen wir das anschauen, denn heute bringt die Gaby etwas über ein Kind aus dem Marien-Spital.«

Faber sah sie an. »Woher wissen Sie das, Ludmilla?«

»Sie haben's am Vormittag angekündigt, ich hab's gehört in der Küche, am Radio. Machen immer Reklame für ›SOS‹. Die Leute sind ganz verrückt damit.«

»Sie auch?« fragte Faber.

Ludmilla lachte verlegen. »Ich auch. Eigentlich müßte ich mich ja schämen dafür. Tu' ich auch. Und schau' es mir doch immer wieder an.«

»Was ist denn das für eine Sendung?« fragte Mira über ihren Teller hinweg. Angesichts der Hitze hatte Ludmilla eine große Schüssel gemischten Salat mit Radieschen, Oliven und kleingeschnittenen Eiern sowie kalte Kalbsschnitzel vorbereitet.

»No, so was, wie in Deutschland die Privaten machen halt«, sagte Ludmilla geniert. »Ich häng' auch am Kabel. Sie kennen das noch nicht, Frau Masin, der Herr Faber sicher ... Die Privaten haben ›Komm zurück!‹ und ›Vergib und verzeih!‹ und ›Einspruch!‹ und ›Traumhochzeit‹, nicht wahr, Herr Faber?«
»Ja«, sagte der. »All diese Schrei- und Schluchz-Shows.«
Ludmilla lachte wieder. »Was wollen Sie, Herr Faber, das ist eben das ganz große Geschäft, und nur aufs Geschäft kommt's an – allen! Nehmen Sie noch Salat? Warten S', ich geb' Ihnen ...«
»Danke, Ludmilla!«
»Bitte sehr. No ja, und die Gaby vom ›SOS‹, also die hat es mit dem Helfen. Vergewaltigte Frauen, behinderte Kinder, Familien in Not, einsame alte Leut' ... Hilft oft wirklich, die Gaby. Und immer ist es interessant. Tränendrüse noch und noch, natürlich, ich hab' ja gesagt, ich müßt' mich schämen ... Aber da müßten sich Hunderttausende schämen ...« Fabers Pearlcorder lief. »... und heute etwas über ein Kind aus dem Marien-Spital! Das müssen wir doch sehen, nicht wahr?«
»Natürlich«, hatte Mira gesagt.
Und so saßen sie dann pünktlich um siebzehn Uhr mit Goran vor dem Apparat. Voll Beklemmung dachte Faber an die Aufregung in der Klinik am Vormittag, an den Fernsehmenschen, der telefonierend über den Gang gelaufen war, an die vielen Anrufe beim Stützpunkt im Erdgeschoß, die entnervten Schwestern. Wenn es damit zusammenhing ...
Die Dekoration von »SOS« war denkbar einfach. Sie bestand aus einer leuchtendblauen Kulisse mit einer Filmleinwand und mehreren Stehpulten aus Acryl.
»... Heute«, sagte die hübsche Moderatorin Gaby, »müssen wir uns mit einem besonders tragischen Fall beschäftigen: dem Schicksal des kleinen Robin Sigrist.«
Auf der Leinwand erschien das Foto eines lachenden Jun-

gen. Er hatte ein schönes Gesicht mit großen schwarzen Augen, schwarze Haare, die zu einer Pagenfrisur geschnitten waren, und ungleichmäßige erste Zähne.

»Der!« Faber war zusammengefahren.

»Was ist?« fragte Mira.

»Ich kenne den Jungen!«

»Woher?«

»Aus dem Spital.«

»Aus meinem Spital?« fragte Goran.

»Ja! Als ich dich hinbrachte mit Fieber und Schüttelfrost, habe ich ihn gesehen.«

»Ich nicht.«

»Du hast damals überhaupt nichts gesehen. Du warst halb bewußtlos.«

»Seid ruhig, bitte!« sagte Mira.

»Der kleine Robin«, sagte die Moderatorin, »kam am 17. Juli, also vor gut drei Wochen, mit seiner Mutter Ellen Sigrist ins Marien-Kinderspital ...« Auf der Leinwand erschien das Bild einer etwa dreißigjährigen attraktiven Frau mit dunklem Haar und dunklen Augen, die gleichfalls lachte. »Diese Fotos wurden in glücklicheren Zeiten gemacht. Frau Sigrist ist alleinerziehende Mutter. Ihr Mann kam bei einem Arbeitsunfall auf einer Baustelle in der früheren DDR ums Leben. Frau Sigrist und ihr Sohn wohnten in Weidling bei Klosterneuburg, nördlich von Wien ...« Fotos eines kleinen Hauses in einem Garten voller Gemüsebeete.

»Wieso wohn*ten*?« fragte Goran.

»Pscht!« machte Ludmilla.

»... Am 15. und 16. Juli weinte Robin. Er klagte über starke Bauchschmerzen. Seine Mutter, Sekretärin bei einem Wiener Steuerberater und Anhängerin alternativ-medizinischer Schulen, ließ die Hausmittel diesmal im Schrank und brachte Robin in die Kinderabteilung des Klosterneuburger Krankenhauses ...« Auf der Leinwand: Fotos des Krankenhauses und der Kinderstation. »... Die befürchtete Blinddarmentzündung ließ sich nicht feststellen. Doch schon am Tag darauf mußte Primarius Edmund Steiner eine weit schlimmere Nachricht überbringen: Robin hat Leberkrebs ...«

Die Regie zeigte wieder das Bild des lachenden Kindes, das auf der Leinwand blieb, während Gaby weitersprach und Faber sich in steigender Erregung daran erinnerte, wie diese Mutter den kleinen Jungen über den Gang von der Notaufnahme zum Ausgang zerrte, schreiend, sie lasse ihn nicht eine Minute länger hier, niemals werde sie einer Behandlung zustimmen, und wie Bell und andere vergebens versuchten, sie aufzuhalten. Er konzentrierte sich auf die Moderatorin, die weitergesprochen hatte.

»... Primarius Steiner schickte Mutter und Kind noch am selben Tag nach Wien in das für Krebsbehandlungen renommierte Marien-Kinderspital. Dort wurde Robin vom Leiter dieser Klinik, Professor Alexander Aldermann ...«

»Den kenne ich!« rief Goran.

»... und seinen Mitarbeitern genauestens untersucht. Die Klosterneuburger Diagnose stimmte leider. Robin hat einen sogenannten Kasai-Tumor im linken Leberlappen ...«

»Auch die Leber!« rief Goran. »Wie ich!«

»Du hast keinen Krebs«, sagte Mira.

»Nein, aber meine Leber ist krank wie die von Robin.«

»... Es folgten lange Gespräche der Ärzte mit Frau Sigrist. Robin, sagten sie, habe Glück im Unglück. Der Kasai-Tumor, der fast ausschließlich bei Kindern auftritt, läßt sich sehr gut behandeln. Achtzig Prozent aller Fälle können im Frühstadium vollständig geheilt werden ... Chemotherapie sollte den Tumor schrumpfen lassen, nach einigen Wochen wollte man den befallenen linken Leberlappen operativ entfernen. Danach hätten Chemotherapie und eventuell Bestrahlungen gestanden, um ein neuerliches Tumorwachstum zu verhindern. Auch bei Robin, sagten Professor

Aldermann und seine Spezialisten der Mutter, sei die totale Heilungschance ausgezeichnet. Schon am Donnerstag, dem 21. Juli, wollte man mit der Chemotherapie beginnen. Frau Sigrist und Robin kamen morgens ins Kinderspital. Etwa eine halbe Stunde später verließ Frau Sigrist das Spital mit ihrem Sohn in Panik ...«

Immer noch lachte der gesunde Robin von der Leinwand herab. Gaby Hauenstein sah nun, in Großaufnahme, ihren Zuschauern direkt in die Augen.

»Was war geschehen? Warum hat Frau Sigrist mit ihrem kleinen Sohn das Spital in Panik verlassen? Warum befinden sich die beiden seither auf der Flucht? All diese Fragen beantwortet ein Amateurvideofilm, der uns zugespielt wurde. Die Aufnahmen fanden in einem Hotel statt, dessen Lage und Namen uns unbekannt sind. Sehen Sie nun dieses erschütternde Dokument ...«

Die Moderatorin trat zur Seite, auf der Leinwand flackerten die Ziffern 3, 2 und 1, danach sah man bildfüllend und in Großaufnahme einen entsetzlich geblähten Bauch. Frauenhände rieben ihn mit Öl ein.

Die Kamera fuhr zurück und zeigte den kleinen Robin, der auf einem Bett lag und seine Mutter, die den Leib des weinenden Kindes massierte. Sie trug ein leichtes Sommerkleid, ihr hübsches Gesicht war eingefallen, der Blick ihrer Augen fanatisch entschlossen.

»Im Marien-Kinderspital«, sagte Ellen Sigrist mit harter Stimme, »warteten Robin und ich in einem Untersuchungsraum auf Herrn Professor Aldermann, als plötzlich ein kleines Mädchen hereinkam ... Hör auf zu weinen, Robin! ... Das kleine Mädchen leidet, wie ich heute weiß, an Knochenkrebs ... Durch Chemotherapie hatte es alle Haare verloren, der Kopf war wie aufgeblasen, und es versuchte dauernd krampfhaft zu schlucken ... Niemals habe ich etwas derart Furchtbares gesehen!«

Die Stimme eines Mannes, der nicht im Bild war, frag-

te: »Wieso kam das Mädchen in das Untersuchungszimmer?«
»Das weiß ich nicht ... Vielleicht suchte es jemanden ... hatte sich verlaufen ... Für mich stand sofort felsenfest: Niemals wird mein Robin eine solche Behandlung erleiden! Chemotherapie ist schlimmer als die schlimmste Folter! Wer so etwas wie dieses kleine Mädchen noch nicht gesehen hat, darf nicht mitreden! Ich *habe* es gesehen! Und darum bin ich mit Robin aus dem Spital geflohen ...«
Die Kamera, die Ellen Sigrist groß aufgenommen hatte, fuhr wieder zurück und zeigte ein kleines Zimmer mit wenigen Möbeln. Vor den Fenstern waren Vorhänge zugezogen.
»Das ist kein Amateurvideo«, sagte Faber. »Das haben Profis gemacht. Erstklassiger Kameramann, perfekt ausgeleuchtet, bester Ton. Da hat eines dieser Teams gearbeitet.«
»Welcher Teams?« fragte Mira.
»Andere Sender. Es sind mehrere unterwegs ...« Ganz kurz berichtete Faber von den Telefonaten der beiden Schwestern am Stützpunkt. »Vielleicht war das sogar ein Team des ORF«, schloß er.
Die Stimme des Mannes, den man nicht sah, fragte: »Was haben Sie getan, nachdem Sie mit Ihrem Sohn das Marien-Kinderspital verließen, Frau Sigrist?«
»Ruhig!« sagte diese zu dem stöhnenden Sohn, während sie mit den Händen weiter über seinen geblähten Leib strich. »Sei endlich ruhig ...« Sie blickte an der Kamera vorbei in Richtung des unsichtbaren Mannes. »Wir sind zu Freunden gegangen. Einer hat von einer Ärztin erzählt, die Krebs ohne Chemotherapie und ohne Operation heilt.«
»Das gibt es nicht!« rief Goran.
»Gibt es doch«, sagte Ludmilla. »Nicht nur Krebs. Viele andere Krankheiten auch.«
»Woher wissen Sie das?«
»Hab' Leute in Belgrad gekannt, Goran. Sind geheilt wor-

den mit Naturmedizin. Auch auf dem Land. Besonders auf dem Land. Auch hier in Wien und in Österreich. Viele. Hab' davon gehört und gelesen.«

»Warum kriege ich dann nicht Naturmedizin, Bakica?«

»Bei dir geht das nicht, Goran.«

»Warum nicht?«

»Nun hört doch zu!« sagte Faber.

»Wie heißt diese Ärztin?« hatte indessen die Stimme des Unsichtbaren auf dem angeblichen Amateurvideofilm gefragt.

»Frau Doktor Carla Montevivo«, hatte Frau Sigrist gesagt. Robin weinte jetzt.

»Eine Italienerin?«

»Ja.«

»Wo lebt sie?«

»In Florenz.«

»Sie sind zu Frau Doktor Montevivo gefahren?«

»Ja.«

»Und?«

»Sie hat Robin untersucht und gesagt, daß er nicht an Kasai-Leberkrebs leidet, sondern an einem gutartigen Lebertumor, der durch eine Psychoverwundung entstanden ist.«

»Durch eine was?«

»Eine Psychoverwundung.«

»Was ist eine Psychoverwundung, Deda?« Goran sah Faber an.

»Keine Ahnung! Hör zu!«

»Für Frau Doktor Montevivo sind beispielsweise gutartige Tumorleiden ausschließlich Folgen von Psychoverwundungen oder Schocks und können nur durch Psychoheilung zum Verschwinden gebracht werden.

»Durch Psychoheilung?« fragte die Männerstimme.

»Jawohl! Heilung des Körpers durch den Geist!« Die Stimme der Mutter klang gereizt. »Welche Psychoverwundung die Krankheit verursacht, kann man ganz leicht durch eine Computertomographie des Gehirns feststellen.«

»Aha.«

»Wenn Sie ironisch werden, breche ich dieses Gespräch ab!«

»Das war nicht ironisch, das war Verblüffung.«

»Seit meine Mutter ihren Brustkrebs durch Naturheilmittel besiegt hat, glaube ich an Alternativmedizin. Mein verunglückter Mann glaubte auch daran. Nun muß ich allein die Verantwortung für unseren Sohn tragen. Ich danke Gott im Himmel, daß ich Frau Doktor Montevivo begegnet bin. Die Ursache für Robins Psychoverwundung war bald gefunden.«

»Nämlich welche?«

Groß zeigte die Kamera das Gesicht des kleinen Jungen, dem Tränen über die bleichen Wangen liefen und der leise stöhnte.

»Robin mußte im vergangenen Januar zu meiner Schwester Charlotte übersiedeln – ich fuhr doch jeden Morgen nach Wien in die Steuerkanzlei und kam erst abends zurück –, und er ertrug die Trennung von mir nicht.«

»So kam es zu einer Psychoverwundung?«

»Ja!«

»Und diese löste den Lebertumor aus?«

»Den *gutartigen* Lebertumor! Für bösartige Tumore und andere schwere Erkrankungen hat Frau Doktor Montevivo natürlich andere Behandlungsarten, dem Einzelfall angepaßt. So arbeitet sie auch mit den Heilkräften der Natur, hochkonzentrierten alkoholischen Lösungen von Pflanzen beispielsweise – durch äußerliche, orale oder Anwendung in Injektionsform. Im Vordergrund stehen stets der gesunde Geist und der absolute Glaube an die Behandlungsart – und an sie! Wenn dieser absolute Glaube fehlt, kann Frau Doktor Montevivo nicht helfen.«

»Und Sie haben diesen absoluten Glauben.«

»Selbstverständlich!«
»Ihr Sohn auch?«
»Mein Sohn ist fünf Jahre alt. Da muß ich diesen Glauben für ihn haben. Niemand kann geheilt werden, wenn er – oder eben seine Mutter, sein Vater – nicht an die Heilung glaubt!«
»Und welche Therapie verordnete Frau Doktor Montevivo für Robin?«
»Ich muß meinen Job in Wien aufgeben und den Jungen wieder zu mir nehmen. Ich muß ständig für ihn dasein. Dann wird er wieder gesund.«
»Er hat Schmerzen und Fieber, sagten Sie.«
»Hat er, ja. Beides sind gute Zeichen.«
»Gute Zeichen?«
»Natürlich! Je stärker die Schmerzen, je höher das Fieber, je eindeutiger der Beweis, daß der Heilungsprozeß bereits eingesetzt hat.«
»Frau Sigrist, Sie sind mit Ihrem kleinen Sohn seit vielen Tagen auf der Flucht ...«
Sie unterbrach heftig: »Ja, weil mir das Sorgerecht für ihn entzogen worden ist! Weil wir von der Polizei gesucht werden! Weil diese Verbrecher ...«
»Frau Sigrist! Frau Sigrist!«
»Diese Frau ist schrecklich, Bakica, ganz schrecklich!« rief Goran.
»Nicht zu begreifen ist sie«, sagte Mira. »Nicht zu begreifen ...«
»Darum bringt die Gaby ihre Geschichte und die von Robin ja«, sagte Ludmilla. »Bringt *nur* Geschichten, die jeden aufregen. Deshalb hat sie ja solchen Erfolg.«
Kluge Ludmilla, dachte Faber.
»Weil diese Verbrecher ...«, hatte Ellen Sigrist wieder begonnen, und wieder unterbrach sie die Männerstimme: »Wir müssen bei den Tatsachen bleiben! Und es ist eine Tatsache, daß Primarius Steiner von der Kinderstation Klo-

sterneuburg mit Ihnen ausführlich gesprochen hat, *nachdem* Sie das Marien-Kinderspital verlassen haben. Ist das eine Tatsache?«

»Ja ...«

»Warum hat er so ausführlich mit Ihnen gesprochen?«

»Er wollte unbedingt erreichen, daß ich mit Robin zu den Wiener Ärzten zurückgehe ... Das habe ich natürlich abgelehnt.«

»Weshalb?«

»Weil Frau Doktor Montevivo gesagt hat, die in Wien bringen Robin um.«

»Sie bringen ihn um? Frau Doktor Montevivo benützte das Wort ›umbringen‹?«

»Umbringen, ja, umbringen! Mit der Chemo!«

»Vielleicht hat sie recht?« sagte Goran zweifelnd. »Aber der Doktor Bell und die Frau Doktor Rohmer und der Herr Professor Aldermann und alle andern, die bringen doch keine Kinder um!«

»Mit der Chemo?« fragte die Männerstimme.

»Ja! Ja! Ja! Die Mediziner dort bringen ihre Patienten um mit der Chemo, mit Tabletten, mit Bestrahlung! Mit der Chemo allein machen sie den natürlichen Heilungsprozeß eines Krebses kaputt, sagt Frau Doktor Montevivo.«

»Und Sie glauben ihr?«

»Natürlich glaube ich ihr!«

»Schon toll, was die Gaby für Fälle bringt«, sagte Ludmilla. »Gerade wieder den da, wo so viele Menschen an Naturmedizin glauben! Weil die Naturmedizin so oft hilft und Kranke rettet, die von den Ärzten aufgegeben worden sind.«

»Ist das wahr, Bakica?«

»So etwas kommt immer wieder vor«, sagte Mira. »Die Naturheilkunde bewirkt viel Gutes. Aber was diese Frau Montevivo da tut, ist absolut unverantwortlich. Schau dir doch den armen Buben an! Die Mutter hätte ihn nie aus dem Spital holen dürfen! ›Psychoverwundungen‹! Der Jun-

ge hat nicht Krebs bekommen, bloß weil er bei seiner Tante leben mußte!«
»Und wenn doch?« Goran sah von Mira zu Faber. »Ludmilla sagt, so viele Menschen sind geheilt worden durch Naturmedizin!«
»Jetzt laß uns doch einmal die Sendung sehen, Goran!« sagte Faber. »Du warst schwer krank. Daß du dich derart erholt hast, verdankst du den Ärzten im Marien-Spital, vergiß das nicht!«
»Ich vergesse es ja nicht, ich bin nur ganz durcheinander. Und der Robin tut mir so leid.«
Unterdessen war der Dialog auf dem Fernsehschirm weitergegangen.
»... Zurück zu den Tatsachen, Frau Sigrist«, hatte die Männerstimme gefordert. »Primarius Steiner sprach noch ein weiteres Mal mit Ihnen. Stimmt das?«
»Das stimmt.«
»Er bestätigte wieder, was schon die Wiener Ärzte sagten: daß ein Kasai-Tumor in diesem Anfangsstadium fast immer heilbar ist, daß man aber nach seiner Erkennung mit der Behandlung so schnell wie möglich beginnen muß, weil er sich ungemein rasch vergrößert. Hat er Ihnen das gesagt?«
»Ja.«
»Und Sie haben sich dennoch geweigert, nach Wien zurückzukehren.«
»Richtig.«
»Und erst nach dem zweiten erfolglosen Gespräch hat Primarius Steiner Sie beim Jugendamt Klosterneuburg gemeldet. Das stimmt auch?«
»Das stimmt auch.«
»Daraufhin hat der Bezirksrichter Herbert Kanicek Ihnen mit Datum vom 28. Juli 1994 im Namen der Republik Österreich unter der Geschäftszahl L 518 Schrägstrich 86 Strich 19 die Obsorge für Ihren Sohn Robin, geboren am

10. Mai 1989, entzogen und diese der Jugendabteilung der Bezirkshauptmannschaft übertragen.«
»Ja, und deshalb sind wir auf der Flucht. Müssen wir auf der Flucht sein.«
»Sie kennen den Beschluß des Gerichts?«
»Natürlich!«
»Sie haben doch schon Tage vor dem 28. Juli Ihr Haus in Weidling verlassen!«
»Hätte ich warten sollen, bis sie kommen und mir den Buben wegnehmen?«
»Wie haben Sie dann von dem Beschluß erfahren?«
»Er ist meiner Schwester Charlotte zugestellt worden. Die rufe ich ab und zu an. Damals hat sie mir das Urteil vorgelesen.« In Großaufnahme sagte Ellen Sigrist mit schneidender Stimme, jedes Wort betonend: »Ich klage den Bezirksrichter Herbert Kanicek an als Handlanger des medizinischen Terrors!«
»Ist das eine Formulierung von Frau Doktor Montevivo?«
»Es ist ihre und meine – und ganz gewiß eine, die Millionen richtig finden. Mein Sohn kommt *niemals* in die Hände der Schulmediziner«, sagte Ellen Sigrist, während die Kamera von ihrem Gesicht zurück- und auf Robin zufuhr. In Großaufnahme zeigte sie zuletzt den schrecklich vergrößerten Bauch des Kindes.
Nach fünf Sekunden blendete das Bild ab.

5

Auf dem Schirm war nun wieder das Studio zu sehen. Zwei Besucher waren zu Gaby Hauenstein gekommen. Sie standen an Acrylpulten rechts und links von ihr, ein Mann und eine Frau. Der Mann war schlank, hatte graues Haar und ein schmales Gesicht, die Frau war so groß wie er, das schwarze Haar trug sie in der Mitte gescheitelt und am Kopf

anliegend, eine breite, gebleichte Strähne verlief seitlich. Sie hatte hohe Backenknochen, einen schön geschwungenen, großen Mund mit vollen Lippen, sehr weiße Haut und riesige schwarze Augen, die zu glühen schienen.
Glutaugen sind das, dachte Faber, leicht vorstellbar, daß sie Menschen in ihren Bann ziehen. In dem enganliegenden, ihren wohlgeformten Körper provozierend betonenden weißen Kleid hat diese Frau auch eine enorme erotische Ausstrahlung ...
»Meine Damen und Herren«, sagte die Moderatorin, und ihr Gesichtsausdruck signalisierte bewegte Anteilnahme, »Sie haben den erschütternden Amateurfilm über den kleinen Robin und seine Mutter Frau Ellen Sigrist gesehen, der im Zimmer eines Hotels gedreht und uns zugespielt wurde. Wir wissen nicht, in welchem Hotel die Aufnahmen entstanden. Frau Sigrist und ihr fünfjähriger Sohn sind seit fast drei Wochen untergetaucht und werden von der Polizei gesucht. Bei mir stehen nun Frau Doktor Carla Montevivo und Herr Primarius Edmund Steiner von der Kinderabteilung des Krankenhauses Klosterneuburg. Wir erwarten noch einen Überraschungsgast. Die beiden Herrschaften haben mit uns den Film gesehen. Zunächst eine Frage an Frau Doktor Montevivo: Ist es richtig, Frau Doktor, daß Sie nicht italienische Staatsbürgerin sind, wie Frau Sigrist im Film sagte, sondern deutsche, daß Sie in Hamburg geboren wurden und mit einem italienischen Alternativmediziner namens Alfredo Montevivo verheiratet waren?«
»Das ist richtig«, sagte die so beeindruckende Heilerin. Tief und wohlklingend war ihre Stimme. »Mein Mann starb 1984.«
»Woran?«
Sie zögerte. Dann: »An Leberkrebs.«
»Wurde er nach den Methoden der Schulmedizin behandelt?«
»Zuerst nicht. Später leider doch.«

»Warum ›leider‹?«
»Weil die Schulmediziner ihn ermordet haben. Wäre er alternativ weiterbehandelt worden, würde er heute noch leben.«
»Hat er sich freiwillig in die Behandlung von Schulmedizinern begeben?«
»Falsche Freunde überredeten ihn dazu. Er war in einem Zustand, in dem er nicht länger klar entscheiden konnte. Er hörte nicht einmal mehr auf mich.«
»Sie rieten von einer Behandlung durch Schulmediziner ab?«
»Selbstverständlich!«
»Frau Doktor Montevivo«, sagte die Moderatorin, und nun zeigte ihr Gesicht Beklommenheit, »es fällt mir nicht leicht, aber ich *muß* das folgende sagen: Auf Grund eines Entscheids der Hamburger Ärztekammer haben Sie seit dem 1. Februar 1985 Berufsverbot!«
»Ich bin eines von zahllosen Opfern der Schulmedizin-Mafia«, sagte Carla Montevivo.
»Sie dürfen seit 1985 nicht mehr als Ärztin arbeiten«, beharrte die Hauenstein. »Ist das richtig?«
»Das ist richtig. Ich habe auch nicht das geringste Bedürfnis. Nach der Ermordung meines geliebten Mannes durch die Schulmediziner will ich mit ihnen nichts mehr zu tun haben. Im Gegenteil, ich bekämpfe sie, wo ich kann – wie im Falle des kleinen Robin. Ich habe die Grundsätze einer ›Neuen Medizin‹ entwickelt. Einige dieser Grundsätze hat Frau Sigrist in dem Film erwähnt.«
»In Österreich dürfen Sie weiter arbeiten?«
»Nein, und das wissen Sie genau! Ich tue es auch nicht.«
Die Augen, dachte Faber, diese Augen!
»Ich arbeite ausschließlich als Beraterin und Heilerin auf der Basis von Alternativmedizin. Das kann mir nicht verboten werden und wurde mir auch nie verboten. Mit meinen Methoden habe ich viele Dutzende Krebskranke, die durch

die Schulmedizin – wie mein armer Mann – elend gestorben wären, wieder zu gesunden, glücklichen Menschen gemacht. Ich bin sicher, daß sich diese Menschen in den nächsten Tagen zu Wort melden und meine Behauptung bestätigen werden.«

»Glaubst du das, Deda?« fragte Goran unglücklich und aufs neue verwirrt.

»Ich glaube es nicht. Aber möglich ist alles.«

»Warum muß ich dann ...«

»Warte!« sagte Mira. »Warte doch, Goran!«

»Im Kampf gegen Krebs«, sagte die faszinierende Frau, und ihre Stimme war tief und warm und unerhört beeindruckend – wie beeindruckend erst für ihre Patienten und deren Angehörige, dachte Faber –, »hat die Schulmedizin trotz eifrigem Einsatz von Chemotherapie, Skalpell und radioaktiver Bestrahlung kaum Fortschritte aufzuweisen.«

»Herr Primarius Steiner, bitte!«

Der grauhaarige Arzt mit dem schmalen Gesicht sagte: »Wir haben bei der Behandlung von Krebs gerade in den letzten Jahren sehr große Fortschritte gemacht. Vor allem bei Kindern. Frau Montevivo weiß das natürlich.«

»Unterstellen Sie mir nichts! Es gibt keine Fortschritte!« sagte die schöne Heilerin.

»Herrgott!« Steiner preßte die Hände gegen die Schläfen. »Sie haben Ihren Mann verloren, Frau Montevivo! Er starb an Krebs. Dafür geben Sie den Schulmedizinern die Schuld. Daher Ihr blindwütiger Haß gegen uns.«

»Daher mein Haß, jawohl! Schulmediziner haben meinen Mann ermordet!«

Die Moderatorin Hauenstein versuchte mit allen Kräften erschüttert, tief bewegt und dabei völlig unvoreingenommen zu wirken. Ihr Gesicht hatte sich gerötet.

Ich habe lange genug mit dem Fernsehen zu tun gehabt, dachte Faber. Ich kenne die Intrigen hinter der Kamera, den Kampf bis aufs Messer um die Einschaltquoten. Wenn ich etwas genau weiß, dann dies: Gaby Hauenstein ist unter der Schminke errötet vor Seligkeit beim Gedanken an die Einschaltquote dieser Sendung. Sie weiß, daß sie auf eine Goldader gestoßen ist.

Inzwischen hatte Steiner weitergesprochen, er verlor nun die Fassung: »Nicht diese Worte, Frau Montevivo, nicht diese Worte! Ihr Mann wurde nicht ermordet!«

»Er wurde ermordet«, sagte die Heilerin mit den Glutaugen, jede Silbe betonend. »Ich bleibe dabei. Zeigen Sie mich an! Bringen Sie mich vor Gericht! Ich gehe ins Gefängnis für meine Worte – genauso wie für meine ›Neue Medizin‹.«

»Es handelt sich nicht um Sie!« rief Steiner. »Es handelt sich um ein krankes Kind, wenn Sie bitte *einmal* an Robin denken wollen! Als mir Frau Sigrist – total unter Ihrem Einfluß – mitteilte, der Tumor sei am Ausheilen und der Junge wäre in zwei Monaten gesund, wenn nur die Schulmediziner die Finger von ihm ließen, da sagte ich ihr, unbehandelt würde ihr Sohn sterben. Und er wird – unterbrechen Sie mich nicht, ich habe Sie auch reden lassen! –, er wird sterben, wenn Frau Sigrist ihn nicht schnellstens zurückbringt, das ist so sicher wie das Amen in der Kirche.«

»Er stirbt nur, wenn Frau Sigrist ihn zurückbringt und er nach der Schulmedizin behandelt wird. *Das* ist so sicher wie das Amen in der Kirche.«

»Jetzt sehe ich, wie richtig es von mir war, mich an das Jugendamt zu wenden. Sie sind besessen, Frau Montevivo, Sie sind gemeingefährlich. Gott gebe, daß die Polizei Frau Sigrist und den Buben findet! Schnell findet!«

»Die Polizei wird die beiden niemals finden. Da haben wir vorgesorgt.«

»Wer ist ›wir‹?«

»Ich und Menschen, denen ich helfen konnte und die an mich und meine Medizin glauben.«

»Wenn die Polizei den Jungen nicht findet, und er stirbt,

droht der Mutter – zumindestens – eine Anklage wegen fahrlässiger Körperverletzung mit Todesfolge. Ist Ihnen das alles egal? Sind Sie derart fanatisch überzeugt vom ausschließlichen Wahrheitsanspruch Ihrer Lehre?«
»Das bin ich, ja! Und wenn jemandem solche Anzeigen nicht nur drohen, sondern *sicher sein* müßten, dann Ärzten wie Ihnen, Mördern wie Ihnen!«
»Das geht zu weit!« Die Hauenstein entschloß sich endlich einzugreifen. »So dürfen Sie nicht sprechen, Frau Montevivo!«
»Ich spreche, wie ich will. Ich sage die Wahrheit. Wie viele Menschen mußten schon leiden, weil sie die Wahrheit sagten?«
»Frau Montevivo!« rief Steiner. »Denken Sie, ich habe leichtfertig das Jugendamt verständigt? Glauben Sie, ich weiß nicht, welche entsetzliche Belastung und Qual für alle Beteiligten es ist, eine Behandlung *gegen* den Willen der Eltern, in diesem Falle der Mutter, durchzuführen, vor allem, wenn sie Monate dauert? Aber ich weiß, daß Sie noch nie ein Kind mit einem Kasai-Tumor behandelt haben. Tausende Kinder weltweit konnten bisher von diesem Tumor nach unserem Konzept geheilt werden.«
Die Moderatorin beleckte blitzschnell, wie in einem Reflex, ihre Lippen. Faber registrierte es dennoch. Die Quote! dachte er. Die Quote! Und wenn die Kollegen zerspringen vor Neid und wenn der Bub – wie heißt er überhaupt? – krepiert, eine solche Quote hat noch keine Nachmittagssendung in diesem Jahr gehabt! Keine! Ich weiß, daß Gaby das jetzt denkt, dachte Faber, ich kenne die Branche, ich weiß es genau.
Die Moderatorin Hauenstein trat zwischen ihre Gäste. Mit bewegter Stimme sprach sie, so gütig, so liebenswert: »Es tut mir leid, unendlich leid, Frau Montevivo, Herr Primarius, aber die Sendezeit läuft uns davon. Ich *muß* unterbrechen. Gewiß ist dies nicht Ihr letztes Gespräch bei ›SOS‹, ja, ich

bin sicher, daß es das erste Gespräch von zahlreichen weiteren sein wird ... In meinem Ohr habe ich einen winzigen Sender. So stehe ich in Verbindung mit der Regie. In der Telefonzentrale des ORF sind die Leitungen heiß geworden, derart viele Anrufe bekommen wir ... Natürlich! Es geht um ein Menschenleben! Und darüber hinaus um ein brennend aktuelles Thema. Ich unterbreche Sie jetzt, verzeihen Sie mir, um unseren Überraschungsgast anzukündigen. Es ist ...«, dramatische Pause, »... der Ihnen wohl allen bekannte Abgeordnete zum Nationalrat Herr Udo Forster ...«
Ein junger, aparter Herr trat aus der Kulisse. Er trug einen rosenholzfarbenen Sommeranzug, Schuhe mit leicht erhöhten Absätzen und neben dem Ehering einen Siegelring am Mittelfinger der rechten Hand.
»Guten Tag, Herr Forster!« sagte die Moderatorin herzlich, während sie dem Abgeordneten zum Nationalrat die Hand schüttelte, wie es in Österreich und Deutschland bei Fernsehsendungen üblich ist. (Jeder schüttelt oft mehrmals jedem die Hand, obwohl er ihn spätestens vor einer Stunde beim Schminken in der »Maske« zuletzt gesehen hat.) »Wie schön, daß Sie trotz Ihrer Arbeitsüberlastung Zeit für uns gefunden haben!«
»Das war doch selbstverständlich«, sagte der Politiker strahlend lächelnd, »bei einem so tragischen Anlaß.«
Während er dies sagte, schüttelte er auch Carla Montevivo und dem Primarius Steiner die Hand und schien zu bedenken, daß er seine schönen Zähne lange genug gezeigt hatte. Jählings ernst, wie bei einem Begräbnis sprechend, fügte er, hinter eines der Acrylpulte tretend, hinzu: »Und einem neben all seiner Tragik so eminent wichtigen Anlaß. Was hier geschah und geschieht, betrifft uns alle, das sage ich ganz offen. Hier geht es um Entscheidungen von grundsätzlicher Bedeutung für jeden von uns, jeden einzelnen Menschen. Erlauben Sie, daß ich ganz kurz eine wahrlich heillose Situation aufzeige!«

»Ich bitte darum, Herr Abgeordneter«, sagte Gaby Hauenstein und verneigte sich leicht – auf das äußerste geehrt, sich der eigenen Bedeutung jedoch trotzdem bewußt.
»Um es sofort ganz offen auszusprechen«, sagte Udo Forster, »ich bin der Meinung, die Schulmedizin ist selbst daran schuld, daß die Menschen sich vor ihr fürchten. Ich gehe in medias res – hinter den Kulissen konnte ich alles, was bisher gesagt wurde, auf einem Monitor verfolgen. Selbst schuld, das sage ich ganz offen, denn Ohnmacht und Ignoranz der Schulmedizin treiben immer mehr Patienten zur Alternativmedizin. Noch niemals zuvor hatte diese derart viele Anhänger.«
»Ich protestiere, Herr Abgeordneter!« sagte Steiner. »Wir sind weder ohnmächtig noch ignorant. Es erstaunt mich außerordentlich, daß Sie, ein Politiker und medizinischer Laie, zu diesem Gespräch eingeladen wurden und nun weiteres Unglück mit absolut grotesken Behauptungen anrichten …«
»Sie haben gewiß die Güte, mich ausreden zu lassen«, sagte Udo Forster.
»Wir sind hier nicht im Parlament! Ich wehre mich dagegen, daß Sie diesen tragischen Fall zur – noch dazu kostenlosen – Werbung für Ihre Partei mißbrauchen und …«
»Herr Primarius, bitte, Sie müssen den Herrn Abgeordneten wirklich ausreden lassen!« sagte Gaby Hauenstein in koketter Maßregelung.
Der Arzt hob resignierend eine Hand und ließ sie wieder sinken.
»Danke!« sagte Udo Forster. »Die Schulmediziner – Sie natürlich nicht, verehrter Herr Primarius – in ihrer übergroßen Mehrheit *sind* ignorant *und* ohnmächtig. Millionen werden das bestätigen. Sie nehmen sich einfach nicht die Zeit, und das sage ich ganz offen, den Patienten über seine Krankheit wenigstens erschöpfend aufzuklären und über die Behandlung und deren Risiken und Nebenwirkungen

zu informieren – auf jedem Beipackzettel eines Medikaments wird diese Forderung erhoben, zu jeder Fernsehreklame! Dabei ist umfassende und geduldige Aufklärung besonders bei der Diagnose Krebs ein Grundrecht des Patienten, um so mehr, als ...«

»Die Ärzte des Marien-Kinderspitals und ich ...«

»Herr Primarius, *bitte!*« Jetzt spielte Gaby die strenge Lehrerin.

Der Arzt resignierte. »Verzeihung, Herr Abgeordneter!«

»... um so mehr«, sagte Forster, während er den Primarius mit einem verzeihenden Kopfnicken bedachte, um danach wieder auf das menschlichste in die Kamera zu blicken, »als gerade die Schulmedizin, und das sage ich ganz offen, im Kampf gegen Krebs bisher nur an Nebenfronten Erfolge zu verzeichnen hat. Heilungschancen von achtzig Prozent, wie sie im Fall des Kasai-Tumors bei Kindern angeblich als gesichert gelten, sind auch unter verbesserten Früherkennungsmöglichkeiten immer noch die Ausnahme. Trotz einer halben Billion Dollar, die in den vergangenen zwanzig Jahren weltweit in die Krebsforschung gepulvert wurden – und das sage ich ganz offen –, bleiben die großen Killerkrebse unbesiegt. Starb in den fünfziger Jahren ...«, Forster zog einen Zettel aus einer Tasche seines rosenholzfarbenen Anzugs, »... noch einer von fünf Österreichern an Zellwucherungen, so mußten die Mediziner im vergangenen Jahr schon bei jedem vierten Verstorbenen als Todesursache ›bösartige Neubildungen‹ eintragen. Zwanzigtausend Österreicher verlieren jährlich das Leben, weil sich ihre Körperzellen unkontrolliert vermehren ...« Da er einmal das Wort hatte, schien Udo Forster es mit niemandem mehr teilen zu wollen. »Nicht einmal über die Ursachen, und das sage ich ganz offen, konnten sich Legionen von forschenden Wissenschaftlern bisher Klarheit verschaffen, nicht einmal über die Ursachen! Genetische Schäden oder die Vergiftung der Umwelt, persönlicher Lebensstil, Ernährung, psychische Faktoren – an Hypothesen besteht in der Expertenwelt kein Mangel.« Forster holte hastig Atem, um keine Pause eintreten zu lassen. »Gerade diese auch für den Laien spürbare Unsicherheit der Experten aber ist es, und das sage ich ganz offen, die Krebspatienten häufiger und häufiger nach Alternativen suchen läßt. Die Patienten fühlen sich von der Schulmedizin entmündigt und wollen selber etwas zur Bekämpfung ihrer Krankheit beitragen. Deutschen Untersuchungen zufolge …«, Blick auf den Zettel, »… wenden sich fünfzig bis achtzig Prozent aller Krebspatienten zumindest einmal an alternative Heiler. Das hat auch Frau Sigrist getan, als sie sich an Frau Doktor Montevivo wandte, die, und das muß ganz offen gesagt werden, bereits zahlreiche Fälle von Krebs auf der Basis ihrer Alternativmethoden geheilt hat – und zwar ohne Stahl und Strahl!«

Ganz offen sagt dieser Herr ununterbrochen das, was er sagt, dachte Faber. Politiker! Unsere Retter aus Not, Armut, Angst, aus Krieg, rechtsradikalem Bombenterror, Umweltzerstörung und Krankheit! Was täten wir ohne diese heroischen Kämpfer für Recht, Freiheit und Frieden?

Steiner hob eine Hand.

»Wenn ich ausnahmsweise auch etwas sagen darf …«

»Bitte sehr, lieber Herr Primarius!« Jetzt strahlte Gaby ihn an, als wollte sie sagen: Ich stehe hier wie ein Schiedsrichter zwischen allen Parteien und will allen gerecht werden.

Steiner sprach Forster an: »Ich muß Sie korrigieren, Herr Abgeordneter. Frau Sigrist hat sich wegen der Erkrankung ihres kleinen Sohnes zuerst an *mich* gewandt. Ich habe einen Kasai-Lebertumor diagnostiziert und den Buben an das Marien-Kinderspital verwiesen. Dort hat man ihn vier Tage lang weiter untersucht und mit der Mutter ganz ausführlich alle Einzelheiten, Risiken, Nebenwirkungen, einfach alles besprochen. Darüber existieren Aufzeichnungen. Mehr an Erklärung und psychologischer Betreuung kann man wirklich nicht bieten. Frau Sigrist hat es verständnisvoll und

dankbar zur Kenntnis genommen. Sie ist am Morgen des 21. Juli mit ihrem kleinen Sohn in das Kinderspital gekommen, weil abgesprochen war, daß die chemotherapeutische Behandlung an diesem Tag beginnen sollte. Dann hat sie der Anblick eines Kindes, das durch Chemotherapie alle Haare verloren hatte – es war Frau Sigrist erklärt worden, daß auch ihrem Sohn vermutlich alle Haare ausfallen, aber sehr schnell nachwachsen würden –, dann hat sie der Anblick dieses Kindes derart erschreckt, daß sie mit Robin fluchtartig das Spital verlassen hat.«
»Sie war nicht erschrocken, sie erlitt einen schweren Schock, Herr Primarius!« verbesserte Carla Montevivo. Sie stand mit leicht vorgedrücktem Unterleib da – und so geht sie wohl auch, dachte Faber. Diese Augen, diese Augen …
»Nach dem schweren Schock«, sagte Steiner, »den Frau Sigrist schon in den Tagen zuvor hätte erleiden müssen, denn da sah sie zahlreiche Kinder ohne Haare, sprach ich noch zweimal mit ihr – vergebens. Bereits völlig in den Händen von Frau Montevivo, erklärte sie, einer Chemotherapie niemals zustimmen zu wollen. Robin ginge es gut, bis auf gewisse Schmerzen …«
»Gewisse Schmerzen!« sagte Goran empört. »Habt ihr ihn jammern und weinen gehört, den armen Robin? Das ist keine Mutter, nein, das ist eine ganz böse Frau – oder eine Verrückte. Der Robin muß doch sterben, wenn er nicht behandelt wird. Er muß doch sterben! Ihr habt ihn gesehen!« Er wandte sich an Ludmilla. »Und Sie sagen, viele Menschen sind gesund geworden durch Heiler wie diese Frau Montevivo?«
»Sind sie, Goran, ich schwöre es dir!« Die kleine, rundliche Serbin strich über sein Haar. »Ich erzähl' dir von ihnen. Aber was hier geschieht, das ist ein Verbrechen. Dafür gibt es keine Entschuldigung. Schon gar nicht für diesen Politiker, der noch Reklame macht mit dem Elend. Eine Schande ist das!«

Wirkt schon, dachte Faber. Fernsehen! Nicht auszudenken, was geschehen wäre, wenn Hitler Fernsehen gehabt hätte ...

»Und diese Schmerzen seien der Beweis dafür, daß der Heilungsprozeß bereits eingesetzt hat.« Steiner neigte sich vor. »Das haben *Sie* Frau Sigrist gesagt, Frau Montevivo! Was Sie gesagt und getan haben und weiter tun und sagen, das ist – jedenfalls bei diesem Patienten, ich finde kein anderes Wort – Mord!«

Carla Montevivo sah ihn stumm an. Ihr schöner Mund verzog sich verachtungsvoll.

»Sie sehen, meine Damen und Herren«, sagte der Abgeordnete Udo Forster, »wie weit bei dem Kampf Schulmedizin gegen Alternativmedizin Ablehnung, Mißgunst und Haß, jawohl, Haß, Herr Primarius, gehen. Doch das ist noch nicht das schlimmste. Das schlimmste ist – und das sage ich ganz offen –, daß wir erleben müssen, wie in Fällen wie dem von Frau Sigrist und ihrem kleinen Sohn der Staat sich durch Entzug des Sorgerechts anmaßt, zu bestimmen, wie ein Mensch behandelt wird. Der Staat, meine Damen und Herren, bestimmt darüber, wie unsere Kinder behandelt werden! Der Staat, nicht mehr Mütter und Väter! Der Staat entscheidet über Leben und Tod kranker Kinder, kranker Menschen überhaupt! Der Staat!«

»So ist es!« sagte Carla Montevivo. »Genau so!«

Forster war groß in Fahrt. »Wohin führt das? Wohin hat das schon einmal geführt? Denken Sie an die Euthanasie-Verbrechen im Dritten Reich! Denken Sie an ... ich brauche nicht weiterzusprechen.«

»Bravo!« sagte die Montevivo.

Gabys Augen glänzten.

»Wir haben viel zu lange geschwiegen. Nun muß sofort etwas geschehen!«

Phantastisch, überlegte Faber. Gerade habe ich an die Alptraumvorstellung gedacht, daß Hitler Fernsehen besessen hätte. Und jener Abgeordnete besitzt den Mut, die ungeheure Mordmaschinerie des Nazireiches in direkte Verbindung mit dem Gesundheitswesen dieses Staates zu bringen! Der todkranke Robin ist ihm gleichgültig, so wie allen Politikern alle Menschen gleichgültig sind, weil sie nur eines kennen, eines erstreben, eines wünschen: die Macht. Um Macht zu bekommen, ist diesem Forster – wie allen Politikern – jedes Mittel recht.

»Und es wird etwas geschehen, meine Damen und Herren!« rief der Abgeordnete. »Vertrauen Sie mir, meiner Partei! Wir haben bereits einen dringenden Antrag im Parlament vorbereitet. Nach ihm hat der Staat, und das sage ich ganz offen, niemals das Recht, über die Art der Behandlung eines kranken Menschen zu bestimmen. Jeder Mensch – bei Kindern der Erziehungsberechtigte – muß im Krankheitsfall die absolut freie Wahl zwischen Schulmedizin oder Alternativmedizin haben! Wir fordern Geld für die Alternativmedizinforschung und -lehre! Die ›Neue Medizin‹ von Frau Montevivo muß überprüft werden! Wir fordern – zum Zweck des Vergleichs – Großversuche, in denen Krankheiten sowohl mit alternativmedizinischen Methoden wie mit schulmedizinischen behandelt werden! Wir fordern Langzeitversuche, in denen der schulmedizinischen Behandlung alternativmedizinische Methoden beigegeben werden, um zu beweisen, wie sehr viel positiver der Ablauf eines Krankheitsgeschehens dann ist! Wir, meine Damen und Herren, meine Partei, und das sage ich ganz offen, werden immer weiter darum kämpfen, daß es in diesem Lande keine faschistische, sondern eine Gesundheitspolitik gibt, die in einer Demokratie selbstverständlich sein sollte!« Der Abgeordnete zum Nationalrat Udo Forster wandte sich an Gaby Hauenstein. »Ich danke Ihnen von Herzen für die Einladung zu Ihrer großartigen Sendung!«

»Wir tun, was wir können«, sagte Gaby bescheiden. »Und wir danken Ihnen, Herr Abgeordneter, und Ihnen, Frau

Doktor Montevivo, und Ihnen, Herr Primarius Steiner … Dies war ganz gewiß einer unserer wichtigsten ›SOS‹-Rufe bislang, denn das von Herrn Forster angeschnittene Problem *muß* gelöst werden! Ich bin überzeugt, daß es im Parlament mit demokratischen Methoden gelöst werden wird …«

»Und Robin?« fragte Mira.

»Auf den scheißt sie«, sagte Goran. »Auf den scheißen alle!« Jetzt war er nicht mehr verwirrt, jetzt hatte er sich entschieden: gegen diese Heilerin, gegen diese Mutter, für Robin, der eine kranke Leber hatte wie er.

»… aber auch *Ihre* Meinung ist wichtig, meine Damen und Herren zu Hause«, sagte Gaby. »Bitte, rufen Sie uns weiter an! Wir haben einen eigenen Telefondienst eingerichtet, der ab sofort bis morgen zehn Uhr besetzt ist. Rufen Sie Wien 0222, dann 87878 – und schließlich die Ziffern 10 bis 12!« Am unteren Bildrand tauchte die Einblendung auf: »Wir haben um acht Minuten überzogen, in diesem Fall *mußten* wir überziehen …« Musikeinsatz. »Das war die neue Ausgabe von ›SOS‹. Bis zum nächstenmal, sagt Ihnen servus und auf Wiedersehen Ihre Gaby Hauenstein.«

6

»Für eine gute Nachricht braucht es Blut, Sperma und die Nationalflagge«, befand Lord Northcliffe, britischer Zeitungskönig in der ersten Hälfte des 20. Jahrhunderts. Erfolgreiche Nachfolger, dachte Faber, machten sich zusätzlich das nimmer endende Interesse vieler Menschen am Leben von kaiserlichen und königlichen Hoheiten, Kindern und Tieren zunutze.

Faber saß auf dem großen Balkon. In der Küche unter ihm waren die Fenster geöffnet. Er hörte Ludmilla mit Goran sprechen.

»... über diese Montevivo rede ich nicht. Auch nicht über diese Mutter. Aber ich sage dir, Goran, du machst dir keine Vorstellung davon, wie viele Menschen an Naturmedizin glauben, und wie vielen wirklich mit ihr geholfen wird ...«
Im Zeitalter des Fernsehens, dachte Faber, hat dieses Gesetz eherne Gültigkeit: »Gute Nachrichten sind schlechte Nachrichten, schlechte Nachrichten sind gute Nachrichten.«
»... zum Beispiel Menschen, wo die Ärzte nichts mehr tun können«, hörte er Ludmillas Stimme. »Die gehen dann in ihrer Verzweiflung zu Naturmedizinern ... Da war in der Nähe von Belgrad eine Frau, die hatte man aufgegeben, und ein Heiler hat sie gerettet mit Mistelextrakt.«
»Mit was?«
»Du kennst doch Misteln! Auf Bäumen wachsen die! Je nach der Art von dem Krebs muß man Misteln nehmen, die auf Eichen oder auf Tannen wachsen ... Diese Frau hat Injektionen von einem Tannenmistelextrakt gekriegt und ist gesund geworden. Das habe ich miterlebt!«
Zwei Drittel aller Menschen auf dieser Welt existieren im Elend, dachte Faber. Täglich sterben vierzigtausend Kinder an Hunger. Fast jeder von uns hat seine Sorgen. Warum sind wir dann so geil – ja, geil – auf schlechte, grauenvolle, entsetzliche Nachrichten? Weil es uns wohltut, zu sehen, zu hören und zu lesen, daß es anderen noch viel dreckiger geht? Unglück wollen wir haben, Unglück! Welche Einschaltquote hätte wohl eine Sendung mit dem Titel »Heute habe ich Glück gehabt«? Die Geschichte von dem krebskranken kleinen Robin hingegen, davon bin ich überzeugt, wird ein ungeheurer Erfolg für den ORF werden, die Einschaltquoten werden steigen – und mit ihnen die Preise für die Werbespots. Nicht nur der ORF, auch andere Fernsehsender, Zeitungen und Radiostationen werden die Robin-Tragödie groß herausbringen und die Menschen weiter und weiter mit ihr füttern. Moderatoren, Redakteure, Sprecher, Kameraleute und Reporter werden ihr Bestes geben.

Wenn sie es nicht geben, wird man sie feuern. Ist das zulässig? Ist das nicht ein Skandal? Muß so etwas nicht verboten werden?

»... dann hab' ich von einem Mann in Klagenfurt gehört, der ist geheilt worden durch einen Extrakt von Krallendorn ...«

»Was ist Krallendorn, Ludmilla?«

»Eine Pflanze, die in Südamerika wächst. Aus ihrer Wurzel kann man nicht nur einen Extrakt machen, sondern auch Kapseln oder Tee ...«

Wir leben in einem kapitalistischen System, dachte Faber. Hier gilt allein das Gesetz von Angebot und Nachfrage. Die Nachfrage nach Robin-Geschichten, Mord, Folter, Grausamkeit, nach Tieren, die auf dem Weg zum Schlachthof vierzig Stunden ohne Wasser und Futter in Eisenbahnwaggons gepfercht stehen, nach Outing und Mobbing, nach den kitschigsten Serien und Romanen, den übelsten Erzeugnissen der Schundpresse, den dümmsten Krimis, den entsetzlichsten Samstagabend-Unterhaltungs-Shows für die ganze Familie mit kretinoiden Zeremonienmeistern und traurigsten Spaßmachern, nach den »Goldenen Stunden der Volksmusik« ist riesengroß und wird immer noch größer. In der freien Marktwirtschaft müssen all diese Wünsche, Sehnsüchte und Bedürfnisse befriedigt werden, und sie werden befriedigt. Und dazu sind die Medien rund um die Uhr natürlich auch damit beschäftigt, all diese Bedürfnisse, Sehnsüchte und Wünsche zu *schaffen.* Derart registrieren die Medien nicht nur den kulturellen Zerfall dieses Systems, sondern haben ebenso an ihm teil ...

»Aber *wieso* werden die Leute geheilt, Ludmilla? Wieso?«

»Ich hab' einen Apotheker gefragt, der ist ein Anhänger von Naturmedizin, und er hat mir erklärt, alle diese Pflanzenextrakte, Tees und Kapseln unterstützen die Abwehrkräfte des Immunsystems. Es gibt natürlich Professoren, hat er gesagt, die nur die Hände zusammenschlagen über all das, aber sehr oft hilft die Naturmedizin eben wirklich … ›Sie würden sich wundern‹, hat der Apotheker gesagt, ›wie viele Leute, die Sie vom Einkaufen oder aus der Straßenbahn kennen, mit einer Krebsdiagnose zu Naturheilern gehen‹ …«

Freedom and democracy, dachte Faber, hier werden alle menschlichen Bedürfnisse bedient, auch die niedersten. In totalitären Staaten gibt es so etwas nicht. Dort gibt es Propaganda, nur Propaganda. Und auf der einen wie der anderen Seite arbeiten hochbegabte Spezialisten. Hier geht es allein um Profit, dort allein um die Durchsetzung einer Lehre. Und schon Pascal hat geschrieben: »Der Mensch ist weder ein Engel noch ein Tier, und sein Unglück ist, daß er um so mehr vertiert, je mehr er ein Engel sein will« …

»Es handelt sich natürlich nicht nur um Krebs, Goran, es handelt sich auch um Rheuma, Warzen, Ausschläge, Schuppenflechten oder zum Beispiel um etwas ganz Einfaches, Fieberblasen. Da hilft unter Umständen eine Tinktur aus Propolis, dem Wabenbaustoff der Bienen. Oder nimm Erkältungen! Da helfen Salbei und gegen das Fieber Lindenblütentee. So viele Krankheiten können die Naturmediziner heilen.«

… und darum sind in unserem System eben gute Nachrichten schlechte Nachrichten und schlechte Nachrichten gute Nachrichten, dachte Faber.

7

Zur besten schlechten Nachricht und damit zum Aufmacher – noch *vor* den Meldungen über den Krieg in Exjugoslawien, über dreiundachtzig andere Kriege, die gerade auf der Erde tobten, über akute politische Krisenherde, Erdbeben, Hungersnöte, Plutoniumhandel, Mafia und Umweltkatastrophen – erkor das Österreichische Fernsehen am

Abend des 9. August 1994 und an folgenden Abenden in seiner Sendung »Zeit im Bild« um neunzehn Uhr dreißig die Story von Ellen Sigrist, die mit ihrem krebskranken fünfjährigen Sohn Robin aus dem Marien-Kinderspital geflohen war, bei einer skandalumwitterten Heilerin Beistand, Trost und Hilfe gefunden hatte und sich seither vor Behörden und Polizei auf der Flucht befand.
Absolut professionell begann der Aufmacher mit dem furchtbar anzusehenden geschwollenen Bauch Robins. Dieser Großaufnahme folgte ein Zusammenschnitt der das Herz der Zuschauer am tiefsten bewegenden Szenen des angeblichen Amateurvideofilms, den die Moderatorin Gaby Hauenstein am Nachmittag in ihrer Sendung »SOS« gezeigt hatte.
Den Ausschnitten schlossen sich die Höhepunkte des Streitgesprächs zwischen Carla Montevivo, Primarius Steiner und dem Abgeordneten zum Nationalrat Udo Forster an, der in Hauensteins Sendung als Überraschungsgast erschienen war. Das bei Nachrichtensendungen eingesetzte Doppel – ein Sprecher, eine Sprecherin – leitete danach über zu einem Appell von Robins Tante Charlotte Kalmar, jener, deren Art zu kochen der Junge verabscheut hatte, was nach Carla Montevivo die Entstehung eines gutartigen Tumors in seiner Leber ausgelöst hat.
Charlotte Kalmar, aufgenommen in ihrer Wohnung, war derart erschüttert, daß sie kaum sprechen konnte. Schluchzend sagte sie an die Adresse ihrer Schwester:
»Ellen, um der Liebe Christi willen: Geh mit Robin zurück zu den Ärzten! Man hat doch bei ›SOS‹ gesehen, daß er schrecklich leidet. Ich liebe ihn so! Niemals habe ich gedacht, daß ich einmal etwas derart Furchtbares erleben muß. Laß ab von dieser Heilerin! Sie meint es gewiß gut, aber sie kann Robin nicht helfen. Das können nur die Ärzte. Versteck dich nicht weiter mit dem Buben! Komm zurück! Sonst wirst du schuld sein an seinem Tod …« Der Rest war

unverständlich, Charlotte Kalmar vergrub das Gesicht in den Händen.
Sprecher und Sprecherin wechselten auf weniger emotionsbeladenes Gelände und gaben bekannt, daß die österreichischen Behörden auch nach dem Entzug des Sorgerechts größte juristische Schwierigkeiten hatten, gegen Frau Sigrist vorzugehen beziehungsweise sie und ihren Sohn überhaupt zu finden.
Experten kamen zu Wort. Die einen befürchteten, daß das gesetzliche Procedere für ein todkrankes Kind möglicherweise das Ende bedeuten könne, andere verlangten eine Neuregelung des Kurpfuscherparagraphen und möglicherweise ein Verwaltungsstrafverfahren gegen Frau Montevivo. Erschüttert zeigte sich ein Wiener Jugendanwalt: »Mich hat noch nie ein fünfjähriges Kind angerufen, um sich zu beschweren. In diesem Alter können sich Kinder noch nicht gegen ihre Eltern wehren. Auch wenn sie geschlagen werden. Kinder brauchen mehr Rechte!«
Während dieser ganzen Zeit wurde auf ein Display an der Rückwand des Nachrichtenstudios riesengroß das lachende Gesicht des kleinen Robin projiziert.
Die Sprecherin: »Wir bitten unsere Zuschauer, die Polizei bei ihrer Suche zu unterstützen. Jeder Hinweis kann von Bedeutung sein. Der ORF hat unter dem Stichwort ›Robin‹ eine Nachrichtenaufnahme geschaltet, die rund um die Uhr besetzt ist. Wir blenden nun die Telefonnummer ein.«
Es geschah.
Der Sprecher: »Natürlich nimmt auch jede Polizeidienststelle Ihre Hinweise entgegen ... In unserer Sendung ›Zeit im Bild zwei‹ um zweiundzwanzig Uhr bringen wir eine Stellungnahme von Professor Doktor Alexander Aldermann, Leiter des Marien-Kinderspitals, die wir heute vormittag aufgezeichnet haben.«
Die Sprecherin: »Und nun noch kurz eine Zusammenfassung anderer Nachrichten des Tages ...«

Mira, Goran, Ludmilla und Faber sahen sich auch die Sendung um zweiundzwanzig Uhr an, in der Professor Aldermann sprach. Der Mann, der mit den hellen Augen, dem kurzgeschnittenen weißen Bart und dem ständig ungekämmt wirkenden weißen Haar so große Ähnlichkeit mit Ernest Hemingway aufwies, saß hinter dem Schreibtisch seines großen Klinikbüros. Er sagte: »Meine Ärzte und ich haben Frau Sigrist tagelang über die Art der Erkrankung ihres kleinen Sohnes aufgeklärt, so wie wir das bei allen Eltern tun, die ihre schwerkranken Kinder zu uns bringen. Wir haben Frau Sigrist über jeden Schritt informiert, der zu Robins Heilung unternommen werden muß. Es mag sein, daß Frau Sigrist durch den Anblick eines kleinen Mädchens, das infolge Chemotherapie vorübergehend – vorübergehend! – seine Haare verloren hat, einen solchen Schock erlitt, daß sie unser Spital fluchtartig verließ ... Wir haben das größte Verständnis für ihre Verzweiflung. Gerade wenn Kinder betroffen sind, verlieren viele Eltern die Vernunft. Sie suchen die Schuld bei sich und wollen die Diagnose nicht wahrhaben. Sie greifen im Rahmen dieser Verdrängungsmechanismen nach jedem Strohhalm. In einem solchen Zustand suchen sie jede Art von Heilsversprechen. Bei Fällen, in denen wir nach genauester Untersuchung zu dem Ergebnis kommen, daß wir einem kranken Kind unter keinen Umständen helfen können, werden wir Eltern niemals daran hindern, es mitzunehmen und einen Alternativheilkundigen aufzusuchen. Den kleinen Robin betreffend kann ich jedoch mit an Sicherheit grenzender Wahrscheinlichkeit sagen, daß er seine Gesundheit wiedererlangen wird, wenn die Mutter nur wieder jenes Vertrauen zu uns hat, das sie in den Tagen vor dem 21. Juli hatte ... Empört weise ich die unverantwortlichen Anklagen des Abgeordneten zum Nationalrat Herrn Udo Forster in der ›SOS‹-Sendung zurück, die eine Aufzeichnung war, weshalb ich sie kenne. Ich kann nur hoffen, daß er keinen

nicht wiedergutzumachenden Schaden angerichtet hat ... Mit aller Schärfe verwahre ich mich auch gegen seine unwahren Behauptungen über das angebliche Versagen der Schulmedizin und die angebliche Mißachtung der Alternativmedizin. Kein vernünftiger Schulmediziner wird komplementärmedizinische Maßnahmen von *Fachleuten* dieser Richtung ablehnen. Als Begleitmaßnahmen bei der Behandlung vieler Krankheiten sind sie segensreich. Herr Forster unterzog sich nicht der Mühe, das Marien-Kinderspital zu besuchen und Informationen einzuholen. Dennoch bin ich bereit, ihn jederzeit zu empfangen und mit ihm über unsere Arbeit zu sprechen, damit er Gelegenheit hat, seine Anwürfe zurückzunehmen ...«
Der Mann, der Hemingway so ähnlich sah, neigte sich der Kamera entgegen.
»Schließlich wende ich mich an Sie, liebe Frau Sigrist. *Wir können den Tumor Ihres Sohnes heilen!* Kehren Sie schnellstens zu uns zurück, oder bringen Sie Robin in ein anderes Kinderspital! Ich ersuche auf diesem Weg auch alle, die möglicherweise Kontakt zu Frau Sigrist haben, meine Bitte zu übermitteln für den Fall, daß sie mich jetzt nicht sehen kann. Liebe Frau Sigrist, bitte retten Sie gemeinsam mit uns Ihren Sohn ...«
»Ja«, sagte Goran in großer Erregung und sprang auf, während der Sprecher der »Zeit im Bild«-Spätausgabe Professor Aldermann für seine Worte dankte und die Sendung zu Ende brachte, »ja, der Robin muß zurückkommen! Unbedingt! Die retten ihn! Die machen ihn wieder gesund ...«
Er taumelte plötzlich, hielt sich an der Couch fest, glitt ab und fiel auf den Teppich.
»Goran!« schrie Mira. Sie, Ludmilla und Faber stürzten zu ihm. Mira kniete neben ihrem Enkel. »Was hast du? Was ist geschehen?«
Seine Stimme klang verzweifelt: »Ich weiß es nicht, Bakica ... mir ist auf einmal so furchtbar schwindlig ... Alles

dreht sich ... mir ist schlecht ... Ein Handtuch, bitte ein Handtuch, ich muß brechen!«
Ludmilla rannte fort und kam mit einem Frotteetuch wieder.
»Es wird immer schlimmer ... ich ...« Er übergab sich heftig, dann fiel er keuchend auf den Rücken zurück ... »Schwindel ... immer mehr ... und immer mehr Angst ... Ich habe Angst, Bakica ... Angst ...« Schweiß stand nun auf seiner Stirn, sein Atem ging rasselnd.
Faber hatte inzwischen das kleine Gerät geholt, mit dem er dreimal täglich Gorans Blutdruck maß. Es war eines der modernsten Instrumente, man konnte es um das Handgelenk legen, und es wies die Zahlen in Digitalanzeige aus. Sekundenlang sprach niemand. Dann fragte Mira: »Wieviel?«
»Einhundertachtzig zu einhundertzwanzig«, sagte Faber.
»Viel zu hoch«, sagte Goran leise.
»Ja, viel zu hoch ... Warte, ich rufe das Spital an!« Faber ging zum Telefon und wählte.
Es meldete sich nicht wie sonst die zarte Stimme des kleinen Mädchens, sondern die kurzangebundene eines Mannes: »Marien-Kinderspital!«
»Hier ist Fa ... Jordan. Bitte den diensthabenden Arzt!«
»Worum geht es?«
»Mein Enkel Goran Rubic ist Patient bei Ihnen. Sein Blutdruck ...«
»Ich verbinde.«
Eine Männerstimme, die Faber noch nie gehört hatte, meldete sich mit leichtem Akzent: »Fishman!«
»Herr Doktor Fishman, hier ist Jordan, ich bin der Großvater von Goran Rubic, vielleicht kennen Sie den Fall ...«
»Ich kenne ihn.«
»Wir haben soeben Gorans Blutdruck gemessen, nachdem er in schwerem Schwindel zusammengebrochen ist und erbrochen hat – einhundertachtzig zu einhundertzwanzig.«

»Bringen Sie ihn sofort her!«
»Wir kommen.«
Ein paar Minuten später waren Faber und Goran unterwegs. Die Uhr auf dem Armaturenbrett des Opel Omega zeigte zweiundzwanzig Uhr einundfünfzig. Alle Straßen lagen verlassen, es war kaum ein Mensch zu sehen. In der Notaufnahme des Marien-Kinderspitals wurden sie erwartet. Zwei Pfleger setzten Goran in einen Rollstuhl und fuhren mit ihm zur Krankenstation II. Ein Mann in weißem Kittel kam ihnen entgegen. Er wirkte sehr jung und ernst. Groß waren die schwarzen Augen, im Licht schimmerte das schwarze Haar.
»Ich bin Joshua Fishman«, sagte er mit amerikanischem Akzent. »Guten Abend, Herr Jordan. Bitte, warten Sie hier, ich sehe Goran sofort gründlich an.«
Er übernahm den Rollstuhl von den beiden Pflegern und schob ihn in einen angrenzenden Raum. Die Tür fiel zu.
»Dauert nicht lange«, sagte einer der Pfleger freundlich. »Muß Cyclosporin A und all das Zeug nehmen, der Bub, wie?«
»Ja.«
»Da passiert dauernd was. Keine Angst!«
»Ich habe absolutes Vertrauen zu Ihnen hier.«
»Gibt Leute, die haben keines«, sagte der zweite Pfleger. »Haben Sie das ›SOS‹ am Nachmittag und die beiden Zibs gesehen?«
»Zibs?«
»Zeit im Bild«, sagte der andere Pfleger. »Blöde Abkürzung. Aber so heißt das. Haben Sie?«
»Habe ich.« Faber nickte. »Ich bin empört. Insbesondere über diesen Politiker.«
»War nie hier, der Kerl«, sagte der erste Pfleger. »Weiß nicht, worum es geht. Hat was von alternativ gehört, das hat ihm genügt. Alternativ! Wasser auf seine Mühle! Was er angerichtet hat, ahnt der Idiot nicht.«
»Angerichtet?«

»Hier ist vielleicht seither was los! Besorgte Eltern rufen an. Fremde. Freunde von dieser Heilerin. Beschimpfen uns. Verfluchen uns. Hat uns gerade noch gefehlt, überbelegt, wie wir sind! Wissen vor Arbeit nicht, wo uns der Kopf steht ... Allein heute nachmittag wurden drei Kinder mit bösartigen Erkrankungen eingeliefert ...«
»Jetzt verstehe ich.«
»Was?«
»Als ich angerufen habe, hat sich eine Männerstimme gemeldet – nicht wie sonst die Stimme des kleinen Mädchens.«
»Die haben wir abgeschaltet. Auch ein paar Leitungen. Wegen der Beschimpfungen und Drohungen. Hoffentlich bleiben die Eltern der Kinder ruhig, die bei uns liegen. Absolut unverantwortlich, was dieser Mensch getan hat.«
Die Tür zum Untersuchungsraum ging auf, der junge Doktor Fishman kam zurück. Die beiden Pfleger verschwanden. Fishman setzte sich erschöpft auf einen Hocker.
»Entschuldigen Sie! Heute war ein schwerer Tag – abgesehen von den Aufregungen wegen dieser Fernsehsendung.« Er fuhr sich mit der Hand über die Stirn. »Goran muß bei uns bleiben. Der Blutdruck ist viel zu hoch. Wir müssen ihn schnellstens runterkriegen. Er hat schon ein Mittel bekommen, eine erste Dosis. Außerdem entwickelt sich eine Infektion der Harnwege.«
»Was?«
»Er hat auch schon leichtes Fieber, verspürt starkes Brennen ... Eine Woche muß er bestimmt hierbleiben. Vielleicht zehn Tage. Wenn es keine Komplikationen gibt.«
»Komplikationen?«
»Lieber Herr Jordan, das haben Ihnen Doktor Bell, Doktor Rohmer und Professor Aldermann doch gesagt, daß Goran jetzt ein enorm herabgesetztes Immunsystem hat!«
»Ja, natürlich ...«
»Und damit fängt er nun jeden Infekt auf. Schlimm für den

Jungen ... aber wir können ihm einfach nicht weniger Mittel gegen eine definitive Abstoßung der Leber geben ... Goran macht viel mit«, sagte der Arzt leise. »Wird noch viel mitmachen. Das ist der Teufelskreis. Wir können inzwischen eine Menge tun. Aber noch lange nicht alles.«
Faber nickte.
»Müssen Sie dringend nach Hause?«
»Wieso?«
»Goran ist unruhig. Hat Angst. Würden Sie ... Könnten Sie wohl die Nacht über bei ihm bleiben? Er wünscht es sich so sehr ... auch ich wäre beruhigter ...«
»Selbstverständlich. Ich muß nur anrufen und Bescheid sagen.«
»Danke, Herr Jordan.«
Es gelang Faber nur mit Mühe, Mira zu beruhigen. Endlich folgte er dem jungen Arzt zu Goran. Kein Mensch begegnete ihnen auf den Fluren.
»Da wären wir«, sagte Fishman zuletzt.
Faber erschrak. »Hier?«
»Ja, warum?«
»In diesem Zimmer lag er, als ich ihn zum erstenmal sah.«
»Und?«
»Damals stand er knapp vor dem Tod.«
»Ach so ... Ich ließ ihn absichtlich hierherlegen, weil er das Zimmer kennt. Er hat das als wohltuend empfunden.«
»Ich bin total durcheinander«, sagte Faber. »Nach allem, was der Junge hinter sich hat, geht es nun wieder los ... Wenn er das bloß aushält ... seelisch, meine ich ...«
»Ich verstehe schon, was Sie meinen«, sagte der ernste Dr. Joshua Fishman.
Sie traten in das Zimmer, in dem eine abgeschirmte Lampe brannte. Goran sprach mit langsamer, verschmierter Stimme. Das Mittel gegen den zu hohen Blutdruck, dachte Faber.
»Deda ...«

»Ja, Goran.«
»Du bleibst bei mir?«
»Natürlich, Goran.«
»Die ganze Nacht?«
»Die ganze Nacht.«
»Danke, Deda.« Der Junge lachte plötzlich, ein kleines, zittriges Lachen.
»Was ist?«
»Hier habe ich schon mal gelegen. Weißt du noch?«
»Und ob.«
»Und sie haben mich wieder hingekriegt!«
»Sie werden dich auch jetzt wieder hinkriegen«, sagte Faber. »Nicht wahr, Herr Doktor?«
»Das ist doch überhaupt kein Thema!« sagte Joshua Fishman. »Bist du nicht der Junge, der die großartigen Air-Jordan-Sachen hat?«
Goran nickte.
»Eben. Heute hast du drüben im Park gespielt, nicht?«
»Ja, Herr Doktor.«
»Zu lange. War noch zu anstrengend für dich. Das ist die Erklärung.«
»Meinen Sie wirklich?« Goran sah ihn an.
»Bestimmt! Dein Opa wird bei dir bleiben. Jetzt schlaf aber auch schön, und hab keine Angst mehr!«
»Ja, Herr Doktor.«
»Gute Nacht – auch Ihnen, Herr Jordan. Wenn irgend etwas sein sollte, Sie wissen ja: den roten Knopf drücken.«
Fishman verließ den Raum.
Faber zog Schuhe, Jacke und Hose aus und legte sich auf das zweite Bett.
»Du kannst das Licht ausdrehen, Deda«, sagte Goran. »Du bist ja bei mir …«
»Okay, Goran.« Faber drehte den Schalter. Nun war es dunkel im Raum.
»Glaubst du, daß Robin zurückkommt, Deda?«

»Ich hoffe es.«
Goran geriet in große Erregung, die Worte brachen aus ihm heraus: »Er muß zurückkommen! Er muß! So geht das doch nicht weiter! Kapiert diese Mutter das nicht?«
»Sie muß es kapieren.«
»Aber wenn sie die Sendungen nicht gesehen hat?«
»Dann wird ihr jemand von ihnen erzählen.«
»Bestimmt?«
»Bestimmt.«
Goran glitt in den Schlaf. Seine Worte waren kaum noch zu verstehen. »Weil ... weil ... Robin doch ... sterben muß ... wenn die Mutter ihn nicht ... nicht zurück...«
Dann erklang nur noch der leicht rasselnde Atem des Jungen. Die Hände unter dem Kopf verschränkt, lag Faber auf dem zweiten Bett und starrte vor sich hin. Erst gegen fünf Uhr früh schlief er ein.

8

Robin darf nicht sterben!
Reparaturdenken gegen magische Heilung

Unsere Leser retten Robin!
Kampf der Mediziner – Opfer: ein Kind

Beispielloser Skandal um Krebskind!

Zeit und Gesetz gegen todkranken Buben!
Berühmte Naturheilerin – Hochmütige Schulmedizin

Lasst den kleinen Robin nicht sterben!

Faber saß übernächtigt im Schanigarten des kleinen Cafés und versuchte zu frühstücken. Der alte Kellner Josef Vis-

kocil hatte ihm eine Menge österreichische Morgenzeitungen gebracht. Manche Schlagzeilen reichten mit Riesenbuchstaben bis zum Knick. Fotos zeigten den kleinen Robin, seine Mutter, seine Tante, die Heilerin Carla Montevivo, Professor Aldermann sowie Aufnahmen aus den Fernsehsendungen, insbesondere aus »SOS«.
Marktschreierisch wie die Überschriften waren auch die Artikel. Behörden wurden angeklagt, die Mutter, der Abgeordnete, die Schulmedizin, die »Mörderin« Montevivo.
Faber trank seine Schale Gold leer. Er konnte nichts essen. Auch die Gäste des kleinen Cafés hatten kein anderes Gesprächsthema als das Schicksal des kleinen Robin.
»Im ganzen Land werden Sie heute nix anderes hören«, sagte der alte Kellner. »Wissen Sie, daß in Sarajewo wieder eine Granate auf einem Markt explodiert ist?«
»Nein!«
»Wir hängen am Kabel. Ich habe es in den Nachrichten vom ZDF gehört. Siebenundzwanzig Tote, einhundertzweiundfünfzig zum Teil schwer Verletzte. Aber bei uns interessiert das heut' keine Katz!«
Faber zahlte, schüttelte Herrn Josef die Hand und verließ das Café. Zu dieser frühen Stunde war die Gasse noch recht still. Faber hatte etwa zehn Schritte zurückgelegt, als er mächtiges Donnern hörte. Er drehte sich um. Ein schweres Motorrad kam auf ihn zugerast. Die Maschine fuhr über den Gehsteig. Zwei Männer in Lederkleidung mit Schaftstiefeln und schwarzen Wollmasken, die nur Schlitze für Augen und Mund frei ließen, saßen auf der großen Honda.
Sie müssen gewartet haben, bis ich aus dem Café gekommen bin, dachte Faber, während Todesangst in ihm hochschoß. Die Maschine hatte ihn fast erreicht. Er sah, daß der Mann auf dem Rücksitz den rechten Arm emporriß. Grell blitzte etwas im Morgenlicht. Ein Stilett, dachte Faber. Wieder ein Stilett.

Die Maschine hatte ihn erreicht. Der Mann hinter dem Fahrer bog sich zurück. Dann schoß die Hand mit dem Stilett auf Fabers Brust zu. Er sah es überraschend klar, wie in einem Traum.
Aus.
Jetzt ist es aus. Jetzt haben sie mich.
Da – eine offene Haustür. Mit aller Kraft, die er besaß, stieß Faber sich vom Gehsteig ab und ließ sich in den dunklen Eingang fallen, in dem es nach Urin stank. Nur Zentimeter war das Stilett von seiner Brust entfernt gewesen.
Die Maschine donnerte vorbei. Schon war sie nicht mehr zu hören. Faber lag mit dem Gesicht auf dreckigem Katzenkopfpflaster. Rasend schlug sein Herz, keuchend ging sein Atem. Die Ledertasche mit der Pistole war ihm aus der Hand geflogen.
Wieder Glück gehabt, dachte er. Wieder. Noch einmal habe ich keines.
Er versuchte sich zu erheben, aber die Beine trugen ihn nicht. An die abblätternde Flurwand gelehnt, blieb er sitzen. Sein Körper zitterte wie in einem schweren Krampf.
Stilett, dachte er. Wieder ein Stilett. In Zürich lag meine Pistole im Koffer, hier fiel sie mit der Ledertasche zu Boden.
Erst etwa fünf Minuten später gelang es ihm aufzustehen. Dabei bemerkte er, daß von einer Wunde an der Stirn Blut über sein Gesicht lief. Um die Ledertasche aufzuheben, mußte er in die Knie gehen, sich zu bücken wagte er nicht aus Angst zu stürzen.
Dann lehnte er wieder an der Wand. Schließlich riskierte er, aus der Haustür zu treten. Die Gasse war leer. Schwankend, wiederholt fast stürzend, schaffte er die wenigen Meter zu dem Café zurück. Als er in das Lokal trat, starrten ihn die Gäste erschrocken an. Der alte Kellner kam auf ihn zugeeilt.
»Herr Faber! Herr Faber! Was ist passiert?«

»Gefallen ...«, brachte er heraus. »Schwindlig geworden ... kann ich ... kann ich eine Weile bei Ihnen bleiben?«
»Kommen S' mit, Herr Faber, ins Schachzimmer! Dort steht ein Sofa. Da können S' sich hinlegen. Jesusmariaundjosef, das ist ja furchtbar! Soll ich nicht einen Arzt ...«
»Unter keinen Umständen!« sagte Faber laut. Keinen Arzt. Keine Polizei. Keine Anzeige. »Nur eine kleine Abschürfung ...«
Der alte Kellner stützte ihn. Das Schachzimmer war schmal und dunkel. Josef machte das Licht an. Schwer fiel Faber auf einen alten Diwan. Nun keuchte er wieder.
»Wasser ... ein Glas Wasser, bitte ...«
»Sofort, Herr Faber, sofort.« Josef rannte fort.
Der Ring, dachte Faber. Die Jäger. Die Hunde.
Der Tod.
Nein, nicht der Tod. Noch nicht!
Josef kam mit einem Glas Wasser, Jod und Verbandszeug zurück. Zwei Nitro-Dragees hatte Faber schon im Mund, nun schluckte er sie mit dem kalten Wasser. Aufgeregt wusch ihm der alte Kellner das Gesicht sauber. Er hatte auch noch ein Becken aus Emaille und ein Handtuch geholt. Er desinfizierte die Wunde und verschloß sie mit einem Klebepflaster, das ein steriles Stoffpolster besaß.
»Danke«, sagte Faber. »Danke, Herr Josef.«
»Jetzt bleiben S' ganz ruhig liegen, Herr Faber! Müssen sich erholen. Schrecklich, von einem Moment zum andern kann einem so was passieren.«
»Ja«, sagte Faber, »von einem Moment zum andern.«

9

Erst nach einer Stunde fühlte er sich kräftig genug, das Schachzimmer zu verlassen. Langsam und vorsichtig ging er zum Marien-Kinderspital und hatte dabei das Gefühl, über Watte zu schreiten. Neben dem Stützpunkt traf er Bell.

»Was ist mit Ihnen geschehen, großer Gott?«

»Bin gestürzt. Schon wieder alles okay.«

»Das will ich mir lieber ansehen!« Bell schob ihn in ein Untersuchungszimmer, nahm Josefs Verband ab, säuberte die Wunde noch einmal und klebte ein kleineres, festeres Pflaster auf Fabers Stirn.

»So«, sagte er. »Jetzt bleiben Sie am Leben. Ganz schön dreckig das Hemd und die Hose. Haben Sie andere Sachen da?«

»Nein.«

»Nehmen Sie den Kittel!«

Faber zog einen weißen Ärztekittel an. »Wie geht es Goran?«

»Schlechter.«

»Wie schlechter?«

»Der Blutdruck ist trotz des Medikaments weiter gestiegen ...« Bell trat mit Faber aus dem Untersuchungszimmer. »Auch das Fieber ist höher. Die Infektion der Harnwege breitet sich aus ... Keine Panik, Herr Jordan! Wir haben trotzdem alles im Griff. Passiert täglich ... Goran wird in der nächsten Zeit sehr wahrscheinlich häufiger zu uns kommen müssen, daran ist nichts zu ändern, leider ...«

Erregte Eltern und verstörte Kinder standen auf den Gängen. Ein TV-Team arbeitete bei dem Stützpunkt.

»Ich bin zornig«, sagte Bell. »Sie erleben seit Monaten, wie hier um jedes Leben gekämpft wird, auch wenn nur die Spur von Hoffnung besteht. Wir wollen dafür weiß Gott nicht mit Schokolade übergossen werden! Aber wenigstens in Ruhe arbeiten lassen soll man uns. Statt dessen ...

Sie sehen ja, wie es nun zugeht. Kameras. Scheinwerfer. Mikrophone. Kabel. Chaos. Angst. Verunsicherung. Aufregung … Die Informationspflicht der Medien! Meine Kollegen und ich haben schon den ganzen Morgen Fragen beantworten müssen von Eltern, Reportern, Anhängern der Alternativmedizin … und nun kommt auch noch dieser Abgeordnete!«

»Der kommt?«

»Professor Aldermann hat ihn doch eingeladen. Aber mit ihm kommt noch größere Unruhe …« Bell hustete.

»Lassen Sie uns zu Goran gehen!«

Im Vorraum legten sie körperdeckende Schürzen und Mundschutz an. Dann gingen sie hinein.

»Mit diesem Jordan-Theater können wir Schluß machen, glaube ich«, sagte Bell. »Sie sind jetzt so lange im Haus und allgemein bekannt. Sie dürfen sich ruhig Robert Faber nennen. Bis auf weiteres haben wir ganz andere Sensationen!«

Goran saß, von Kissen gestützt, im Bett und sah fern. Es lief gerade ein Bericht über Menschen, die, von der klassischen Medizin aufgegeben, durch Alternativmedizin geheilt worden waren.

»Deda!« rief Goran heiser und mit schwacher Stimme. »Ich habe so auf dich gewartet! Guten Tag, Herr Doktor!«

»Hallo, Goran«, sagte der Arzt, während er an das Bett trat und Puls und Blutdruck überprüfte.

»Schon runter?« fragte der Junge.

»Ein bißchen. Und er wird weiter runtergehen«, sagte Bell lächelnd. So nervös und zornig der Arzt eben noch war, so freundlich, liebevoll und behutsam behandelte er nun den Jungen.

»Brennt immer mehr, wenn ich aufs Klo muß«, sagte Goran.

»Wird noch eine Weile brennen. Du bekommst ein anderes Mittel. Unangenehm, sicherlich, aber ganz bestimmt nichts Gefährliches.«

»Vorhin war ein großer Bub da. Wollte sehen, wie es mir

geht. Die meisten kennen mich doch. Der Bub hat gefragt, ob ich schon mal einen Tripper gehabt habe.«

»Nie verzagen«, sagte Bell, »passiert garantiert ununterbrochen etwas Heiteres bei uns. Und, hast du?«

»Nein, noch nie!«

»Woher weißt du dann, was ein Tripper ist?«

»Der große Bub hat es mir genau erklärt. Wie man ihn kriegt. Und wie weh es tut, wenn man dann pinkelt. Also, da bin ich ja noch fein raus mit meiner Entzündung.«

»Du bist überhaupt ein Glückspilz«, sagte Bell.

»Wenn das vorbei ist, darf ich wieder mit den Jungen im Park Basketball spielen?«

»Na klar, was denn! Nur nicht gleich.«

Goran rutschte ein bißchen hin und her.

»Was hast du?« fragte Bell.

»Eine Bitte, Herr Doktor.«

»Welche?«

»Könnte ich meine Air-Jordan-Sachen kriegen?«

»Ich habe doch gesagt, nicht gleich.«

»Ich will ja auch nicht gleich spielen. Ich will sie nur hier haben und anschauen.«

»Das ist etwas anderes«, sagte Bell. »Herr Faber wird alles mitbringen, wenn er das nächste Mal kommt.«

»Danke!« Goran lächelte schwach. »Aber wieso Faber? Deda heißt doch Jordan hier!«

»Jetzt nicht mehr, jetzt heißt er wieder Faber.«

»Ach so«, sagte Goran. »Ich verstehe. Bei dem Wirbel draußen ist es Wurscht.«

»Es ist überhaupt Wurscht nach der langen Zeit«, sagte der Arzt. »Also, er bringt dir alles.«

»Schon wieder Glück«, sagte Goran. Mit der Fernbedienung schaltete er auf einen anderen Sender. Dort lief die Wiederholung des abendlichen »Musikantenstadl«. Goran schaltete schnell ab. »So was hält ja keine Sau aus«, sagte er. »Das ist das Allerärgste!«

»Das ist die beliebteste Sendung überhaupt«, sagte Bell.
Goran senkte plötzlich den Kopf.
»Was hast du? Schmerzen?«
»Robin …«, sagte Goran.
»Robin, was?«
»Er tut mir so leid. Weil seine Mutter ihn nicht behandeln läßt.«
»Sie wird ihn behandeln lassen«, sagte Bell.
»Und wenn nicht?«
»Wir tun, was wir können, damit die Mutter ihn zu uns oder in eine andere Klinik bringt«, sagte Bell. »Du siehst ja dauernd fern, da hast du doch Professor Aldermann gehört, der gesagt hat, bitte, kommt zurück!«
»Ich habe solche Angst, daß die Mutter es trotzdem nicht tut.«
»Sie wird es tun!«
»Und wenn doch nicht?«
»Wir brauchen natürlich ein bißchen Glück, aber das werden wir haben. Und Robin wird wieder gesund. Sei nicht traurig!«
»Ich will gar nicht traurig sein, Herr Doktor, es *ist* einfach alles traurig, was soll ich machen?«
»Das geht vorbei. Du bist im Moment nicht auf dem Damm. Bald spielst du drüben im Park wieder Streetball.«
»Und Robin stirbt vielleicht«, sagte Goran.
Bell sah Faber an, dieser nickte und begriff, was die Augen des Arztes ihm sagten: Goran denkt nicht wirklich an Robin – er denkt an sich. Es ist seine Art, von seiner Angst vor dem Tod zu sprechen, indem er vom Sterben eines anderen spricht.
Der Pager in Bells Kittel summte.
»Ich muß weg«, sagte der Arzt. »Ich komme wieder, Goran.« Er strich über den Kopf des Jungen und verließ den Raum.
Faber setzte sich auf das zweite Bett.
»Ich habe gebetet, Deda«, sagte Goran, als schäme er sich dafür.

»Gebetet?«
»Daß die Frau Sigrist mit Robin ganz schnell zurückkommt. Ich meine, das ist doch Wahnsinn, was diese Heilerin sagt! Der arme Robin! Er *muß* die Chemo kriegen. Und operiert werden. Es ist die einzige Möglichkeit!«
»Die einzige«, sagte Faber, »ja.«
»Wenn ich mit Robin reden könnte«, sagte Goran, »oder ein anderes Kind aus der Klinik. Wir kennen uns doch aus! Wir wissen, daß wir das durchmachen müssen, wenn wir gesund werden wollen. Nimm Petra! Wie krank war die, und wie gut geht es ihr jetzt.«
»Richtig!« sagte Faber.
»Natürlich hat Petra keinen Krebs gehabt. Und ich habe auch keinen. Aber sehr krank waren wir beide, nicht? Und wie haben sie uns wieder hingebracht, die Ärzte hier! Glaubst du, daß die Frau Sigrist den Robin zurückbringt, solange man ihm noch helfen kann?«
»Ja«, sagte Faber.
Eine Silbe, dachte er, eine einzige Silbe. Mehr nicht. Und nicht einmal an die Wahrheit dieser einzigen Silbe glaube ich.
Gleich darauf schlief Goran ein. Faber sah ihn unverwandt an.

10

Eine Stunde später – Goran atmete ruhig, still und friedlich lag er da – erhob sich Faber und verließ das Zimmer. Er fühlte sich ausgelaugt und schwindlig vor Müdigkeit. Nachts hatte er kaum zwei Stunden geschlafen. Ich muß ins Bett, dachte er. Mira kann mich ablösen. Wir haben uns schon einmal abgelöst, es kommt mir vor, als sei eine Ewigkeit seither vergangen, dabei ist es erst wenige Wochen her.

Als er zum Stützpunkt ging, sah er dort viele Frauen, Männer und Kinder, die wütend durcheinanderredeten. Dann sah er, daß Pfleger sich bemühten, einen Weg für Professor Aldermann und den Abgeordneten Udo Forster freizuhalten, der den Klinikchef offensichtlich besucht hatte.
»Machen Sie, daß Sie rauskommen!« rief eine Frau.
»Ihre Partei wählen wir jetzt aber ganz bestimmt!« rief ein Mann. »Da können Sie Gift drauf nehmen!«
»Bitte!« sagte Aldermann laut. »Bitte, meine Herrschaften. Ich habe Herrn Forster unser Haus gezeigt und ihm unsere Behandlungsmethoden erklärt. Herr Forster möchte Ihnen etwas sagen.«
»Wir wollen nichts hören!«
»Der soll abhauen!«
»Haben Sie Kinder?« rief eine Mutter.
»Zwei«, sagte Udo Forster, der diesmal einen modischen Glencheck-Anzug trug. »Einen Buben von neun und ein Mädchen von sechs.«
»Und wenn eines von den beiden Leukämie hätte oder einen anderen Krebs, würden Sie dann auch so reden wie gestern bei ›SOS‹?«
»Und würden Sie Ihr Kind auch zuerst hierherbringen, damit ihm geholfen wird – und dann wegrennen zu einer Pfuscherin und sich verstecken und warten, bis das Kind tot ist?«
Große Unruhe.
»Bitte, keine Aufregung!« sagte Aldermann mit seiner tiefen Stimme.
Es wurde still.
Der Abgeordnete sah die Menschen um sich an. »Es tut mir leid«, sagte er. »Ich war ungenügend informiert ...«
»Überhaupt nicht informiert waren Sie!«
»Überhaupt nicht ...« Der Abgeordnete nickte. »Jetzt weiß ich, daß hier alles, wirklich alles geschieht, um kranke Kinder zu heilen. Ich bin voll Bewunderung für die Ärzte,

Schwestern und Pfleger hier – und, das sage ich ganz offen, voll Bewunderung für den Mut, die Kraft und die Geduld, die Sie, Eltern wie Kinder, haben. Ich bitte Sie alle um Entschuldigung. Jemand hat gefragt, ob ich eines meiner Kinder, wenn es – Gott möge es verhüten – sehr krank wäre, zuerst hierherbringen und dann mit ihm abhauen und mich auf den Rat einer Heilerin hin verstecken und damit das Leben meines Kindes gefährden würde. Das würde ich niemals tun! Wir alle wissen, daß es gute alternative Medizin gibt. Auch sie wird hier eingesetzt, das hat Herr Professor Aldermann mir gezeigt. Das weiß ich jetzt. Und ich weiß, und das sage ich ganz offen, daß Frau Montevivo eine fanatische Gegnerin jeder Schulmedizin ist, die schnellstens an ihrem Tun gehindert werden muß. Ich werde das alles auch im Fernsehen richtigstellen, das verspreche ich. Noch einmal bitte ich Sie alle um Verzeihung. Gott schütze Ihre Kinder und Sie!«
Ein paar Menschen klatschten. Dann noch ein paar. Zuletzt applaudierten fast alle. Der Abgeordnete Udo Forster gab Professor Aldermann die Hand, danach winkte er den Umstehenden zu und verließ mit einer Beraterin das Spital.
»Sie haben es gehört«, sagte Aldermann. »Herr Forster wird alles, was er uns gesagt hat, in der Öffentlichkeit wiederholen.«
Die Menschen klatschten noch einmal.
Der Antrag, über den Forster im Fernsehen gesprochen hatte, wurde von seiner Partei im Parlament zurückgezogen.

11

Als Faber gegen ein Uhr mittags heimkam, sahen sich in der Bibliothek Mira und Ludmilla gerade die Nachrichten an. Mira fuhr auf. »Robert! Was ist passiert? Deine Stirn! Und dein Anzug ...«

»Ich bin gestürzt. Eine Lächerlichkeit.«

»Wirklich?«

»Wirklich, Mira.«

»Und was ist mit Goran?«

»Unverändert. Blutdruck immer noch viel zu hoch. Die Harnweginfektion ist noch nicht unter Kontrolle ... Was seht ihr? Gibt es zu Mittag auch ›Zeit im Bild‹?«

»Nur kurz. Aber anschließend ›Report‹«, antwortete Mira. »Ich habe Goran gesagt, du kommst am Nachmittag. Bitte, bring ihm seine Air-Jordan-Sachen mit! Er will sie bei sich haben. Bell erklärt, es bestehe kein Anlaß zu Besorgnis. In spätestens zehn Tagen wird Goran heimkommen können.«

»Lieber Gott, hilf dem armen Buben!« sagte Ludmilla.

Faber setzte sich neben Mira. In seiner Erschöpfung bekam er nur mühsam mit, was da über den Bildschirm lief.

»... Meine Schwester hat mich heute früh aus der Schweiz angerufen«, berichtete Robins Tante Charlotte Kalmar. »Sie hat gesagt, daß sie die Sendungen gestern gesehen hat. Sie will *nicht* nach Wien kommen, denn Frau Doktor Montevivo hat gesagt, daß in den Krebsstationen von österreichischen Spitälern medizinischer Terror ausgeübt wird ...«

»Eingesperrt gehört diese Montevivo!« sagte Ludmilla.

»... Meine Schwester hat gesagt, daß der Bauch von Robin noch mehr angeschwollen ist und daß Frau Doktor Montevivo sagt, das ist ein sehr gutes Zeichen – der Tumor befindet sich bereits in der Abheilungsphase.«

Reporterfrage: »Wie paßt das zusammen?«

»Ich verstehe es auch nicht. Nachdem meine Schwester gesagt hat, der Bauch ist weiter angeschwollen, habe ich das

Gefühl gehabt, daß jemand zu ihr ins Zimmer gekommen ist, denn da hat sie dann ganz anders gesprochen.«
»Kann es sein, daß Frau Montevivo ins Zimmer gekommen ist?«
»Ja, das glaub' ich ... Lieber Gott, ist das alles furchtbar!«
Charlotte Kalmar verschwand vom Bildschirm.
Der Sprecher: »Betroffen sind natürlich auch die Ärzte im Marien-Kinderspital Wien. Wir sprachen mit Oberarzt Doktor Martin Bell. Er sagte ...«
Bell im Bild.
Der Arzt mit dem dichten, kurzgeschnittenen schwarzen Haar und den dunklen Augen stand in einem Labor und sprach mühsam beherrscht: »Hätten wir geahnt, daß Frau Sigrist eine fanatische Anhängerin der Alternativmedizin ist und sich an Frau Montevivo wenden wird, hätten wir unsere Gespräche mit dieser unglücklichen Mutter wahrscheinlich anders geführt.«
Reporter: »Nämlich wie?«
»Wir hätten ihr unsere Statistik gezeigt. Mehr als neunhundert krebskranke Kinder konnten bisher im Marien-Spital vollkommen geheilt werden. Diese Kinder sind die Legitimation unserer Behandlungsmethoden.«
Der Sprecher: »Für Ellen Sigrists Verhalten finden Mütter und Väter anderer krebskranker Kinder kein Verständnis. Wir sprachen mit Frau Hermina Leitner von der Elterninitiative des Marien-Kinderspitals ...«
Neue Filmeinspielung.
Eine junge Frau stand in einem Spielzimmer der Klinik und sagte: »Was geht in dieser Mutter vor? Warum versagt sie ihrem Kind die lebensrettende Behandlung? Nach dem dritten oder vierten Rückfall würde ich sie verstehen. Aber beim ersten Mal und bei einer derart ausgezeichneten Heilungsprognose?«
Ein Reporter: »Ihr Sohn Felix ist im Marien-Kinderspital behandelt worden?«

»Ja. Er hatte Leberkrebs und konnte zu guter Letzt durch Transplantation einer neuen Leber gerettet werden.«
»Das sieht bestimmt auch Goran«, sagte Mira.
»Aber was da gesagt wird, kann ihm nur Mut machen«, sagte Faber.
»Ich verstehe den Schock von Eltern, deren Kind krebskrank wird«, sprach Hermina Leitner weiter. »Ich verstehe auch die Angst der Eltern vor der Behandlung. Felix wurde vor drei Jahren operiert und ist seitdem völlig gesund, das ergeben alle Nachuntersuchungen, zu denen wir kommen – auch heute! Ich habe erlebt, wie behutsam, liebevoll und freundlich Ärzte, Schwestern und Pfleger mit Felix umgingen, als er hier lag. Die kleine weiße Stoffrobbe, die sie ihm damals schenkten, trägt er immer bei sich. Er kommt gern zu den Nachuntersuchungen. Hier liegen noch Freunde von ihm. Er wird dieses Spital niemals vergessen – und ich auch nicht ...«
»Du schläfst ja im Sitzen ein!« sagte Mira. »Leg dich sofort hin, Robert!«
Faber schlief bis sechzehn Uhr dreißig. Dann stand er auf, duschte heiß und kalt und setzte sich in einer Mischung von Angst, Hoffnung und Beschwörung (wenn ich weiterarbeite, wird Goran alle Krisen überstehen) an die Schreibmaschine. Ludmilla brachte die große Thermoskanne voll Tee. Mira war mit einem Taxi zu Goran gefahren, während er schlief. Als Ludmilla gegen zwanzig Uhr das Haus verließ (»Ist kalte Platte im Kühlschrank«), hackte Faber immer noch auf der alten mechanischen Triumph herum – er hatte nie etwas mit einer elektrischen Schreibmaschine, geschweige denn einem Computer anfangen können. Im Licht der Tischlampe hörte er Tonbänder ab, las in seinen Notizen, tippte, hörte wieder Bänder, tippte weiter. Es war ihm klargeworden, daß er schreiben mußte, trotz allem, was mit Goran geschah, denn es konnte Monate, selbst Jahre dauern, bis der Junge gesund wurde – wenn er gesund wurde.

12

»Robert!«

Von weit her hörte er ihre Stimme.

»Robert!«

Langsam kam er zu sich und öffnete die Augen. Es dauerte einige Zeit, bis er begriff, daß er geschlafen hatte.

»Wie spät ist es?«

Sie saß auf dem Bettrand. »Mitternacht vorbei.«

»Wie geht es Goran?«

»Unverändert. Wie heiße ich, Robert?«

Ganz langsam kam er richtig zu sich.

Stundenlanges Schreiben hatte ihn total erschöpft.

»Sag mir, wie ich heiße!«

»Mira heißt du!«

»Bist du sicher?«

»Mira, was ist los mit dir?«

»Warum rufst du im Schlaf nach einer anderen Frau?«

»Das habe ich getan?«

»Das hast du getan, ja. Ein paarmal. Soll ich dir sagen, nach wem du gerufen hast?«

»Natalie?«

»Nicht Natalie.«

»Nach wem dann?«

»Jennie.«

»Jennie ...«

Sie sahen einander an. Keiner sprach.

»Du erinnerst dich nicht?« fragte Mira schließlich.

»Nein ... oder warte, ja, doch ...«

Er setzte sich auf. Nun war er ganz wach. »Jennie Appleton! Ich habe von Jennie Appleton geträumt ...«

»Jennie Appleton? Wer ist das?«

»Ein Mädchen aus einem der schönsten Romane, die ich kenne. Robert Nathan heißt der Autor, Amerikaner. ›*A Portrait of Jennie*‹ erschien 1940, 1949 kam die deutsche Übersetzung heraus. Damals habe ich das Buch gelesen ...«

Faber sprach langsam, bewegt von der Geschichte eines Buches, das niemand mehr kannte, geschrieben von einem Autor, den niemand mehr kannte, und dennoch gab es all das immer noch, Buch, Geschichte, Autor, Jennie Appleton. »Ein armer Maler trifft 1938 im Central Park in New York ein kleines Mädchen. Das kleine Mädchen, eben Jennie, trägt seltsam altmodische Kleidung und erzählt von seinen Eltern, die Artisten in dem berühmten Varieté ›Hammerstein‹ sind, die Sensation des Programms von 1910 ...«

»Von 1910?« fragte Mira.

»Von 1910, ja. Und die beiden treffen einander 1938. Der Maler – Eben Adams heißt er – kann das nicht begreifen. Das ›Hammerstein‹ wurde vor mehr als zwanzig Jahren abgerissen. Was für ihn unverständlich ist, ist für die kleine Jennie vollkommen normal, sie spricht von längst vergangenen Zeiten und Ereignissen, als wäre all das Gegenwart. Eben ist fasziniert von dem Kind, seinem schönen Gesicht, den verträumten, traurigen Augen. Er spürt, wie eine Verzauberung jenseits von Raum und Zeit sich seiner bemächtigt, mehr und mehr, während er mit Jennie durch den Central Park geht. Sie sagt, daß sie ihn leider verlassen muß – durch die ganze Geschichte sagte sie das immer wieder und verläßt ihn auch immer wieder – und daß er auf sie warten soll, bis sie erwachsen ist, damit sie für immer zusammenbleiben können. Und vor dem ersten Abschied spricht sie ein Gedicht – und von diesem Gedicht und Jennie und Eben habe ich geträumt ...«

»Was für ein Gedicht?« fragte Mira.

»Dieses«, sagte Faber: »›Niemand weiß, wo ich herkommen bin, / Wohin ich geh, gehn alle Ding hin. / Der Wind weht, das Meer geht, / Und niemand versteht.‹«

»Schön«, sagte Mira. »Schön ... Aber ein Gedicht wie dieses ...« Sie verstummte, denn sie bemerkte, daß Faber be-

reits wieder in die Erinnerung an jenes Buch, an Jennie versank.
»... Eben ist allein und unglücklich. Er sehnt sich nach Jennie. Er sucht herauszufinden, wer sie ist ... Ja, ihre Eltern traten im ›Hammerstein‹ auf ... und verunglückten tödlich, beide, im Jahr 1910 ... So traurig war Jennie bei ihrem ersten Treffen, so traurig. Sie würde in ein Kloster gehen, sagte sie ... Eben fährt zu diesem Kloster. Und dort trifft er sie wieder, größer, erwachsener ... Nur kurz bleibt sie bei ihm, dann muß sie wieder fort. Warten auf sie soll Eben, bittet Jennie. Sie will sich bemühen, ganz schnell erwachsen zu werden. Sie muß aufs College, sagt sie ... Er findet auch dieses College ... Sie ist vor vielen Jahren dort gewesen, alles wird immer rätselhafter ... Als er sie wiedertrifft, ist sie eine junge Frau, so schön, so schön ... Er malt sie. Er malt das *Portrait of Jennie*, ein wunderbares Bild, das jeden, der es betrachtet, unendlich berührt und Eben berühmt macht ... Da ist Jennie seit langer Zeit verschwunden, und als er ihr endlich wiederbegegnet, bleiben sie einen Tag und eine Nacht und einen Morgen zusammen ... Er hat auch Bilder vom Meer bei Cape Cod gemalt, vom Leuchtturm in Land's End, doch diese Bilder machen Jennie traurig, ängstigen sie. In seinen Armen ist sie dann ruhig und glücklich, so glücklich sind beide in dieser Nacht, so sehr glücklich ...« Nun sprach Faber wieder wie im Schlaf, weit weg wanderte sein Blick.
Mira saß reglos an seiner Seite.
»... sie sitzen am Wasser, als er Tag anbricht, und der Himmel erblaßt ... So ist es gestern gewesen, sagt Jennie, und so wird es morgen sein ... Wann ist morgen, Jennie? fragt Eben, wann ist endlich morgen? ... Ist das wichtig? fragt sie. *Immer* ist morgen! Auch der Moment, der eben vergangen ist, war morgen. Das Gestern ist so wirklich wie das Heute, wir vergessen es nur ... und die Liebe ist unendlich, die kleine Glückseligkeit von heute ist nur ein winziger

Teil von ihr. Wir wissen so wenig, Eben, und es gibt so viel, das wir wissen sollten. Wir leben nur in den Wahrnehmungen unserer Sinne und sehen bloß das, was vor uns liegt …«
Mira strich über Fabers Wange. Er bemerkte es nicht.
»… Unendlich viele Sonnensysteme gibt es um uns, unendlich viele Male größer als das unsere, unendlich weit entfernt. Ein Wassertropfen ist unser Universum, eine Träne im Ozean. Die Zeit dehnt sich aus, sagt Jennie, nach jeder Seite, endlos … Geh nicht, bittet er, ohne dich bin ich verloren, Jennie. Wir werden einander niemals verlieren, sagt sie. Woher wissen zwei Menschen, die sich wirklich lieben, daß nur sie beide, daß nur *wir* beide zusammengehören, Jennie? Ist es nicht möglich, daß früher einmal Menschen gelebt haben, die wir hätten lieben können oder sie uns? … Gewiß *nicht*, sagt Jennie. So viele Millionen Menschen waren vor uns da und werden nach uns dasein, und unter ihnen allen ist ein einziger, den du lieben mußt, und den mußt du suchen, und der bist für mich du, mein Herz … Es gibt nur eine Liebe, und nichts kann die erschüttern. Alles ist gut so, Eben, Liebster, wir werden zusammenbleiben, was auch immer geschieht, wo auch immer wir sind … Nun muß ich dich verlassen, für eine Weile nur … Nach Frankreich muß sie, sagt Jennie, um zu studieren … Und wieder ist er allein … lange, so lange … Er verzweifelt. Nie mehr werden sie einander sehen, denkt er … Nach Cape Cod fährt er, zu dieser kreisrunden Halbinsel südlich von Boston, um zu malen. Gerät dort mit einem kleinen Segelboot in einen ungeheuren Orkan, und nahe dem Leuchtturm bei Land's End sieht er Jennie dann wieder in den tobenden Fluten. Er kämpft mit dem Meer, erreicht sie, schwimmt mit ihr bis zu den Felsen des Leuchtturms, hält sie fest, kann sie nicht festhalten … Sie entgleitet ihm … Sei nicht traurig, hört er sie sagen, sei niemals traurig, was auch geschieht, wir sind zusammen …« Faber schwieg. Immer noch war sein Blick in weite Fernen gerichtet.

Mira sah ihn an, als sähe sie ihn zum erstenmal.
»... Er begegnet ihr nie wieder ... Er bleibt allein ... In einer alten Zeitung liest er zuletzt, daß der Funkspruch eines Schiffes aufgefangen wurde, der den Verlust eines Passagiers anzeigte. Ein Fräulein Jennie Appleton, das acht Jahre in Frankreich zugebracht hatte und sich auf der Rückfahrt nach New York befand, ist in einem Orkan über Bord gespült worden und ertrunken. Eben sieht, daß diese Zeitung acht Jahre alt ist ... Ein Freund will ihn trösten, aber er sagt: Nein, ich wußte es. Und er wiederholt Jennies Worte: Alles ist gut so ...«
Faber schwieg. Verlegen sah er nach einer langen Pause Mira an.
»Unheimlich«, sagte sie. »Unheimlich und wunderbar. In deinem ersten Buch spricht Susanne ein Gedicht für dich in diesem Keller, in dem ihr gefangen seid: ›Ich bin, ich weiß nicht, wer. / Ich komme, ich weiß nicht, woher. / Ich gehe, ich weiß nicht, wohin. / Mich wundert, daß ich so fröhlich bin.‹ Und nun, nach all der Zeit ...«
»Nach all der Zeit, fast nach einem Menschenleben, habe ich von Jennie geträumt«, sagte er staunend. »Und von ihrem Gedicht ...«
»Das meine ich«, sagte Mira. »›Niemand weiß, wo ich herkommen bin, / Wohin ich geh, gehn alle Ding hin. / Der Wind weht, das Meer geht, / Und niemand versteht.‹ Ein Kreis hat sich geschlossen, Robert, wieder ein Kreis!«
»Einmal allerdings ...«, begann er und brach mitten im Satz ab.
»Einmal allerdings?«
»Ach nichts.«
»Doch, bitte!«
»Es ist ...« Er lachte, nun sehr verlegen. »Es ist mir peinlich.«
»Bitte!«
»Na schön! Einmal sagt Jennie, als sie ihr Gedicht spricht,

zuletzt: ›Und nur Gott versteht. Ich glaube, Er versteht den Sinn …‹« Faber sah Mira an. »Wirklich peinlich«, sagte er. Sie legte die Arme um ihn, drückte ihren Körper an den seinen und flüsterte: *»I love you, Trouble Man, I love you!«*
»And I love you«, sagte Faber.

13

Nach drei Tagen klang Gorans Entzündung ab, und der Blutdruck war fast wieder normal. Doch nun hatte sein Zahnfleisch zu wuchern begonnen. Er litt große Schmerzen und konnte kaum essen und trinken. Die Ärzte sagten, er sei sehr tapfer und ertrage alles mit größter Disziplin. Dennoch mußten sie ihm Medikamente gegen Schmerzen geben.
Noch war Ferienzeit. Stundenlang besuchte ihn Petra. Faber und Mira teilten sich den Tag, er war am Vormittag im Spital, sie bis in die Nacht. Tatsächlich brachte er es fertig weiterzuschreiben, es strengte ihn sehr an, und er schlief stets schon, wenn Mira heimkam.
Immer noch waren der kleine Robin und sein Schicksal in den Nachrichtensendungen und in den Zeitungen, auch des Auslands, die erste und wichtigste Meldung.
Vier Wochen Medienjagd auf den kleinen Robin hatten alle Maßstäbe für eine Auseinandersetzung über die Kernthemen dieses Falles – Schulmedizin hier, Alternativmedizin dort – zerstört. Scharlatane wurden schon immer von den Medien höchst profitabel vermarktet. Betroffenheit-Shows im Fernsehen sind überbesetzt mit ihnen.
»Diese Fernsehteams haben auch ihre gute Seite«, sagte Bell einmal zu Faber. »Sie leisten enorme Aufklärungsarbeit. Und sie haben genug Geld, um den kleinen Robin zu suchen – wir hätten das nie. Bei manchen ist das freilich ein einmaliger Höhepunkt von Quotenhurerei. Man gibt der

Montevivo Gelegenheit, für ihre heillose Heilslehre zu werben, und wenn diese Geschichte nicht mehr zieht, wird man in einer neuen Skandalschau betrübt fragen, wieso die Leute so leicht Scharlatanen auf den Leim gehen.«

Ach Bell, dachte Faber. Was hast du erwartet?

Das faszinierende ärztliche Irrlicht mit den Glutaugen, dazu die sterbenstraurigen Augen eines kranken Kindes und eine verzweifelte Mutter wurden, Faber hatte es exakt vorausgesehen, zum absoluten TV-Renner.

Am 16. August brachte »Zeit im Bild« als Aufmacher eine neue Sensationsmeldung: Reporter hatten Ellen Sigrist, den kleinen Robin und Carla Montevivo in Nizza gefunden – nach einer Verfolgungsjagd durch die Schweiz, Spanien und Frankreich.

Ein Film zeigte die drei, wie sie aus dem Hotel »Meridien« traten, das an der breiten Promenade des Anglais lag. Robin, dessen Bauch unter einem lose hängenden blauen Sweatshirt prall wie ein Fußball hervorstach, humpelte schluchzend und stolpernd an der Hand der Mutter unter Palmen am Meer entlang.

Diese Aufnahmen erschütterten den Bundespräsidenten der Republik Österreich dermaßen, daß er noch am gleichen Abend, wie »Zeit im Bild zwei« meldete, ein »fast halbstündiges« Telefongespräch mit Frau Sigrist führte, in dem er sie beschwor, ihren kleinen Sohn umgehend in eine Klinik zu bringen.

Die Mutter, so der »Zeit im Bild« Sprecher, sei tief gerührt gewesen durch solche Anteilnahme von höchster Stelle, doch bevor sie reagieren konnte, rief Carla Montevivo zu einer eilends angesetzten Pressekonferenz ins Hotel, so daß auch am nächsten Abend für eine Erstmeldung gesorgt war. Die schöne Heilerin erklärte den zahlreich erschienenen Wort-, Bild- und TV-Reportern, Robin gehe es glänzend, sie sei mit ihm schwimmen gewesen. Robin wäre dreiundzwanzigeinhalb Stunden am Tag völlig schmerzfrei, eine halbe

Stunde habe er Schmerzen, aber das zeige nur um so eindringlicher, daß der gutartige Tumor sich zurückbilde.
Ein Reporter berichtete beim Eingang der Halle, was jeder Zuschauer bestätigen mußte: »Robin sieht mitleiderregend aus. Der Bauch ist entsetzlich vergrößert, er kann sich kaum auf den Beinen halten und steht offensichtlich unter enormem psychischem Druck. Er ist zittrig, fahrig und wird immer wieder von Weinkrämpfen geschüttelt.«
Mira und Faber sahen diese Ausgabe von »Zeit im Bild« zusammen mit Goran in dessen Krankenzimmer.
»Diese Hexe!« sagte Goran, außer sich vor Wut. »Die bringt den Robin doch eiskalt um! Und diese Mutter! Kann denn da keiner was tun, keiner?«
Einer konnte ein wenig tun – der Bundeskanzler der Republik Österreich. Das meldete »Zeit im Bild« am folgenden Abend, an dem Faber Halsschmerzen verspürte und sich elend fühlte: »Der Bundeskanzler wies das Jugendamt der Bezirkshauptmannschaft Klosterneuburg an, das Sorgerecht für Robin an den österreichischen Konsul in Nizza zu übertragen. Ein französisches Gericht ist nun aufgefordert zu entscheiden, ob der Diplomat die Befugnis hat, das Sorgerecht wahrzunehmen …«
Am nächsten Morgen, dem 19. August, zeigten sich bei Faber alle Symptome einer Sommergrippe. Er hatte Gelenk-, Kopf- und Halsschmerzen, Schnupfen und Fieber. Mira rief Bell an. Der von ihm empfohlene praktische Arzt kam, verschrieb Medikamente und forderte absolute Bettruhe. (»In Ihrem Alter ist mit so etwas nicht zu spaßen.«) Bell rief noch einmal an, erkundigte sich nach Fabers Befinden und sagte, unter diesen Umständen dürfe natürlich auch Mira Goran nicht besuchen, es bestehe die Gefahr, daß Faber sie schon angesteckt habe. Goran gehe es nicht gut, die Zahnfleischwucherungen quälten ihn psychisch noch mehr als physisch.
Die folgenden Tage verschlief Faber größtenteils. Ludmilla

kochte Hühnerbrühe für ihn, Mira saß stundenlang auf dem Balkon mit einem Buch in der Hand, aber meistens las sie nicht, sondern sah, ohne wirklich etwas zu sehen, auf die riesige Stadt hinab.

In dieser Zeit der Trennung von Goran entschied ein Gericht in Nizza, der Diplomat, der das österreichische Konsulat in der Avenue de Verdun leitete, sei berechtigt, das Sorgerecht für den kleinen Robin wahrzunehmen.

Das Festival des Fernsehens ging ebenso weiter wie die Verkaufsschlacht der Zeitungen. Und die drei Menschen in dem Haus an der Alseggerstraße verfolgten die »Zeit im Bild«-Sendungen mit den immer noch themengleichen Topmeldungen ebenso wie Goran in seinem Krankenzimmer und wie viele Millionen Menschen in vielen Ländern …

»… der österreichische Konsul ordnete sofort an, daß Robin zu einer genauen Untersuchung in das Hôpital Pasteur in der Avenue la Voie Romaine gebracht wurde. Nur eine Stunde später startete der Wiener Kinderarzt Doktor Helmut Weser in einem Jet der Ärztebereitschaft nach Nizza …«

Abflug und Landung filmten Reporter des ORF. In Nizza filmten sie die Schönheiten der Stadt und einen Auftritt Dr. Helmut Wesers, der – auch vor Dutzenden von Kameras anderer Teams – in der Halle des Hotels »Meridien« erklärte, er werde Nizza nicht verlassen, ohne Robin in eine österreichische Klinik zurückzubringen.

Vom Marien-Kinderspital war dabei nicht die Rede, denn Carla Montevivo und Ellen Sigrist hatten zur Grundvoraussetzung für irgendwelche Verhandlungen gemacht, daß der Junge nie mehr in dieses Krankenhaus kam. Darauf war Dr. Weser eingegangen, weil, wie er Reportern sagte, »es einzig und allein um die Rettung Robins ging und man die Rückführung des Kindes in keiner Weise belasten durfte.«

Am 26. August brachte »Zeit im Bild« einen weiteren Höhepunkt: die Pressekonferenz im Hôpital Pasteur. Hier gab

der englischsprechende Klinikchef Professor Jean-Pierre Quemard bekannt, Robin befinde sich in einem lebensbedrohenden Zustand. Er leide tatsächlich an einem Kasai-Tumor im linken Leberlappen. Seine einzige Überlebenschance sei sofortige Chemotherapie, die den so unerhört angewachsenen Tumor verkleinerte, damit man ihn dann operieren konnte.
Genau dasselbe hatten fünf Wochen zuvor die Ärzte im Marien-Kinderspital gesagt.
Am Abend des Tages, an dem der ORF Berichte von jener Konferenz ausstrahlte, rief gegen einundzwanzig Uhr Professor Aldermann in der Alseggerstraße an. Er sprach mit Faber: »Wir müssen Ihnen leider mitteilen, daß Goran seit gestern an einer Lungenentzündung leidet. Meine Kollegen und ich tun alles, um sie unter Kontrolle zu bringen. Wir können Sie nur bitten, weiter Vertrauen zu uns zu haben.«
»Das haben wir«, sagte Faber mit klangloser Stimme.
»Ich hörte von Doktor Bell, daß nun Frau Masin eine Erkältung auskuriert. Es ist klar, daß Sie Goran nicht sehen können, bevor Sie beide vollkommen infektfrei sind, das verstehen Sie doch, nicht wahr?«
»Das verstehen wir, Herr Professor«, sagte Faber.
Als er den Hörer auflegen wollte, zitterte seine Hand derart, daß der Apparat auf den Teppich fiel.

14

»Guten Abend, meine Damen und Herren! Zur ›Zeit im Bild‹ um neunzehn Uhr dreißig begrüßen Sie ...«

»... Karin Pflug ...«

»... und Herbert Wanger. Zuerst bringen wir Ihnen einen weiteren Bericht über das Schicksal des kleinen Robin Sigrist.«

Karin Pflug: »Nach der Diagnose der Ärzte des Hôpital Pasteur, über die wir gestern berichteten, gab Frau Carla Montevivo erstmals zu, daß der kleine Robin todkrank ist ...«

Es folgten Bilder des Jungen, der mit schmerzverzerrtem Gesicht auf dem Bett eines großen Zimmers im Hotel »Meridien« lag, und, aus einem anderen Raum, Aufnahmen von Dr. Weser, dem österreichischen Konsul, einem französischen Arzt, der Exärztin Carla Montevivo, die wieder aufreizend gekleidet und geschminkt war, und der Mutter Robins. Sie verhandelten in großer Erregung.

Herbert Wanger: »Frau Sigrist, nach wie vor völlig unter dem Einfluß von Frau Montevivo, erklärte, Robin müsse mindestens vier Wochen im Hôpital Pasteur bleiben, es dürfe jedoch keinesfalls Chemotherapie eingesetzt werden. Robin ist nach ihren Worten viel zu geschwächt, um eine Chemotherapie zu überleben.«

Karin Pflug: »Die Frau, die daran schuld ist, daß Robin sich in einem derartigen Zustand befindet, hat offenbar Angst bekommen und verdammt die Anwendung von Chemotherapie nicht mehr von vorneherein. Französische Ärzte lehnen es begreiflicherweise ab, Robin im Hôpital Pasteur aufzunehmen, ohne ihn entsprechend behandeln zu dürfen ...«

Herbert Wanger: »Der österreichische Konsul, der jetzt die Obsorge für das Kind hat, besteht auf einer sofortigen Rückführung Robins in eine österreichische Klinik. Er deutete an, daß Frau Sigrist im Fall einer weiteren Verweigerung mit Verhaftung zu rechnen habe. Herr Doktor Weser sagte uns …«

Filmeinspielung.

Dr. Helmut Weser: »Das Entscheidende ist jetzt eine neue Gesprächsbasis mit den Schulmedizinern. Weder eine Zwangsübersiedlung von Mutter und Kind nach Österreich noch eine Verhaftung der Mutter brächten die Lösung. Im Moment ist allein wichtig, daß Robin psychisch stabilisiert wird …«

An diesem Tag, dem 30. August 1994, veröffentlichte ein Wiener Massenblatt einen mehrseitigen Bericht mit der vierspaltigen Überschrift ROBINS LEBEN HÄNGT WEITER AN EINEM SEIDENEN FADEN dick eingerahmt folgende Meldung: »Josefa, ein vierzehnjähriges Mädchen aus Salzburg, das an der gleichen Krankheit wie Robin litt und nach Chemotherapie und Operation heute wieder pumperlgesund ist, hat uns einen Brief geschrieben: ›Liebe Redaktion, bitte richte der Frau Sigrist aus, daß sie Robin eine Chance geben muß!‹« Anmerkung der Redaktion darunter: »Schon geschehen, Josefa. Danke für Deinen lieben Brief!«

Während das Tauziehen in Nizza seinen Fortgang nahm, klangen Bells tägliche Telefonbulletins über Gorans Zustand gedämpft: »Wir haben die Lungenentzündung im Griff. Natürlich ist er außerordentlich geschwächt. Trotzdem geht es ihm, den Umständen entsprechend, gut.«

Am Dienstag, dem 6. September, meldete »Zeit im Bild«, Robin habe einen Totalzusammenbruch erlitten. Unter dem Druck des Wiener Arztes und des österreichischen Konsuls in Nizza gab Frau Sigrist ihren Widerstand – vorübergehend – auf und gestattete, daß ihr Sohn nach Österreich geflogen und dort in einer Klinik aufgenommen wurde, keinesfalls jedoch in das Marien-Kinderspital, dies hatten Carla Montevivo und Frau Sigrist zur Voraussetzung des Fluges gemacht.

Daß gegen die Heilerin noch immer keine gerichtlichen Schritte erfolgt waren, daß man ihr gestattete, weiterhin an der Seite Frau Sigrists zu bleiben, erklärte der Wiener Arzt Dr. Helmut Weser so: »Ohne Frau Montevivo ist nichts möglich. Der österreichische Generalkonsul hat das Sorgerecht an Frau Sigrist zurückgegeben. Damit hat sie allein die Entscheidungsgewalt darüber, was mit Robin geschieht.«
Reporterfrage: »Und wie soll das weitergehen?«
Dr. Weser: »Wir fliegen nun nach Österreich. Mehr kann ich nicht sagen.«
Zwei Tage später rief Professor Aldermann in der Alseggerstraße an: »Die Lungenentzündung Gorans ist abgeklungen ...«
»Gott sei Dank!« sagte Faber heiser.
»... Ich möchte Sie morgen sprechen, Sie und Frau Masin. Sie sind doch beide wieder völlig gesund?«
»Ja, Herr Professor.«
»Dann erwarte ich Sie um zehn Uhr.«
»Gibt es etwas zu besprechen?«
»Ja.«
»Was?«
»Morgen, Herr Faber. Morgen.«

15

»Es ist sehr schlimm, was ich Ihnen mitteilen muß«, sagte Professor Aldermann. Mira und Faber saßen dem Mann mit dem kurzgestutzten weißen Bart in seinem großen Arbeitszimmer gegenüber. »Wir haben wirklich alles getan. Wir haben gehofft – bis zuletzt. Wir haben uns dagegen entschieden, früher mit Ihnen zu sprechen, um Sie auf keinen Fall etwa grundlos aufzuregen. Sie waren auch beide krank und geschwächt. Aber jetzt müssen wir mit Ihnen reden.«

»Die Lungenentzündung …«, begann Mira, und Aldermann unterbrach sie: »Nein, darum geht es nicht. Die dauernden Infektionen, die Goran in der letzten Zeit befielen, zwangen uns, ihm immer neue Medikamente zu geben. Nun wird dadurch die Leber zusätzlich geschädigt. Noch arbeitet sie, sehr schlecht … ihr endgültiges Versagen ist eine Frage von Wochen, Tagen … Die Ergebnisse einer neuen Biopsie, die wir vornahmen, zeigen sie in einem absolut katastrophalen Zustand. Sie bildet keine Eiweißstoffe für die Blutgerinnung mehr, Goran hat viel zuviel Ammoniak im Blut … EKG, Echokardiographie des Herzens, Leberfunktionswerte – nur verheerende Befunde. Wie gesagt, wir haben alles getan, um eine Abstoßung dennoch zu verhindern, und Ihnen nichts gesagt, um Sie unter keinen Umständen durch falschen Alarm zu erschüttern. Nun müssen wir es Ihnen sagen: Gorans Leber ist verloren. Die einzige Chance, die er noch hat, ist …«

»… eine neue Leber«, sagte Faber mit einer Stimme, die ihm völlig fremd vorkam. Mira hielt seine Hand umklammert. Tränen liefen über ihr Gesicht.

»Eine neuerliche Transplantation, ja«, sagte Professor Aldermann.

16

Sie gingen gemeinsam durch die Klinik. Aldermann führte sie zu Gorans Zimmer. Immer noch hielt Mira mit ihrer linken Hand Fabers rechte. Er dachte: Ich war glücklich wie noch nie zuvor in meinem Leben in jener Nacht, da ich erkannte, daß ich wieder schreiben kann. Und habe nicht daran gedacht, daß ich nun unglücklich sein werde wie nie zuvor in meinem Leben, es mußte so kommen, *Ginkgo biloba*, es muß so sein. Judith Rohmer hat es vorausgesehen an jenem Morgen, an dem ich Goran herbrachte mit der

Magen-Darm-Infektion, damals, als sie mich so müde und traurig ansah.

Sie erreichten Gorans Zimmertür. Aldermann öffnete und ließ Mira und Faber eintreten. Er folgte als letzter. Zwei Ärzte standen am Bett des Jungen, Martin Bell und Judith Rohmer. Beide drehten sich zu den Besuchern um und begrüßten sie stumm durch Kopfnicken.

Als sie zur Seite traten, war der Blick auf Goran frei.

Mira stöhnte und sank auf einen Hocker, ihre Beine trugen sie nicht mehr. Faber stand da wie erstarrt. Déjà-vu, dachte er. Das habe ich schon einmal gesehen. Schon einmal erlebt. So sah Goran aus, als ich dieses Zimmer zum erstenmal betrat und ihn zum erstenmal sah. Er konnte nicht mehr liegen, denn sein riesengroß angeschwollener Bauch war voller Flüssigkeit und ließ ihn kaum atmen. In einem Winkel von fünfundvierzig Grad saß er im Bett – wie jetzt.

Die Augen sind wieder so verfärbt wie die Haut des ganzen Körpers. Die nackte Brust zeigt wieder flohstichartige Blutungen und Blutergüsse. Einen Bauch wie der kleine Robin hat Goran wieder. Abgemagert wie der krebskranke Fünfjährige ist nun auch wieder Goran, aufgesprungen wie einst sind seine Lippen. Déjà-vu. Déjà-vu. Auch ein Ständer mit einer Infusionsflasche steht wieder neben dem Bett. Goldgelb ist der Inhalt der Flasche, der durch einen Plastikschlauch und eine Nadel in seinen Port-A-Cath tropft. Er wird künstlich ernährt, alles wie einst. Alles vergebens. Alles umsonst.

»Es tut uns leid«, sagte Judith Rohmer leise. »So sehr leid, Frau Masin, Herr Faber.«

»Goran«, sagte Mira erstickt. »Goran!«

Er antwortete nicht. Keuchend ging sein Atem.

»Er ist in dem Zustand, in dem Sie ihn gesehen haben, als Sie das erstemal herkamen«, sagte Bell prompt zu Faber.

»Nicht ganz bei sich, meist schläft er, dann ist er halbwach, hört oft nichts, dann wieder schlecht ...«

»Goran!« rief Mira laut. »Goran, mein Herz!«

Der Junge sah sie an mit milchig verschleierten, grün und braun und schwarz verfärbten Augen, starr und ausdruckslos. Dem Bett gegenüber auf einem Stuhl lag und hing seine wunderbare Air-Jordan-Kleidung.

»Eine Transplantation in diesem Zustand – ist das überhaupt möglich?« fragte Faber, an Bell gewandt.

»In einem solchen Zustand muß alles möglich sein«, sagte Bell.

»Haben Sie schon veranlaßt, daß ...« Faber verstummte.

Judith Rohmer sah ihn an. Ihre Lippen zuckten. Sie hatte verstanden. Bell nicht.

»Veranlaßt was?« fragte er.

»Sie wissen es also noch nicht?« flüsterte Judith Rohmer.

»Ich weiß was noch nicht?«

»Sie haben es nicht gesagt, Herr Professor?« Judith Rohmer sah Aldermann an.

Dieser schüttelte den Kopf und blickte zu Boden.

»Was?« fragte Faber. »Was haben Sie uns noch nicht gesagt, Herr Professor?«

Aldermann hob den Blick. »Goran verweigert eine Transplantation«, sagte er.

»Er verweigert ...«

»Unter allen Umständen. Wir haben mit ihm gesprochen, wieder und wieder und wieder. Wir haben ihm gesagt, daß dies für ihn die einzige Möglichkeit ist, am Leben zu bleiben. Er antwortet immer dasselbe.«

»Was?«

»Nicht noch einmal all das, was er durchgemacht hat. Nicht noch einmal die ganze Quälerei. Er ist fast sechzehn Jahre alt; er hat ein Recht, über sein Leben und seinen Tod zu entscheiden. Er hat sich entschieden. Keine neue Transplantation. Niemals wird er seine Zustimmung geben.«

In die Stille, die folgte, sagte Goran, laut und klar: »Niemals …«
Da ist er, dachte Faber. Da ist er endlich wieder.
Der Tunnel.

Drittes Kapitel

1

Drei Tage später, am 12. September 1994, erhielt Robert Faber die Vormundschaft für Goran Rubic. Freitags zuvor war ein Brief der freundlichen Familienrichterin vom Bezirksgericht für den achten Bezirk eingetroffen. Sie schrieb, die Urkunde sei nun ausgestellt, er möge sie abholen.

Mira fühlte sich elend, so fuhr er allein zu dem Amt, das ganz in der Nähe des Marien-Kinderspitals lag. Es war sehr heiß an diesem Montag.

»Schon am 23. Juni waren Sie mit Frau Masin bei mir«, sagte die Richterin und strich sich über das graue Haar. »Entschuldigen Sie, daß es so lange gedauert hat, Herr Faber. Kein böser Wille. Die haben einfach zu wenig Personal im Jugendamt. Jetzt ist ja alles gut, nicht wahr?« Sie lächelte, und da waren wieder die unzähligen kleinen Falten in ihren Augenwinkeln.

»Ja, jetzt ist alles gut«, sagte er und nahm das Dokument entgegen.

»Wie geht es Goran?«

»Schon viel besser«, sagte Faber. Er hatte plötzlich Angst, sie würde ihm die Vormundschaft wieder nehmen, wenn sie hörte, daß Goran mit dem Tod kämpfte. Auf der anderen Seite, dachte er, wenn Goran nun stirbt, brauche ich die Vormundschaft nicht mehr. Also, warum lüge ich? Er wollte

ihr schon die Wahrheit sagen, entschied jedoch im letzten Moment dagegen. Ich rede Gorans Tod herbei, wenn ich davon spreche, dachte er.
»Das ist schön«, sagte die Richterin. »Dieser Fall hat mir von Anfang an am Herzen gelegen. Ich habe so sehr gehofft, daß alles gut geht mir Goran. Und nun sagen Sie es mir. So viele Menschen glauben nicht mehr an Gott und daran, daß er hilft und für Gerechtigkeit sorgt. Man muß glauben, nicht wahr?«
»Ja«, sagte Faber, »man muß glauben.«
»Hier und hier brauche ich noch Ihre Unterschrift«, sagte sie lächelnd und schob Papiere über den Schreibtisch. Er schrieb seinen Namen zweimal.
»Danke, Herr Faber. Und nun können Sie ins Innenministerium gehen und eine Aufenthaltsbewilligung für Frau Masin und Goran beantragen. Ich bin sicher, daß man sie Ihnen geben wird.«
Faber nickte und lächelte gleichfalls und dachte, daß Goran nun wohl keine Aufenthaltserlaubnis mehr in Österreich oder irgendwo sonst auf der Welt brauchte. Aber das sagte er natürlich nicht.
»Ich danke Ihnen für Ihre große Freundlichkeit, Frau Richterin«, sagte er.
»Ich bin glücklich wie Sie«, sagte die freundliche Frau. »Darum liebe ich meinen Beruf. Weil ich oft – ja, doch, oft! – Glück bringen kann. Alles Gute für Sie, Frau Masin und Goran! Ganz schnell soll er nun *ganz* gesund werden und sich wohl fühlen in Wien!«
»Das wird er«, sagte Faber.
Sie brachte ihn noch zum Lift. Ein guter Mensch, dachte Faber, während er abwärts fuhr, ein freundlicher Mensch. Es gibt noch freundliche Menschen. Immer mehr von ihnen lerne ich kennen. Nun habe ich die Vormundschaft über Goran. Nun wird Goran sterben.
Er ging in der Hitze zum Marien-Kinderspital hinüber. Das

Dokument hatte er in seine kleine Ledertasche neben den Pearlcorder und die Pistole gesteckt.
Im Krankenhaus war es kühler. Der Portier grüßte, gleich allen kannte er Faber seit langem.
Faber ging einen Korridor hinab und dachte, wie gut es doch Menschen wie diese Familienrichterin hatten, die an Gott, seine Hilfe und seine Gerechtigkeit glaubten. Haben sie es wirklich gut, überlegte er, wenn ihnen so etwas widerfährt wie Mira und mir und Goran? Wahrscheinlich hilft ihnen ihr Glauben sogar dann, dachte er, während ihm einfiel, was der Diakon Lambert einmal gesagt hatte. Aber, sagte Faber sich zornig, das war auch nur verlogenes Geschwätz.
Er erreichte Gorans Zimmer und sah, daß die Tür nur angelehnt war. Zwei Stimmen drangen zu ihm – die von Goran und die von Petra. Er blieb stehen.
»Du mußt ja sagen«, hörte er Petras Stimme.
»Nie«, sagte Goran.
»Dann wirst du sterben.«
»Dann werde ich sterben.«
»Und Air Jordan?« fragte Petra. »Als ich bei euch zu Besuch war und wir den Videofilm gesehen haben, da hast du gesagt, Air Jordan muß wieder spielen, er wird wieder spielen, das ist seine Bestimmung, und er wird noch einmal NBA-Champion werden, zum viertenmal.«
»Ich …«
»Laß mich reden! Das hat es noch nie gegeben, daß einer ein Comeback macht und noch einmal Champion wird.« Ihre Stimme wurde lauter. »Und das will ich erleben, hast du gesagt – sei ruhig! –, das will ich erleben, dafür soll meine Leber halten! Allein dafür! Hast du das gesagt oder nicht?«
Schweigen.
»Antworte!«
»Ich … ich hab's gesagt, ja. Aber sie hält nicht. Sie ist erledigt. Hin. Schluß mit ihr.«

»Mit *ihr*«, sagte Petra. »Aber mit einer neuen, mit einer neuen wirst du erleben, wie Air Jordan zum viertenmal Weltmeister wird! Und kannst selber wieder spielen!«
»Ich will nicht«, sagte Goran.
»Du willst das Comeback von Air Jordan nicht erleben?«
»Nein.«
»Herrgott, das war doch dein größter Wunsch überhaupt!«
»Jetzt nicht mehr.«
»Was denn?«
»Nichts.«
»Du willst überhaupt nichts mehr erleben?«
»Nein.«
»Was willst du dann?«
»Sterben«, sagte Goran.
»Du Idiot!« sagte Petra. »Ohrfeigen müßte man dich – stundenlang! Es ist zum Verzweifeln …«
Faber bemerkte, daß jemand hinter ihm stand. Er fuhr herum und sah Bell. Der Arzt zog ihn sanft von der Tür fort.
»Haben Sie das gehört?« fragte Faber leise.
»Einen Teil davon«, sagte Bell.
»Es geht ihm schlechter.«
»Ja.«
»Und er verweigert eine Transplantation.«
»Unter allen Umständen.«
»Also keine Hoffnung mehr …«
Zwei kleine Mädchen gingen lachend an ihnen vorüber.
»Hoffnung«, wiederholte Bell. »Ich habe einmal ein Bild gesehen …« Er zog Faber in einen leeren Warteraum. »Oder eine Zeichnung, ich erinnere mich nicht mehr genau. Jedenfalls war das Bild – oder die Zeichnung – von einer Geschichte Voltaires inspiriert, die ich nie vergessen kann: Ein Mann treibt hilflos und verlassen auf dem Meer …« Bell sah über Fabers Schulter hinweg ins Leere. »Es ist finster, die Wellen schlagen über ihm zusammen. Er schwimmt mit letzter Kraft. Da ertönt eine gewaltige Stim-

me vom Himmel. Sie ruft: ›Das Meer hat keine Ufer!‹ Das ungefähr ist die Geschichte, die Voltaire erzählte und die dieses Bild zeigte …«

»Na also«, sagte Faber.

»Aber die Hoffnung«, sagte Bell, »würde mit leiser Stimme – ihre Stimme ist immer leise – widersprechen. Solange es noch eine letzte Chance, die Spur einer letzten Chance zu geben scheint, sagt die Hoffnung: ›Doch! Es gibt Ufer!‹«

»Es gibt keine mehr«, sagte Faber.

»Es gibt die Ethikkommission«, sagte Bell.

»Die was?«

»Die Ethikkommission. Für heute abend hat Professor Aldermann sie einberufen.«

»Was ist das für eine Kommission?«

»Setzen wir uns einen Moment«, sagte Bell. »Ethikkommissionen gibt es drüben im AKH zum Beispiel, wenn neue Medikamente an Menschen erprobt werden sollen. In diesen Kommissionen sind Leute mit ganz verschiedenen Berufen: Patientenanwälte, Ärzte, Geistliche aller Religionen … Jene Leute entscheiden, ob und wie das neue Medikament an Menschen erprobt wird. Etwas Ähnliches gibt es auch in Fällen wie dem Gorans … Er ist immerhin schon fast sechzehn Jahre alt. Mit neunzehn müßten die Ärzte jede weitere Behandlung einstellen, wenn er sie verweigert.«

»Dann ließen Sie ihn sterben?«

»Dann *müßten* wir ihn sterben lassen. Aber er ist noch nicht neunzehn. Trotzdem hat seine Weigerung, einer Transplantation zuzustimmen, schon großes Gewicht. Die Ärzte sehen die Chance der Rettung Gorans durch eine Transplantation. Und nun die Frage: Setzt man sich über den Willen eines Sechzehnjährigen hinweg, vergewaltigt man ihn also, oder findet man auf breiter Basis Zustimmung zu seinem Wunsch, sterben zu dürfen? Um dieses Problem geht es übrigens in dem wunderbaren Film ›*Whose Life is it*

Anyhow?‹ – Deutscher Titel: ›Ist das nicht mein Leben?‹ Kennen Sie ihn?«

»Nein.«

»Nach einem Autounfall ist ein Mann hundertprozentig querschnittgelähmt ... Wie heißt bloß der Schauspieler, der seine Rolle ... Dreyfuss! Richard Dreyfuss! ... Dieser Mann liegt im Bett, kann sich nicht bewegen, nur atmen kann er noch und reden ... Ein Arzt will ihn unbedingt am Leben halten, den spielte der grandiose John Cassavetes, der Mann von Gena Rowlands ... An was für einem Leben! ... Der Gelähmte kämpft, drei Jahre, vier Jahre, vor verschiedenen Gerichten um sein Recht, sterben zu dürfen ... Hat genug Geld, das durchzustehen ... und erhält zuletzt dieses Recht. Die ärztliche Versorgung wird eingestellt. Er hat gesiegt ... Man sieht nicht, wie er stirbt, nur eine Tür schließt sich ... Hier haben Sie die fürchterliche Problematik – auch in Gorans Fall! Jeder, der heute abend in dieser Kommission ist, hat sich mit Goran beschäftigt, hat ihn behandelt, kennt ihn gut. Manche haben schriftliche Expertisen abgegeben, die anderen können sie lesen. Zeitaufwendig ist das natürlich ... Kann bis morgen dauern ... länger ... Den Jungen vergewaltigen ist unerhört viel einfacher. Bauch auf, neue Leber rein, Bauch zu! Aber man würde ihn vergewaltigen. Und er ist immerhin sechzehn! Wenn allerdings die Kommission entscheidet, daß er operiert werden muß, wird er operiert – gegen seinen Willen! Doch das Urteil kann auch in die andere Richtung gehen, es ist ein Mehrheitsbeschluß. Ich erlebe solche Kommissionen immer wieder als enorme Belastung, als etwas, wozu wir nicht reif genug sind. Aber mehr können wir, was Ethik angeht, zur Zeit nicht tun ... Es ist mühsam und quälend, doch Sie sehen, Herr Faber: Auch wenn die gewaltige Stimme aus dem Himmel ruft: ›Das Meer hat keine Ufer!‹ – die Hoffnung, Ihre, meine, sagt leise, denn da ist – vielleicht – immer noch eine Chance: ›Doch! Es gibt Ufer!‹«

2

Sie waren sieben in dem großen Konferenzraum.
Die Ethikkommission nahm ihre Arbeit um neunzehn Uhr auf. Nach Vorschlag von Professor Aldermann sollte ein jeder der sieben zuerst kurz seine grundsätzliche Einstellung erläutern – danach konnte die Diskussion beginnen.
»Judith, bitte!«
Dr. Judith Rohmer sagte: »Ich bin der Meinung, daß Goran unter allen Umständen eine neue Leber erhalten muß – auch wenn er das nicht wünscht. Er ist jung, er hat sich von dem absolut lebensbedrohenden Endstadium, in dem er sich bei der Einlieferung befand, schnell und gut erholt. Dies wäre seine zweite Lebertransplantation. Die erste Operation, die Kollege Meerwald und Kollege Bell durchführten, war ein voller Erfolg, Goran lebte viele Jahre lang ohne die geringsten Beschwerden. Daß er in Sarajewo eine Zeitlang die Medikamente nicht nahm, hatte einen besonderen Grund. Seit er bei uns ist, hat er sie stets genommen und alle Nebenerscheinungen tapfer und mit Geduld ertragen. Jetzt steht er unter Schock. So wie er würden wir wohl alle reagieren. Ich weiß noch genau, wie heftig meine Tochter vor ihrer Nierentransplantation, als es ihr sehr schlecht ging, gegen eine Operation argumentierte, ja, ebenfalls sterben wollte, weil sie die Nebenerscheinungen der Dialyse nicht mehr ertragen zu können glaubte. Meine Kollegen und ich haben sie dazu gebracht, umzudenken, Vertrauen zu haben. Heute ist sie gesund und fröhlich. Im Falle Gorans kann Petra eine höchst positive Wirkung haben – die beiden verbindet eine innige Beziehung. Der Kranke sieht an Petra das Glück der Gesunden. Kollege Bell und Kollege Meerwald kennen Goran seit fast dreizehn Jahren. Er kann bei der Transplantation und der Vorbereitung zu ihr in keine besseren Hände gelangen. Goran ist nicht allein. Er hat Frau Masin und Herrn Faber. Die beiden

werden sich mit all ihren Kräften um ihn kümmern. Auch Geld ist zur Genüge vorhanden. Ich bin unter allen Umständen *für* eine Transplantation.«

»Danke«, sagte Aldermann. »Georg, bitte!«

Der riesenhafte Diakon Georg Lambert sagte: »Ich habe in den letzten Wochen viele Stunden bei Goran verbracht. Wir haben miteinander gesprochen, wir haben miteinander geschwiegen. Sie alle hier kennen mich und wissen, daß ich *für* das Leben bin, wo es nur geht. Im Falle Gorans geht es nicht mehr. Sein Leben ist zu einer einzigen Qual geworden. Wir können nur ahnen, was er leidet. Wir alle können nur hoffen, daß er eine zweite Transplantation, zu der er auch noch gezwungen würde, die man gegen seinen erklärten Willen durchführte, überlebt. Und wenn er überlebt, was dann? Es wäre die zweite Lebertransplantation. Wir alle wissen, wie schlecht da die Chancen von vorneherein stehen. Wir wissen, daß die Zeit nach einer solchen Operation sehr oft schlimmer für den Patienten ist als das Endstadium der eigentlichen Krankheit. Wir alle erlebten erschütternde Fälle, erinnern wir uns: Manche Familien beteten für den erlösenden Tod ihrer Lieben, die, halb bewußtlos und durch Stoffwechselstörungen halb wahnsinnig, ans Bett gefesselt waren, gepeinigt von Schmerzen und Fieber, zutiefst deprimiert. Ja, und denken Sie auch daran: Wie oft wünschen sich Ärzte, Schwestern und Pfleger, man hätte niemals mit einer Transplantation begonnen. Nicht einmal die Hälfte der Transplantierten überlebt länger als fünf Jahre. Und bevor sie sterben, muß jeder einzelne von ihnen einen langwierigen, zermürbenden Kampf gegen Organabstoßung, Infektionen, Schmerzen und Blutungen führen. Denken Sie schließlich daran: Jeder Mensch hat nicht nur das Recht auf ein menschenwürdiges Leben, sondern auch auf einen menschenwürdigen Tod. Es ist unsere ethische Pflicht, Goran zu erlauben, *sterben* zu dürfen.«

»Und nun Martin!«

Oberarzt Martin Bell sagte: »Kollegin Rohmer erwähnte schon, daß mein Freund Thomas Meerwald und ich Goran seit 1982, also seit über zwölf Jahren, kennen. Es ist richtig, was Diakon Lambert über furchtbare Entwicklungen nach Transplantationen sagte. Aber es *muß* nicht dazu kommen. Wir haben viele Möglichkeiten, katastrophale Zustände zu verhindern oder schnellstens wieder in den Griff zu bekommen. Wir sind Ärzte. Gewiß dürfen wir nicht alles tun, was wir tun können. Aber wir haben einen Eid geleistet, Leben zu bewahren, wo immer das möglich ist. Hier ist es nach meiner festen Überzeugung möglich. Darum haben wir die Pflicht, uns über Gorans Weigerung hinwegzusetzen. Ich bin unter allen Umständen *für* eine Transplantation!«

»Paul!«

Der Psychologe Dr. Paul Ansbach mit den fröhlichen Augen, der so gern lachte und alle Kinder immer wieder zum Lachen brachte, war an diesem Abend sehr ernst. Er sagte: »Wir haben es bei Goran mit einem seelisch schwer belasteten Kind zu tun. Seine Eltern wurden in Sarajewo getötet. Er lebte danach mit seiner Großmutter. Unter dem Schmerz des Elternverlustes wollte er nicht mehr leben und nahm deshalb nicht die vorgeschriebenen Medikamente. Das brachte ihn in den verheerenden Zustand, in dem er zu uns kam. Er wäre niemals in einen solchen Zustand gekommen, wenn er seine Medikamente genommen hätte. Goran ist ein lieber Bub, den ich sehr gern habe, aber er ist labil, psychisch gestört und jetzt ohne jede Lebenskraft. Er fürchtet ein weiteres Leben. Und was für ein Leben steht ihm bestenfalls bevor, wenn wir uns über seinen Willen hinwegsetzen und ihm eine neue Leber geben? Die Wahrscheinlichkeit, daß ihn neues Leid und neues Elend der Art erwarten, die Diakon Lambert erwähnte, ist sehr groß. Seine Großmutter und sein Großvater sind fünfundsechzig beziehungsweise siebzig Jahre alt. Was wird aus Goran, wenn einer der beiden stirbt – Herr Faber zum Beispiel? Und was erst wird aus Goran, wenn beide Bezugspersonen, die letzten, die er hat, sterben? Wird er dann nicht – wie schon einmal – sterben wollen und die Medikamente, die er nehmen muß, wieder absetzen? Und wenn nicht, was geschieht mit ihm, allein in einer fremden Stadt, ohne jede Hoffnung? Meinen Sie wirklich, daß es möglich sein wird, diesen so unglücklichen Jungen ein weiteres Mal ins Leben zurückzurufen? Wollen Sie ihm dann etwa eine dritte Leber transplantieren? Allein das zu denken ist Wahnsinn! Ich verlange, daß Goran *sterben* darf, denn seine Lebenserwartung und seine Zukunftsprognose sind gleichermaßen katastrophal.«

»Nun Doktor Klages!«

Dr. Clemens Klages, Vertreter der Wiener Patientenanwaltschaft, war kaum fünfzig Jahre alt, aber er sah viel älter aus, ein schmaler Mann mit blassem Gesicht und traurigen Augen, die soviel Unglück und Leid gesehen hatten. Er sagte: »Ich habe mein Leben lang nach einem Grundsatz gearbeitet: Es muß das geschehen, was für das Kind am besten ist! In den letzten Tagen habe ich immer wieder mit Goran gesprochen. Sein Entschluß, keine Transplantation zuzulassen, ist so fest, daß wir ihn respektieren müssen, auch wenn Goran noch nicht neunzehn, aber immerhin schon sechzehn Jahre alt ist. Was meine Vorredner über seine familiäre Lage sagten, ist leider wahr. Die beiden Menschen, die er noch hat, sind alt und nicht gesund. Was soll aus Goran werden, wenn er eine neue Leber erhält? Was für ein Leben erwartet ihn? Das frage ich, der – auch von Gesetzes wegen, nicht nur persönlich – stets das Beste für die Patienten verlangt. Hier stehe ich vor zwei gewaltigen Problemen. Das erste: Automatisch setzt man Retransplantpatienten ganz oben auf die Warteliste. Und natürlich stößt man damit andere, die auf ihre erste Leber warten, noch tiefer in Verzweiflung. Konkurrenzdenken und Argwohn wachsen. Nicht von ungefähr ist die Retransplantation bei

Leberpatienten eine der umstrittensten Fragen in der chirurgischen Medizin. Und das um so mehr, als es um die Überlebensraten bei Patienten mit einer zweiten Transplantation weit schlechter bestellt ist als bei Patienten mit nur einer Transplantation. ›Warum bekommt jemand *vor* meinem Kind ein Organ, obwohl seine Chancen geringer sind, es auch zu behalten?‹ klagen bei mir immer wieder wartende Eltern. Vom Standpunkt der Logik ist das eine durchaus berechtigte Frage angesichts der Organknappheit, der hohen Sterblichkeitsrate bei den Wartenden und der schlechteren Überlebensrate bei retransplantierten Patienten. Und hier das zweite Problem: Vor einem Jahr bekam ein einundzwanzigjähriger Serbe, der aus seiner Heimat geflohen war, im AKH eine neue Leber – und wurde auf Anordnung des Innenministers zwei Monate nach der Operation in die Heimat abgeschoben, in den Tod. Sie wissen alle, von welchem Fall ich spreche, und ebenso wissen Sie alle, daß dies kein Einzelfall war. Gemeinhin gilt immer noch die grauenhafte Frage: Ist, eine grauenhafte Frage, ein solcher Mensch bei uns – und überall – eine Leber überhaupt wert in einer so unmenschlichen Zeit? Wir von der Patientenanwaltschaft sind wieder und wieder der Verzweiflung, der Resignation nahe und machtlos, völlig machtlos. Es klingt furchtbar, aber es ist die Wahrheit, was Bertolt Brecht schon 1940 in seinen ›Flüchtlingsgesprächen‹ schrieb, aus denen ich hier einen ganz kurzen Abschnitt zitieren will, damit Sie sehen, was seit 1940 anders geworden ist – nämlich nichts!« Klages fuhr sich mit der Hand über die Augen. Er sprach leise: »›Der Paß ist der edelste Teil von einem Menschen. Er kommt auch nicht auf so einfache Weise zustand wie ein Mensch … Dafür wird er auch anerkannt, wenn er gut ist, während ein Mensch noch so gut sein kann und doch nicht anerkannt wird …‹ Soweit Brecht. Ich plädiere dafür, daß aus all diesen Gründen bei Goran von einer Transplantation *abgesehen* wird.«

»Danke, Herr Doktor Klages«, sagte Aldermann. »Nun Thomas, bitte!«
In der Stimme des Chirurgen Dr. Thomas Meerwald klang kehliger Tiroler Akzent: »Ihren Job möchte ich um nichts in der Welt haben, lieber Doktor Klages! Der ständige Kampf mit Bürokraten muß die Hölle sein. Bei Goran läuft aber alles anders. Anders auch als im Fall des kleinen Robin Sigrist wird es bei ihm keine Quotenhurerei des Fernsehens, keine Auflagenschlachten bei Zeitungen und keine Bühne für Politiker geben. Im Fall des armen Robin haben wir die Mutter, die Heilerin und den großen Teil einer aufgehetzten Öffentlichkeit gegen uns, die man mit den schäbigsten tränentreibenden Tricks präpariert hat. Herr Faber und Frau Masin wünschen nichts mehr, als daß wir den Buben durch eine Transplantation retten. Sie werden uns zur Seite stehen und uns helfen und unterstützen, wo sie nur können. Wir dürfen auch nicht in den Fehler verfallen, so zu tun, als würden wir zum erstenmal in unserem Leben eine solche Entscheidung fällen. Ich habe das gewiß bereits mehr als zwanzigmal getan, und Ihnen wird es ebenso ergehen. Es ist schlimm, aber es gehört zu unserem Beruf. Ferner: Viele Zahlen aus Statistiken über Nebenerscheinungen von Medikamenten nach der Operation, die hier genannt wurden, stimmen nicht – auf den Einzelfall bezogen. Statistiken bergen immer die Möglichkeit, Vorgänge so zu interpretieren, wie man sie wünscht. Nicht *jeder* Patient wird nach der Operation wahnsinnig vor Schmerzen, nicht *alle* Angehörigen beten um seinen Tod, und schon gar nicht richtig ist die angeblich so geringe Lebenserwartung bei Zweittransplantationen – wieder auf den Einzelfall bezogen. Ich habe fünfzehn Zweitlebern transplantiert, acht Patienten leben noch, einer nach sechs Jahren. Ich kenne Goran so lange und so gut wie mein Freund Bell. Wir haben Goran sehr lieb. Doch auch wenn dies nicht der Fall wäre, müßten wir versuchen, sein Leben zu retten. Er

gehört nicht zu jenen Fällen, die wir auf Grund furchtbarer Voraussetzungen sterben lassen dürfen. Ein solcher Fall ist Goran nicht. Bei ihm haben wir die große Chance, daß er wieder ganz gesund wird. Und darum *müssen* wir transplantieren.«

Thomas Meerwald schwieg, und einige Sekunden lang blieb es still in dem großen Raum.

Schließlich sagte Aldermann: »Ich bin völlig der Meinung von Thomas, Martin und Judith. Ich bin überhaupt nicht der Meinung, die Sie vertreten, Doktor Klages, oder Sie, ›heiliger Georg‹, oder Sie, Paul. Ihr habt ein viel zu düsteres Bild entworfen bei der Charakteranalyse Gorans und bei seinen Zukunftsaussichten. Ihr habt das Negative überbetont. Ich muß euch daran erinnern, daß es uns gelungen ist, Kinder zu retten, die unter ungleich schwereren Belastungen litten als Goran. Wir sind dazu da, Menschenleben zu retten, nicht, um der momentanen Todessehnsucht von Minderjährigen nachzukommen. Wie oft hatten wir schon Patienten mit der Verzweiflung Gorans! Wenn wir mit Mehrheit zu der Ansicht kommen, daß die Waagschale, auf der die Lebenschance liegt, sich neigt, dann haben wir alles, was wir können, zu versuchen, um dieses Leben zu retten – des Patienten wegen und unseretwegen. Denn es gibt nur eine Sünde im Leben, und die ist: den Mut verlieren. Alle, die dafür sind, daß wir Goran sterben lassen, haben schwerwiegende und tragische Gründe genannt. Aber im Grunde geht es um Mut. Mut Behörden gegenüber, Mut möglichen Risiken und möglichen Gefahren gegenüber. In unserem Beruf ist es nun einmal so: Niemals geht es ohne Gefahr, niemals geht es ohne Risiko. Wie oft sind wir nah daran, Mut und Hoffnung zu verlieren! Aber wir müssen, solange wir nicht *burnt out* sind, weiterarbeiten mit immer neuem Mut, immer neuer Hoffnung! Meine Stimme *für* die Transplantation!«

Aldermann lehnte sich zurück.

»Damit«, sagte Judith Rohmer, »steht die Abstimmung Transplantation ja zu Transplantation nein im Verhältnis von vier zu drei Stimmen.«
»Nach diesen Grundsatzerklärungen«, sagte Aldermann, »lassen Sie uns nun mit der Diskussion beginnen! Jede Stimme hat das gleiche Gewicht.«
Um einundzwanzig Uhr hatte einer der Anwesenden seine schweren Bedenken aufgegeben. Fünf zu zwei *für* eine Transplantation.
Um zweiundzwanzig Uhr fünfunddreißig hatte sich ein weiterer der Meinung Meerwalds angeschlossen. Sechs zu eins *für* eine Transplantation.
Vierundzwanzig Uhr, Mitternacht: Einer vertrat wieder seine ursprüngliche Meinung und war *gegen* eine Transplantation. Fünf zu zwei.
Ein Uhr zwanzig am Dienstag, dem 13. September: Noch einer empfand seine Bedenken gegen eine zweite Lebertransplantation unüberwindbar. Es stand wieder vier zu drei.

3

Gegen drei Uhr früh kam Bell im blauen Schein der Nachtbeleuchtung den Gang herab, an dem sein Arbeitszimmer lag. Er sperrte die Tür auf und knipste das Licht im Raum an. Die Tür fiel hinter ihm zu. Kurze Zeit später hörte Faber, der am Ende des dämmrigen Ganges gewartet hatte, Schreibmaschinengeklapper. Er zögerte, dann trat er vor Bells Arbeitszimmer und klopfte.
Keine Antwort.
Das Schreibmaschinengeklapper ging weiter. Wieder klopfte Faber, der über dem Pyjama einen Schlafrock trug.
Abermals keine Antwort.
Vorsichtig öffnete Faber die Tür. Er sah, daß Bell an seinem

Schreibtisch saß und tippte. Der Arzt wandte ihm den Rücken zu.
Faber hustete.
Bell fuhr herum.
Als er den Besucher erkannte, begann er zu fluchen.
»Pardon ...«, sagte Faber hilflos.
»Was ist los? Was fällt Ihnen ein, hier einfach reinzukommen?«
»Ich bitte um Entschuldigung ...«
»Scheiß auf Ihre Entschuldigung! Können Sie nicht klopfen?«
»Ich habe geklopft. Sie haben es nicht gehört, weil Sie tippten ...«
»Weil ich ... Verflucht noch mal, was haben Sie hier überhaupt verloren?«
»Ich schlafe doch bei Goran. Ich habe Frau Doktor Rohmer gesagt, daß ich nun nachts wieder bei ihm bleibe. Mira ... Frau Masin geht es zu schlecht, der Arzt kommt täglich ... Habe ich alles Frau Doktor Rohmer gesagt und gebeten, daß sie es Ihnen sagt.«
»Hat sie aber nicht getan.«
»Dann bitte ich um Ent ...«
»Nicht! Fangen Sie nicht noch einmal *damit* an!« Bell war nun sehr wütend. »Wenn Sie bei Goran schlafen, wieso sind Sie dann hier oben?«
»Ich habe auf Sie gewartet ...«
»Seit wann?«
»Seit zehn Uhr ...«
»Fünf Stunden?«
»Zwischendurch war ich immer wieder bei Goran, um mich hinzulegen. Aber ich habe es einfach nicht ausgehalten ... Bitte, seien Sie doch nicht so wütend! Wenn ich geahnt hätte ...«
»Machen Sie die Tür zu! Das ganze Haus hört uns. Was hielten Sie nicht aus?«

»Die Ungewißheit, zu welchem Urteil Sie gekommen sind. Das müssen Sie doch verstehen!«
»Die letzte Abstimmung ist negativ ausgegangen.«
»Negativ?« Faber wurde laut. »Wer war dagegen?«
Bells Gesicht rötete sich. »Sagen Sie mal, wofür halten Sie mich? Erwarten Sie ein Bulletin darüber, wer wie gestimmt hat, Sie Wahnsinniger?«
»Ich habe ein Recht ...«
»Nein! Den Verstand haben Sie verloren! Ich nenne doch keine Namen! Noch nie was von Schweigepflicht gehört, Herr Faber? Unfaßbar ... Ihr Ansinnen ist eine Ungeheuerlichkeit!«
Faber sah das plötzlich ein. »Dann ... dann verzeihen Sie mein Eindringen ... Ich gehe schon wieder ...«
»Halt!«
»Was?«
»Sie können jetzt nicht gehen! Alle aus der Kommission sind noch im Haus. Sie rennen mir noch in einen von ihnen rein, und der fragt: ›Wo kommen Sie denn her?‹ Und wie ich Sie kenne, antworten Sie treu und ehrlich ...«
»... daß ich bei Ihnen war.«
»Eben, Himmelherrgottnochmal, eben! Am besten erzählen Sie auch gleich, daß ich was auf der Maschine getippt habe, ich bin im Arsch!«
»Wieso sind Sie im ...«
»Ich habe Sie gern, Faber, wirklich. Aber was glauben Sie, wie oft ich Sie schon fast umgebracht hätte!«
»Warum?«
»Wegen Ihrer ewigen Warums! Weil Sie immer was wissen wollen! Weil Sie keine Minute warten können! Ein Mensch, unfähig, die geringste Erwartungsspannung zu ertragen! Gott schlug mich schon ein paarmal hart in diesem Job. Mit Ihnen schlug er mich am meisten!«
Nun wurde auch Faber wütend: »Jetzt reicht es, Bell, jetzt reicht es! Da unten liegt mein Junge! Sie haben ihn

eben zum Tod verurteilt. Und wenn ich mich nach Ihrem werten Urteil auch nur erkundige, beschimpfen Sie mich wie den letzten Lumpen. Es reicht, Herr Doktor Bell, es reicht!«

»Leise! Ich flehe Sie an, seien Sie leise!«

»Ich bin so laut, wie ich will! Sie lassen Goran verrecken und teilen mir das so mit wie das Wetter von morgen. Wo haben Sie Ihre Ausbildung genossen? In Dachau?«

»Faber!«

»Bell?«

»Halten Sie das Maul, Faber!«

Der sah ihn sprachlos an.

Bells Stimme wurde plötzlich weich. »Ja, Gorans Tod wurde beschlossen. Aber so geht das nicht! Jedenfalls nicht so einfach, gottverdammich!«

»Was soll das heißen?«

»Das soll heißen ...« Bell brach mitten im Satz ab. Sein Gesicht rötete sich wieder. »Mußten Sie gerade jetzt reinkommen? Ja, ja, ja, Sie mußten! Die Liebe zu dem Jungen! Und jetzt darf ich Sie nicht wieder durchs Haus laufen lassen, solange das nicht raus ist ...«

»Solange was nicht raus ist?«

Bell stand auf. Langsam sagte er: »Ich bestelle eine Leber für Goran bei der Organtransplantationszentrale Leiden. Die haben drei Dringlichkeitsstufen: *urgent* – das sind alle Bitten –, *special urgent* und *high urgent* ... da geht es dann um Tod oder Leben.«

Faber sank mit dem Rücken gegen eine Wand.

»Sie ... Sie fordern eine neue Leber an für Goran?«

»Sage ich doch! *Special urgent!* Dazu muß ich ganz genau mitteilen, was er braucht ... Blutgruppe, Gewebebeschaffenheit, einfach alles. Herzliebstes Jesulein, das wollte ich heimlich, still und leise machen! Und jetzt stehen Sie da und lassen sich alles erklären – Ihnen muß man ja *immer* alles ganz genau erklären –, und ich kann Sie nicht raus-

schmeißen, ich kann Sie nicht rausschmeißen! Warum passiert alles immer mir? Warum immer mir?«
»Sie bestellen eine Leber, obwohl die Kommission gegen eine Transplantation entschieden hat?«
»Ja!«
»Sie akzeptieren die Entscheidung nicht?«
»Nein!«
»Sie werden Ärger kriegen. Großen. Ihr Chef wird es erfahren, muß es erfahren. Spätestens, wenn die Zentrale eine Leber offeriert ...«
»Natürlich!«
»Kann er Sie wegen so was feuern?«
»Hoffentlich nicht ... Ich habe es noch nie getan.«
»Und wenn doch?«
Bell antwortete nicht.
»Und wenn doch?«
»Er wird es nicht tun«, sagte Bell mit schiefem Grinsen. »Obwohl das ein klarer Kündigungsgrund ist. Er wird mich zusammenscheißen. Skandal wird er machen. Toben wird er. Aber wenn die Sache gutgeht ... Ich *muß* einfach eine Leber bestellen! Setzen Sie sich da rüber, und seien Sie ruhig! Das muß raus, bevor noch mehr lieber Besuch kommt.«
Faber sank auf einen weißen Hocker.
Bell setzte sich hinter die Maschine und tippte weiter, wobei er von Zeit zu Zeit in einem Ordner mit Gorans Krankengeschichte nachschlug. Nach wenigen Minuten riß er den Vordruck aus der Maschine und unterschrieb. Danach stand er auf und ging zu einem Faxgerät. Vorsichtig schob er das Blatt in den Apparat, der zu summen begann. Nun wählte er die Anschlußnummer.
»Niederlande«, sagte er dabei, »null, null, einunddreißig ... Leiden einundsiebzig ... Eurotransplant ...«
Im Gerät flammte starkes grünes Licht auf. Das Blatt wurde eingezogen, verschwand, kam auf der anderen Seite wieder

heraus. Piep, machte der Apparat, gleich darauf lieferte er eine Sendebestätigung. Bell sah sie kurz an. »Okay«, las er laut.

Er drehte sich zu Faber um. »Das hätten wir, Genosse. Tut mir leid, daß ich Sie angebrüllt habe ... Um alles in der Welt, halten Sie den Mund!«

»Selbstverständlich«, sagte Faber. Und dann erschrak er heftig.

»Aber ...«

»Aber was?«

»Aber Goran verweigert doch eine Transplantation!«

»Im Moment.«

»Nicht im Moment! Überhaupt und endgültig!«

»Was ist endgültig im Leben, Herr Faber?«

Faber starrte ihn an.

»Denken Sie an das Bild! An die Geschichte Voltaires! ›Das Meer hat keine Ufer!‹ ertönt die gewaltige Stimme aus dem Himmel. Und die Hoffnung? Gibt es gar keine Hoffnung, daß Goran es sich anders überlegt? Immer noch gibt es die Chance, daß er es sich überlegt ... und was sagt die Hoffnung da? Sagen Sie es, Herr Faber! Sagen Sie, was die Hoffnung da sagt!«

»Doch! Es gibt Ufer!« sagte Faber.

4

»Herr Faber! Herr Faber!«
Von weit her klang die Frauenstimme in seinen wirren Traum.
»Herr Faber! Wachen Sie auf! Bitte, wachen Sie auf, Herr Faber!«
Langsam und mühevoll öffnete er die Augen. Er lag auf dem zweiten Bett in Gorans Krankenzimmer. Der Junge schlief, unregelmäßig atmend, halb sitzend. Eine Krankenschwester hatte sich über Faber geneigt. Sein Schädel schmerzte, die Augen brannten.
»Was ist los, Schwester Thea?« Er räusperte sich heftig, seine Stimme war belegt und heiser.
»Eine Dame wartet auf Sie. Ich habe gesagt, Sie schlafen noch. Sie hat gebeten, Sie zu wecken. Es ist sehr dringend.«
»Sehr dringend ...« Langsam, ganz langsam nur wurde er richtig wach. »Wie spät ist es?«
»Viertel vor sieben.«
Das empörte ihn. »So früh? Wie heißt diese Dame? Was will sie von mir?«
»Renate Wagner.«
Mit einem Sprung war Faber auf den Beinen. »Wo wartet sie?«
»In der Cafeteria.«
»Sagen Sie, ich bin in drei Minuten bei ihr, liebe Schwester!«
Die junge Frau ging.
Faber wusch sich schnell, putzte lange seine Zähne, gurgelte mit Mundwasser, zog sich eilig an.
Die Redakteurin und Tochter jener Frau, mit der Faber im tiefen Keller eines Hauses am Neuen Markt von Bomben verschüttet gelegen hatte, war der einzige Mensch in der großen, farbenfroh eingerichteten Cafeteria.

»Renate!«
Sie erhob sich und umarmte ihn. »Guten Morgen, Herr Faber!«
Scheußlich mischte sich elektrisches Licht mit dem ersten Tageslicht, das durch die großen Fenster fiel, die auf den Innenhof gingen.
Eine müde Kellnerin erschien. »Herr Faber wünschen?«
»Auch Kaffee bitte.«
»Schale oder Kanne?«
»Kanne.«
»Is' gut.« Die Kellnerin schlurfte fort.
»Sie sind nicht böse, daß ich Sie wecken ließ?«
»Ich bitte Sie! Was ist geschehen?«
»Monk ist tot.«
Er schluckte. »Sagen Sie das noch mal!«
»Monk ist tot. Es kam gerade über den Ticker der Polizei. Ich sagte Ihnen ja, wir haben unsere Leute dort.«
»Wie ist das passiert?«
»Herzstillstand im Schlaf.«
»Im Schlaf?«
»Schöner Tod, nicht? Susanne Riemenschmied, der Pfarrer Gontard und Fräulein Reimann hatten keinen so schönen. All die andern, die er zum Tod verurteilte, auch nicht.«
»Wo ist das passiert?«
»Hotel ›Zur Linde‹, Frankfurt. In zwei Stunden geht meine Maschine, Austrian Airlines. Ich fliege rauf – mit zwei Kollegen. Vorher mußte ich es Ihnen unbedingt sagen.«
»Im Schlaf.«
»Wie man es für sich selber wünscht«, sagte Renate Wagner.
»Mildes Ende eines Massenmörders.«
»Gottes Gerechtigkeit.«
»Kanne Kaffee, bittschön!« Die müde Kellnerin stellte ein Tablett vor Faber. Sie gähnte dabei, ohne sich eine Hand vor den Mund zu halten.
»Danke«, sagte Faber. Als er die Tasse vollgoß, verschüttete

er Kaffee. Er trank einen Schluck und verbrannte sich den Mund.
»Es gibt keine Gerechtigkeit«, sagte er, »die Gottes nicht und keine andere. Neunundsiebzig Jahre alt geworden ist er. Böses, nur Böses hat er getan. Da war ein so schöner und leichter Tod schon fällig. Wie nannte er sich gerade?«
»Ernst Klasen. Unter diesem Namen lebte er schon einmal. Die Polizei besitzt seine Fingerabdrücke. Natürlich hat er längst einen Nachfolger bestellt, einen jungen. Wir wissen, wie er heißt, mit *richtigem* Namen. Nennt sich natürlich anders. Heinz Wehrte, Karl Zumbau, Josef Faller ... Hat sofort das Kommando über alle Gruppen übernommen.«
»Fein.«
»Der Terror geht weiter. Auch darum bin ich sofort hergekommen. Ich habe Frau Masin angerufen, sie geweckt. Sie sagte mir, wo Sie sich aufhalten. Sie sind jetzt mehr in Gefahr denn je! Monks Nachfolger wird zeigen, was er schafft. Die Liste, auf der Sie stehen, ist aktueller denn je ... Ich weiß, Sie werden nicht fortfliegen, Sie werden nicht untertauchen, schon gar nicht, wo es dem Jungen, wie mir Frau Masin gesagt hat, so schlecht geht.«
»Nein, ich muß bei ihm bleiben.«
»Wo ist Ihre Pistole?«
»In Gorans Zimmer. Neben meinem Bett.«
»Ich muß los.« Renate stand auf. »Sie hören von mir, wenn es etwas Wichtiges gibt. Viel Glück! Ihnen und dem Jungen! Und Frau Masin!«
»Und Ihnen, Renate, und Ihnen!«
Er umarmte sie fest.
»Idiot!« sagte sie erstickt. »Dreimal verfluchter Idiot! Ich liebe Sie ...«
Renate lief aus der Cafeteria. Sie sah sich nicht mehr um. Faber ließ sich in seinen Sessel fallen und starrte die Kaffeetasse an.
Tot. Monk ist tot.

Als ich nach Wien kam und hörte, daß er noch lebt, habe ich mir geschworen, ihn zu finden und dafür zu sorgen, daß er seine Strafe erhält. Die Strafe für die vielen Morde. Was habe ich getan, um ihn zu finden, um ihn vor Richter zu bringen, die noch nicht entmutigt, korrupt oder in vorauseilendem Gehorsam höchst sanft im Umgang mit Massenmördern sind? Nichts.
Nichts habe ich getan. Ich war zu sehr mit Goran beschäftigt. Ist das die Entschuldigung? Hätte ich nicht trotz aller Sorge um den Jungen, trotz aller Beschäftigung mit ihm unter allen Umständen Zeit und Kraft aufbringen müssen, Monk zu jagen, Monk zu finden?
Nun ist Monk tot. Gestorben im Schlaf. Nun ruht er in Frieden. Und ein anderer setzt sein Werk fort. Das geht immer so weiter.
»Zahlen, der Herr, bitte!« Die müde Kellnerin. »Ich werde nämlich abgelöst.«
Erstes Sonnenlicht fiel nun schon in den Raum.

5

»Zeit im Bild«, neunzehn Uhr dreißig, Donnerstag, 15. September 1994.
Sprecher: »Hochspannung im Landeskrankenhaus Salzburg.«
Sprecherin: »Bereits in den Abendstunden des Freitags vergangener Woche – wir berichteten – traf die Maschine mit dem kleinen Robin, seiner Mutter Frau Ellen Sigrist, der Heilerin Frau Carla Montevivo und dem Wiener Arzt, Herrn Doktor Helmut Weser, in Salzburg ein.«
Sprecher: »Frau Sigrist – wir zeigten sie bei einer Pressekonferenz – sagte dem Chef der Kinderabteilung Professor Rolf Messerschmidt zu, ihren kleinen Sohn hier untersuchen zu lassen unter der Bedingung, daß er nicht stationär aufge-

nommen und daß nicht versucht wird, sie zu bewegen, Chemotherapie zuzulassen. Dieser schriftliche Vertrag wurde noch in Nizza von ihr und dem österreichischen Arzt unterzeichnet. Heute überstürzten sich die Ereignisse. Nach Beendigung der Untersuchung sagte Professor Messerschmidt dem ORF …«

Filmeinspielung. Messerschmidt spricht in die Kamera: »Bei Robin besteht keine Lebensgefahr. Er wurde auch nicht, wie verschiedene Zeitungen fälschlich behaupteten, entgegen dem Vertrag stationär aufgenommen, weil sein Zustand sich angeblich so enorm verschlechtert hat …«

Sprecherin: »Das sagte Professor Messerschmidt heute vormittag um elf Uhr. Als Frau Sigrist um fünfzehn Uhr mit ihrem Sohn das Krankenhaus verlassen wollte, wurde sie daran gehindert …«

Filmeinspielung. Ellen Sigrist, bleich, mit tränenverheertem Gesicht, sagt einem Reporter: »Professor Messerschmidt hat sein Wort gebrochen! Er hat mich belogen und betrogen …« Die Kamera fährt zurück und zeigt ein Krankenbett, auf dem Robin liegt. Sein Leib ist weiter angeschwollen, auch sein Kopf scheint größer geworden zu sein. Er liegt in einem Winkel von fünfundvierzig Grad an Kissen gelehnt, der enorme Bauch hindert ihn am Liegen.

»Wie ich«, sagte Goran, gebannt auf den Schirm des Fernsehers starrend, der seinem Bett gegenüber stand. Faber saß neben ihm. »Genau wie ich, Deda!«

Ellen Sigrist, im Film: »… ›Ihr Sohn muß hierbleiben‹, hat er plötzlich gesagt, der Herr Professor. ›Lebensgefahr‹, hat er gesagt. Am Vormittag hat er noch gesagt, keine Lebensgefahr. Keine stationäre Einweisung. Und jetzt … jetzt hängt Robin am Tropf.«

»Wie ich«, sagte Goran, »alles genau wie bei mir.«

»Und er bekommt Medikamente!« ruft Ellen Sigrist, die Hände ringend. »Medikamente! Ich weiß nicht, was für

welche. Eine Schwester hat gesagt, Traubenzucker und Schmerzmittel. Die reine Verhöhnung! Egal, was er bekommt, er hat eine kranke Leber! Er verträgt keine Medikamente! Das hat Frau Doktor Montevivo ausdrücklich im Vertrag festgehalten, daß er keine Medikamente bekommen darf. Und jetzt geben sie sie ihm einfach!« – »Wo ist Frau Montevivo?« fragt ein Reporter. – »Vor dem Spital. Sie darf es nicht betreten, schon gar nicht dieses Zimmer.« Aufschluchzend bricht Ellen Sigrist zusammen.
Sprecher: »Soweit die dramatische Entwicklung bis vor einer halben Stunde. – Nun weitere Nachrichten. Madrid: Bei der Explosion einer Autobombe im Stadtzentrum kamen heute früh ...«
»Schalt ab, Deda!« sagte Goran. »Robin ... er wird sterben ... er muß sterben ... keiner hilft ihm, keiner ...«

6

In dieser Nacht schlief Faber wieder bei Goran, nachdem Mira tagsüber im Krankenhaus gewesen war. Am nächsten Morgen sprach er dann mit Dr. Rohmer und Dr. Bell, die gemeinsam zur Visite kamen. Goran, der tief und fest – zum erstenmal wieder – geschlafen hatte, döste noch immer, lag immer noch halb sitzend, doch er sah nicht mehr ganz so katastrophal aus.
»Die Nacht war also gut«, sagte Judith Rohmer.
»Ja. Sie haben Frau Masin und mich vor zwei Tagen um Erlaubnis gebeten, ein neues, noch unerprobtes Präparat bei Goran einsetzen zu dürfen, dieses japanische Mittel FK 506 anstelle von Cyclosporin A. Wir haben die Erlaubnis selbstverständlich erteilt. In einer solchen Situation tut man alles, wenn die geringste Hoffnung besteht. Ich wage es kaum zu sagen, aber es scheint, als gehe es Goran seit zwei Tagen etwas besser – oder irre ich mich?«

»Sie irren sich nicht«, sagte Judith Rohmer nach einem Blick zu Bell. »FK 506 ist offiziell noch nicht im Gebrauch. Wir haben es uns besorgt. Wir müssen wirklich alles versuchen. Die Besserung – eine relative Besserung natürlich nur – haben wir tatsächlich dem FK 506 zu verdanken.«
»Warum hat er es nicht gleich bekommen?«
»Wir haben bislang überhaupt keine Erfahrungen mit dem Präparat sammeln können. Daß wir es jetzt bei Goran einsetzen, ist in seinem Zustand unumgänglich. In seinem Zustand ist alles erlaubt. Doch nichts wäre gewissenloser, als wegen der momentanen Besserung in Gorans Befinden an das Wunder seiner Rettung ohne neue Leber zu glauben.«
»Es ist schon wunderbar genug, daß Gorans Zustand sich etwas bessert«, sagte Faber. Er sah Bell an. Dieser erwiderte den Blick ausdruckslos. Idiotisch von mir, dachte Faber sofort. Selbst wenn Eurotransplant eine Leber offeriert, die für den Jungen geeignet wäre, er müßte die Annahme verweigern. In diesem Punkt hat sich nichts geändert, seit Goran sagte, er werde niemals seine Zustimmung zu einer zweiten Transplantation geben, und es hat sich in diesem Punkt auch nichts geändert, seit Bell gegen drei Uhr früh am 13. September in Leiden heimlich eine Leber bestellt hat. Wird sich jemals etwas ändern? dachte Faber verzweifelt.
Der Zustand des Jungen besserte sich in den folgenden Tagen unter dem Einfluß von FK 506 noch ein wenig weiter. Das Wunder geschah erst, dreizehn Tage nachdem Bell sich an Eurotransplant gewandt hatte.

7

»Guten Abend, meine Damen und Herren! Zur Hauptausgabe von ›Zeit im Bild‹ um neunzehn Uhr dreißig begrüßen Sie ...«

»... Karin Pflug ...«

»... und Herbert Wanger. Im tragischen Fall des kleinen Robin Sigrist gibt es eine neue Entwicklung.«

Angespannt sah Goran zum Fernsehapparat. Mira saß auf dem anderen Bett neben Faber, der sie gerade ablösen wollte. Niemals versäumte Goran in diesen Tagen die Neunzehn-Uhr-dreißig-Nachrichten. Er war absolut gefangengenommen vom Schicksal des kleinen Robin, mit dem er sich so sehr identifizierte.

Karin Pflug: »Da der Zustand ihres Sohnes sich nun fast stündlich verschlechtert, hat Frau Ellen Sigrist nach tage- und nächtelangen Verhandlungen mit den Ärzten der Kinderabteilung des Salzburger Landeskrankenhauses einer Verlegung Robins an das Wiener Allgemeine Krankenhaus zugestimmt ...«

»Er kommt nach Wien!« Goran fuhr auf. »Er kommt ins AKH, Bakica! Hast du das gehört?«

Herbert Wanger: »Allerdings lehnt Frau Sigrist immer noch mit größter Entschiedenheit eine Chemotherapie ab. Frau Carla Montevivo, die – wohl zu Recht – ihre unmittelbar bevorstehende Festnahme wegen Verhinderung dieser Therapie bei Robin befürchten muß, hat sich nach Italien abgesetzt.«

»Die Hexe ist weg!« rief Goran. »Die Hexe ist weg, Bakica!«

»Ja, Goran, ja ...«

»Zeit im Bild« spielte einen Film ein. Er zeigte, wie schon einmal, Ellen Sigrist am Bett des kleinen Robin. Sein riesenhaft angeschwollener Bauch glänzte. Er schien große Schmerzen zu haben und weinte schluchzend.

Ellen Sigrist in die Kamera: »Ich bin mit einer Verlegung Robins ins Wiener AKH einverstanden, damit man mir nicht den Vorwurf machen kann, ich stünde unter dem Einfluß von Frau Doktor Montevivo und verweigerte *jede* schulmedizinische Behandlung. In Wien gibt es angeblich Spezialisten für Kasai-Tumor-Erkrankungen. Unter keinen Umständen – unter keinen! – werde ich jemals gestatten, daß Robin noch einmal in das Marien-Kinderspital kommt. Zu den Spezialisten im AKH meinetwegen, aber nach wie vor verbiete ich Chemotherapie! Nach wie vor ...«
In diesem Moment schrie Robin, der die ganze Zeit über leise gejammert hatte, in dem Bett gellend auf und warf den kleinen Körper hin und her. Seine Mutter fuhr herum und schrie ihn an: »Sei ruhig!« Das Kind schwieg angsterfüllt. Sein Körper bebte wie in einem schweren Krampf. Ellen Sigrist wandte sich wieder der Kamera zu und sagte mit verlegenem Lächeln zu einem Reporter, der im Körperanschnitt sichtbar war: »Entschuldigen Sie! Leider ist Robin ein bißchen zu empfindlich.«
Im nächsten Moment begann Goran sich weit vorzubeugen und laut zu schreien. Er übertönte den Fernseher: »Das ist gemein! Das ist gemein! Das ist die allergrößte Gemeinheit! Der Robin ist nicht zu empfindlich! Der hat Schmerzen! Das sehe ich doch! Das weiß ich doch! Zu empfindlich! Du willst eine Mutter sein? Wegnehmen müssen sie dir das Kind endlich, wegnehmen! Zu empfindlich! Du sollst seine Schmerzen haben, dein ganzes Leben lang! Das wünsche ich dir!«
»Goran!« rief Mira. »Goran, bitte, beruhige dich!«
Er hörte sie nicht. Er schrie weiter.
In Panik drückte Mira den roten Knopf über seinem Bett.
»Goran! Goran! Bitte!« Faber versuchte, ihn in die Kissen zurückzudrücken.
Goran schlug nach ihm. »Rühr mich nicht an! Sie hat gesagt, er ist zu empfindlich! Dafür gehört sie eingesperrt!

Wieso tut keiner was gegen die Person? Wieso nicht? Wieso nicht?«
»Goran, bitte, Goran!«
Die Zimmertür flog auf. Bell und eine Schwester kamen hereingestürzt. »Was ist passiert?«
Mira rang nach Atem, sie war am Zusammenbrechen.
»Goran!« sagte Bell sehr laut. »Was ist passiert? Rede! Hast du Schmerzen?«
»Natürlich habe ich Schmerzen!« schrie Goran ihn an. »Aber ich halt' sie aus! Ich bin nicht zu empfindlich!«
»Das hat kein Mensch gesagt ...«
»Doch! Sie hat es gesagt!«
»Wer?«
»Sie! Sie! Sie! Sie hat gesagt, leider bin ich zu empfindlich!«
Bell sah zu Faber und Mira, dann zu dem Fernseher, auf dessen Schirm Ellen Sigrist und Robin zu erkennen waren. »Die« – Bell wies mit dem Kinn zum Bild der Mutter – »hat gesagt, du bist zu empfindlich?«
»Die, ja, die! Eine Mutter will das sein! Sagt, ich bin zu empfindlich! Wo sie doch sieht, was ich aushalte! Was ich alles aushalte! Ich bin nicht zu empfindlich!«
»Natürlich nicht, Goran ...«
»Überhaupt nicht empfindlich bin ich!« schrie Goran, während Judith Rohmer und Joshua Fishman in den Raum kamen. »Die will doch nur, daß Sie mich nicht behandeln! Ich soll nicht operiert werden! Eher läßt sie mich sterben!« Goran bemerkte keine Sekunde lang, daß Robin und er in seiner Vorstellung endgültig *eine* Person geworden waren. »Die Transplantation will sie verhindern! Darum lügt sie, darum sagt sie, es geht mir gut! Dabei will ich doch die Transplantation! Ich will sie! Ich will leben, ich will nicht sterben! Es wird weh tun, ich weiß! Es wird scheußlich sein! Ich weiß! Egal! Soll es weh tun! Soll mir schlecht sein! Ich bin nicht empfindlich! Ich halte es aus. Ich habe keine Angst! Ich will die Operation! Ich will leben!«

Jäh verstummte Goran. Niemand sprach. Mira schaltete den Fernseher aus. Nun war nur Gorans Keuchen zu hören.
Nach einer Weile sagte Bell, über das Haar des Jungen streichend: »Du bist nicht empfindlich. Du bist tapfer, Goran, ungeheuer tapfer. Das wissen wir alle. Du bist also einverstanden, wenn wir dir eine neue Leber geben?«
»Ja«, sagte Goran, plötzlich leise und verzweifelt. »Ich will doch gesund werden! Ihr seht doch, wie ich ausschaue! Ja, ich will operiert werden!«
Mira sank auf das zweite Bett und bedeckte das Gesicht mit den Händen.
»Dann ist alles gut«, sagte Bell. »Du bekommst eine neue Leber. Und wirst wieder ganz gesund. Das versprechen dir alle hier.«
»Alle«, sagte Judith Rohmer.
»Alle«, sagte Joshua Fishman.

8

Zwei Tage später, am Vormittag des 28. September, einem Mittwoch, summte der Pager in der Brusttasche von Bells Ärztekittel. Er telefonierte gerade mit einem Kollegen am Institut Curie in Paris. Nachdem er dieses Gespräch beendet hatte, rief er die Zentrale an und erfuhr, daß er sofort zu Professor Aldermann kommen solle.
»Ich konnte mir denken, was los war«, sagte er, als er Faber später von den Ereignissen dieses Vormittags erzählte. »Und ich war natürlich selig.«
Von dieser Seligkeit zeigte er nichts, als er das große Arbeitszimmer Professor Aldermanns betrat, der vor der Fensterfront hin und her ging. Auf einem Sessel neben dem Schreibtisch saß ein junger Mann mit drahtigem, kupferrotem Bürstenhaarschnitt, der seinerzeit an der »Club zwei«-Sendung des ORF über Transplantationsfragen teilgenom-

men hatte. Klar, dachte Bell, Karl Tammer ist auch schon da. Aldermann hat ihn natürlich sofort aus dem AKH herübergerufen.
»Guten Tag, Herr Professor«, sagte Bell. »Hallo, Karl!«
»Hallo«, brummte der Koordinator.
Aldermann blieb stehen und sah Bell an. »Sie wissen, warum ich Sie rufen ließ?«
»Ja, Herr Professor.«
»Sie geben zu, nach dem Ende unserer Ethikkommissionsbesprechung namens des AKH ein Fax nach Leiden geschickt zu haben mit der *Special-urgent*-Anforderung einer Leber für Goran?«
»Habe ich getan, ja.«
»Obwohl wir zu der Mehrheitsentscheidung gekommen sind, Gorans Wunsch zu erfüllen und ihn sterben zu lassen.«
»Jetzt ist das nicht mehr sein Wunsch.«
»Damals war er es!« brüllte Aldermann. »Werden Sie bloß nicht auch noch unverschämt! Damals hat er gesagt, daß er nie mit einer Transplantation einverstanden sein wird. Darum hatten wir ja überhaupt diese Besprechung. Von sieben Uhr abends bis drei Uhr früh.«
»Was hätte ich denn tun sollen? Kollege Tammer im AKH bitten, sich an Leiden zu wenden? Ich konnte es doch nur heimlich tun!«
»Sie haben eine Mehrheitsentscheidung mißachtet! Sie haben selbstherrlich und hinterhältig gehandelt!« Aldermann trat vor Bell. »Sie haben sich einen Dreck darum geschert, daß Goran unter keinen Umständen zu einer Operation bereit war!« Jetzt stand Aldermann so nahe vor ihm, daß sein Atem Bell traf. »Dafür ... dafür danke ich Ihnen!«
Nach einem Augenblick der Verblüffung begann Bell zu grinsen. »Sehr begabt, Herr Professor«, sagte er. »Ich hatte wirklich schon Schiß.«
»Gott sei Dank sind Sie ein so skrupelloser Lump!«
»Die Leber ist also da?« Bell blinzelte.

»Hätte ich Sie sonst kommen lassen?«
»Wann hat Leiden angerufen?«
»Vor zehn Minuten. Natürlich zuerst Tammer im AKH, dann mich. Ich habe gesagt, ich melde mich schnellstens wieder«, sagte Aldermann.
»Dasselbe habe ich gesagt«, erklärte der Rothaarige. »Außerdem bestellte ich gleich wieder die Leber ab, die ich gestern früh *special urgent* auf Wunsch von Professor Aldermann angefordert habe. Mir war gleich klar, daß du hinter dem Schlamassel steckst, Martin. Die in Leiden fanden nichts Ungehöriges an dem Durcheinander. Scheint eine Menge Typen wie dich zu geben.« Tammer sah auf einen Block. »Männlicher Spender. Achtundzwanzig Jahre. Gewicht zweiundsiebzig Kilo. Größe ein Meter fünfundsiebzig ... Alle Werte stimmen genau mit denen überein, die du angegeben hast.«
Das Telefon läutete, und der Klinikchef hob ab.
»Danke«, sagte er, »vielen Dank, Judith.« Er legte auf. »Doktor Rohmer hat Goran zusammen mit Doktor Fishman noch einmal untersucht. Garantiert infektfrei.«
»Also nehmen wir die Leber?«
»Spricht nichts dagegen.«
»Kann ich dann gleich von hier Leiden anrufen?« fragte Tammer.
»Selbstverständlich.«
Der Koordinator ließ sich über das Sekretariat mit Eurotransplant verbinden. Als sich dort eine Männerstimme meldete, nannte er seinen Namen und die Pin-Code-Nummer, die er für das Leberangebot erhalten hatte.
»Bei uns ist alles klar«, sagte Tammer, der vor einem Jahr promoviert hatte und seither als Koordinator arbeitete, während er auf eine Planstelle wartete. »Wir nehmen die Leber. Wo ist sie?«
»Amsterdam«, antwortete die Männerstimme. »Academisch Ziekenhuis V.U., das ist das Krankenhaus der Freien

Universität, Stadtteil Buitenveldert, Straßenname De Boelelaan 1117 – soll ich buchstabieren?«
»Nein, danke. Wir waren schon oft dort.«
»Telefon?«
»Bekannt! Name des Koordinators?«
»Frau Doktor Elisabeth Stok.«
»Danke«, sagte Tammer. »Ich rufe sie sofort an.«
Er wählte wieder, wurde verbunden, sprach englisch, nachdem sich herausstellte, daß dies Frau Dr. Stok leichter als Deutsch fiel und lauschte eine Weile. »Ja«, sagte er, »... verstehe ... die Leber ist also fest für uns reserviert ... Ach so ... danke vielmals ... Ich rufe zurück, sobald ich Ihnen die genaue Zeit sagen kann ... Bis dann, liebe Frau Doktor Stok!« Er legte auf. »Selbstmörder«, gab er bekannt.
»Haben wir ein Glück«, sagte Bell. Selbstmörder sind als Spender besonders beliebt. »Erschossen?«
»Erhängt. Wer operiert?«
»Meerwald. Hat dem Patienten schon die erste Leber eingesetzt«, erklärte Aldermann dem Koordinator.
»Spender völlig intakt«, sagte Tammer. »Sind bereits Teams für die anderen Organe angemeldet. Wir kommen als zweite dran, nachdem das Herz raus ist.«
Während er noch sprach, hatte Aldermann schon wieder gewählt und informierte Dr. Thomas Meerwald. Der erklärte, er sei bereit.
»Wer holt die Leber?« fragte ihn Aldermann.
Es kam höchst selten vor, daß ein Chirurg losflog, das Organ holte, zurückflog und auch noch operierte. Eine Lebertransplantation ohne Komplikationen dauerte zwischen sechs und acht Stunden, bei zweiten Transplantationen, vor allem in der Vorbereitungsphase, länger, weil es oft Verwachsungen der alten Leber und andere Schwierigkeiten gab. Meerwald war fünfundfünfzig Jahre alt. Er hätte zwei Flüge, eine Entnahme und die vielstündige Transplantation nicht mehr bewältigt. Es war üblich, daß junge Chirurgen

das Organ bis in den Operationssaal brachten. Dann übernahm ein älterer Chirurg mit seinem Team. Natürlich mußte der sich auf die jungen verlassen können.
»Meerwald schickt Rosswart und Hart«, teilte Aldermann mit, als er aufgelegt hatte.
»Die fliegen dauernd für ihn«, sagte Tammer. Das Gespräch verlief schnell und emotionslos – Tammer hatte viele Gespräche dieser Art hinter sich. Auch alles, was nun vor ihm lag, war er gewohnt. Je mehr es Routine wurde, desto mehr achtete er auf jeden Schritt, den er tat, und bestätigte und gegenbestätigte jede Einzelheit. Er wußte, daß mit der Gewohnheit die Gefahr stieg, einen Fehler zu begehen.
»Ich fahre ins AKH und mache den Zeitplan«, sagte der Koordinator. »Schickt den Jungen am frühen Abend rüber! Rosswart und Hart müssen ihn sich noch ansehen, damit sie dann in Amsterdam wissen, ob die Leber paßt. Alles andere machen wir im AKH.«
»Wann fängt das Herzteam in Amsterdam an?« fragte Bell.
»Zwanzig Uhr dreißig.«
»So früh?«
»Sie brauchen das Organ dringend, sagte Frau Doktor Stok. In Wien werden sie nicht vor morgen sieben oder acht fertig sein – wenn alles gutgeht.« Tammer verabschiedete sich kurz und ging.
»Erstklassiger Mann«, sagte Aldermann. »Ich habe ihn gern.«
Bell nickte. Organentnahmen und Transplantationen wurden fast immer nachts vorgenommen, weil sie den Tagesablauf einer Klinik total durcheinandergebracht hätten. Schon deshalb war es für ältere, erfahrene Chirurgen wie Meerwald unmöglich, ohne Arbeitsteilung zu operieren.
»Also, dann los!« sagte Aldermann. »Zu Goran. Blut abnehmen. Noch einmal alle Werte. Bringt seine Blutgerinnung absolut in Ordnung!«
Sie verließen den Raum.

Der Selbstmörder in Amsterdam lag im Krankenhaus der Freien Universität an eine Beatmungsmaschine angeschlossen. Seine Haut war rosig und warm. Der Brustkorb hob und senkte sich gleichmäßig. Es sah aus, als schliefe er. Bereits um neun Uhr an diesem 28. September hatten zwei mit seinem Fall nicht befaßte Ärzte unabhängig voneinander und im Abstand von zwölf Stunden den Gehirntod festgestellt.
Achtundvierzig Stunden später sollte sein Körper um fast zehn Kilo leichter sein, zugenäht, gewaschen und auf dem Weg in die Leichenhalle. Organe und Gewebe des Achtundzwanzigjährigen – Herz, Nieren, Leber, Bauchspeicheldrüse, Hornhaut, Knochen, Bänder und Knorpel – würden dann, in die Körper von mehr als einem Dutzend Europäern zwischen dem nördlichen Norwegen und Neapel verpflanzt, Blut pumpen und filtern, den Stoffwechsel besorgen und viele andere Funktionen erfüllen.
Aber noch war es nicht soweit.

9

Also untersuchte Dr. Bell Goran noch einmal gründlich. Er hatte ihm gesagt, daß es eine Leber für ihn gab und daß er in der kommenden Nacht operiert werden sollte.
»Endlich«, hatte Goran geantwortet.
»Du mußt überhaupt keine Angst haben.«
»Ich habe überhaupt keine Angst.«
»Doktor Meerwald wird die neue Leber transplantieren. Du kennst ihn. Er hat dich schon einmal operiert.«
»Klar, ich weiß. Ich habe wirklich keine Angst.«
»Du bist großartig.«
»Gar nicht«, sagte Goran. »Natürlich habe ich Angst. Ich wollte, ich hätte keine. Aber es muß sein, nicht?«
»Es muß sein, Goran«, sagte Martin Bell. Er war mit der Blutabnahme fertig und gab die Eprouvetten einer Labo-

rantin, die mitgekommen war. »Sofort untersuchen!« sagte er zu ihr. »Vor jeder anderen Arbeit.«
Sie nickte und verschwand.
»Jetzt tanken wir dich voll mit Gerinnungsmitteln«, sagte Bell. »Bis zu den Ohren. Was reingeht. Du weißt, warum.«
»Klar«, sagte Goran. »Ich bin ja nicht blöd.«
Nachdem er die ersten Beutel Gerinnungsmittel durch den Port-A-Cath direkt ins Blut erhalten hatte, ließ ihn Bell in Ruhe. Der Oberarzt hatte Faber und Mira angerufen und sie gebeten, gegen zwanzig Uhr zu kommen. Dann würde man Goran mit einer Ambulanz ins AKH transportieren. Sie durften mitfahren und noch bei ihm bleiben.
»Jetzt ist dann Petra bei ihm«, sagte Bell am Telefon. »Lassen wir die beiden allein. Einverstanden?«
»Einverstanden«, sagte Faber.
Petra kam gegen vierzehn Uhr. Sie hatte ein kleines Geschenk mitgebracht, das in Silberpapier verpackt war und das sie auf den Nachttisch legte.
»Hallo, Goran!« sagte sie.
»Hallo, Petra!«
Sie sprach schnell. »Wir haben Glück. Im Zweiten zeigen sie gleich *›Pretty Woman‹*. Kennst du nicht? Prima. Typischer Frauenfilm. Aber auch alle Männer waren begeistert, als er bei uns rauskam, vor drei Jahren. Hab' schon mit meiner Niere zu tun gehabt, damals, aber im Kino gelacht und geheult wie eine Irre.«
Petra war klar, daß ein Film nicht die ideale Ablenkung für einen Menschen darstellte, dem eine Operation bevorstand, und daß Goran gewiß nicht gerade nach einem Film gierte. Was hätte sie aber sonst vorschlagen sollen?
Goran wiederum fand nicht den Mut zum Protest, denn wenn jemand sich so sehr darum bemüht, keine Angst zu haben und nicht empfindlich zu sein, dann mußte er auch einen Vorschlag wie den Petras akzeptieren.
»Okay«, sagte Goran also.

»Wird dir bestimmt gefallen!« Petra hatte schon weitergesprochen. »Ich kann ihn immer wieder sehen. Julia Roberts ist einfach zum Hinknien *pretty* und frech, schnoddrig und sentimental. Und Richard Gere war der erste Mann, den ich geliebt habe. Mit zwölf – und einer Zahnspange. Millionär verliebt sich in schönes, armes Mädchen … also gut, schönes, armes Mädchen vom Strich … und es gibt ein Happy-End. Typischer Hollywood-Kitsch, aber, und das ist das Tolle, sie sagen ganz offen, daß es Hollywood-Kitsch ist. Was für ein clever gemachter Film! Ich meine, wenn ein Millionär eine vom Strich heiratet, heißt es immer: Gott, ist der vorurteilsfrei! Hast du schon mal gehört, daß sie eine vom Strich vorurteilsfrei genannt haben, weil sie einen Millionär geheiratet hat? Wahnsinnig komisch und wahnsinnig viel Liebe, wirst sehen!« Und ohne weitere Reaktionen abzuwarten, schaltete sie den Fernseher ein und setzte sich auf den weißen Hocker neben Gorans Bett. *»Pretty Woman«* war dann doch das Richtige. Goran wurde schnell gepackt von der turbulenten Handlung, Petra streichelte sanft seinen Arm, ab und zu hielt sie seine Hand, und beide lachten immer wieder.
»Na?« fragte Petra zuletzt.
»Super!« sagte Goran.
»Und hier mein Geschenk«, sagte Petra. Sie überreichte das schmale Päckchen in Silberpapier. Vorsichtig löste Goran das Band.
Er sah ein kleines, graues Buch, auf dessen Einband ein Vogel gedruckt war, der himmelwärts flog. Das Buch hatte eine rote Bauchbinde, auf der stand der Titel: »Es zwitschert eine Lerche im Kamin«. Darüber stand der Name des Autors: Joachim Ringelnatz.
»Kennst du Ringelnatz?«
»Nein.«
»Habe ich gehofft. Einer von meinen liebsten Gedichtemachern. Gleich nach Kästner. Seit 1934 tot, ins Lexikon geschaut. Das Buch habe ich heute für dich gekauft, nach-

dem Mami gesagt hat, du kriegst die neue Leber. Bringt garantiert Glück! Einfach wunderbar dieser Ringelnatz, wirst sehen! Aber du darfst erst lesen, wenn ich gegangen bin.« Sie stand auf und neigte sich über ihn.
Er drehte den Kopf zur Seite.
»Was ist? Willst du keinen Kuß?«
»Natürlich will ich«, sagte Goran. »Auf dem Tisch liegt eine Rolle Pfefferminzbonbons von Deda. Bitte, gib sie mir!«
»Ganz schön verrückt bist du«, sagte Petra.
»Nein, ich will nur nicht aus dem Mund riechen, wenn du mich küßt.«
Sie gab ihm die Rolle, er steckte ein Bonbon in den Mund und zerbiß es.
»Warte noch einen Moment!« sagte er. »So, ich denke, jetzt geht es.«
»Gut Ding braucht Weile«, sagte Petra und küßte ihn lange und fest. Er hielt sie umarmt. Sie legte seine Hände auf ihre kleinen Brüste. Endlich richtete sie sich auf.
»So«, sagte Petra. *»See you later, alligator!«*
»After a while, crocodile«, sagte er.
Sie küßte ihn noch einmal, dann lief sie aus dem Zimmer.
Goran öffnete das dünne Buch. Auf die freie erste Seite hatte Petra geschrieben: »Für Goran wegen Seite 9, aber vor allem aus Liebe. Von seiner Petra, 28. September 1994.«
Er schlug Seite 9 auf und las:

> Ich habe dich so lieb!
> Ich würde dir ohne Bedenken
> Eine Kachel aus meinem Ofen
> Schenken …

Ich habe dich so lieb.
Goran lag reglos und dachte: Ich sie auch. So sehr.

10

Zu dieser Zeit saß der junge Dr. Tammer schon seit Stunden in der Koordinationsabteilung des AKH, die aus mehreren kleinen Räumen bestand. In allen wurde telefoniert, debattiert, gerechnet. Je zwei Ärzte bildeten ein Team. Der Arzt, der mit Tammer arbeitete, hieß Dr. Peter Prager. Auf seinem Schreibtisch stand ein Sprechfunkgerät.
Als erstes, nachdem er aus dem Marien-Kinderspital zurückgekehrt war, hatte Tammer die Zentrale der Wiener Flugambulanz angerufen.
»Wir haben einen Leberspender in Amsterdam, Krankenhaus der Freien Universität. Selbstmörder. Wird völlig ausgebandelt. Wir kommen nach der Herzentnahme dran. Die Herzchirurgen beginnen um zwanzig Uhr dreißig. Werden eineinhalb Stunden brauchen, also bis zweiundzwanzig Uhr. Da müssen unsere Chirurgen schon in der Klinik sein. Die Flugzeit Wien–Amsterdam beträgt auch etwa eineinhalb Stunden, je nach Wetter. Rechnen wir noch eine halbe Stunde vom Flughafen zum Krankenhaus dazu, dann müßten unsere Entnahmechirurgen um zwanzig Uhr losfliegen. Habt ihr da eine Maschine?«
Der Mann in der Zentrale der Flugambulanz telefonierte mit der Einsatzstelle am Flughafen Schwechat und klärte die Lage. Danach rief er Tammer zurück.
»Ein Lear Jet steht um zwanzig Uhr für euch bereit. Unsere Leute in Schwechat sprechen mit den Piloten. Die kümmern sich um Wetterverhältnisse und Flugroute. Ich rufe wieder, wenn ich alle Daten habe.«
Alle Daten nahm eine halbe Stunde später der junge Dr. Prager entgegen. Tammer rief seine Kollegin Dr. Elisabeth Stok in Amsterdam an und teilte ihr mit, wann das Team aus Wien auf dem Flughafen Schiphol landen und wann es mit der Arbeit im Krankenhaus beginnen würde. Lange vorher bereits hatte er sich an seinem Computer darüber

informiert, welche anderen Leberanwärter, die vom AKH betreut wurden, in Frage kamen, falls Goran aus gesundheitlichen Gründen in letzter Stunde ausfiel. Zur Zeit warteten allein im AKH neunundachtzig Menschen auf neue Organe. Weitere waren jederzeit über ihre Pager erreichbar und konnten dann sofort in die Klinik kommen oder gebracht werden.
Während Tammer noch mit Elisabeth Stok telefonierte, rief Prager die Chirurgen Rosswart und Hart an und teilte ihnen mit, daß die Entnahme der Leber und ihre Transplantation in Wien in der kommenden Nacht stattfinden sollten.
Die jungen Ärzte kamen in Tammers Büro. Zu viert erstellten die Männer nun einen Plan inklusive gewisser Zeitreserven, der mit dem Abflug in Schwechat begann und mit der Uhrzeit endete, zu welcher die Leber für Goran den OP, in dem Meerwald arbeiten würde, erreichte. Eine komplizierte Maschinerie hatte sich in Bewegung gesetzt – auch für drei weitere Patienten, denen in der kommenden Nacht im AKH neue Organe eingesetzt werden sollten. Es war ein Tag wie jeder andere für Tammer und seine Kollegen.
Um achtzehn Uhr rief Tammer im Marien-Kinderspital an.
»Alles okay mit Goran?« fragte er Bell.
»Alles okay. Eine Ambulanz bringt ihn um zwanzig Uhr zu euch rüber. Großmutter und Großvater kommen mit.«
»Dann sehen Rosswart und Hart sich jetzt gleich den Buben an. Um zwanzig Uhr fliegen sie los.«
Die jungen Chirurgen erschienen zwanzig Minuten später bei Goran. Rosswart und Hart untersuchten ihn und ließen sich von Bell alle Röntgenaufnahmen, die Krankengeschichte und die letzten Blutbilder zeigen. Sodann brachte ein Funkstreifenwagen die beiden nach Schwechat. Auf einem reservierten Teil des Flughafens wartete ein Lear Jet mit zwei Piloten. Rosswart und Hart kletterten in die

Maschine, die pünktlich startete. Über Sprechfunk verständigte der Tower Schwechat die Koordinatoren Tammer und Prager. Tammer rief wieder Dr. Stok in Amsterdam an und teilte ihr mit, daß die Wiener Chirurgen unterwegs waren.

Gleichfalls um zwanzig Uhr betteten zwei Pfleger im Marien-Kinderspital Goran auf eine Trage mit Rädern und rollten diese zu einer Ambulanz, die im Hof wartete. Faber und Mira, die bei Goran gewesen waren, stiegen ein, die Ambulanz fuhr zur Notaufnahme des AKH. Dort brachten zwei andere Pfleger Goran und seine Großeltern auf die einundzwanzigste Ebene des Grünen Bettenhauses, in dem sich der operative Bereich befand. Hier gab es große Räume, in denen mehrere Menschen vor einem Eingriff warten konnten. Goran kam in ein Zimmer ähnlich jenem, in dem einmal Mira gelegen hatte. Die Pfleger legten ihn auf ein Bett und verschwanden.

In einer Intensivstation der gleichen Ebene, weit von Goran entfernt, lag bereits seit zwei Tagen, künstlich beatmet, der kleine Robin Sigrist. Vom Klosterneuburger Jugendgericht war das Sorgerecht für Robin auf Dr. Herbert Kanicek rückübertragen worden. Dieser hatte erklärt, es solle sofort mit der Chemotherapie begonnen werden.

Faber und Mira blieben bis etwa einundzwanzig Uhr mit Goran allein. Der Junge war sehr ruhig.

Um einundzwanzig Uhr fünfzehn kamen zwei Ärzte aus Meerwalds Operationsteam, baten Faber und Mira, auf dem Gang zu warten, und nahmen Goran ein weiteres Mal Blut ab, das sofort in einem Laboratorium untersucht wurde und, wie sich herausstellte, die besten Blutgerinnungswerte der letzten Monate aufwies. Die beiden Ärzte untersuchten Goran genau. Um das linke Handgelenk erhielt er einen festsitzenden Klebestreifen, auf dem sein Name, sein Geburtsdatum und die Art der für ihn vorgesehenen Operation standen. Als die Ärzte gingen, kamen andere. Goran wurde an einen Tropf gehängt. Man sagte Faber und Mira, daß sie bei ihm bleiben dürften, bis er in einen Vorbereitungsraum auf der neunten Ebene in die Abteilung für Transplantationschirurgie gebracht würde.

Nach ruhigem Flug war der Lear Jet der Ärzteflugbereitschaft Wien schon um einundzwanzig Uhr zweiunddreißig auf dem Flughafen Schiphol, zwölf Kilometer südwestlich von Amsterdam, gelandet. Der Erste Pilot ersuchte Tower Schiphol über Funk, den Tower Schwechat zu verständigen. Das geschah sofort. Tower Schwechat benachrichtigte Tammer und Prager im AKH.

Der Lear Jet wurde von einer Ambulanz und zwei Funkstreifenwagen der Polizei erwartet. Rosswart und Hart packten ihre Instrumentenkoffer und rannten zur Ambulanz. Mit Blaulicht und Sirenen fuhr der kleine Konvoi los und jagte gleich darauf über die Autobahn zum Academisch Ziekenhuis V.U. in der Straße De Boelelaan 1117 im Stadtteil Buitenveldert. Aus der Ambulanz setzte sich Hart über Funk mit der Koordinatorin Stok in Verbindung und kündigte sein und Rosswarts Eintreffen innerhalb der nächsten halben Stunde an.

Um zweiundzwanzig Uhr dreißig betraten zwei Krankenpfleger mit einer fahrbaren Trage das Zimmer auf der einundzwanzigsten Ebene des Grünen Bettenhauses, in dem Goran lag. Beide Männer waren Türken, beide sprachen schlecht Deutsch.

»Jetzt wir bringen Herrn Rubic in Vorbereitung«, sagte der Größere.

»Kommen bitte mit, Dame und Herr!« sagte der Kleinere. Sie rollten die Trage mit Goran auf den Flur und zu einem Patientenlift. Mira und Faber folgten. Gemeinsam fuhren sie zur neunten Ebene hinab. Riesengroß und schier endlos lang waren hier die Gänge. Kein Mensch ließ sich blicken.

Vor einer hohen Doppeltür stand schließlich ein Arzt. Er begrüßte Goran und seine Großeltern.
»Ich höre vom Kollegen Bell, Sie werden nun nach Hause fahren«, sagte er zu letzteren.
»Ja«, sagte Faber.
»Es ist am besten so«, sagte der Arzt leise, Mira und Faber beiseite nehmend. »Das wird lange dauern ... Sie würden es hier nur schwer aushalten. Danke für Ihre Einsicht! Wenn Sie sich nun verabschieden wollen ...«
Faber und Mira traten zu Goran. Beide küßten ihn.
»Alles, alles Gute!« sagte Mira.
»Bis morgen, alter Junge!« sagte Faber.
»Paß auf mein Buch auf!« sagte Goran.
»Klar!« sagte Faber.
»Also dann – tschüs!« sagte Goran und lächelte verzerrt.
Faber und Mira lächelten ebenso.
Der Arzt hatte auf einen Knopf gedrückt. Lautlos öffneten sich die Flügel der großen Tür zu dem Vorbereitungsraum. Die Pfleger rollten die Trage hinein. Der Arzt folgte. Die Flügel schlossen sich genauso geräuschlos. Faber und Mira standen allein auf dem Gang. Erst da begann sie zu weinen.

Der Konvoi, bestehend aus der Ambulanz und zwei Funkstreifen, erreichte eine Minute nach zweiundzwanzig Uhr das Krankenhaus der Freien Universität. Der Ambulanzfahrer verständigte über Funk den Tower Schiphol, dieser den Tower Schwechat, dieser wiederum die Koordinatoren Tammer und Prager im AKH. Tammer benachrichtigte Meerwalds Operationsteam. Die beiden Chirurgen, die Goran schon gesehen hatten, besuchten ihn wieder im Vorbereitungsraum. Sie veranlaßten, daß noch eine weitere Ultraschalluntersuchung gemacht wurde; Meerwald mußte absolut genau Bescheid über Lage und Zustand der Leber wissen.

Im Haus an der Alseggerstraße in Wien hatte Ludmilla Sandwiches serviert. Mit größter Mühe brachten die drei Menschen es fertig, ein wenig zu essen. Ludmilla wollte über Nacht bleiben, doch Mira schickte sie heim.

»Wir würden uns zu dritt nur völlig verrückt machen. Versuchen Sie zu schlafen, Ludmilla! Herr Faber und ich werden uns zumindest hinlegen ...«

Das taten sie dann auch, in Miras Bett, halb angezogen. Schweigend lauschten sie dem Wind, der plötzlich aufgekommen war.

Bereits um zweiundzwanzig Uhr zehn hatten Rosswart und Hart jenen Operationssaal betreten, in dem der Körper des Spenders lag. Das italienische Team war fünfzehn Minuten zuvor mit der Herzentnahme fertig geworden. Der erste Chirurg hatte den Körper des Selbstmörders mit einem Skalpell vom Hals bis hinunter zum Schambein und danach durch einen Querschnitt von einer Seite zur anderen so weit geöffnet, daß die Eingeweide völlig frei lagen. Mit einer Säge hatte er das Brustbein zerteilt und die beiden Hälften des Brustkorbs mit einem großen mechanischen Instrument auseinandergebogen, das den Namen »der eiserne Assistent« trug. Ein junges, kräftiges Herz war zum Vorschein gekommen, darunter die glatte, rosige Oberfläche einer gesunden Leber.

Kanülen waren in Aorta und Hohlvene geschoben und an die Herz-Lungen-Maschine angeschlossen worden. Danach wurde eine kalte Kochsalzlösung über das Herz gegossen und die Aorta abgeklemmt, in die Herzkammern wurde eine kaliumreiche Lösung infundiert, die das Herz schließlich zum Stillstand brachte und den Konservierungsprozeß eingeleitet hatte.

Nur wenige Schnitte, und der italienische Chirurg hatte den »Sitz des Lebens«, einen schlaffen, graurosa Klumpen, vorsichtig mit beiden Händen aus dem Brustkorb gehoben und an die OP-Schwester weitergereicht. Diese tauchte das Herz sofort in eine zweite kalte Lösung, die Augenblicke zuvor in einem großen, sterilen Becken angesetzt worden war. Die letzten Tropfen vom Blut des Spenders wurden abgespült, dann kam das Herz in einen Plastikbehälter mit einer Elektrolytlösung, welche die Funktionen der interzellulären Flüssigkeiten des Körpers übernahm. Je länger man das Herz – und jedes andere Organ – konservieren konnte, desto weiter vermochte man es zu transportieren. Eine erfolgreiche Organkonservierung setzte die »Kernkühlung«, die schnelle Infusion einer gekühlten, sorgsam abgestimmten Elektrolytlösung in das Blutgefäß des Organs, voraus.

Manchmal leitete der Chirurg die Lösung unmittelbar nach der Organentnahme ein, dann wieder wurden die Adern, die das Organ versorgten, noch vor der Entnahme an Kanülen angeschlossen und mit der Lösung durchgespült. In beiden Fällen ging es darum, das Spenderblut so schnell wie möglich durch die Lösung zu ersetzen und die Temperatur des Organs zu senken. Das Spenderherz war, in Eis verpackt und in einer Kühlbox, mit dem Team aus Neapel unterwegs zum Flughafen, als Rosswart und Hart an den Operationstisch traten.

Sie untersuchten die freiliegende Leber genau und verglichen alle Merkmale mit den Angaben auf ihren mitgebrachten Listen.

»Okay«, sagte Rosswart danach. »Sieht gut aus. Fangen wir an!«

Die Koordinatorin des Academisch Ziekenhuis, Dr. Elisabeth Stok, rief Tammer und Prager im Wiener AKH an: »Ihre Leute beginnen mit der Entnahme der Leber. Es ist zweiundzwanzig Uhr sechzehn.«

»Bestätige zweiundzwanzig Uhr sechzehn, Beginn der Entnahme. Danke, Frau Kollegin«, sagte Tammer. Danach verständigte er das Operationsteam.

Entnahme – und Transplantation – der Leber sind erheblich schwieriger als dieselbe Prozedur beim Herz. Mehr Venen und Arterien müssen abgebunden werden, diese sind auch kleiner und empfindlicher. Die Leber ist das größte Stoffwechselorgan, sie enthält viel Blut. Ihre Entnahme bringt den Blutdruck im ganzen Körper durcheinander. Zusätzliche Probleme bereiten Gallenblase und Gallengangsystem. Überdies ist die Leber durch eine Reihe von zarten Bändern mit der Rückwand der Bauchhöhle verbunden. Ein kleiner Fehler bei ihrer Durchtrennung kann schwere Blutungen verursachen.
Rosswart und Hart waren erstklassige Profis – trotz ihrer Jugend. Meerwald arbeitete nur mit Topleuten. Um eine Leber zu entnehmen, mußte der Chirurg unter dem Organ oft blind mit größter Vorsicht zu Werke gehen, damit er es nicht beschädigte, während er die feinen Verbindungen mit dem Körper löste.
Hart arbeitete jetzt an der Leiche, die da »ausgebandelt« wurde, Rosswart assistierte. Die beiden waren wie ein Artistenpaar in der Zirkuskuppel aufeinander eingespielt. Jeder Handgriff saß.
Dreiundzwanzig Uhr vierzig: »Die Leber ist raus!« Hart reichte das jetzt stahlgraue Organ einer OP-Schwester.
»Die Leber ist raus«, meldete Koordinatorin Dr. Stok über Telefon Tammer und Prager in Wien. Prager benachrichtigte das OP-Team Meerwalds.
Wie die Italiener »ihr« Herz, so wuschen Rosswart und Hart »ihre« Leber sofort nach der Entnahme mit einer Lösung und spülten so lange, bis der letzte Tropfen Spenderblut von der Oberfläche und aus dem Inneren des Organs entfernt war. Die gereinigte Leber kam in eine große, blaue Kühltasche.
Ihre Kittel, Gummihandschuhe und den Mundschutz warfen Rosswart und Hart in einen Eimer für sterilen Abfall, dann eilten sie mit der Tasche und ihren Instrumentenkof-

fern durch die leeren Gänge des Ziekenhuis zu einem Lift. Hinter der Klinik warteten die Ambulanz und die Streifenwagen der Polizei. Lange zuvor schon hatte die Koordinatorin Stok holländischen Teams Termine für die Entnahme weiterer Organe sowie von Knochen, Bindegewebe (größtenteils für Wiederherstellungschirurgie) und, zuletzt, der Hornhaut der Augen gegeben.
Rosswart und Hart wurden wieder nach Schiphol gebracht. Der Sanitäter neben dem Fahrer der Ambulanz teilte dem Tower mit, daß sie in etwa zwanzig Minuten eintreffen würden. Der Tower verständigte die Piloten des Lear Jet. Als Rosswart und Hart den gesperrten Teil des Flughafens erreichten, liefen bereits die Triebwerke.
Hinein!
Die Maschine rollte zum Take-off-Point. Sofort bekam sie Starterlaubnis. Um null Uhr fünfzehn am 29. September 1994 erreichte sie die vorgesehene Reisehöhe. Der Zweite Pilot bat den Tower Schiphol, via Tower Schwechat die Ärzte im AKH zu verständigen, was sofort geschah.
Um null Uhr siebenundfünfzig befand sich der Lear Jet über Frankfurt am Main. Der Zweite Pilot bat den Tower Frankfurt, Wien zu verständigen.
Nachdem Koordinator Tammer um ein Uhr vier das Team des Tiroler Chirurgen Meerwald informiert hatte, wurde Goran in den Operationssaal gerollt und auf den OP-Tisch gelegt.
Der Anästhesist leitete die Narkose ein. Goran erhielt einen speziellen Zentral-Venen-Katheter. Er wurde mit dem automatischen Cell Saver, der nach Computeranweisung verlorenes Blut durch frisches ersetzt, verbunden, und die OP-Schwester reinigte mehrere Male seinen gesamten Bauch und einen Teil des Oberkörpers mit einer braunen Desinfektionslösung.
Thomas Meerwald betrat den Operationssaal. Er war an diesem Abend mit seiner Frau im Kino gewesen, danach

hatten sie bei »ihrem« Italiener eine Kleinigkeit gegessen. Über sein Handy war Meerwald ständig von Tammer informiert worden. Nun war die Zeit für ihn gekommen. Er öffnete Gorans Körper, entfernte die fast nutzlos gewordene Leber jedoch noch nicht. Einerseits erfüllt selbst eine stark geschädigte Leber gewisse Stoffwechsel- und blutstillende Funktionen immer noch besser als jede Maschine oder alle verfügbaren Medikamente, andererseits bestand Meerwald nach so langen Jahren der Erfahrung darauf, sich persönlich davon zu überzeugen, daß die Spenderleber aus Amsterdam tatsächlich gesund war und die richtigen Ausmaße hatte. Eine neue Leber konnte kleiner sein als die alte, sie würde wachsen und den Platz ausfüllen, keinesfalls aber durfte sie größer sein als ihre Vorgängerin, die Meerwald Goran vor zwölf Jahren eingesetzt hatte. Zu große Lebern kleiner zu schneiden und einen Lappen zu entfernen hatte fast immer katastrophale Folgen. Klemmt man die Arteria hepatica communis, die der Leber sauerstoffhaltiges Blut zuführt, und die Pfortader, die sie mit Nährstoffen versorgt, auch nur für kurze Zeit ab, kommt es zu einer Störung der Blutumleitung. Dabei wird die gesamte Durchblutung des Körpers in Mitleidenschaft gezogen.

Aus diesem Grunde legte Meerwald, der leicht melancholisch die auszuwechselnde Leber betrachtete (vor zwölf Jahren habe ich Goran zum erstenmal operiert, zwölf Jahre ist das schon her, wie schnell vergeht das Leben!), einen Bypaß, also einen Gefäßersatz zur Blutumleitung, zwischen Halsvene und Oberschenkelvene. Dieser Bypaß führte das Blut aus den unteren Körperpartien direkt zum Herz. Anlegen und Entfernen der Umleitung verlängerten zwar die Operationszeit, aber Meerwald ging grundsätzlich stets den sichersten Weg.

Während er mit größter Konzentration arbeitete, erhielt er von einem Chirurgen des Teams die Meldung, daß der Lear Jet um ein Uhr vierzig in Schwechat gelandet war und Rosswart und Hart gerade in einen Hubschrauber stiegen, der in fünfzehn Minuten auf dem Dach des Klinikums landen würde. Achtzehn Minuten später erreichten die beiden Ärzte, welche die neue Leber geholt hatten, den Gang vor dem Operationssaal. Dessen Tür öffnete sich. Ein kleiner Wagen mit der Kühltasche wurde hereingezogen ...

Es war ein Uhr achtundfünfzig am Donnerstag, dem 29. September 1994.

11

Faber schlief dann doch ein.

Als er erwachte, war das Bett neben ihm leer, und im Raum war es dunkel. Er knipste eine Nachttischlampe an. Seine Armbanduhr zeigte, daß es sechs Uhr früh war. Er hatte fast sechs Stunden geschlafen.

Nun stand er auf und suchte Mira.

Sie saß in der Bibliothek. Eine Stehlampe brannte. Magisch leuchteten die hohen Wände voller Bücherrücken.

»Hast du überhaupt nicht schlafen können?«

»Nein«, sagte Mira. »Aber wenigstens du. Ich habe Tee gekocht. Komm, trink!«

Er sah, daß auf einem kleinen Tisch Geschirr stand, nahm eine Kanne und goß zwei Tassen voll.

»Danke«, sagte Mira.

Er setzte sich. »Bist du nicht müde?«

»Überhaupt nicht.«

Sie tranken beide.

»Bald wird es hell. Wir haben getan, was wir konnten«, sagte Mira. »Die Ärzte tun, was sie können. Goran ist ein guter Junge. Auch wir sind keine schlechten Menschen. Gerechterweise sollte Goran eine Chance haben. Es gibt aber keine Gerechtigkeit. Allerdings gibt es auch keinen Zufall. Darum soll nun geschehen, was für Goran vorgesehen ist. An irgend etwas muß offenbar jeder von uns glauben. Das ist alles, woran ich glaube. Glaubst du an mehr?«

»Nein.«

»Gut.«

»Doch«, sagte er. »An dich.«

»Ach, Trouble Man«, sagte sie. »Im AKH habe ich beschlossen, dir heute nacht etwas zu erzählen, was du noch nicht weißt ... Immer wieder wollte ich es dir erzählen, seit wir zusammen sind. Niemals habe ich es getan. Nun muß ich es tun – deinetwegen, Trouble Man.«

»Meinetwegen?«

»Du bist voll Haß auf diese Stadt, auf dieses Land, wegen allem, was deiner Familie hier zugestoßen ist und den Menschen in diesem Keller, wegen der alten und neuen Nazis, wegen der vielen Menschen hier, die niemals bereut und niemals gesühnt haben, wie du immer sagst, wegen Massenmördern wie diesem Siegfried Monk, der niemals bestraft wurde und nun friedlich gestorben ist im Schlaf ... Du haßt natürlich nicht alle hier. Die Menschen im Marien-Kinderspital zum Beispiel, die liebst du. Aber das Marien-Kinderspital nennst du ›die Welt nebenan‹, du rechnest es nicht zu Wien.«

»Das ist richtig«, sagte er.

»Man kann nicht im Haß leben. Schon gar nicht, wenn man einmal geliebt hat.«

»Was habe ich einmal geliebt?«

»Diese Stadt.«

»Unsinn.«

»Du hast sie einmal geliebt! Sonst wäre sie dir gleichgültig, und du würdest sie nicht so hassen. Aber du kannst nicht nur hassen, Trouble Man. Das geht nicht.«

»Es geht sehr gut. Ich brauche bloß an Monk zu denken.«

»Nein, es geht nicht sehr gut«, sagte sie. »Es macht dich bitter und ungerecht und selber hassenswert – es macht dich schwach. Wer haßt, ist schwach. Wer lange genug haßt, stirbt an seinem Haß – wie Monk. Du darfst noch nicht sterben. Du darfst nichts vergessen von dem, was dir und deinen Angehörigen und Freunden und so vielen anderen geschehen ist, alles, was schon wieder geschieht, niemals! Aber du darfst nicht *nur* im Haß leben ... Sieh doch, ich tue es auch nicht!«

»Du?« fragte er verblüfft. »Warum solltest du im Haß leben?«

»Darüber will ich mit dir sprechen – jetzt. Was weißt du denn wirklich von mir, von meiner Familie?«

»Sehr wenig«, sagte er, plötzlich erstaunt. »Deine Eltern sind im Krieg gestorben ...«

»Das habe ich dir gesagt, als ich dich in Sarajewo traf, 1953. Mehr nicht.«

»Nein«, sagte er, fast erschrocken. »Mehr nicht. Ich dachte, vielleicht willst du mir nicht mehr erzählen. Und wir hatten unsere Liebe und so wenig Zeit ...«

»Unsere Liebe«, sagte sie. »Und so wenig Zeit. Ich wollte dir wirklich nicht mehr erzählen. Ich wollte niemandem mehr von mir erzählen. Jetzt will ich es tun ... Vielleicht hilft es dir, so zu denken, wie ich denke über die Menschen in diesem Land.«

»Was weißt *du* von ihnen?«

»Viel, Trouble Man«, sagte sie. »Mein Vater war Jude.«

»Er war *was*?«

»Jude. Leon Masin hieß er. Einen Bruder hatte er, der war fünf Jahre älter und hieß Ivo. Mein Vater besaß eine Lederfabrik in Sarajewo. Sein Bruder Ivo war Bauer und hatte einen kleinen Hof in Gojna Gora.«

»Wo?«

»In Gojna Gora. Das ist ein winziges Dorf hoch oben in den Bergen südwestlich von Belgrad in Serbien. Im Sommer lebten wir dort. Ich war immer sehr glücklich in Gojna Gora. Nicht immer«, korrigierte sich Mira.

Sie schwieg, und er sah sie staunend an, als sähe er sie zum erstenmal.
»1929 wurde ich geboren«, sagte Mira endlich. »Wir hatten ein schönes Haus. Wir waren wohlhabend. Ich ging zur Schule mit Christen und Juden und mit moslemischen, serbischen und kroatischen Kindern. Mein Vater hatte sich katholisch taufen lassen. Mich auch. Ich wußte nicht, daß ich Halbjüdin war. Niemand sagte es mir. Zu Hause wurde nie darüber geredet. Ich hatte eine sehr schöne Kindheit. Bis zum April 1941 ...«
»Bis zum April 1941 ...«, wiederholte Faber.
»Ich war zwölf Jahre alt. Da überfielen deutsche Truppen Jugoslawien. Am 6. April.«
»Am 6. April«, sagte er und kam sich hilflos, so hilflos vor.
»Du erinnerst dich, Trouble Man, du erinnerst dich ... Die Deutschen teilten das Staatsgebiet auf. Slowenien und Dalmatien bekam Italien, Mazedonien ging an Bulgarien, die Wojwodina an Ungarn. Und Kroatien wurde der Form nach unabhängig unter der Führung des Ustascha-Führers Ante Pavelic. Weil die Ustascha eine wüst faschistisch-katholische Partei war, national und antisemitisch, gaben die Deutschen Kroatien viele Rechte, denn die Ustascha war von Hitler begeistert und Hitler von der Ustascha, und die Ustascha begann sofort mit der Abschlachtung aller Serben und Juden und Zigeuner unter dem Segen und der eifrigen Mithilfe der katholischen Kirche und des Herrn Erzbischofs von Zagreb, Alejzije Stepinac. Die Deutschen waren derart entzückt, daß sie den Kroaten auch noch Bosnien-Herzegowina gaben und damit Sarajewo, wo wir wohnten ... Pavelic dankte es ihnen. Er wünschte einen ›völkisch reinen‹ Staat. Daran sollte man denken, wenn heute die Serben wegen ›ethnischer Säuberungen‹ angeklagt werden. Es hat einmal sehr große kroatische Säuberungen gegeben. Für die Kroaten waren Juden, Zigeuner und Serben ›rassisch minderwertig‹ und mußten ›ausgemerzt‹ werden. Sehr bald schon gab

es riesige Massaker und Konzentrationslager wie das schreckliche Jasenovac, wo die Gefangenen massenweise getötet wurden … Mein Vater ließ alles zurück, die Fabrik, das Haus, und mit Mutter und mir fuhr er nach Serbien.«

»Das war doch von den Deutschen besetzt!«

»Wir reisten sofort hoch hinauf in die Berge zu seinem Bruder Ivo in das kleine Nest Gojna Gora. Du hast Jugoslawien erlebt mit seinen riesigen Bergen und tiefen Schluchten – das ideale Partisanenland. Kein Angreifer kommt da voran. Den Deutschen gelang es damals nicht, jetzt gelingt es weder den Serben noch den Kroaten noch den Bosniern … Da oben in den hohen Bergen versteckten sich damals viele Menschen, vor allem Juden und Kommunisten. Fast das ganze Gebiet wurde von Partisanen kontrolliert. Ihre Führer hießen Mihailovic und Tito … Ich wußte von all dem nichts, ich hätte es nicht verstanden. Meine Eltern sagten, wir würden wieder einmal Urlaub machen bei Onkel Ivo und Tante Sonja, seiner Frau. Ich war begeistert. Den ganzen Tag spielen mit den Kindern im Dorf, mit den Tieren auf dem Hof. Vom Krieg bekam ich kaum etwas mit, meine Eltern schirmten mich ab. Die Partisanen waren unsere Freunde. Deutsche Soldaten sah ich damals noch nicht. Erst ab Herbst 1941 …«

»Ja?«

»… ging es zu Ende mit dem wunderbaren Leben«, sagte Mira. »Was ich damals auch nicht wußte: Die Moral der deutschen Soldaten war tief gesunken. Sie kannten sich in dem wilden Land nicht aus, sie waren den Partisanen Titos nicht gewachsen, sie hatten keine Kampfeinheiten, denn sie sollten ursprünglich nur Besatzer sein und waren schlecht ausgebildet. Viele von ihnen waren Österreicher. Schließlich setzten die Deutschen einen neuen Kommandierenden ein, General für Serbien, den Österreicher Franz Böhme. Der kam mit neuen österreichischen Truppen, Gebirgsjägern. Die waren bestens ausgebildet. Und nach

Böhmes Befehl gingen sie mit größter Brutalität vor bei den sogenannten Strafexpeditionen. Als Gegner sahen Böhme und seine Soldaten die gesamte Zivilbevölkerung. Konzentrationslager für Männer, Frauen und Kinder wurden eingerichtet, sehr viele Dörfer niedergebrannt, Viehbestände geraubt. Die Lager waren voll Juden und Kommunisten. Böhme drängte zunächst, um Platz zu schaffen, auf ihre Deportation nach Osten, doch dann ließ er die österreichischen Soldaten an Ort und Stelle mit Massenerschießungen beginnen. Zu ihren ersten Opfern gehörten österreichische Juden, die auf der Flucht nach Palästina in Serbien von ihren Verfolgern eingeholt worden waren. Sie standen nun in den Erschießungskommandos Landsleuten gegenüber …«

Mira schwieg lange. Endlich fuhr sie fort.

»Am 10. Oktober 1941 erließ dieser General Böhme einen umfassenden Vernichtungsbefehl. Aufgrund der ›Balkanmentalität‹ und der großen ›Ausdehnung kommunistischer und national getarnter Aufstandsbewegungen‹ ordnete er an, in allen Standorten durch ›schlagartige Aktionen‹ umgehend *alle* Juden, Kommunisten und verdächtigen nationalen Einwohner als Geiseln zu nehmen. ›Diesen Geiseln ist zu eröffnen‹, hieß es in dem Befehl, ›daß sie bei Angriffen auf deutsche Soldaten oder auf Volksdeutsche erschossen werden.‹«

Faber schwieg.

»Und so kamen österreichische Soldaten dann Anfang 1942 bis herauf zu unserem Dorf Gojna Gora und nahmen meinen Vater fest und seinen Bruder Ivo, das waren die einzigen Juden in Gojna Gora. Aber die Österreicher nahmen auch alle Kommunisten fest. Sie waren, wie mein Vater und sein Bruder, von der Bevölkerung verraten worden … Bevor man sie in ein Auffanglager bringen konnte, gab es einen Partisanenüberfall, der das Ziel hatte, die Gefangenen zu befreien. Bei diesem Überfall wurde ein österreichischer Soldat getötet. Die Partisanen zogen sich zurück, als sie sahen, daß weitere Truppen eintrafen. Und dann ... am 21. Februar 1942 ...«, Mira schluckte und sprach mühevoll weiter, »... am 21. Februar 1942, gegen Mittag, wurden mein Vater und Onkel Ivo und die anderen Festgenommenen mit vielen Männern aus Nachbardörfern in einem Wäldchen nahe Gojna Gora zusammengetrieben ... Es war doch ein Soldat getötet worden, nicht wahr, und der Befehl des Generals Böhme lautete: Fünfzig Geiseln erschießen für jeden verwundeten Soldaten, hundert für jeden getöteten. Also haben österreichische Soldaten am Mittag des 21. Februar 1942 in diesem Wäldchen bei Gojna Gora hundert Geiseln erschossen. Schon unter den ersten waren mein Vater und sein Bruder ... Mutter hatte mich auf dem Dachboden versteckt, und von dort oben habe ich gesehen, wie mein Vater ermordet wurde und sein Bruder und so viele andere, und ich habe immer noch nicht gewußt, daß Vater Jude war, das hat Mutter mir erst danach erzählt.«

12

»Jetzt habe ich also gewußt, daß ich Halbjüdin bin«, fuhr Mira nach einer Pause fort. »Aber ich vermochte mir nichts darunter vorstellen. Ich habe Vater sehr geliebt, und ich dachte, daß er kein böser Mensch gewesen sein konnte, wenn ich ihn doch so geliebt hatte und er immer gut zu mir gewesen war. Ich habe auch nicht gewußt, was ein Kommunist ist. Nur was österreichische Soldaten sind, das habe ich nun gewußt.«
»Ich war auch einer«, sagte Faber.
»Ja, aber du bist desertiert. Das hat man mir bei der Bosna-Film gesagt, bevor du und Robert Siodmak gekommen seid. Und ich habe dein erstes Buch gelesen und wußte, was dir passiert war. Dich habe ich geliebt, vom ersten Tag an.«

»Und warum hast du mir nichts von all dem erzählt?«
»Ich hatte Angst«, sagte Mira.
»Vor mir?«
»Nicht vor dir.«
»Vor wem dann?«
»Vor allen Menschen.«
»Auch vor denen in Sarajewo? Vor Jugoslawen?«
»Besonders vor ihnen«, sagte Mira. »Sieh mal, ich habe solche Angst gehabt, es könnte alles wiederkommen, ein neuer Krieg, eine neue Ustascha, neue Verfolgung ... Als ich endlich wieder in Sarajewo war, fand ich ein Zimmer in einer anderen Gegend der Stadt. Niemand kannte mich dort. Niemand wußte, daß ich eine halbe Jüdin war. Und ich dachte, daß ich das niemandem sagen durfte – weil ich solche Angst hatte vor einem neuen Krieg.«
»Doch nicht gleich wieder mit Deutschland und Österreich.«
»Mit irgendwem«, sagte Mira. »Egal mit wem. Juden konnte keiner leiden. Halbjuden schon gar nicht, Christen nicht und Juden nicht. Und Krieg hat es doch gleich wieder gegeben in der Welt! Krieg hat es immerzu irgendwo gegeben nach 1945. Ich glaube, einhundertsechzig oder einhundertachtzig Kriege gab es seither, kleine und große. Seit drei Jahren ist Krieg bei *uns* ... Es war nicht nur Angst, ich wollte einfach nichts zu tun haben mit meinem Christentum, mit meinem Judentum, mit keinem jüdischen Gott, mit keinem christlichen Gott, mit keinem!« Miras Stimme wurde laut, sie sprach voll Leidenschaft: »Gott! Wie viele Götter gibt es? Welcher hat meinen Vater beschützt? Welcher meine Mutter? Welcher hat jemals einen Krieg, ein Verbrechen, ein Unglück verhindert? Nenne mir einen! Einen in allen Jahrtausenden! Welcher Gott hat jemals die Täter bestraft? Kein einziger! Aber: An wieviel Unglück, wieviel Unheil, an wie vielen Kriegen ist Gott schuld? Wie viele Kriege werden in seinem Namen geführt? Schau dir unser Land an! Schau dir

Israel an, Irland, Frankreich mit den Hugenotten, Spanien, die Inquisition, die Kreuzzüge! Nur Mord und Zerstörung, Blut und Tränen! Bleib mir vom Leib mit Gott!«

»Ich komme dir schon nicht nahe mit ihm!« sagte Faber. »Ich denke genau wie du. Nur ...«

»Was, nur?«

»Nur, mir ist gerade eingefallen, wie du auf den Kahlenberg wolltest, in diese Kapelle, zur Schwarzen Madonna von Tschenstochau. Wie du darum gebetet hast, daß Goran gesund wird ...«

»Oh«, sagte Mira, »und habe ich dir da nicht auch gesagt, daß ich nicht an Gott glaube? Habe ich nicht gesagt: In einem solchen Notfall muß man jede mögliche Hilfsquelle ausschöpfen?«

»Das hast du gesagt.«

»Ich glaube an gar nichts, darum bin ich natürlich abergläubisch«, sagte Mira. »Na und? Wenn Gott schon nur Unglück bringt, warum soll eine Madonna aus Holz oder Stein nicht Glück bringen? Eine wie ich nimmt, was zu haben ist ... Nein, was brachten denn alle Religionen? Darum habe ich auch unserer Tochter Nadja nicht gesagt, daß ich Halbjüdin bin und sie Vierteljüdin, obwohl das schon sehr wenig jüdisch ist, ich weiß. Aber ich habe immer weiter Angst gehabt, daß ich mit ihr fliehen muß wie meine Mutter mit mir. Ihr habe ich nichts gesagt, und auch Goran hat keine Ahnung ... *Ob er noch lebt*?« Mira sah Faber erschrocken an.

»Bitte!« sagte er. »Bitte, Mira! Meerwald operiert ihn!«

»Ja, eben. Und wenn er dabei gestorben ...« Sie unterbrach sich. »Nein. Bell hätte angerufen, wenn er gestorben wäre bei der Operation.«

»Er *ist* nicht gestorben! Er *wird* nicht sterben!«

»Er wird nicht sterben«, sagte Mira. »Das wäre eine zu große Gemeinheit ...«

Eine zu große Gemeinheit, dachte Faber. Wer hat das zu mir gesagt, einmal? Wer? Er erinnerte sich nicht.

»Erzähl weiter, Mira!« sagte er. »Wer hat deinen Vater und die anderen begraben?«
»Alte Männer und Frauen aus dem Dorf«, sagte Mira. »Auch meine Mutter. Alles voll Schnee, und die große Kälte. Es war eine sehr schwere Arbeit, der Boden gefroren. Sie haben nur eine einzige Grube für alle graben können in dem kleinen Wäldchen bei Gojna Gora. Da liegt mein Vater. Ich meine: Da lag er. Ich bin nie mehr dort gewesen.« Mira schwieg wieder lange. »Dann haben sie uns nach Wien geschickt«, erzählte sie zuletzt.
»Nach Wien?«
»Sage ich doch, nach Wien. Meine Mutter und mich und alle jungen Frauen aus Gojna Gora. Zum Arbeitseinsatz. So hieß das ... Sie haben Frauen und Männer aus vielen Ländern nach Deutschland und Österreich zum Arbeitseinsatz geschickt, Kriegsgefangene sowieso, vor allem russische. Mutter und ich sind in Simmering gelandet bei einem sehr großen Werk, Austria Email hat es geheißen. Da wurden Geräte für die Wehrmacht produziert. Ich weiß nur von ganz kleinen Teilen für Funkanlagen, die dort, wo meine Mutter arbeiten mußte, galvanisiert worden sind ...«
»Es ist absolut phantastisch. Du warst mit deiner Mutter in Wien ...«
»In Wien, ja«, sagte Mira. »Bis Kriegsende. Noch ein dreiviertel Jahr danach ... Damals gab es doch Millionen von DPs, *displaced persons*, erinnere dich, verschleppten Menschen, die alle wieder nach Hause gebracht werden mußten. Und die Eisenbahnstrecken waren zerbombt, es gab so wenig zu essen, besonders dort, wo Russen und Polen, wo Rumänen und Tschechen und Serben herkamen. Und auch in Wien ...«
»Du warst in Wien zur Zeit, da ich in Wien war«, sagte er fassungslos.
»Ja, Trouble Man ... und sicher auch in einem Luftschutz-

keller an dem Tag, an dem du in dem Keller am Neuen Markt verschüttet worden bist.«
»Du warst in Wien wie ich, im Keller wie ich, und nie hast du darüber gesprochen, nie?«
»Nie. Nein. Bis heute.«
»Weil du Angst hattest …«
»Weil ich Angst hatte …«
»Selbst vor mir …«
»Dich habe ich geliebt! Dich wollte ich nicht belasten … So wenig Zeit damals, Trouble Man, dann warst du schon wieder fort. Vierzig Jahre lang haben wir uns nicht gesehen, und als wir uns endlich sahen, ging es um Gorans Leben. Ich hatte fest vor, dir heute nacht alles zu sagen, aus einem wichtigen Grund …«
»Welchem?«
»Gleich! Laß mich erst zu Ende erzählen: Die Frauen lebten da draußen in Baracken … viele hatten Kinder dabei … viele sind gestorben … Ich war schon dreizehn, vierzehn Jahre alt, ich mußte auch arbeiten. Ich hatte großes Glück und kam in diese Galvanisierabteilung zu Mutter …«
»Großes Glück!«
»Ja doch, großes Glück! Wir hatten die Baracken, wir bekamen zu essen … wenig natürlich … aber die Russen bekamen fast nichts. So viele von ihnen starben … wie die kleinen Kinder … Mutter und ich sind in die Stadt gelaufen, sooft wir nicht arbeiten mußten. Das war streng verboten, aber viele haben es getan …«
»Was getan?«
»In die Stadt laufen und hoffen, daß uns Menschen etwas zu essen geben.«
»Daran erinnere ich mich«, sagte Faber. »Ich habe solche Frauen und Kinder gesehen, als ich in Wien ankam aus Ungarn. Sie standen reglos und hielten die Hände gefaltet. Eine Mutter sagte flüsternd: ›Essen, bitte!‹«
»›Essen bitte!‹ Ja, das sagten sie alle. Es war wahnsinnig

gefährlich, und wir wären ins KZ gekommen, wenn einer uns angezeigt hätte. Aber es gab viele Menschen, viele, Trouble Man, die machten uns ein Zeichen, daß wir warten sollten, und sie gingen in den nächsten Bäckerladen und kauften einen Laib Brot auf ihre Brotmarken und kamen zurück und machten uns wieder Zeichen und traten in einen leeren Hausflur. Und wir folgten ihnen, und in dem Flur gaben sie uns das Brot und gingen ganz schnell weg in ihrer großen Angst. Sie wären genauso ins KZ gekommen wie wir. Es gab viele Menschen in Wien, die geholfen haben, viele. Sie ließen uns auch in die Keller draußen in Simmering, als die Luftangriffe begannen. Da saßen wir mit Österreichern und Deutschen zusammen, und alle hatten Angst, alle. Das kennst du doch!«

»Ja«, sagte Faber. »Das kenne ich … Aber ich kann es noch immer nicht fassen: Du warst in Wien!«

»Ja, Robert.«

»Und ihr habt überlebt.«

»Ich habe überlebt«, sagte Mira. »Mutter nicht. 1945 bekam sie eine Lungenentzündung und ist gestorben in unserer Baracke.« Mira sprach ohne jede Betonung. Sie sah aus einem der großen Fenster, hinter denen es langsam hell wurde, ins Freie. Die Farben des Himmels wechselten von Milchweiß zu Grau, zu Graublau in vielen Schattierungen, zu stärkerem Blau, zu Rottönen.

»Wo liegt sie begraben?«

»Das weiß ich nicht. Es sind viele Frauen gestorben damals. Man hat die Toten abgeholt … Manche sagten, in die Simmeringer Heide. Ich habe dort später gesucht, aber keine Gräber gefunden. Als Mutter starb, war ich sechzehn Jahre alt … Dann hat die Rote Armee uns befreit. Die Russen hatten keinen Nachschub wie die Amerikaner, sie lebten vom Land. Sie hatten kaum genug für sich, und doch teilten sie das Essen mit uns … Langsam begann eine österreichische Verwaltung zu funktionieren, und wenn man uns schon nicht schnell alle nach Hause bringen konnte, versuchte man doch, uns zu helfen, so gut es ging. Die schwedischen Quäker schickten Essen, es gab eine sogenannte Ausspeisung für Kinder. Da bekamen wir jeden Tag Suppe und Brot und ein bißchen Fleisch und sogar manchmal etwas Schokolade. Und Ende 1945 hatte ich wieder großes Glück ...«

»Wieder großes Glück!« sagte Faber.

»Ja doch! Da war eine Volksschule, in der suchten sie jemanden, der saubermachte. Sie nahmen mich. Ich durfte im Keller wohnen und erhielt auch etwas Geld und Lebensmittel von den Amerikanern. Es war eine Volksschule mit Sechs- bis Zehnjährigen, Buben und Mädchen. Ich sprach schon fast fließend deutsch. Die Kinder halfen mir sehr. Sie waren alle arm, viele hatten keinen Vater mehr, oder er war verschollen oder in Gefangenschaft. Es herrschte große Not in Wien, sehr große. Damals gab eine Lehrerin den Kindern der vierten Klasse einmal für einen Aufsatz das Thema ›Der schönste Tag meines Lebens‹, und ich weiß noch genau, daß ein Bub, Stefan hieß er – sogar seinen Vornamen weiß ich noch –, daß also dieser Stefan in seinem Aufsatz schrieb: ›Der schönste Tag meines Lebens war der 2. November 1945, denn da starb mein Bruder Paul, und ich bekam seine Schuhe und seinen Mantel.‹«

»Seine Schuhe und seinen Mantel«, wiederholte Faber.

»Ja«, sagte Mira. »Das hat er geschrieben, der Stefan.«

13

Mira stand auf und öffnete eines der großen französischen Fenster, die zu dem Balkon hinausführten. Wunderbar kühle und reine Morgenluft traf ihr Gesicht.
»Wie spät ist es?« fragte sie.
»Fast sieben.«
»Sie operieren noch immer.«
»Ja«, sagte Faber. »Noch immer.« Er sah sie staunend an. »Ich kann kaum fassen, was du da erzählst.«
»Ich mußte es dir erzählen«, sagte Mira und ging zu ihrem Stuhl zurück. »Alles. Du bist so tief verstrickt in deinen Haß auf diese Stadt. Das hat mich sehr getroffen, als ich es bemerkte bei unserem Wiedersehen. Daß du Nazis haßt, daß du gegen sie und gegen Neonazis geschrieben und, wo immer es ging, gesprochen hast dein Leben lang, das wußte ich natürlich. Aber nicht, daß du eine ganze Stadt, ein ganzes Land zur Geisel nimmst, verantwortlich machst für das, was geschah vor fünfzig und mehr Jahren, und das, was hier wieder beginnt ... Du darfst nicht alle Menschen eines Landes hassen! Das darf niemand.«
»Hast du es nicht getan? Nie?« fragte er.
»Vielleicht am Anfang, als ich noch sehr verzweifelt war. Ich kann mich nicht erinnern ... Wenn ich es getan habe, dann nur ganz kurze Zeit, so lange, bis ich in meinem Schmerz wieder klar denken konnte. Als ich dich getroffen habe, bestimmt nicht mehr ... Nicht, weil du selbst viel mitgemacht hast. Das hatte damit nichts zu tun. Ich kann niemals vergessen, was geschehen ist, was mir und Vater und Mutter und dir und Millionen durch die Nazis widerfahren ist. Genauso wie du es nie vergessen kannst ... und sollst ... und darfst ... Aber etwas *hast* du vergessen.«
»Was?«
»Die jungen Menschen.«
»Ich habe auch für sie geschrieben.«

»Du hast geschrieben, wie es war. Wie es nie wieder sein darf. Doch du hast ihnen keine – oder nicht genug – Wege gezeigt, wie sie es anders machen sollen, so, daß einmal alles gut wird. Viele von den Jungen *sind* anders, Trouble Man! Ich weiß es. Ich habe es eben wieder erlebt in dieser Stadt, die du so haßt, obwohl das, was deiner Familie, was diesen Menschen in dem Keller widerfuhr, genauso in Berlin oder Hamburg oder München hätte geschehen können. Verbrecher und Blutrichter wie diesen Siegfried Monk hat es überall gegeben. Überall ... Trotzdem, ich gebe es zu, hatte ich große Angst, als sie mich dann mit Goran nach Wien schickten, das ist nur natürlich, wie?«

»Mehr als natürlich«, sagte er.

»Dann habe ich versucht, meine Angst zu beherrschen, und ich habe daran gedacht, daß Österreicher in dieser Stadt Goran vor zwölf Jahren das Leben retteten. Und seit ich hier bin, versuchen sie es wieder. Daran dachte ich dauernd, und da war dann meine Angst weg – bis ich mit der U-Bahn zum Südtiroler Platz gefahren bin ...«

»Was hast du am Südtiroler Platz gemacht«, fragte er verblüfft. »Und wann?«

»Als du in Luzern warst. Ich bin hingefahren, weil es da in der Nähe gerade diese Ausstellung über die Verbrechen der Wehrmacht gibt.«

»Die hast du dir angesehen?«

»Ja. Aber vorher ... laß mich der Reihe nach erzählen, Trouble Man! Wir waren nur fünf Frauen in dem U-Bahnwaggon. Und ein Dutzend von diesen Wehrsporttypen ... gemein, brutal ... die haben uns terrorisiert ... mit Springmessern, Schlagringen und Totschlägern bedroht ...«

Na also, dachte Faber, na also, das kennen wir doch!

»... Sie haben unsere Ausweise verlangt und gebrüllt, und da hatte ich plötzlich wieder Angst, grauenhafte Angst ... die anderen Frauen auch. Es war entsetzlich, obwohl sie uns nichts getan haben ...«

»Wien bleibt Wien«, sagte Faber.
»Eben nicht!« sagte Mira. »Eben nicht! Vom Südtiroler Platz ging ich in die Alpenmilchzentrale – dort wird die Ausstellung gezeigt. Alpenmilchzentrale! Zuerst habe ich es nicht für möglich gehalten, daß man dort eine solche Ausstellung macht. Aber das ist eben auch Wien, das ist Qualtinger und Karl Kraus und Horvath! Ich kam an einem Wochentag, und so viele Menschen waren da – *junge* Menschen, Trouble Man, *junge* Menschen! Und die waren anders als das Nazipack in der U-Bahn. Die waren vollkommen anders.«
»Woher weißt du das?« fragte er und dachte: Liebe junge Menschen von Wien. Wollen mich töten. Haben es fast schon geschafft.
»Weil ich mit ihnen gesprochen habe. Die da in der Alpenmilchzentrale waren das absolute Gegenteil von den U-Bahn-Typen. Es gibt eben solche und solche – nicht nur in Österreich, in vielen Ländern, Robert! Die in der Ausstellung wollten wissen, endlich wissen, was wirklich geschehen ist im Krieg, unter den Nazis.«
»Du meinst wirklich, es gibt solche und solche?«
»Ja, Robert, ja! Ich habe es doch erlebt! Braune Lumpen gibt es, aber viel, viel mehr Junge, die diese braunen Lumpen verabscheuen und gegen sie kämpfen.«
Nicht sehr erfolgreich, dachte Faber. Mich haben die braunen Lumpen fast erwischt bei dem kleinen Café und auf dem Flughafen von Zürich. Jetzt bloß keinen Idealismus, bitte!
Mira sprach bewegt: »Zuerst war es für mich makaber in dieser Ausstellung, wie in einem wüsten Traum. Ich habe meine Jugend gesehen. Alles, was Wehrmachtsoldaten in dem ›Vernichtungskrieg‹ im Osten getan haben, vor allem natürlich in Polen und Rußland, aber auch in Serbien. Überall dort in Serbien, wo die österreichischen Soldaten des österreichischen Generals Böhme ›aufräumten‹ und

das Land juden- und kommunisten- und zigeunerrein mordeten. Ich habe Fotos gesehen, heimlich von Soldaten gemacht, die ihnen dann in russischer Gefangenschaft abgenommen wurden, Fotos, welche die Bevölkerung und die Partisanen machten. Ich habe die Erhängten, die Erschlagenen und Erschossenen gesehen, die Konzentrationslager, die Gaswagen, die Leichenhaufen, genauso wie ich sie gesehen habe in Gojna Gora. Und weil mich all diese Fotos und Briefe, diese Plakate und Verordnungen wie eine Keule trafen, weil ich mich setzen mußte, sind junge Menschen aufmerksam auf mich geworden ... und sind zu mir gekommen ... und haben mich gefragt, ob mir übel ist. Und ich habe ihnen die Wahrheit gesagt, und sie haben immer weiter und weiter gefragt, Jungen, Mädchen, dann auch ältere Leute. Und ich habe geantwortet. Sie wollten mich nicht gehen lassen, Robert. Das Wichtigste war ihnen nicht mein Schicksal, das Wichtigste war ihnen, daß sie in mir eine ... eine Kamera hatten, ja, eine Kamera, Robert! Wie eine Kamera konnte ich bestätigen, daß es wirklich so gewesen ist. Und sie waren zornig und erschüttert über das, was Menschen aus ihrem Volk anderen Menschen angetan haben. Ich habe es erlebt, Robert, ich habe es erlebt! Endlich wieder eine Jugend, die *fragt*, die Informationen will, noch und noch Informationen. Selbstverständlich waren nicht neunzehn Millionen Wehrmachtsoldaten Verbrecher! Du warst auch Wehrmachtsoldat. Es konnten aber auch nicht alle desertieren, obwohl bestimmt Millionen verzweifelt waren darüber, daß sie diese Uniform tragen mußten. Doch es gab eben auch Verbrecher in der Wehrmacht, ich weiß es, sie haben meinen Vater und seinen Bruder getötet ... Die Ausstellung ist darum so wichtig, weil sie endlich Schluß machen will mit der Lüge: SS böse – Wehrmacht gut. Diese jungen Menschen empören sich über den Faschismus, den alten und den neuen. Sie haben sich schon einmal empört in Österreich und

Deutschland, denk an die Achtundsechziger! Jetzt ist sie endlich wieder da, die kritische Jugend!« Rote Flecken hatten sich auf Miras Wangen gebildet, sie redete leidenschaftlich. »Und du und ich, wir alle müssen sie *unterstützen*! Sie haben es so schwer. Die Linke ist zusammengebrochen, was die Rechte, was der Kapitalismus macht, das wollen sie nicht. Sie wissen nicht, auf welcher Basis sie aufbauen sollen. Es fehlt ihnen die Basis ebenso wie Information. Sie brauchen mehr als Schwarzweißberichte von Gut und Böse. Du sollst Wien, du sollst Österreich ja nicht *lieben*! Das verlangt keiner. Aber du kennst die Stadt, du kennst das Land, du kennst die Mentalität der Menschen, denn es sind deine Menschen, es ist dein Land! Darum kann keiner besser als du der anständigen Jugend hier helfen. Ja, es gibt unter den Jungen solche wie diese Kerle in der U-Bahn. Aber es gibt auch andere – einen viel größeren Teil, Robert, einen viel größeren! –, die unternehmen alles, damit diese Pest verschwindet. So viele von den Jungen haben mir das gesagt in der Ausstellung! Ich glaube ihnen. Warum sollten sie lügen? Warum hätten sie sonst überhaupt in die Ausstellung gehen sollen?«
Da ist etwas dran, dachte Faber. Mira hat recht. Es gibt so viele, die anders sind. Mein Pech, daß ich an die Mörder geraten bin.
»Und wenn du *diese* jungen Menschen, welche die Erwachsenen von morgen sein werden, im Stich läßt und einfach alle, alle haßt in dieser Stadt, in diesem Land, dann bestrafst du die Unschuldigen, die es wirklich besser machen wollen, dann lädst du ungeheure Schuld auf dich. Du darfst diese Jungen nicht im Stich lassen! Noch einmal: Du sollst dieses Land nicht lieben! Um dieser Jugend willen sollst du dich *versöhnen* mit ihm! Wenn alles, was deinen Leuten, was meinen Leuten, was sechzig Millionen widerfahren ist, nicht umsonst gewesen sein soll, wenn alle nicht umsonst gestorben sein sollen, dann mußt du diesen jungen Men-

schen hier helfen! Ihnen wohlwollen ... denn Wohlwollen ist wichtiger als Liebe ...«

Das Telefon läutete.

Sie fuhren beide zusammen.

»Heb ab!« flüsterte Mira.

Mit schweißfeuchter Hand nahm er den Hörer und meldete sich.

»Guten Morgen, Herr Faber«, sagte Bell. »Beste Grüße von Doktor Meerwald. Die Transplantation ist ohne Komplikationen gelungen. Goran liegt auf der Intensivstation. Wenn alles so gut weitergeht, können Sie ihn schon morgen kurz sehen.«

»Danke!« sagte Faber. »Danke!« Er sagte noch danke, als Bell bereits aufgelegt hatte. Ihr Ohr an den Hörer gepreßt, hatte Mira mitgehört. Nun, während er fühlte, wie ihre Tränen über sein Gesicht liefen, hörte er sie sagen: »Schalom!«

14

Sie durften dann doch erst drei Tage später zu Goran in die Intensivstation. Er war nicht bei Bewußtsein und wurde künstlich beatmet, und Mira erschrak zuerst furchtbar, doch Dr. Bell, der sie begleitete, versicherte, alles sei in Ordnung, und da war sie wieder ruhiger.

An diesem Tag entfernten die Ärzte den Beatmungsschlauch, Goran erkannte Mira und Faber und öffnete und schloß mehrmals die Augen. Das war am Vormittag des 3. Oktober 1994. Tags darauf wurde Goran in ein Krankenzimmer verlegt. Er hing am Tropf und an mehreren Schläuchen. Faber und Mira blieben eine halbe Stunde bei ihm.

Er war sehr schwach und fragte: »Wer bin ich jetzt?«

»Was meinst du, wer du jetzt bist?« fragte Faber.

»Bin ich noch ich?« Goran sah ihn ängstlich an.

»Natürlich bist du noch du! Wer denn sonst?«
»Vielleicht der, von dem meine Leber kommt. Ich weiß doch nicht, wer das war ... ein Mädchen ... ein älterer Mann ... Es ist doch jetzt ein Teil von diesem Menschen in mir ... Kann sein, ich werde wie er ...«
»Du bleibst du«, sagte Mira.
»Sicher?« fragte Goran. »Bestimmt?«
»Ganz bestimmt«, sagte Faber.
»Und was ist mit meiner Leber passiert? Haben sie die einfach weggeschmissen?«
Derlei Gedanken beschäftigten Goran noch lange. Später redete er von der fremden Leber dann als von »seinem Partner«, mit dem er »zusammenarbeiten« müsse, und er versprach, er werde »immer ganz besonders gut auf ihn aufpassen«. Erst nach langer Zeit akzeptierte er das fremde Organ ganz.
Körperlich ging es ihm von Tag zu Tag besser. Ernährt wurde er durch den Port-A-Cath, durch welchen die Ärzte auch regelmäßig Blutproben entnahmen und die gesamte Medikation verabreichten, darunter wieder das neue japanische Mittel FK 506 anstelle von Cyclosporin A.
Ab der zweiten Woche durfte Goran regelmäßig von Petra besucht werden. Sie kam stets nach Schulschluß.
Bis zum 25. Oktober blieb Goran im AKH. Mira und Faber konnten zu ihm kommen, wann sie wollten. Goran war längst außer Lebensgefahr. Auch Ludmilla besuchte ihn – wie viele Ärztinnen, Ärzte und Schwestern des Marien-Kinderspitals.
Mira fuhr nun immer nach dem Mittagessen ins AKH. Faber schlief während dieser Zeit zwei Stunden, dann begann er zu schreiben. Er konnte nun wieder regelmäßig arbeiten und kam gut voran. Nur sein Kurzzeitgedächtnis wurde zunehmend schlechter, und immer öfter, auch nachts, wenn er nicht schlafen konnte, griff er zu dem Pearlcorder, um Gedanken und Ideen auf Band zu sprechen – so wie er

dies sogleich mit Miras Geschichte und ihrer Bitte getan hatte. Er würde, nein, er mußte weiter die Wahrheit schreiben, aber dabei nicht allein von seinem persönlichen Erleben ausgehen, sondern jene größere Wahrheit im Auge haben, an die Mira glaubte und die allein – vielleicht – neues Unheil verhindern und – vielleicht – die Zukunft aller Menschen sicherer machen konnte.

Am 18. Oktober rief Walter Marks aus München an. Er wußte inzwischen, wie gut die Transplantation verlaufen war und daß Faber nun täglich schrieb.

»Hallo, Robert! *Happy days are here again!* Gary Moore hat angerufen. Der Autor, der das Buch für das Remake deiner ›Affäre Nina B.‹ schreibt, hat ein Script abgeliefert, das allen gefällt. Ich habe dir schon in Luzern gesagt, daß er zu dir kommen wird, wenn er soweit ist. Dein Roman spielt in Europa, hauptsächlich in Deutschland. Der Autor war ein paarmal hier, er hat deutsche Eltern und heißt David Lester. Er will das Script mit dir auf Fehler durchsehen, die er eventuell gemacht hat. Vielleicht hast du auch noch neue Ideen. Gary meinte, das würde zwei, höchstens drei Wochen dauern. So lange mußt du die Arbeit am Roman unterbrechen. Kein Beinbruch! Wenn das Script wirklich okay ist, fangen einen Monat später die Dreharbeiten an. Und dann wird der zweite Teil der Kaufsumme fällig, Junge! Viel Penunze! Du bist übrigens sehr brav geworden und schmeißt kein Geld mehr hinaus, Papa muß dich loben.«

»Ich bin sehr glücklich, Walter.«

»Ich auch, Robert, ich auch. All das kommt doch sonst nur in Märchen vor!«

»Ja, es erscheint mir immer noch ganz und gar unwirklich ...«

»Am unwirklichsten empfinde ich diesen Organspender. Wir wissen nicht einmal, wie er hieß. Er wollte sterben. So nahm er sich das Leben. Du hast dir damals in Biarritz auch fast das Leben genommen, und Goran nahm keine Medikamente mehr in Sarajewo. Beide wärt ihr um ein Haar tot gewesen. Dank jenem Toten, dem der Selbstmord gelang, habt ihr beide ein neues Leben geschenkt bekommen: Goran wörtlich und du symbolisch, auch dadurch, daß seit jener Nacht der Transplantation und dem Gespräch mit Mira dein Leben nicht mehr haßerfüllt ist. In diesem neuen Geist wirst du dein Buch schreiben, wirst du Wien und Österreich und die ganze Welt sehen und ihre Menschen – das hast du mir jedenfalls gesagt.«

»So ist es auch, Walter. So ist es ...«

»Das wichtigste Stück deines Lebens hätte gefehlt, wenn du Schluß gemacht hättest in Biarritz. Der Mann in Amsterdam, den keiner kennt, *machte* Schluß. Sieh, was daraufhin geschehen ist. Es gibt keinen Zufall, daran glauben wir beide.«

»Nein«, sagte Faber, »es gibt keinen Zufall.«

»Schön«, sagte Marks. »Wunderschön ...« Und nach einer Pause, in welcher Faber das atmosphärische Rauschen in der offenen Verbindung hörte, sagte er: »Gary Moore hat eine Bitte an dich ... Dieser David Lester war noch nie in Wien. Gary bittet dich, ihm behilflich zu sein. Ich habe gesagt, daß du seit einer Ewigkeit immer wieder im ›Imperial‹ wohnst und daß du mit deinen Freunden dort reden wirst, damit sie Lester ein schönes, ruhiges Appartement geben und ihn besonders aufmerksam behandeln.«

»Klar«, sagte Faber. »Tu' ich gerne. Auf diese Weise sehe ich den Portier Leo Lahner endlich wieder, meinen Freund im ›Imperial‹. Weißt du vielleicht schon, wann Lester nach Wien kommt?«

»Das weiß ich genau. Er fliegt zuerst noch nach New York, um mit Gary zu sprechen, am Samstag, dem 12. November, fliegt er dann mit AUS-DL 502 ...«

»Mit was?«

»Austrian Airlines – Delta, die Gesellschaften arbeiten zusammen, Flug 502 ab Kennedy Airport um achtzehn Uhr

fünfundfünfzig New Yorker Zeit. Er landet in Schwechat am 13. November um neun Uhr Wiener Zeit. Er braucht sein Appartement im ›Imperial‹ also ab Sonntag früh.«
»Okay, Walter. Ich rede mit Leo Lahner. Der soll die Reservation per Fax direkt an Mercury bestätigen. Und Lester soll mich gleich anrufen, wenn er im Hotel angekommen ist!«
Faber legte auf und rief das »Imperial« an. Portier Lahner habe erst am nächsten Tag ab fünfzehn Uhr Dienst, sagte man ihm.
So fuhr Faber am 19. Oktober vormittags zu Goran ins AKH. Der Junge war noch sehr mager und schwach, aber seine Haut und seine Augen hatten beinahe schon wieder gesunde Farbe angenommen. Das neue Mittel FK 506 verursachte, jedenfalls bislang, tatsächlich viel weniger Nebenerscheinungen, und es genügte, wenn Goran sich zweimal täglich rasierte.
Nachmittags fuhr Faber ins Hotel »Imperial«.
Leo Lahner kam ihm entgegen, scheu lächelnd wie stets.
»Ich bin so froh, daß mit dem Buben endlich alles gutgeht, Herr Faber«, sagte der Portier.
»Und ich erst!« sagte Faber. »Wie geht es Ihrem kleinen Michael?«
Lahner strahlte.
»Jetzt ist er fast zwei Jahre alt! Und er kann schon richtige Sätze bilden! Unser ganzes Glück ist der Michael.«
»Und unseres Goran«, sagte Faber. Dann erklärte er, daß am 13. November ein amerikanischer Drehbuchautor kommen und mit ihm arbeiten würde. Er nannte den Namen und die Adresse von Mercury, die Flugnummer, die Ankunftszeit. »Zwei bis drei Wochen, Herr Lahner. Kann er mein Appartement haben?«
Der Portier sah nach.
»Selbstverständlich, Herr Faber.« Er tippte die Reservierung mit allen Daten in einen Computer. »Besondere Wünsche?«

»Stellen Sie ihm eine Schreibmaschine ins Zimmer und alles andere wie mir immer: Papier, Schere, Klebstoff. Und kümmern Sie sich bitte besonders um ihn!«

»Es wird uns eine Ehre und Freude sein, Herr Faber. Natürlich wird Mister Lester abgeholt. Ich schicke gleich ein Fax an die Filmgesellschaft ... Sie machen einen viel jüngeren und gesünderen Eindruck, wenn ich das sagen darf. Kein Vergleich zu damals im Mai.«

»Ich habe viel Schönes erlebt, mir geht es gut«, sagte Faber. »Und ich schreibe einen neuen Roman.«

»Bravo!« sagte Lahner. Er begleitete Faber zu dem Opel Omega, der vor dem Portal stand, und winkte ihm nach. Faber winkte zurück.

In den folgenden Wochen schrieb er, soviel er konnte. Er wollte einen Vorsprung schaffen für die Zeit, in der er mit David Lester zu tun haben würde. Mira half ihm dabei, indem sie die Tage bei Goran verbrachte.

Am Dienstag, dem 25. Oktober, übersiedelte dieser in sein vertrautes Zimmer im Marien-Kinderspital. Er konnte bereits wieder richtig essen – Mira kochte für ihn. Den Port-A-Cath behielt er nur noch für Blutproben, die Medikamente nahm er oral. Gelegentlich war ihm übel, und einige Male hatte er Durchfall oder mußte erbrechen. Zur Freude aller hielten sich die Nebenerscheinungen jedoch in erträglichen Grenzen.

Am 10. November sah Goran bei TV-Eurosport in einer Aufzeichnung das Eröffnungsspiel der neuen NBA-Saison Bulls gegen Charlotte Hornets, und ein gewisser Michael Jordan warf im ersten Spiel nach seinem Comeback fünfundfünfzig Punkte.

Zum Samstag, dem 12. November, planten Mira, Petra und Goran ein großes Frühstück in der Cafeteria für alle Kinder, die aufstehen durften. Im Hof wäre es schon zu kalt gewesen. Auch alle Ärzte, Schwestern und Pfleger, die Zeit hatten, sollten kommen. Tagelang arbeiteten Kinder daran, die Cafeteria mit bunten Papiergirlanden und Papierblumen zu schmücken. Die Erwachsenen halfen ihnen, lange Tische und Bänke aufzustellen, Mira und Petra übernahmen den Einkauf für das Festmahl, und alle waren sehr aufgeregt.

So saßen dann am 12. November um neun Uhr viele Kinder in der Cafeteria, und auch Bell und Judith Rohmer und Joshua Fishman und der stets lustige Psychologe Dr. Ansbach und der Diakon Lambert und Professor Aldermann und Dr. Meerwald vom AKH und der Koordinator Dr. Tammer sowie andere Ärzte und Pfleger und Schwestern waren dabei. Und es gab Kakao, Kaffee und Tee zur Auswahl und kleine, feine belegte Brote (eine Menge davon!) und feine, kleine und große Mehlspeisen, wie in Wien die Kuchen und Süßigkeiten heißen. Petra hatte Mira in die berühmte k. u. k. Hofbäckerei Demel am Kohlmarkt geführt, von dort stammte das meiste an Köstlichkeiten, süßen und pikanten, war das eine Sensation! Und es gab Platten mit Aufschnitt und Vier-Minuten-Eiern, dazu Semmeln und Salzstangerl und Mohnstriezel, so knusprig und »resch« wie frisch aus dem Ofen.

Jedes Kind erhielt ein kleines Geschenk – Schokolade, Bonbons, Kaugummis oder Lutschfische –, die älteren Jungen bekamen Taschenbücher oder T-Shirts mit komischem Aufdruck und die Mädchen wunderschön bedruckte Tücher. Angesichts der zu erwartenden zweiten Hälfte für die Filmrechte an »Affäre Nina B.« war Marks, den Faber leicht ironisch um Erlaubnis gefragt hatte, mit der Bezahlung des Galafrühstücks einverstanden gewesen.

Die Kinder futterten um die Wette, und das war die einzige Zeit, in der es halbwegs still blieb, danach redeten alle durcheinander und lachten und alberten, viele mit Baseballmützen auf den kahlen Köpfen, andere mit Verbänden. Da waren solche, die vor einer großen Behandlung standen, solche, die wie Goran eine große Behandlung hinter sich

hatten, und einige, die ahnten, daß sie bald tot sein würden – doch an diesem Vormittag dachten sie nicht daran.
Goran saß neben Petra und Faber neben Mira, und gegen zehn Uhr ließ Goran dann verbreiten, daß er etwas sagen wolle, und diese Kunde lief um die Tische.
Goran stand auf und sagte: »Ich bin im Mai hierhergekommen, und da war ich fast tot. Die Ärzte und Schwestern und Pfleger und Psychologen und der Herr Diakon und viele Kinder, ganz besonders Petra, haben alles, alles getan, was sie konnten, um mir zu helfen. Allen hier – und im AKH drüben natürlich – verdanke ich, daß ich schon wieder fast ganz gesund bin, wenn ich auch noch eine Weile bleiben muß. Ich habe meiner Großmutter und meinem Großvater gesagt, daß ich mich unbedingt bei allen bedanken will, und das haben die beiden sehr gut gefunden. Ich habe mit Bakica und Deda – so heißen bei uns Großmutter und Großvater – hin und her überlegt, wie ich allen am besten danke, mit welchen Worten, meine ich, und da ist Bakica etwas eingefallen, das finde ich großartig. Aber weil es Bakica eingefallen ist, soll *sie* es jetzt für mich sagen, sie kann das viel besser. Bitte, Bakica!«
Und die Erwachsenen und die Kinder klatschten, und als Mira aufstand, wurde es wieder still.
»Auch Herr Faber und ich«, sagte sie, »danken allen Kindern und allen Erwachsenen, so sehr wir können – ihnen allen und jedem besonders! Es gab einmal einen kleinen Indianerstamm in einem Reservat in Nebraska. Und dieser Stamm hatte eine Religion, die bestand aus einem einzigen Satz ...« Jetzt sahen alle Mira an, die langsam weitersprach: »... Wenn man gestorben ist, dann begegnet man, daran glaubten diese Indianer, einem Wesen, und dieses Wesen fragt einen: ›Wie viele Menschen waren glücklich, daß du gelebt hast?‹ Wenn dieses Wesen existiert – und warum sollte es nicht existieren? –, und es fragt einmal Sie hier, Sie alle, die Goran, Herr Faber und ich kennengelernt haben,

und alle anderen, die wir nicht kennengelernt haben und die hier leben – als Kranke oder als Menschen, die Kranke wieder gesund machen –, dann wird dieses Wesen mindestens ein Jahr lang brauchen, um Ihre Antworten anzuhören, denn jeder von Ihnen ... Ich denke, ich brauche nicht weiterzusprechen. *Danke!*«

Mira setzte sich, und Professor Aldermann stand auf, ging zu ihr, umarmte sie und sagte: »Das war schön, und wir danken *Ihnen*, liebe Frau Masin. Auch Sie und Herr Faber und Goran werden jenes Wesen einmal ein Jahr lang beschäftigen ... Ach ja, noch etwas: Ihr kennt doch die Geschichte von Robin Sigrist. Nun, vorgestern konnte er operiert werden. Der Tumor ist vollkommen entfernt. Und seine Mutter hat sich mit uns allen versöhnt.« Und da klatschten alle Kinder und alle Erwachsenen, und Aldermann gab Faber die Hand, und dann ging er zu Goran und umarmte ihn. Und danach redeten wieder alle Kinder durcheinander und schrien und lachten, und das Fest nahm seinen Fortgang.

15

Der nächste Tag war ein Sonntag.

Faber machte das Frühstück. Am Sonntag kam Ludmilla nicht. Gegen zehn Uhr rief Faber ein Taxi, das Mira zu Goran bringen sollte.

An diesem 13. November traf der amerikanische Drehbuchautor David Lester in Wien ein.

»Wenn die Maschine pünktlich war, ist er schon um neun Uhr gelandet«, sagte Faber. »Ich habe gebeten, daß er mich anruft.«

»Wann wirst du ihn sehen?« fragte Mira, die mit Faber durch den herbstlichen Garten zum Tor ging, vor dem schon das Taxi wartete.

»Sicherlich heute noch. Für morgen abend habe ich drei Karten im Akademietheater besorgt. Es gibt die ›Goldberg-Variationen‹ von George Tabori. Sollen grandios sein. Danach habe ich einen Tisch im ›Majestät‹ bestellt, dem Restaurant des ›Imperial‹.« Plötzlich blieb er stehen, sein Gesicht trug mit einem Mal einen Ausdruck schwerer Bedrängnis.

»Was ist?« fragte Mira. »Was hast du?«

»Angst«, sagte er leise.

»Angst?«

Er nickte.

»Wovor? Robert! Wovor?«

»Vor allem, was uns nun erwartet, was nun kommt.«

»Das verstehe ich nicht«, sagte Mira. »Es ist doch alles so gut gegangen, wir haben so viel Glück gehabt.«

»So viel Glück, ja eben. Viel zuviel Glück! Wie soll das weitergehen? Wird Goran wirklich gesund? Werden wir beide noch lange leben? Ich kann wieder schreiben. Kann ich es wirklich? Ein gutes Buch schreiben? In zwei Jahren erst wird sich das herausstellen – frühestens. In zwei Jahren! Was kann alles geschehen in zwei Jahren, Mira? Die jungen Menschen, werden sie es wirklich besser machen als wir? Frieden … Werden wir in Frieden leben können? Oder wird es Krieg geben? Neues Elend, neues Unglück? Wieviel Unglück steht uns bevor nach so viel Glück? Was für ein Leben, was für eine Welt wird das sein in zwei Jahren … für uns … für alle? Niemand weiß das …«

Sie sah ihn lange schweigend an. Zuletzt sagte sie: »Dann träum den unmöglichen Traum!«

»Den unmöglichen Traum?«

»Ja«, sagte Mira. »Ist gefällig.«

»Was …«

»Ich habe dir doch erzählt, daß ich in Belgrad ein paar amerikanische Musicals gesehen habe … *›Lost in the Stars‹* und *›My Fair Lady‹* und *›Man from La Mancha‹*. Das ist die Geschichte von Don Quichotte … und der Mann von La

Mancha singt ein Lied, in dem heißt es, daß es notwendig ist, den unmöglichen Traum zu träumen, *›to dream the impossible dream‹* ...« Sie sprach nun langsam, er sah sie gebannt an. »... *›to fight the unbeatable foe, to bear with unbearable sorrow, to run where the brave dare not go‹* ...« Er konnte den Blick nicht von ihrem Gesicht wenden. »Und wenn alles dunkel ist und wenn keiner die Zukunft kennt und wenn schon, Robert, versuchen wir's doch einfach! Wir sind in guter Gesellschaft. Andere Träumer vor uns haben beschlossen, den unmöglichen Traum zu träumen, den unschlagbaren Feind zu schlagen, die untragbaren Sorgen zu tragen und tapferer als die Tapfersten vorwärts zu streben ... Tun wir unser möglichstes! Mehr als scheitern kann der Mensch nicht.«
Sie hatten die Straße und das Taxi erreicht.
»Du bist wunderbar«, sagte Faber, während er den Schlag für sie öffnete.
»Wir versuchen es?« fragte sie.
»Wir versuchen es«, sagte er und küßte sie.
Im Einsteigen hielt sie inne und richtete sich auf. »Moment! Ich wollte doch noch etwas sagen ... Was war es bloß? ... Ach ja, ich weiß schon wieder: Ich liebe dich, Trouble Man!«
»Und ich dich«, sagte Faber.
Sie küßten einander noch einmal, dann sah er dem Taxi nach, das die Alseggerstraße hinabfuhr, und ging durch den Garten zum Haus zurück.
Um zehn Uhr fünfundfünfzig läutete in der Bibliothek das Telefon. »Hotel ›Imperial‹«, meldete sich eine Mädchenstimme. »Ich verbinde mit Mister Lester.«
»Danke.«
Die Maschine war also pünktlich gewesen, dachte Faber. Es klickte in der Verbindung, dann meldete sich eine Männerstimme.
»Herr Faber?«
»Ja.«

»Hier ist David Lester. Ich bin seit einer Stunde in Wien und wollte mich gleich bei Ihnen melden.«
»Hallo, Mister Lester! Wie schön, Sie zu hören. Hatten Sie einen guten Flug?«
»*Wonderful, just wonderful*«, sagte die sympathische Stimme des Drehbuchautors. »Und dies ist ein *wonderful* Hotel. Danke, daß Sie vorbereitet haben *for me. They are all* unerhört *friendly* … freundlich zu mir.«
»Sie sprechen großartig Deutsch, Mister Lester!«
»Nun ja, meine Eltern kommen aus Berlin. Wir haben immer deutsch gesprochen *at home*, und ich war ja auch schon ein paarmal in *Germany, as you know.*«
»Ich höre, alle sind so sehr von Ihrem Script angetan.«
»Oh, es ist noch lange nicht *okay! But now you are going* … aber nun werden Sie mir helfen … dann bekommen wir etwas ganz Gutes, denke ich … Wann wollen wir einander sehen?«
»Sind Sie nicht müde vom Flug?«
»*Not at all!* Ich brenne darauf, Sie kennenzulernen.«
»Wollen Sie zu mir kommen?«
»Fein. Wann ist es Ihnen recht?«
Faber sah auf die Uhr. »Sagen wir um eins? Ich bin allein, aber Tee machen kann ich. Und später kommt meine Lebensgefährtin.«
»*Okay*, dreizehn Uhr. *I'll take a taxi.*«
»Ich freue mich, Mister Lester.«
»Und ich mich, Herr Faber.«
Die Verbindung war unterbrochen.
Faber ging ins Bad, duschte noch einmal, putzte lange und gewissenhaft seine Zähne und wechselte die Unterwäsche. Dann zog er eine Flanellhose und einen blauen Pullover an. Auf der Kommode neben dem Bett lag seine Ledertasche. Sie war offen, er hatte die Autoschlüssel hineingesteckt und vergessen, die Tasche zu schließen. Die Pistole war halb herausgeglitten. So konnte er sie nicht herumliegen lassen, dachte er. Außerdem brauchte er sie hier nicht. Er schob

die Waffe zurück, drückte auf den Verschluß der kleinen Tasche und legte sie in die oberste Kommodenlade.

Zur Zeit, da Faber unter der Dusche stand, öffnete ein Schlosser die Kabinentür einer Toilette neben der riesigen Halle der Gepäckausgabe im Flughafen Wien-Schwechat. Eine der mit Maschinenpistolen bewaffneten Polizeistreifen, die im Areal des Airports Dienst taten, hatte auf ihrem Rundgang in Abständen von einer Stunde festgestellt, daß jene Kabine verriegelt war. Auf Klopfen hatten die Männer keine Antwort erhalten. Jemand befand sich darin, sie konnten Schuhe und Hosenbeine durch den breiten Spalt über dem Boden sehen. Beim zweiten Mal hatten sie ihre Zentrale verständigt.

Der Schlosser trat zurück, die Tür schwang auf. Die Polizisten und er – der Waschraum war vorübergehend für Passagiere gesperrt worden – sahen einen etwa vierzigjährigen Mann mit schwarzem, korrekt geschnittenem Haar und länglichem Gesicht schief auf der Klobrille sitzen. Der Kopf war gegen eine Seitenwand gesunken, das Gesicht kalkweiß, die Augen waren verdreht. Der Mann bewegte sich nicht. Ein süßlicher Geruch nach Bittermandeln hing in der Luft. Einer der Polizisten trat näher. Der Mund des Mannes stand offen. Er war ohne Besinnung, sein Puls kaum zu fühlen.

Der andere Polizist nahm über ein Funkgerät wieder Kontakt mit der Zentrale auf und forderte einen Arzt und Kriminalbeamte an.

Danach ging alles sehr schnell. Der Arzt konstatierte eine Blausäurevergiftung.

»Sofort ins Spital mit ihm! Muß Gas ins Gesicht bekommen haben und dann hier rein geschleppt worden sein.«

»Wann?«

»Vor ein, zwei Stunden. Sieht wie ein Amerikaner aus – der Kleidung nach. Wann kam der Jumbo aus New York?«

»Um neun.«
»Da waren hier an die dreihundertfünfzig Menschen ... Scheint nach der Methode der rumänischen Securitate gemacht worden zu sein. Die schießen ihren Opfern Blausäure ins Gesicht. Der da hatte Glück, das meiste ging daneben ...«
Schon legten Sanitäter den Unbekannten auf eine Trage, deckten ihn zu und rannten mit ihm los zu einer Ambulanz, die in einem einsamen Hof parkte. Während der Fahrt zum nächsten Krankenhaus erhielt der Mann von einem anderen Arzt eine Injektion. Es fand sich kein Paß, kein Schriftstück, kein Geldschein, keine Münze und kein Flugschein in seiner Kleidung. Viel später konnte mit Hilfe der Passagierlisten des Fluges AUS-DL-502 und nach Befragung der Stewardessen festgestellt werden, daß es sich bei dem Überfallenen um den zweiundvierzigjährigen David Lester aus Los Angeles handelte. Er war erst viele Stunden später ansprechbar.

Pünktlich um dreizehn Uhr läutete im Haus an der Alseggerstraße die Glocke. In der Halle war eine Videoanlage mit Sprechverbindung zum Gartentor und dem elektrischen Türöffner. Auf dem kleinen Schirm sah Faber einen Mann von etwa vierzig Jahren, typisch amerikanisch gekleidet, der schwarze, korrekt geschnittene Haare, fröhliche Augen und ein längliches, gesund gerötetes Gesicht hatte.
Faber nahm den Telefonhörer der Anlage.
»Hallo«, sagte der Mann am Tor. »David Lester. Auf die Minute!«
»Auf die Minute«, sagte Faber erfreut. Er drückte einen Knopf. Summend öffnete sich das Gartentor. »Kommen Sie herein, Mister Lester!«
»Okeydokey«, sagte der fröhliche Mann. Faber sah, wie er leichtfüßig über den Kies des Gartenwegs auf das Haus zukam. Er öffnete die Tür. Der Mann, der nun direkt vor

ihm stand, hielt eine Neun-Millimeter-Automatic. In den Sekundenbruchteilen zwischen dem Mündungsfeuer, das aufflammte, als der Mann schoß, und dem Moment, da das Projektil Faber ins Herz traf und er tot zu Boden stürzte, durchzuckte ihn noch die Erinnerung an einen Jungen namens Paul, der im Herbst 1945 starb und damit seinem Bruder Stefan den schönsten Tag des Lebens bescherte, denn da bekam er Pauls Schuhe und seinen Mantel.

Dank

Ohne die fast zweijährige medizinische Belehrung, beständige Anteilnahme, Unterstützung und Ermutigung durch Mitarbeiter des Wiener St.-Anna-Kinderspitals und des Wiener Allgemeinen Krankenhauses wäre es unmöglich gewesen, diesen Roman zu schreiben. Da jene Helfer in ihrer Bescheidenheit gebeten haben, nicht namentlich, sondern nur als Gruppe genannt zu werden, danke ich ihnen – wie Mira Masin in meinem Roman – allen und jedem besonders.

Für zeitgeschichtliche Beratung spreche ich Herrn Dr. Peter Huemer, Herrn Dr. Walter Manoschek und allen Angehörigen des Dokumentationsarchivs des österreichischen Widerstandes meinen innigen Dank aus.

Herrn Rudolf Augstein, dem Herausgeber des »Spiegel« danke ich – einmal mehr – für seine Erlaubnis, Informationen und kurze Abschnitte aus im »Spiegel« erschienenen Beiträgen für mein Buch verwenden zu dürfen. Es handelt sich diesmal um die Artikel »Wer darf leben? Wer muß sterben?« (Nr. 16/1990) und »Im Vorzimmer des Todes« (Nr. 16/1994) sowie um den Vorabdruck des Buches »Die Leber ist draußen« von Mark Dowie (Nr. 16ff./1990).

Herrn Hubertus Czernin, dem Herausgeber von »profil«, danke ich bestens dafür, daß er mir gestattete, Material aus in »profil« erschienenen Artikeln über Alternativmedizin, Quotenhurerei im Fernsehen, Briefbomben, Österreichische Staatspolizei und Rechtsradikalismus in Österreich zu benützen.

Herr Klaus H. Hipfl schuf die erschütternde Fernsehdokumentation »Die Seele von Sarajewo«, Herr Egon Humer den ergreifenden Fernsehfilm *»Burn-out«*. Beide Regisseure waren sogleich einverstanden, als ich sie ersuchte, einige Szenen und Gespräche aus ihren Filmen in den Roman einbauen zu dürfen. Herzlichst sei ihnen für ihre Großzügigkeit gedankt.

Herr Dr. Urs Hess-Odoni versorgte mich dankenswerterweise mit Informationen über das Bellerive-Quartier in Luzern. Familienrichterin Frau Dr. Claudia Matzka-Löschenberger, Herr Dr. Anton Schmid von der Kinder- und Jugendanwaltschaft, Herr Mag. Werner Godai und Herr Professor Dr. Viktor Pickl von der Patientenanwaltschaft Wien informierten mich voll Freundlichkeit und Geduld über juristische, medizinische und medizinisch-juristische Vorschriften und Zusammenhänge. Ihnen allen gilt mein tief empfundener Dank.

Zug, im Frühjahr 1996
Johannes Mario Simmel